지역문학총서 25

경남·부산 지역문학 연구 4

The Fourth Study on Modern Literature of Kyungnam·Busan Region

지은이 박 태 일

1954년 경남 합천 출신. 1980년 중앙일보 신춘문예에 「미성년의 강」이 당선하여 문학사회에 나섰다. 시집으로 『그리운 주막』·『가을 악견산』·『약쑥 개쑥』·『풀나라』·『달래는 몽골 말로 바다』·『옥비의 달』이 있고, 연구서·비평서로 『한국 근대시의 공간과 장소』·『한국 근대문학의 실증과 방법』·『한국 지역문학의 논리』·『경남·부산 지역문학 연구 1』·『마산 근대문학의 탄생』·『유치환과 이원수의 부왜문학』·『시의 조건 시인의 조건』·『지역문학 비평의 이상과 현실』, 산문집 『몽골에서 보낸 네 철』·『시는 달린다』·『새벽빛에 서다』 들을 냈다. 그리고 『두류산에서 낙동강까지: 가려뽑은 경남·부산의 시 ①』·『크리스마스 시집』·『김상훈 시 전집』·『정진업 시 전집 ① 시』·『허민 시집』·『동화시집』·『무궁화: 근포 조순규 시조 전집』·『소년소설육인집』을 엮었다. 김달진문학상·부산시인협회상·이주홍문학상·최계락문학상·편운문학상·시와시학상을 받았다. 현재 경남대학교 국어국문학과 교수.

parkil@kyungnam.ac.kr

지역문학총서 25
경남·부산 지역문학 연구 4

© 박태일, 2016

1판 1쇄 인쇄__2016년 10월 25일
1판 1쇄 발행__2016년 11월 01일

지은이__박태일
펴낸이__양정섭

펴낸곳__도서출판 경진
　　　　등록__제2010-000004호
　　　　블로그__제 http://kyungjinmunhwa.tistory.com
　　　　이메일__mykorea01@naver.com

공급처__(주)글로벌콘텐츠출판그룹
　　　　대표__홍정표　편집디자인__김미미　기획·마케팅__노경민
　　　　주소__서울특별시 강동구 천중로 196 정일빌딩 401호　전화__02-488-3280　팩스__02-488-3281
　　　　홈페이지__www.gcbook.co.kr

값 32,000원
ISBN 978-89-5996-522-9 93810

·이 도서의 국립중앙도서관 출판예정도서목록(CIP)은 서지정보유통지원시스템 홈페이지(http://seoji.nl.go.kr)와 국가자료공동목록시스템(http://www.nl.go.kr/kolisnet)에서 이용하실 수 있습니다. (CIP제어번호: 2016024539)

지역문학총서 **25**

The Fourth Study on Modern Literature of Kyungnam·Busan Region

경남·부산
지역문학 연구
4

박태일 지음

경진출판

김대봉과 조순규 시인이 다녔던 동래고등보통학교 교문(1920년대)

동래고등보통학교 전경(1930년대)

박차정 열사의 소설 「철야」와 「개구리 소래」(1928년)

동래시장 장날 풍경(1930년대)

동래 중심 시가지
(1930년대)

동래향교의 모습
(1930년대)

동래 남문 전차 정거장(1930년대)

동래역 전경(1930년대)

김대봉 시인이 다녔던 평양의학전문학교(1930년대)

한정호가 엮은 『김대봉 전집』(2005년)

금정산에서 내려다 본 동래온천 지구(1923년)

동래온천 시추 장면(1923년)

김수영의 포로수용소 체험기가 실린 「해군」(1953년)

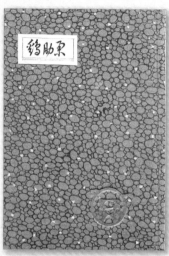

조순규 육필 시조집 『계륵집』

조순규 구전민요 채록집 『무궁화』(1931년)

근포 조순규 시인
(1960년)

조순규 시인이 작품을 실은 시조 전문지 『시조연구』(1953년),
경남여고 교지 『경남여고』(1958년)

조순규 시인 생가터(울산광역시 웅촌면 대대리)

서덕출 동요집 『봄편지』(1952년)

오영수 소설집 『머루』(1954년)

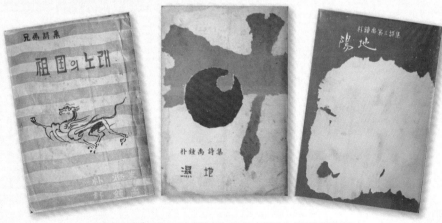

박종우 시집 『조국의 노래』(1951년), 『습지』(1970년), 『양지』(1967년)

『울산문학』(1970년)

함홍근 시집 『동남풍』(1975년)

서상연 시집 『계절의 여적』(1979년)

이상숙 시집 『하오의 허』(1979년)

『효부김씨종용록』(1909년)과
「김부인유훈서」

합천공립보통학교
어린이 문집 『백조』(1931년)

유엽 수필집 『화봉섬어』(1962년)

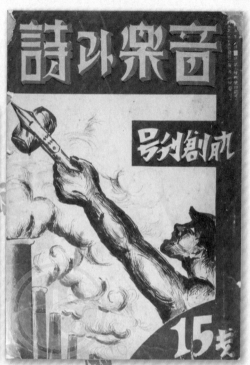

이주홍·손풍산·이일권이 활약한 『음악과시』(1930년)

이주홍이 표지를 그린
『조선시집』(1937년)

허민 시인(1937년)　　　　허민 시인(1942년)

허민 시인의 육필시집들(1931–1942년)

허민의 가족(1936년)

해인사 불교소년회 10주년 기념 사진(1935년). 홍도여관 앞에서.
가운데 흰 옷을 입고 앉아 있는 이가 허민, 오른쪽 한복 입고 서있는 이가 최인욱이다.

허민이 손수 그린 아들 허은과 허금(1942년)

『허민육필시선』(1975년)

이주홍이 표지를 그린 광복기 매체들 『새동무』(1945년), 『연간시집』(1946년), 『햇불』(1946년),
『별나라』(1946년), 『아동문학』(1947년), 『신조』(1947년)

조선문학동맹 진주지부 기관신문 『문학신문』(1946년)

손풍산이 주도했던 남로당 진주시당 기관지
『민우』(1946년)

손풍산 단편집 『동남풍』(1967년)

최인욱 소설집 『저류』(1952년)
『임화정연』(1962년)
『사명당집』(1962년)

박산운 시집 『버드나무』(1959년)와 『내가 사는 나라』(1982년)

손동인 동인지 『시문』 1집(1954년)

손동인 동화집 『병아리 삼형제』(1957년)와 『까치고동 목걸이』(1986년)

임호권 그림책 『금강산 팔선녀』(1990년)

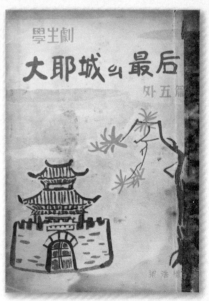

양호증 희곡집 『대야성의 싸움』(1953년)

최재열 시조집 『사향가』(1979년)

최남백 소설집 『하늘의 소리』(1977년)

허천 수필집 『교하촌 삽화』(1962년)

박달수 시조집 『수레 2』(1985년)

공순애 소설집 『멍에목』(1988년)

『합천문학』 창간호(1993년)

김해석 시조집 『남정강』(1999년)

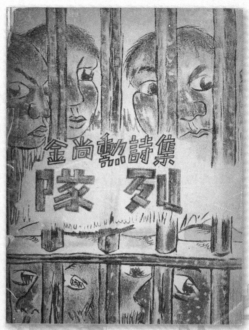

김상훈과 박산운이 작품을 실은
공동시집『전위시인집』(1946)

김상훈 시집『대열』(1947년)

김상훈 번역 한시집
『현대중국시선』(1948)

김상훈이 시「국화」를 발표한『문학』(1950)

김상훈 번역 시집
『한시 선집』(1960) 속표지

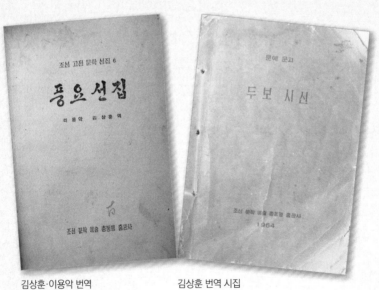

김상훈·이용악 번역
『풍요 선집』(1963) 속표지

김상훈 번역 시집
『두보 시선』(1964)

전기수 시집 『기원』(1963년)
『사절의 노래』(1989년)
『속 사절의 노래』(1993년)

권환 시집 『자화상』(1943년)

『윤리』(1944년)

『동결』(1946년)

권환의 절명 평론이 실린 『경남공보』(1953년)

권환의 절명 평론이 실린 『경남공론』(1954년)

설창수 작품집 『삼인집』(1952년)

영남문학회 제1회 시의 밤 『시첩』(1954년)

제2회 시의 밤 『시첩』(1955년)

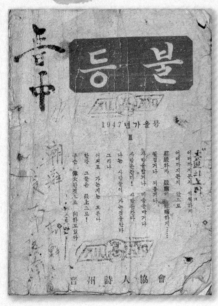

『등불』(1947년)

『영남문학』(1949년)

『영문』(1951년)

『영문』(1959년)

『영문』(1960년)

『설창수 전집』(1986년)

머리글

　지역문학 연구를 방법론으로 내세운 지도 적지 않은 시일이 흘렀다. 작심하고 쓴 첫 글이 1997년『지역문학 연구』창간호에 실은「광복열사 박차정의 삶과 문학」이었다. 그 뒤 크게 내딛지는 못했지만 오늘날까지 꾸준하게 지역문학 연구 두리에 머물고 있다. 2004년『한국 지역문학의 논리』와『경남·부산 지역문학 연구 1』을 낸 일은 첫 기둥을 세운 격이었다. 십 년이 더 흘러 2014년『마산 근대문학의 탄생』과 2015년『유치환과 이원수의 부왜문학』을 냈다. 그 둘은『경남·부산 지역문학 연구』2와 3에 걸리는 책이다. 속살을 특정 주제로 모았던 까닭에 굳이『경남·부산 지역문학 연구』라는 이름을 내세우지 않았을 따름이다. 그들에 이어 2016년, 이제『경남·부산 지역문학 연구 4』를 내놓는다.

　책에 실린 글들은『마산 근대문학의 탄생』과『유치환과 이원수의 부왜문학』을 묶을 때 거의 마무리되어 있었다. 그 둘에 들지 못하고 남아 있었던 글이 이번『경남·부산 지역문학 연구 4』의 중심을 이룬다. 이즈음 내 관심은 경남·부산 바깥의 지역문학과 북한 지역문학에 머물러 있다. 여러 해 경남·부산 지역은 돌아보지 못했다. 그럼에도 원고를 묵힐 수가 없어 관심 있는 이에게 한 참고가 될 수 있도록 일을 다잡았다.

　책의 속살은 모두 다섯 묶음으로 갈랐다. 엮다 보니 경남·부산 지역 가운데서도 소지역 부산·울산·합천·거창·창원 문학을 다룬 글이 모였다. 그에 따라 지역별로 한 묶음씩 나눈 결과다. 이름을 내건 소지역 모두 두툼한 낱책으로도 여러 권이 필요할 근대문학 전통을 가꾼 곳이다. 짧은 두세 편의 글로 해당 지역 이름을 내건 일은 넘치고도 주제넘은 짓이다. 앞으로 경남·부산 지역문학 연구가 마땅히 들어서야 할 자리와 길을 미리 보인다는 쪽에서 그대로 밀었다.

제1부는 부산 문학 자리다. 1920년대 부산 지역 청소년문학에서 드러나는 항왜의 경험을 구명한 글에서부터 1930년대 부산의 첫 문예지 『종』을 소개한 글, 나아가 1950년 전쟁기 김수영이 거제도의 포로수용소가 아니라 부산의 거제리 수용소에서 포로 생활을 했음을 밝힌 글을 올렸다. 2부 세 편은 울산 문학을 다루었다. 무명 시인 조순규는 울산의 첫 근대 시조시인이다. 이어서 오영수의 초기 시작 활동 양상을 따진 글, 울산의 대표 경관인 태화강이 지역시 속에 어떤 모습으로 담겼는가를 살핀 글을 뒤에 세웠다. 다른 소지역에서도 특정 경관이나 장소를 꼼꼼하게 다룰 수 있는 본보기가 될 것이다.

3부는 합천 문학을 살핀 글로 이루어졌다. 「합천 근대 예술문화 백 년」은 2014년에 나온 『합천군사』의 한 부분을 책임졌던 글이다. 마산에 이어 경남의 소지역 근대 예술문화를 두고 두 번째로 줄거리를 잡은 일이었다. 이미 앞서 「합천 지역시의 흐름」을 쓴바 있어 일을 더 효율적으로 할 수 있었다. 나라잃은시대 후기 윤동주, 심련수와 함께 대표적인 요절 시인인 허민의 작품론을 마무리로 놓았다. 4부는 거창 문학 자리다. 월북 시인 김상훈의 전쟁기 작품을 찾아 소개한 소론과 전기수 작품론을 실었다. 다른 글들은 모두 2009년 이후에 쓴 것인데, 전기수론만큼은 이 책에서 가장 오랜 1999년에 쓴 글이다. 여태껏 들어설 자리를 찾지 못하고 있다가 이 책에 얹힐 기회를 얻었다. 5부는 창원 문학 자리다. 중심 활동지 진주에서도, 고향 창원에서도 마땅한 관심을 얻지 못하고 있는 설창수의 광복기 문학 활동을 다룬 글과 권환의 절명 평론 두 편을 소개한 글을 놓았다.

이 책에서 다루어진 작가·매체·작품은 대중적인 눈길에서 보자면 작고 사소하게 여겨질 것이다. 그럼에도 그들 모두 학계나 시민사회에 처음으로 알려지거나 처음 다루어진 것이다. 우리 근대문학을 대상으로 지역문학 연구라는 방법을 끌어와 꾸준히 논점을 찾고 담론을 창발하는 것은 쉬운 일이 아니다. 역량을 돌보지 않고 이 구석 저 구석 좇은 결과가『경남·부산 지역문학 연구 4』다. 어찌 공부한 보람과 지닌 뜻까지 작고 사소하다 할 것인가.

1997년『지역문학연구』창간호를 냈을 때 뜻을 함께했던 이들은 그새 하나둘 흩어지고 생각을 접었다. 남은 이 많지 않고, 지역문학 연구를 두고 함께 토구할 기회도 드물다. 그러나 삶은 쌓아 나가는 일. 제대로 된 지역문학 연구가 나라 곳곳 지역 곳곳에서 꾸준히 이어지기를 바란다. 그런 과정에서 우리 근대문학이 이룩해 온 두터운 전통뿐 아니라, 근대사의 갖가지 굴곡진 모습도 제 진실을 내보이리라. 나 또한 이 소략한 책에다『경남·부산 지역문학 연구 4』라는 무거운 이름을 얹은 부끄러움을 감당해야 할 처지다. 빠른 시일 안에 역외 지역으로 나아갔던 발걸음을 다시 경남·부산으로 되돌릴 것을 다짐한다. 가을 골짜기도 벌써 깊었다.

2016년 10월
박태일

차례

2부 울산 문학

3부 합천 문학

4부 거창 문학

5부 창원 문학

1부 부산 문학

1920년대 부산 지역 청소년문학과 항왜의 경험

1. 청소년 문학과 부산

한국 근대문학 연구에서 빈자리 가운데 한 곳이 청소년문학이다. 청소년문학은 이제까지 학계에 모습을 제대로 드러낸 적이 드물었다. 일이 이렇게 된 까닭은 무엇보다 청소년이라는 세대 설정이나 그들의 문학 영역이 어중간해 보인 데 있었다. 학제로 볼 때 중등학교의 저학년은 어린이문학으로 내려서고, 중등학교 고학년은 청년문학이나 어른문학으로 올라선다. 그런데 중등학교 나이 또래 학생이 누렸던 문학은 '학생문단', 또는 '학생문학'이라는 이름으로 꾸준히 자리를 지켰다.[1] 게다가 근대문학의 발아와 정착은 청소년문학이 겪

---

[1] 근대 시기 청소년을 흔히 '학생'이라 일컬어 왔다. 그런데 이 일컬음은 마땅하지가 않다. 그 말에는 재학 어린이·소년·청년이 다 들어설 수 있는 까닭이다. 따라서 근대문학에서 그들 문학의 연속성을 찾기 위해서는 다른 일컬음이 필요하다. 그것을 세대론으로 보아 청소년이라 부르고, 그들이 향유한 문학은 청소년문학이라 일컬을 수 있다. 청소년문학 담론은 그것이 상업 출판의 수요에 크게 맞물리기 시작했던

었던 학습과 경험이 고갱이를 이룬다.[2] 광복 이후에도 정당성을 지 닌 채 오늘날까지 엄연히 있어 왔다. 따라서 청소년문학을 겨냥한 매체 발간 또한 꾸준했다. 어른 회로에서 청소년 회로로 내려선 작품집뿐 아니라, 청소년 상대 잡지, 각급 중등학교 교우지·신문과 같은 연속간행물, 문예현상 작품집, 청소년 문사의 동인지, 개인 작품집까지 더한다.[3] 그럼에도 청소년문학의 흐름을 다루고 갈무리한 2차 담

1990년대부터 늘어났다. 문학연구 쪽에서는 세대문학 연구의 필요성을 강조하면서 청소년문학 연구의 독자성을 짚은 바 있다. 박태일, 「현단계 현대문학 연구의 새 방향」, 『현대문학이론연구』 42집, 현대문학이론학회, 2010, 67~93쪽. 그런데 세대 문학으로서 청소년문학을 마련한다 해도 그에 대한 경계 잡기란 쉽지 않다. 청소년의 범위를 어린이와 묶어서 보는 쪽에서는 청소년문학이 어린이문학과 청소년문학을 아우르는 것인 까닭이다. 생리 나이로 볼 때 청소년은 만11세부터 18세까지 중고등학생 정도를 뜻하는 게 일반적이다. 따라서 나이와 성숙도에서 차이가 있지만 청소년문학을 중고등학교 연령 시기의 문학이라 보면 무리가 없다. 지난 시절에는 학령기를 훨씬 지난 이도 보통학교나 고등보통학교에 다녔다. 한 연구자는 청소년 문학을 "청소년 예상독자를 위해 쓰인 문학적 구성, 곧 청소년들의 삶, 경험, 열망, 이슈 등을 다루고 있는 문학"이라 보았다. 협의의 개념 규정이다. 선주원, 『청소년 문학교육론』, 도서출판 역락, 2008, 85쪽. 그런데 중고등학생 또한 일반 어른 대상 작품을 읽는다. 따라서 "청소년 예상독자를 위해 쓰인" 작품으로 묶을 경우 청소년 문학의 너비를 좁힐 위험이 있다. "실제로 청소년들에게 소비된" 문학이 중요하다. 학생이나 교사, 부모 또는 사회 제도 안에서 청소년이 볼 만한 것이라는 기대와 예상 장치 안에 놓여 있는 "의도된 청소년문학"과 일반 어른문학과 같은 "비의도적인 청소년문학"을 나눈 뒤 그 둘을 포괄하기도 하는, 광의의 규정을 따르기도 한다. 거기다 사회적으로 권위 있는 기관으로부터 마땅하다는 판단과 인정, 포상을 받은 '공인된 청소년문학'도 있다. 한기상, 『독일 청소년 문학의 이해』, 서울대학교출판부, 2009, 2~8쪽.

2) 청소년문학은 어린이문학과 어른문학 사이에 끼어 있는 어정쩡한 과도기 양상이 아니다. 무엇보다 제도 교육의 문학 향유는 거의 청소년 세대에서 이루어진다. 따라서 문화관습으로서 문학에 대한 인식소와 틀을 마련하는 시기가 청소년 무렵이다. 문학사회 명성의 재생산을 위한 가장 중요한 텃밭 또한 이곳이다.

3) 대표적인 잡지가 1920년대 개벽사에서 어린이 매체 『어린이』와 나란히 냈던 『학생』과 광복기 『진학』·『중학생』·『수험생』 들이다. 1950년대에 나온 것으로는 『학도』·『학생문단』·『학생예술』·『학생세계』 들이 있다. 1950년대 문예현상 입상 작품집으로는 『여학생문예작품집』·『한국학생문학선』·『전국남녀고교문예작품집』·『전국여고문학 콩쿨대회 입선작품집』과 같은 것이 보인다.

론은 본격적으로 이루어지지 않았다.

이 글에서는 부산 지역문학 가운데서 1920년대 청소년문학에 나타나는 항왜(抵倭) 경험을 짚어 보고자 한다. 1920년대는 기미만세의거의 승리에 힘입어 겨레의 자긍심과 항왜의 기운이 드높았던 시기다. 상해임시정부의 출범과 함께 민족 주체 형성이 사회 전반에 활발했다. 거기다 이른바 조선총독부의 문화 책략으로 말미암아 겉으로는 합법/비합법 활동 공간이 늘어났다. 그런 바탕 위에서 각 계층, 각 부문의 항왜의식과 항쟁 의욕 또한 거셌다. 사회단체, 청년, 학생의 크작은 항왜 활동이 끊이지 않았다. 특히 청소년층에서는 독서회, 소년회, 동맹 휴교가 주요 동력으로 작용했다. 청소년문학 쪽에서 보면 이른바 '국어상용'으로 교육 제도 안에서는 한글 문학 향유가 불가능했던 1930년대와 달리 이중 글쓰기가 가능했던 시기다. 개항부터 어느 곳보다 왜인 비율이 높았던 부산 또한 마찬가지였다.

그런데 1920년대 부산 지역 청소년문학을 엿볼 수 있는 1차 사료는 극히 드물다. 교우지로서 5년제 동래고등보통학교(동래고교)와 부산제이공립상업학교(개성고교), 동래일신여학교(동래여고)에서 낸 몇 권에 머문다. 거기다 몇몇 신문의 학생 투고문단 작품이 더한다. 그 가운데서 항왜 경험과 닿아 있는 문학으로 좁히면 대상 작가·작품 수는 더욱 준다. 동래고보의 김대봉과 조순규, 동래일신여학교의 박차정 열사가 이런 조건을 만족시킬 따름이다.4) 이들의 재학과 졸업

---

4) 동래고보와 학연을 맺은 문인은 적지 않다. 앞선 시기 동래동명학교와 개양학교 때까지 묶으면 가장 먼저 보이는 이가 박강순이다. 3년제 동명학교 고등과 4회 졸업생(1912년)이었다. 그 뒤를 고등과 7회 졸업생(1915년) 허영호가 잇는다. 기미만세의거 때 항왜 활동에 뛰어들었다. 1926년에는 동래에서 월간 교양잡지 『평범』을 3호까지 냈다. 적지 않은 불교 저술을 냈던 그는 나라잃은시대 후기에는 부왜(附倭) 활동에서 자유롭지 못했다. 광복 뒤 동국대학교를 세웠다. 허영호 뒤에 4년제 동래 사립고등보통학교 4회 졸업생(1921년) 교육자 김하득이 있다. 수필가며 언론인으로 활동이 컸던 오종식은 5회 졸업생(1922년)이다. 1940년 왜로(倭虜)의 이른바 치

을 앞뒤로 한 시기, 곧 1927년부터 1928년에 걸쳐 발표한 작품 활동이 중심 대상으로 남는다. 이 글에서는 그들을 한자리에서 살핌으로써 부산 지역문학의 소중한 경험을 되살리고자 한다.

2. 김대봉 시와 슬픔의 내력

피식민 상태였음에도 1920년대 새로운 근대 제도 교육을 받을 수 있다는 사실은 중요한 뜻을 지닌다. 농촌에서는 80~90%에 이르는

안유지법 위반으로 함흥형무소에서 옥고를 치렀던 시조시인이자 지역 교육자 서정봉이 5년제 동래공립고등보통학교 3회 졸업생(1926년)이다. 통영의 초등학교를 졸업하자마자 왜나라로 유학을 떠났던 류치환은 아버지의 사업 실패로 거기서 돌아와 1926년 가을 편입하여(1925년 가을 편입설도 있다), 1927년 4회 졸업생이 되었다. 동생 유치상 또한 비슷한 시기에 와서 8회로 졸업(1931년)한 것으로 알려졌으나 확인이 어렵다. 1945년 이전 동창 명부에는 이름을 볼 수 없다. 1968년도『동창명부』에 1930년 8회 졸업생으로 이름을 올렸다. 그런데 1932년, 1934년, 1939년 명부에는 8회 졸업생 수가 37명이었으나, 1968년도 명부에는 두 배 이상인 82명으로 늘어났다. 유치상과 비슷한 이들에 대한 졸업생 추가가 있었던 것 같다. 동래고보 5회 졸업생(1928년) 문인으로는 김대봉·김정한·조순규가 보인다. 그 뒤를 10회 졸업생(1933년) 시조시인 김기호가 잇는다. 이들 가운데서 1920년대 재학 때 문학 활동을 볼 수 있는 이는 김대봉·조순규·김기호다. 김대봉·조순규는 신문을 빌려, 김기호는 동래고보『교우지』에 작품을 내놓았다. 거기다 항왜 경험과 관련 있는 이는 김대봉과 조순규다. 류치환과 김정한은 재학 시절 작품이 보이지 않고, 항왜 활동도 찾을 수 없다. 동래일신여학교에서는 4회 졸업생(1929년) 박차정이 유일하게 작품을 교우지『일신』에 선뵀다. 부산 제2공립상업학교(개성고교) 문인도 있었을 터이나 관련 자료를 찾을 수 없다. 따라서 1920년대 항왜 활동과 관련한 부산 지역 청소년문학이라는 잣대 안에 드는 이는 김대봉·조순규·박차정, 세 사람으로 좁혀진다.『명부』, 동래공립고등보통학교, 1932.「졸업생명부」,『교우회지』11호, 동래공립고등보통학교, 1934, 147~148쪽.『동창회원명부』, 동래공립중학교, 1939.『동창명부』, 동래고등학교동창회, 1968. 박철석,『유치환』, 문학세계사, 1999, 185~186쪽. 문덕수,『청마유치환평전』, 시문학사, 2004, 75쪽. 이순욱에서 김정한 초기시에 대한 갈무리와 됨됨이 구명이 이루어졌다. 그의 조사에 따르면 동래고보 재학 때 작품은 발견할 수 없다. 이순욱,「습작기 요산 김정한의 시 연구」,『지역문학연구』9호, 경남·부산 지역문학회, 2004, 33~67쪽.

문맹률5)을 넘나들 때다. 그런 가운데 교육 받은 이들은 새로운 근대 직종에 들어설 수 있는 자격을 갖출 수 있었다. 어려웠던 그 길에는 두 가지 전제가 따랐다. 경제적 뒷받침과 식민자의 교육 책략에 동조해야 한다는 점이 그것이다. 그럼에도 많은 학령기 아이들은 대안교육 현장으로 밀려나거나 아예 교육에서 소외되었다. 1920년대 제도 교육의 수혜는 선택 받은 극소수 어린이와 청소년에 그치는 일이었다.6) 1920년대에 이미 입학난이 심각하게 나타나 피식민지 학력 경쟁을 부추긴 원인이 이것이다.

그리하여 초등교육부터 시작한 제도 교육의 혜택을 구실로 식민 책략자는 우리를 식민 체제 안으로 끌어들이는 데 혈안이었다. 그들의 근대 기획 속에서 식민 이념을 퍼뜨리고 그들에 예속시키는 장치였던, 피식민지 교육이 지닌 모순은 뚜렷했다. 한국인은 그나마 좁다랗게 열려 있는 길을 빌려 왜로의 잣대에 따라 '문명화', 왜풍화해 갈 수밖에 없었다. 그리고 그 일을 다수 왜인 교사와 소수 한국인 교사가 떠맡았다.7) 이들은 왜인 관리와 동일시가 가능했던 계층이었

5) 김형묵, 『교육운동』, 독립기념관 한국독립운동사연구소, 2009, 28쪽.

6) 1920년 당대 취학률은 보통학교를 잣대로 보았을 때, 취학 나이 어린이의 12.9%에 지나지 않았다. 무엇보다 경제 형편이 어려웠던 까닭이다. 거기다 받아들일 학습 시설 또한 절대적으로 모자랐다. 이로 말미암아 취학 기회조차 빼앗김으로써 취학률은 더욱 낮아지게 되었다. 기초 단계인 보통학교 수준의 교육기관은, 한문을 가르치는 서당·사립학교까지 넣어서 보더라도 취학 나이 어린이의 28.9%에 지나지 않았다. 이러한 어려운 교육 형편은 중고등 교육 단계로 올라갈수록 악화하였다. 중등 교육기관에 들 수 있었던 학생 수는 초등 졸업생의 1/10에 지나지 않았고, 고등교육을 받을 수 있는 한국인은 13,322명 가운데서 1명에 지나지 않았다. 전상숙, 『일제시기 한국 사회주의 지식인 연구』, 지식산업사, 2004, 92~93쪽. 이러한 취학난과 입학 경쟁은 제국 왜로가 교육보급자로서 일정한 몫을 맡았으나 소극적인 자세를 취해 충분치 않았던 까닭이다. 그리하여 근대 직종으로 진출하는 데 직접적으로 관련되는 중등학교 취학률은 더욱 낮을 수밖에 없었다. 이윤미, 『한국의 근대와 교육』, 문음사, 2006, 214쪽. 김형묵, 앞에서 든 책, 56쪽.

7) 『조선제학교일람』, 조선총독부학무국, 1934, 475쪽. 1920년대는 왜로의 이른바 '제2

다. 거기다 지식인·기업가·지주·부농·민중 상층부가 계급적·계층적으로 '식민지 공공성'의 중심을 이루며 한국의 현실과 경계를 지은 채 제국 체제에 포섭되어 갔다.

따라서 학생 신분으로 항왜 활동에 진력하는 일은 어려운 결단이 따라야 했다. 그런 점에서 동맹 휴학이 잦았고 격렬했던 동래고보 학생의 항왜 활동은 무거운 뜻을 지닌다. 왜냐하면 동래 지역민의 기대와 보이지 않는 후원을 받았음에도 그와 맞물려 깊어진 왜로 경찰의 감시와 경계의 틈새로 일궈 낸 일이기 때문이다. 동래 지역 학생 맹휴가 가장 심했던 때는 1925년부터 1930년까지였다.8) 신간회 동래지회의 결집과 근우회 활동, 거기다 1929년 광주학생의거를 틈타 더욱 활발했던 소년회·청년회 기류와 맞물려 부산 지역 청소년 활동의 열기는 뜨거웠다. 김대봉·조순규·박차정의 기상은 모두 이러한 지역 동향에 맞물려 있었던 셈이다.9)

___

차 조선교육령'에 따라, 동화주의와 차별주의를 더욱 거짓된 유화 책략으로 바꾸어 이른바 '내선일체'·'내선공학'·'일선융화'와 같은 망발을 내돌렸던 때다. 그러나 그 속은 왜말을 상용하는 이(왜인)와 왜말을 상용하지 않는 이(한국인)라는 잣대를 엄격히 정해 민족 차별 교육을 실시하여 왜인과 한국인 청소년 사이 민족 차별 관념을 싹트게 하는 한편, 한국인 학교의 왜인화 교육을 가속화하는 것이었다. 공립고등보통학교의 경우, 교사 사회는 거의 왜인이었다. 한 학교 20명 안팎 교사들 가운데 한국인은 한둘 끼이는 정도였다. 정재철, 『일제의 대한국식민지교육정책사』, 일지사, 1985, 342~344쪽.

8) 학외에서는 신간회 동래지회가 1927년 7월에 만들어져 민중 상대 계몽과 밤배움 활동을 전개했다. 1928년에는 부산청년동맹의 지원으로 근우회가 창립하였다. 여성노동자 계층의 문맹 퇴치와 권익 보호를 떠맡기 위한 일이었다. 그들은 소년동맹과도 이음매를 만들어 활동했다. 강대민, 『부산지역학생운동사』, 국학자료원, 2003, 63~137쪽.

9) 박차정은 오라버니 박문호가 부산청년동맹 대표로 있었던 까닭에 직접적인 활동에 나섰고, 근우회 동래지회 일도 맡았다. 1920년대 동래와 부산 지역 청년단체는 아래와 같은 게 보인다. 부산청년회(1921)·부산여자중앙청년회(1925)·부산진청년회(1926)·구포청년회(1928)·부산서부청년회(1925)·동래청년회(1922)·부산청년동맹(1927)·동래여자불교청년회(1922)·동래청년연맹(1925)·동래여자청년회(1925)·동래유학생회(1928)·동래청년동맹(1928)이 그것이다. 이 가운데는 동래고보 출신이 상당수

그들 가운데 동맹 휴교의 앞자리에 섰던 한 사람이 포백(抱白) 김대
봉(金大鳳)이다. 그는 1908년 2월 경남 김해군 김해읍 북내동(현 김해
시 회현동) 121번지에서 태어났다.[10] 1922년 김해보통학교(현 동광초
등학교)를 졸업한 뒤, 1923년 동래고보에 입학했다. 그러다 3학년 때
인 1925년 7월 10일 '동래고보생 대맹휴'[11]에 가담했다. 새로 온 신
임 왜인 교장이 우리말의 교내 사용을 억누르고 배타적 학생 조직을
만들어 피식민자 교육에 순응할 것을 강요하는 방침을 시행했다. 이
에 교장 배척과 피식민지 교육 반대 결의를 내세우며 동맹 휴학에
돌입했다. 학생회장이었던 5학년 박영출이 하급생인 김대봉·김석

끼었다. 각별히 동래청년동맹에 첫 준비 위원으로 동래고보 출신 문인 허영호·오종
식과 박차정 열사의 오라버니 박문호가 참가했다. 큰 오라버니 박문희는 경남청년
연맹(1925)에 참여했다. 선우기성, 『한국청년운동사』, 금문사, 1973, 384~389쪽.

10) 김대봉에 대한 연구는 이부순이 맨 처음 시작했다. 뒤를 한정호와 고현철이 이었다.
한정호는 그 뒤 꾸준히 김대봉에 대한 사료를 보태어 『포백 김대봉 전집』을 내며
연구를 본격화한 공을 세웠다. 김대봉 당대와 그 뒤 이루어진 김대봉 관련 2차 문헌
은 아래와 같다. 양춘석, 「밀불: 김대봉 형께 보내는」, 『조선일보』, 1932.6.26. 이형
교, 「니여가는 목숨: 김대봉 형에게」, 『매일신보』, 1932.7.24. 박숭걸, 「낙원: 김대봉
형의 「고독」에 드림」, 『맥』 3집, 1938. 임화, 「김대봉 시집 『무심』을 독함」, 『조선일
보』, 1938.11.4. 윤곤강, 「김대봉 시집 『무심』의 푸로필」, 『동아일보』, 1938.11.8. 이
무영, 「영남주간기」(8)·(9), 『동아일보』, 1935.5.9~10. 김용호, 「오늘을: 김대봉 형의
삼 주기를 맞이하여」, 『중외일보』, 1946.3.19. 김용호, 「무심에 핀 꽃 김대봉」, 『현대
문학』 12월호, 현대문학사, 1962. 이부순, 「시인 김대봉의 작품세계 연구」, 『서강어
문』 10집, 서강어문학회, 1994. 한정호, 「포백 김대봉의 삶과 문학」, 『경남어문논집』
7·8합집, 경남대학교 국어국문학과, 1995. 한정호, 「김대봉의 동시관과 동시 세계」,
『지역문학연구』 3호, 경남지역문학회, 1998. 고현철, 「일제강점기 부산 경남지역 시
인 발굴 및 재조명: 김대봉 재발굴 및 재조명」, 『한국문학논총』 33집, 한국문학회,
2003. 박태일, 「짜깁기 연구와 학문적 자폐: 고현철의 김대봉론」, 『한국 지역문학의
논리』, 청동거울, 2004. 한정호, 「김대봉의 문학살이와 의료 체험」, 『지역문학연구』
10호, 경남·부산지역문학회, 2004. 한정호, 『포백 김대봉 전집』, 세종출판사, 2005.

11) 1학년(7회) 재적 학생 81명 가운데서 80명, 2학년(6회) 75명 가운데 65명, 3학년(5
회) 70명 가운데 47명, 4학년(4회) 40명 가운데 25명, 5학년(3회) 25명 가운데 17명
이었다. 전교생 281명 가운데 234명이 정학 이상 처분을 당한 셈이다. 이를 학교지
에서는 '학생들의 대맹휴'라는 이름으로 다루었다. 편찬위원회, 『동래고등학교백년
사』, 동래고등학교동창회, 2002, 120~121쪽.

암·최진택 들과 의논해 전교생이 일어선 것이다.

동래고보가 공립으로 바뀐 뒤 가장 큰 맹휴였던 이 일로 학교가 휴교하자 왜경이 간부 학생을 체포, 구속하였다. 맹휴는 그쳤으나 가담 학생을 대대적으로 처벌하자 이에 불만을 품은 학생들이 다시 노골적인 저항을 벌이다 퇴학자·전학자·자퇴자가 이어졌다.[12] 그 뒤에도 김대봉은 1927년 봄, 동기 최두해·박인호에다 부산제2공립상업학교 학생들과 함께 동래독서회를 조직하였다. 그런 모임이, 이어진 동래고보 맹휴를 뒷받침했던 것이다. 맹휴 이후 가을, 동래독서회는 경찰에 적발되어 자진 해산 형식을 취했다. 그럼에도 비밀리에 동래소년회를 빌려 연락을 취하며 소년·청년 조직과 걸음을 맞추었다. 1928년 4월 동래소년동맹의 출범은 그러한 단계적 동력에 힘입었던 결과다.[13]

---

12) 1920년대 부산 지역 학생의 동맹 휴교에 대해서는 강대민에서 갈무리했다. 강대민, 앞에서 든 책, 96~117쪽. 동래고보와 마찬가지로 일신여학교에서도 뜻있는 학생들이 전국적인 동맹 휴교에 가담하였다. 그리고 그것이 격렬하게 확산된 뒤에 학생·청년 조직과 비밀결사가 있었다. 따라서 이들 동맹 휴교에 대해 단순한 학생층의 불만 표시가 아니라, 민족 항쟁의 일환으로 판단해 제국 왜로의 감시와 탄압 또한 격심했다. 그리하여 실형과 퇴학, 전학, 중도 포기자뿐 아니라 사상자를 많이 낳았다. 그러면서도 민족활동가를 배출하는 돌파구 몫까지 맡았다. 김호일, 『한국근대학생운동사』, 선인, 2005, 206~207쪽. 동래고보는 경남·부산 지역 맹휴의 대표 진앙 가운데 하나였다. 1927년도 9일부터 14일에 걸쳐 1~4학년 300여 명이 참가했던 동래고보 맹휴의 원인은 운동장 설비 개선, 교내 문제를 경찰서에 맡기지 말 것, 왜인 교사 배척, 한국어 변론 연습 허가와 같은 것이었다. 왜인 교사에 대한 배척은 피식민지 동화 교육, 노예 교육 책략에 대한 저항을 뜻한다. 그리고 참모·통신·폭력·변론·감시와 같은 5부에 걸친 투쟁본부를 두고 한층 조직적으로 전개한 점이 특징이다. 이어서 1928년 6월 18부터 21일에 걸쳐 다시 맹휴를 벌였다. 왜인 교원 배척, 한국어 시간 연장, 교내 강연회에서 한국어 사용과 같은 것이 요구 조건이었다. 해를 이어 맹휴를 일으켜 의기를 드높였다. 장규식, 『1920년대 학생운동』, 한국독립운동사편찬위원회·독립기념관 한국독립운동사연구소, 2009, 227~239쪽.

13) 사회주의 계열의 소년 활동가들은 1928년 3월 서울에서 조선소년연합회를 조선소년총연맹으로 바꾸었다. 이에 동래독서회 출신 청소년들도 4월 동래소년회에서 동래소년동맹으로 새로 몸집을 가다듬었다. 그리고 마산소년동맹과 함께 경남소년동

1928년 동래고보를 졸업한 김대봉은 고향 김해에 잠시 머문 뒤, 1929년 3월 4년제 평남의학강습소(평양의학전문학교)에 입학해 의료인의 길을 걷기 시작했다. 동기생 양재헌과 함께한 걸음이었다. 그리하여 평양의전을 1933년에 졸업한 뒤14) 1934년 서울 정구충외과의원을 거쳐 김해읍에서 개업을 했다. 김해 가장자리 명지에도 분원(分院)을 마련해 둘 사이를 오가며 진료를 했다. 1920년대 중반부터 김해 들은 농민 수탈, 민족 수탈의 표징 장소였다. 삼각주를 막은 '평야'에 들어 앉은 식민자 왜인 지주의 폭압과 끊이지 않은 수해로 처참했던 고향 들을 찾아 분원까지 꾸려 동분서주했던 그의 속내를 짐작하기란 어렵지 않다. 민중 의료구제가 그것이었다.15)

두 해에 걸친 고향 생활을 마치고 김대봉이 다시 서울로 올라온 때가 1937년이다. 경성제대 세균학 교실에다 부속병원, 미생물학 교실을 거치며 연구·학업을 이어 나갔다. 그러는 한편 1938년 종로에다 중앙의원을 개업하고 첫 시집 『무심』을 냈다. 임화·윤곤강과 같은 계급주의자의 서평이 잇따랐고, 언어민족주의자 고루 이극로까지 자리를 지킨 출판기념회를 가졌다.16) 이어서 1939년에 의료 지식 보급을 위해 잡지 『대중의학』을 냈다. 편집 주간을 맡은 것이다.17) 평양에서 맺은 친교를 바탕으로 『맥』 동인 활동에 열중한 것도 이 무렵이다. 그러다 1943년 창궐했던 발진티푸스 환자에게 감염되어 그는 운

맹을 이끌었다.

14) 『동아일보』, 1933.3.21. 평양의학전문학교 2회 졸업식, 19일, '졸업생 명단' 졸업자 거의 모두 평안도, 황해도, 함경도와 같은 북녘 출신이다.

15) 1935년(27세) 고향 김해에서 의원을 열었다. 그때 이미 혼인한 상태였다. 이무영, 「영남주간기」(8)·(9), 『동아일보』, 1935.5.9~5.10.

16) "처녀시집 『무심』 간행하여, 출판기념회를 가짐, 발기인 양주동, 이극로, 임화 등." 『동아일보』, 1938.11.11. "11월 16일, 40여 명이 참가해서 성황을 이루었다."『동아일보』, 1938.11.18.

17) 『동아일보』, 1939.1.12. 『동아일보』, 1939.4.13.

명하고 말았다. 서른다섯, 젊은 나이였다.

김대봉 시인은 단순한 의사가 아니라 계몽 지식으로 무장한 실천가이고자 했다. 어려운 길을 스스로 찾아 걸었던 그의 의기는 고향 김해 들의 가난한 현실에서부터 싹터 동래고보 재학 시절 거듭한 맹휴와 독서회 활동을 거치며 굳건해졌다. 동래고보 문사로 1927년 9월 『조선일보』를 빌려 발표했던 첫 시 「농부의 노래」부터 그 점을 웅변한다. 동래고보 재학 때 시작하였던 그의 글쓰기는 졸업 뒤 김해, 평양을 거쳐 서울에서 임종할 때까지 이어졌다.[18] 그리고 그것은 시에만 머물지 않고 어린이문학 창작과 평론, 대중 계몽 의학 논설까지 다채로웠다. 그의 실천 활동에 방편이 되어 준 갈래들이다.

　① 바람아 불거라 비여 내리라

　　풍년이 되거나 흉년 들거나

　　지어도 못 먹고 사시 품팔이

　　머나먼 서쪽에 풍년 들거라

                                        ―「농부의 노래」[19]

　② 벼는 익는다

---

18) 김대봉이 동래고보 재학 무렵 『조선일보』 학생문예란에 발표한 작품은 다음과 같다. 「농부의 노래」, 1927.9.13. 「추석 달」, 1927.9.15. 「벗의 무덤」, 1927.10.20. 「옛 기억」, 1927.12.6. 「가을마지」, 1927.12.23. 「갈매기」, 1928.1.1. 「동래성」, 1928.1.28. 「조선 청년아」, 1928.2.11(본문 검열 삭제). 「묵상」, 1928.2.24. 「내 몸과 내 마음」, 1928.2.25. 「애백통정(哀魄痛情)」, 1928.3.3. 졸업 뒤에도 꾸준히 작품 발표를 멈추지 않았다. 졸업 뒤 『동아일보』에 실은 작품은 다음과 같다. 「가을밤」, 1929.10.20. 「무제」, 1929.10.29. 「마을의 저녁」, 1929.12.4. 「지난 생각」, 1929.12.5. 「우박」, 1930.1.1. 1930년에는 『동아일보』 신춘문예 동요 부분에 선외 입상을 하기도 했다. 김대봉의 문학 생애에 대해서는 한정호가 잘 갈무리했다. 한정호 엮음, 『포백 김대봉 전집』, 세종출판사, 2005.

19) 『조선일보』, 1927.9.13.

서풍이 춤추며 들을 것치고

하늘 맑은 9월 내리쪼이는 햇빗에

고개 숙이고 벼는 익는다

—김정한, 「벼는 익는다」 가운데서[20]

①은 1927년 동래고보 문사로 『조선일보』에 올린 첫 발표작이다.
②는 동래고보 동기인 소설가 김정한이 졸업 한 해 뒤인 1928년 같은
『조선일보』에 실은 작품이다. 두 작품 사이 거리가 청소년기 두 사람
의 현실인식을 뚜렷하게 맞세운다. ①에서는 "지어도 못 먹고 사는
품팔이" 신세로 떨어져 버린 우리 농민과 농촌 수탈 현실에 대한 자
각이 분명하다. ②에서는 농촌에 대한 소박하고도 상투적인 찬가에
그쳤다. 동기생임에도 인식 지평이 뚜렷하게 나뉜다. 김대봉 시는 이
렇듯 노골적으로 드러내지는 않았지만, 당대 지식인을 무장시켰던
사회주의의 사상적 부름켜를 숨기지 않았다. 그의 초기시를 뒤덮고
있는 슬픔이 가닿은 곳이 거기다. 그리고 그 슬픔은 세 켜를 이루어
넘친다. 나날살이 경험 속에 우러난 슬픔, 자연물이나 역사 대상에
투사된 슬픔, 그리고 슬픈 마음 자체가 그것이다.

　① 만물은 모다 자되

　　온 세상 나만 쌔여

　　싸내는 이 슬음에

　　고향이 꿈은 깁다

　　갈라도 못 가는 이 몸

　　뉘라서 알려 주리

---

20) 『조선일보』, 1928.11.7.

객창에 밝은 빗은

그늘에 박긴다마난

이 밤에 서러움은

언제나 가버릴고

아서라 어버이 맘

더욱히도 설으시리

—「추석 달」21)

② 바람에 설음 실으니

　말은 한울에 구름 씨고

　구름에 눈물 타노니

　쌍 우 무덤에 비가 맷는다

—「벗의 무덤」22)

　①과 ②에 담긴 슬픔은 까닭이 분명하다. ①에서는 고향을 떠나 있
는 말할이가 한가위를 맞아 "갈랴도 못 가는" 몸으로 '객창'에서 겪는
향수로 말미암았다. 세상 잠들어 고요한 밤에 혼자 깨어 슬픔에 젖는
다. 그리고 자신보다 더 슬픔에 젖어 계실지 모를 '어버이'를 떠올리
며 그것을 가라앉힌다. 고향 김해를 떠나 기숙사에서 지내고 있었던
시인의 경험적 현실이 포개진 시다. ②는 "쌍 우" "벗의 무덤"으로
말미암아 슬픔에 젖는 작품이다. "바람에 설음" 싣고, "한울에 구름
씨고", "구름에 눈물 타"니, "쌍 우 무덤에 비가"가 내린다는 생각의
줄기를 따랐다. 부풀린 듯하지만 벗의 죽음으로 겪었을 법한 슬픔을

---

21) 『조선일보』, 1927.9.15.

22) 『조선일보』, 1927.10.20.

드러내기에는 모자람 없다. 단순히 내리는 비가 아니라 바람에, 구름
에, 말할이의 '설음'과 '눈물'까지 섞인다 했으니 슬픔을 극대화한 표
현이다.

① 가을 가을이 오면
　한 이슬 마진 풀가티
　몹시도 쓸쓸하고
　우는 귀뚜람이처럼
　속가슴 서러웁지요

―「가을마지」 가운데서[23)]

② 푸른 바다 우
　써다니는 갈매기
　어듸로 갈랴
　해는 지고 어둠이
　구비치는데
　슯흐다고 웨치며
　울고만 잇노
　엄마 아바 그리워
　차저서 완니
　보금자리 여이고
　갈 곳이 업시

―「갈매기」 가운데서[24)]

───────────────────

23) 『조선일보』, 1927.12.23.
24) 『조선일보』, 1928.1.1.

①과 ②는 다 같이 자연 대상에 투사한 말할이의 슬픔을 담았다. ①은 가을을 맞아 울기 시작하는 '귀뚜람이'를, ②는 "푸른 바다 우/써다니는 갈매기"를 끌어왔다. 둘 모두 청소년기에 지닐 수 있을 슬픔이 짙게 뱄다. 앞으로 드넓게 펼쳐질 힘겨운 현실 앞에서 형태를 갖출 수 없이 북받쳐 오르는 복합적인 느낌과 생각을 슬픔이라는 정감으로 대신한 것이다.

> 홀로 외로이 선 넷 성
> 흐터진 물 거츤 흙
> 간 지 삼백 년 뒤 잠을 잔다
>
> ―(줄임)―
>
> 아! 째의 변천이여 이째 짓금
> 무한한 공허 영원한 침묵에
> 물에서 뜰까지 가노니
> 압 슯흠에 뒤 슯흠을 짜낸다

—「동래성」 가운데서[25]

위에 따온 시는 자연 대상에 슬픔을 가탁했던 경우와 달리 역사적 유허를 빌려 시간 흐름을 읽고 있다. 삼백 년이나 지난 오늘날 "외로이 선 넷 성"을 바라보며 "째의 변천"을 느끼는 말할이의 모습이 뚜렷하다. 흔한 발상에 기댄 시다. 그럼에도 "앞 슯흠에 뒤 슯흠을 짜낸다"는 마지막 시줄이 예사롭지 않다. '앞 슬픔'이란 단순히 옛 성터에

---

25) 『조선일보』, 1928.1.28.

서 말미암은 정서적 반응만을 뜻하지는 않는다. 임진왜란 때 순국한 동래성 사람에 대한 우국충정에서 비롯한 것임이 분명하다. 허물어진 충용의 역사 현장에서 겪는 시인의 슬픔이 오롯하다.

① 한울을 우르러보고
　바다를 건너다보니
　적고도 적은 내 몸이로라
　한울은 넓퍼 펏쳐 잇고
　바다는 깁히 흐른다
　더 널고 더 깁고 십흔 나의 마음이여!

—「내 몸과 내 마음」26)

② 마듸마듸 설음이오
　가는 족족 설음이라
　엇지하나 암만 해도
　설음에 슯허 울 내 넉이언가

　곳곳마다 괴롬이오
　가는 족족 괴롬이라
　엇지하나 암만 해도
　괴롬에 목노아 울 내 넉이언가

—「애백통정(哀魄痛情)」27)

---

26) 『조선일보』, 1928.2.25.
27) 『조선일보』, 1928.3.3.

①은 넓은 하늘과 깊은 바다라는 낯익은 생각을 끌어왔다. 자신의 몸은 비록 작으나, 마음은 하늘과 바다처럼 "더 널고 더 깁고 십흔" 바람을 담았다. 청소년기에 흔히 지닐 수 있을 인생시다. 그런데 ②는 그러한 "나의 마음"이 슬픔과 괴로움으로만 가득하다 외친다. "마듸마듸 설음이요/가는 족족 설음이라"는 극단에 이른 표현은 둘째 토막에서 "곳곳마다 괴롬이오/가는 족족 괴롬이라"는 시줄과 맞물린다. 그리하여 자신의 '넉'은 "괴롬에 목노아" 울밖에 없다 했다. 이때 거듭하고 있는 '가다', 곧 앞날이라는 시간 표정을 담은 움직씨에 눈길을 줄 필요가 있다. 시인 개인의 앞길을 가로막는 현실에 대한 슬픔뿐 아니라, 겨레의 앞길을 가로막는 현실에 대한 집단적 슬픔이라는 뜻까지 불러오는 까닭이다. '곳곳마다', "가는 족족" 괴롬과 슬픔만 가득하다는 말할이의 외침은 일찍부터 자신의 필명을 굳이 포백(抱白), 곧 백의인(白衣人) 우리 겨레를 품겠다는 뜻과 겹쳐져 있는 셈이다.

김대봉은 어릴 적 겪었던 고향 김해의 농촌 현실과 동래고보 시절 맹휴·독서회 활동으로 다져진 포부를 바탕으로 슬픔 속에 던져져 있는 민족 구성원을 위한 의료 구제에 뜻을 두고 살다 갔다. 서른다섯 짧은 삶이었다. 그런 가운데서도 꾸준한 작품 활동을 벌이며 심지를 꺾지 않았다. 비록 역사의 앞자리에서 돋보이는 모습을 드러내지는 않았지만 그를 둘러쌌던 젊고 뜻있는 문인들이 그의 요절 앞에서 숨기지 않았던 애통이야말로 그가 지녔던 드높은 포부를 거꾸로 점쳐 보게 한다. 피식민지 시기 거의 모든 의료 지식인이 사회 상층부로서 한 몸 누리며 살아갈 때, 그는 시인으로서 의료인으로서 가능한 실천적 걸음을 불사른 드문 본보기를 보여 준다.

3. 조순규 시조의 의분과 연대감

근포(權圃) 조순규는 2011년 처음으로 학계에 이름을 알렸다. 무명 시인으로 여든여섯 해를 살다 간 그의 육필 시조집 『계륵집』과 육필 민요집 『무궁화』 그리고 산문집 『잡초록』을 중심으로 삶과 문학을 살핀 글이 나온 것이다.[28] 허술하게 두고 말 이가 아니었던 까닭이다. 조순규는 1908년 3월 경남 울산시 웅촌면 대대리에서 태어났다. 지역 초등학교 교사를 지냈던 아버지 밑에서 울산공립보통학교(울산초등학교)를 졸업하고, 1923년 동래고보에 입학했다. 김해 시인 김대봉, 동래 소설가 김정한과 한 동기였다.

조순규가 지녔던 현실의식은 학창 시절 줄글을 빌려 엿볼 수 있다. 동래고보 동기생 30명과 함께 했던 1926년 섬나라 수학여행 기행문이 그것이다. 그때 나이 열아홉, 조순규는 피식민지 우리의 노예 현실을 아프게 되씹었다.

일본의 노동시장으로 그들 유일의 상품인 노동력을 팔러 조선(祖先) 대대로 지어 오던 농토를 버리고 고향을 떠나는 그들! 오호! 그들을 볼 때 나의 마음은 한없이 괴롭고 쓰라리었다! ××자인 나로써도 이다지 서러여울 때야 당자인 그네들 마음이야 어떻다 하랴? 몇 번이나 몇 번이나 멀어져 가는 고국산천을 바라보고 울었으며 무정한 이 사회를 저주했으랴?![29]

비분강개하는 모습이 선하다. 유민으로 떠돌며 우리 농민이 겪는 '무정한' 피식민지 현실에 대한 이해와 자각이 뚜렷하다. 1927년 9월

---

28) 박태일, 「무궁화 시인 조순규의 삶과 시조」, 『근대서지』 4집, 근대서지학회, 2011. 3장은 이 글에 바탕을 둔다.

29) 조순규, 『잡초록(雜草錄)』, 자가본, 3~4쪽.

그는 『조선일보』 학생문예란에 첫 작품 연시조 「하추잡음(夏秋雜吟)」을 실으면서 동래고보 문사로 이름을 얻기 시작했다. 동기 김대봉과 나란히 문학도의 모습을 학교 안밖으로 알렸던 셈이다. 동래고보가 해를 이어 거듭한 동맹 휴학의 열기를 뿜어내고 있을 때다. 1928년부터 조순규의 작품은 학생문예란이 아니라 일반면에 실리기 시작했다. 2월에 발표한 「봉래유가(蓬萊遊歌)」가 처음이었다.

8월 동래고보 5회로 졸업한 그는 미술 공부를 하러 유학을 떠나고 싶었던 뜻을 꺾고 고향 웅촌으로 내려갔다. 그리고 전형적인 농촌 지식 청년의 길을 걷기 시작했다. 농사를 거들며 밤배움 활동을 벌이고, 농민조합 활동에 나섰다. 그런 가운데 『조선일보』에 작품 발표를 그치지 않았다. 한자 이름 규(奎)자도 바꾸기 시작했다. 1928년 10월 자유시 「새벽이여」를 실으면서 규(叫)라 썼다. '叫'와도 뒤섞어 썼다. '叫'와 '呌'는 모양이 다르나 뜻은 같다. 부르짖다가 그것이다. 졸업한 뒤 고향에서 나아갈 길이 어느 쪽일 것인가에 대한 암시를 그렇게 한 셈이다. '叫'자나 '呌'자를 쓴 작품30)에서 노골적인 민족의식을 드러낸 것은 당연한 일이었다.

그러나 재학 시절의 두드러진 작품 활동에다 졸업과 바로 이어진 격렬한 목소리의 작품 발표, 거기다 농민조합 활동이 빌미가 되어 그는 왜로 경찰의 중점 감시 대상으로 올랐다. 그렇지 않아도 동래고보 맹휴의 여진으로 지역 소년회·청년회 활동에 대한 감시를 옥죌 때였다. 1928년 가을 친구들과 오갔던 편지 내용이 불온하다는 트집

---

30) 조순규는 『조선일보』에 동래고보 재학 시절 작품 6편을 비롯 모두 12편을 발표했다. 「하추잡음」, 1927.9.15. 「가을밤」, 1927.10.28. 「죽엄」·「비밀」, 1927.11.18. 「눈물이라도」, 1927.11.18. 「봉래유가」, 1928.2.7. 졸업 뒤 발표작 6편은 아래와 같다. 「새벽이여」(자유시), 1928.10.5. 「발자국」(자유시), 1928.10.6. 「별」(동요), 1928.10.28. 『가을잡영(자유시)』, 1928.11.28. 「갈보청-머슴들의 노래」(민요시)·「님생각」(민요시), 1930.1.18.

이 잡혀 이른바 치안유지법으로 갇혔다.[31] 동래고보 학생이나 '주의 인물'의 오가는 편지를 동래경찰서에서 하나하나 검열하여 본인에게 손수 전해 주던 "동래서의 돌연한 활동"에 걸려들었다. 그의 피검은 단순히 한 농촌 지식 청년에 대한 핍박이 아니었다. 동래고보를 중심으로 이루어졌던 부산 지역 학생, 청년 활동에 대한 감시와 탄압의 폭풍을 그가 고스란히 떠안은 꼴이다.

동래경찰서로 잡혀갔던 조순규는 판결을 받기 앞까지 1년에 걸친 옥살이를 시작했다. 시일을 끌던 판결은 부산지방법원에서 1929년 11월에야 이루어졌다. 1년 6월의 검사 구형에 다행히 무죄 언도를 받았다. 감옥에서 겪었던 민족적 수모와 고통은 평생 잊을 수 없는 것이었다. 그리하여 출옥 뒤 자신이 간수한 모든 책의 272쪽, 곧 자신이 입었던 수의 번호 272번 자리마다 인장을 찍어 두고두고 새기고자 했다. 그의 무죄 출옥 사실은 『중외일보』·『동아일보』[32]에서 다루었다. 겨레의 눈길이 어디를 내다보고 있었던가를 한 젊은이의 고초를 빌려 여실히 보여 준 셈이다.

시인이 처음으로 발표한 작품은 「하추잡음(夏秋雜吟)」이다. 1927년

---

31) "치안유지법 위반으로 5학년 김동득, 4학년 조순규, 다섯 명이 체포되어 송치됨, 이어서 16일 소년동맹 집행위원장 김모 기타 5명을 취조 중", 『동아일보』, 1928.11. 29.

32) "만 일 년을 끌던 조김(趙金) 양 청년의 공판, 결국 무죄를 언도, 칠 일 부산지방법원에서." 『중외일보』, 1929.11.10. "친우 간 사신(私信)이 불온하다 하여 치안유지법 위반으로 기소된 동래고보생 조순규(趙焞奎)와 김동득(金東得)에 대한 공판이 부산지방법원에서 개정되었는데 검사의 징역 1년 6월 구형에 대해 무죄가 언도되다." 『동아일보』, 1929.11.10. "검거 김동득 외 1인……조순규도 29년 11월 14일", "김동득과 양인 출옥, 돌아갔다더라." 『동아일보』, 1930.2.14. 기사에서는 동래고보생으로 적었으나 이미 졸업한 뒤였다. 다시 고향으로 돌아온 그는 동래고보 시절 채록하거나 문헌에서 가려 뽑아 두었던 민요 400편 남짓을 묶어 '구전요집' 『무궁화』를 엮었다. 이때 내는 곳을 '근포서사(槿圃書舍)'라 붙였다. 자호인 '근포'를 쓴 첫 본보기였다. 아울러 서울과 지역의 『울산농보(蔚山農報)』와 같은 매체에 동화·수필을 발표했다.

9월 『조선일보』 '학생문예' 자리였다. 이 작품은 세 가지 뜻을 지닌다. 첫째, 그가 마음에 품었던 '무궁화' 표상이 이른 시기부터 드러난다. 둘째, 창작 초기부터 그의 갈래 선택이 시조였다는 사실이다. 셋째, 우의적 맥락이지만 겨레 현실에 대한 자각이 뚜렷하다. 이러한 세 가지는 그가 평생 가꾸고자 했던 바인데, 처음부터 뼈대를 제대로 드러낸 셈이다.33)

아즘해 마지하며
무궁화 피엿세라
자지ㅅ빛 그 얼골에
우숨은 쉬엇건만
지난날 설은 생각에
눈물겨워 하노라

      -(줄임)-

강가엔 보슬비요
중천에는 제비로다
밥 짓는 저녁 연기
산허리를 물들이니
황혼의 검은 장막은
그림같이 보히더라

쌔앗긴 이 쌍에도

---

33) 박태일, 앞에서 든 글, 232~233쪽.

제 살 곳이 잇나 하고

강남(江南)서 차저왓던 정이 깁흔 저 제비를

아츰 저녁 서늘바람에

고향 그려 하노라

—「하추잡음(夏秋雜吟)」 가운데서34)

학생문사 조순규의 조숙한 기품이 잘 드러난다. 활짝 핀 아침 '무궁화'가 "지난날 설은 생각에/눈물겨워" 한다 썼다. 단순한 자연물로 무궁화를 보고 있지 않음을 금방 알겠다. 거기다 '강남' '제비'가 머물이 땅을 두고 "쌔앗긴 이 쌍"이라 의연히 밝혔다. 빼앗긴 땅에서 눈물겨워 하는 무궁화가 표상하는 바가 무엇인지는 알기 어렵지 않다. 청소년이 지닌 결기 이상의 믿음을 갖추지 않으면 들내기 힘든 겨레 사랑을 노골적으로 밝힌 셈이다.35) 그러면서도 꼼꼼한 감각적 자질을 놓치지 않았다.

① 뜰 우에 썰어진 썩갈닙 주어

　살풋이 낫에다 대여 보앗더니

　사늘한 생각이 멀리로부터

　죽엄을 쓰을고 차저옵니다

—「죽음」36)

② 남벽(藍碧)의 바다는 그의 바닥에

　죽음의 처참이 잇고

---

34) 『조선일보』, 1927.9.15.

35) 박태일, 앞에서 든 글, 240쪽.

36) 『조선일보』, 1927.11.18.

광란의 정염(情炎)이 잇고

고독의 자존(自尊)이 잇고

심사(沈思)의 과단(果斷)이 잇고

한업시 맑은 그의 예지의 깁히는

저 수평선 넘에서 굴려오는

풍운을 감득(感得)한다

—류치환, 「바다」 가운데서37)

①은 조순규의 작품이다. ②는 세 해 뒤인 1930년 동문 선배 류치환이 동인시집『소제부』에 실은 것이다. 둘을 견주어 보면 두 시인 사이 말글 감각 차이가 금방 드러난다. "썩갈닙 주어""낫에다 대여"보면서 '죽엄을' 끌고 찾아오는 듯한 '사늘한' 가을 생각에 잠기는 ① 시인의 모습은 매우 섬세하다. 그러나 초등학교를 마치고 바로 왜나라로 유학을 떠나 청소년기를 온통 거기서 보내며 왜풍에 젖었던 류치환의 작품은 바다를 드러내는 데에도 막연한 왜풍 한자어를 늘어놓는 허황한 모습으로 한결같다. 조순규는 이미 학창 시절부터 현실인식뿐 아니라 문재에서도 남달랐다. 그런 모습은 역사적 대상을 만나서도 어김없었다.

문허진 녯 성(城)터 동래(東萊)의 성터

이곳엔 얼마나 만은 충혼(忠魂)이

무지한 칼날과 독한 화살에

참혹히 피 흘리고 뭇치었는지

—「봉래유가(蓬萊遊歌)」 가운데 「동래성(東萊城)」38)

---

37) 박철석 엮음,『새 발굴 청마 유치환의 시와 산문』, 열음사, 1997, 45쪽.

'충혼'이라 적어 장소에 대한 앎을 당당히 밝힌 작품이다. 말할이는 임진왜란 격전지로 왜구의 "무지한 칼날과 독한 화살에/참혹히" 짓밟힌 「동래성(東萊城)」의 욕된 내력을 되씹는다. 온천욕을 위해 요란스럽게 드나드는 왜인, 왜풍 몸살에 맞서고자 하는 피식민지 젊은이의 의분이 오롯하다.[39] 이러한 민족적 감각은 조순규가 동래고보를 졸업하고, 고향에서 농촌 계몽 활동을 하면서 살리라 결심한 때부터 더욱 뚜렷해진다.

① 밤은 캄캄한
   어두운 거리로
   비틀거리며 갈 길 모르는
   수만혼 그림자를 나는 보노라

   밤은 무섭게
   바람 부는 거리로
   떨면서 신음하는
   가련한 그림자를 나는 보노라

   한울엔 반작이든
   별빗조차 빗최이지 안는 이 쌍에

   쉰힐 줄 모르며
   굼틀거리는 그림자를 나는 보노라

---

38) 『조선일보』, 1928.2.7.
39) 박태일, 앞에서 든 글, 242쪽.

1920년대 부산 지역 청소년문학과 항왜의 경험   65

쓸쓸한 밤거리에서
눈물 흘리며 비틀거름 치는 모든 무리여!
어허! 어듸로 가랴나
가도 가도 암흑뿐인 이 쌍 우에서

새벽이여! 오소서!
갈 바 모르는 저들을 위하여……
광명을 씌을고 속히 오소서

—「새벽이여」[40]

"바람 부는 거리로/썰면서 신음하는/가련한 그림자"나, "별빗조차 빗최이지 안는 이 쌍에/씌힐 줄 모르며/굼틀거리는 그림자", 거기다 "쓸쓸한 밤거리에서/눈물 흘리며 비틀거름 치는" 무리가 누구인가는 자명하다. 노골적으로 겨레 구성원이 딛고 선 현실을 그려 담았다. 그들은 "가도 가도 암흑 뿐인 이 쌍 우에서" 하루하루 연명하는 이들이다. "갈 바 모르는 저들을 위하여" '새벽'이 '광명'을 끌고 속히 오기를 염원하는 시인의 목소리가 높다. 그들을 위한 길에 시인은 둘레 벗들과 연대를 강조한다. 이 점이 슬픈 마음으로 겨레 구성원을 조용히 응시하던 김대봉 시인과 나뉘는 자리다.

① 압삼이들의 남기고 간 자국이
   이 쌍 우에 얼마나 삭혀 잇스랴
   내가 가만히 눈을 감고
   나의 나아갈 길을 생각하노라면

---

40) 『조선일보』, 1928.10.5.

그들의 남긴 발자국은
암흑에서 광명으로 광명으로
내 몸을 인도해 주네!
벗들이여! 그대들도
그 자국을 짤흐지 안흐랴나

—「발자국」41)

② 오호! 저 감! 타는 듯이 새ㅅ밝안 저 감!
   벗들이여! 나는 저 감 보고 왼종일 외치네
   ……그대들의 염통에도 피가 슬느냐?

—「가을잡영(雜咏)」 가운데서42)

①에서 '압삼이'는 앞삶이, 곧 앞서 살았던 이를 뜻한다. 그들은 오늘날 내가 "나아갈 길을" 이끌어 주는 나침반이다. "암흑에서 광명으로" 우리를 밝혀 줄 환한 빛이다. 시인은 벗들에게 그들의 '자국을' 함께 따를 것을 권한다. 식민자의 식민 책략에 맞서 밤배움과 농민조합 활동에 나섰던 시인의 결의가 자연스럽게 배어난다. ②는 가을 감나무에 매달려 익은 감에서 피 끓는 '염통'을 떠올린다. 그리하여 벗들에게 함께할 것을 소리 높여 권한다. 피식민지 노예로서 자신의 현실을 깨닫고 앞선 이들의 걸음길을 따라 한 발 한 발 동지들과 힘 모아 나아가자는 시인의 웅변이 들리는 듯한 시다.

그러나 이렇듯 민족 계몽 투쟁을 향한 포부를 숨기지 않았던 조순규의 작품이나 활동은 왜로 관헌의 감시망에 금방 들 수밖에 없었다.

---

41) 『조선일보』, 1928.11.28.
42) 『조선일보』, 1928.11.28.

앞에서 잠시 짚었던 바다. 그러한 그를 기다리고 있었던 일은 1년에 걸친 고통스러운 옥살이였다. 놀라운 점은 옥에서 왜로의 갖은 행악을 겪고 나온 시인이 기개를 꺾기보다 오히려 더 결기 어린 목청을 숨기지 않았다는 사실이다.

① 예서 님이 게신 곳 그 몇 리던고
　두만강만 건너면 그곳이련만
　그 님 소식 웨 이리 들을 수 업나
　강남 갓든 제비도 수로로 만 리
　봄이 오면 녯 집을 차저옵니다

　이 나라 이 백성을 구하리라는
　크나큰 뜻 품고 써나가신 님
　만주 들 찬바람에 어이 지내나
　새바람 싸늘하게 불기만 하면
　쌔마듸 마듸마다 저려 옵니다

　날마다 오는 신문 바다들고서
　혹시나 우리 님이 아니 잡혓나
　자세히 몇 번이나 넑어 봅니다
　그러나 거긔서도 님 소식 몰라
　기다려 고혼 얼골 다 늙습니다

—「님 생각」

② 갈보청 낫구나 갈보청 낫네
　우리나 동리에 갈보청 낫네

봉선이 공장에 돈 벌러 가드니
지금엔 도라와 갈보질하네

—「갈보청-머슴들의 노래」 가운데서43)

만주 공간으로 떠나가 "이 나라 이 백성을 구하리라는/크나큰 쯧을 품고" 계신 '님'을 향한 시인의 공감과 걱정은 우의적인 뜻을 벗어던진 채 민족 지도자라는 한 말로 내닫는다. 그들의 안위를 걱정하며 "날마다 오는 신문 바다들고서/혹시나 우리 님이 아니 잡혓나/자세히 몇 번이나 넑어" 본다는 시줄에 이르러서는 항왜의 뜻을 분명히 했다. 1년에 걸친 고통스러운 옥살이를 겪고 나온 젊은이답지 않은 당찬 걱정을 펼쳐 보인 셈이다. 거기다 ②에서는 우리 겨레가 겪고 있는 현실에 대한 눈길이 가슴 아린 민요시 한 편을 자아 올렸다. 봉선이는 "공장에 돈 벌러" 갔다 마침내 '갈보질'할 수밖에 없는 몸으로 고향으로 되돌아왔다. 그러한 참혹한 슬픔이 먼 곳 이야기가 아니라 바로 "우리나 동리" 일이라 한 데서 시인의 의분이 아낌없이 솟구쳤다.

이 무렵 조순규는 다른 문학 갈래에도 눈을 준다. 수필에서부터 동시·동화 창작으로 영역을 넓혔다. 1920년대 후반부터 1930년대 초기, 나라 곳곳에서 일어섰던 청년 활동가 문인들의 걸음걸이를 고스란히 따르고 있는 셈이다. 그리고 그 길은 이른바 치안유지법에 따른 죄형자라는 낙인을 이마에 아로새기고 살아갈 수밖에 없었던 가파른 일이기도 했다. 그런 그가 을유광복이 되고서도 첫 민선 면장 일을 맡을 수 있었던 것은 그 걸음걸이가 욕되지 않았던 까닭이겠다. 그러다 1950년 전쟁이 발발한 뒤 다시 한 번 그는 역사의 질곡 속으로

---

43) 『조선일보』, 1930.1.18.

빨려들 수밖에 없었다. 빨지산을 도와준 공산주의자라는 혐의였다.

　그가 나라잃은시대 밤배움에서 가르쳤던 이들이 광복기 좌우 갈등 속에서 급진 좌파 활동에 나선 경우가 있었던 뒤끝이었다. 그리하여 다시 거친 옥살이가 그를 기다리고 있었다.44) 시인은 다 드러낼 수 없을 노여움을 가슴 저 밑에 묻었다. 뒤늦게 들어선 부산 교육계에서 무명으로 남은 삶을 조용히 추스를 수밖에 없었던 데는 그러한 역사 의 질곡이 도사려 있는 셈이다. 그리고 무명한 그 걸음길에 1961년부 터 옮겨 적기 시작한 육필 시조집 『계륵집』한 권을 남겼다.45) 다행 스러운 일은 그렇게 남은 시집으로 말미암아 부산 교육 시조와 울산 근대문학을 아로새긴 주요 구성원 가운데 한 사람으로 뒤늦게 알려 지게 되었다는 사실이다.46)

4. 박차정 소설 「철야」의 속뜻

　나라잃은시대 항왜 투쟁에 온몸을 던져 순국한 이가 동래일신여학 교(동래여교) 출신 박차정(朴次貞) 열사다. 서른셋이었다. 오래도록 잊 혀 있다 1990년대에 이르러서야 알려지기 시작했다.47) 열사는 1910

---

44) 박태일, 앞에서 든 글, 235~236쪽.

45) 1년에 걸친 옥고를 겪고 귀향하여 농민조합 활동을 시작했던 1930년대 초반 작품부 터 1970년대 후반 시기까지 마흔 해를 넘게 꾸준히 써 온 시집이 『계륵집』을 이루었 다. 모두 76편이 실렸다.

46) 박태일, 앞에서 든 글, 262쪽.

47) 열사의 동생 박문하와 김의환이 짧은 줄글을 남겼다. 지역 동래신문사에서 기사를 마련한 때가 1993년이다. 나라에서는 1995년에 이르러서야 건국훈장 독립장을 올 렸다. 박문하, 「누님 박차정」, 『낙서인생』, 아성출판사, 1972. 김의환, 「박차정 열사」, 『나라사랑』 17집(별쇄), 외솔회, 1974. 「동래출신항일투사재발굴」①~③, 동래신문 사, 1993. 편찬위원회 엮음, 『동래학원 100년사』, 학교법인 동래학원, 1995. 강대민,

년 5월, 부산시 동래구 복천동에서 박용한과 김맹연 사이 3남 2녀 가운데 넷째로 태어났다. 아버지는 오늘날 동래고교의 모태인 사립 개양학교와 서울 보성전문학교를 나와 탁지부 주사로 측량기사 일을 맡았다. 1909년 그 일을 열여섯 달 만에 접고 낙향했다. 수산업을 하다 1918년 비분강개한 유서를 남기고 자결했다. 아버지의 자결 뒤, 남은 가족에겐 긴 고난이 따랐다.[48]

그런 속에서 가풍을 지키며 심지 곧았던 열사는 열네 살인 1924년에 동래소년회 활동을 시작했다. 1925년 동래일신여학교 고등과에

「박차정의 생애와 민족해방운동」, 『문화전통논집』 4집, 경성대학교 향토문화연구소, 1996. 김정희, 「일제하 동래지역 여성독립운동에 관한 소고: 근우회 동래지회를 중심으로」, 『문화전통논집』 4집, 경성대학교 향토문화연구소, 1996. 이송희, 「박차정 여사의 삶과 투쟁: 민족의 해방과 여성의 해방을 위해 투쟁한 한 여성의 이야기」, 『지역과 역사』 1호, 부경역사연구소, 1996. 박태일, 「광복열사 박차정의 삶과 문학」, 『지역문학연구』 창간호, 경남지역문학회, 1997. 박선경, 「의열단에 가담했던 기독교인들의 신앙관 연구」, 계명대학교 박사논문, 2004. 강대민, 『여성조선의용군 박차정 의사』, 고구려, 2004. 강대민, 「박차정, 민족해방운동의 여성 투사」, 『내일을 여는 역사』 23호, 내일을여는역사, 2006. 박철규, 「여성 독립운동가 박차정」, 『문화전통논집』 14집, 경성대학교 한국학연구소, 2007. 김삼근 엮음, 「박차정 여사」, 『부산출신독립투사집』, 박재혁의사비건립동지회, 1982. 강영심, 「항일운동가 박차정의 생애와 투쟁」, 『여/성이론』 통권 제8호, 도서출판 이연, 2003. 김재승, 「부산출신 의열단원 박문희(朴文嬉)의 항일 활동」, 『항도부산』 25집, 부산광역시 시사편찬위원회, 2009.

48) 이때 맏이 문희는 사립동래고보 졸업반, 문호는 동래보통학교를 졸업하고 상급반 진학 준비 중이었다. 장녀 수정은 부산진일신여학교에, 차녀 차정은 동래보통학교에 재학하고 있었다. 막내 문하는 유복자로 태어났다. 어머니 김맹연은 동래 기장 유력가 딸이었다. 김두봉이 여사의 사촌 동생이고 김약수가 육촌이다. 그녀는 남편 사후 삯바느질로 생계를 이었다. 큰 오라버니 문희는 1920년 일본대 경제과를 거친 뒤 목회활동을 하면서 동래청년연맹과 신간회 동래지회를 만드는 데 중심 역할을 했다. 신간회 중앙집행위원을 거쳐 중국으로 망명한 뒤, 1932년 매부 김원봉 장군과 조선혁명간부학교 운영에 진력했다. 환국한 뒤 부산에서 대중신문사 사장으로 일하다 1950년 서울에서 납북 당했다. 작은 오라버니 문호 또한 동래청년동맹의 집행위원과 신간회 회원으로 활동했다. 그 뒤 형과 마찬가지로 의열단으로 활동하다 1934년 미혼인 채로 옥사했다. 언니 수정은 일찍이 병사하였다. 동생 문하는 부산에서 의사며 수필가로서 활동했다. 박태일, 「광복열사 박차정의 삶과 문학」, 『지역문학연구』 창간호, 경남지역문학회, 1997, 31~34쪽.

입학한 열사는 1928년 근우회와 신간회 동래지회 일을 떠맡았다. 열사는 학력 성취도도 높았다. 일신여학교 제4회 졸업생 21명 가운데서 최우등에 이은 우등을 받았다.[49] 그 무렵 이미 근대 학력은 사회경제적 지위 획득에 필수적인 문화자본이었다.[50] 그러나 열사는 그런 길과 거꾸로 나아갔다. 졸업과 함께 1929년 서울로 올라가 근우회 중앙집행위원회 상무위원으로서 일하며 광주학생의거의 연장으로 일어났던 여학생 시위를 이끌었다. 그 일로 왜로에게 붙잡혀 만신창이가 되도록 고문을 겪었다.[51]

그런데 열사가 쓴 글들은 아직 간추려지지 않았다. 광복항쟁 과정에서 적지 않은 글을 쓰며 선무 활동에 나섰음에도 실체를 살피기 어렵다.[52] 그런 까닭에 동래일신여학교 교우지 『일신』 2호에 실린

---

49) 『동아일보』, 1929.3.12.

50) 이른바 신교육을 받은 남자와 '혼인 가능성'이 그것이다. 이미 비슷한 학력 수준의 배우자와 혼인을 하는 '교육동질론' 경향이 보편화하고 있었던 시기다. 이윤미, 앞에 든 책, 272쪽.

51) 왜로의 혹독한 고문을 당해 '반병신'인 몸에 병보석으로 옥을 나왔다. 몸을 추스른 열사는 두 오라버니가 있는 중국으로 건너가 의열단 활동을 시작했다. 1931년 김원봉 장군과 혼인하여 아내로서, 동지로서 삶을 같이했다. 1932년 남경 조선혁명군사정치간부학교의 입교생을 부산·서울에서 모으다 체포되었다. 두 해 동안 옥살이를 마친 뒤 1934년 다시 남경으로 돌아가 교관으로 일했다. 1936년 민혁당 남경조선부인회를 만들었고, 1937년 왜로의 중국대륙침략전쟁 뒤에는 '조선민족통일전선연맹'을, 1938년에는 김원봉장군을 총대장으로 '조선의용대'를 창설했다. 그러다 1944년 곤륜산 전투에 나아가 싸우다 적탄을 맞았다. 그 상처로 말미암아 1944년 5월 27일 영면했다. 열사 나이 서른넷이었다. 열사의 주검은 공동묘지에 모셨다 1945년 12월 김원봉 장군이 환국할 때 함께 돌아와 장군의 고향 밀양 부북면 감내마을 풍정산(豊亭山)에 묻혔다. 장군이 1948년 월북한 뒤, 열사의 무덤은 오래도록 잊혀 있었다. 열사의 장조카 박의정이 빗돌을 세워 초라한 그곳이 박차정 열사의 무덤인 것을 비로소 알리는 계기를 마련한 때가 1993년이었다. 박태일, 앞에서 든 글, 33~34쪽.

52) 김원봉 장군과 혼인하여 실질 내조를 시작한 조선혁명군사간부학교에서도 많은 글을 썼을 것이다. 출판과 선전 활동이 앞섰던 까닭이다. 민혁당 남경조선부인회 때는 『앞날』이라는 잡지에, 조선민족통일전선연맹을 만든 뒤에는 『조선민족전선』에 기고한 것으로 알려진다. 1938년 조선의용대 창설 뒤 선무 활동에 나서 방송뿐 아니라 『조선의용대통신』·『조선의용대』에도 여러 글을 실었다. 강대민, 앞서 든 글,

열사의 작품이 소중하다. 본문 77쪽으로 이루어진 이 책은 그 무렵 다른 학교 교우지와 짜임새가 다를 바 없이 크게 네 토막으로 이루어 졌다.[53] 거기에 열사는 세 편을 실었다. 시 「개구리 소래」, 단편소설 「철야(撤夜)」, 왜말 수필 「秋の朝」 곧 '가을아침'이 그것이다. 작품을 실은 학생 29명 가운데서 열사 홀로 세 편이나 올렸다. 열사가 학예 부원으로 편집을 이끌었던 까닭도 있겠으나, 이미 문학 자질까지 인 정받고 있었음을 알 수 있다.

> 천궁(天宮)에서 내다보는 한 조각 반월(半月)이
> 고요히 대지 우에 빗칠 때
> 우리 집 뒤에 잇는 논 가온대는
> 뭇 개구리 소래 맛처 노래합니다
> 이 소래 들을 때마다
> 넷 기억이 마음의 향로에서 흘너넘처서
> 비애의 눈물이 떠러짐니다
> 미지의 나라로 떠나신 언니
> 개구리소래 듯기 조화하드니
> 개구리는 노래하것만
> 언니는 이 소래 듯지 못하고 어듸 갓을가!
>
> ──「개구리 소래」[54]

1996, 16~17쪽.

53) 책 앞머리에 의례적인 치사나 발간사를 올리는 들머리자리, 재직 교사나 바깥 명망 가·학생의 논설과 같은 무거운 글을 싣는 머리자리, 재학생 기행문이나 시가 문예 작품을 싣는 몸자리(藝苑), 그리고 맨 뒤 '잡찬(雜纂)'이라 적은 마무리자리가 그것 이다. 『일신』에서는 그곳에 '동래일신여학교 연혁'과 '졸업생 씨명' 그리고 '교우회 규칙'을 실었다. 『일신』은 이렇듯 네 토막으로 이루어졌다. 출판일은 1928년 4월 14일을 지나 5월 초순에 걸친 날 가운데 한 날로 짐작된다.

54) 『일신』 2집, 1928, 39쪽.

이 작품에서 "미지의 나라로 떠나신 언니"란 언니 수정을 뜻한다. 그녀는 부산진일신여학교를 나온 뒤 교편을 잡다 스물여덟 살에 병사했다. 일찍 떠난 언니에 대한 상실감과 그리움이 작품에 솔직하게 담겼다. "마음의 향로", "비애의 눈물"과 같은 소박한 은유가 그 점을 뒷받침하고 있다. 그러면서 가락은 공을 들여 다듬었다. 열사의 남다른 글솜씨가 잘 드러난 셈이다.[55]

그런데 더 무거운 작품은 소설 「철야」다. 무엇보다 열사의 겨레 현실에 대한 자각과 항왜 의식, 나아가 당대 계급주의 문학사회를 향해 드높게 내건 푯대와 같은 작품인 까닭이다. 『일신』 2집에 소설로 한 편뿐인 이 작품은 그리 길지 않은 단편이다. 3인칭 전지시점으로 이끌어 간 줄거리는 1927년에서 1928년에 걸치는 겨울 어느 날 저녁, 학교를 마치고 집으로 돌아온 주인공이 이튿날 새벽까지 걸쳐 겪는 가난상으로 모인다. 「철야」란 제목이 거기서 비롯했다.

주인공 '철애'는 다음해 봄 'S여학교'를 졸업할 예정이다. 그녀 아버지는 "십 년 전 조선천지가 소동하든 ××운동"에 "여러 동지와 한가지로 철창 생활을 하다가" 스물아홉 나이에 목숨을 잃었다. 그녀 어머니는 철애와 유복자 동생 철호를 "세상에 또 없는 보배로 알고" 그들의 "성공을 기다렸다." 그러다 어머니마저 "장질부사로 세상을" 떠나 버렸다. "일가친척도 없"이 남게 된 오누이는 곤궁하기 이를 데가 없었다. 철애는 몇 달 남지 않은 학교를 그만두려 했으나 한 교사의 "간곡한 위로"와 학비 도움을 받아 가며 어렵사리 다니고 있는 형편이었다. 소설 첫머리는 철애가 학교에서 돌아와 "힘없이 책보를 마루 위에" 던지는 데서부터 시작한다. 줄거리를 철애의 움직임을 따라 간추리면 아래와 같다.

---

55) 박태일, 앞에서 든 글, 36~38쪽.

(1) 집안 1

① 철애는 학교에서 오자마자 수업료를 못 낸 탓에 정학을 당할지 모른
  다는 동생의 말을 듣고 우울해진다.

② 철애는 돈 빌 궁리를 하다 뾰족한 수가 없자 울음을 터뜨리고 동생
  도 덩달아 운다.

③ 철애는 아버지 사진을 바라보며 회상에 잠긴다.

④ 오누이가 가난한 고아로 떨어진 내력이 알려진다.

⑤ 아침부터 학교 갔다 오기까지 배고픔을 참으며 겪었던 일을 이야기
  한다.

⑥ 저녁을 거른 채 동생은 잠이 들고 철애는 배고픔에 찬물을 마시며
  운다.

(2) 집밖

⑦ 철애는 사회 제도를 저주하다 견디다 못해 대문 밖으로 나선다.

⑧ 골목을 따라 걷다 호떡집에 이르러 발을 멈춘다.

⑨ 호떡 냄새를 맡으며 두려운 생각에 빠졌으나, 장발장을 떠올리며 발
  길을 돌려 집으로 향한다.

(3) 집안 2

⑪ 방안 책상에 엎드려 울며 죽어 버릴까 생각하다, 어머니 유언을 떠
  올리며 마음을 다잡는다.

⑬ 새벽 첫닭 소리가 들리고 철애는 밤을 상대로 싸워 이긴 듯한 만족
  감에 젖는다.56)

---

56) 박태일, 앞에서 든 글, 39~40쪽. 다시 간추렸다.

세 매듭으로 짜인 「철야」는 사건 진행 장소가 좁고 사건 또한 뚜렷하게 얽혀 들지 않았다. 주인공 철애가 골목집 단칸방 '집안 1'에서 '집밖'으로 나가 호떡집이 있는 길거리에 이르렀다 다시 '집안 2'로 돌아오는 움직임에 따랐다. 그 일이 학교를 마치고 돌아온 겨울 저녁부터 다음날 새벽에 걸치는 짧은 시간 안에 이루어진다. 그러나 작품 속에 담긴 속이야기는 십 년이나 거슬러 오른다. 각별히 ④와 ⑤에서 주인공이 가난에 이르게 된 내력과 그 동안 겪은 곤궁상을 떠올리도록 했다. "여러 동지와" "철창 생활을 하다" "가엽게도 뜻을 이루지 못하고" 돌아간 아버지나 돌림병으로 말미암은 어머니의 죽음은 철애가 어찌할 수 없는 상황이다. 그러나 그녀는 자신이 겪는 가난과 고통의 원인이 보다 근원적인 데 있음을 깨닫는다.

이러낫어 철호 엽해 안자 겻해 잇는 찬물 그릇을 들고 입에 대엿다. 이가 써린 것을 마신 후 눈물을 지우며 '인생이란 엇지하야 이다지 잔인한 사회를 가젓슬가? 사람이란 웨 이러케 배곱흔 째에 먹지를 못할가' 하고 그는 불합리한 현 사회 제도를 저주하엿다. 철애는 견듸다 못하야 문을 열고 나왔다. 하날에는 검은 구름이 사방으로 모혀들며 비 나릴 준비를 하는 것 갓햇다.

짤막한 작품임에도 청소년으로서 다루기 힘들 구조적 가난이라는 주제를 대담한 표현 속에 녹였다. 그런데 이 작품은 많은 데서 열사의 자전적 요소가 겹쳤다. 주인공 철애(哲愛)는 이름 그대로 지혜사랑, 곧 philosopia라는 뜻이다. 열사는 항왜 활동을 거듭하는 가운데 이 가명을 자주 썼다.[57] 학창 시절 자기 소설 속 주인공 이름을 굳이

---

57) 항왜 투쟁 활동을 하면서 박철애·임철애·임철산과 같은 이름을 썼다. 모든 가명에

뒤에까지 되풀이 썼던 점은 됨됨이가 자신과 닮았다는 사실을 인정한 까닭이다. 게다가 ⑤와 ⑥에서 보듯 배가 고파 다른 학생의 도시락에 자주 눈이 간다는 대목이나, 체육시간 운동화를 신지 않아 꾸중을 듣는 대목은 직접 체험 없이는 꾸며 대기 쉽지 않다. 또한 아버지의 때 이른 죽음과 여학교 졸업 예정, 유복자 동생, 가난 체험, 학업을 계속할 수 있었던 내력58)과 같은 주요 뼈대에서 열사가 겪은 삶이 고스란하다.59) 「철야」는 열여덟 살 어린 열사가 맞닥뜨렸을 남다른 고난을 일깨우는 데 모자람 없는 작품인 셈이다.

그런데 열사의 자전 소설 「철야」는 두 해 앞서 1926년 『별건곤』에

'철'자를 쓴 셈이다. 그녀 동생 이름은 문하다. 오라버니는 문희·문호였다. 소설 속 주인공 철애의 동생 이름을 철호라 붙인 것도 문호 오라버니와 관련한 붙이기 결과다. 박태일, 앞에서 든 글, 44쪽.

58) 유복자 동생은 박문하를 일컫는다. 본문에서 철호로 이름 붙여진 문하는 부산에서 의사로, 수필가로 살다 1976년에 숨졌다. 열사의 형제는 "나라 없는 고아에 아비 없는 고아로" 갖은 고초를 겪으면서 자랐다. 열사의 어머니는 작품에서 암시하는 바와 같이 "5남매의 어린 자식들을 길러 내느라고 남의 집 삯바느질로써 젊은 세월을 고스란히" 보냈다. "어머님이 밤을 새워 초상집 상복이나 잔칫집 혼례복을 만드시느라고 집에 돌아오지 못하는 밤이면" 오누이는 "식은밥을 끓여 먹고 냉돌방에서 기한에 떨면서 밤을" 새웠다. 박문하, 앞서 든 글, 269쪽. 김삼근 엮음, 앞의 책, 291쪽. 작품에 따르면 철애는 "몇 달 남지 않은 학교를 그만둘려고 하였으나, 그를 불쌍히 여긴 ○란 선생임의 간곡한 위로와 권면으로 졸업하기로 하고" 또한 "○씨의 도움으로 매월에 드는 학비를 내었다." 동생 박문하도 비슷한 이야기를 회고하였다. 「철야」를 읽은 "담임선생님은 어려운 박봉을 털어서 차정 누님이 일신여학교를 졸업할 때까지 2년 동안의 학비를 스스로 부담해" 주었다고 썼다. 박문하, 앞에서 든 글, 271~272쪽.

59) 그럼에도 몇 군데에서 주인공이 겪은 가난과 고난스러움을 강조하고 의도를 분명히 하기 위해 부풀린 곳도 있다. 열사의 아버지는 1918년 자결한 것으로 알려지고 있으나, 소설 속에서는 1919년 기미만세의거로 "여러 동지와 한가지로 철창 생활을 하다가 가엾게도 뜻을 이루지 못하고" 돌아간 것으로 엮었다. 철애가 겪고 있는 가난과 고난이 제국주의 왜로의 억압에서 비롯한 것임을 말하려 한 셈이다. 그리고 생존해 있었던 어머니의 사망 사실도 그렇다. "금년 여름에 유행하던 장질부사로" 두 오누이에게 유언을 남기고 세상을 떠난 것으로 만들어, 두 아이의 처지를 더욱 어렵게 꾸몄다. 박태일, 앞에서 든 글, 45쪽.

발표된 박영희의 「철야」와 무관하지 않다. 둘·사이 공통점은 크다. 첫째, 무엇보다 제목이 같다. 밤을 지새운다는 같은 제목은 둘의 친연성을 알기에 모자람이 없다. 둘째, 작품 속살이다. 두 작품 모두 가난으로 굶주린 주인공이 하룻밤 지새며 겪는 줄거리를 다루었다. 열사의 「철야」는 가난한 고아 오누이를, 박영희의 「철야」는 문필가 지식 청년이 주인공이다. 따라서 두 작품의 '이야기하는 시간'은 거의 같다. 셋째, 짜임새가 비슷하다. 박차정의 「철야」는 집안에서 시작하여 집 바깥으로 나갔다 다시 되돌아와 날 새는 데까지 이르는 짜임이다. 박영희의 「철야」는 집필하는 방안에서 글을 쓰다 날을 새는 짜임이다. 다만 박영희 「철야」는 집 바깥에서 가난으로 겪는 사건 자리를 회상 방식으로 처리해 다를 따름이다. 넷째, 주제에서 같다. 하룻밤 지새는 가난 경험을 빌려 계급의식 학습과 계급투쟁에 대한 전망을 얻는다는 점이 그것이다. 따라서 열사의 「철야」는 앞서 나온 박영희 「철야」에 대한 의도적인 타자화 결과로 쓴 작품이라 보아 무리가 없다.

그런데 두 작품 사이 차이 또한 크다. 첫째, 주인공이 놓인 처지에 대한 상황 설정이 다르다. 박차정 「철야」의 고아 오누이가 겪은 가난에는 역사적 전제가 깔려 있다.

① 철애의 아부지는 십 년 전 조선 천지가 소동하든 ××운동 째에 여러 동지와 한가로 철창 생활을 하다가 가엽게도 뜻을 이루지 못하고 영원히 오지 못할 그 길을 써낫다. 사랑하는 안해와 나 어린 철애를 괴로운 이 세상에 남겨 두고 애달분 포부를 가삼에 안고 이십구 세의 한창 시절을 일기로 한 만혼 세상을 써낫든 것이다. 철애의 어머니는 사랑하는 남편을 일코 그 이듬해 유복자 철호를 나엇다. 그리하야 이 두 형례를 세상에 쏘 업는 보배로 알고 스사로 위로를 밧어 가며 업는 살님을 낫밤업시

남의 일을 하여 가며 철애와 철호를 학교에 보내엿서 이 두 아희의 원대
한 성공을 기다렷다.

②한 번도 인생 문데 전테에 대해서 생각한 일이 업섯다. 자긔는 가난
하면 그럴수록 세상의 물질에 구속되려구는 안이하엿다. 그러다가 별안
간 '인생 문데'라는 광복한 대목이 그를 몹시 괴롭게 하엿다.[60]

①은 열사의 「철야」 부분이다. 스물아홉 살로 세상을 떠난 아버지
와 어머니의 때 아닌 죽음으로 가난에 이르게 된 과정을 압축시켜
놓았다. 따라서 주인공은 청소년 학생으로서 누려야 할 생활시간으
로부터 철저히 소외된다. 배고픔으로 잠잘 시간도 갖지 못한 채 밤을
샐 뿐 아니라, 학업도 제때 닦을 수 없다. 신변잡일은 물론 휴양이나
여가 활동을 내다보기란 더 어렵다. 학생 신분임에도 하루하루 끼니
를 잇는 데 모든 힘을 쏟아야 할 처지다. ②는 박영희 「철야」의 주인
공이 가난에 이른 과정을 짧게 줄인 자리다. 그는 "한 번도 인생 문데
전테에 대해서 생각한 일이 업섯"다. "가난하면 그럴수록 세상의 물
질에 구속되려구는 안이"하였을 따름이다. 따라서 박영희 「철야」의
주인공은 원고료로 생활하다 뜻하지 않게, 생각지도 못했던 '인생'에
대한 물음을 묻는 글쓰기 과제에 맞닥뜨려 답글을 얻지 못해 난처한
입장에 빠진 모습이다.

둘째, 주인공이 계급의식으로 무장하고 투쟁에 몸 바칠 것을 각오
하는 데 이르는 전개 과정이 다르다. 박차정의 「철야」는 견디기 힘든
가난과 그로 말미암아 깨닫게 된 계급 현실, 그것을 벗기 위한 전망
획득이 압축적이나마 개연성을 갖춘 모습이다. 그러나 박영희 「철야」

---

60) 박영희, 「철야」, 『별건곤』 11월 호, 개벽사, 1926, 26쪽.

에서는 막연히 길가에 늘어선 집들을 보면서 계급 대립을 꿈꾼다.

①'세상에 도덕은 무엇을 위하야 낫스며 법율은 누구를 위하야 지엇
나? 아~! 이것이 모다 나와 갓치 업는 자들을 죽일녀고 난 무기로구나!'
철애는 자기 집 마당에 섯어 이러케 모든 것을 생각하다가 방으로 드러갓
어 책상에 업드려 또 울기를 시작하엿다. 철애의 마음은 극히 악화하여
버렷다. 어린 처녀들의 마음은 모든 것을 미화하며 선화(善化)한다 하엿
것만 철애는 엇지하야 다 갓흔 처녀로 이와 반대의 마음을 가젓슬가? 이
것이 즉 불의(不義)한 현 사회의 제도가 나흔 죄악이 아니고 무엇일가.
철애는 결심한 듯이 '나도 아부지와 어머니를 싸라 죽어 버리자 그러면
이 괴롬에서 써날 수 잇지. 아니다……. 내가 이왕 죽을 바에야 어머니
유언과 갓치 힘껏 싸화 볼 것이지 세기(世紀)로 나려오는 압박의 흑암(黑
闇)을 헤처 버리며 악마의 얼골에서 거짓의 탈을 벗기고 서슴업시 전 세
계의 폭군들을 향하야 싸화 보자. 그리하야 모든 것을 ××식히고 광명한
신사회를 조직할 째싸지…….

②저 집은 만흔 로동자의 손으로 지여젓다. 그러나 그들은 지금 나처
럼 집이 업슬 것이다.
우리는 우리의 힘으로 우리의 생활을 차저야 한다. 인생은 정의를 위해
서 싸와야 한다.[61]

①은 박차정의 「철야」, ②는 박영희의 「철야」 부분이다. 철애와 같
이 "어린 처녀"의 마음에까지 "이상한 생각"을 일으키게 한 것은 마
침내 "불의한 현 사회의 제도"다. 그것은 독백으로 처리되어 있는바,

61) 박영희, 「철야」, 앞의 책, 33쪽.

"없는 자"와 "있는 자" 사이 계급 착취가 대표한다. 그런데 그러한 문제를 해결할 방도는 없을까? 철애의 가슴 속 심장을 뛰게 해 줄 그 길은 "세기로 나려오는 압박의 흑암", "악마의 얼골", "전 세계의 폭군"으로 표현된 제국주의 왜로며 제국주의 체제 일반을 물리치는 일일 터이다. "광명한 신사회"란 바로 계급 해방의 날인 셈이다. 열여덟 소녀의 생각으로는 당차다. 거기에 견주어 ②에서는 "만혼 로동자의 손으로" 지어진 '집'을 갖지 못한 '나'라는 소박한 자각에 머문다. 따라서 "인생의 정의를 위해서 싸와야 한다"는 주인공의 깨달음은 공허하다. 기껏 '인생'이 무엇인가?라는 막연한 물음에 구체적인 어떠한 답도 얻지 못한 채 붓이 막힌 지식인의 난처함만 돋보인다.

① "인생은……?"

② "인생은 물처럼 와서
바람처럼 가 버리는데……?"

③ "인생은 부유(蜉蝣)와 가티 짤은데
빈궁은 맹수와 가티 덤비여
짤은 인생은 우슴도 업시 썩구러젓스며
귀중한 인생은 갑도 업시 내여버려젓구나!"

④ 편집인 전
수일 전에 귀하로부터 부탁 바든 '인생 문데'는 오래동안 생각하여 보앗스나 그리 자미 잇는 해결을 보지 못한 것은 귀하와 한가지 나도 매우 유감으로 생각하는 바이올시다. 그러나 한마듸로써 '인생 문제'에 대한 나의 책임을 다하기 위해서 짧게 한마듸를 듸리려 합니다.

"나는 현존한 사회에서 두 계급의 존재를 알고 잇습니다. 나는 그 계급 중에서 가장 가난하며 자유가 업스며 교취를 당하는 무산계급을 알엇슴니다. 이 계급의 인생은 이 계급을 위하며 그 발뎐을 장해하려는 대립 계급과 싸홈으로써 나의 인생 문뎨를 해결하려 합니다. 우리가 우리 계급의 승리를 차지할 때에 우리의 인생 문뎨는 해결되는 것임니다."[62]

박영희의 「철야」는 계급 문학사회에서 형식내용 논쟁을 일으키고 카프 제1차 방향 전환을 이끌어 낸 작품으로 이제껏 무겁게 다루어 왔다. 그런데 위에서 보는 바와 같이 이 작품은 '인생이란 무엇인가?' 라는 물음에 대한 답을 찾아 가는 글쓴이가 그것에 대한 답을 네 차례에 걸쳐 적어 가는 과정을 줄거리로 삼았다. 옮긴 대로 ①에서 ④까지 나아가는 막연한 글발의 흐름이 작품의 눈이다. 그리고 그것은 '인생'에 대한 주인공의 생각이 얼마나 허황한가를 드러내는 데 바쳐지고 있다. 그러니 끝내 답을 찾지 못한 채 마무리 ④에서 편지 꼴로 무산계급을 위하며, "그 발뎐을 장해하려는 대립 계급과 싸움으로써" 자신과 우리의 '인생 문제'를 해결할 수 있을 것이라 뱉는 주장은 겉돌고 있을 따름이다.

박차정의 「철야」와 박영희의 「철야」는 사뭇 다르다. 박영희의 것은 주인공의 필연성 없는 계급 현실 인식과 작위적인 계급투쟁 의욕을 서둘러 얽었다. 개연성을 잃어 버린 채, 계급투쟁의 사전적 정의만을 따와 앵무새처럼 되뇐다. 소설적 재미는 물론, 당대 현실에 비추어 볼 때 내용중심주의라는 비난조차 사치로 여겨질 정도다. 그러나 박차정의 「철야」는 이야기하는 시간과 이야기된 시간 사이 필연성 있는 현실 인식을 뼈대로 그로부터 말미암은 계급투쟁에 대한 전

---

62) 박영희, 「철야」, 앞의 책, 25~34쪽.

망 제시가 나름의 단단한 짜임새를 갖추었다. 스물여덟 살, 대표적인 카프 이론가로 이름을 내돌리고 있었던 이의 작품과 열여덟 살 어린 무명 처녀의 작품 사이 거리가 뜻밖에 크다.

따라서 열사가 굳이 박영희의 것과 같은 제목으로 비슷한 이야기 「철야」를 내놓은 속뜻이 뚜렷해진다. 입으로만 계급의식과 계급투쟁을 내세우는 언론 지식인 문학에 대한 거리감이 그것이다. 그녀로서는 세상에 대한 경험도, 실천적 믿음도, 하물며 글재주조차도 의심스러운 먹물들이 형식이니 내용이니 논쟁을 벌여 가며 귀한 신문지 위를 도배질하고 있는 현장을 바로 봐 줄 수 없었다. 그 무렵 남편 김우영과 함께 동래에 살고 있었던 나혜석이 열사의 「철야」를 읽고 감격한 나머지 여사를 찾아가 문단으로 진출할 것을 권유했다[63]는 말이 거짓이 아님을 알겠다. 당대 대표 '신여성' 문사 나혜석으로서도 어린 박차정이 큰 재목임을 금방 알아보았던 셈이다.

박차정은 부산 동래에서 태어나 여자 몸으로 나라잃은시대 항왜투쟁에 삶을 던진 순국열사다. 「철야」는 나날 속에서 열사가 겪고 있었을 뿐 아니라, 그 무렵 우리 겨레가 맞닥뜨리고 있었던 가난을 여학생 주인공을 내세워 속속들이 다루었다. 고아 오누이가 배고픈 겨울밤을 지새우는 자전적 경험을 바탕으로, 가혹한 현실 앞에서도 변혁을 위해 한 몸 던질 것을 다짐하는 열사의 모습이 잘 옹글었다. 고난에 찬 항왜 투쟁에 몸 바친 의기로운 마음자리를 「철야」는 일찌감치 온축해 보인다. 몽롱한 밤꿈에 취해 있었던 그 무렵 제도권 문학사회 안쪽 지식인 문학 건너 쪽에서 빛나는 열사의 환한 낮꿈이 새삼 새롭다.

---

63) 김삼근 엮음, 앞의 책, 294~295쪽.

5. 세 개의 깃발

근대 교육이 시작된 뒤 지역마다 명문 학교가 있어 왔다. 심한 학력 경쟁으로 그런 곳을 드나들 수 있는 혜택을 받은 청소년은 극히 소수였다. 그들은 예속 근대화 과정에서 민중과 틈새를 벌리면서 우월적 지위와 다수혜 계층으로 살아갈 수 있었다. 게다가 그것을 대물리며 확대 재생산이 가능했다. 그들 가운데서 민족 항쟁에 몸 바친 이는 드물고 반민족 행위자로 나선 이는 다수였다. 지역 명문이라 내세우는 학교는 숨겨진 부끄러움보다 겉으로 들난 자랑스러움만을 앞세우고 있을 따름이다. 부산을 대표하는 민족 사학으로 알려진 동래고보나 지역 여자 교육의 남상인 동래일신여학교 또한 마찬가지다. 이들 학교의 자랑은 몇몇 재학생·졸업생의 희생과 위업으로 말미암은 바다. 그런 점에서 동래고보 김대봉·조순규 시인, 동래일신여학교 박차정 열사가 1927년부터 1928년 사이에 교지와 신문 투고문단을 빌려 내놓은 작품은 1920년대 부산 지역 청소년문학의 항왜 경험을 대표하는 드문 본보기로서 뜻이 크다.

김대봉은 어릴 적부터 몸으로 새겼던 고향 농민의 삶과 동래고보 재학 때의 동맹 휴학·독서회 활동으로 다져진 민중 의료 구제의 포부를 닦으며 꾸준히 문학 활동을 펼친 시인이다. 피식민지 시기 상층 의료 지식인임에도 민족 구성원이 겪는 슬픔을 내 것인 양 껴안고 살다 이승을 떴다. 무궁화 사랑을 평생 다지며 살았던 시조 시인 조순규는 김대봉과 동기생으로 재학 시절부터 피식민지 겨레 현실에 대한 의분을 감추지 않은 작품을 내놓으며 농촌 청년 지도자로 자란 사람이다. 그 탓에 1928년 졸업과 함께 왜로 감옥에서 1년에 걸친 옥살이를 겪고 나왔다. 그러면서도 의기를 꺾지 않았다. 박차정은 나라잃은시대 항왜 투쟁에 삶을 송두리째 바친 순국열사다. 동래일신여학교 재학 때부터 문학을 빌려 그런 뜻을 가다듬었다. 각별히 자전 소설 「철야」에서 자신뿐 아니라 민족이 맞닥뜨리고 있었던 가난을 속속들이 담아냈다. 가혹한 피식민지 현실에 맞서 고난에 찬 항왜 투쟁에 나선 당찬 의기를 일찌감치 보여 준 셈이다.

　김대봉 시인은 서른다섯 살, 박차정 열사는 서른네 살로 이승을 떴다. 조순규 시인은 무명교사로 자신을 낮춘 채 여든여섯 살까지 살았다. 백의인(白衣人) 우리 농민을 품고, 피식민지 노예인 민족을 껴안고, 활짝 핀 무궁화 동산을 꿈꾸며 살고자 했던 세 사람이다. 그들이 청소년 시기 남긴 많지 않은 작품은 펼치지 못했던 그들의 포부, 이른 좌절과 마찬가지로 이제껏 우리 곁에서 뜻을 드러내지 못한 채 잊혀 있었다. 이제 그것을 드높이 깃발처럼 올림으로써, 나라잃은 시대 부산 지역 청소년이 지녔던 고뇌의 한 자락을 살필 수 있었다. 작은 것이 큰 것을 덮을 수는 없을지 모르지만, 큰 것보다 우뚝 빛나며 두고두고 남은 이의 삶을 드넓게 밝힐 수 있다. 그러한 참을 믿는 이들에게 김대봉·조순규·박차정의 문학은 결코 작지 않다. 아직까지 근대문학 연구 바깥에 놓여 있는 청소년문학에 대한 관심을 드높여 지역 안밖으로 묻히고 잊힌 보석 같은 삶과 문학을 건져 올리는 일에 나서야 하리라.

부산 지역 근대 첫 문예지 『종』

1. 부산 근대 읽기의 어려움

1945년 을유광복 이전 부산 지역에서 나온 문학 매체를 한자리에 묶어서 살피고 싶은 생각은 일찍부터 지녔던 터다. 이미 근대 첫 시 동인지 『신흥시단』(1934)이 알려졌고, 뒤이은 『생리』(1937) 또한 1·2집이 드러난 마당이다. 아직 눈을 주고 있지 않은 교양지 『평범』(1926)을 더하면 될 일이었다. 게다가 문예지 『종』(1928)의 실재를 서울 오영식 형으로부터 듣고 있었다. 그들만이라도 묶는다면 나라잃은시대 부산 지역문학 매체에 대한 조감이 가능하리라. 그럼에도 그 일은 다른 글에 순서가 자꾸 밀려 여러 해 뜻을 이루지 못했다. 올해 들어서는 기꺼이 『종』을 제공하겠다는 오 형의 은근한 눈길을 더는 피할 수 없을 지경에 이르렀다. 『종』만이라도 가볍게 짚는 쪽으로 길을 바꾼 까닭이다.

사실 나라잃은시대 부산 지역문학의 흐름에 대한 앎은 턱없이 모자란다. 광복기와 전쟁기는 몇몇 연구자에 의해 대강을 짚을 수 있는 상태. 그에 견준다면 아예 연구다운 연구가 없었다.[1] 그런데 사정이 그렇게 된 데에는 연구자의 직무유기뿐 아니라 부산이 지니고 있는 지역성도 한 몫 거들었다. 1950년대까지만 하더라도 부산 지역은 부산포와 동래군 사이에 심리·사회·문화 경계가 적지 않았다. 동래를 중심으로 이루어진 근대 초기 역량과 맞선 자리에서, 1910년대에 이미 두 사람 가운데 한 사람이 왜인이었던 부산포가 놓여 있었다. 근대 지역 확대와 공간 재편성 과정에서 부산의 정통성이 부산포로 넘어가고 그쪽 활동이 주류로 올라서면서 동래를 중심으로 이루어진 지역 전통과 장소 가치는 함께 주변화, 망실되고 만 셈이다.

따라서 지금까지 우리나라 어느 곳보다 먼저 근대화 물결에 휩쓸렸음에도 문학 전통의 열세를 드러내고 있는 부산의 발굴과 재구성을 위해서는 동래가 핵심 고리가 될 참이다. 부산 지역문학의 줄거리를 부산포가 아닌 동래를 중심으로 찾으려는 노력을 게을리 하지 말 일이다. 그런 가운데서 1910년을 앞뒤로 한 시기 지역 애국계몽 지식인의 활동과 1919년 기미만세의거 뒤의 종교계·문화계·청년계 동향, 거기다 1930년대 초반 활동이 지닌 중요성이 새롭게 알려지리라. 현재로서는 어느 자리도 제대로 밝혀진 게 없다. 인문학계의 통합적인 눈길은 시도조차 이루어지지 않았다. 그러다 보니 이 글에서 소개할 문예지 『종』에 대한 매체사회 안밖의 사전 정보도 빈한할 따름이다. 가벼운 소개에 그칠 수밖에 없는 사정임을 먼저 밝힌다.

---

[1] 처음으로 간추린 이는 이주홍이다. 여기서 그는 나라잃은시대 부산 지역문학에 대해 김말봉 한 사람을 소개하는 데 머물렀다. 이주홍, 「현대문학」, 『경상남도지』(중), 경상남도지편찬위원회, 1963, 1052~1059쪽. 그 뒤로 이어진 『부산시사』나 『부산문학사』에서도 나열 작가 인명이 늘어난 수준에 그쳐 나아진 점이 없다. 「문학」, 『부산시사』, 부산직할시, 1991, 144~146쪽. 『부산문학사』, 부산문인협회, 1997.

2. 『종』이 놓인 자리

이번 『근대서지』를 빌려 알려지는 『종(鐘)』은 3집이다. 1928년 5월 18일 '부산 종사(鐘社)'에서 펴냈다.[2] 주소를 이른바 '본정(本町)', 곧 오늘날 대청동 4의 6번지에 두었다. 그리고 앞으로 나올 4호부터는 사업을 키우기 위해 초량동 27번지로 사무실을 옮길 것임을 '사고'에서 밝히고 있다. 1920년대 후반 한글 출판물을 펴낸 부산 지역 출판사에는 조명희가 첫 소설집 『낙동강』을 낸 백악사(白嶽社)가 있었다.[3] 그 곳이 영주동 26번지다. 종사와 가까운 거리면서 『종』을 찍었던 '경남인쇄주식회사'와 같은 번지다. 종사는 주소지를 대청동에서 인쇄소와 더 가까운 초량 쪽으로 옮기고자 한 셈이다. 따라서 경남인쇄주식회사를 중심으로 당대 부산 지역 한글 출판이 활성화하였음을 알 수 있다. 종사는 동래 서면에다 분사까지 두었다. 이러한 영업 방식은 1920년대 초반부터 우리 잡지 간행의 한 버릇이었다. '종사'도 그것을 따랐다.

『종』은 표제에 '월간 문예잡지'를 내세웠다. 우리 근대문학사에서 '문예잡지'를 처음으로 적은 문예지는 1920년 개성에서 2집을 내고 그친 『여광』이다.[4] 『종』은 거기다 '월간'임을 더했다. 그런데 제대로 월간 꼴을 지키지 못했다.[5] 당대 한국인 출판물에 대한 검열을 염두

---

2) 이제까지 『종』에 대해서는 박정상이 경남·부산 지역 근대 신문·잡지를 간추리면서 3집을 중심으로 실재를 짧게 소개하면서 '원고투고규정'을 올린 적이 있었을 따름이다. 박정상, 「부산 경남의 신문잡지 출판고」, 『문학과 삶의 지평을 위하여』, 부산문예사, 1984, 310~312쪽. 『종』 3호 간행 당대, 『매일신보』(1928.5.21)와 『동아일보』(1928.5.23)에서 출판 사실을 기사로 다루었다.

3) 『낙동강』은 현재로서 확인 가능한 부산의 첫 근대 한글 소설집이다. 박태일, 「포석 조명희와 부산문학」, 『국제신문』, 국제신문사, 2012.3.21.

4) 박태일, 「근대 개성 지역문학의 전개: 북한 지역문학사 연구 1」, 『국제어문학』 25집, 국제어문학회, 2012, 91~92쪽.

에 둘 때 월간을 지키며 내기란 어려웠다. 『종』 2호 또한 검열로 말미암아 출판이 보류되었다. 1927년 9월 일이었다.[6] 3집 간행과는 거의 여덟 달에 걸친 거리가 있다. 그 가운데 어느 시기에 재편집해 2집이 나왔을 것으로 짐작된다. 3호에 실린, 석주가 쓴 소설 「시더러진 사랑」이 (3)이란 차수를 달고 실린 사실이 그 점을 알려 준다. 곧 3회째 연재라는 뜻이다. 따라서 1호, 2호가 나왔던 사실은 확연하다. 그러나 현재로서는 둘 다 볼 수 없다. 3집 이후 또한 마찬가지다. 3집만 확인할 수 있는 잡지가 되어 버렸다.

『종』에 앞서 부산 지역에서 나왔던 문학 매체로서는 『평범』이 있다. 1926년 8월 창간호를 낸 뒤, 10월 제 3호를 내고 그친 월간 교양지였다. 그 안에 주요 속살로 문예란을 두었다. 동래고보 출신 허영호가 중심이 되어 냈다.[7] 따라서 문예지를 내세우고 나온 것으로서는 『종』이 가장 앞섰다. 부산 근대 첫 문예지라는 이름값에 모자람이 없다. 그런데 『평범』에 글을 실었던 이 가운데서 2년 뒤, 『종』에 이름을 올린 이는 시에 '춘서(春曙)'한 사람뿐이다. 『종』 발간 여섯 해 뒤

---

5) 편집후기 격인 '편집한 잔소래'에서 "매월 간행하랴는 것이 원되로 한되로 못되는 것은 우리나라 독자 여러분이 다 아실 터이다"라 적었다.

6) 「불허가 출판물 및 삭제기사 개요역문」, 『종』 제2호, 발송일 1927.9.2. 경상남도 부산부 본정. 사건: '무산계급의 교육과 그 전도'와 '무산계급의 예술'이라는 글을 통해 대다수 무산계급의 교육기관 불비와 절대다수의 문맹을 보며 불합리한 제도와 불공평한 인간사회를 원망하고, 무산자는 계급적으로 단결해 계급을 조직함으로써 무산계급의 예술을 창출할 수 있다고 하면서 새로운 무산계급의 교육이 필요하다고 주장. 국사편찬위원회 한국사데이터베이스 참조.

7) 『평범』은 1926년 1월 동래 평범사에서 냈다. 허영호가 발행인을 맡아 낸 일반 교양지였다. 그 안에 문예부를 두어 문학을 따로 다루었다, 작품 투고도 받았다. 단편소설·콩소설(꽁트)·시·시조·잡필에 걸쳤다. 『평범』 1집, 평범사, 1926, 43쪽. 아울러 대중문예 자리도 따로 두어 현상모집을 했다. "남녀노소 누구업시 공통 흥미를 느낄 것"(52쪽)을 겨냥했다. 『평범』은 인쇄를 서울 한성도서주식회사에 맡겼다. 3호까지 나온 『평범』은 영인되어 실물을 쉽게 볼 수 있다. 『한국근현대불교자료전집』(58), 민족사, 1996.

인 1934년 9월에 부산의 첫 시동인지『신흥시단』창간호가 나왔다.[8)]
『신흥시단』은 전국 분포로 동인을 모아 작품을 엮었다. 1920년대 후
반부터 잦았던 매체 발간 버릇이었다. 거기에 작품을 실은 이 가운데
서『종』의 글쓴이는 배천애·갑종·고범·창주에 걸친다.『평범』편집
인 허영호 또한『종』을 건너 뛰어『신흥시단』에는 작품을 올렸다.
『평범』의 문예면 글쓴이와『종』글쓴이 사이의 겹침이 적은 까닭은
무엇일까. 그 일은『평범』이 범어사와 그 연고를 중심으로 자란 동래
지역 청년 지식인들이 낸 것인데 견주어,『종』은 부산포 지역 글쓴이
가 중심이었던 까닭으로 볼 수 있다.『평범』과『종』사이에 교양지와
문예지라는 차이 말고도 동래와 부산포라는 지역 경계가 있었음 직
하다. 그리고『종』의 글쓴이 가운데 몇 사람은 전국 규모의 시동인지
『신흥시단』으로 수렴되었다.[9)]『종』은 그 뒤에 나온『신흥시단』과 같
이 전국적으로 더 세분화하고 갈래별로 전문화해 가는 부산 지역문
학의 흐름을 뒷받침한 부산의 첫 문예잡지였던 셈이다.

『종』을 펴낸이는 유동준(兪東濬)이다. 오늘날 알려진 게 없는 이다.
다만 1940년대부터 습작 활동을 하다 광복기부터 평필을 휘둘렀던
언론 문학인 유동준과는 다른 사람이다.[10)] 1925년부터『동아일보』를

---

8) 부산 좌천동 신흥문예사에서 낸 시동인지다. 창간호만 확인될 따름인데, 짧은 해제
는 한 차례 이루어졌다. 동인으로 탁상수·노정원·허영호·박노춘·윤병인·최희원·
한송포·하봉주·배천애·갑종·고범·금정산인·창주·김월봉·고영·박상애·김정희·문
갑종에다 왜인 세 사람이 더 있었다. 노고수, 「부산 최초의 근대시 동인지『신흥시
단』에 대하여」,『지역문학연구』3호, 경남지역문학회, 1998, 201~219쪽.

9)『신흥시단』뒤에 나온 부산 지역 시동인지는 1935년에 1, 2호를 선뵌『생리』가 있다.
박영포·염주용을 제외한 동인은 모두 통영 출신이다. 장응두·김기섭·최상규·류치
상·류치환이 그들이다. 류치환이 화신백화점에서 일하면서 부산에 머물고 있었을
때, 재향 지인들을 부추겨 그들 작품을 묶어서 낸 것이다. 한 해 먼저 나왔던『신흥
시단』의 글쓴이나 조직과 달리 통영 지역 문사를 중심으로 한 결합이었다. 박철석,
「청마가 이끈 두 개의 동인지:『소제부 제1시집』과『생리』지의 모습」,『지역문학연
구』2호, 경남지역문학회, 198, 49~58쪽. 책 뒤에『생리』1, 2호의 원문을 붙였다.

중심으로 시를 발표한 유동준과 관계 또한 마찬가지다. 작품 됨됨이로 보아 『종』을 펴낸이는 아닌 것으로 보인다.11) 다만 『종』이 나왔던 1928년 무렵 부산 노우회(勞友會) 위원장을 지냈던 노동활동가 유동준과는 같은 사람일 개연성이 높다. 그럼에도 확정할 터무니는 없다.

『종』에는 글쓴이가 모두 스물여덟 사람이다. 그 가운데 서너 사람을 두고는 가명이나 필명을 쓰고 있다. 그것이 겹치는 경우도 있다고 본다면 거의 모든 글쓴이에 걸린다. 그런 점에서 1920년대 다른 문예지의 글쓴이 표기 버릇과 크게 다를 바 없다. 『평범』과도 비슷하다. 『신흥시단』에서는 본명을 밝힌 무게가 더하지만 두드러진 경향이라 보기 힘들다. 다시 말해 『종』의 글쓴이를 비롯해 1920년대 부산 지역 문학인들은 아직까지 작가로서 구체적인 개별적 자의식을 뚜렷하게 갖추지 않았던 계층으로 볼 수 있다. 아울러 매체의 현실 독자층을 지역 범위 연고망에 기대는, 제한적 눈매를 지녔던 1920년대 부산 지역문학인의 모습까지 엿보게 한다. 『종』은 부산 근대문학지에서 첫 문예지이면서 지역문학이 개별 주체로 다듬어져 가는 과도기 모습을 담은 매체기도 한 셈이다.

---

10) 1920년 경기도 출생. 일본대학 법학부를 졸업하고 서울신문사 문화부장을 지냈다. 그는 콩소설 「악몽」을 조선일보 1940년 3월 18일자에, 「소년」을 『매일신보』 3월 24일에 발표하면서 문단에 얼굴을 내밀었다.

11) 그는 『동아일보』 1925년 8월 17일자에 「수음에서」・「효월」을, 그리고 8월 24일에 「산거」・「강녀」를, 9월 1일에 「이역」과 같은 작품을 실었다. 그런데 발화 방식이나 속살로 보아 『종』을 편집한 유동준과는 다른 사람으로 보인다. 작품 「이역」을 본보기로 내 보인다. "고국을 등지고서/벽해만리 건너오니/산외산은 객산이오/운외운은 수운이라/아마도 앗가운 홍안이/이역에서."

3. 『종』의 시와 소설이 지닌 진폭

『종』은 종합 문예지다. 투고 규정에 따르면 소설·희곡·시(시조)·논문·감상문·기행문에 이르는 모두 여섯 부문으로 나누었다. 감상문과 기행문은 수필에, 논문은 평론으로 밀어 둔다면 오늘날 학교 문학 학습에서 따르는 근대 서구식 갈래 분류를 충실히 따르고 있다. 게다가 3호의 실재 목차 또한 '시단', '수필 감상', '소설', '동화', '조(調)', 곧 시조에 걸쳤다. 재미있는 점은 '수필 감상'에 '동화'를 넣은 점이다. 따로 떼어내기 곤란했던 탓이었겠다. 그런데 '수필 감상'에 들어 있는 「결문이들」이란 작품은 '수필 감상'에 들 것이 아니다. 뒤에 풀이를 덧붙이겠지만 '소설'에 넣어야 할 작품이다. 이렇듯 갈래 배치에서 헷갈린 일은 문예지 편집 기획과 작품 수습 뒤 출판 원고 사이의 거리에서 말미암은 결과로 보인다. 아울러 『종』 편집 주체가 지니고 있었던 갈래 의식의 미숙도 거들었음 직하다. 작품 받기는 일반 투고 원고에다 편집진 자체 원고나 청탁 원고와 같은 이원적인 방법을 취했을 것이다. 뒤의 경우에는 같은 시임에도 '시단'에 올리지 않고 책 앞머리에 따로 올린 문창주의 「달밤」, JS생의 「추억」, 그리고 삼월생의 「님 이별」, 뒤에 붙은 「요지경」이 걸리겠다. 아래부터 『종』에 실린 작품을 갈래별로 짚어 나가면서 두루풀이에 이르고자 한다.

『종』 3호에는 '특별시호(特別詩號)'라 표제를 덧붙였다. 1호나 2호에 견주어 시를 중점적으로 실었다는 뜻이다. 서시에 드는 시조 "강산에 덮인 구름 갈 줄 몰라"로 시작하는 「신년의 늣김」까지 합하면 시가 29편에 이른다. 유형도 여러 가지에 걸쳤다. 자유시·시조·번역시에다 이야기시까지 실었다. 자유시에서는 먼저 JS생의 「추억」을 눈여겨 볼 만하다. 여섯 편으로 이루어진 연작시 안에다 어린 아들의 죽음을 겪은 아비의 심사를 담았다.

① 어엿쌘 두 발을 쭉 뻗고

　자버르 나갈 듯이

　펄펄 쒸며서

　내 배까죽 꼿꼿시 밟고 이러서드니

② 너 어머니 두 젓이

　쌕러 오나셔

　너를 고대하는데

　외 오지 안느냐

—JS생, 「추억」 가운데서[12]

　①에서는 태어나 자라면서 아비에게 무한한 기쁨을 안겨 주던 아들의 활기찬 모습을 볼 수 있다. 그런데 그 아들은 죽어서 '엄동설한' 추운 바깥 무덤 속에 묻혀 돌아올 줄 모른다. ②는 돌아오지 않는 아들을 향한 비통한 심정을 드러낸다. 젖 줄 아들도 없는데 불어 오르는 "어머니 두 젓"이 뜻하는 바는 처참하다. 이러한 개인 서정은 달밤에 겪는 그립고 애타는 마음(「달밤」), 님 잃은 심경(「님 이별」)과 같은 데로 나아가면서 상실과 부재를 거듭하며 부풀려진다. 그리고 그러한 과잉 서정은 현실의 개별 발화자와 그 안쪽 '혼'으로 대표되는 이상적 자아 사이의 낭만적 거리를 드러내는 작품들과 맞물려 든다. '외로운 영(靈)'(「추운 밤」)이나 '혼(魂)'(「우민(憂悶)」)을 향한 막연한 그리움과 열정이 그것이다.

① 이 밤중에 나는 슯히 울엇노라

부산 지역 근대 첫 문예지 『종』　93

숨이면 만나고

씌여지면 못 만난다고

오오 밤이여

생존경쟁이 씃난

고요한 밤이여

차라리 오지를 마소서

오오 밤이여!

―효촌, 「밤」 가운데서13)

② 짜뜻한 날이면 우주가 내 집이엇만

엄동의 정벌(征伐)엔 그들의 갈곳이 어데?

아버지 옷 다오

어머니 밥 다오

조석으로 날듸는 그 부러지즘!

순진하고 속임 업는 그 우름!

오― 목메여 대답 못하는 그들의 눈동자!!

솟아오르는 피ㅅ눈물!!

오! 불상한 무리

저주 만은 인생.

―갑종, 「불상한 무리」 가운데서14)

  달리 눈여겨 볼 자리는 옮겨 놓은 ①과 ②에서 보는 바와 같이 사회
적 자아와 개인적 자아의 분열 현상이다. 효촌이 쓴 ①은 '생존경쟁'

---

13) 『종』, 25쪽.

14) 『종』, 31쪽.

의 "복잡한 전쟁의 터" 근대 도시 현실에 대한 고통스런 의식을 "차라리 밤이어 오지 마라"는 역설을 빌려 드러냈다. 갑종이 쓴 ② 또한 "아버지 옷다오/어머니 밥 다오/조석으로 날뛰는 그 부러지즘"[15]을 듣는 시인의 공감을 담았다. 이러한 "불상한 무리/저주 만은 인생"에 대한 사회적 자각은 비록 검열에 따라 삭제되어 본문을 알 수 없지만 「군등(君等)과 피등(彼等)」과 같은 작품에서 더욱 속속들이 담겼을 것으로 보인다. 글쓴이가 자신의 가명을 '적도(赤道)'라는 붙인 데서 그 점을 쉽게 짐작한다.

『종』의 시단은 일상적 자아와 이상적 자아 사이의 분열뿐 아니라, 개인적 자아와 사회적 자아 사이의 분열을 즐겨 다루었다. 큰 틀에서 1920년대 우리 근대시단의 흐름과 맞물려 드는 작품인 셈이다. 그러한 둘레에 소박한 묘사에 그치고 있지만 「황혼의 마을」과 같은 작품이 이어진다. 게다가 몇 편의 시 속에서 지역 매체라는 특성에 걸맞는 모습도 엿볼 수 있다. 황파가 쓴 「영원의 포옹」이 대표적이다. 이 시는 부산포의 새로운 왜풍 유흥지로 자란 이른바 '송도' 바닷가라는 구체적인 장소성을 담았다. 「선암사의 밤」 또한 부산의 고유 장소를 밑그림으로 삼았다. 허물어진 옛 성터를 찾아 자취를 떠올리는 박홍래의 「달밤의 고성(古城)」도 부산 금정산성이라는 지역성과 맞물려 보인다.

형식적인 쪽에서 『종』의 시단은 이야기시를 실어 이채를 띤다. 금잔디라는 이가 왜식으로 '물어시(物語詩)'라 표제를 올린 「연(戀)」이란 무엇」이 그것이다. 이 작품은 '쿠라나다 궁전'에서 태어난 '왕자 아─맷드'가 주인공이다. 태어나자마자 "여난의 상"이 있다는 예언자의 말에 따라 부왕은 그를 "알함부라 산" 궁궐에서 세상과 담을 쌓고 살게

---

15) 『종』, 31쪽.

했다. 그럼에도 마침내 사랑의 이치를 깨닫게 되는 과정을 길게 그려 담았다. 서양 설화를 짜깁기한 것으로 보이는 이 작품은 당대 젊은이가 지녔던 연애관을 보여 준다. 단순한 이국취향에서 더 들어간 뜻을 지닌 셈이다. 그러한 이국취향의 상호텍스트적 관심은 밀레의 명화 '만종'을 시로 옮긴 주경의 「그림」과 같은 경우까지 마련했다.

『종』에서 보이는 근대시 기법이나 유형 훈련은 시조라는 전통 갈래를 싣는 데까지 넓혀져 있다. 서시 격으로 책 앞에 올린 「신년의 늣김」과 삼월생이라는 필명을 쓴 이가 쓴 「님 이별」이 그것이다.

천 리에 님을 일코
강남(江南)에 도라오니
백화분분(白花紛紛) 적막한데
고침한석(孤枕寒席) 외로워라
아마도 님 여읜 일편단심은
님과 나와

—삼월생, 「님 이별」 가운데서16)

실경험에서 벗어난 관념성이 뚜렷하다. 재미있는 점은 작품 꼴이 이미 1920년대 무렵에는 완성된 근대 문자 시조형을 따르지 않았다는 사실이다. 그에 앞서 국권회복기에 유행했던 시조창 시조형을 따르고 있다. 시조창 노랫말로서 종장 마지막 마디를 줄이는 시조 표기 방식이 그것이다. 전근대적인 이러한 꼴은 두 작품 모두에서 나타난다. 그리고 두 작품 모두 『종』의 편집진이나 청탁 원고로 여겨진다. 따라서 그러한 시조형을 빌려 『종』의 편집진이 지니고 있었던 문학

---

16) 『종』, 8~9쪽.

관의 전근대/근대 교차 현상까지 엿보게 한다. 게다가 이 점은 1920년대 후반기 부산 지역문학 안쪽에서 보이는 근대 이행의 혼재 양상이기도 하다.

소설 갈래에서는 물소리라는 필명을 쓴 이가 내 놓은 「절문이들」, 이석주가 쓴 「시더러진 사랑」, 적송자의 「승리를 엇기까지」 세 편을 실었다. 그런데 앞에서 짚은 바와 같이 「절문이들」을 목차에서는 '수필 감상'에 넣었다. '수필 감상'에 올릴 작품이 난초 키우는 재미를 들려주고 있는 「우감이속(偶感二束)」 한 편뿐인 까닭에 목차상 '동화'인 「불상한 녀동싱」과 함께 '수필 감상'에 넣었다고 볼 수 있다. 그러나 「절문이들」을 다른 소설 두 편과 떨어진 자리인 '동화' 안쪽에다 실었다는 점에 무게를 둔다면, 「절문이들」이 지닌 작품 됨됨이를 편집 주체가 '소설'이 아니라 '수필 감상'으로 본 것이 아닌가라는 심증을 굳히게 한다. 왜냐하면 그러한 갈래 분류의 관점 미비나 미성숙이야말로 시조창 시조형을 실은 것과 같이, 『종』의 편집 주체가 지녔던 근대문학에 대한 인식 수준을 보여 주기 때문이다.

사실 「절문이들」은 '쇼설'이라는 난에 실은 두 작품보다 더 많은 이야기를 품고 있는 소설이다. 그럼에도 소설적 사건 짜임은 덜하다. 밤늦은 시각, 공동묘지를 배경으로 삼은 촌경을 그려 담았을 따름이다. 그럼에도 이 작품은 수필 갈래가 지니고 있는 1인칭 개별 발화에 기댄 심정 토로와는 거리가 있다. 3인칭 전지작가에 의해 서술된 두 가지 초점 이야기로 이루어진 이야기다. 곧 앞머리에 놓인바, 밤늦은 시각 공동묘지에서 벌이는 사상 학습 모임에 참석하기 위해 가는 청년의 눈길, 그리고 그 뒤를 이은 부분 곧 가까운 절에서 그들을 바라보면서 지나온 자신의 파란 많은 망명 생활을 떠올리는 노승의 눈길이 그것이다. 이 작품은 그 두 가지 초점 이야기를 중심으로 당대 민족적, 사회적 기대 공간을 암시적으로 마련하고자 했다.

① 지금으로부터 구 년 전 가을 어느 어스름 달밤에 원한에 찬 눈물을 머금고 표연히 망명의 길을 써나 만주 들판에서 방랑의 생활을 하는 것과 그 후 철창 속에서 고민하든 일이 더욱 감개무량하게 새롭아진다.(독자여 이 외에 노승의 과거의 이약이는 쓰지 안으니 깊히 양찰(諒察)하소.)17)

② 노승의 의아는 더욱 깁퍼간다. 아모러 보아도 화장군은 안이다. 서로 손짓을 하며 붉은 주먹들을 내여밀며 고게를 기웃기웃 하는 것을 보니 무슨 이약이를 서로 하고 잇는 것인 줄은 알았다. 그러고 간간히 풍편(風便)에 이러한 말소리가 들닌다.

우리들은 그것은 올타. 아― 살고져. o 군. m 군.

노승은 이러한 단편적 소리로서만 아무리 하여도 그 진상을 판단할 수는 업섯다. 그러나 조선 사람들인 것만은 확실히 알앗다. 더욱히 조선의 젊은 사람들인 것을 확실히 알앗다.

그것은 너무도 용감스러운 피가 쓸는 듯한 조선 말소리엿슴으로……
……………….

―물소리, 「절문이들」18)

작품의 기대 공간이 민족적, 사회적 지평으로 열려 있음을 암시해 주는 자리다. 당대 경향 소설이나 계급 소설에 견주어서 사건과 주제 의식이 막연하지만 1920년대 후반 부산 지역 청년들이 지녔을 '신흥' 기운을 엿보게 하는 데는 모자람이 없다. 이에 견주어 나머지 두 작품은 본격 소설과 신파 소설 가운데쯤 놓인다. 정신과 몸, 사랑과 삶, 오늘과 앞날 사이에서 갈등하고 혼란을 겪는 청년상을 그리는 공통

---

17) 『종』, 61~62쪽.
18) 『종』, 62쪽.

점이 있다. 「시더러진 사랑」은 창간호에서부터 3회째 연재한 것이다, 본문을 다 알 순 없지만, 향희라는 여자를 사랑하는 젊은 두현이라는 이의 연모와 갈등을 담았다. 신파 소설에 더 가까워 「절문이들」과는 맞선 충위에 놓인다. 이미 앞선 지역 매체 『평범』의 원고 투고 규정에서 보였던 '대중문예'의 마련과 맞물려 있는 현상이다.[19] 『종』의 '쇼설' 란은 본격 소설과 대중 소설이라는 다른 충위의 소설을 끌어 안고 있어 당대 부산 지역 소설의 실상 파악에 흥미로운 실마리를 넘겨준다. 다른 소설 「승리를 엇기까지」는 배경 공간을 이른바 영도 곧 봉래섬으로 삼아, 드물게 1920년대 부산 지역 풍광을 그려 보게 한다.

『종』에는 시와 소설 말고 비록 한 편에 그치고 있지만 동화 「불상한 녀동싱」을 실어 종합 문예지로 키워내려는 노력을 볼 수 있다. 이 작품은 겨울 눈 내리는 밤 누부가 두 동생 효순과 효남에게 이야기를 해 주는 액자 꼴을 지닌 작품이다. 안쪽 이야기는 앉은뱅이로 장애를 지닌 공주가 주인공이다. 그녀가 추운 겨울 날 어버이를 다 읽고 곡마단을 떠돌다 갈곳 없이 헤매는 어린 소녀의 노래 소리를 듣고 소녀를 데려와 서로의 처지를 확인하는 속살로 마련하였다. 앉은뱅이 공주와 어린 소녀의 슬픈 처지를 빌려, 이야기를 하고 듣는 주인공 남매가 겪었을 불쌍한 처지까지 암시했다.

『종』 3호의 속살을 갈래별로 가볍게 짚었다. 그런데 여기서 눈여겨 보아야 할 자리가 한 군데 더 있다. 그것은 본보기가 드문 가운데서 1920년대 경남·부산 지역어를 적지 않게 갈무리하고 있다는 점이다. 나라잃은시대 경남·부산 지역어를 가장 많이 간직하고 있는 작품은 1940년대를 앞뒤로 활동하다 가버린 허민의 소설과 시다.[20] 그런데

19) 각주 6) 참조.

『종』의 시와 소설은 그보다 앞선 시기 경남·부산 지역어를 단편적으로나마 적지 않게 엿보게 한다.21) 『종』에 실린 작품이 지니고 있는 재미나 짜임새와는 다른 쪽에서 귀하게 눈길을 주어야 할 자리다.

4. 근대 부산 문학 읽기로 나아가면서

가볍게 『종』 3호를 살펴보았다. 『종』은 많지 않은 부산 지역문학의 매체 발간 전통 가운데서 문예지를 내세우고 나온 근대 첫 잡지였다. 비록 3호 하나만 확인할 수 있을 따름이지만, 나름의 뜻을 읽는 데는 모자람이 없다. 『종』은 동래를 중심으로 이루어진 1910~1920년대 문학 전통보다 부산포를 중심으로 이루어진 전통에 더 기운 매체였다. 그 뒤를 이어 나온 1934년 부산 지역 첫 시동인지 『신흥시단』과 같은 전문 문학사회 형성에 주요한 텃밭을 마련해 준 매체다. 아직까지 익명과 가명을 번갈아 쓰는 비전문성에다, 근대문학을 지향하면서도 전근대/근대 합류 현상을 자연스럽게 끌어안고 있는 모습, 게다가 낱낱의 작품에서 보이는 습작기적 풍모는 당대 문학 전반에 걸친 흐름으로 볼 때 뛰어난 높낮이를 갖추지는 못했다. 그럼에도 많지 않은 가운데 1920년대 부산 지역문학의 수준과 의욕의 실상을 엿볼 수 있는 중요 터무니를 마련해 준 무거움은 뚜렷하다.

사료란 하찮다 놓아두면 한없이 가벼운 것에 지나지 않을 수 있다.

---

20) 박태일, 「슬픈 역광의 시대, 한 반딧불이 이끄는 길: 허민의 삶과 문학」, 『허민 전집』, 현대문학사, 2009, 563쪽.

21) 시에서 보이는 본보기만 살펴도 당장 여럿이 보인다. 어스럿하다(「달밤」), 소두방트(「추억」), 무둠(「추억」), 희붉우스리하다(「겨울밤」), 아양스럽다(「꿈에 본 청조」), 어스럭하다(「황혼의 어둠」), 어리광스럽다(「밤」), 알푸시(「절믄 사나이야?」)와 같은 것이 그들이다. 소설은 이보다 훨씬 더하다.

그러나 그것을 어떻게 보고 다루는가에 따라 그 값은 엄청나게 달라진다. 그런 점에서 부산 지역 근대 첫 문예지인『종』을 소개하면서 부산 지역 근대문학 읽기가 더욱 섬세해지고 멀리 굵은 줄거리를 만들어 나가기를 바라는 마음을 적어둔다. 지금은 한 호에 그친 작은 매체이나 그 속을 살펴 들어가면서 흥미로운 점들을 귀하게 읽을 수 있을 것이다. 어느 때 괄호 쳐 둔『종』의 펴낸이 유동준에 대한 뜻깊은 사실을 새로 찾아 낼 수 있을지도 모른다. 그리고『종』1, 2호 또한 마찬가지다. 1925년 경상남도 도청 소재지가 진주에서 부산으로 옮겨온 뒤, 부산에 새로운 기운이 싹트고 그 밀물이 여러 영역에까지 미쳤다. 그런 풍토 위에서『종』의 앞뒤와 곁에 놓였을, 적지 않은 매체의 자리 또한 함께 넓혀졌을 것이다. 근대 부산 지역문학을 제대로 읽기 위한 걸음걸이를 더욱 다그쳐야 하리라.

김수영과 부산 거제리 포로수용소

1. 포로 김수영

김수영에 대해서는 아직 밝혀지지 않은 점이 적지 않다. 당장 그가 생계를 잇는 데 도움을 받았던 번역 쪽 일은 갈무리된 적이 없다. 게다가 김수영이 갖은 어려움을 겪었을 광복 직전기와 전쟁 전후기, 곧 초기 문학 활동 또한 빈 구석이 많다. 지난 2009년 이영준은 『김수영 육필시고 전집』을 낸 데 이어 김수영이 1953년 8월치 『희망』에 실었던 미공개 줄글 「나는 이렇게 석방되었다」를 찾아 세상에 알렸다.1) 이로 말미암아 김수영 문학에 대한 몇 가지 새로운 사실을 더할 수 있었다. 특히 「나는 이렇게 석방되었다」는 묻혀 있었던 김수영의 포로 생활을 일깨워 주는 글로 눈길을 끌었다.

그런데 이 글은 북한 인민군 의용대를 벗어난 김수영이 서울로 들

---

1) 이영준, 「전쟁과 시인의 진실」, 『세계의 문학』 겨울치, 민음사, 2009, 132~139쪽.

어와 어떻게 국군 포로가 되었던가 하는 과정과, 긴 포로 생활을 마친 뒤 석방된 날 사정을 짧게 밝힌 데 그쳤다. 글 제목으로 내세운 바와 같이 자신이 '석방'에 이른 구체적인 경과나 포로수용소 생활에 대한 정보는 담기지 않았다. 이제 김수영의 포로수용소 생활을 속속들이 밝히고 있는 줄글 한 편을 찾아 세상에 선뵌다. 정훈 매체 『해군』 1953년 6월치 40쪽에서 45쪽에 걸쳐 실린 「시인이 겪은 포로 생활」이 그것이다. 이 글로 말미암아 김수영에 대하여 이제껏 잘못 알려져 왔던 점은 바로 잡고, 묻혀 있었던 사실은 새로 밝힐 수 있을 것이다.

2. 「시인이 겪은 포로 생활」로 밝혀진 다섯 가지

김수영의 포로 체험기 「시인이 겪은 포로 생활」이 실린 『해군』지는 해군과 해병의 통합 기관지다. 1952년 1월에 월간으로 나오기 시작한 해병대사령부의 『해병』과 해군정훈국에서 냈던 『해군』을 묶어, 1952년 11월부터 『해군』이라는 이름으로 나왔다. 그래서 이름은 『해군』으로 묶되, 그 아래 '해병☆해군'이라는 표시를 덧붙였다. 공군에서는 『코메트』가 육군에서는 『육군』이라는 잡지를 내고 있을 때였다.

『해군』과 『해병』을 묶은 단일 기관지로 내면서 엮는 일은 해군과 해병이 격월간으로 맡았다. 해군 쪽에서 홀수 달을, 해병 쪽에서 짝수 달을 맡는 방식이다. 따라서 김수영의 「시인이 겪은 포로 생활」을 실은 6월치는 해병대에서 엮은 책이다. 잡지 속살은 장사병을 위한 정신 훈화, 논평, 시사 정보, 전쟁문학, 현지 보고, 오락물과 같은 것으로 채웠다. 전쟁문학 경우, 종군기나 참전기 또는 피란기에 이어서 전쟁시와 전쟁소설을 실었다. 명작 바다시나 바다소설 번역에다 야

담까지 올려 여러 유형의 작품을 싣기 위해 애썼다.

　엮는 일에 대한 책임은 해군 쪽에서 '해군본부정훈감'으로 있었던 해군중령 이무영이, 해병대 쪽에서 해병사령부정훈감 해군소령 김득주가 맡았다. 펴낸 데는 '해군본부정훈감실'과 '해병사령부정훈감실' 둘을 나란히 적었다. 찍은 곳은 부산 극동인쇄사다. 1953년 6월치에는 김수영이 쓴 「시인이 겪은 포로 생활」말고도 박위림이 쓴 「상이 포로 돌아오다」, 임권재가 쓴 종군기 「용매도의 해양 진격대」가 실렸다. 김수영의 글은 시인 신분으로 겪은 국군 포로 체험이라는 드문 경우여서 출판사회 안밖으로 관심을 끌기에 모자람이 없었다. 이 글에 이어 두 달 뒤 대중 교양지 『희망』 8월치에 「나는 이렇게 석방되었다」를 올리게 된 일도 비슷한 경우였던 셈이다. 「시인이 겪은 포로 생활」은 이름 그대로 포로로 겪었던 일을 알리는 속살로 채워졌다. 이 글로 말미암아 새로 밝혀진 사실은 모두 다섯 가지로 간추릴 수 있다.

　첫째, 김수영이 포로로 옮겨 다닌 과정이다. 김수영이 인민군 의용대를 탈출하여 걸어서 서울 거리에 도착한 때가 "1950년 10월 28일 저녁 여섯시"[2] 무렵이었다. 그리고 그날 밤 늦은 시각 "동화백화점을 지나 해군본부 앞을 지났을 때" 국군에게 체포되었다. 그리하여 이태원 육군형무소에 끌려갔다가 다시 인천 포로수용소로 옮겨졌다. 그곳 어느 "학교 강당 2층 같은 곳"에서 다리 부상을 치료 받으면서 포로 번호를 받았다. 그 이튿날 낮 "적십자군용병원열차를 타고 부산 서전병원으로 이송"되었다. 이까지 사실은 「나는 이렇게 석방되었다」에 담긴 바다. 그런데 「시인이 겪은 포로 생활」에서는 그가 부산 서전병원을 거쳐 부산 거제리 제14야전병원으로 옮긴 때가 11월 11

---

2) 김수영, 「나는 이렇게 석방되었다」, 『세계의 문학』 겨울치, 민음사, 2009, 124쪽.

일임을 밝혔다. 따라서 10월 28일 서울서 체포되어 11월 11일 부산 거제리 제14야전병원으로 올 때까지 두 주 남짓 동안 김수영은 서울에서 인천으로 다시 부산 서전병원으로 옮겨 다녔던 셈이다. 그런 다음 충청남도 온양온천 국립구호병원에서 "민간인 포로자로서" 석방된 때는 「나는 이렇게 석방되었다」에 밝힌 바와 같이 1952년 11월 28일이다. 따라서 김수영은 1950년 10월 28일에 체포되어 1952년 11월 28일까지 포로 신분으로 세 해에 걸쳐 "25개월 동안의 수용소 생활을" 했음을 알 수 있다.

그런데 「시인이 겪은 포로 생활」에 따르면 김수영은 부산 거제리 제14야전병원에서 머물다 거제도 포로수용소로 잠시 옮겨갔다.

인민재판이 수용소 안에서 버러지고 적색 환자까지 떼를 모아 일어나서 반공청년단을 해산하라는 요구를 들고 날뛰던 날 밤 나는 열한 사람의 동지들과 이 수용소를 탈출하여 가지고 거제도로 이송되어 갔다.[3]

"인민재판이" 벌어지고 "적색 환자까지 떼"로 "날뛰던 날 밤" 김수영은 "동지들과" "수용소를 탈출하여" "거제도로 이송되어 갔다." 이때 김수영은 굳이 '탈출'이라는 말을 썼다. 친공 포로와 반공 포로 사이 다툼에서 친공 포로가 득세한 장소를 벗어났다는 홀가분한 느낌을 강조하기 위해 쓴 표현일까. 그러나 친공 포로의 난동을 벗어나기 위해 옮겨간 거제도 포로수용소 또한 김수영에게 "도모지 살 것 같은 마음이 들지 않는" 곳이었다.

포로 생활에 있어서 거제리 14야전병원은 나의 고향 같은 것이었다.

---

3) 김수영, 앞서 든 글, 45쪽.

거제도에 와서 보니 도모지 살 것 같은 마음이 들지 않는다. 너무 서러워서 뼈를 어이는 서름이란 이러한 것인가! 나는 참다 참다못해서 탄식을 하고 가슴이 아프다는 핑계로 다시 입원을 하여 거제리 병원으로 돌아올 수가 있었다.[4]

참다못한 김수영은 "가슴이 아프다는 핑계로 다시 입원을 하여 거제리 병원으로" 돌아왔다. 그가 부산 거제리 포로수용소를 떠나 경남 거제도 포로수용소로 옮겨간 때를 뚜렷하게 알기는 어렵다. 이에는 두 가지 가능성이 있다. 부산에 머물던 포로가 거제도로 이송되었던 1951년 2월, 3월 어느 시점에서부터 그것이 모두 마무리되었던 6월 사이에 옮겨갔을 가능성이다. 부산 포로수용소가 한계에 이르자 거제도와 그 둘레 지역에 포로수용소를 새로 짓고 부산 포로를 그리로 옮겨 갔던 이송 초기다.[5] 그렇게 본다면 거제도 포로수용소에 대해 말하고 있는 아래와 같은 시줄이 새삼스레 눈길을 끈다.

누가 거제도 제61수용소에서 단기4284년 3월 16일 오전 5시에 바로 철망 하나 둘 셋 네 겹을 격하고 불 일어나듯이 솟아나는 제62적색수용소로 돌을 던지고 돌을 받으며 뛰어 들어갔는가.
　　　　　　　　　　　　—「조국에 돌아오신 상병포로(傷病捕虜) 동지들에게」 가운데서[6]

---

4) 김수영, 앞서 든 글, 45쪽.
5) 2월 초부터 거제도에 포로수용소를 짓기 시작하여 2월 말에는 거의 완공하였다. 그때까지 옮겨 갔던 부산 거제리 포로수용소 포로들은 민간인 억류자 5만여 명을 포함해 모두 17만 6천여 명이었다. 그리하여 6월 말에는 포로수용소만 남고 거의 모든 포로들은 거제도로 옮겼다. 부산일보사 기획연구실 엮음, 『비화 임시수도천일 (하)』, 부산일보사, 1983, 338쪽.
6) 김수영, 『김수영 전집(Ⅰ) 시』, 민음사, 1982, 34쪽.

이 시줄은 자신보다 뒤늦게 석방되어 "돌아오신 상병포로 동지"들이 시인에게 속삭인다면 함 직한 말을 되옮긴 형식을 지녔다. 글에 담긴 대로 1951년 3월 16일 거제도 61수용소와 62수용소에서 벌어졌던 친공/반공 포로 사이 다툼을 시인이 실감으로 인지하고 있음을 볼 수 있다. 그가 그 다툼에 손수 참가하였던가, 그렇지 않으면 지켜보았던가는 알 수 없으되, "철망 하나 둘 셋 네 겹을 격하고"라는 구체적인 표현은 시인의 실감을 잘 담아낸다. 따라서 이 시줄과 같은 사건 현장에 시인이 머물렀다고 한다면 김수영은 적어도 1951년 3월 16일보다 앞선 시기 '부산' 거제리 포로수용소를 벗어나 거제도로 옮겨 갔을 것이라는 짐작이 자연스럽다. "돌을 던지고 돌을 받으며 뛰어들어" 간 상황을 손수 지켰을 확률이 높은 까닭이다.[7] 그리하여 거제도 포로수용소에서 3월 16일에 겪었음 직한 그 사건을 거치고 김수영은 얼마 있지 않아 아프다는 핑계를 대서 부산 거제리 포로수용소로 다시 돌아왔다.

김수영이 거제도 포로수용소로 옮겨간 시기에 대한 다른 가능성은 초기 이송자가 다 떠난 뒤인 1951년 6월 이후부터 1952년 11월 석방에 이르는 시기 가운데 어느 때다. 그런데 이 시기는 너무 길고 막연하다. 그에 대한 외적 표지는 「시인이 겪은 포로 생활」이나 「나는

---

7) 이제까지 통념은 김수영이 처음부터 거제도 포로수용소에 수용되어 포로 생활을 했다는 것이었다. 김수영의 거제도 포로수용소 체류에 대해 가장 꼼꼼하게 다룬 최하림도 김수영은 부산 거제리 포로수용소를 거치지 않고 1951년 1월, 처음부터 인천에서 "거제도에 도착"하였다고 썼다. 그런 다음 「조국에 돌아오신 상병포로(傷病捕虜) 동지들에게」에 쓰인 바와 같이 3월 16일에 일어난 친공/반공 포로 사이 다툼을 겪은 뒤인 "3월 16일과 초봄 사이에 거제도에서 부산으로 이동"했다고 썼다. 김수영이 거제도 포로수용소에서부터 포로 생활을 했을 것이라는 이러한 생각을 김명인도 그대로 받아들여 "김수영의 거제도 포로수용소 생활은 1951년 1월부터 3~4월경까지였다고 추정"했다. 최하림, 『자유인의 초상』, 문학세계사, 1981, 109쪽과 113쪽. 김명인, 『김수영, 근대를 향한 모험』, 소명출판, 2002, 68쪽.

이렇게 석방되었다」는 물론, 이제까지 알려진 김수영의 작품 가운데서는 어디서도 볼 수 없다. 다만 그가 거제도 포로수용소에서 다시 부산 거제리 포로수용소로 돌아왔을 때, 같이 떠나지 못했던 반공 포로 동료들이 죽임을 당했다는 소식을 듣고 분개하며 '반공투쟁' 일선에 나서기로 했다는 진술이 있다.

내가 다시 돌아왔다는 소식을 듣고 임 간호원이 비오는 날 오후에 부라우닝 대위를 다리고 차저왔다. 나는 울었다. 그들도 울었다. 남겨 놓고 간 동지들은 모조리 적색 포로들에게 학살을 당하였다는 소식을 듣고 나는 아주 병이 들어 자리에 눕게 되었다.
이 원수를 갚아야 한다고 나는 미인들에게 응원을 간청하였으나 그들은 상부의 지시가 없이는 독단으로는 허락할 수 없는 일이라고 하면서 고개를 옆으로 흔들었다.[8]

"남겨 놓고 간 동지들은 모조리 적색 포로들에게 학살을 당하였다"는 표현을 빌려 부산 거제리 포로수용소에서도 반공/친공 포로 사이 폭동이 가장 크게 일어났던 1952년 5월을 눈여겨보게 한다. 이 시기에 앞서 김수영은 거제도 포로수용소로 갔다가 그 폭동이 지난 직후에 부산 거제리로 돌아왔을 가능성이 큰 까닭이다.

그런데 1951년 2, 3월 어느 날이든, 1952년 5월에 앞선 어느 날이든, 거제도 포로수용소로 옮겨갔던 김수영은 거기서 얼마 머물지 않고 부산 거제리 포로수용소로 다시 돌아왔음을 알 수 있다.

꿈나라로 실려 들어오는 것같이 어떻게 생각하면 우연하게 들어온 이

---

8) 김수영, 앞서 든 글, 45쪽.

거제리 수용소에서 나는 삼 년이라는 긴 세월을 지나게 되었다.[9]

김수영은 "거제리 수용소에서 나는 삼 년이라는 긴 세월을 지나게" 되었다고 적었다. 거제도 포로수용소 생활이 짧은 기간에 지나지 않았음을 알 수 있는 뚜렷한 터무니다. 스물다섯 달이나 되는 포로 생활 가운데서 서울 이태원형무소와 인천 포로수용소를 거쳐 부산 서전병원에 머물렀을 두 주 남짓한 기간, 그리고 거제도 포로수용소에 머물렀던 짧은 기간을 젖혀둔 거의 모든 시간을 김수영이 부산 거제리 포로수용소에서 지냈음을 알 수 있다. 햇수로 세 해에 걸친 일이었다. 따라서 김수영에 대한 이해에서 오래도록 잘못 알려져 왔던바, 그가 거제도 포로수용소에서부터 포로수용소 생활을 했으리라는 통념은 바뀌게 되었다.[10] 이미 김수영 스스로 시 「어느날 고궁을 나오면서」에서 "부산에 포로수용소의 제14야전병원에 있을 때"라 적었던 시줄의 무게가 새삼스러운 까닭이다.

옹졸한 나의 전통은 유구하고 이제 내 앞에 정서로 가로놓여 있다

---

9) 김수영, 앞서 든 글, 42쪽.

10) 이즈음 만들어진 이영준의 『김수영 육필시고 전집』(민음사, 2009) '작가 연보'에서도 1950년 "경찰에 체포당해, 거제도 포로수용소에 수용된다. 곧 수용소 내 미 야전 병원의 통역관이 된다."고 적은 뒤, 1951~1952년 부분에 "미 군의관을 따라 거제도 포로수용소에서 부산 거제리(지금의 부산 거제동) 수용소로 이동한다."라 적었다. 최하림은 거제도를 떠난 김수영이 "부산(정확히는 가야) 야전병원"에 머물렀다고 했다. 그런데 김수영이 병원의 포로 통역이었다는 점과 뒤에서 밝힐 간호사와 얽힌 사랑과 재회라는 삽화로 볼 때, 포로수용소 설립 처음부터 있었으며 김수영이 부산 서전병원에서 옮겨왔던 미8군 야전병원이 있었던 자리, 곧 거제리에 머물렀음이 틀림없다. 게다가 최하림은 "동래에서 수영 비행장 쪽으로 가는 중간쯤에 자리한 콘세트 건물인 가야 야전병원에서 김수영은, 통역 일을 하는 한편"이라 적어 가야의 위치를 미심쩍게 썼다. "동래에서 수영 비행장 쪽으로 가는 중간쯤" 자리는 가야가 아니고 거제다. 최하림, 앞서 든 책, 113쪽

이를테면 이런 일이 있었다
부산에 포로수용소의 제14야전병원에 있을 때
정보원이 너어스들과 스폰지를 만들고 거즈를
개치고 있는 나를 보고 포로 경찰이 되지 않는다고
남자가 뭐 이런 일을 하고 있느냐고 놀린 일이 있었다
너어스들 앞에서

—「어느날 고궁을 나오면서」 가운데서[11)

위와 같은 시인의 직접 진술을 이제까지는 쉽게 지나쳤다. 이 시줄
은 자신이 겪었던 포로 생활의 중심지를 알려주고 있었던 셈이다.
그리고 거제리 포로수용소 안 제14야전병원은 오늘날 부산시청이 자
리 잡고 있는 거제동 일대다. 김수영이 쓴 표현대로 "산 밑 경사진
논판을 편편히" 메운 곳이다. 거기서 김수영은 햇수로는 세 해에 걸
친 거의 모든 포로 생활을 겪었다.

둘째, 묻혀 있다 지난 해 『김수영 육필시고 전집』 발간으로 알려진
시 「겨울의 사랑」에 담긴 '사랑'의 대상이 누구인가가 밝혀졌다. 작품
을 찾아낸 이영준은 대상을 "거제도 포로수용소에서 만난 간호원"이
라 짐작했다. 그러나 「시인이 겪은 포로 생활」 공개로 말미암아 그녀
는 부산 거제리 포로수용소 병원에서 일하고 있었던 "삼십을 훨씬
넘은 인테리" 임 간호사임을 알 수 있다. 그녀에 대해 김수영이 지닌
애착과 연모는 포로와 민간 간호사 사이라는 관계를 뛰어넘어 각별
했다. 시인이 쓴 표현에 따르면 '연애' 대상이었고 시인은 그녀와 관
계를 "영원한 사랑"의 행위로 자각했다.

---

11) 김수영, 앞서 든 책, 249쪽.

내가 살고 있는 새로운 세상의 새로운 사람들 중에서 나는 부라우닝 대위를 발견하였다. 나는 그처럼 아름다운 여자를 본 일이 없다고 생각하였다. 나는 그를 위하여서는 나의 목숨이라도 바칠 수 있다고 믿었던 것이다. 미인들은 아침 여덟 시에 수용소에 출근하여 저녁 다섯 시까지 근무하고 돌아갔다. 그 이외의 근무원으로는 한국인 의사와 한국인 간호원들이 있었다. 그들의 대부분은 피난민이었다.

포로들에게 있어서 이들 인간들에게 대한 존경과 신망은 확실히 정상 상태를 넘어서 병적인 정도에까지 이르는 수가 많았던 것이다. -(줄임)- 나는 부라우닝 대위를 통하여 임 간호원을 알게 되었고 임 간호원이라는 삼십을 훨씬 넘은 인테리 여성을 통하야 사회 소식을 듣게 되었다. 임 간호원은 아침마다 힌 수건에 결안을 싸가지고 오든지 김밥 같은 것을 싸 가지고 와서 사람들의 눈을 피하여 넌즈시 나의 호주머니에 넣어 주는 것이다. 그렇게 연애를 하여 보려고 연애를 죽어도 못하던 내가 이 포로수용소 지옥 같은 곳에서 진정하고 영원한 사랑을 얻게 될 줄이야!12)

부산 거제리 포로수용소에서 지내는 동안 김수영이 가깝게 지낸 여자는 두 사람. 부라우닝 대위와 임 간호사임을 알 수 있다. 부라우닝 대위에 대해 김수영은 "그처럼 아름다운 여자를 본 일이 없다"고 적었다. 그녀를 위해 "목숨이라도 바칠 수 있다고" 믿었다. 그리고 "부라우닝 대위를 통해" 알게 되었지만 임 간호사는 "사람들의 눈을 피하여 넌즈시" 김수영의 호주머니에 달걀이나 김밥 같은 것을 싸 넣어주곤 했던 여자다. 포로 신분이었던 김수영이 "확실히 정상상태를 넘어서 병적인 정도"로 애착을 가지고 기댔을 여자는 두 사람이다. 그러나 임 간호사가 사람들 눈을 피해 자신에게 베푼 갖가지 호

---

12) 김수영, 앞서 든 글, 44~45쪽.

의를 밝힌 자리 바로 뒤 자신이 겪는 '연애' 감정을 밝혔다. "이 포로
수용소 지옥 같은 곳에서 진정하고 영원한 사랑을" 얻게 되었다는
표현이 그것이다. 따라서 "진정하고 영원한 사랑"의 대상은 부라우
닝 대위가 아니라 임 간호사로 봄이 자연스럽다. 그렇지 않다면 사랑
의 대상은 두 사람 모두에 걸리게 된다. 그러나 「겨울의 사랑」에서
사랑의 주체와 객체는 '나'와 '너'라는 단수 일컬음으로 한결같다.

　　　느가 준 요ㅅ보의 꽃잎사귀 우에서 잠을 자고
　　　느가 준 수건으로는 아침에 얼굴을 씻고
　　　느가 준 얼룩진 혁대로 나의 허리를 동이고

　　　이만하면 나는 너의
　　　애정으로 목욕을 할 수 있는 행복한 사람이다.

　　　아애 나의 밤의
　　　품안에 너의 전신이 안키지 않아도
　　　그리운
　　　나의 얼골을 너의 부드러운 일손이
　　　실징이 나도록 쓰다듬어 주지 않아도
　　　그리고 나의 허리를 나비와 같이 살며시 껴안어 주지 않아도

　　　나는 너의 선물이 욕된
　　　사랑의 변명이 아니라는 것을 알고 있기에

　　　느가 표시하는 애정의 의도를 묻지 않고
　　　느가 말하지 않아도 알 수 있는 사랑의 궁극을

늬가 알지 못하고 나에게 표시하여 줄 수 있다면 오히려 그것을 원하는

이것은 반듯이 우리의
사랑이 죄악에서 생겨난 것이라고 믿기 때문만이 아닐 것이다.

우리의 사랑이 죄악이라는 것은
시를 쓴다는 것이 옳지 않은 일이라고 꾸짖는 것이나 같은 일

오랜 시간을 두고 찾아오든 이 귀중한 순간의 한복판에 서서
천천히 계속하든 일손을 멈추고 너를 생각하니
오 나의 몸은 광선

가난한 나라의 빈 사무실 한복판에 앉아 있는 것 같이가 않다.

늬가 말하지 않아도 알 수 있는 사랑의 궁극에 대하여 차라리
늬가 랭담하기를 원하는 것은
우리의 사랑이 잊어버리기 위한 사랑에서 출발하였기 때문이라고 생각
한다.

그러한 사랑에 대하여

늬가 너의 육체 대신 준 요ㅅ보
늬가 너의 애무 대신 준 흰 속옷은
너무나 능숙한 겨울의 사랑

여러분에게 미안할 정도로 교묘를 다한

따뜻한 사랑이었다.

　　발악하는 사랑이었다.

—「겨울의 사랑」

　　김수영으로서는 많지 않은 사랑시 「겨울의 사랑」 모두를 옮겼다.[13]
「겨울의 사랑」은 그가 1950년 11월에 부산 거제리 포로수용소에 든
뒤 겨울 내내 다리를 치료하면서 처음 만났을 임 간호사가 자신에게
베풀어 주었던 여러 간호 활동을 글감으로 삼았다. "늬가 준 요ㅅ보
의 꽃잎사귀 우에서 잠을 자고/늬가 준 수건으로는 아침에 얼굴을
썻고/늬가 준 얼룩진 혁대로 나의 허리를" 동이는 그 '늬'란 다름 아
닌 임 간호사였다. 김수영은 그녀가 "육체 대신 준 요ㅅ보", 그녀가
"애무 대신 준 흰 속옷"을 껴입고 행복하고 황홀하게 "능숙한 겨울의
사랑"을 해나갔던 셈이다. 임 간호사로 말미암아 김수영은 "이만 하
면 나는 너의/애정으로 목욕을 할 수 있는 행복한 사람"이라고 단언
할 수 있었다. 「겨울의 사랑」에서 다루어진 임 간호사를 향한 사랑은
비슷한 시기에 쓴 것으로 여겨지는 「너를 잃고」에서도 거듭 담긴다.

　　늬가 없이도 나는 산단다

　　억만 번 늬가 없어 설워한 끝에

　　억만 걸음 떨여져 있는

　　너의 억 만 개의 모욕이다

---

13) 이영준, 앞서 든 책, 480~485쪽. 다만 이영준이 이 시를 『김수영 육필 시고 전집』에
　　올릴 때, 육필 원고 원문 상태에 충실하게 옮겼다. 그러나 여기서는 글쓴이가 줄갈
　　이를 보다 자연스럽게 다듬었다. 육필 원고 사진으로 볼 때 시줄 가르기를 다 드러
　　내기 힘들 정도로 작은 원고지였던 까닭이다. 따라서 육필시 사진에 따라 김수영의
　　시줄 숨길에 맞추어 나름대로 옮긴 결과가 위의 것이다.

나쁘지도 않고 좋지도 않은 꽃들
그리고 별과도 등지고 앉아서
모래알 사이에 너의 얼굴을 찾고 있는 나는 인제
늬가 없어도 산단다

늬가 없이 사는 삶이 보람있기 위하여 나는 돈을 벌지 않고
늬가 주는 모욕의 억만 배의 모욕을 사기를 좋아하고
억 만 인의 여자를 보지 않고 산다

나의 생활의 원주(圓周) 위에 어느날이고
늬가 서기를 바라고
나의 애정의 원주가 진정으로 위대하여지기 바라고

그리하여 이 공허한 원주가 가장 찬란하여지는 무렵
나는 또하나 다른 유성을 향하여 달아날 것을 알고

이 영원한 숨바꼭질 속에서
나는 또한 영원한 늬가 없어도 살 수 잇는 날을 기다려야 하겟다
나는 억만무려(億萬無慮)의 모욕인 까닭에.

(1953)

—「너를 잃고」14)

석방되어 바깥에서 지내면서, 수용소 안에서 임 간호사와 함께 했
던 나날살이와 사랑을 떠올리고 있다. 그녀가 없는 수용소 바깥에서

---

14) 김수영, 앞서 든 책, 38쪽.

보내는 삶이 역설적으로 '모욕'임을 밝혔다. 임 간호사에 대한 연모와 집착이 어느 정도로 컸던가를 알 수 있게 하는 작품이다.

셋째, 「시인이 겪은 포로 생활」로 말미암아 김수영이 포로로 잡히기 앞서 겪었던 인민군 의용대 생활에 대한 구체적인 속살을 직접 진술로 짐작할 수 있게 되었다. "열대여섯 살 밖에 먹지 않은" 어린 소년병 분대장 밑에서 "통나무를 져" 나르는 노역을 겪었다는 사실과 같은 것이다.

이북에 끌려가서 반공호 아닌 굴 속에서 내 땅 아닌 의붓자식 같은 서름을 먹으며 열대여섯 살 밖에는 먹지 않은 괴뢰군 분대장들에게 욕설을 듣고 낮이고 밤이고 할것없이 산마루를 넘어서 통나무를 지어 나르던 생각을 하면 포로수용소에서 받는 고민 같은 것은 아무것도 아니라고 믿었기 때문에[15]

김수영은 '문화공작대'라는 이름으로 의용군에 동원되었다.[16] 그러나 동원 뒤의 나날에 대해서는 김수영이 직접 진술한 데는 없다. 다만 이제까지 두 쪽에서 그 점을 짐작할 수 있었다. 첫째, 1953년 무렵에 김수영이 써다 말았다는 미완의 장편 소설 「의용군」의 주인공 '순오'가 겪는 상황으로 미루어 본 경우다. 둘째, 김수영과 비슷하게 '문화공작대'로 끌려 갔다 같은 훈련소 생활을 겪었던 시인 유정과 같은 이들의 입을 빌린 간접적인 경우다. 그런데 이번 「내가 겪은 포로 생활」로 말미암아 비록 소극적이지만 의용군 체험이 드러났다.

---

15) 김수영, 앞서 든 글, 43쪽.

16) 이영준은 『김수영 육필시고 전집』의 '작가 연보' 1950년 자리에서 "김수영은 김병욱의 권유로 문학가동맹에 나갔고, 9월 문화공작대라는 이름으로 의용군에 강제 동원되어, 평남 개천으로 끌려가 1개월간 군사 훈련을 받는다."고 적고 있다.

문면으로만 볼 때, 김수영이 의용군으로 겪었던 일은 시인 출신의 '문화공작대'가 할 특유의 사상전, 선전전 업무가 아니다. 김수영이 「조국에 돌아오신 상병포로(傷病捕虜) 동지들에게」에서 적은 대로, "내가 6·25 후에 개천 야영훈련소에서 받은 말할 수 없는 학대를 생각한다"는 시줄에 담긴 속내를 엿볼 수 있는 생활이다.

넷째, 「시인이 겪은 포로 생활」은 김수영이 포로로 등록된 뒤부터 부산 거제리 포로수용소에서 겪었던 생활의 속살을 보여 준다. 앞서 알려진 「나는 이렇게 석방되었다」에서는 글 제목과 달리 드러나지 않았던 자리다. 처음 김수영이 부산 거제리 제14야전병원으로 오게 되었을 때 병원 모습, 포로의 처지와 그곳에서 겪었던 반공/친공 포로 사이 갈등, 김수영 개인의 심사와 같은 정보가 그것이다. 이 글이 발표된 두 달 뒤에 나온 「나는 이렇게 석방되었다」에서 굳이 포로 생활을 속속들이 다루지 않았던 까닭이 이 글에 있었다. 이미 이 글에서 한 차례 밝힌 터니 되풀이할 필요가 없었던 셈이다. 따라서 읽는이로서는 두 글을 묶어 읽으면 김수영이 포로로 잡힌 속내와 포로수용소 체험, 그리고 석방에 이르는 과정까지 한 줄거리로 꿸 수 있다. 그리고 그 과정에서 김수영은 다른 이에 견주어 상대적으로 나은 포로 생활을 했음을 알겠다. 영어 통역이 가능했던 인텔리 포로였던 탓에 그러했으리라는 짐작은 학계 안밖에 일찍부터 있었다. 이번 글로 그 터무니를 얻었다. 거제도 수용소로 옮겨갔다, 그곳에서 버티기 힘들어 아프다는 핑계로 다시 부산 거제리 포로수용소로 옮겨오는 모습이 그것이다.

다섯째, 반공주의자로서 김수영의 모습이 「시인이 겪은 포로 생활」로 새롭게 알려졌다. 포로수용소 생활을 하면서 김수영은 자신이 반공청년단을 비롯해 반공 포로 측에 서서 나름의 활동을 한 것으로 썼다. 물론 이 사실은 석방 뒤에도 사상 선택에서 의심을 받을 기미가 있었던 그였기에 자가발전했을 가능성을 무시하기 어렵다. 초기 부산 거제리 포로수용소에서는 반공 포로가 세력을 잡고 있었다. 그러다 거제도 포로수용소로 포로가 옮겨 가면서 반공 포로 상층부가 함께 옮겨가자 그들이 빈 상태에서 부산 거제리 포로수용소에서는 친공 포로가 득세하기 시작했다. 그런 가운데 김수영은 반공청년단 활동에 손수 끼어든 입장이다. 그의 시 「돌아온 상이용사 동지들에게」에 담긴 이야기를 뒷받침할 만한 속살이 드러난 셈이다. 반공청년단 지도자 황 중위를 만나려 하고, 투쟁에 나섰다고 쓴 「시인이 겪은 포로 생활」 끝자락 진술이 그 점을 더욱 명확하게 한다. 이런 까닭에 그는 석방 뒤에도 군 안쪽 매체인 『해군』에 글을 실을 수 있었을 뿐 아니라, 군 관련 잡지의 번역 일을 맡을 수 있는 연고17)를 얻었음직하다.

문제는 「시인이 겪은 포로 생활」로 새로 밝혀진 속살, 곧 인민군 의용대 생활이나, 포로 수용소의 나날살이 경험, 그리고 반공주의자로서 드러난 사실은 김수영의 공공적 자아가 내놓은 고백이라는 점이다. 이 글로 미루어 인민군 의용대에서는 위치에 걸맞지 않게 말단 전투 요원 일을 한 것으로 적혀 있다는 점은 앞에서 짚은 바 있다. 하지만 그 실체는 한결같이 오리무중이다. 부산 거제리 포로수용소 생활을 밝히는 자리에서도 여느 포로나 겪을 법한, 울타리 바깥을 향한 그리움이나 간호사와 얽힌 사랑에 초점을 두었다. 누구나 쉽게 받아들일 만한 나날살이 모습이다. 이 점 또한 공공적 자아의 발언이다. 그리고 반공 투쟁 일선에 나섰다는 진술로 이어진다.

---

17) 보기를 들어 미공개 번역 「미국의 장정 소집 신계획안」(『군사다이제스트』 11월치, 군사다이제스트사, 1954, 89~93쪽)과 같은 글이 대표적이다.

나는 울었다. 그들도 울었다. 남겨 놓고 간 동지들은 모조리 적색 포로들에게 학살을 당하였다는 소식을 듣고 나는 아주 병이 들어 자리에 눕게 되었다.

이 원수를 갚아야 한다고 나는 미인들에게 응원을 간청하였으나 그들은 상부의 지시가 없이는 독단으로는 허락할 수 없는 일이라고 하면서 고개를 옆으로 흔들었다. 나는 국군 낙오병 포로로 명망이 높은 반공투사요 우국지사인 황 중위를 찾아가 보고 비밀선봉대를 조직하려고 결심하였다. 나는 이리하여 반공 투쟁의 첫 걸음을 포로수용소 안에서부터 시작하였던 것이다. 실로 기구한 투쟁이었다. 그러나 옳은 것을 위하여는 싸워야 한다.18)

반공 포로 지도자 황 중위를 만나고 비밀결사를 '조직했다'는 확연한 과거 회상이 아니다. "하려고 결심하였다"는 의도 표현에 눈길을 줄 필요가 있다. 그리고 이어서 반공 투쟁을 '시작했다'는 과거형을 잇고 있다. 황 중위를 만나고 비밀결사를 '조직하려' 했다는 '의도'와 "반공 투쟁의 첫 걸음을" "시작하였다"는 완료 행위 사이에 문체론적 머뭇거림이 보인다. 김수영이 겪고 있었을 자기 고백의 불편함이 만들어낸 결과다.

이 점은 글의 제목으로 내세운바, 편집자가 덧칠한 듯한, '시인이 겪은'이라는 타자화된 표제와 이어진다. 왜냐하면 분명 김수영은 '내가' 겪은 포로 생활이라 적었을 것이기 때문이다. 김수영은 그 무렵 시인 포로로 석방된 특이 이력을 지닌 소유자였다. 문제 인물로 타자화되어 있었던 셈이다. 김수영이 석방 뒤 나온 포로 체험 글 「시인이 겪은 포로 생활」과 「나는 이렇게 석방되었다」 둘은 그러한 바깥 분위

---

18) 김수영, 앞서 든 글, 45쪽.

기와 바람에 김수영이 발맞춘 결과라 볼 수 있다. 그로서는 안정적인 남한 사회 편입이 중요한 입장이었을 것이다. 그렇다고 해서 그가 반공주의자가 아니라는 말은 아니다. 「시인이 겪은 포로 생활」의 문맥 읽기가 단순하지 않다는 뜻이다.

줄글 「시인이 겪은 포로 생활」은 공적 기록이다. '민간 억류자'와 '포로' 사이, '탈출'과 '석방' 사이에 민감하게 놓여 있었던 그의 공공적 자아가 바깥 사회의 바람에 발맞추어 만든 이야기다. 반공 투쟁에 앞섰다는 발언이 공공적 자아의 앞쪽을 차지한다면 '사랑'에 깊이 빠졌음을 말하고 있는 부분은 일상적 자아를 극대화한 표현이다. 반공 투쟁이라는 공적 경험과 포로의 사랑이라는 사적 경험 사이 어느 자리에 김수영이 겪은 포로수용소 생활의 진면목이 놓일 것이다. 그러나 그곳은 아직까지 알기 힘들다. 김수영이 친공 포로가 중심이 되었던 거제리 포로수용소에서 목숨을 지킬 수 있었던 까닭은 무엇일까. 그가 참된 반공 포로였다면 목숨이 위험했을 것이고, 그가 참된 친공 포로였다면 거제도 포로수용소로 '탈출'은 물론 다시 남한 사회 편입은 이루어질 수 없었을 것이다. 그 가운데 어느 곳에 김수영이 놓인다.[19] 김수영 또한 남한 사회에서 받아들여질 만한 것, 또는 남한 독자가 보고 싶거나 읽고 싶어 할 것만을 추려 적었던 셈이다. 그 사이에서 묻힌 것은 김수영이 겪은 포로 생활의 참된 면목이다.

---

19) 극작가 차범석은 목포가 인민군 손 안에 들어 있었던 1950년 7월부터 9월까지 두 달 동안 인민군에 부역 아닌 부역을 했다. 그 뒤 경찰에 자수, 석방된 뒤 쓴 그의 첫 작품 「닭」을 뚜렷한 반공극으로 내놓아 확실한 남한 사회 편입을 증명했다. 박태일, 「목포 지역 정훈매체 『전우』 연구: 한국전쟁기 정훈문학 연구 1」, 『현대문학이론연구』 38집, 현대문학이론학회, 2009.

3. 새로운 김수영을 향해

1953년 6월 전쟁기 해군과 해병대 통합 정훈 잡지 『해군』에 실린 김수영의 미공개 줄글 『시인이 겪은 포로 생활』은 시인이 쓴 국군 포로 체험기다. 문인이나 기자에 의한 종군기는 적지 않으나 포로 체험기, 게다가 국군 포로 경험은 유일한 본보기로 여겨진다. 거의 모든 포로 체험기가 종교인이나 민간인, 또는 군인에 의한 인민군 포로 체험기임에 견주어 특이한 경우다. 「나는 이렇게 석방되었다」와 함께 「시인이 겪은 포로 생활」은 우리 전쟁문학사에서 이채를 띠는 셈이다. 「시인이 겪은 포로 생활」 발굴로 말미암아 이제까지 김수영의 삶과 문학에 대해 잘못 알려진 점을 비롯해 모두 다섯 가지에서 새로운 사실을 알게 되었다.

첫째, 김수영 시인은 경남 거제도 포로수용소가 아니라 부산 거제리 포로수용소에서 거의 모든 포로 생활을 했다. 1950년 11월 11일부터 부터 1952년 11월 28일 석방될 때까지 세 해에 걸친 기간이었다. 오늘날 부산시청이 앉아 있은 드넓은 자리다. 따라서 김수영이 경남 거제도 포로수용소에서부터 포로 생활을 시작했고, 거기서 중심 체험을 했으리라 믿어 왔던 통념은 바로 잡히게 되었다. 거제도 포로수용소는 부산 거제리 포로수용소에 있다 잠시 옮겨가 머물다 빠져 나온 곳에 지나지 않는다. 둘째, 사랑시 「겨울의 사랑」의 대상은 거제도 포로수용소에서 만난 간호원이라 짐작해 왔다. 그러나 그녀는 부산 거제리 포로수용소에서 만난 임 씨 성을 지닌 30대 여자 간호사였다. 셋째, 김수영이 인민군 의용대로 겪었던 생활을 시인의 직접 진술로 알 수 있다. 어린 분대장 아래서 갖은 노역과 학대를 받았다는 사실이 그것이다. 넷째, 김수영이 국군 포로로 잡힌 뒤 몇 곳을 거쳐 부산에 오게 된 과정과 부산 거제리 포로수용소에서 겪었던 나날살이 모습이 밝혀졌다. 글로 미루어 볼 때 영어 통역이 가능했던 지식인 포로 김수영의 생활은 다른 포로에 견주어 상대적으로 나은 생활이었다. 다섯째, 반공주의자로서 김수영의 모습을 알 수 있다. 수용소 생활을 하면서 반공 포로 쪽에 서서 한 나름의 투쟁 활동이 그것이다.

그런데 이렇듯 밝혀진 몇 가지 사실은 고스란히 김수영의 참된 모습이라 말하기는 쉽지 않다. 「시인이 겪은 포로 생활」이 남한 사회에 새로 편입된 뒤 몇 달 지나지 않은, 그것도 전쟁 공간의 공공 매체에 올린 진술인 까닭이다. 김수영의 공적 자아와 사적 자아 사이 긴장된 자기 검열의 결과였다. 그 점이 포로 생활의 사회적 주제는 반공 투쟁으로, 일상적 주제는 사랑으로 단순화하고 있는 속내일 수 있다. 이런 점에서 「시인이 겪은 포로 생활」은 어쩌면 김수영 이해의 출구가 아니라 새로운 들머리를 제시하는 글이다.

이 글로 말미암아 이제까지 눈길 밖에 놓여 있었던 부산 거제리 포로수용소에 대한 장소성이 지역사회 안밖으로 새롭게 알려지게 된 점은 다행이다. 「시인이 겪은 포로 생활」의 발굴, 공개로 말미암아 김수영 초기 문학뿐 아니라, 임시수도 세 해에 걸쳐 이루어진 피란지 부산 지역문학과 매체에 대해 많은 관심을 가질 일이다.

(붙임)

시인이 겪은 포로 생활[20)

김수영

1

세계의 그 어느 사람보다도 비참한 사람이 되리라는 나의 욕망과 철학이 나에게 있었다면 그것을 만족시켜 준 것이 이 포로 생활이었다고 생각한다. 이야기책에서 읽고 간혹 활동사진에서 볼 정도인 포로 생활을 아무 예비 지식도 없이 끌려 들어 가게 한 것도 6·25동란이 시킨 일이었지만 6·25동란이 일찍이 우리 민족사상에 드문 일이었다면 이 위대한 오십이 개 국의 소위 UN포로로서 인간의 권리와 의무를 버리고 제네바협정의 통치 구역으로 용감무쌍하게 몸을 던지게 되었다는 것은 나의 일생을 통하여 결코 잊어버릴 수 없는 지나친 괴변의 하나임에 틀림없는 일이었다.

그러면서도 나는 꼼짝달싹할 수 없는 순간순간을 별로 놀라는 마음도 없이 꾸준히 지내왔다. 나는 벌써 인간이 아니었고 내일을 기약할 수 없는 포로의 신세가 되었다는 것 포로는 생명이 없는 것이라는 것 아니 그보다도 포로가 되었길래 망정이지 그렇지 않았든들 지금쯤은 이북 땅 어느 논두렁이에서 구르고 있는 허다한 시체 속에 끼어 고향을 등지고 이름도 없이 구르고 있을지도 몰랐다는 비참한 안도

---

20) 원문을 그대로 옮기되 띄어쓰기만 오늘날 법식으로 고쳤다. 그리고 잘못이 분명한 낱말만 바로 잡았다.

감 이러한 평범한 인식들은 나로 하여금 아슬아슬한 고비를 눈 하나 깜짝하지 않고 태연자약하게 넘어가게 하는 기술을 가르쳐 주고 남음이 있는 것이었다.

단기 4283년 11월 11일 수천 명의 포로가 부산 거제리 제14야전병원으로 이송되었다. 나도 다리에 부상을 당하고 이들 수많은 인간 아닌 포로 틈에 끼워서 이리로 이송되었다. 들것 우에 드러누워 사방을 바라보니 그것은 새로 설립 중인 포로 병원임에 틀림없었다. 미인들과 몸이 성한 포로들이 순식간에 천막을 세우는 광경은 몸이 아파 모든 것이 경황이 없는 마음에 스며 들어 쓸쓸한 진통제를 먹고난 후같이 얼떨떨한 인상 밖에는 주지 않았다.

모-든 인상이 그러하였다.

얼이 빠질 대로 빠지고 나면 무엇인지 스며드는 쓸쓸한 것이 있었다.

요컨대 운수가 나빴던 것이다.

이태원 육군형무소에서 인천 포로수용소로 인천 포로수용소에서 부산 서전병원으로 부산 서전병원에서 거제리 제14야전병원으로— 가족 친구 다 버리고 왜 나만 홀로 포로가 되었는가!

그리하여 이렇게 떳떳하지 않은 여행을 하여야 하게 되었는가!

요컨대 운수가 나빴던 것이다.

나는 이러한 자탄을 하루에도 몇 십 번씩 하지 않을 수 없었다.

꿈나라로 실려 들어오는 것 같이 어떻게 생각하면 우연하게 들어온 이 거제리 수용소에서 나는 삼 년이라는 긴 세월을 지나게 되었다.

세계의 그 어느 사람보다도 비참한 사람이 되리라는 나의 숙망을 만족시켜 줄 수 있는 곳이 바로 여기 산 밑 경사진 논판을 편편히 메우고 일어선 포로 병원이 될 줄이야! 몸에다 모포를 두르고 일을 시작하게 된 것은 크리스마스를 지나서 3 4일 후 상처는 아직 완치되지 않았지만 나는 더 이상 암담한 병상 위에 드러누워서 신음하는

데 싫증이 났다. 바깥에 나가서 햇빛을 쐬우고 나도 남 같이 벅찬 현실에 부닥쳐 보고 싶은 의욕이 용솟음치는 것이었다. 수동적으로 불안을 받아들이느니보다는 불안 속에 뛰어들어가 불안과 운명을 같이 하는 것이 괴로움이 적은 일이요 떳떳한 일같이 생각이 들었다. 물을 길어오고 환자들의 변기를 닦고 약품을 날라오고 소제를 하고 밥을 미여오고 환자들을 시중하고 이러한 일을 힘자라는 대로 아무 것이나 가리지 않고 다 하였다. 별별 사람들이 다 모여 있는 곳이다. 위에는 검사 판사 신문기자 예술가로부터 밑에는 중학생 농부 노동자에 이르기까지 별별 성격의 사람들이 주위 4000메타의 철조망 속에 한데 갇혀 있는 곳이다. 서로 싸우고 으르렁거리고 조곰이라도 더 잘 먹고 남보다 잘 지내랴고—. 나는 내가 받아야 할 배급물품도 제대로 받지 못하였다. 옷이나 담배나 군화 같은 것이 나와도 나는 맨 꼬래비로 받아야 하거나 그렇지 않으면 못 쓰게 된 파치만이 나의 차례에 돌아오고는 하였다.

그래도 이북에 끌려 가서 반공호 아닌 굴 속에서 내 땅 아닌 의붓자식 같은 서름을 먹으며 열대여섯 살밖에는 먹지 않은 괴뢰군 분대장들에게 욕설을 듣고 낮이고 밤이고 할 것 없이 산마루를 넘어서 통나무를 지어 나르던 생각을 하면 포로수용소에서 받는 고민 같은 것은 아무것도 아니라고 믿었기 때문에 나는 모-든 것과 모-든 사람에게 감사하는 마음으로 전신이 굳어지는 것 같은 충동을 수없이 느꼈다. 그러나 그 괴뢰군의 분대장들이 여기도 산떼미같이 따라 와 있는 것이다. 여기는 포로수용소다! 중성 하나 짜리니 중성 둘짜리니 하는 괴뢰군 장교들도 있다는 소식이 들려온다. 그들은 대개가 수용소 안에서는 자기의 계급을 감추고 있는 것이다. 심사를 받을 때에 구찮다는 이유도 있다. 그들은 포로수용소 안에서까지 적기가를 부르고 공산주의의 이론을 설파하고 선전하고 한다. 그것은 저윽이 우스꽝스러운 일이었다. 하나에서부터 열까지 공산주의자의 하는 일이 옳고 훌륭하고 신성하고 미군이 하는 일은 무엇이든지 나쁘고 잘못하는 일이라고 흉을 본다. 페니실린이나 마이신 같은 정도의 약품은 자기 나라나 소련에서도 얼마든지 만들고 있고 병원 시설이나 대우도 문제가 되지 않는다고 고집을 피우면서 억설을 한다. 밤이면 이 천막 저 천막에서 괴뢰군의 군가가 들려온다.

원던이라는 평안북도 선천 아이가 내 옆에서 자고 있었는데 이 아이마저 이럴 때면 덩달아서 어쩔 줄을 모르고 내 얼굴을 보고 망설거리다가는 밖으로 뛰어가는 것이었다. 홍일점이라는 말이 있지만 나는 정말 백일점이었다. 나만 빼놓고 1600명 제3수용소 전체가 적색분자 같이 생각이 들었다. 그러한 시달림 속에서 날이 지나는 동안 가족에의 애착도 옛날 친구들의 기억도 어느덧 마비 되어 버렸다.

도대체 가족이나 친구들의 생사를 알 도리가 없었다. 또 알고 싶은 생각도 편지를 쓰고 싶은 마음도 일찍이 나 본 일이 없었다. 나는 밤이면 가시 철망 가에 걸상을 내다 놓고 멀리 보이는 인가와 사람들의 모습을 한없이 바라다 보고 있는 것만으로 충분히 행복하였다. 내가 살고 있는 새로운 세상의 새로운 사람들 중에서 나는 부라우닝 대위를 발견하였다. 나는 그처럼 아름다운 여자를 본 일이 없다고 생각하였다. 나는 그를 위하여서는 나의 목숨이라도 바칠 수 있다고 믿었던 것이다. 미인들은 아침 여덟 시에 수용소에 출근하여 저녁 다섯 시까지 근무하고 돌아갔다. 그 이외의 근무원으로는 한국인 의사와 한국인 간호원들이 있었다. 그들의 대부분은 피난민이었다.

포로들에게 있어서 이들 인간들에게 대한 존경과 신망은 확실히 정상 상태를 넘어서 병적인 정도에까지 이르는 수가 많았던 것이다. 그들은 자유를 가지고 있다는 것 피난민이건 어린 아해건 노인이건 거러지건 아니 수용소 철망 밖에 있는 것이라면 소나 망아지 같은 짐승까지 포로들에게 있어서는 황홀하고 행복스러운 구경거리였다. 한 걸음이라도 좋으니 철망 밖에 나가 보았으면! 이것이 포로들의 24시간을 통하여 잊혀지지 않는 몸에 백힌 염원이요 기도이었다. 나는 부라우닝 대위를 통하여 임 간호원을 알게 되었고 임 간호원이라는 30을 훨씬 넘은 인테리 여성을 통하야 사회 소식을 듣게 되었다. 임 간호원은 아침마다 흰 수건에 결안을 싸가지고 오든지 김밥 같은 것을 싸 가지고 와서 사람들의 눈을 피하여 넌즈시 나의 호주머니에 넣어 주는 것이다. 그렇게 연애를 하여 보려고 연애를 죽어도 못하던 내가 이 포로수용소 지옥 같은 곳에서 진정하고 영원한 사랑을 얻게 될 줄이야! 나는 틈만 있으면 성서를 읽었다 인민재판이 수용소 안에서 버려지고 적색 환자까지 떼를 모아 일어나서 반공청년단을 해산하라는 요구를 들고 날뛰던 날 밤 나는 열한 사람의 동지들과 이 수용소를 탈출하여 가지고 거제도로 이송되어 갔다

거제도에 가서도 나는 심심하면 돌벽에 기대어서 성서를 읽었다. 포로 생활에 있어서 거제리 14야전병원은 나의 고향 같은 것이었다. 거제도에 와서 보니 도모지 살 것 같은 마음이 들지 않는다. 너무 서러워서 뼈를 어이는 서름이란 이러한 것일가! 아무것도 의지할 곳이 없다는 느낌이 심하여질수록 나는 전심을 다하여 성서를 읽었다.

성서의 말씀은 주 예스크리스도의 말씀인 동시에 임 간호원의 말이었고 부라우닝 대위의 말이었고 거제리를 탈출하여 나올 때 구제하지 못한 채로 남겨 두고 온 젊은 동지의 말들이었다.

나는 참다 참다못해서 탄식을 하고 가슴이 아프다는 핑계로 다시 입원을 하여 거제리 병원으로 돌아 올 수가 있었다. 내가 다시 돌아왔다는 소식을 듣고 임 간호원이 비오는 날 오후에 부라우닝 대위를 다리고 찾아왔다. 나는 울었다. 그들도 울었다. 남겨 놓고 간 동지들은 모조리 적색 포로들에게 학살을 당하였다는 소식을 듣고 나는 아

주 병이 들어 자리에 눕게 되었다.

이 원수를 갚아야 한다고 나는 미인들에게 응원을 간청하였으나 그들은 상부의 지시가 없이는 독단으로는 허락할 수 없는 일이라고 하면서 고개를 옆으로 흔들었다. 나는 국군 낙오병 포로로 명망이 높은 반공투사요 우국지사인 황 중위를 찾아가 보고 비밀 선봉대를 조직하려고 결심하였다. 나는 이리하여 반공 투쟁의 첫 걸음을 포로수용소 안에서부터 시작하였던 것이다. 실로 기구한 투쟁이었다. 그러나 옳은 것을 위하여는 싸워야 한다.

나의 시는 이때로부터 변하여졌다. 나의 뒤만 따러오는 시가 이제는 나의 앞을 서서 가게 되는 것이다. 생각하면 모-도가 무서운 일이요 꿈결같이 허무하고도 설은 일뿐이었다. 이것이 온전히 연소되어 재가 되기까지는 아직도 먼 세월이 필요한 것 같이 느껴진다. (필자는 시인)

2부 울산 문학

무궁화 시인 조순규의 삶과 시조

1. 근포라는 이름 둘

1920년대 시 담론은 아직까지 많은 자리가 비어 있다. 1910년대 요란스러운 신시 논의를 거쳐 1920년대 후반 계급시와 1930년대 언어주의 시로 넘어가는 과정에서 듬성듬성 이루어진 까닭이다. 그런 사정은 앞으로 더하면 더했지 나아질 기미는 없다. 왜냐하면 세월의 갈피가 두터워질수록 그나마 남아 있었던 기록과 기억조차 더욱 빠르게 묻힐 것이 뻔한 때문이다. 시간의 골짜기에 가라앉고 떠오르는 것이 역사라고는 하나, 뜻 있는 삶과 넋조차 죄 잊히는 일은 안타깝다. 뒤늦었음에도 그들을 찾고 뜻을 따져 드는 일이 그치지 않기만을 바랄 따름이다.

그런 점에서 '근포(槿圃)'라는 호를 쓴 두 시인을 1920년대 문학사회에서 만날 수 있음은 뜻이 새삼스럽다. 근포란 곧 무궁화 밭이다. 그것을 세상에 내세우는 이름으로 삼았으니, 그들이 지닌 배포가 어떠했을까를 짐작하기란 어렵지 않다. 그 둘 가운데 한 사람이 신태악(辛泰嶽)이다. 1921년에 나왔던 『장미촌』 1집 동인이다. 그는 1902년 함경북도에서 태어나 섬나라 중앙대학교를 졸업한 '청년 명망가'[1]였다. 육당이 1924년에 냈던 『시대일보』 정치부 기자로 일했고, 『조선일보』 취재역을 맡기도 했다.[2] 1920년대 흔했던 언론계 문인 가운데 한 사람이었던 셈이다. 『학지광』·『개벽』에 글을 선뵀으나 뒷날까지 두드러진 활동을 보여 주지 않았다. 다른 『장미촌』 동인인 노춘성·박영희·박종화·변영로·황석우 들과 달리 관심 바깥으로 밀려나 버린 까닭이다.

다른 근포는 신태악보다 여섯 해 뒤인 1908년 경상남도 울산에서 태어난 조순규(趙焞奎)다. 그 또한 신태악과 마찬가지로 드러난 문학 활동은 소략했다. 1920년대와 1930년대 초반 짧은 시기, 『조선일보』에 여러 차례 시와 시조를 선뵀을 뿐 아는 이가 거의 없다. 다만 오래도록 교사로 일했던 경남·부산 지역 교육계에서 배운 제자나 드물게 기억할 따름이다. 그런데 조용한 교사로 평생을 보낸 것처럼 보이는 그임에도 살아온 궤적은 예사롭지가 않다. 1920년대 후반부터 1930년대에 걸친 20대 젊은 나이에 농촌 청년 지도자로 활동하다 왜로(倭虜) 경찰에 붙잡혀 1년에 걸친 투옥을 당했다. 그가 밤배움에서 가르쳤던 젊은이 가운데 광복 뒤 지역 유격대로 자란 경우도 있었다. 1950년 전쟁기에는 그들과 엮이어 공산주의자로 몰려 다시 1년

---

1) 『장미촌』 1집, 장미촌사, 1921, 23쪽.

2) 그에 대한 구체적인 언급은 이제껏 조영복에서 한차례 이루어졌을 따름이다. 조영복, 「『장미촌』의 비전문 문인들의 성격과 시 사상」, 『1920년대 초기시의 이념과 미학』, 소명출판, 203~247쪽. 나라잃은시대 후기 부왜 조직인 이른바 '국민동원총진회' '상무이사', '임전대책위원회' '상무위원', '조선임전보국대' '이사'를 지냈고, 왜로의 이른바 '내선일체'와 '황민화' 책략에 힘껏 동조하는 글들을 여러 차례 발표한 부왜배로 떨어지고 만 이다. 1980년에 죽었으니 수를 누렸다.

에 걸친 옥고를 겪었다. 게다가 그는 1920년 시조로 시작했던 문학 사랑을 평생 놓지 않았다. 그와 친교를 나누었던 김정한·류치환·김 상옥·이영도와 같은 이가 호사를 누리는 과정에서도 그는 이름을 묻고 살았다. 다행히 그가 펴낼 수 있기를 바라며 간직하고 다듬었던 육필 시조집 『계륵집(鷄肋集)』을 비롯한 유저가 세상 파고에 쓸려 가지 않고 남아 뒤늦게나마 그의 삶과 문학을 엿보게 한다. 이 글로 말미암아 1920년대부터 1994년 84살 임종 때까지 예순 해 가까이 무궁화 꽃밭을 가꾸듯 시조를 껴안고 살다간 근포 조순규를 세상에 되돌려 놓을 수 있기 바란다.

2. 반투명의 역사, 그 너머 불빛 조순규

근포 조순규는 1908년 3월 26일(음력) 경상남도 울산에서 태어났다. 본관은 함안 조씨. 참의공파로 일찍부터 울산 지역에 터를 두고 살았던 집안이다. 아버지 조성돈은 1920년대까지 울산에서 교사를 지냈다. 근포는 1919년 11살에 아버지가 교사로 일하고 있었던 울산 공립보통학교(현재 울산초등학교)에 입학하였다. 그러나 입학이 늦었던 만큼 월반을 하여 입학 4년만인 1923년(15살)에 그곳을 졸업했다. 1921년 아버지가 웅촌공립보통학교 설립 때 교사로 옮겨왔다 퇴임 뒤에도 그곳에 머물러 앉으면서 웅촌면과 인연을 맺었다. 본적지는 웅촌면 대대리 1324번지.

1923년 근포는 부산 동래에 있는 동래고등보통학교에 입학했다. 뒷날 의사 시인으로 서울에서 민중 의술을 펼치다 일찍 세상을 뜬 김해 시인 포백 김대봉[3]과 소설가 요산 김정한이 동기였다. 그리고 한 학년 위에는 뒷날 같이 부산 교육계에서 일했던 류치환, 시조와 어린이문학에서 활발한 활동을 했던 소정 서정봉이 네 해 선배로 공부를 하고 있었다. 이 가운데서 김정한·류치환과는 절친하게 친교를 나누었는데 그 싹이 동래 망월대 아래 동래고교 교정에서부터 이루어졌다.

1926년 5월, 근포는 동래고보 4학년 동기생 30명과 함께 8일에 걸친 섬나라 수학여행을 떠났다. 부산에서 배편으로 구주·대판·경도를 돌아보고 오는 가슴 뛰는 첫 나라 바깥 나들이였다. 그러나 스무 살 젊은이가 부산과 하관을 오가는 배 안에서 맞닥뜨린 현실은 고스란히 피식민지의 질곡 그대로였다.

나는 잠이 오지 아니하기에 실내를 한번 둘러보았다. 거기서는 가련한 우리 동포의 승객이 반 이상을 차지하고 있었다. 그들은 모두 순진한 농민으로써 먹을 것이 없고 입을 것이 없어서 몰래 쫓기다가 결국은 정든 고향과 사랑하는 부모 형제를 떠나서 인정과 풍속이 다른 저 일본 땅으로 생도(生道)를 찾아가는 길이다. 일본의 노동시장으로 그들 유일의 상품인 노동력을 팔러 조선(祖先) 대대로 지어오던 농토를 버리고 고향을 떠나는 그들! 오호! 그들을 볼 때 나의 마음은 한없이 괴롭고 쓰라리었다! ××자인 나로써도 이다지 서러여 울 때야 당자인 그네들 마음이야 어떻다 하랴? 몇 번이나 몇 번이나 멀어져 가는 고국산천을 바라보고 울었으며 무정한 이 사회를 저주했으랴?!4)

비분강개하는 근포의 모습이 눈에 선하다. 피식민지 우리 현실에 대한 이해와 자각이 분명하다. 살길을 찾아 남의 나라로 떠나는 이들

3) 그의 삶과 작품은 한정호가 한차례 갈무리했다. 한정호 엮음, 『포백 김대봉 전집』, 세종출판사, 2005.
4) 조순규, 『잡초록(雜草錄)』(육필 산문집), 자가본, 3~4쪽.

모습이야말로 그가 아침저녁으로 만나는 고향 이웃이오, 내 가족의 다른 모습이었다. 섬나라 여행을 빌려 피식민지 젊은이로서 지니게 된 타자 의식이 더욱 굳어졌을 것임을 알게 하는 대목이다. 학창 시절 경상도를 포함해 나라 이저곳을 틈틈이 다니며 우리 농민의 민요 채록에 공을 들인 데서 한 걸음 더 민족 현실로 다가설 수 있었던 계기였다.

1927년 동래고보 5학년 근포는 다시 동기생과 더불어 11일에 걸친 두 번째 나라 바깥 나들이, 만주 졸업여행을 떠났다. 부산에서 기차를 타고 서울과 평양을 거쳐 남만주 무순과 대련, 그리고 심양까지 올라갔다 내려오는 걸음에 평양과 서울 도심까지 살필 수 있었다. 그리고 그해 9월, 『조선일보』 15일자 '학생문예'란에 첫 시조 「하추 잡음(夏秋雜吟)」을 실으면서 동래고보 학생문사로서 활동하기 시작했다. 그런 가운데 가난한 집안 무남독녀로 동래일신여학교(현 동래여고)에 재학 중이었던 18세 소녀를 가을부터 만나 첫 사랑을 나누기 시작했다. 그녀는 조순규를 따르는 동지로 장차 '조선의 로사'(로자룩셈부르그)가 되기를 원했다. 근포도 그녀를 '로사'라 부르면서 사랑을 키워나갔다. 아울러 『조선일보』를 빌린 시조와 시 발표를 거듭했다.

1928년부터 근포 작품은 학생문예가 아니라, 일반 면에 실리기 시작했다. 2월에 발표한 「봉래유가(蓬萊遊歌)」 연시조 7마리가 처음이었다. 8월 동래고보 5회로 졸업한 근포는 섬나라 대학으로 미술 공부를 하러 떠나고 싶었다. 사흘 동안 식음 전폐하며 아버지에게 유학 허락을 받고자 했음에도 뜻을 이루지 못했다. 근포는 울산 웅촌으로 내려가 고향살이는 시작했다. 농사를 거들며 밤배움 활동을 벌이고, 지식 청년으로서 울산 지역 농민조합 활동에 나섰다. 이 무렵부터 한자 이름 규(奎)자를 바꾸어 쓰기 시작했다. 10월 자유시 「새벽이여」를 『조선일보』 5일자에 실으면서 규(珪)로 적었다. 그 뒤부터 '珪'와 뒤섞어 썼다. '吧'와 '吅'는 모양만 다르고 뜻은 같다. 부르짖다, 훤칠하다, 이치에 맞지 않다는 뜻이 다 들었으나 조순규는 부르짖다는 뜻으로 그들을 쓴 것이다. 이 시기 계급주의 사상 학습과 조직 훈련까지 거친 그로서는 보다 단련된 자신의 모습을 이름자로 드러내고자 했다. '吧'자나 '吅'자 이름으로 올린『조선일보』발표 작품들5)에서 노골적으로 민족의식이 드러나는 것은 당연한 일이었다.

그러나 그러한 발표 활동과 지역 농조 활동이 빌미가 되어, 그는 왜로 경찰에 중점 감시 대상자 가운데 한 사람으로 낙인이 찍혔다. 왜로는 1928년 가을 마침내 친구들과 오갔던 편지 내용의 불온성을 문제 삼아 그를 이른바 치안유지법으로 잡아 가두었다. 동래군 기장면 김동득 들을 포함한 여러 동지와 함께 겪은 일이었다. 동래경찰서로 잡혀갔던 근포는 거기서 판결이 나기 앞까지 1년에 걸친 옥살이를 시작했다. 이때 연인 로사가 등교하는 길마다 유치장 밖에 서서 그를 걱정하기도 했다. 1929년 11월 그에 대한 판결이 부산지방법원에서 이루어졌다. 검사가 1년 6월을 구형했으나 무죄 언도를 받고 옥문을 나올 수 있었다. 감옥에서 겪었던 민족적 수모와 고문, 그리고 고통스러웠던 심사는 평생 근포를 짓누를 만한 것이었다. 출옥 뒤 근포는 자신이 간수했던 모든 책의 272쪽, 곧 자신이 입었던 수의 번호 272번 자리마다 인장을 찍어 그 일을 두고두고 잊지 않고자 했다. 그의 무죄 출옥 사실은 당시『중외일보』와『동아일보』6)가 빠트

---

5) 근포는『조선일보』에 시조 7편을 비롯해 모두 12편을 발표했다. 그것을 죄 들면 아래와 같다.「하추잡음」, 1927.9.15.「가을밤」, 1927.10.28.「죽엄」·「비밀」, 1927.11. 18.「눈물이라도」, 1927.11.18.「봉래유가」, 1928.2.7.「새벽이여」(자유시), 1928.10.5. 「발자국」(자유시), 1928.10.6.「별」(동요), 1928.10.28.『가을잡영(자유시)』, 1928.11. 28.「갈보청-머슴들의 노래」(민요시)·「님생각」(민요시), 1930.1.18.

6) 「만 일 년을 끌던 조 김 양 청년의 공판, 결국 무죄를 언도, 칠일 부산지방법원에서」, 『중외일보』, 1929.11.10.「친우간 사신이 불온하다 하여 치안」, 친우간 사신이 불온하다 하여 치안유지법 위반으로 기소된 동래고보생 조순규와 김동득에 대한 공판

리지 않고 다루었다.

　다시 고향으로 돌아온 아들을 두고 집안에서는 가정을 꾸미도록
서둘렀다. 1930년 1월 근포는 울산 온양면 해주 오 씨가 처녀였던
동갑 오모순과 혼례를 올렸다. 이미 첫사랑 로사도 학생 동맹 활동으
로 퇴학을 당하고 난 뒤였다. 혼인 이듬해 1931년 첫아들 용문을 얻
었다. 그리고 6월에는 동래고보 시절 전국을 돌며 채록하거나 문헌
에서 가려 뽑아 두었던 민요 400편 남짓을 묶어 '구전요집' 『무궁화』
라는 이름으로 자가본을 엮었다. 이때 내는 곳을 '근포서사(槿圃書舍)'
라 이름 붙여, 장차 호가 된 '근포'를 처음으로 적는 본보기를 보였다.
그러면서 서울과 지역 『울산농보(蔚山農報)』와 같은 매체에 간간히 동
화·수필을 투고, 발표하기도 했다. 스스로 우리의 8할을 차지하고 있
었던 무산계급 문맹 농민을 위한 밤배움과 조합 활동에 노심초사했
던 시기였다. 그런 가운데 근포에게 큰 슬픔이 찾아 들었다.

　　한분만 여의어도 설워 설워 울겠거늘
　　하물며 두 어버이 모두 여읜 설움이야
　　남 불러 고애자(孤哀子)라니 더욱 원통하오이다

　　아버지 여읜 설움 눈물도 채 안 말라서
　　오호 울 어머니 이리 속히 여읠 줄야

이 부산지방법원에서 개정되었는데 검사의 징역 1년 6월 구형에 대해 무죄가 언도
되다. 『동아일보』, 1929.11.10. 기사에서는 동래고보생으로 적혀 있으나, 이미 졸업
한 뒤여서 사실과 다르다. 그리고 기사와 달리 김동득은 동래고보생이 아니었다.
동래군 기장에서 농촌 활동을 하고 있었던 다른 청년 지도자로 보인다. 이 일은
뒷날 지역에서도 다루어진 적이 없이 묻혀 있었다. 편찬위원회 엮음, 『울산광역시
사 ① 역사편』, 울산광역시사편찬위원회, 2002. 편찬위원회 엮음, 『동래고등학교백
년사』, 동래고등학교동창회, 2002.

꿈에나 생각했으랴 진정 꿈만 같사외다

─「사친애곡(思親哀曲)」 가운데서

1933년 아버지를 지병으로 보내고, 1936년 어머니마저 다시 여읜 근포였다. 28살 젊은 나이에 고아가 된 채 한 집안을 떠맡게 되었다. 큰집과 대가족을 이루어 가까이 살고 있었음에도 그 짐은 근포를 여러 가지로 짓눌렀을 것이다. 그런 가운데 그는 시대의 파고를 어렵사리 타고 넘었다. 1940년부터 시작된 이른바 조선총독부의 이른바 '국민총력운동' 막바지인 1945년 1월부터 면장직을 맡았다. 37살, 당시 지역 활동 내력이나 지식 정도, 지명도로 보아 웅촌면으로서는 알맞은 선정이었던 셈이다. 그리고 1945년 을유광복 뒤에도 면장직을 계속해, 첫 민선 면장 직책으로 이어졌다. 광복 이전 그의 공직 생활이 세상인심과 어긋나지 않았고, 지역민을 해코지하며 개인 이익을 탐하는 부왜 활동에서 자유로웠던 탓이었을 것이다. 그럼에도 짧은 시기 왜로 하수인으로 일했던 과거를 근포는 부끄럽게 생각했다.

면장직을 그만 두고 근포는 부산으로 내려갔다. 1949년 10월부터 모교 동래중학교(오늘날 동래고등학교)로 일터를 옮긴 것이다. 43살에 늦게 시작한 교직 생활이었다. 교사 경력이 없어 처음에는 강사로 일할 수밖에 없었다. 그럼에도 그에게 국어 과목과 함께 교무부장 일을 맡긴 것은 그의 능력을 높이 산 까닭이었다. 근포는 문예반을 맡아 교우지 『푸르가토리오』(『군봉』 전신) 편집을 지도하고 거기에 작품을 실었다. 당시 동래중학교에는 광복 초기 서울 배재중학교 교사로 일하면서 좌파 문학 활동에 깊숙이 몸 담고 있다가 월북하지 않고 부산에 내려와 있었던 향파 이주홍이 교사로 일했다. 뒷날 시인이 된 장세호와 김규태는 학생으로 걸상을 지켰다.

그러나 안정적이었던 교사 생활도 잠시, 동족상잔의 전쟁 소용돌이 가운데였던 1951년 8월 여름 방학을 틈타 잠시 고향 집으로 내려 갔던 그를 경찰이 기다리고 있었다. 광복 이전 밤배움에서 가르쳤던 제자가 광복기 지역 좌파 활동을 하다 마침내 유격대로 치닫기도 했 다. 그들이 전쟁 이전, 근포에게 소 판 돈이 있음을 알고 찾아왔을 때 가족 모르게 그들에게 돈을 쥐어 보냈던 적이 있었다. 경찰에 잡 히자 배후로 근포의 이름을 들먹인 것이다. 울산경찰서에서 김일성 을 따르는 공산주의자임을 실토하라는 거친 고문을 겪었지만 근포는 요령껏 버텨, 요행히 가혹한 처벌은 벗어날 수 있었다. 군경의 위세 가 하늘에 닿았던 시절이었다. 부산경찰서로 옮겨가 무죄 처분을 받 아 나올 때까지 1년에 걸친 고초였다. 그로서는 1928년 가을 20대 청년 지도자로서 왜로 경찰에 의해 굴욕을 겪었던 데 이어, 다시 40 대에 그 일을 되겪었다.

강사로 시작한 그의 교직 생활은 1951년 11월 동래중학교 겸 동래 고등학교 준교사로 직급이 높아졌다. 1952년 8월에는 다시 임시교사 로 임명되었다. 그런 가운데서 1953년 1월 전쟁기 부산에서 황산 고 두동이 냈던 우리나라 첫 시조 문예지 『시조연구』 창간호에 시조 『하 늘』을 실었다.[7] 그로서는 광복 뒤 교지가 아닌 공개 문예지에 작품을 실은 첫 일이었다. 『시조연구』가 더 나오지 못하자 근포는 부산에서 문학 매체에 작품 발표할 기회를 닫았다. 1955년 4월에야 근포는 비 로소 교사로 발령을 받았다. 49살, 바깥 문단을 기웃거리지 않은 채 가끔 학교 교지에 작품을 발표하는 것이 모두였던 나날이었다.

그가 10년에 걸친 동래고 생활을 접고 경남여고로 옮겨간 해는

---

7) 『시조연구』 창간호에는 이병기·이희승·이주환·정병욱·이태극·고두동의 평론과 한 샘·이병기·이호우·이희승·장응두·이영도·박재삼·서정봉 들이 근포와 함께 시조 작품을 실었다. 그리고 학생현상모집으로 동래고 학생들 작품이 올랐는데 근포가 주선했다.

1959년이었다. 그곳에는 시조 시인 김상옥, 시인 조순이 같은 국어과에서 일하고 있었다. 게다가 얼마 있지 않아 동래고보 선배 류치환이 교장으로 옮겨 옴으로써 훨씬 문학적인 분위기를 누리며 두 번째 학교생활을 이을 수 있었다. 모처럼 1962년『동아일보』의 동아시조 난에「바다」를 발표한 일도 이 무렵이었다.

정년을 앞두고 근포는 몇 차례 급하게 학교를 옮겨 다녔다. 1968년 부산원예고등학교를 시작으로, 1970년 부산공업중학교, 이어서 1972년 4월에는 부산실업고등학교로 자리를 바꾸었다. 이미 원로 교사로 당시 입시 중심으로 치닫고 있었던 고교 교육과 관련이 엷었던 곳으로 옮겼던 듯싶다. 1973년 근포는 부산실업고등학교에서 25년 3월에 걸친 교직 생활을 마무리했다. 그 사이 부산 지역 문학사회는 급격히 바뀌어가고 있었으나, 그는 그 안에서 새삼스럽게 활동하려 하지 않았다. 이미 뒤 세대가 좌지우지하는 곳에서 그가 드나들 자리는 처음부터 없었다.

퇴임 뒤, 근포는 이름 없는 야인으로서 부산 동래와 고향 울산을 오내리며 1980년대와 1990년대를 거쳤다. 손자가 쑥쑥 자라는 것을 지켜보면서 여느 할아버지와 마찬가지 여생을 누리는 듯했다. 그러나 그의 만년은 불행했다. 1986년부터 자녀들을 잇달아 잃는 큰 슬픔을 겪은 것이다. 딸 숙자를 시작으로 1987년에는 자신과 마찬가지로 동래고를 나오고 모교에서 국어 교사로 일하기도 했던 맏아들 용문을 잃었다. 그 이듬해 1988년에는 다시 둘째아들 용관을 잃고, 1993년에는 셋째 아들 용우마저 저 세상으로 보냈다. 어버이 근포로서는 참을 수 없을 비통이었다. 짧은 몇 해에 걸쳐 차례로 자녀를 먼저 앞세우는 슬픔을 무엇에 견줄 수 있었으랴. 그리고 1994년에는 마침내 자신도 세상을 떴다. 처음에는 고향 선산에 묻혔다가 부산 영락공원으로 음택을 옮겼다. 유족으로는 딸 명자·숙희와 친손 승제·광제·

경제·홍제 4남이 있어 그나마 다복한 삶을 꾸리고 있다. 각별히 손자 광제가 동래고를 졸업해 할아버지 때부터 삼대가 특정 고교와 내리 학연을 맺은 유다른 집안 내력을 지닌 셈이다.[8]

오늘날 경남·부산 문학사회에서 그를 기억하는 이는 거의 없다. 근포가 20대 열혈 나이에 농촌 지도자로서 한 삶을 불사르겠다며 열정을 태우다 옥고를 치른 일도, 공산주의자로 의심을 받아 옥고를 되풀이 겪은 일도 아는 이가 없다. 문학사회에 이름을 내걸고 나다니려 했다면 얼마든지 가능했을 자리와 연결망을 지니고 있었던 그다. 그럼에도 근포는 둘레 적지 않은 명망 문인과 조용히 친교를 나누며 문학을 즐겼을 따름이다. 여름 폭염처럼 타오르는 무궁화 꽃빛의 열정과 의기를 누르면서 그는 무명 교사로, 무명 시조 시인으로 한 삶을 뉘었다. 그 흔한 시집 한 권 남기지 못한 그였다. 그러나 자신이 틈틈이 마흔 해를 넘게 썼던 작품을 1961년대부터 책상 가까이 두고 손질을 하면서 장차 한 권으로 내고자 하는 꿈만은 버리지 않았다. 육필 시조집 『계륵집』한 권이 그렇게 남을 수 있었다. 거기에 실린 시조 76편이야말로 근포의 삶과 시조 사랑을 아낌없이 웅변한다. 게다가 1920대부터 『조선일보』에 실었던 시와 시조 12편, 그리고 틈틈이 학교 교지에 발표한 글[9]들 또한 그의 자취를 엿보게 한다. 아버지

---

8) 근포 조순규 집안은 유독 동래고등학교 졸업생을 많이 두었다. 먼저 근포 직계에 장남 용문(28회), 손자 광제(61회), 큰 집 조카 용복(29회), 용립(32회), 장조카사위 박시봉(16회), 그의 아들 박종기(49회), 둘째 조카사위 김성근(17회)과 그 아들 김진성(48회), 셋째 조카사위 이수훈(29회), 큰 집 장손 조영제(49회)가 그들이다.

9) 『조선일보』에 실렸던 12편 말고, 『계륵집』에 실리지 않은 근포의 시조는 「지연(紙鳶)」과 「을미제일음(乙未除日吟)」(『군봉』 5호, 동래고등학교 문예부, 1956)과 딸 명자가 기억하고 있었던 「무궁화」세 편이 있다. 다른 『군봉』이나 『시조연구』, 『동아일보』에 발표한 나머지 시조는 모두 『계륵집』에 실린 것으로 조금씩 손질이 이루어졌다. 평론 세 편은 교지에 발표하였다. 「시조 형식에 대한 소고」, 『군봉』 4호, 동래고문예부, 1954. 「내가 수집한 「영남이앙가(嶺南移秧歌)」소고」, 『군봉』 5호, 동래고문예부, 1956. 「우리 고전문학에서 찾을 수 있는 멋」, 『경남여고』 9호, 경남여고, 1965. 이렇게

사후 애끓는 부정을 품어 안은 듯 딸 명자가 간직해 온 육필 민요집
『무궁화』에다 산문집 『잡초록』이 남게 된 일도 천행이라 하겠다.

3. 1920년대 초기시의 꿈과 민족의식

근포가 처음으로 지면에 올린 작품은 「하추잡음(夏秋雜吟)」이다.
1927년 9월 『조선일보』 '학생문예' 자리였다. 이 작품은 세 가지 점에
서 뜻이 적지 않다. 첫째, 그가 마음에 새겼던 '무궁화' 표상이 드러난
다. 둘째, 문학 창작 초기부터 시조를 선택했다는 사실이다. 셋째, 비
록 우의적 맥락이지만 당대 우리 겨레 구성원이 지녔을 현실 의식을
일찌감치 갖추고 있었다. 이러한 세 가지는 평생 그가 올곧게 간직하
고 가꾸고자 했던 바인데, 이미 첫 작품부터 그 본을 제대로 보인
셈이다.

  아츰 해 마지하며
  무궁화 피엿세라
  자지ㅅ빛 그 얼골에
  우슴은 쮜엇건만
  지난날 설은 생각에
  눈물 겨워 하노라

    -(줄임)-

볼 때 오늘날 근포의 작품 가운데 시조는 『조선일보』 7편, 『계륵집』 시조 76편, 교지
발표 2편을 포함해 모두 85편을 확인할 수 있다. 그리고 거기에 평론 세 편을 포함해,
육필 민요집 『무궁화』와 육필 산문집 『잡초록』이 더한다.

쌔앗긴 이 쌍에도

제 살곳이 잇나 하고

강남(江南)서 차저 왓던 정이 깁혼 저 제비를

아츰 저녁 서늘바람에

고향 그려 하노라

—「하추잡음(夏秋雜吟)」 가운데서10)

스물한 살 동래고보의 학생문사 조순규가 놓인 조숙한 자리를 잘 드러낸다. 아침에 핀 '무궁화'가 "지난날 설은 생각에/눈물겨워"한다 했으니, 단순한 경물로 무궁화를 다루지 않았음이 분명하다. 게다가 "강남서 차저 왓던" '제비'가 머물 이 땅을 두고 "쌔앗긴 이 쌍에도"라 뚜렷하게 적었다. 빼앗긴 땅에서 눈물겨워 하고 있는 무궁화가 무엇을 표상하는지는 금방 알 수 있는 일이다. 젊은이가 지닌 결기 이상의 용기와 믿음을 갖추지 않으면 들내기 힘든 민족애를 조순규는 거침없이 밝혔다. 이러한 첫 발표에 이어 그는 활발한 작품 모색을 거듭했다.

① 뜰 우에 떨어진 쩍갈닙 주어

   살풋이 낫에다 대여 보앗더니

   사늘한 생각이 멀리로부터

   죽엄을 씌을고 차저옵니다

—「죽음」 가운데서11)

---

10) 『조선일보』, 1927.9.15.

11) 『조선일보』, 1927.11.18. 제목을 '동래유가'가 아니라, '봉래유가'라 붙인 점이 눈길을 끈다. 동래가 부산 지역을 대표하는 장소라는 자긍심을 담은 결과로 보인다. 근대 부산은 동래와 부산포로 나뉘어 도시화 과정을 밟아 왔다. 오늘날 동래는 부산포에 수렴되어 버렸지만 그 뿌리는 동래였다. 동래란 이름은 이미 8세기 중엽 경덕왕

② 문허진 넷 성터 동래(東萊)의 성터

이곳엔 얼마나 만은 충혼(忠魂)이

무지한 칼날과 독한 화살에

참혹히 피 흘리고 못치었는지

붉은 나무와 흐터진 돌에나

넷날의 일을 물어서 볼까

— 「봉래유가(蓬萊遊歌)」 가운데 「동래성(東萊城)」12)

①은 삶과 죽음을 향해 물음을 던지는 내면시다. 떨어지는 떡갈잎을 '살풋이' 얼굴에 대어 보는 행위나, 그로부터 이르게 된 "서늘한 생각"이 '죽음'이라 했다. '죽음'이라는 뭉뚱그린 표현을 쓰고 있으나 그것은 한 섬세한 젊은이가 가을을 맞아 겪는 우울한 내면임이 자명하다. 이어진 ②는 장소에 대한 앎이 뚜렷하다. 임진왜란 격전지로서 치욕스럽게 왜구의 "무지한 칼날과 독한 화살에/참혹히" 짓밟힌 「동래성(東萊城)」의 욕된 내력을 되새긴다. 자신이 머물고 있는 삶터에 대한 역사적 상상력이 제대로 꼴을 갖추었다. 온천욕을 위해 동래로 화려하게 드나드는 왜인들, 왜풍의 물살에 맞서고자 하는 피식민지 젊은이의 마음이 옹글었다. 근대 초기 부산에 대한 첫 장소시로 다루어질 작품이 「봉래유가」인 셈이다.

이런 가운데 다른 습작기 작품은 근포가 급격한 사상 변모와 단련을 거듭하고 있음을 보여 준다. 고보를 졸업하고 귀향해 쓴 시에서

때부터 쓰였다. 따라서 땅이름의 유래를 예단하기는 쉽지 않다. 오늘날 눈길로 보자면 봉래란 신선이 산다고 알려진 산 이름이다. 따라서 동래라는 일컬음을 부산 지역 안쪽에서 보자면 오늘날 영도라 불리는 봉래섬의 봉래산 동쪽에 있는 고을이란 뜻이다.

12) 『조선일보』, 1928.2.7.

그 점은 더욱 뚜렷하다. 울산 지역 농민조합 활동에 나서고 밤배움을 꾸려 가면서 지식인 농군으로서 분명한 사회의식 아래 투쟁 활동을 전개하기 시작할 무렵이다. 그 첫 각오가 이름자 '규(奎)'를 '따'와 '따' 로 고쳐 내놓게 된 데서 볼 수 있다. 부르짖는다는 말은 세상에 대해 할 말, 행할 일이 분명하다는 속내를 드러낸 표현이다. 근포의 민족의식이 농촌 현실을 겪으며 실체를 얻기 시작한 것이다.

① 한울엔 반작이든
　별빗조차 비쵀이지 안는 이 짱에
　슨힐 줄 모르며
　굼틀거리는 그림자를 나는 보노라

　쓸쓸한 밤거리에서
　눈물 흘리며 비틀거름 치는 모든 무리여!
　오호! 어듸로 가랴나
　가도가도 암흑쑌인 이 짱 우에서

　새벽이여! 오소서!
　갈 바 모르는 저들을 위하여……
　광명(光明)을 쯰을고 속히 오소서

　　　　　　　　　　　　　　　　　　—「새벽이여」[13]

② 압삼이들의 남기고 간 자국이
　이 짱 우에 얼마나 삭혀 잇스랴

───────────────

13) 『조선일보』, 1928.10.5. 趙純따로 발표.

내가 가만히 눈을 감고

나의 나아갈 길을 생각하노라면

그들의 남긴 발자국은

암흑에서 광명으로 광명으로

내 몸을 인도해 주네!

벗들이여! 그대들도

그 자국을 짤흐지 안흐랴나

―「발자국」14)

③ 오호! 저 감! 타는 듯이 새ㅅ밝안 저 감!

벗들이여! 나는 저 감 보고 왼 종일 외치네

……그대들의 염통에도 피가 슬느냐?

―「가을잡영(雜咏)」 가운데서15)

①에서는 "반작이든/별빗조차 비최이지 안는 이 쌍"에서 그림자를 꿈틀거리며, "갈 바 모르는" 이들을 위해 '새벽이여' 어서 오라는 드높은 염원을 담았다. 앞선 이들이 "남기고 간 자국"을 따라서 자신의 "나아갈 길을 생각"하며 벗들에게 더불어 "암흑에서 광명으로 광명으로" 힘차게 뜻을 같이 하자는 권유를 아끼지 않은 시가 ②다. 그러한 염원과 각오는 모든 것이 떨어지고 말라가는 가을에도, 지칠 줄모르고 "타는 듯이 새빨간" 감과 같은 '염통'으로 옹글었다. 지역 청년 지도자로서 피식민 현실을 향한 깨달음과 그를 향해 나아갈 자신의 길, 동지들과 이루고자 한 연대감을 솔직하게 내보인 작품들이다.

---

14) 『조선일보』, 1928.11.28. 趙純따로 발표.

15) 『조선일보』, 1928.11.28. 趙純따로 발표.

그런데 자신의 민족의식과 계몽 투쟁의 포부를 숨기지 않았던 태도는 근포를 금방 왜로 감시망 안에 들게 했다. 고통스러웠던 1년 옥살이가 그를 기다리고 있는 다음 순서였다. 그러나 그런 옥고 경험은 오히려 시인을 더 단단하게 이끌었다. 출감 뒤 내놓은 작품에서도 둘레 감시를 뚫고 한결같은 목소리를 숨기지 않았다. 남다른 용기와 자기 단련이 없다면 어려울 일이었다.

① 예서 님이 계신 곳 그 몇 리던고
   두만강만 건너면 그곳이련만
   그 님 소식 웨 이리 들을 수 업나
   강남 갓든 제비도 수로로 만 리
   봄이 오면 녯집을 차저옵니다

   이 나라 이 백성을 구하리라는
   크나큰 쯧을 품고 써나 가신 님
   만주들 찬바람에 어이 지내나
   새바람 싸늘하게 불기만 하면
   쌔마듸 마듸마다 저려옵니다

   날마다 오는 신문 바다 들고서
   혹시나 우리 님이 아니 잡혓나
   자세히 몇 번이나 닑어 봅니다
   그러나 거긔서도 님 소식 몰라
   기다려 고흔 얼골 다 늙습니다

   ―「님 생각」16)

② 갈보청 낫구나 갈보청 낫네

　우리나 동리에 갈보청 낫네

　봉선이 공장에 돈벌러 가드니

　지금엔 도라와 갈보질하네

　봉선이 갈보청엔 그 뉘가 자나

　하이칼라 구두가 문간에 찻네

　고무구두 구두는 구두 아닌가

　젊은 놈 간장만 웨 이리 태우나

— 「갈보청-머슴들의 노래」17)

　①은 근포 조순규의 민족의식과 그 지향점이 어디에 있는가를 잘 드러내 주는 민요시다. "두만강 건너면" 있다는 '님'에다, "이 나라 이 백성을 구하리라는/크나큰 쯧을 품고 써나 가신 님"이라 했다. 그러니 그 님의 어떤 이인가는 확연하다. 게다가 시인은 "날마다 오는 신문 바다 들고서/혹시나 우리 님이 아니 잡헛나" 걱정한다. 점입가경이다. 당대 직간접적인 검열 속에서 이만한 속살을 담은 작품 발표가 뜻밖일 정도다. 표현도 구체적이다. 1년에 걸친 투옥 경험에도 아랑곳없이 여물었던 민족의식이 뚜렷하다.

　그러한 마음가짐은 이어진 ②의 「갈보청-머슴들의 노래」에서 더 확연한 꼴을 갖춘다. 갈보가 되어 고향으로 돌아온 '봉선'을 바라보는 애타는 마음을 담은, 머슴의 탈을 쓴 시인의 목소리가 그것이다. 이러한 탈시를 빌린 민요시 창작은 근포 스스로 세상을 보는 눈길이

---

16) 『조선일보』, 1930.1.18.

17) 『조선일보』, 1930.1.18. 두 편 다 趙純따로 발표.

148

매우 넓어졌음을 알게 한다. 다른 문학 갈래에 눈길을 돌린 때도 이 무렵이다. 가벼운 수필에 머물지 않고 동요와 동화 창작에까지 나아갔다. 본격적인 계몽 문학을 의도한 것이다. 1920년대 후반부터 1930년대 초기까지 나라 곳곳에서 일어나고 있었던 다른 지역의 민족·민중 활동가와 나란한 궤적을 근포도 따르고 있었다.

그러나 근포는 문학사회에 요란스럽게 나서지는 않았다. 농사를 짓고 밤배움을 꾸리면서 실천 현장에서 자신을 가꾸고 둘레를 돌아보는 활동가로 고향에 남아 있었다. 그 과정에 지난 날 자신이 채록해 왔던 민요를 『무궁화』라는 이름으로 손수 한자리에 묶은 일은 뜻이 깊다. 아울러 틈틈이 시조나 논설을 썼고, 그것을 『울산농보』를 비롯한 지역 잡지에 싣기도 했다. 그사이 시절은 이른바 조선총독부의 식민 획책의 절정 1940년대로 들어섰다. 더욱 가혹해진 현실 앞에서 근포는 이른바 치안유지법으로 투옥 경험을 지닌 지역 청년 지도자라는 낙인을 조심스럽게 벗겨가면서 살아야 할 운명이었다. 1945년 1월, 그가 웅촌면장으로 자리를 옮긴 것은 그러한 과정에서 얻은 한 피난처였는지 모른다.

4. 육필 시조집 『계륵집』과 네 가지 꽃빛

『계륵집』은 1961년부터 만든 것으로 보인다. 1961년도 일기장을 사서 그 위에다 일기 대신 시조 작품을 옮겨 적기 시작했다. 틈틈이 손질하여, 가감 흔적이 곳곳에 남아 있는 작품들의 창작 시기를 알기는 힘들다. 쓴 시기를 밝힌 몇 편을 젖혀 두곤, 작품이 연대순으로 엮이지 않은 탓이다. 어버이를 여읜 사친시조가 1933년과 1936년에 걸쳐 있다. 『병자회일음』이라는 시조는 병자년인 1936년도 작품이다. 태어나자 바로 이승을 뜬 딸에 대한 애도시 「울 애기 만장」은 1945년 작품이다. 『조선일보』에 실었던 1920년대 작품은 실리지 않았다. 그리고 뒤 시기 작품으로는 1976년 교직 정년 뒤에 쓴 「다방에서-고 우제(于齊) 형을 생각하고」가 보인다. 따라서 『계륵집』에 실린 작품은 1930년대 초반부터 1970년대 후반까지 걸친 작품인 셈이다. 마흔 해를 넘게 꾸준히 쓴 시조가 『계륵집』을 이루었다.

『계륵집』에는 모두 76편을 싣고 있다. 게재 순서가 창작 시기의 순서를 보여 주지는 않는다. 처음 『계륵집』을 마련할 때 이미 시인 스스로 작품 됨됨이에 따라 묶음을 지어 올린 것으로 보인다. 따라서 마흔 해를 넘는 기간 동안 쓴 작품이지만 근포 시조를 통시적 흐름에서 살피는 일은 어렵다. 그런 까닭에 공시적 단위로 작품의 주요 됨됨이를 짚어 보는 것이 유효하리라 여겨진다. 그렇게 볼 때 모두 넷으로 나눌 수 있다. 경물 시조·사향 시조·사회 시조·성찰 시조가 그것이다. 이제 그들을 차례차례 짚어 가며 근포 시조의 속살을 엿보고자 한다.

첫째, 경물 시조다. 철따라 바뀌어 가는 세상 풍정과 대상에 대한 관심, 그리고 그것을 빌린 삶의 자각을 담은 시조가 경물 시조다. 우리 시조가 오래도록 거듭해온 한결같은 텃밭이다. 근포의 작품 또한 우리 근대 시조의 일반 특성을 고스란히 따르고 있는 셈이다. 그런 가운데 범상하지 않은 자질을 곧잘 드러낸다.

① 오붓이 가지마다 봄을 벌써 마련하고
　　마지막 그 정열을 불사르며 지는 잎새
　　죽음은 찬란한 보람 타오르는 향로여

　　　　　　　　　　　　　　　　　　　　　　　　　—「낙엽(1)」

②너만 바라보면 내 마음은 한 마리 새

여기 우두커니 몸뚱이만 남겨두고

푸르르 날아 날아서 네 가슴을 더듬느니

―「하늘」 가운데서

가을 낙엽을 "정열을 불사르며", 찬란하게 "타오르는 향로"에 비긴 작품이 ①이다. 보통의 시조에서 볼 수 있는 경우와 다른 상상적 확장이 이루어졌다. ②에서도 경물 시조로서 됨됨이는 분명하다. 하늘을 바라보면 "내 마음은 한 마리 새"라는 첫 줄은 평범하다. 그러나 "여기 우두커니 몸뚱이만 남겨두고" "푸르르 날아 날아서" 하늘을 더듬는다는 시줄은 하늘에 대한 시인의 남다른 애착을 동적으로 잘 담았다.

①그 고개 외딴 주막 손이란 하나 없고

양지쪽 마루 끝에 상 하나 차려 놓고

다양한 봄볕에 앉아 할머니는 조운다

하얀 머리털이 바람결에 흩날려도

봄볕은 희롱하듯 눈썹 위에 내려오고

그 옆에 괭이 한 마리 잠이 또한 깊으다

―「춘산등척(春山登陟)」 가운데서

②살아선 한때 영화를

누려도 보았으리

욕된 그 삶이

스며 아리는 비석 앞에

그날을
뉘우치는가
고개 숙인 할미꽃
　　　　　　　　　　　　　　　　　　　　—「고총(古塚)에서」 가운데서

　근포의 경물 시조 가운데서도 시적 너비를 잘 엿볼 수 있는 두 편
을 골랐다. ①은 봄볕 아래 조는 주막 할머니와 그 둘레 풍경에 대한
묘사가 중심이다. 그런데 "하얀 머리털이 바람결에 흩날려도/봄빛"
이 "희롱하듯 눈썹 위로" 내려온다는 미세한 눈길은 비범하다. ②에
서도 흔하지 않는 표현력을 볼 수 있다. 오래된 무덤의 "비석 앞에"
"고개 숙인 할미꽃"을 찾아내는 눈길이 그것이다. 근포의 경물 시조
는 순연한 자연 서정에서부터 철따라 바뀌는 인심과 역사 대상물에
서 느끼는 감회까지 폭넓게 담아낸다. 근포 시조는 이러한 경물시
바탕에 든든히 뿌리내리고 있어 시상이나 표현에서 온건한 느낌을
주기 마련이다.
　둘째, 사향 시조다. 근포는 울산에서 태어나 그 뒤 동래고보 재학
시절 5년을 빼고 나면 청장년기까지 삶을 거의 다 고향에서 보냈다.
그러다 1949년 부산으로 일터를 옮기며 고향을 떠났다. 다시 만년에
돌아와 몇 해 머물다 이승을 떴다. 각별히 고향을 떠나 도시 부산에서
겪었던 세월은 근포에게 중년의 그늘이 어깨를 짙게 짓눌렀던 시기였
다. 그를 늘 든든하게 뒷받침해 주는 장소로서 고향에 기울이는 마음
이 여느 사람과 달랐을 것임을 짐작하기란 어렵지 않다. 그런 까닭인
지 근포 작품에는 고향 그리움을 다룬 사향시가 유별나게 잦다.

　① 감꽃 꿰미 꿰어 목에 걸고 즐기던 날
　　까마득 그 시절이 눈에 애젓 못 잊혀라

되돌아 옛길에 서서 불러보는 그리움

―「감꽃 필 무렵」

② 발 굴려 뛸 때마다 나부끼는 빨간 댕기
  제빈 양 호접인 양 휘날리는 치맛자락
  그 옛날 오월 단오는 흥겹기만 하더니

―「단오」 가운데서

고향은 세계 이해의 첫 경험을 이루는 친밀 공간이다. 그런 점에서 한 개인에게 평생을 뒷받침하는 든든한 바탕이다. 고향에 살고 있는 이에게는 거기에 뿌리박고 있다는 안온함을, 고향을 떠나 있는 이에게는 거기로 향한 그리움만으로도 현실을 살아낼 힘을 얻는다. 근포같이 오래도록 고향에 몸을 담고 살았으면서도 바깥 세파에 시달림이 많았던 이로서야 고향을 향한 마음이 곡진할 수밖에 없었으리라. ①은 고향 바깥에서 고향에 몸 뉘고 살았던 '까마득'한 옛 시절을 "불러 보는 그리움"을 담았다. 그리운 고향 공간은 철따라 터 따라 갖가지 추억과 사연이 봄풀처럼 돋는 곳이 아니었던가. ②는 그런 일 가운데서 시인에게 강렬한 추억으로 남은 오월 단오 풍경을 그렸다. 지금은 쇠잔해 가까이 겪기 힘든 일이 되어 버린 단옷날 그네뛰기를 시인은 고스란히 되살려 낸다. 고향은 구체적인 놀이나 일과 맞물려야 더욱 고향다워진다는 사실을 이 작품은 잘 보여 준다.

③ 쑥이랑 냉이랑 캐어 밥 짓고 국 끓이고
  이웃이 서로 갈라 정다웁게 먹는 인정
  우리도 이 마음 배워 한집 같이 지내세

흙밥에 냉잇국을 돌반 위에 차려 놓고
길가는 나를 보고 먹고 가라 권하는고야
우리네 구수한 인정 여긴 아직 남았네

—「소꿉질」 가운데서

④ 누구서 닥칠 일을 미리 알아차리려냐
시달려 지친 죽지 접어 쉴 곳 없건마는
그의 품 고운 요람에 다시 안겨보노라

버리고 떠날 것가 이 산수 이 인정을
할퀴고 물어뜯는 현실 이리 각박해도
다수히 내 고향만은 나를 안아 주거니

—「귀향시초」 가운데서

③과 ④는 사향시의 전형이다. 고향에서 누리는 인정이란 너나없이 같은 삶의 테두리 안에서 산다는 믿음과 확신에서 나온다. 사람이면 누구나 지니고 있을 것이라 믿어 의심치 않는 삶의 덕목이 인정이라면 그 인정스러움은 고향에서 가장 두드러지게 드러난다. ③은 그러한 인정을 고향에 들린 길에 느끼는 짜임새를 지녔다. 그런데 단순히 인정스러움을 서술하는 보통 시조와 달리, 아이들의 소꿉놀이를 바라보는 어른의 눈길로 그것을 표현한 데 묘미가 있다. ④는 고향의 인정에 기댈 수밖에 없게 만드는 세파와 현실을 일깨워 준다. "고운 요람" 고향의 인정은 "할퀴고 물어뜯는 현실" 아래서도 "나를 안아" 준다. 한 사람에게 고향은 첫사랑의 공간이자, 몸 뉘일 마지막 장소인 셈이다.

근포는 이러한 사향시를 빌려 현실로부터 오는 갖가지 갈등과 번민으로부터 벗어날 수 있을 여지를 갖출 수 있었다. 다채로운 삶의 친밀 경험을 추억으로 아로새길 수 있었다. 따라서 그의 사향 시조 속에는 어머니와 아버지를 향한 사친시에서부터, 벗과 친구를 향한 사우시, 그리고 풋풋한 첫 정으로 아득한 연애시까지 너르게 담겨 울림이 크다. 여느 시인과 달리 사향 시조를 빌린 고향 사랑을 되풀이하는 데 근포가 머뭇거림이 없었다는 사실은 그만큼 그가 맞닥뜨렸던 현실이 팍팍했음을 역설적으로 일깨워 준다.

셋째, 사회 시조 자리다. 근포는 두 번에 걸친 투옥 경험으로 역사의 질곡에 깊이 옥죄었던 경험을 지닌 이다. 겉으로 드러내지는 않았지만 세상을 바라보는 눈길에 평생 날카로운 대타의식을 포기하지 않았다. 그런 점은 그의 시조 곳곳에서 드러난다. 현실 사회를 향한 간곡한 목소리가 작품 전면에 나서는 시조를 고르는 일은 그리 어렵지 않다.

기어이 건너야 할 막다른 운명들인데
다리는 오늘도 걸려 있지 않았다
밀치락 닥치락하며 아우성치는 사람들

강 저 건너편 바라던 무엇이 있으리라
모두 다 이리들 악을 쓰며 덤비는데
수많은 사람들 속에 나도 함께 끼인다

—「다릿목에서」 가운데서

어쩔 수 없이 사람은 "밀치락 닥치락하며 아우성"치며 살아갈 수밖에 없는 운명이다. 다릿목에서 이저리 함께 악을 쓰며 덤비며 강을 건너려는 군상 속에 시인의 애처로운 자의식이 뚜렷하다. 너나없이 그렇게 떠밀리기도 하고, 떠밀기도 하면서 "강 저 건너편 바라던 무엇"을 향해 걸어갈 수밖에 없다. 시인은 그것을 잘 안다. 그러나 세상은 한 개인이 짊어지기 너무 힘든 일들을 저질러 놓고는 개인에게 그 책임을 돌린다. 어기찬 일이지만 개인은 그에 여지없이 당할 수밖에 없는 존재다.

> 마구 울음이 터질 듯 잔뜩 찌프린 날씨
> 오늘도 젯트기 폭음만 귀청을 간질이고
> 전쟁이 밟고 간 자국 구멍 뚫린 저 하늘
>
> —「전적(戰跡)」

시인은 전쟁을 "마구 울음이 터질 듯" "찌프린 날씨"라 적었다. 그런 한가운데를 전투기는 무자비하게 뚫고 나아간다. 이미 남다른 전쟁의 고통을 겪은 근포였다. 가슴 저리게 참혹한 전쟁 현장 앞에 참으로 사소하게 놓여 있는 자신을 탄식하고 있다. 이에 견주어 아래 작품들은 그를 노엽게 만들고, 비통하게 만드는 실체가 암시적으로 드러나는 경우다.

> ① 울어도 울어도 풀 길 없는
>   가슴을 부여안고
>
>   밤낮을 헤이잖고
>   산으로 들로 쏘대는 이 몸
>
>   분함에 터지려는 가슴 아
>   터지려는 이 가슴
>
> —「불을 뿜고 죽어라」 가운데서

② 누구를 가두려나
　누구를 또 묶으려나

　죽음보다 더 설운
　이 치욕
　이 분함을

　뉘게 또
　물려주려고
　저 짓들을 하는고

—「벽」 가운데서

③ 서러운 강산이기에
　등지고 살으리라

　눈감고 귀도 막고
　듣도 보도 못할 바엔

　차라리 입마저 닫고
　벙어리로 살으리라

—「맹아롱(盲啞聾)」 가운데서

　　①에서 시인은 "울어도 울어도 풀 길 없는/가슴"을 지녔다 했다. 그로 말미암은 노여움을 참을 수 없다. 무엇이었을까. 분명 개인에 걸린 일이 아닌 것만은 분명한데, 모습을 내보이진 않았다. 이어진 시줄에서 근포는 "묵묵히 돌아앉아/흐느끼는 너 내 강산아//차라리

불을 뿜어라 아/불을 뿜고 죽어라"고 외친다. 차라리 불을 뿜고 죽으라는 저주 속에 견디기 어려운 비통이 서렸다. ②에서도 "죽음보다 더 설운/이 치욕/이 분함"을 이기기 힘들다 했다. "저 짓들"로 표현된 부조리한 세상 일은 무엇이었던 것일까. ③에서 시인은 '차라리' "눈 감고 귀도 막고" 마침내 "입마저 닫고" 살 수밖에 없는 현실로 내몰린다. 무궁화 꽃밭 화려하고 아름다울 강산은커녕 세상은 더욱 노여움과 절망만을 곱씹게 만들었다. 이름 없는 교사로서 살았음 직한 삶과는 딴판으로 안에서 끓어오르는 공분(公憤)이 사뭇 매섭다.

1
그날 천지를 덮던
피보다도 진한 분노

너희들 젊은 넋이
꽃잎처럼 지던 날에

나 홀로 내 또한
묘지를 파며 가슴을 치며
목을 놓고 울었다.

2
성난 물결처럼
출렁이는 대열 속에

하늘도 갈라져라
울부짖던 너희 모습

오늘도
살아 있구나 저
젊은이들 눈 속에

3
너희들 주검 위에
나라는 다시 섰고

너희들 지킴 아래
겨레는 살았거니

영원히
빛으로 살자
온 겨레의 별이여

—「영원한 별-4·19 희생학도위령제에 부쳐」

경자시민의거 '희생학도위령제'에 부치는 헌시다. 근포가 지녔던 공분의 속살을 잘 드러낸다. 젊은이들의 '주검'은 나라를 다시 세웠으며, 겨레를 다시 살렸다. 희생당한 학생들을 '영원히' "온 겨레의 별"로 우러러 보자는 근포의 목소리는 절절하다. 그런 속에는 지난날 열혈 청년 조순규의 상징적 죽음에 대한 애도가 함께 녹아든 듯하다. 경자시민의거로 말미암아 떨기떨기 졌던 젊은이들의 죽음은 바로 한평생 무궁화 꽃밭을 가꾸고 싶었던 근포 자신의 좌절이며 비통이었던 셈이다.

근포 시조의 네 번째 됨됨이는 자기 성찰시다. 한 개인으로서, 가장으로서, 교사로서, 시인으로서, 이웃으로서 살아가며 얻게 된 상념과 각오 또는 깨달음이 조곤조곤 옹근 자리가 거기다.

① 어디를 둘러봐도 오직 삭막한 산하
  누구를 만나 봐도 차디찬 눈길인데
  이 속에 나도 끼어서 살아야만 하는가

—「염원」 가운데서

② 저마다 마음속엔
  날난 손톱을 가꾸면서

  겉으론 착한 체
  꾸며 사는 상판대기

  어울려 살아얄 운명이
  내 더욱이 섧구나

—「슬픈 족속」 가운데서

"어디를 둘러봐도 오직 삭막한 산하"라 일컫는 시인의 목소리에는 회한과 서글픔이 짙다. 그 "차디찬 눈길"을 걸어야 할 사람은 자신뿐만 아니다. 너나없이 바쁜 얼굴로 오가는 장삼이사 모두를 세우고 물어볼라치면 어찌 속속들이 피 토하듯 나눌 사연이 없을 것인가. 어쩔 수 없이 더불어 살아야 할 자신에 대한 연민을 아낌없이 보여주고 있는 시가 ①이다. ②는 자신의 몸에, 마음에 눈 발자국처럼 찍어대는 세상사가 무엇인지를 뚜렷하게 드러낸 작품이다. "저마다 마음속"에 "날난 손톱을 가꾸"고 있는 위선과 기만이 그것이다. "겉으론 착한 체/꾸며대는 상판대기"에 밟히고 다친 적이 한두 번인가. 가까운 이, 먼 이 없이 왔다가 때리고 할퀴고 달아나는 세파에 시인이 겪는 설움은 크다. 그럼에도 세상과 더불어 "살아야할 운명"임에는 달라짐이 없다. 근포에게 삶이란 쓴 웃음과 남모를 탄식으로 재울 수밖에 없는 길이다. 그 운명의 길은 "할배들이 가시던 길"이며 "아배들이 가시던 길"이었다. "우리 모두 그 길로/가야만 할 슬픈 족속"일 따름이다. 그리하여 "진정 미칠 듯" 가슴이 '바쉬지는' 아픔을 안고 오늘도 시인은 거리로, 집으로 떠돈다.

③ 내 이 백묵으로 무엇을 또 쓰려는가
　참을 갈구하는 저 순진한 눈들 앞에
　오늘도 멍하니 서서 망설이고 말았다

　한 점 티도 없는 깨끗한 저들 마음속에
　또 하나 커다랗게 거짓을 뿌려 주고
　창 너머 파란 하늘만 바라보는 내 마음

　　　　　　　　　　　　　　　　　—「독백-교사의 노래」

④ 파란 하늘처럼
　가까운 듯 머언 거리

　한사코 따르다가
　내가 죽을 뮤즈여

　이토록 바람(希望)에 지쳐
　죽어가는 망부석

　　　　　　　　　　　　　　　　　—「망부석」 가운데서

근포는 고향 울산에서 겪었던 짧은 공직 생활과 농사일을 접고 보면 늦게 시작했을망정, 평생 교단에 몸담았던 이다. 교사로서 얻었던 경험과 감회가 남다를 수밖에 없다. ①은 짤막하나마 교사로서 자신에 대한 성찰을 잘 보여 주는 '독백'이다. 교육이란 학생의 앞날에 "또 하나 커다맣게 거짓을" 뿌리는 일일 수 있음을 알면서도, 백묵을 들었다 놓았다 하는 자신에 대한 회한이 깊다. 그런 속에서 "창 너머 파란 하늘만 바라보는" 마음이야말로 교사라는 명실을 다하겠다고 늘 자신을 다독거렸던 그의 됨됨이를 고스란히 보여 준다. ②는 문학가로서 자신에 대한 성찰 시조다. 근포에게 시신 뮤즈는 "한사코 따르다가/내가 죽을" 존재다. 평생 남몰래 시조 사랑을 앓아온 그의 아픈 자기 고백인 셈이다. 그러나 뮤즈는 나와 "가까운 듯 먼 거리"에 있다. 손에 잡힐 듯 잡힐 듯 잡히지 않는다. 그리하여 자신은 뮤즈를 향해 "바람에 지쳐/죽어가는 망부석"이라 일컬었다. 고향 울산 치술령에서 동해 바다 너머 남편 박제상을 그리다 돌이 된 망부석 전설에다 문학을 향한 근포의 마음을 오롯하게 얹은 셈이다. 겉으로 드러나지 않았으나 근포의 긴 삶에서 시조가, 문학이 어떤 자리를 차지하는가를 잘 일깨워 주는 시줄이다.

　근포는 교사로서도, 시인으로서도 이름을 들내지 않고 삶을 마무리했다. 삶에 대한 자기 성찰이 무엇보다 그 두 일로부터 오는 것은 당연한 노릇이다. 그런 가운데서 자신을 둘러싸고 있었던 벗과 가족, 그리고 세상 파고 높이 위에서 그는 어지러운 삶을 명상하고 자신을 용납하기 위해 마음을 다독거렸다. 그런 자기 성찰 가까이 둘레 지인의 기쁨과 슬픔을 바라보는 친교시의 자리 또한 거들었다. 이러한 근포의 성찰적 자아상은 그가 쉰 살을 맞이한 해 1956년에 쓴 아래 시조에서 빼어나게 드러난다.

한여름 뙤약볕에 땅이 금져 갈라져도
모질게 살아보자 허덕이는 숱한 미물
멍하니 굽어다 보는 내 몰골이 슬퍼라

누구서 이 나이에 천명도 깨쳤어라
지지리 욕된 삶을 가누지도 못하는 몸
차라리 내 살을 흩어 네게 던져 주리라

　　　　　　　　　　　　―「개미-누령(累齡) 오십을 맞으면서」

　"한여름 뙤약볕에" "모질게 살아보자" 허덕이며 기는 개미를 보면
서 자신의 '몰골'을 새삼 깨닫는다. 옛 사람은 나이 쉰에 천명을 안다
고 하였건만 아직까지 근포에게는 "지지리 욕된 삶을 가누지도" 못
한다는 자괴감만 솟는다. '차라리' 자신의 살을 개미에게 던져 주리
라는 슬픔의 뿌리는 너무 깊다. 어디에 닿아 있는지 알기 힘들다. 쉰
나이에 이른 한 사람을 둘러싼 삶이 참으로 견디기 힘들 정도로 가혹
했음은 짐작하게 이끄는 시줄이다. 다른 시조에서 찾기 힘든 가열찬
자기 성찰이 '개미'를 만나 힘찬 울림을 담은 가편을 마련했다.
　『계륵집』에 실린 근포의 시조 76편은 적어도 마흔 해를 넘는 기간
에 쓰인 작품이다. 몇 개 매듭으로 묶어, 섣불러 그 속살을 짐작하고
말 대상은 아니다. 남들이 알든 모르든 시조를 사랑하고 그 사랑을
자기 식으로 성실하게 다듬어 온 결과가 그들이다. 그런 까닭에 이
글에서 경물 시조·사향 시조·사회 시조·성찰 시조라는 네 유형으로
살핀 일은 편의적일 따름이다. 더 깊은 속살을 읽어내는 일은 앞으로
독자사회와 시간의 몫이다. 그럼에도 그들 네 유형 안에는 세상에
이름이 들난 여느 시조 시인의 작품 못지않은 결곡함과 진정성, 자신
과 세계를 향한 치열한 눈길을 살필 수 있다. 게다가 시인은 작품을

다듬고 엮어 내는 말씨에서도 단출하면서도 섬세한 솜씨를 아끼지 않았다.

민족의식으로 무장한 20대 열혈 농촌 지도자에서 시작하여 알려지지 않은 반투명의 역사 너머에서 홀로 마음을 연필 삼아 그려 놓은 너르고 다채로운 무궁화 꽃밭이 근포 조순규의 시조다. 그 꽃밭은 활짝 핀 모습이 아니라 한 사람의 좌절과 고뇌, 분노와 슬픔이 갈무리된 스산한 그림을 연출한다. 그런 점에서 오히려 우리 근대 시조의 미문주의 인습과는 벗어난 울림 큰 인생시를 근포는 선뵀다. 근포 시조는 스스로 붙인 겸손한 이름과 같은 계륵이 아니다. 향리 경남·부산·울산 시조 시단은 물론 나라 시조의 골짝 골짝을 마음껏 다니며 소리쳐 모자람 없을 한 마리 벼슬 당당한 장닭의 목청과 덕성을 자랑한다.

5. 무궁화 동산의 시

근포 조순규는 이제까지 알려지지 않았던 시조 시인이다. 비록 뒤늦게 시작한 일이지만 평생 무명 교사로서 제 몫에 충실했던 이였다. 그럼에도 그의 개인사는 역사의 굽이만큼 가팔랐다. 나라잃은시대 나이 스물두 살 농촌 청년 지도자로서 왜로에 의해 갇혔던 1년에 걸친 투옥과 1950년대 전쟁기 소용돌이 속에서 공산주의자로 몰려 거듭했던 옥고는 그가 겪었던 삶의 신고를 상징적으로 보여 준다.

오늘날 남아 있는 근포의 시조는 초기 『조선일보』를 중심으로 발표했던 7편과 육필 시조집 『계륵집』에 실린 76편, 그리고 학교 교지 『군봉』에 실린 2편을 비롯해 모두 85편에 지나지 않는다. 그럼에도 그것들은 전통적인 경물 시조에서부터 시작하여 사향 시조와 사회 시조, 그리고 성찰 시조에 이르는 다채로운 뒴뒴이를 중심으로 울림 큰 공간을 마련했다. 그의 시조는 공교로운 말솜씨를 내세우거나 신기함을 일부러 부풀리는 가벼운 시조들과 달리, 형식과 내용이 온당하게 맞물린 작풍이 든든하다. 교육자로서 지녔던 자기 절제가 잘 드러나는 이름 그대로 전형적인 교육 시조였던 셈이다. 그러나 그 안에는 여느 시조와 다른 삶의 신산과 비통, 그리고 사회를 향한 의분과 결기가 담겼다. 평생 겨레의 꽃 무궁화 꽃밭을 가꾸고 싶었던 한 젊은이가 세월에 따라 겪는 좌절과 고뇌, 안타까움이 농익은 삶자리가 근포의 시조였다.

경남·부산·울산 지역의 근대 시조는 몇 갈래 뿌리에서 비롯한다. 그 가운데 하나가 안확을 처음으로 삼아 마산 창신학교를 중심으로 이루어진 흐름이다. 이은상과 1960년대 율동인이 그 대표 본보기다. 이른바 미문 시조라 할 만한 흐름이다. 다른 하나는 부산 동래의 동래고보 교육장을 중심으로 일었던 부산의 교육 시조다. 김기택이 그 앞머리에 선다. 그는 통영으로 옮겨가 1926년부터 통영 『참새』 동인으로 활동하며 탁상수·고두동과 함께 뒷날 장응두·김상옥·박재두로 이어지는 통영 시조를 키웠다. 부산의 교육 시조는 그에서부터 비롯하여 서정봉·조순규·김기호로 이어졌다. 근포 조순규는 바로 이 가지를 튼튼하게 뒷받침한 이다. 그는 오랜 친교를 나누었던 김상옥과 같이 문학사회 전면에서 화려하게 재주를 들내거나, 장응두와 같이 세상 바깥으로 떠돌다 비극 속으로 휘감겨 든 모습과는 달리 교사 문인으로서 명실을 다하고자 애쓰며 시조 사랑을 오로지했다.

울산 지역문학에서 볼 때 근포는 울산 근대 시조의 첫 자리에 오른다. 1920년대에 출발하여 1970년대까지 이르는 그의 시조는 이름을 들내지 않았지만 시조 문학이 활발하지 않은 울산 시조의 맥을 오래도록 도맡은 역할이 오롯하다. 광복기 최현배의 옥중 시조와 1960년대 김어수·김교한으로 자리가 넓혀질 때까지 근포 시조는 가장 일찍부터 가장 오래도록 쓰인, 거의 유일한 울산 시조였다. 게다가 근포는 울산 근대문학의 초기 문학사회를 이루는 주요 구성원이다. 박병호·양봉근에서 시작하여 정인섭·신고송으로 이어지는 1920년대 울산 문학에 이제 근포 조순규가 제 자리를 찾게 된 셈이다. 그러면서 근포는 문학 출발기에서부터 누구 못지않은 민족의식을 담아낸 시인이다. 그리하여 근포라는 호를 쓴 이답게 온 나라가 활짝 핀 무궁화 꽃밭이 될 것을 꿈꾸었던 그는 우리 앞에 무궁화 시조를 두 편 남겼다.

① 무궁화 반가워라 네 다시 피었구나
　무서리 모진 시절 짓밟힌 지 몇 해라고
　이 후란 억천 만대나 길이길이 피어라
　　　　　　　　　　　　　　　　　　　—「무궁화」

② 차라리 작열하는
　뜨거운 태양을 닮아

　진한 빛깔로 한번
　타는 듯 활짝 피어나 보렴

　우리네 모습들 마냥
　진정 슬픈 꽃이여
　　　　　　　　　　　　　　　　　　　—「무궁화」

을유광복을 맞이하자 되찾은 무궁화 동산에서 근포가 써서 읊었던 시조가 앞선 ①「무궁화」다. 육필 시조집 『계륵집』에는 실리지 않았으나, 다행히 딸 명자가 어릴 적 아버지로부터 배워 기억하고 있다 되살린 작품이다. 광복을 맞이한 기쁨과 근포의 민족의식이 모자람 없이 담겼다. ② 또한 근포 조순규, 그의 무궁화 사랑이 이웃 사랑이며, 겨레 사랑임을 한달음에 일깨워 준다. 무겁고 어두운 역사 너머 무궁화 꽃빛으로 아득히 저물어간 그의 삶과 문학이 어찌 예사로울까. 육필 민요집 『무궁화』와 학창 시절 육필 산문집 『잡초록』까지 하루바삐 세상에 전모를 선뵐 수 있기 바란다.

오영수와 광복기 미발굴 시

1. 광복기와 오영수

한국 근대 단편 소설계의 주요 작가이자, 경남·부산 지역문학의 중요 문인 가운데 한 사람이 오영수다. 그는 문학 활동 초기인 광복기에 시를 썼다.[1] 그러다 1948년에는 염주용이 이끈『문예신문』신춘문예에 '맥랑생(麥浪生)'이라는 필명으로 소설 「호마(胡馬)」가 3등으로 뽑히기도 했다.[2] 이어 1949년 소설 「남이와 엿장수」(『신천지』9월호)를 발표하면서 소설 갈래로 길을 바꾼 모습을 널리 알렸다. 1950

---

1) 광복 이전에 발표한 동요는 6편이 있다. 그들 원문은 이미 이재근에서 한 차례 각주로 밝혔다. 이재근, 「오영수 소설 연구」, 목원대학교 박사논문, 2011, 24~25쪽. 「병아리」,『동아일보』, 1927.5.25. 「술 자신 우리 아버지」,『조선일보』, 1929.11.10.『눈마진 내 닭」,『조선일보』, 1929.12.1. 「도토리밥」,『조선일보』, 1930.1.22. 「뎐신대」,『조선일보』, 1930.1.25. 「니 째진 한아버지」,『조선일보』, 1930.2.20.

2) 이순욱, 「광복기 경남 부산 시인들의 문단 재편 욕망과 해방 1주년 기념시집『날개』」,『비평문학』 43호, 한국비평문학회, 2012, 200쪽.

년대부터는 소설가로 이름을 키웠다. 말하자면 광복기 오영수는 문인으로 삶길을 잡은 뒤, 시와 소설 사이를 고누다 소설로 길을 굳힌 셈이다. 그런 점에서 광복기 초기시는 오영수 문학의 출범을 알리는 것임과 아울러 앞으로 이루어질 문학을 가늠하게 해 주는 좋은 나침반이다.

이 글은 창작 사실만 알려져 왔던 오영수의 광복기 시에 대한 전모를 밝히기 위한 목표로 이루어진다. 이제까지 오영수 연구에서 관심을 두지 못했던 자리다. 죄 찾아낼 수 없었던 까닭이다. 이 글로 말미암아 그들 전모가 처음으로 세상에 알려지게 된 셈이다. 이를 빌려 오영수 초기 문학에 대한 재구성뿐 아니라, 경남·부산 지역문학의 전통을 더 깊이 들여다 볼 수 있는 한 계기가 될 수 있으리라. 논의는 크게 둘로 나눈다. 무엇보다 초기시는 오영수가 한 개성 있는 작가로 자라기 위한 모색의 결과물이라는 점에 눈길을 둔다. 따라서 모름지기 작가로 살길을 잡은 이가 맨 처음 맞닥뜨리지 않을 수 없을 문제, 곧 작품 내용으로서 경험 현실의 됨됨이와 작품 형식으로서 언어 현실의 됨됨이가 그것이다.[3]

---

[3] 작가는 쓰고 고친 뒤, 그것이 읽히거나 들리는 사람이다. 자연인으로 살아가면서도, 읽히거나 들리는 사람으로서 작가적 정체를 살아간다. 우리는 그것을 시인 아무개, 소설가 아무개라는 식으로 불러 준다. 이른바 내포 작가(시인)다. 한 문인이 살아가는 길은 자연인과 내포 작가, 이 둘의 걸음걸이를 한 몸에 지고 가는 일이다. 이 점을 사회심리학에서 말하는 '역할'이니 '탈'이라 해도 뜻이 달라지지 않는다. 작가는 그가 문인이기를 작정한 때나 문학사회 제도 안에서 그 역할을 떠맡기 시작한 때부터 내포 작가로만 존재한다. 말하자면 자연인으로서 자신과 작가로서 자신 사이의 거리조절을 하지 않을 수 없다. 많은 작가의 경우 그 둘 사이 거리가 가까워 보이는 이도 있다. 오영수의 경우도 그렇다. 자신의 신변 체험이나 개인사에 기대는 비중이 높았던 셈이다. 그런데 바깥 문학사회 읽는이에게는 그 거리가 멀든 가깝든 관계없이 내포 작가의 작품 연쇄나 작가적 정체의 연속, 곧 보통의 자연인과 달리 바깥으로 열려진 삶으로만 존재한다. 말하자면 읽히고 들리는 언어가 핵심적인 존재 지표라는 뜻이다. 그 점이 자신의 역할극만을 살아가는 보통의 자연인과 다른 점이다. 마침내 작가는 느끼고 생각하는 현실 경험과 쓰고 고치고 다듬는 언어 경험

그런데 오영수는 광복기에 시를 몇 편이나 발표했을까? 먼저 일반 매체에 실린 것으로는 광복 기념 공동시집 『날개』에 실었던 「숲」과 지역 매체 『중성』·『백민』에 올렸던 작품이 있다. 모두 5편인 이들 문헌 사항을 적으면 아래와 같다.

「숲」, 『날개』, 조선청년문학가협회 경남본부, 1946.8.

「바다」, 『주간 중성』 5호, 중성사,4) 1946.9.

「소」, 『중성』, 중성사, 1949.4.

「산골 아가」, 『백민』 16호, 1948, 1948.10.

「유월의 아침」, 『백민』 5월 호, 백민사, 1949.5.

이 가운데서 「소」와 「숲」을 제쳐 둔 나머지 3편의 원문은 이재근이 오영수의 소설을 다루면서 한 차례 알렸다.5) 오영수에 대한 첫 박사 논문 자리였다. 「소」와 「숲」은 이순욱이 오영수 작품 죽보기에서 제

이라는 사뭇 다른 두 길을 한 몸으로 살아간다. 말하자면 문학의 내용/형식 문제다. 작가로 살아가는 길은 바로 어떠한 내용, 곧 경험 현실을 마련하고 그것을 어떠한 형식, 곧 언어 현실로 되돌려 놓을 것인가라는 난제를 짊어진 걸음걸이인 셈이다. 모든 작가는 작가로서 살아갈 것을 결심한 순간부터 이 점과 맞닥뜨린다. 그리고 그러한 물음을 평생 놓치지 않는 긴장을 견뎌 낸 이가 강한 작가로 남는다. 오영수에게 광복기는 초기 습작기다. 1930년대 후반부터 문학을 즐기고 읽고 쓰곤 했다고 하나, 오영수가 작가로 살아갈 것을 결심한 핵심 시기는 광복기다. 그런 점에서 경험 현실과 언어 현실 사이의 거리조절을 본격적으로 배우고 고심했을 때다. 그런 까닭에 이 글에서는 오영수 초기시를 따져 읽은 유효한 방법으로 경험 현실과 표현 현실이라는 두 나눔을 끌어 온다.

4) 『주간 중성』은 1946년 2월 4일, 부산 중성사에서 창간했다. 편집인은 탁창덕이었다. 1946년 9월에 『주간 중성』 5호를 내고 있다. 월간 『중성』은 1946년 2월 10일, 부산 중성사에서 창간했다. 편집인은 천철수(천세욱)였다. 『주간 중성』과 월간 『중성』은 자매지였고, 둘의 발행자는 김환선이었다. 어느 때부터 이 둘은 하나로 통합했는데 그 시기는 알 수 없다.

5) 이재근, 앞에서 든 글, 25쪽.

목을 적었던 적이 있다. 이들 5편 말고도 진주에서 나온 『영문』 8호에 오영수는 2편을 더 발표했다.

「의지(意志)」, 『영문(嶺文)』 8집, 영남문학회, 1949.11.
「무화과(無花果)」, 『영문(嶺文)』 8집, 영남문학회,[6] 1949.11.

그런데 오영수는 자신의 첫 광복기 일터였던 경남여고(경남고등공립고등여학교, 경남공립여자중학교)의 월간 소식지 『학교소식』에다 꾸준히 시를 실었다. 현재까지 29호를 확인할 수 있는 이곳에 실린 오영수의 시는 모두 16편이다. 이제까지 알려지지 않은 것들이다.[7] 이 『학교소식』에는 교사의 작품을 거의 매호마다 빠뜨리지 않고 실었다. 금수현·김수돈·박영한·조진대가 대표적이다. 그 가운데서도 오영수가 가장 많이 실었다. 1호부터 꾸준히 작품을 올린 결과다. 오영수는 1946년 10월 새로 개교한 경남여고에서 12월부터 김하득 교장 밑에서 일하기 시작했다.[8] 발령은 1월 22일자로 났다. 미술 교사로 시작했다 1950년부터는 국어와 고문을 가르쳤다.[9] 그러다 전쟁기인

---

6) 문옥영, 「『영문』 1집~18집 목록」, 한정호 외 지음, 『파성 설창수 문학의 이해』, 도서출판 경진, 2011, 271~287쪽.

7) 『학교 소식』에 실린 이들 작품의 제목은 이순욱이 한 차례 밝혔다. 시집 『날개』를 대상으로 경남·부산 지역 문학사회의 역장을 구명하고자 하는 자리에서다. 그런데 11호에 실렸던 「사향(思鄕)」을 빠뜨리고 15편만 올렸다. 이순욱, 앞에서 든 글, 200쪽.

8) 오영수, 「회상」, 『경여고30년지』, 경남여자고등학교, 1957, 159쪽.

9) 광복된 뒤 학교 교사를 얻기가 힘들었다. 따라서 "대충 부임을 시켜놓고 발령은 뒤에 받는 식"이 많았다. 오영수도 10월 재개교에 이어 뽑힌 교사 가운데 한 사람이었다. 정식 발령 일자는 다음 해 1월 22일이었다. 금수현은 "독학을 했다는 오영수 교사"라 적고 있다. 금수현, 『금수현 나의 시대 70』, 월간음악출판부, 1989, 95~96쪽. 나라잃은시대 말기 면서기를 했던 오영수는 부산에서 교육계에 몸담는 쪽으로 마음을 바꾸었음을 알 수 있다. 그때부터 부산 수정동에서 머물렀다. 경남여고는 1927년 부산공립여자고등보통학교로 시작해, 1938년 부산항공립고등여학교로 개명했다. 1945년 10월 1일 새로이 김하득 교장, 금수현 교감으로 개교하였다. 1946년

1951년 종군을 나갔다 돌아왔다. 그러니 오영수의 경남여고 재직 기간은 6, 7년 남짓이었던 셈이다.[10] 이제 동시 2편을 포함한 이들 16편의 문헌 사항을 보이면 아래와 같다.

「봄이 오면은」, 제1호, 1946.2.5.

「꿈」, 제2호, 1946.3.5.

「봄ㅅ비」, 제3호, 1946.4.5.

「파초(芭蕉)」, 제8호, 1946.10.5.

「향수(鄕愁)」, 제9호, 1946.11.5.

「사향(思鄕)」, 제11호, 1947.2.5.

「아버지가 그리워」, 제13호, 1947.5.5.

「낙동강」, 제17호, 1947.10.5.

「가을」, 제18호, 1947.11.5.

「오뉘(1)-오빠의 노래」·「부청 앞에서」, 제20호,[11] 1947.12.20.

3월 1일 경남고등여학교로 이름을 바꾸었다 9월 1일 경남공립여자중학교라 고쳤다. 1947년 6월 19일 김처순 교장, 1949년 3월 23일 오계운 교장이 취임했다. 국어과 교사로는 12월 26일 발령을 받은 박영한과 함께 홍영식과 정신득이 일했다. 경여고 30년지발간위원회 엮음, 『경여고30년지』, 경남여자고등학교, 1957, 184~194쪽. 경남여고50년지 편찬실, 『경남여자고등학교50년지』, 경남여자고등학교 동창회, 1977, 205쪽.

10) 경남여고에서는 1946년 2월 5일부터 월간을 계획하고 교우회 발행으로 『학교소식』을 냈다. 1호부터 17호까지는 「학교소식」으로 붙였다가 1947년 11월 18호부터 『경남여중 학교소식』으로 이름을 바꾸었다. 월간을 지키고자 했으나, 방학이 있는 겨울과 여름에는 건너 뛰기도 했다. 현재 1948년 9월 25일까지 29호까지 남아 있다. 박영한이 「침묵의 탑」(2호)·「북위 38도」(9호)·「고독」(13호)·「섬에서」(18호)·「남하동포」(B.Y.H로 발표 20호)·「임」(21호)·「등피(燈皮)」·「어느 만족의 전설처럼-월남월북동포에게 드리는 노래」(29호, 박민으로 발표함)했고, 김수돈이 「소년의 노래」(8호)·「도토리 하나 주었네」(9호, 1학년 2반 집체시)·「실제(失題)」(11호)·「새로운 날에」(12호)·「봄 편지」(13호)를 실었다. 1947년 11월 동래중학으로 전근을 갔다. 조진대는 1947년 9월 3일 부임하여 시 「개구리의 애시(哀詩)」(20호)를 발표했다. 그리고 1948년 4월 5일 진주중학교로 전출했다.

「오뉘(後編)」, 제22호, 1948.4.5.

「충렬사(忠烈祠)」·「한산(閑山)섬」·「한산(閑山)섬 동백꽃」,12) 제23호,
1948.5.5.

「여학생-졸업생을 보내는 노래」, 제25호,13) 1948.6.5.

따라서 글쓴이가 이 글에서 다룰 광복기 오영수의 시는 모두 23편
이다. 이재근의 원문 소개에서 빠진 「소」·「숲」2편에다, 이순욱의 작
품 죽보기에서 빠져 있는 3편, 곧 『사향』·「의지」·「무화과」까지 더한
숫자다. 찾는 노력에 따라서는 몇 편을 더할 수 있을 터이지만, 현재
로서는 최선을 다한 결과다. 이들 23편은 이제껏 한 차례도 2차 담론
의 대상이 되지 못했다. 그런 점에서 크게 보아 미발굴이라는 말을
감당할 만한 것들이다.

2. 경험 현실의 이중성

작품에 구현되는 경험 현실의 문제는 다시 둘로 나누어 볼 수 있
다. 나날살이, 곧 생활세계 현실과 제도 현실이 그것이다. 작가는 나
날살이 속에서 몸과 마음으로 겪을 수 있는 여러 대상이나 풍광 또는
사건을 담아낸다. 그것이 생활세계 현실이다. 아울러 그는 바깥에서
주어진 제도 현실을 겪고 그에 반응한다. 그것을 보여 주는 대표 경

---

11) '맥랑아(麥浪兒)'로 발표, 이때 박영한도 BYH로 발표했다.

12) 이들 3편은 '한산도(閑山島) 기행시초(紀行詩抄)'라는 곁텍스트를 붙여 실었다.

13) 광복기 오영수의 발표시에 대해서는 이순욱에서 한 차례 갈무리해 19편의 제목을
적은 적이 있다. 이순욱, 앞에서 든 글, 200쪽. 글쓴이는 거기서 4편을 더해 23편의
죽보기를 올린다. 이하 본문에서 인용하는 오영수의 시들에 대한 출전은 따로 다시
밝히지 않는다.

우가 일터다. 사회인으로서 그의 역할망 연쇄가 제도 현실인 셈이다. 오영수 작품에 드러나는 경험 현실의 양상도 이 둘로 나누어 놓고 살펴야 할 마련이다.

1) 생활세계 인식의 소극성

① 봄이 오면은
　봄이 오면은 얼음이 녹고
　이 강산에
　무궁화도
　다시 피겠지

　봄이 오면은
　징용을 피해서
　멀리멀리 달아난 우리 오빠도
　기 들고 고함치며
　돌아오겠지

-1. 29. 밤

―「봄이 오면은」

② 오늘도 나 혼자
　기다렸다오
　북쪽으로 달아난
　아버지가 그리워
　순이네 집 담 밑에서
　기다렸다오

오늘도 정거장에
나가 보았소
아버지 오시는가
나가 보았소
미국 과자 먹는 애들
많기도 하다

오고 가는 기차를
헤어만 보고
울며 울며 나 혼자
돌아왔다오
이 봄에도 아버지는
안 오시련가

— 「아버지가 그리워」

　①은 오영수가 광복기에 맨 먼저 발표한 시다. "봄이 오면은/징용
을 피해서/멀리멀리 달아난 우리 오빠도/기 들고 고함치며/돌아오겠
지"라 노래했다. 나라잃은시대 '징용'과 '학병'으로 끌려갔을 동포들
의 귀환이다. 당대 생활세계 현실에 맞닿은 경험을 그리고 있는 셈이
다. 각별히 오영수가 머물고 있었던 부산 지역은 그들의 중심 항구로
서 북적였던 곳이다. ② 또한 흥미로운 외적 맥락을 지녔다. "북쪽으
로 달아난/아버지"에다 "미국 과자 먹는 애들" 많은 정거장의 대조가
그것이다. 적어도 이 작품은 38선 남쪽 미군정에 대해 맞선 생각과
행동을 보이는 '아버지' 집단에 대한 공감과 염려를 담았다. 따라서
"이 봄에도" 돌아오지 않은 아버지가 뜻하는 바는 분명한 셈이다.
　위의 둘을 빌려 알 수 있는 점은 오영수 초기시가 광복 뒤 인민위

원회 체제에 대한 궁정적 인식과 당대 현실에 직핍하는 경험을 그리고 있다는 사실이다. 따라서 오영수 현실 인식의 너비를 점쳐 보는 데 모자람이 없다. 문제는 이 두 작품이 동시라는 데 있다. 왜냐하면 광복기라는 외적 맥락을 지우고 이들 동시를 살피면 1930년대를 앞뒤로 한 시기, 우리 현실주의 어린이문학이 보여 주었던 현실 감각을 그대로 빼다 박은 모습인 때문이다. 따라서 오영수의 현실에 직핍하는 듯한 경험 현실의 세계는 이미 앞 시대 문학에 대한 독서 체험을 빌려 마련된 관습적 상상이라는 점을 일깨워 준다. 그 자신의 경험이나 삶에서 자연스레 드러난 것이 아니다. 처음부터 그를 짓누르고 있었던 것은 경험 현실에 대한 세부 묘사나 관찰이 아니라 문학적 전통의 답습이었던 셈이다.

오영수는 일찍이 동시를 발표했던 기억을 되새기는 자리에서 고향 선배 어린이문학인 신고송에다 손풍산까지 들먹였다.[14] 1930년대 당대 현실주의 어린이문학을 대표하는 지역 인물들이다. 오영수의 첫 문학 활동 자리에는 어린이문학이 놓이고, 시기도 1930년대였다. 오영수의 경험 현실은 이미 학습된 현실주의 동시의 것이 주도적으로 뒤섞여 있었다. 그 위에 당대 광복기 지역사회의 어려운 현실에 대한 자연인으로서 오영수의 눈길이 이저리 겹쳐진 셈이다. 이러한 사정은 아래 시에서 더 뚜렷하게 엿볼 수 있다.

---

14) "다음 해 봄인가 싶다. 면 서기 채용시험이 있어 응시를 했고 합격이 돼서 나는 가장 나이 어린 꼬마 면서기가 된 셈이었다./이 얄량한 면 서기가 부부들은 물론 지방민들까지도 대견스러운 모양이었다./그러나 나로서는 우선 생활수단에 불과했고 면서기 따위에 안주해 볼 생각은 추호도 없었다./이 무렵에 나는 조선일보 독자 문예란에 동시를 여러 편 발표했다./그때 동요 동시로서 활약이 눈부시던 고향 선배로서 S·M 씨를 비롯해서 윤복진 윤석중 손풍산 전봉제 이원수 울산에 서득출이 있었다./면 서기를 삼 년도 못다 채우고 나는 다시 또 일본 동경으로 갔다." 오영수, 『오영수대표작선집』, 동림출판사, 1974, 246~247쪽.

능라 추숙에
양털 쪼기에
겨울은 어드메냥
해풍도 시원하리

극빈자 구호상자(救護箱子)를
빌리지 않더래도
호화로운 그 차림
눈이 부시오

겨울은 너무 차다
여름은 너무 덥다
발 벗은 사내아이
울며 울며 떨건만
다이아 보석반지 이가 시리다

― 「부청(府廳) 앞에서」

바닷바람 사뭇 부는 부산 '부청(府廳)'이란 광복기 국가를 대표하는
표지다. 그 앞에 "극빈자 구호상자"가 쌓여 있다. "발 벗은 사내아이"
가 겨울 차가운 바람 속에서 "울며 울며" 떤다. 그 아이는 '구호상자'
의 혜택도 받지 못할 고아인지 모른다. 그런데 그런 아이나 궁핍한
시민의 살림살이에 아랑곳없이 '호화로운' 차림새의 부자며 그 부녀
들은 "다이아 보석반지"까지 끼고 호기롭게 나다닌다. 을유광복 초
기 부산 지역민이 겪었던 가난과 참담이 '부청' 장소를 바탕으로 대
조적으로 더욱 부각되고 있다. 그런데 이러한 풍경은 오영수의 것이
라기보다는 당대 부산 지역시의 대표 현실주의 시인으로 이름을 올

리고 있었던 정진업·고려촌과 같은 이의 인민시를 따라가 보는 수준이다. 게다가 같은 일터에서 국어를 가르치고 있었던 박영한 시인의 작풍과도 맞물려 있다. 그에 대한 타자적 학습 과정에서 마련된 풍경이기도 한 셈이다.

다시 말해 오영수의 가난과 참담한 지역 현실에 대한 인식은 시인의 자발적이고도 내면적인 용출이기보다 광복 이전이나 이후, 당대의 문학사적 학습 결과나 그 과정에서 드러난 돌출적인 모습이라 할 수 있다. 한 시인으로 자라기 위한 오영수의 고심 가운데 한 길이 어두운 삶의 풍경 훈련 속으로 끌어 들인 셈이다. 그런 점에서 오영수 초기시의 밑그림은 오히려 자연스런 경관 공간이 이룬다.

① 아드-ㄱ한 세월과
　기구한 역사를 핥고
　정작 슬픔도 설움도 지녔으련만
　낙동강 물은 잊은 듯 모르는 듯
　오늘도 유유히 흐르고만 있다

　　　-(줄임)-

　아- 낙동강 물아
　이 겨레 여윈 가슴에

　너는 언제나 언제나
　어머님 젖가슴처럼
　풍성하여라.
　　　　　　　　　　　　　　　　　　—「낙동강」 가운데서

② 바다는 숨 가쁜 심장처럼
　　헐떡거리고
　　갈메기 미끄럽게
　　맴을 도는데
　　흰 돛배
　　꼬박
　　조을며 돌아오고

　　머-ㄹ리
　　희미-한 곡선을 그려
　　수평선이
　　하늘과 다다는 곳
　　자회색(紫灰色) 노을 속에
　　흰 구름이 송이송이
　　양 떼처럼
　　피여오르다

—「바다」

③ 향수는 가을에 깃들고
　　가을은 향수를 찾고
　　황혼처럼 가을은
　　고요히 외롭다

　　곡식 다- 아사 가고
　　텅 빈 밭두렁에
　　드문드문

희게 갈대만 피어

새 떼도 조롱을 오지 않고
허수아비는 혼자
허수아비처럼
고독과 공허를 뱉다

—「가을」 가운데서

①·②·③은 낱낱으로 생활세계 건너 쪽에 놓인 경관 공간을 다룬 시다. ①에서는 부산 곁으로 흘러내리는 낙동강을 글감으로 잡았다. 네 토막으로 나누어 낙동강이 지닌바 옛날과 오늘 그리고 앞날이라는 시간 축에 따른 생각과 느낌을 펼치고자 했다. "슬픔도 설움도" 많고 많았을 "기구한 역사"를 안고 낙동강은 오늘도 '유유히' 한가롭게 흐른다. 앞날에도 "겨레 여읜 가슴에" "어머님 젖가슴처럼" 풍성하게 흐를 것이라는 믿음을 셋째, 넷째 토막에 담았다. 그 가운데서 중심 토막은 둘째다. 오늘날 낙동강의 모습을 새긴 자리다. 가장자리마다 '오곡'이 우거지고 고기잡이 노인의 그림자 한가로운 모습이 그것이다. 실재 경험에 충실하기보다 틀에 박힌 상상적 모사를 즐겼다. 경관 공간으로 낙동강을 향한 오영수의 개성적 눈길을 엿보기란 어렵다.

②는 바다 경관을 다루었다. "숨 가쁜 심장" 같이 '헐떡거리고' '갈 메기' 돌고 "흰 돛배" 조는데, 물금 위 "자회색 노을 속에" 구름이 "양 떼처럼" 피어오르는 풍광이 그것이다. 깊은 작가적 고심을 거친 흔적이나 개성을 엿보기가 쉽지 않은 줄거리다. ③에서도 비슷하다. "향수는 가을에 가을에 깃들고/가을은 향수를 찾고"라 시줄 들머리 부터 말맛을 내려 했다. 그러나 말맛은 거기서 멈추었을 따름이다. 곡식 다 앗아간 "텅 빈 밭두렁"에다 '갈대' '허수아비'로 이어진 "고독

과 공허" 그리고 낙엽 진 저물녘 가을은 퍽이나 공허하다. 관습화한 머그림(이미지)과 느낌에 젖어서 개별성을 보기 힘들다. 강에서부터 바다 그리고 가을 풍경으로 이어진 이러한 경관 공간에서 볼 수 있는 것은 시인의 자발성보다 상식적인 즉흥성이다. 작가적 자의식이 아직 짙게 배이지 않은 셈이다. 이러한 모습은 구체적인 대상을 다루고 있는 작품에서도 마찬가지다.

① 뿔 날카롭게 갈아 세우고
　 넷 발 버티어
　 분노의 두 눈에 푸런 살기 띠고
　 산도 무너지라 아우성치며
　 너희들 족속을 하야금
　 설욕할 날 언제 있겠느뇨
　 육중하기도 미련한 즘생아!

—「소」 가운데서

② 꽃 없이 맺어진
　 연분홍 설음

　 어느 가을에사
　 보랏빛 껍질 갈라진
　 창살 너머로
　 하늘을 내다보리

—「무화과(無花果)」

①에서는 「소」라는 손잡음 대상을 글감으로 삼았다. 소는 "뿔 날카

롭게" 세우고 '분노'와 '살기'에 찬 "두 눈"으로 사람에게 "설욕할 날"
을 기다리는 "미련한 즘생"일 따름이다. 소의 실체에 대한 묘사와는
거리를 둔 대상 관념화다. ②는 소보다 더 작은 손잡음 대상 '무화과'
를 다루었다. 첫 토막은 범상하기 짝이 없다. 둘째 토막에서는 거기서
벗어나 감각적인 표현을 얻었다. "보랏빛 껍질 갈라진/창살 너머로/
하늘을" 내다보리라는 생각과 표현은 새롭다. 그런데 이러한 시줄은
드문 본보기에 머문다. 대상시에 이어 시적 주체의 내면을 드러내고
자 하는 시에서도 경험 현실에 대한 무자각과 관념성은 한결같다.

>   한때 먹구름이
>   거센 폭풍이 언제
>   하늘을 더럽힌 적 있너냑
>
>   끝내 이루지 못하는
>   해바라기의 구원일망정
>   오직 나는
>   하늘을 우러러만 살이라

— 「의지」 가운데서

오영수 광복기 시에서 유일하게 내면을 드러내는 데 초점을 둔 작
품이다. 제목 '의지'가 그 점을 암시해 준다. 해바라기가 하늘을 우러
러 살 듯 하늘을 우러러 살겠다는 마음이다. 하늘이란 무엇보다 드높
은 이상과 꿈 그리고 목숨의 궁극적 값어치를 일깨워 주는 신성 공간
이 아닌가. 거기에 대한 희구야말로 하루하루 다가오는 삶의 시간성
앞에서 참다운 사람으로 살겠다는 뜻과 다르지 않다. 그럼에도 그것
이 구체적인 삶의 방법에 대한 희구로 드러나지는 않았다. 막연한

꿈을 그리고 있을 따름이다.

앞에서 살핀 바와 같이 경험 현실에 대한 오영수의 눈길은 관념적이라 할 수 있다. 현실에 대한 구체 감각을 드러내는 작품이 없는 것은 아니다. 그러나 그것은 한결같이 문학 관습으로부터 말미암은 상식적 상상이라는 뜻에서 멀지 않다. 생활세계의 경험 현실을 구체적으로 자각할 만한 현실 파악력이 두텁다고 볼 수 없다. 막연하고도 버릇된 통념을 거듭하는 수준에 머문다. 그런 점에서 한 시인으로서 그의 문학적 수업은 소박한 자리에서 멀리 벗어나지 못했던 셈이다.

2) 제도 현실과 교단시의 적극성

앞에서 본 바 오영수가 지닌 생활세계 현실 인식의 소극성은 거꾸로 제도 현실에 대한 적극적인 인식과 사뭇 불균형을 이룬다. 오영수에게 있어 일차적인 제도 현실이란 무엇보다 교육자로서 주어진 역할이다. 광복기 작품에서 교육사회 구성원으로서 쓴 교단시가 중요한 됨됨이로 부각하는 것은 자연스럽다.

① 강남대 씹어 빨고
　 날무 베껴 먹고
　 점심을 때웠으니
　 밴들 오직히
　 고프랴

　 애미 여이고 열일곱
　 아직 복숭아털도
　 가시지 않은 얼굴에

눈만 초롱초롱
맑아 오는 요즘

옥색 바탕에
흰 테두리 한 고무신 한 켤레
사고 싶다고
날이 날마다 들에 나와
벼 이삭을 줍는 너

—「오뉘(1)-오빠의 노래」 가운데서

② 숙아!
호롱불 심지 돋우고
내 곁으로 다가오너라
가난한 사람끼리
슬픈 이야기나 즐기자

보리 흉년이 몹시 들던
어느 이듬해 봄에
어메는 부증으로 돌아가셨다
가난을 물 마시듯
허리끈으로 양식을 삼다
기어코 어메는 돌아가셨다

약보다도
이밥이 먹고 싶다면서
그보다도 강보에 싸인

숙이 너를 두고
어이 눈감고 가겠느냐고
앞뒤 논들에
개구리 울음이 자지러지고
울타리에 찔레꽃이
허옇게 핀 달밤이었다

그러기에 숙아!
슬픔과 설음이
박넝쿨처럼 얽히고
서까래 샅샅이 썩어진
이 오막살이 고장을
나는 진정 숙이 너를 위해
살아왔느니라

—「오뉘(후편)」가운데서

　①과 ②는 '숙이'이라는 누이에게 오라버니가 주는 말로 이루어진
점에서 같다. ①에서는 누이가 놓인 경험 현실이 가난으로 모인다.
하루 세 끼 밥 가운데 점심은 '날무'로 때우고, 어머니마저 여읜 채
살림살이마저 제 손으로 건사하고 있는 "열일곱/아직 복숭아털도/가
시지 않은 얼굴"을 지닌 숙이다. 벼 이삭이라도 주워 끼니를 잇고자
하는 처녀. 숙이에게 말할이는 "밥 먹을 날"이 반드시 오리라는 바
람을 잊지 말자고 말한다. 가난한 당대 현실을 '숙이'를 빌려 드러내
고자 하는 경험 현실에 터 잡은 시로 여겨진다. 그런데 사정은 그와
다르다. 말할이와 '숙이'는 혈연관계가 아니다. 그저 나이 많은 남자
와 어린 처녀 사이 범칭으로서 '오누이'가 쓰이고 있다. 그것은 어머

니를 '에미'라 부른 데서 뚜렷하게 밝혀진다. 제 삼자의 목소리다. 따라서 "아직 복숭아털도/가시지 않은" 열일곱 '순이'는 다름 아니라 그가 가르치는 여학생을 뜻하리라는 점이 금세 확연해진다. 자신의 학생들에 대한 간곡한 바람을 담은 시인 셈이다.

②에서는 오라버니인 말할이가 '숙이'에게 "곁으로 다가" 오라고 말한다. "가난한 사람끼리/슬픈 이야기나" 나누기 위한 일이다. '숙이'가 열일곱 살로 마련된 것은 ①과 같다. 그런데 그 숙이의 가정환경은 ①과 달리 더 암울하다. "어메는 부증"으로 "가난을 물 마시듯/허리끈으로 양식을" 삼으며 "강보에 싸인" '순이'를 두고 떠났다. 그리하여 "오막살이 고장"에서 말할이는 '진정' '숙이'를 위해 살아왔다고 말한다. '숙이'가 어떻게 어머니를 여의고 어떻게 살아 자랐는가 그 내림을 밝힌 작품이다. 따라서 시간 순서로 볼 때 ①보다 앞에 놓여야 할 것이다. 게다가 ①에서 한 발 더 다가서 말할이와 '숙이' 사이가 혈연관계임을 암시한다. 그것은 어머니의 부름말로 '애미'라는 제 삼자의 목소리에서 '어매'라는 부름말로 바뀐 데서 드러난다. ①보다 더욱 구체적인 누이의 정황을 마련한 셈이다.

그런데 ② 또한 ①과 마찬가지로 당대 우리 가정이 놓인 가난의 정황에 눈길을 둔 작품은 아니다. '열일곱' "앞가슴을/버릇처럼 여미는/처녀"라는 표현으로 거듭하고 있는바 여학교 학생이라는 한정된 범위의 소녀들을 내포 독자로 삼은 작품이다. 말하자면 여학교 교사인 현상적 말할이 '나'가 어머니 잃고 홀로 자란, 가난한 여학생이라는 현상적 들을이에게 위로와 격려의 말을 건네고 있는 짜임새를 지닌 작품인 점에서 둘은 같다. 그리고 그 바깥에서 시인 교사로서 오영수의 작가적 자의식이 뚜렷하게 서술 주체로 자리 잡고 있다. 말하자면 교사로서 오영수가 자신의 제도적 현실에 대한 경험을 의욕적으로 펼친 작품들이다. 여기서 눈여겨 볼 점은 앞서 생활세계의 경험

현실을 다룬 작품과 달리 현실에 대한 적극적인 자세다. 시의 긴 숨
결에다 강렬한 부름말과 영탄의 말씨가 그 점을 뒷받침한다. 말하자
면 생활세계에 대한 소극성과 거꾸로 제도 현실에 대한 적극성이 두
드러지는 셈이다. 교사 오영수의 이러한 모습은 아래와 같은 시에서
더 솔직하게 드러난다.

③ 처녀야!
　가슴에 부풀어 오르는
　보라색 꿈은
　저 아득한 창공에 두었다
　저녁노을 아름답게 장식하여라

　그리고 기록이 있거든
　푸른 바다 깊이
　늙은 소라 고둥 껍질 속에
　감춰 두어라
　토막토막이
　아름다운 진주가 되려니

—「꿈」 가운데서

④ 여학생!
　너는 초록빛 햇 제비
　강남(江南)을 꿈꾸는
　초록빛 햇 제비

　까-만 세-르에

흰 목둘레도 그러하거니
창문 열고 고개 내밀고
창공을 종잘거리는 것
여학생!
너는 강남 갈 깃(羽)을 다듬는
초록빛 햇 제비

    -(줄임)-

풍우가 심한 날은
섬 그늘에서
조용히 깃을 펴고
내일 여정의 기상도를 보라

그리하여
내년 버들가지에 물오르고
봄이 오거든
복된 박씨 물고
옛 깃을 찾아오라.

ㅡ「여학생-졸업생을 보내는 노래」

　③에서 '처녀'는 '가슴' 부푼 채 "보라색 꿈"을 "아득한 창공"에 둔 모습으로 '아름답게' 그려졌다. 그리하여 슬프고 기뻤던 그 모든 '처녀' 시절의 일들은 뒷날 "소라 고동 껍질 속에" "아름다운 진주"처럼 자라날 것을 말할이는 굳게 믿는다. ④에서는 그 '열일곱' '처녀'가 '여학생'이라는 구체적인 이름을 드러낸다. 그 여학생은 "강남을 꿈

꾸는/초록빛 햇 제비"로 그려진다. "까-만 세-르에" "흰 목둘레도 그러하거니/창문 열고 고개 내밀고/창공을 종잘거리는" 모습이다. 그리하여 "조용히 깃을 펴고/내일 여정의 기상도를" 보다 '내년' "봄이 오거든/복된 박씨 물고" 다시 옛터로 되돌아 오라 노래한다. 막연히 봄 처녀로 그려진 ③보다 ④에서는 여학생으로 구체화하였다. 졸업을 맞아 그들을 보내는 입장에 서 있음에도 가슴 부푼 처녀와 봄을 맞이할 것이라는 생각에는 다를 바 없다. 봄과 강남 제비, 그리고 부푼 가슴으로 대표되는 여학생에 대한 머그림은 한결같다. 여학교 교사로서 오영수의 시적 주체가 소박하나마 뚜렷하게 드러나는 작품이다. 여학생들을 향한 적극적인 관여에서도 한가지다. 오영수에게 핵심적인 제도 현실이었던 교사로서 모습은 아래 기행시에서 더 뚜렷하다.

① 충무공 백지 위패 앞에

　경건히 무릎 꿇고

　마음은 한 가닥

　나 혼자만의 맹서에

　가슴 졸리는 순간이여

　　　　　　　　　　　—「충렬사(忠烈祠)」 가운데서

② 바위틈에 진달래

　길손을 넘어 보고

　동백꽃 공(公)의 순혈(純血)인 양 붉어라

　물결 잔잔한 달밤

　나룻가에 서면

소라고둥의 눈물겨운
바다 이약도 들릴 상싶다
진주를 꿰미 꿰미 꿰어 들고
인어의 노래도 들릴 상싶다

―「한산(閑山)섬」 가운데서

③ 허구한 세월을
기다려 기다려
그리움 속에 살아 왔기에
용신(龍身)처럼 몸은 늙어도
꽃은 단심(丹心) 철 따라 폈어라

임 소식 까마득하고
이 봄마저 저무는데
바다 노여운 날은
사모치게도 뭍이 그리워

―「한산(閑山)섬 동백꽃」 가운데서

오영수가 일하고 있었던 경남여중에서는 1948년 4월 10일과 11일 이틀 동안 "해안경비대의 특별한 호의를" 입어 해군 함정을 타고 한산섬 여행을 할 수 있었다. 참가 인원은 직원 두 사람에다 "4학년 이상 학생 109명"[15]이었다. 학생들을 데리고 갔다 온 직원 둘 가운데 한 사람이 오영수였다. 그는 그 경험을 '한산도(閑山島) 기행 시초(詩抄)'라는 이름의 세 편으로 나누어 실었다. 위에 옮긴 ①·②·③은 거

---

15) 『경남여중 학교소식』 23호, 1948.5.5, 2쪽.

기서 부분을 따 옮겼다. ①에서는 "충무공 백지 위패 앞에/경건히 무릎" 꿇은 뒤 '마음' "사뭇 다감"함을 드러냈다. ②에서는 한산섬 '동백꽃'이 충무공의 "순혈인 양" 붉다고 말한다. ③에서는 귀갓길 감회를 담았다. "한산섬 찾아온/다감한" 말할이에게 붉은 '동백꽃'은 "허구한 세월을/기다려 기다려/그리움 속에 살아 왔기에/용신(龍身)처럼 몸은 늙어도/꽃은 단심(丹心)"을 지녀 "철 따라" 핀다. 그 기다림의 궁극은 "임 소식"이다. 충무공과 한산섬이 대표하는 애국충절의 심사를 담아냈다. 경험적 자아로서 오영수의 구체적이고도 생생한 눈길이나 말길은 엿보기 힘들다. 교사로서 지닐 법한 애국심 고취라는 속살에 간힌 모습으로 한결같다. 기껏 ②에서 보는 바와 같이 한산섬에서 "인어의 노래"를 떠올리는 막연한 자의식이 드러날 따름이다. 제도 현실로서 교사의 눈길만 전경화하고 있는 작품들이다.

오영수에게 광복기는 시적 주체를 어떻게 세울 것인가라는 근본 문제 앞에 놓인 자리였다. 그런데 그에게 열린 길은 많지 않았다. 생활세계 현실 깊숙이 들어서 당대 인민시에 보는 바와 같은 시대 현실로 눈을 돌릴 수도 있었다. 그러나 오영수는 그러한 자리는 추체험으로 되겪을 뿐, 스스로 온몸으로 그들의 구체적인 세부를 드러내지 않았다. 오히려 막연하고도 추상적인 경관 공간이나 대상 경험으로 비켜서 있었다. 소극적이고 위축된 자리에 있었던 셈이다. 그와 달리 자신의 일터 교사라는 직업이 마련하는 제도 현실에 대한 눈길은 사뭇 적극적이었다. 여학생 제자들을 향한 강한 공감과 영탄, 들을이 지향의 목소리가 격하게 드러나기도 했다. 거기에 애국충절이라는 교육적 주제에 대한 군은 자세가 거든다. 오영수의 시적 주체는 생활세계 경험의 소극성과 달리 교육자 주체로서 적극성을 보여 준 셈이다. 이러한 불균형이야말로 오영수가 지녔던 광복기 당대 경험 현실에 대한 보수적인 입장을 단적으로 증명한다. 그리고 그 점은 무엇보

다 같은 일터에서 일하고 있었던 젊은 동료 시인 박영한의 현실주의
시나 그 무렵 부산 지역시의 주류였던 인민시와 다른 자리를 분명히
했던 오영수의 모습을 간단명료하게 보여 준다.

3. 표현 현실의 유동성

전문작가가 되는 일은 자기다운 현실 경험을 얻을 수 있는 눈매를
갖추는 일뿐 아니다. 그것을 담아낼 수 있는 표현 역량을 갖추고 있
음을 뜻한다. 보고 느끼고 생각하는 것과 그것을 언어 표현으로 읽는
이나 들을이에게 되돌려 놓는 일은 다른 차원의 일이다. 따라서 현실
에 대한 경험 가치뿐 아니라 언어적 표현 가치가 작가의 됨됨이를
파악하는 중요 지표다. 각별히 재현적 현실에 바탕을 두고 있는 이야
기문학과 달리 고도 언어를 지향하는 시에서는 그러한 표현 가치가
중심 자질이다. 그런 점에서 시인은 표현 가치를 이루는 말과 다투고
화해하고 그로부터 고통 받은 이라 말할 수 있다. 오영수도 이 점에
서는 다른 시인들과 다를 바 없다. 오영수에게 표현 현실과 관련한
중핵 문제는 크게 둘로 모인다. 시어 선택, 시적 표현 전통과 맞닥뜨
리기가 그것이다.

1) 시어의 선택과 세력 관계

내 혼자 즐기고
내 혼자 가질
하늘이 그리워
숲으로 오다

숲이여

외로운 사람

외롬을 함뿍 지니고 왔기에

말없이 맞으주든

그윽한 숲이여

한낮 고적(孤寂)이

태고(太古)의 하품처름

스며들고

누구의 향수이냥

여름 풀숲에

가을벌레가 운다

—「숲」

  오영수는 비록 교사였다고 하나 을유광복을 맞자 새롭게 한글 쓰기를 배워야 할 운명에 놓인 세대였다. 그나 학생들이나 한글의 바른 쓰임에 대해서는 낯설기 마찬가지였을 시기다. 위에 옮겨 놓은 시줄은 오영수가 마음을 두었던 시어의 자리를 엿보기에 모자람 없는 본보기다. 가장 먼저 눈여겨 볼 점은 그의 시어가 지니고 있는 범상함이다. 하늘과 숲, 그리움과 외로움, 그리고 태고, 향수로 이어지는 이름씨 나열은 오영수 초기시의 시어가 나름대로 엄격한 역할을 요구받고 있었음을 알 수 있다. 곧 시어란 일상어와 달리 될 만한 조건을 지닌 낱말들이어야 한다는 믿음이 그것이다. 따라서 「숲」에서 느껴지는 것은 그에 대한 범상하고 흔한 통념의 되풀이다. 꼼꼼한 부분에서 오영수만이 지닌 언어 감각이나 활달한 언어 구사를 엿보기란 어렵다. 틀에 박힌 줄거리를 따르는 말법인 셈이다.

게다가 위의 시에서 볼 수 있는 점은 그가 경상도 지역어와 서울 표준어 사이에서 놓여 있는 경계인으로서 모습이다. "내 혼자"와 '나 혼자', '맞으주던'과 '맞아주던', '하품처름'과 '하품처럼', 그리고 '하품이냥'과 '하품인 양' 사이의 거리가 그것이다. 앞에 놓인 것이 경상도 지역어, 뒤의 것이 표준어다. 이 둘 사이 거리 안에 오영수의 시어들이 놓여 있다. 광복기 나라 안에서 일고 있었던 민주 국가 건설이라는 사회적 원심력 앞에서도 경남 토박이 말무리로서 오영수의 자연스러움이 함께 들앉아 있는 셈이다.16) 따라서 짧은 시기였던 광복기임에도 같은 낱말을 표준어와 지역어로 다르게 쓰고 있는 경우도 보인다. 왔다 갔다 하는 과정 자체가 지역어와 국가어 사이에 놓인 오영수의 언어적 유동성을 엿보게 한다.

① 수평선이
　　하늘과 다다는 곳
　　자회색(紫灰色) 노을 속에
　　흰 구름이 송이송이
　　양 떼처럼
　　피여오르다

　　　　　　　　　　　　　　　　　　　　　—「바다」 가운데서

② 아— 낙동강 물아
　　이 겨레 여윈 가슴에

---

16) 이 글에서 오영수 초기시의 지역어 쓰임의 특성 자체를 구명하는 것은 글의 뜻을 벗어난다. 지역어 쓰임이 적지 않은 점만 짚어 두고자 한다.

너는 언제나 언제나
어머님 젖가슴처럼
풍성하여라.

—「낙동강」 가운데서

옮겨 놓은 ①과 ② 둘은 토씨 '처럼'을 표준어로 쓴 자리다. 이들 앞에 들었던 「숲」의 지역어 '처름'과 사뭇 나뉜다. 짧은 광복기 안에서 오영수는 '처름'과 '처럼' 사이에서 이저렇게 오가고 있는 셈이다. 그런 점에서 아래 「사향」은 재미있는 본보기다.

가을은 가을은 잎 지는 가을은
어머니 품속처름 고향이 그리워라
스리 맞은 반시 감이 집집마다 붉으려니
높새가 부는 날은 연도 날리리
×   ×
가을은 가을은 타향살이 가을은
할머니 애정처럼 고향이 그리워라
갈대 언덕에 달 뜨는 밤이면
초당(草堂) 방 일꾼들의 통수 소리도 들리려니.

—「사향(思鄕)」

'서리'를 '스리'로 적어 지역어 쪽에 기울어진 모습도 모습이지만, 앞에서 본 '처름'과 '처럼'의 대위가 한 작품 속에 이루어졌다. '품속처름'과 '애정처럼'이 그것이다. 이렇듯 지역어와 표준어, 두 표기가 의도하지 않았던 새에 한 작품 속에 나란히 쓰였다.

귀곡(鬼哭)새 우는 밤일수록
산골 아가는 일즉 잠이 든다

칡 넌출에 새벽 이슬을 밟고
사슴이 울면
산골자기는 자옥히 안개가 짙고
아가야
오늘도 날이 개인다

삼사월 진종일
밭두렁에 삘기도 뽑고
찔래순도 꺾어 먹고
나비도 쫓고
때때로 산을 향해 고함 치는 것
아가야

산골 아가야
너 비록 발 벗고 누데기처럼
천하게 자랄지라도
그래도 너는 오직

하늘이 푸른 대로 자라 나거라.

— 「산골 아가」 가운데서

위에 옮긴 작품은 오영수가 보여 주고 있는 지역어/표준어 사이
이중적인 모습을 흥건하게 보여 준다. '아가'/'아기', '일즉'/'일찍',

'칡넌출'/'칡넝쿨', '골자기'/'골짜기', '자옥히'/'자욱히', '누데기'/'누더기'가 그들이다. 이러한 대위는 시인이 지역어의 시어적 위상을 충분히 자각한 결과로 이끌어 온 것이라기보다는 아직까지 지역어/표준어 사이 차별화된 자각을 충분히 지닐 만큼 시어에 대한 고민이 깊지 않았음을 알게 한다. 그럼에도 한산섬 기행시에서 흔히 쓰고 있는 '한산도'를 버리고 '한산섬'으로 적은 데서17) 보는 바와 같은 머뭇거림이 자연스럽게 배어난다.

광복기 오영수에게 있어 문인으로 살아간다는 사실은 무엇보다 언어적 자리 찾기라는 문제와 맞물려 있었다. 일상어와 문학어(시어), 국가 표준어와 경남 지역어 사이의 세력 관계가 큰 충돌을 일으키지 않고 동거하는 모습이 그것이다. 그런 점에서 일상어와 지역어로 향하고자 하는 구심성과 문학어와 표준어로 향하고자 하는 원심성이 사뭇 큰 갈등없이 맞물리는 자리에 오영수의 문학 언어가 있었다. 곧 언어의 구심성과 원심성의 조용한 대치가 그것이다.

2) 시적 전통의 수용

시인이 담아내는 언어 표현은 그 자신이 마련한 것이기 어렵다. 오롯한 개별적 표현 가치는 많은 시인의 꿈이지만 실제로 그런 경지에 이르기란 참으로 어렵다. 따라서 모든 시는 앞선 시의 영향이나 그 그늘이기 십상이다. 각별히 공공 매체로서 언어를 시가 이음매로 삼는 한 벗어나기 힘든 문학의 운명이 이 점이다. 모든 시는 앞선 시의 공손한 자식이거나 배신자일 수밖에 없다. 배신도 앞선 것이 없고서야 어려운 일이다. 따라서 모든 시인은 영향의 문제로부터 자

---

17) 『경남여중 학교소식』 23호, 경남공립여자중학교, 1948.5.5.

유롭지 않다. 그의 시적 취향 형성과 그 방위에는 이미 이루어져 온 문학 학습과 강화가 작용한 결과다.

　오영수 시에 있어서도 이 점은 뚜렷하다. 그 가운데서 가장 환한 점은 자신도 말한 바와 같이 1930년대 중반에 이루어진 현실주의 어린이문학의 영향이다. 이미 그의 경험 현실에서부터 그러한 전통이 작용하고 있음은 앞에서 살핀 바다. 그런데 오영수의 초기시에는 그러한 전사뿐 아니라, 다른 시적 전통이 알게 모르게 작용하고 있다. 그 가운데 대표적인 것이 정형율의 수용이다. 그는 시인으로서 자신의 주체를 형성하는 과정에서 이미 이루어져 온 시의 율격적 전통에 기대기도 했다.

　　가을은 가을은 잎 지는 가을은
　　어머니 품속처름 고향이 그리워라
　　스리 맞은 반시 감이 집집마다 붉으려니
　　높새가 부는 날은 연도 날리리
　　　　×　　　　×
　　가을은 가을은 타향살이 가을은
　　할머니 애정처럼 고향이 그리워라
　　갈대 핀 언덕에 달 뜨는 밤이면
　　초당(草堂) 방 일꾼들의 통수 소리도 들리려니.

—「사향(思鄕)」

　이 작품은 4음보 정형율을 지녔다. 이러한 4음보 정형율의 수용은 그가 알게 모르게 익숙한 우리 전통 시가나 민요의 틀에 몸을 기댔음을 일깨워 준다. 시인으로서 표현 가치를 드높이고자 한 첫 자리에 전통 정형율의 수용이라는 든든한 바탕을 보인 셈이다. 이렇듯 우리

시의 바탕에서부터 표현 가치를 이어 받으려는 모습 위에 당대 시적 전통으로부터 말미암은 영향 관계도 볼 수 있다.

① 어느 먼- 곳의 그리운 소식이기에
　이 한밤 소리없이 흩날리느뇨

　처마 끝에 호롱불 여위어가며
　서글픈 옛 자취양 흰눈이 나려

　하이얀 입김 절로 가슴이 메어
　마음 허공에 등불을 켜고
　내 홀로 밤 깊어 뜰에 나리면

　먼- 곳에 여인의 옷벗는 소리

—김광균, 「설야(雪夜)」 가운데서[18]

② 어느 먼-ㄴ 나라
　안타까운 소식이기에
　내 얼어붙은 마음에
　봄ㅅ비는 내려

　아드-ㄱ한 옛날
　아무도 모르게 불살러 버린
　한 가닥 순정에

---

18) 오영식·유성호 엮음, 『김광균 문학전집』, 소명출판, 2014, 48쪽.

향수는 깊다

어느 먼-ㄴ 나라
애닯은 소식이기에
내 얼어붙은 마음에
봄ㅅ비는 내려

식어진 눈물ㅅ 속에
또 한 번
회한(悔恨)의 파리-ㅅ한
새싹이 트다

—「봄ㅅ비」

①은 김광균의 드날려진 시 「설야」다. 1938년 1월 『조선일보』에 처음 발표된 작품이다. ②는 오영수의 「봄ㅅ비」다. 두 작품 사이에 영향 관계가 뚜렷하다. ①의 "어느 먼- 곳의 그리운 소식이기에/이 한밤 소리없이 흩날리느뇨"라는 시줄이 ②에서는 "어느 먼-ㄴ 나라/안타까운 소식이기에/내 얼어붙은 마음에/봄ㅅ비는 내려"와 "어느 먼-ㄴ 나라/애닯은 소식이기에/내 얼어붙은 마음에/봄ㅅ비는 내려"로 변형되어 거듭한다. 게다가 추억과 회한이라는 과거 시간에 대한 상념이라는 정조도 그대로다. 달라진 점은 시간 배경이 겨울에서 봄으로 바뀌었다는 점 정도다. 오영수의 초기시에 들앉은 지나간 시적 전통의 굵은 가닥이 또아리를 튼 채 얼굴을 내밀고 있는 한 자리가 ②인 셈이다.

① 조국을 언제 떠났노,

파초의 꿈은 가련하다.

남국(南國)을 향한 불타는 향수.
네의 넋은 수녀보다도 더욱 외롭구나.

소낙비를 그리는 너는 정열의 여인,
나는 샘물을 길어 네 발뜽에 붓는다.

이제 밤이 차다.
나는 또 너를 내 머리마테 있게 하마.

나는 즐겨 너를 위해 종이 되리니,
네의 그 드리운 치맛짜락으로 우리의 겨울을 가리우자.

—김동명, 「파초」[19]

② 파초잎 병들어 갈갈이 찢어지고
　늙은 잠자리 깃드린 눈알맹이에
　가을이 아물거린다.

　파초 너 무슨 인연으로
　이방(異邦)의 나그네 되어
　이 뜰에 와 있느뇨.

　사나운 빗방울이 몇 번 두드리고

---

[19] 김동명, 『파초』, 신성각, 1938, 2~3쪽.

몇 번 바람이 찢어 가도
너의 지조는 다만 하날
저 남국을 향한 정열이었다.

향수를 안고 피곤의 발을 펴고
이 땅의 생리에 인종(忍從)하라
내 한 줌 흙을 너 뿌리에 덮어
북풍을 막아 주마.

—오영수, 「파초」

　①은 김동명의 드날려진 시다. 이국종 식물을 의인화하여 그것이 지니고 있을 법한 생각이나 느낌을 읽어내고자 한 작품이다. 일찌감치 문학 교과용 도서에 실려 사랑을 받아오던 것이다. 대중적 영향력이 컸던 셈이다. ②는 오영수의 작품이다. 두 작품 사이 영향 관계 또한 위의 김광균의 「설야」와 마찬가지로 직접적이다. 영향의 외적 표지가 뚜렷하다. 첫째, 파초라는 이국 식물을 글감으로 가져온 것은 그렇다 치더라도 그것이 "이방의 나그네"라 본 점에서 같다. 둘째, "정열의 여인"과 "남국을 향한 정열"을 지닌 인격으로 의인화한 점에서 같다. 셋째, "샘물을 길어 발등에 붓는" 김동명 시인의 시줄은 "피곤의 발을 펴고"라는 머그림으로 바뀌어 거듭한다. 마지막으로 "치맛자락으로 우리의 겨울을 가리우자"라는 김동명의 시줄은 "내 한 줌 흙을 너 뿌리에 덮어/북풍을 막아 주마"라고 변화하며 거듭하였다. 말하자면 이국에서 와 이방에 뿌리를 둔 채 고국을 향한 열망으로 몸서리치는 파초에게 말할이가 편하게 발을 벋고 쉬면서 겨울을 견디기를 바라는 마음을 담은 점에서 오영수의 「파초」는 김동명의 「파초」를 재배열, 재상상한 작품이다. 표현 주체로서 오영수의 역할

이란 한정적이다. 먼저 보인 김광균의 「설야」에서는 영향 관계가 시줄 차원의 상호텍스트성에 머문다면, 「파초」에서는 됨됨이 모두에 녹아 있는 셈이다.

① 바다
　저편에 산이 있고

　산 우에
　구름이 외롭다

　구름 우에
　내 향수는 조을고

　향수는 나를
　잔디밭 우에 재운다

　　　　　　　　　　　　　　　　　　　　—김용호, 「향수」[20]

② 울면서 떠나온
　고향이지만
　산 넘어 아득-ㄱ한
　하늘만 보면
　어쩐지 어쩐지
　마음이 슬퍼
　수정산(水晶山) 넘어가는

---

20) 김용호, 『향연』, 자가본, 1941, 68~69쪽.

흰 구름아

옛 고장 지나거든

보고 와 주렴

화장산(花藏山) 비탈에

고향 처녀들

지금도 짚신 신고

뽕을 따는지.

—「향수」

①은 김용호의 작품이다. 1940년을 앞뒤로 한 시기, 우리시에서 집중적으로 드러났던 모습 가운데 한 가지가 향수의 주제에 대한 집착이었다. 오영수의 작품 ②에서는 그 점이 직접적인 외적 표지를 보이지 않지만 비슷한 분위기와 정감을 거듭했다. 오영수 광복기 시에 나타나는 정서의 전통성을 엿볼 수 있는 보기라 할 것이다. 그가 자신이 머물고 있었던 부산의 '수정산'을 넘어서 멀리 고향 언양의 '화장산' 비탈을 떠올리는 매우 구체적이고도 개별적인 마음을 드러내고 있지만, ②에서 핵심은 그보다도 "하늘만 보면/어쩐지 어쩐지/마음이 슬퍼"라 적고 있는바 향수의 마음자리다.

이상에서 살핀 바와 같이 오영수 초기시에서 드러나는 표현 현실의 문제는 비교적 느슨하다. 지역어와 표준어 사이의 오고 가는 모습이나 자신의 고유 체험에서부터 시작하여 이미 있어왔던 시적 전통에 힘껏 기대는 영향 관계에 이르기까지 큰 갈등이나 돌출적인 모습 없이 오영수 시에서는 그것들이 한자리에서 넘나들고 있다. 다시 말해 한 시인으로서 표현 현실로 향한 의욕과 지향적 열기가 그렇게 폭발적이지 않았다는 뜻이다. 이러한 유동성이야말로 오영수 시의 표현적 본질인지 모른다. 그는 문학의 출발부터 온건한 표현 가치 안에서 자족한 모습을 연출하고자 했던 소박한 시인이었던 셈이다. 그리고 그런 점은 그 뒤 소설가로서 오영수가 자신의 작가적 정체를 밀고 나가는 데 한결같은 동력으로 작용했음직한 한 요인이다.

4. 오영수의 정체

오영수는 어떤 작가인가? 아직까지 해당 박사 학위논문은 하나밖에 나온 게 없다. 그런데 석사 학위논문은 적지 않다. 일정한 제도적 관심을 받아온 작가였다. 그럼에도 박사 학위논문이 뜻밖에 드물다. 연구 대상으로서 오영수나 그의 문학이 지니고 있는 어떤 특성에서 말미암은 일인가? 그렇다면 까닭은 무엇일까? 이러한 물음과 묶어서 생각해 볼 때 오늘날 그의 작가적 정체는 교과서에 「요람기」가 실리고, 대표작 「갯마을」이 대중영화로 알려지면서 이루어진, 다시 말해 문학 바깥쪽의 몫이 컸던 것은 아닌가. 거기다 그는 오래도록 우리 문학사회의 중요 권력 매체였던 『현대문학』에 재직했다. 그런 점이 그의 작가적 정체 형성이나 명성 확대에 이바지한 점은 없었던 것인가? 오영수라는 작가에 대한 호불호나 비중 판단에는 연구자 개인의 취향이나 관점이 끼어든다. 그럼에도 그의 광복기 초기시들을 살펴볼 때, 오영수의 문학적 뿌리는 뜻밖에 허약해 보인다는 게 글쓴이의 판단이다.

글쓴이는 이 글을 빌려 오영수의 문학 초기 광복기에 썼던 시 23편의 전모를 처음으로 학계에 공개하고 그들의 됨됨이를 따져 보고자 했다. 작가의 문학 수업에 핵심적인 조건인 경험 현실의 문제와 표현 현실의 문제로 나눈 것은 그 일을 보다 효율적으로 하기 위한 길이었다. 그리하여 글쓴이는 두 가지 결론에 이르렀다. 오영수 시가 지닌 경험 현실은 생활세계 경험에 대한 소극성과 달리 제도 현실인 교육 현장에 대한 적극성이 서로 불균형을 이루는 이중성을 드러낸다. 그러한 됨됨이는 고스란히 광복기 지역 현실이나 당대 주류 지역 시문학사회의 분위기에서 떨어져, 아직 자신의 자리를 분명히 하지 못했던 그의 보수적인 입장을 일깨워 준다. 다른 하나는 오영수 초기시에서 표현 현실은 일상 지역어와 국가 표준어 사이의 자연스러운 동거나 기존 문학 관습이나 시적 전통에 대한 적극적인 영향 관계에서 볼 수 있는 바와 같이, 언어적 개성이나 표현 가치에 대한 자각이 그리 두드러지지 않고 유동적이이라는 사실이다. 이러한 두 모습에서 한결같은 점은 다름 아니라 오영수 문학의 보수성과 작가적 온건성이다. 이러한 초기시의 모습은 그 뒤 본격 소설 작가로서 오영수의 정체를 키워나가는 데 한결같은 요인으로 작용했을 것이라 짐작할 수 있다.

작가는 작가적 정체로 알려지고 만들어져 나가는 과정의 결과물이다. 그런 점에서 작가 오영수에 대한 우리의 관심은 좀 더 포괄적으로, 더 냉정하게 이루어질 필요가 있다. 알려진 작가와 작가적 실재 사이 거리는 어느 정도인가? 또는 그것의 변화 가능성은? 잘못된 점은 바로 잡고, 모자라는 점은 깁고 넘치면 덜어내야 한다. 그러한 역동적 구명 과정을 거듭할 때라야만 그 작가는 온전하게 우리 속에 들앉을 수 있다. 오영수에 대한 관심도 마찬가지다. 더 새로운 이해의 역동 속에 놓을 필요가 있다. 이 글은 그런 시도를 보여 주기 위한 본보기다. 따라서 다음 일은 자연스레 오영수 초기시에서 보이는 온건성이 1950년 이후 그의 소설에 어떠한 모습으로 나타나는가를 살피는 일이 되리라.

울산 근대시에 나타난 태화강의 장소 머그림

1. 울산과 근대

　울산광역시는 백두대간 남쪽에 넓게 자리잡고 있는 공업도시다. 영남 남해안 북부 지역을 이루며 한 자락은 동해안에 닿아 있다. 그리고 중부 분지 지역 언양까지 안에 품는다. 단조로운 해안선을 따라 남해와 동해에 아울러 잇닿아 있는 항구도시가 울산이다. 1945년 을유광복에 앞선 시기 울산은 왜로 제국주의에 의해 들어온 고래잡이 중심지로서 또는 임진왜란과 정유재란에 걸친 왜구의 유허지로 이름이 알려져 왔다. 이웃 경주에 견주어 지정학적·산업적 중요성은 두드러지지 못했던 곳이다.

　이러한 울산이 크게 이름을 떨치기 시작한 때는 1962년 군사 행정부에 의해 이루어진 제1차 경제개발계획부터다. 태화강 하구의 조선·석유화학과 비료·중공업을 바탕으로 삼은 공장 지대가 처음이었다. 그 뒤 이웃 온산으로 구역을 넓혀가며 울산시는 지금까지 한국사회가 겪어온 압축적 근대화를 대표하는 신흥 공업도시로 자라났다. 그 과정에서 우리나라 어느 지역보다 뚜렷하고도 급박한 격동을 겪 안게 된 것은 필연적인 결과다.

전통사회 붕괴와 산업 인구의 급격한 드나듦에 따른 정서적 이질 현상, 전통 농업 입지에서 공업 입지로 옮겨가는 과정에서 나타난 생태계 오염, 근대 도시주거 공간 확립과 거대 토목자본의 횡포로 말미암은 경관 파괴, 나아가 역사공간의 유실·변질은 여느 산업도시 의 정착 과정과는 견줄 수 없을 많은 과제를 지역민에게 떠안겼다. 게다가 이제 울산은 근대 산업도시에서 새로운 미래 정보도시로 거 듭나야 할 어려움까지 껴안고 있는 문제 지역으로 올라서고 있다.

이러한 공간 변화에도 달라짐 없이 울산의 지역 정체성을 드러내고 있는 가장 중요한 자연 중심이 태화강이다. 역사적으로 널리 알려진 처용암이나 치술령과는 달리 태화강은 울산 가운데를 꿰뚫으면서 지 역민 가장 가까이서 가장 폭넓게 알려져 있는, 울산의 공공 머그림[1]으 로서 모자람 없을 장소다. 게다가 지금도 꾸준하게 지역 머그림 형성 에 이바지하고 있는 대표 환경이다.[2] 이 글은 울산의 대표 공간으로서

---

1) 공공 머그림(public image)은 지역의 주민 대다수가 공통적으로 알고 있는 이미지라 는 뜻이다. 이것은 어떤 특정한 물리적 현실과 공통 문화 그리고 기본 생리학적 특질이라는 세 가지 요소가 상호작용을 할 때 거기서 나타날 것으로 예상되는 일치 영역을 일컫는다. Kevin Lynch, 김의원·황성수 옮김, 『도시의 상』, 녹원문화사, 1988, 17쪽.

2) 이즈음 울산광역시에서 태화강을 '울산의 랜드마크'로 삼고자 하는 행정 절차를 밟기 시작한 점도 좋은 본보기라 할 만하다. 그 속살을 밝히고 있는 해당 기사문을 아래 옮겨둔다. "울산 도심을 가로지르는 태화강이 울산을 상징하는 랜드마크로 새 단장된다. 울산의 랜드마크 선정작업을 추진해 온 울산시는 1일 '단순 조형물 대신 울산의 젖줄이자 에코폴리스 울산의 상징인 태화강에 다양한 상징 시설물들 을 연계시켜 입체적인 랜드마크로 만들어 볼 계획'이라고 밝혔다. 울산시는 이를 위해 이미 추진중인 태화강 생태공원과 물환경관, 태화루 복원, 인도교 건설 등 계 획에다 태화교~명촌교 구간에 일정 간격으로 주택가와 고수부지를 연결하는 보행 육교를 추가 조성하는 방안을 적극 검토키로 했다. 이 보행육교는 예술적 요소를

이러한 태화강이 울산의 근대시 속에서 어떠한 장소 머그림을 보여주고 있는가를 살피고자 하는 목표 아래 쓰인다. 이 일에는 울산과 개인적 연고를 지닌 지역 시인의 작품이 중심 대상이 될 것이다.[3]

그리고 글의 목표에 이르기 위해 장소 머그림의 유형은 슐츠의 실존적 장소론에 기댄다. 곧 사람이 자신의 공간 환경을 인지하는 도식을 추상화 정도가 가장 높은 지리 단계에서부터 경관 단계를 거쳐, 도시 단계로 나누는 틀이 그것이다.[4] 그 위에서 머그림의 됨됨이를

다양하게 가미해 볼거리를 제공하는 한편 시민들의 태화강 접근성을 대폭 강화하는 효과를 거둘 것으로 기대된다."『조선일보』, 조선일보사, 2007.07.02(월).

3) 지역문학은 특정 지역과 맺고 있는 지연(地緣) 문학을 뜻한다. 이 글에서 지역시란 울산 지역과 지연을 지니고 있는 근대시란 뜻으로 쓴다. 지역 시인 또한 마찬가지다. 태화강은 영남 지역을 흐르는 대표적인 물줄기인 낙동강과 견주어 그 유역이 좁고, 낙동강만큼 나라 안에 널리 알려진 곳은 아니다. 정서 환기력도 지역 안쪽으로 더 많이 향하는 경향이 있다. 따라서 울산과 실제 연고를 갖지 않은 울산 지역 바깥 시인이 태화강을 글감으로 삼아 쓴 작품을 보기는 쉽지 않다. 울산에서 태어나 자랐거나, 울산에 머문 경험을 지닌 이라는 지연 조건을 채울 수 있는 지역 시인들의 작품으로 몰리는 경향이 크다. 따라서 이 글에서 다룰 대상은 그들의 작품집이나 동인지, 문인 단체·문화원의 기관지인 『울산문학』, 『울산문화』와 같은 매체에 실린 작품이 대종을 이룬다. 그들 속에서 '태화강'을 제목이나 본문, 또는 부차 텍스트와 같은 지표를 빌려 명시적으로 드러내고 있는 작품이 대상이다. 그러나 '태화강'이라는 명시 지표가 작품에 드러나지 않더라도 외적 맥락으로 미루어 볼 때 '태화강'임을 짐작할 수 있을 경우는 마땅히 대상에 넣었다. 보기를 들어 울산 태화강 가에서 태어나 자란 박종우 시인의 작품에서 강에 대한 추억을 중심으로 고향 회고에 이르고 있는 경우, 그 강은 태화강일 개연성이 충분하다.

4) 슐츠는 사람의 환경을 지리 단계, 경관 단계, 도시 단계, 주거 단계, 기물 단계의 다섯 유형으로 나누어 보았다. 사람의 장소 정위는 이 다섯 단계의 조합에다 중심, 통로, 영역이라는 세 구성요소가 결합되어 이루어진다. 이 글에서는 시에 나타나는 장소 머그림의 유형 분류를 위해 이러한 슐츠의 장소론을 끌어왔다. 시에 담긴 장소 머그림도 이러한 건축적 장소 단계에 맞물리는 환영이라는 특징이 있다. 다만 강의 경우, 그 됨됨이 탓에 주거 단계와 기물 단계의 머그림이 작품 속에서는 잘 드러나지 않는다. 따라서 이 둘을 젖혀둔 지리, 경관, 도시의 세 단계를 중심으로 장소 머그림 유형으로 잡았다. 낱낱의 단계에서 환기되는 장소 머그림을 지리 공간, 경관 공간, 도시 공간이라 부를 수 있다. 추상화되는 정도에 따라서 나누어 볼 때 지리 공간은 추상화가 가장 높은 단계의 장소 머그림이다. 주로 지도에서 보는 바와 같은 지명이나 부호 단계로 환기되는 것이다. 거기에 견주어 경관 공간은 주체가 선 자리

고려하면서 태화강의 장소 머그림 현상 구명에 이르고자 한다. 이 글이 앞으로 이어질 여러 지역의 주요 강에 대한 머그림 구명에 한 본보기일 뿐 아니라, 울산지역 예술문화 창작 현장에 있는 이들에게 실질적인 이바지가 되기를 바란다.5)

2. 지리 공간과 추상화의 길

태화강은 뿌리를 가지산에 두고 동으로 흘러내린다. 그 사이 대곡천과 범서천, 그리고 대암천과 같은 샛강까지 모아 울산항으로 들어서는 길이 41.5킬로 남짓 되는 강이다. 거기다 경주 월성군 외동에서 내려온 동천이 태화강 물끝 가까이에서 끼어들어 함께 바다로 내려

에서 거리를 띄우고 바라보거나 건너다보는 유형을 뜻한다. 그리고 도시 공간은 사람들이 어울려 무리를 이루어 사는 실제 생활세계 안쪽을 뜻한다. 그리고 이러한 장소 머그림을 지니고 있는 시를 이 글에서는 장소시라 일컬었다. C. Norberg-Schulz, 김광현 옮김, 『실존·공간·건축』, 태림문화사, 1985, 55~73쪽. 박태일, 「장소 시의 발견과 창작」, 김수복 엮음, 『한국문학 공간과 문화콘텐츠』, 청동거울, 2005, 170~183쪽.

5) 시에 나타나는 강에 대한 머그림 연구 또는 문학과 강의 관계를 다루는 글은 드물지 않게 이루어진 쪽이다. 한강이나 낙동강과 같은 커다란 강의 경우는 더욱 그렇다. 앞으로도 거듭 이어질 일이다. 영남 지역의 강 가운데서는 낙동강을 다룬 글이 가장 앞서 씌어졌다. 『강: 문학적 형상과 기억들』은 한강의 문학적 형상화를 다루기 위한 한 본보기로서 마련한 연구물이다. 서양과 한국문학 속에 담긴 강의 양상을 두루 다루었다. 이 글은 태화강이라는 특정 지역의 자연적 중심을 문제 삼는 미시적 방식을 취하고 있다. 그러나 지역 바깥쪽 연구자나 독자들에게는 그들 지역의 중요한 장소를 바라보기 위한 한 방법을 일깨워주고, 울산 지역 안쪽으로는 지역 문화예술 창작의 방향을 가늠해 보는 실천적 몫을 맡을 수 있다. 박태일, 「낙동강과 우리시」, 『한국 근대시의 공간과 장소』, 소명출판, 1991, 271~197쪽. 허정, 「우리 시에 나타난 낙동강 하구」, 『먼곳의 불빛』, 창작과비평사, 2002, 282~349쪽. 이숭원, 「한강의 시적 변용과 그 의미」, 『시안』 여름호, 시안사, 1999, 46~69쪽. 최영준, 「한강의 지리적 이미지와 수운」, 『시안』 여름호, 시안사, 1999, 30~45쪽. 송승철과 여럿 지음, 『강: 문학적 형상과 기억들』, 소화, 2004.

선다. 태화강은 서쪽과 북쪽 산지 지형에서 발달한 상류의 작은 내가 중류의 논밭과 주거지를 지나면서 큰 본류를 이루어 바다로 흘러드는 셈이다. 상류 산간 지역은 생태계가 그런 대로 잘 보존되어 있다. 그러나 중하류 지역에서는 도심과 공단 지역으로부터 들어온 생활오수, 공단 폐수의 영향을 받아 많은 교란이 이루어졌다.[6]

이름은 곳에 따라 조금씩 다르다. 상류인 언양 쪽에서는 남천이라 하고 범서면에서는 굴화천이라 부른다. 태화강이라는 이름은 『삼국유사』에 처음 나오는바, 신라 자장율사가 당에서 돌아올 때 울산 땅 사포에 이르러 그곳에 태화사를 지었다 하여 일컫게 된 것이다.[7] 이러한 태화강은 울산 근대시 속에 여러 모습으로 들앉아 있다. 그 가운데서 먼저 추상화 수준이 높은 지리 단계부터 살피기로 한다. 이는 다시 둘로 나누어 볼 수 있다. 명상시적 방향과 지명에 기댄 방향이 그것이다.

첫째, 명상시로 나아가는 길이다. 추상 수준이 높은 지리 단계에서 태화강은 여느 강과 다름없는 됨됨이를 보여 준다. 흔히 지도에 그려진 표지와 같이 긴 물줄기 꼴과 그것을 밝힌 강 이름이 그것이다. 이럴 경우 강은 높은 곳에서 시작하여 낮은 곳으로 흘러 마침내 바다로 들어서는 부피와 길이를 지닌 물이라는 일반 특성을 그대로 지닌다.

"산골짜기 모든 물은 강과 바다로 흘러간다.

---

6) 편찬위원회 엮음, 『울산·울주 향토지』, 울산문화원, 1978, 57~58쪽. 울산광역시사편찬위원회 엮음, 『울산광역시사 Ⅰ 역사편』, 2002, 4~29쪽.
7) 태화강과 합류하는 동천말고도 울산에는 회야강이 있다. 양산 웅상 원효산에서 비롯하여 하북으로 흘러 온양면과 서생면 사이로 해서 동해로 들어서는 강이다. 처용암이 있는 개운포로 흘러드는 외황강도 있다. 그리고 일부는 포항의 형산강 수계에 닿아 있다. 태화강을 축으로 울산의 서남부 회야강에서부터 외황강, 동북부에 동천이 있다. 대부분 비온 뒤 강의 흐름이 유지되는 꼴을 보이며, 복류하는 특성이 있는 줄기다. 게다가 길이가 짧아 연중 물높이 변화가 크게 나타난다.

강과 바다가 모든 산골짜기의 왕이 될 수 있는
것은 강과 바다가 산골짜기보다 낮은 곳에 있기
때문이다."라고 노자는 말했네.

　　-(줄임)-

항상 낮은 곳에 임하여 겸손하고 덕으로 사귀면
사해의 물이 한곳에 모이듯 사람들이 모여드나니

물이 깊어야 고기가 모이고 물이 깊어야 큰 배를
띄울 수 있음과 같음이라 강과 바다는 낮은 곳에
있으므로 만물이 그 곳으로만 모여든다는 사실을
나는 동해 바다가 바라뵈는 산 위에서 깨달았노라.

높은 지위에 있는 사람들이여 때때로 산 위로 올라
강과 바다를 바라보게.

　　　　　　　　　　—박종해, 「물에 관한 명상」 가운데서[8]

　　위에 따온 시는 태화강의 샛강인 동천강과 "동해 바다가" 한눈에
"바라뵈는 산"[9] 위에 자리한 말할이의 물에 대한 사색 작용을 보여

---

8) 박종해, 『고독한 시의 사냥꾼』, 도서출판 그루, 2004, 134~135쪽.
9) 울산광역시의 산악은 크게 네 덩어리로 이루어져 있다. 첫째, 경주 언양을 거쳐
　　양산천 골짜기를 지나 물금, 구포 쪽으로 선을 잇는 서부 덩어리가 그 하나다. 울산
　　의 서쪽 경계를 따라 남북 방향으로 흐르는 험준한 산지로 가지산, 고헌산, 신불산
　　과 같은 높은 산이 흐르고 있다. 둘째, 경주와 양산 사이 양산천 골짝 동쪽에서 경주
　　동래 사이의 동천, 회야강, 수영강을 잇는 골짜기 사이 남북 방향의 묏줄기다. 서부
　　에 견주어 다소 낮은데 치술령이나 정족산, 문수산이 그들로 만장년기의 특색을
　　보여 준다. 셋째, 울산과 동래 사이의 골짜기 동부에서 동해안에 이르는 산지로서

212

준다. 강과 바다는 "항상 낮은 곳에 임하"는 물로서 한가지다. 동천이니 태화강이니 하는 개별적인 강의 됨됨이가 끼어들 자리는 엷다. 이러한 사색의 빌미를 시인은 노자의 『도덕경』에서 빌려왔음을 시줄 첫머리에 직접 인용으로 먼저 밝히고 있다. 그로부터 말미암은 생각의 줄기를 몇 길로 보여 주고 있는 셈이다. 한 마디로 낮은 곳으로 흐름으로써 오히려 존재 가치가 드높아지는 까닭을 말하고자 했다. 이러한 물의 표상성은 시간의 흐름과 맞물리면서 가장 흔한 강의 비유로 발견되는 것이다. 태화강이라는 특정 장소에 대한 개별 체험에서 유별스러운 바는 아니다.

이렇듯 체험의 구체성이 사라진 추상 수준에서 볼 수 있는 강은 경전적 비유, 철학적 경귀나 인유, 또는 속담과 같이 오랜 세월 사람의 집단적 사색이 마련한 언어 형태나 그에 대한 재해석을 넘어서는 특이성을 담아내기 힘들다. 시인 특유의 사색이나 깨달음, 그리고 그 결과를 보여 주기란 쉽지 않다는 뜻이다. 태화강도 예외는 아니다. 언제든지 개별적 체험이나 구체적인 장소 머그림을 드러내지 않고 추상적인 것으로 올라설 가능성을 지니고 있다. 그런데 이 경우 이제껏 마련하지 못한 독특한 상징성을 얻어내지 못한다면, 굳이 태화강을 글감으로 끌어들일 필요는 없을 것이다. 명상시적 방향으로는 좋은 작품으로 올라서기 힘들다는 사실을 위에 옮긴 박종해의 작품이 보여 주고 있는 셈이다.

둘째, 위와 달리 추상화 단계가 다소 낮은 시가 있다. 특정 장소의

이에는 대운산을 비롯해 동해안을 따라 낮은 봉대산이 걸쳐 있다. 넷째, 형산강 지구대의 동부인 울산에서 영일만에 이르는 동부 덩어리를 들 수 있다. 북으로부터 기현에서 무룡산 월현에 걸치는 비교적 낮은 묏줄기를 따라 남으로 흘러 방어진 반도에 이르러서 염포산을 끝으로 그친다. 이 시에 드러나는 강과 바다가 다 보이는 산이란 셋째 묏줄기인 치술령이거나, 넷째 묏줄기의 어느 산일 가능성이 높다. 편찬위원회 엮음, 『울산·울주 향토지』, 울산문화원, 1978, 55쪽.

지명을 겉으로 밝혀 최소한 독자사회로보터 얻을 수 있을 집단적인 머그림 환기력에 호소하려는 경우가 그것이다. 이를 지명(地名) 공간에 기댄 시라 할 수 있겠다. 지리 단계의 추상 수준에 놓인다 하더라도, 명상시적인 장소시와는 달리 어느 정도 구체성을 얻을 수 있는 방법이다.

> 해가 해가 빠졌네
> 태화강에 빠졌네
> 문수산을 넘다가
> 발병 나서 빠졌네
>
> (1922. 11. 11)
>
> ─서덕출, 「해가 해가 빠졌네」[10]

　울산 근대시 첫자리에 놓일 서덕출의 작품이다. 그의 많은 시 가운데서 울산 지역이 바로 드러나는 작품은 뜻밖에 많지 않다.[11] 그 가운데서 뽑은 한 편이다. 작품에 등장하는 '태화강', '문수산'이라는 지명 공간만이 지역성을 드러내고 있다. 그렇다고 태화강과 문수산 사이로 꼼꼼한 시상 전개에 따른 머그림 형성력을 보여 주고 있지도 않아 머그림 밀도[12]가 낮다. 다만 해에 대한 의인법을 빌려, 저물녘

---

10) 서덕출, 『봄편지』, 자유문화사, 1952, 53쪽.

11) 서덕출이 주로 활동했던 1920년대 창작 동시에 있어서 지역이나 장소 머그림은 아직 주요 동기가 되지 못했다. 노래시인 전통 동요에서 문자시인 근대 동시로 나아가는 훈련 과정에서 시인 스스로 작품으로 자신의 지역을 드러내는 것보다 자신의 이름을 빌려 작품의 소속을 밝히는 것이 유행이었다. 따라서 작가명에 익명이나 거주 지역을 밝혀 자신이 속한 작가적 동일성을 드러내려고 했다. 그러한 작가의 지역 소속감이 작품의 개별 지역성으로 담기는 경우는 그 뒤에도 우리 동시에서는 뚜렷하지 않다.

12) 이 글에서 머그림 밀도는 장소 머그림이 그 형태나 맵씨, 세부에서 하나하나 나뉘는

의 울산 지역 풍광을 단조롭게 담았다. 시인의 집자리였던 복산동 쪽에서 바라본 서쪽 노을 지는 방향의 장소감을 넌지시 느낄 수 있을 따름이다.

이 시에서 태화강은 문수산과 더불어 울산을 대표하는 지명으로 들앉았다. 울산에 대한 이해가 엷은 이들에게는 단순하고도 모호한 지명 공간이다. 그들에게 안겨줄 감흥은 크지 않을 것이다. 노을 무렵의 한 장소 바탕일 따름이겠다. 이러한 지명 공간은 마침내 읽는이의 해석적 상상력에 내맡겨지는 까닭에 시적 구체성을 얻기란 쉽지 않다. 그러나 읽는이들이 울산 지역에 대한 이해가 어느 정도 있는 이라든가, 그들을 끌어들일 수 있을 유인 요소[13]가 많다면 사정은 달라진다. 지명 공간 자체가 숱한 재독서와 꾸준한 관심의 뿌리가 되는 까닭이다. 이 작품은 태화강이 매우 추상 수준에서 그려져 단출한 지명 공간에 머물고 있다. 그럼에도 의인적 구체성에다 울산 지역 시의 앞쪽에 놓인다는 상징성 탓에 어느 정도 성공을 거두고 있다. 지명 공간이 지닌 역설적 힘을 느끼게 한다.

상대적 정도를 뜻한다. 머그림 밀도가 짙거나 높은 것은 세세한 결이 많다는 뜻이다. 머그림 밀도가 낮거나 엷은 것은 듬성듬성 파악되거나 그렇게 표현될 경우다. 보기를 들어 상가 거리를 표현한 장소 머그림의 경우, 하나하나의 상점이나 세부에 대한 감각을 드러낸 표현과 막연히 상가 거리로 드러내는 표현 차이를 뜻한다. 이것은 머그림의 구체성/추상성 문제와 일치하지는 않는다. 우편 배달원의 경우 배달할 주거지를 밀도가 짙게 파악하지만, 번지로 이루어진 추상적인 인지 태도를 보인다. Kevin Lynch, 김의원·황성수 옮김, 『도시의 상』, 녹원문화사, 1988, 137~138쪽.

13) 유인 요소는 문학적 명성으로 확정된다. 작품의 우수성, 작가의 사회적 지명도, 예외적 삶에서 드러나는 선정성과 같은 것이다. 말하자면 현실 독자층에게 작가나 작품에 대한 흥미를 일으키도록 만드는 요소가 그것이다.

3. 경관 공간과 자연 중심

사람의 삶은 지형·식생·기후와 같은 경관 요소들과 상호작용하여 이루어진다. 일차적으로 경관은 건너다보는 삶의 바탕이다. 그 가운데서 강은 항구와 마찬가지로 널리 인정된 경관 가운데 하나다. 울산 또한 태화강과 같이 특유한 동일성을 갖고 있으면서 물리적으로 굳건한 자연 통로에 넓게 터 잡고 있다. 비교적 산만한 짜임새를 보여주면서14) 울산 지역을 크게 나누고 있는 것이 태화강이다. 말하자면 예로부터 태화강은 울산의 대표적인 통로(path)며 변두리(edge) 경관이었다.

1) 표적으로서 반구대와 태화루

태화강이 지닌 경관 요소 가운데서 통로로서 지녔던 바 역할은 오늘날 이미 사라졌다. 더는 태화강이 배를 이용한 하운의 장소가 아니다. 그러나 울산을 대표하는 자연 중심이며, 표적 경관으로 태화강의 한결같은 몫은 더해 가고 있다. 앞으로도 많은 시에서 즐겨 다루어질 것이다.

① 바람처럼 허허롭게 나다녀도
　가슴 앓으며 살아 온 그가
　새삼스러웠다

　태화강을 노래하고

---

14) C. Norberg-Schulz, 김광현 옮김, 『실존·공간·건축』, 태림문화사, 1985, 58~59쪽.

문수산을 이야기하고

반탕골에서 건너 보이는

은월봉의 사연을 그리워하는 시인

—서상연, 「소설 같은 어느 시인의 이야기」 가운데서[15]

② 참나무 억새 그리고 산죽이

제 키만큼 자라 있다

태화강이 보이고

학성공원이

삼산들과 도칠산이 내려다 보이는

문수산 꼭대기

—서상연, 「문수산」 가운데서[16]

서상연이 쓴 두 편을 본보기로 올렸다. ①은 "어느 시인"으로 드러
나고 있는 지인에 대한 감회를 담은 시다. 그를 향한 시인의 깊은
사랑을 담고자 했다. 여기서 태화강은 '문수산'과 함께 소박한 시적
바탕에 머물고 있다. ②에서도 태화강은 '문수산'에서 멀리 내려다
뵈는 울산의 중심 경관 가운데 하나에 지나지 않는다. 이 시인이 즐
겨 다루고 있는 태화강은 이승에서나 저승에서, 어디서나 바라다보
고 떠올릴 고향 울산의 대표적인 표적 경관이라는 뜻만 강하게 드러
난다. 따라서 그 속에 꼼꼼한 태화강의 경관 양상이 들앉기란 어렵다.
늘 든든한 고향의 배경 공간으로서 제 몫만은 다하고 있는 셈이다.

---

15) 서상연, 『까치소리』, 월간 울산저널, 1992, 81~82쪽.
16) 위의 책, 14쪽.

마음이 무료한 날 낚대를 들이치면
까칠한 댓닢들이 살아서 푸득이다가
대추알 반짝임으로 밀려나던 강심(江心)이여.
　-(줄임)-
일상의 흰 빨래를 헹궈내듯
종일토록 구름장이 비워지는 갈밭머리
담담한 무심의 세계가 거기 숨어 있구나.
　　　　　　　　　　　—박영식, 「태화강 소견(所見)」 가운데서[17]

　서상연의 작품에서 한 발 더 들어가 태화강 경관이 지닌 환경 요소
가 제법 드러나기 시작한 경우다. 머그림 밀도가 어느 정도 느껴진다.
그러나 낚싯대 들이대는 '강심'이나 '갈밭머리'로 표현되고 있는 태
화강은 "담담한 무심의 세계"를 불러일으키는 소박한 배경 경관에
머물고 있음에 한결같다. 태화강 경관에 대한 보다 구체적인 감각을
얻어내는 데는 힘이 미치지 못했다.

바다의 답신이 와 닿는다
방사보 넘어 선바위까지 끝없이 밀려나는 상처의 힘
푸르디 슬픈 옷을 입는다
강가에 둥지를 틀고 이 도시에 머무는 동안
내가 먹어치운 욕망의 지꺼기
몰래 내다버린 상처와 말의 가시
그 가시 가슴에 안고 얼마를 뒤척였을까 강은
멈칫멈칫 물 흐름 바꾸며 신음소리 하나로 흘러온 걸까 바다는

---

17) 박영식, 『우편실의 아침』, 처용출판사, 1987, 137쪽.

숭어구듸보다 더 무서운 사슬을 넘기 위해
저리 빨라진 숭어의 입올림
수직 급강하하는 물수리의 단호함 아래 일어서는 푸른 경련이여

수런수런 불안한 십리대숲에 또 얼마간은 가을 짐 꾸리는 손길로 바쁘
겠구나

—원은희, 「태화강」¹⁸⁾

태화강 경관에 대한 새로운 해석에 이르고자 한 노력이 돋보이는
작품이다. 단순한 시의 바탕에 태화강이 머물고 있지 않다. 강의 하
류는 그대로 바다의 처음이다. 따라서 민물과 짠물의 넘나듦과 뒤섞
임은 자연스럽다. 그러한 복잡한 '물흐름' 현상에다 화자는 태화강
"강가에 둥지를 틀고" 울산에 "머무는 동안" 자신이 겪거나 지니게
된 불편함을 얹고자 했다. "내가 먹어치운 욕망의 지꺼기/몰래 내다
버린 상처와 말의 가시", "무서운 사슬"이라는 막연한 표현도 눈에
뜨인다. 그러나 낯선 도시로 흘러들어와 겪게 된 자기 정위의 어려움
을 "수직 급강하하는 물수리"의 겨냥에서 벗어나 살아남기 위해 "푸
른 경련"처럼 움직이는 숭어에 견준 감각은 새롭다. 태화강이 단순히
건너다 뵈는 경관이 아니라, 긴장된 깨달음의 자리로 섬세하게 거듭
날 가능성을 엿보게 한다.

그러나 이런 경우는 예외적이다. 거의 모든 시에서 태화강은 대표
적인 경관이며 작품의 소박한 바탕으로 한결같다. 읽는이의 다양한
해석 가능성을 열어놓고 있는 작품은 많지 않다. 일반적인 강의 상상
력에서 태화강도 예외는 아닌 셈이다. 머그림 꼴도 단순한 짜임을

---

18) 경남시사랑문화인협의회 엮음, 『합평문집』 1집, 유인본, 2004.

보여 준다. 바라보는 화자와 바라뵈는 경관이라는 틀 위에서 마련된 소박한 서정이 큰 흐름이다.

태화강은 울산시를 동, 서부로 가르면서 길게 흘러내리는 주요 변두리다. 아울러 그 둘을 묶어주는 중심 경관이다. 이러한 동적, 선적 경관임과 아울러 태화강은 곳곳에 대표적인 점적 표적(land mark)을 지니기도 한다. 반구대와 태화루가 그것이다. 이 경우 경관의 역사적 연원이 그대로 지역적 동일성 형성에 중요한 몫을 한다.

> 바람은 누가 보내는가 고물과
> 이물을 매질하는
> 파도
> 가 올리는 선사의 갈매기 떼
> 를 머리에 이고
> 가자 푸른 힘줄이 끝없이 이어지는
> 원시의 바다풀으로 가자
> 우리는 바위 속에 굳어진 꿈이 아니다
>
> ─홍수진, 「반구대 고래 암각화·1」 가운데서[19]

반구대는 태화강을 대표할 만한 역사적 표적이다. 이 시는 그에 대한 깨달음을 잘 보여 준다. 반구대 바위에 새겨진 새에 대한 상상적 체험이 시의 뼈대를 이루었다. "원시의 바다풀"이니 "선사의 갈매기 떼"라는 흔한 추상에 그치고 있어 신선함은 떨어지는 쪽이다. 다만 고물과 이물을 매질하는 파도를 "갈매기 떼"로 본 데서 신선함을 얻었다. 널리 알려진 먼 선사 유적 반구대에 대한 공공적 이해 지평에서

---

19) 홍수진, 『오늘밤 내 노래는 잠들지 않는다』, 빛남, 1994, 5쪽.

크게 벗어나지 않아 새로운 일깨움에는 못 미쳤다. 반구대라는 경관
표적이 지닌 역사적 무게에 시인이 끌려간 꼴이다. 이와 달리 아래
시는 그러한 경관의 무게에서 한 발 빗겨서고자 한 작품이다.

> 수몰된 하류쯤
> 연인과 밀회하듯 만나는
> 풍경, 갑자기
> 감전되어 오는 들판.
>
> —김성춘, 「풍경-반구대 암각화」 가운데서[20]

반구대 암각화에 대한 놀라움을 '밀회하듯' 만나 그 풍경에 '감전'
된 듯하다는 표현으로 드러냈다. 시인의 날카로운 감각이 돋보인다.
그렇다고 아연 새로운 개인 체험의 장소로 반구대를 살려내고 있지
는 않다. 화자가 대상에 짓눌린 모습도 한결같다. 반구대와 같이 널
리 알려진 선사, 역사 경관일수록 중심 표적으로서 상징성이나 공공
성이 매우 큰 까닭에 성공적인 체험에 이르기 어려움을 잘 보여 준
다. 앞으로도 반구대는 울산 지역 안밖에서 많은 시인의 글감이 될
것이다. 성공 여부를 쉽게 점치기 힘들겠다.

> 일찍이 신라 때
> 태화강 용금소 언덕 위에 태화사(太和寺)가 있었네
> 황룡사 통도사와 함께 이름난 절이었네
>   -(줄임)-
> 밀양 영남루, 진주 촉석루와 더불어

---

20) 김성춘, 『그러나 그것은 나의 삶』, 문학세계사, 1990, 106쪽.

영남 삼루라 이름하였거늘

지금

태화강상에 태화루는 간곳없고

태평스럽게 강물만 흘러가네.

—박종해, 「태화루」 가운데서[21]

　반구대와 달리 태화사 태화루는 태화강 본류에 있었다고 일러오는
대표 인공 표적이다. 위의 시는 그러한 태화루의 망실을 노래함으로
써, 태화강의 오랜 역사에 깊은 공감을 보내고 있다. 그러나 "태화강
상에 태화루는 간곳없고/태평스럽게 강물만 흘러가네"라 마무리한
데서 소박한 회고 정조에 머물렀다. 이미 공공적 표적으로 들난 경관
이라 하더라도, 구체적인 개별 체험의 장소로 거듭나게 하기 위한
노력은 필수적이다. 널리 알려진 공공적 역사 감각에 기대고 싶은
유혹에서 벗어나야 할 일이다. 왜냐하면 시인은 장소를 꾸미거나 장
소의 무게에 기대는 사람이라기보다 장소를 새롭게 찾아내고 창조하
는 사람인 까닭이다.

　앞에서 살핀 바와 같이 길게 흐르는 자연 중심으로서 태화강이나
반구대·태화루와 같은 점적 표적 경관에 대한 울산 지역시의 관심은
활발하지 않다. 게다가 그것을 다루는 경우도 아직까지 시의 배경
수준에 머물고 있다. 지역 안밖으로 이미 잘 알려진 역사 표적일수록
새로운 상상 체험의 자리로 끌어들이기 어려움을 본 셈이다. 시인의
개성적인 눈길과 맞물린 경관으로서 태화강을 속속들이 되살려내기
위한 노력이 필요한 시점이다.

---

21) 박종해, 『고독한 시의 사냥꾼』, 도서출판 그루, 2004, 166쪽.

2) 과거 회상과 대조적 상상

강은 경관 단계에서 볼 때 자연 중심에서 더 나아가 다른 특성을 지닌다. 무엇보다 뚜렷하게 시간성에 맞닿아 있다는 점이 그것이다. 현재에서 과거로, 또는 미래로 나아가면서 자신의 동일성을 일깨워 주는 전형적인 환경이 강이다. 사람은 자기 자신의 안을 볼 수 없다. 그러나 환경에서 얻은 경험이나 세계와 만나는 사이사이 장소나 사건, 또는 사람을 중심으로 동일성 감각을 얻는 여러 기억을 발전시킬 수가 있다.[22] 따라서 많은 사람의 회고시나 자서전에서 어릴 적 친밀 장소에 대한 표현을 발견하는 것은 흔한 일이다.

태화강이 울산 지역시에서 가장 흔하고도 다채로운 경관으로 드러나고 있는 경우는 바로 시간성과 관련할 때다. 큰 흐름은 앞으로 나아가는 미래 공간보다는 과거 회상 공간으로서, 기억의 통로로서 작용하는 쪽이다. 따라서 시의 맥락에 흔히 지나간 과거와 현재라는 대비가 마련된다. 이때 과거와 현재 그 어느 쪽에 초점을 두느냐에 따라 지나간 시절에 대한 소박한 회고시에 머무는 것과 그와 달리 지난 시절에 맞서는 현재 어른의 삶이 겪는 고통이나 상실감을 두드러지게 드러내고 있는 현장시로 나누어 볼 수 있다. 이 둘 사이 너른 자리에 태화강에 대한 여러 회상 경험이 꼼꼼하게 자리 잡는다.

　　모처럼 찾은 고향 성글은 양 반갑고야
　　만나는 사람마다 손길이 다사롭고

---

22) K. C. Bloomer·C. W. Moore, 이호진·김선수 옮김, 『신체·지각 그리고 건축』, 기문당, 1981, 76쪽.

원효대 감돌던 구름도 이제런듯 떠 있다

시냇가 모래톱에 발가숭이 어린애들
그날 그 모습들 여기 앉아 보는구나
마음 속 비인 자리를 너로 하여 찾느니

—조순규, 「귀향시초」 가운데서[23]

울산 출신인 조순규의 강에 대한 장소 머그림을 보여 준다. 태화강이라는 명시 표지가 드러나 있지는 않지만, "모처럼 찾은 고향"의 '원효대'가 있는 "시냇가 모래톱"이라는 암시 표지를 빌려 배경 공간이 태화강임을 짐작하기란 어렵지 않다. 개인 회상이라는 꼴을 지닌 이 시는 독특한 개별 체험을 담고 있지는 못하다. 우리나라 여느 강가에서 어린 시절을 보냈음 직한 이들이라면 낯설지 않게 겪었을 법한 여름철 멱감기를 다시 그 강가에서 되새기는 말할이의 모습이다. 지난 시절로 들어서는 통로로서 강의 역할이 뚜렷하다.

굴화, 식이네 돼지가
떠내려 온다.
한 마리 두 마리 다섯 마리
식이 누나 결혼이 떠내려 온다.

황톳물
사람까지 삼키던
물굽이 속에
장대로 건져내는

---

23) 조순규, 『계륵집』, 자가본, 1961, 49~50쪽.

헤어진 세간살이

—최일성, 「태화강 Ⅳ」 가운데서[24]

　홍수라는 강의 예외 현상을 다루었다. 홍수는 가뭄과 마찬가지 물
의 부피 현상이면서 강에 대한 과거의 경험 내용으로 드물게 다루어
져 온 것이다. 태화강의 경우도 혼치 않은 본보기인 셈이다. 강이 불
러일으키는 유년 기억이라는 쪽에서 볼 때, 강 안밖에 살고 있었던
미꾸라지며 개구리들이 큰물로 말미암아 죄 떠내려가 버린 놀랍고도
두려웠던 경험을 담았다. 근경과 원경을 섞어가면서 밀도 높은 그림
을 보여 주고자 했다. 그러나 이때 홍수는 삶의 예기치 않았던 재난
이기보다는 어릴 적 강의 기억이 지닌 강렬함을 돋보이게 하기 위한
도구로 이바지하고 있다.

　① 유년이 뒹굴던 강가엔
　　언제나 사금이
　　노랗게 빈혈처럼 일어서고 있었다.
　　삼각지 들풀
　　종달새 우짖는 바람 사이로
　　오던 아버지
　　우리들의 목이 뜨는
　　강을 건너며
　　흙 묻은 감자 몇 뿌리
　　던지고 간다.

—최일성, 「태화강 Ⅰ」 가운데서[25]

---

24) 변방동인회 엮음, 『변방』 3집, 처용출판사, 1985, 12쪽.

② 원두막을 지키고
　　제방길을, 형과 손잡고
　　돌아오면서 연신 참외를
　　삼키던 어느 노을께
　　그 형이 들려준
　　일인(日人) 교장의
　　반신반사(半身半蛇)를 생각한다.

　　싸늘한 가슴에
　　가느단 손없고
　　주위에 뉘 없음 울어버릴
　　전설을,
　　나는 멀리서 겁을 먹은 채
　　신비로웠다.

　　신비로운 동심은
　　그러나 수면의 파장처럼
　　사라지는 것.
　　그래서 성년이 되어
　　고독한 나를 돌아보는데
　　태화루를 손잡고
　　아 이제는 그 앞에 있어도
　　어린 날 내 고운 마음을
　　만날 수 없다.

　　　　　　　　　　—최종두, 「태화루(太和樓)」26)

---

25) 위의 책, 9쪽.

①과 ②에서도 태화강은 유년 회상의 장소다. 그러면서 시인의 독특한 개별 체험을 드러내고자 한 뜻이 보다 뚜렷하다. ②에 견주어 ①은 머그림 밀도가 높고 더 구체적이다. 소박한 회상에서 나아가 역사의 뒤안으로 잊혀진 개인 기억을 살려내고자 한 덕목이 살아 있다. 태화강의 장소성은 이러한 개인 기억의 집적을 빌려 보다 풍요로워지는 것이다. ② 또한 개인 기억임에는 ①과 다름없다. 그런데 자신의 유년을 두고 "신비로운 동심", "어린 날 내 고운 마음"이라 상투적인 표현으로 이끌고 있는 데서 볼 수 있는 바와 같이 그 체험의 뜻을 제대로 살리지는 못했다.

이제까지 살핀 본보기는 태화강이 회상을 위한 시간 통로로 작용하는 경우다. 많은 시들이 지나간 어릴 적과 오늘 나 사이 대조적 짜임새를 바탕에 놓고, 태화강과 함께했던 지난 시기를 미화하거나 그로 향한 강한 지향을 보여 주었다. 이러한 틀은 더 나아가 지난 날과는 달리 오늘의 정황에 초점을 둔 작품을 마련하기도 한다.

내 위치 한데 묶어
가던 걸음 멈추고
저 아래 지열을 삼키면
우리들 어린 시절의
다리 밑으로 구름이 흐르고
또 하나 파아란 하늘이 간다.

날마다
교실에서 외치던 나의 일순이

---

26) 최종두, 『정유공장』, 홍문사, 1968, 73~75쪽.

휘얼 휠 날개를 쳐
공중으로 솟고 싶은 내일은
노래여 순수여
다리목 어디쯤에
숨어 있는가.

연날리기 어림은
이미 끊겨 갔지만
나는 여전히 남아 있는 것.
나는 언제나 노래하는 것.

빨리 어른이 되고 싶던
그 자유의 한때,
머리칼을 날리던 봄바람이
넘치는 가슴의 내부를 흔들어
소망의 깊이를 풀어 내리고
날마다 좁아지는 이마의
하나 더 밭 이랑을 새기자.

—함홍근, 「다리 위의 사색」[27]

　　태화강을 명시적으로 밝히고 있지는 않다. 그러나 시인이 울산에
서 교사 생활을 할 무렵 작품이라는 외적 맥락과 다리 위에서 내려다
보는 경관이라는 내적 맥락으로 보아 시의 배경 장소가 태화강임에
틀림없다. 지나간 시절에 대한 회상에 젖는 "다리 위의 사색"을 보여

27) 『울산문학』 2집, 한국문협 울산지부, 1970, 10~11쪽.

주는 시다. 그런데 시의 초점은 앞서 든 작품과 달리 오히려 오늘 어른의 자리에 있다.

말할이는 태화강 위 태화교에 자리잡았다. 태화교에 서서 태화강을 내려다보면서 물낯에 비치는 구름과 햇살을 빌려, 자신의 지난 날에 대한 추억에 젖는 시다. 태화교가 과거 회상으로 내려서는 수직 시간 통로가 되고 있을 뿐 아니라, 태화강 물낯이 거울처럼 그것을 되비쳐 준다. 시간 통로를 따라 내려선 과거의 깊이는 오늘날 '어른'으로서 이마에 주름살 하나하나 늘어가는 중년의 현실과 맞물렸다. 비순수와 부자유를 버릇처럼 되풀이하고 있는 현실의 자신에 대한 아픈 사색을 담은 작품이다. 태화강 물낯에 대한 응시라는 말할이의 행위 초점은 지나간 유년이나 청소년기로 되돌아가는 강한 그리움에 있지 않다. 오히려 과거와 현재의 대조를 빌린 현실 삶의 어려움에 놓였다. 그러면서 태화강은 통로로서 한결같다.

비오는 날이면
강 저편에서 누가 부른다
눈보라 내리는 밤이면
강둑 저편에서 누가 부른다.

삼산(三山)들
유채화인가
고사리(古沙里)
배꽃인가
모래톱에 묻어 둔
어린 시절
꿈이던가.

-(줄임)-

나와 같이 고독하고
나와 같이 슬프고
그래도
나와 같이 살아
요동하고 있는
태화강.

—이상숙, 「태화강」²⁸⁾

"비오는 날이면", "눈보라 내리는 밤이면"이라는 두 전제를 시 첫
머리에 앞세웠다. 태화강을 통로로 삼은 울산에 대한 "어린 시절" 회
상이 매우 절절할 것임을 암시하고 있는 셈이다. 그러면서 "나와 같
이 살아/요동하고 있는/태화강"이라는 마무리에 이르러, 태화강이
나날살이 속에서 떼어낼 수 없을 정도로 말할이와 닿아 있는 경관임
을 강조한다. 과거와 현재 사이 대비는 앞선 시들과 마찬가지로 그
둘 사이 나눔이 뜻이 없을 정도로 태화강에 대한 한결같은 사랑을
고스란히 담았다.

① 태화강 하류 명촌에는
   조개섬이 있어
   날마다 재첩장수들이
   재첩을 끓여 팔러 다니던 곳

---

28) 이상숙, 『하오(下午)의 허(嘘)』, 제일문화사, 1979, 26~27쪽.

삼산들 끝으로 도칠산이 누워 있고
갈대밭에는
갈새가 지저귀던 곳
지금은 마르고 없는 옹달샘

밀짚모자 밑으로
땡볕에 그을은 얼굴들이
수로마다 붕어를 낚고
가물치 푸덩거리던 삼산

둑이 끝나고
산언저리를 물고 돌아가면
염전이 햇볕에 반짝이고
해풍에 쑥밭이 보이고
꽃바우가 보이던 곳

운해가 덮이고 태화강이 울면
홍수가 지던 울산

세월은 강심에 잠기고
물빛도 사라져버린 강

재첩도 뻘 속의 몰도
이제 기억으로만 남은
태화강 하류
그것은 꿈 속의 지난 이야기

또 다른 모습의 태화강이

옛날을 그리워하고 있다.

—서상연, 「태화강 하류」[29)

② 태화동 남산 밑 댓숲 아래서 대장대 두어 대 드리우고 지렁이 미끼를 달면 월척이 뭡니까. 팔뚝보다 실한 잉어가 용틀임을 하며 낚시를 물었지요.

삼산들 뚝길을 따라 걷다가 능구렁이 꽃뱀 물뱀 때문시 얼마나 놀라고 그놈들 막대로 후려쳐 죽인 건 또 몇 마리나 되는지 몰라요.

염포 지나 하구에 떠있던 모래섬 주변엔 꼬시래기, 모치 떼들이 우굴대서 잠시 잠깐 낚시나 투망질에 물통을 채웠고 된장 고추장으로 막 찍어먹던 그 싱그러운 맛 잊을 수가 없지요.

푸르다 못해 강바닥까지 유리알처럼 투명하던 강물, 하얗게 빛나던 고운 모래알, 바람에 서걱이던 갈대며 버들, 거기 갈매기의 흰 날개짓, 아이들의 노래소리, 멀리 동해남부선 열차 소리……

—장승재, 「태화강 기억」 가운데서[30)

①과 ②는 회상 공간으로서 "태화강 하류"의 경관을 구체적으로 그린다. 그런 까닭에 앞서 들었던 여느 시와 나뉘는 장점이 있다. ①은 과거에 보았던 태화강과 그 둘레 경관 곧 강줄기를 따라 '명촌', '삼산

---

29) 서상연, 『까치소리』, 월간 울산저널, 1992, 42~43쪽.

30) 『울산문학』 18집, 울산문인협회, 1992, 30~31쪽.

들', '남산', '꽃바우', '운산'으로 차례차례 장소를 옮겨가면서 태화강 하류 영역의 특징적인 모습을 여러 컷 만화처럼 읽는이에게 죄 보여 준다. 강기슭의 풍광, 계절 감각, 그리고 태화강을 중심으로 이루어졌던 생업까지 암시하면서 태화강에 대한 나름의 꼼꼼한 인문지리를 마련하고자 했다. 머그림 밀도가 짙고 선명도도 높다.

그러나 크게 살펴 태화강의 지난 날에 대한 미화라는 길에서 벗어나지 않았다. 다섯 째 도막 "운해가 덮이고 태화강이 울면/홍수가 지던 울산"도 태화강이 품은 비극적 정황을 드러내기 위한 장치가 아니다. 오히려 앞서 늘어놓았던바 지난 세월 풍요로웠던 태화강이 죄 '사라져버린' 채 "꿈 속의 지난 이야기"처럼 "기억으로만 남은" 데 대한 현재의 아쉬움과 상실감을 강조하기 위한 축으로 쓰였다. 따라서 이 작품이 태화강 경관에 대한 집단 기억이나 각별한 개인 기억을 성공적으로 되살려내고 있다고 보기는 힘들다. 곳곳에 드러낸 구체적인 지명을 젖혀두고 본다면 굳이 "태화강 하류"가 아니라도 엿볼 수 있을 일반적인 강의 경관 현상에 가까운 까닭이다.

이에 견주어 ②는 "태화강 하류"를 중심으로 겪었던 낚시라는 단일한 개인 기억에 초점을 둔 작품이다. 처음부터 ①과 같이 두루 태화강 경관에 대한 보고서를 만드는 듯한 설명을 줄일 수 있었다. 그렇다고 머그림 밀도가 옅은 것은 아니다. "태화동 남산 밑 대숲"에서부터 시작하여 '삼산들', "염포 지나 하구에 떠있던 모래섬"으로 내려가면서 나름의 장소 이동을 빌려 머그림 밀도를 높이고자 했다. 그러나 재미있는 개별 체험을 다루고 있음에도 "태화강 기억"이 성공적으로 살아나고 있지는 않다. "푸르다 못해" "유리알처럼 투명하던", "하얗게 빛나던", "바람에 서걱이던"과 같은 꾸밈새로 한결같은 넷째 토막의 범상함이 그것을 잘 보여 준다. 태화강에 대한 미화된 회상이라는 얼개는 ①과 다르지 않다. 다만 토막마다 '-요'로 거듭 끝맺은 아이들의 입말투가 태화강 경관의 급작스런 변화로 말미암아 갖게 된 현재의 아쉬움을 더욱 두드러지게 이끈다.

이제껏 태화강이 일찍부터 지역을 대표하는 주요한 자연 중심이며 대표적인 표적 경관으로서 지역시 속에 들앉아 있음을 보았다. 그 가운데 역사, 선사 표적으로서 태화루나 반구대는 드물지 않게 글감으로 올라서기도 했다. 나아가 태화강 경관은 지나간 시절을 떠올려 주는 회상 공간으로서 한결같이 높은 빈도를 보여 준다. 이 경우 그 짜임새에서 과거 유소년과 현재 어른 사이의 대조적 상상력을 바탕으로 태화강에 대한 다채로운 감각을 껴안고자 했다. 그러나 전반적으로 회상의 내용이나 질에서 볼 때, 집단적·공공적 기억이라 할 만한 수준에 머물며 미화된 눈길에서 벗어나지 못했다. 태화강에 대한 지역 안밖의 굳어진 머그림에서 벗어나 새로운 장소성을 찾아내거나, 놀라운 울림을 주는 개별 인식이 모자란다. 앞으로 울산 지역시인에게 놓인 주요한 과제가 제시된 셈이다. 거듭 쓰여질 지역지의 획일적·추상적인 기술에 맞서 그 그늘에서 잊혀지고 망실된 울산 지역민의 진실을 발견하고, 그것을 되살리려는 시인들의 적극적인 기억·회상의 드라마가 요구된다.

4. 도시 공간의 현실과 다양성

태화강은 지나간 오랜 세월 울산시의 중심 장소였다. 주거지와 경작지를 나누는 경계이기도 했다. 오늘날 태화강은 강 동쪽과 서쪽 기슭, 새 시가지와 옛 시가지를 묶는 통로로서 기능이 더 두드러진다. 그러면서 그 긴 둑의 길이와 강기슭은 지역민의 대표적인 생활세계로 거듭나고 있다. 이제 완연히 태화강이 도시 공간으로 들앉은 것이다. 오늘날 울산 지역시는 그러한 태화강의 모습을 풍요롭게 재창조하고, 지역민의 몫으로 되돌려야 하는 과제를 안게 되었다. 이제껏 생활세계로서 울산 지역시에서 나타나는 태화강의 모습은 크게 둘로 나누어 살필 수 있다. 첫째 태화교를 중심으로 이루어지고 있는 현실 감각, 둘째 울산 지역 생태 파괴의 중심 장소로서 태화강이 지닌 대표성이 그것이다.

먼저 태화교를 중심으로 나타나는 현실 감각이다. 강은 나누면서 묶는다. 땅을 둘로 나누면서 아울러 두 물기슭을 공통되는 하나의 강 영역으로 한정시켜 준다. 다리가 이 통합을 떠맡는다. 다리는 두 구역을 잇고 또 두 방향을 포함함으로써 아울러 동적인 균형 상태를 강하게 느끼게 한다. 다리는 사람이 지닌 움직임의 가능성, 자신의 세계가 갖는 범위를 나타낸다. 다리를 빌려 사람은 같은 하나이며 아울러 다른 두 영역 사이를 오가면서 안쪽과 바깥쪽, 자유로우면서도 보호받고 있음을 깨닫는 것이다. 이러한 긴장감[31]을 지닌 구체적인 생활세계가 다리다. 태화강에는 일찌감치 태화교가 전형적인 다리로서 그 몫을 맡아왔다.

당당한 질주. 사일렌의
불길한 예감이
태화교 위로 미친 듯이 뻗어갈 때
하늘에는 구름 몇 장
무섭게 소리지르며
하늘을 무단 횡단하고 있었다.
-불심검문을 당하는 바람

---

31) C. Norberg-Schulz, 김광현 옮김, 『실존·공간·건축』, 태림문화사, 1985, 109쪽.

ー산발을 한 애드벌룬의 몸부림

　　ー아아, 바람을 역으로 안으며

　　원근법 속으로 아이들이 외치듯이 달려 간다.

ー홍수진, 「스케치·1-태화강변 광장」 가운데서[32]

　　이 시는 태화교 위에서 이루어지고 있는 농성 현장을 비유적으로 담고 있는 작품이다. '당당한' '사일렌의' '질주'에 맞서 '불심검문'을 벗어나 "무단 횡단"하며 달려 나가는 '구름'과 '아이들'의 외침을 맞세우고, 그것을 멀리 '원근법'으로 바라보고 있는 시인의 고통스런 마음을 잘 담았다. 그러한 격렬한 현실을 끌어잡고 있는 자리가 태화강을 잇고 있는 태화교다. 통로로서 쉬 나아가고 건널 수 있어야 할 다리의 막힘이야말로 삶의 막힘을 고스란히 드러낸다. 울산 지역이 안고 있는 근대의 주요 경험 가운데 하나인 노사갈등 문제를 태화강의 장소 머그림으로 되살려낸 드문 본보기다. 이와 달리 생태 파괴로 말미암은 상징적인 장소로서 태화강은 보다 적극적으로 받아들여지고 있다.

　　울산은 한국 근대화를 대표하는 산업 공간이다. 그리고 그로 말미암은 경제적 부와 아울러 생활세계의 오염·파괴 또한 일찌감치 온몸으로 보여 주고 있다. 그리고 그러한 문제 인식은 많은 시인에게 태화강이라는 중심 장소의 오염과 파괴라는 문제로 수렴되어 왔다. 비로소 태화강이 생활세계로서 널리 구체화되기 시작한 것이다.

　　황혼이 스스로의 생을 태우고 있다.

　　SO^2 누더기 걸친

---

32) 홍수진, 『오늘밤 내 노래는 잠들지 않는다』, 빛남, 1994, 57쪽.

도시의 강물 위로.

갈매기가
예각을 날은다.

어디로 갈까.
흰 발구락 웅크리고 있다.

─김성춘, 「태화강 갈매기」 가운데서33)

태화강에 대한 생태학적 감수성을 잘 보여 주는 김성춘의 작품이
다. 태화강을 나는 갈매기를 빌려, 생태 파괴 현장에 대한 안타까움
을 드러내고자 했다. 섬세하거나 밀도 높은 머그림을 보여 주고 있지
는 않지만, "SO^2 누더기 걸친/도시의 강물"이라는 참혹한 표현에 시
인의 뜻은 충분히 담겼다. 갈매기라는 개별 대상에 초점을 두고 있는
만큼 시의 울림이 넓은 쪽은 아니나 '예각'적이다. 태화강을 빌려 울
산 지역이 안고 있는 참혹한 삶의 조건을 고발하려는 뜻을 숨기지
않은 셈이다.

태화강은 세수하지 않는다.
석달 열흘 검은 땟국이 얼룩진 상판을 깊이 묻고
대낮이 되어도 누워 있다.
밤이면 통통거리며 불빛이 건너가고
은하수가 살포시 내려앉아도
강은 절대로 일어나지 않는다.

---

33) 김성춘, 『그러나 그것은 나의 삶』, 문학세계사, 1990, 81쪽.

대관절 죽은 것일까.
햇살이 어둠을 걷어 가도
태화강은 꾸르륵거리며
제 혼자 흐물흐물 가라앉는다.

—박종해, 「태화강·4」[34]

앞서 본 김성춘의 작품에 견주어 아예 시의 **뼈대**를 오염되고 죽어 버린 태화강으로 삼은 점이 다르다. 따라서 진술 자체가 전면적이면서 고발 강도도 높다. 첫째 '세수하지' 않은 얼룩진 얼굴로, 둘째 낮이나 밤이나 일어나지 못한 채, 셋째 혼자 무겁게 '꾸르륵거리며' 가라앉고 있다는 세 가지 일깨움을 빌려 태화강의 죽음을 거듭 강조했다.

태화강은 도시 울산의 생활세계로서 노사 갈등의 자리가 되기도 했다. 생태파괴의 중심 공간으로 강조되기도 했다. 앞으로 태화강은 여러 가지 새롭고 뜻 있는 나날살이의 자리로 여러 장소 머그림을 마련해 나갈 것이다. 다양한 경험과 개성이 살아나고 삶의 갈등과 흥분, 풍부한 상상과 놀라운 창조의 경험을 안겨 주는 생활세계로 거듭날 것이다. 아래 시는 그 점에서 한 가능성을 엿보게 한다.

태화강 기름 방울 잠시 밀어두고
울산에 와서
죽은 장모 님과 산 장모 님을 만난다
수초 같은 아내의 그림자 곁에 두고
공장 연기가 내려 앉는 곳을 지나면
술취한 구름이 동해 쪽으로

---

34) 박종해, 『고독한 시의 사냥꾼』, 도서출판 그루, 2004, 210쪽.

선들선들 가고 있다

장인 영감 님의 흰 머리칼

개운포 바다에 떠 있고

딸만 다섯인 처갓집 화단에

꽃씨가 날리면

죽은 애기 처남 손잡고

온몸을 흔드는 태화강 상류 대나무 숲

대나무야, 사는 게 그렇게 홀로 속태움일지라도

오늘은 세상 일 접어두고

처용의 춤으로 흔들어 보자구나.

—문영, 「처용을 생각하며」35)

　태화강이 도시의 생활세계로 자리잡은 모습이 완연하다. 시인은
울산을 대표하는 설화적 인물인 처용에 대한 짜깁기를 빌려 상상의
부피를 더하고자 했다. 처용과 자신을 동일시하고, 인욕의 아픔을 참
는 처용의 모습에서 울산으로 흘러 들어와 겪는 시인의 번민을 담았
다. 울산의 생태학적 파괴와 태화강 기슭에 머물며 겪고 있는 처가
식구의 쇠잔한 가족사를 한 고리로 묶어, 그 번민에 복합적인 울림을
마련했다. 태화강은 한결같이 그 경험의 중심을 흐른다.

　김성춘이 보여 준 부분적인 감각화, 박종해가 감당한 전면적인 수
용, 문영이 끌어안은 복합적 경험은 울산 지역시에서 생태학적 상상
력이 여러 모습으로 변모해 나갈 것임을 암시한다. 아울러 생활세계
로서 태화강이 지니고 있는 중요성이 더욱 무거워질 것임도 알게 한
다. 태화강을 이음매로 삼은 울산 지역과 지역민의 실체가 보다 명료

---

35) 문영, 『그리운 화도(花島)』, 심상, 1991, 88쪽.

하고 풍요롭게 되살아날 것이다.

5. 지역 가치의 확대

태화강은 울산광역시를 대표하는 장소다. 울산 지역 근대시 속에서 이러한 태화강이 어떠한 머그림을 보여 주고 있는가를 살피는 일은 나름의 뜻이 크다. 울산의 지역적 동일성을 알 수 있을 뿐 아니라, 울산 지역 예술문화 창작의 방향에 한 동기로 활용할 수 있다. 나아가 다른 지역문학에서 보여 주고 있는 강의 장소 머그림과 비교·대조하는 데에도 한 본보기가 된다.

태화강은 울산 지역을 꿰뚫고 바다로 흘러드는 중심 자연이다. 그러나 추상화 수준이 높은 지리 단계에서 살피면 그것은 우리나라 여느 강이 갖는 강의 상징성을 함께 나눈다. 울산 지역시 속에서 태화강은 두 길로 드러났다. 명상시적 방향이 그 하나다. 낮은 데로 흘러내리면서 깊이를 지닌 물로서 태화강은 철학적, 종교적 사변에서 흔히 볼 수 있는 바 겸손을 일깨워 주는 표상이었다. 다른 하나는 지명 공간에 기대는 방향이다. 독자사회가 지녔을 지역 내부자나 외부자 시선, 또는 지역 인지도의 높낮이에 따라 지명 공간은 구체성과 추상성을 아울러 담아내는 효과를 지닌다. 그러나 태화강의 고유한 지역성을 적극 끌어들이는 데로 나아가기는 힘든 방향이다. 작품 본보기도 많지 않았다.

고유한 지형·식생·기후와 같은 요소들이 서로 어울려 이루어진 경관 공간으로서 태화강은 울산 지역의 대표적인 자연 중심이다. 아울러 역사적·생태적 표적 공간이다. 각별히 길게 흐르는 태화강에서 나아가 강의 점적 표적으로서 반구대와 태화루는 널리 지역시 속에 들앉은 공공적 경관이다. 그런데 대부분의 경우 단순한 회고나 이미 알려진 역사 기술을 넘어서는 개별적 인식에 이르지 못했다. 아울러 태화강은 과거로 향하는 시간 통로로서 빈번하고도 주도적인 몫을 다했다. 이 경우 지나간 과거 유소년·청년기와 오늘 현재 이 자리 성년기 사이의 대조적 상상력을 한 틀로 보여 준다. 과거에 대한 미화라는 눈길에서 벗어나지는 못했지만 그 사이 다채로운 체험을 펼치고자 한 노력이 뜻깊다.

태화강은 울산의 자연을 대표하는 지명이다. 울산 한가운데를 꿰뚫고 흘러내리면서 지역민의 눈길을 가장 오래도록 받아온 중심 경관이다. 오늘날 태화강은 울산의 도시 재구성에 따라 어느덧 나날살이가 이루어지는 생활세계로 들어앉았다. 이러한 도시 공간으로서 태화강은 아직까지 적극적으로 지역시 속에 드러나지는 않는다. 태화강의 통로로서 태화교를 끌어와 노사갈등과 같은 현실성 짙은 장소로 되살려내는 드문 보기가 있다. 그러나 전반적으로 태화강은 울산지역 산업화와 그로 말미암은 생태 파괴를 대표하는 공간으로 표상된다. 울산 지역시 생태학적 상상력의 흐름을 가장 잘 보여 주는 장소인 셈이다. 앞으로 지역사회의 변모에 따라 더욱 다채로운 자리를 마련할 것으로 보인다.

지역시는 지역 문제에 민감한 시다. 지역을 가꾸고 새롭게 일구는 실천적 의의가 뚜렷해야 한다. 바람직한 장소시는 지역시가 나아갈 중요 방향이다. 울산 근대시 속에서 태화강은 지리 공간, 경관 공간을 거쳐 도시 공간으로 내려서면서 뜻있는 장소로 꾸준하게 드러나고 있음을 알았다. 그들 사이 통시적 변화를 읽기는 힘들다. 그 가운데서 과거 회상에 기울어진 경관 공간이 작품의 양에서나 질에서 주류를 이루었다. 울산 지역시는 앞으로 울산이 겪어온 근대의 급박한 변화의 드라마를 좀 더 속속들이 안고 뒹굴 필요가 있다. 획일적으로 굳어진 거대 역사 담론을 가로지르며 잊혀진 지역민의 진실을 마땅하게 되살리는 한 길이 거기에 있다. 그런 점에서 태화강의 장소 머그림 창조는 이제야 첫발을 내디뎠다 할 만하다. 분발할 일이다.

3부 합천 문학

합천 근대 예술문화 백 년

합천은 경남 서북부 산간 지대를 이루는 큰 고을이다. 오늘날 1읍 16면을 거느렸다. 황강이 가로지르고 있다고 하나 넓은 들은 갖추지 못했다. 초계 분지가 두드러질 따름이다. 자연 풍광은 어느 곳보다 수려하다. 일찍부터 터 잡아 이룬 역사 또한 빼어났다. 인재도 많고 바깥으로 나가 이름을 떨친 이도 숱하다. 예술문화 영역에서 살피더라도 합천 사람의 역할과 성취는 드높다. 1910년 경술국치를 겪고 합천이 근대 행정 조직으로 출범한 때가 1914년이다. 오랑캐의 칼과 총 아래서 관 일방의 일원적, 수직적 지역 지배·수탈 체제가 전면적으로 실시되었다. 피식민지 관리와 군대·경찰을 빌린 직접적 규제 통제 방식에 성공한 것이다.[1] 그때부터 어느덧 100년에 이르렀다.

---

[1] 1910년 우리를 강탈한 제국 왜로(倭虜)는 눈과 귀, 입을 막은 채 이른바 조선총독부를 꼭대기로 삼은 중앙집권 일원적 수탈 체제 수립에 혈안이 되었다. 그리하여 이른바 통감부 시기에는 성공하지 못했던 행정 구역 전면 개편을 꾀했다. 지역 땅이름과 행정 구획을 저들 식민 체제를 굳히기 유리한 쪽으로 붙이고 나누며 새 군읍면제를 실시했다. 이를 빌려 우리 전통 사회를 해체하고 직접적인 통제의 틀을 굳힐 수

을유광복으로부터 쳐도 68년이 지났다.

이러한 절름발이 근대 경험 속에서 합천 사람은 분노하고 항쟁하고 때로 낙담하면서 삶을 이어 왔다. 그런 속에서 이루어진 소지역 합천의 예술문화는 어떻게 줄거리를 잡아야 할 것인가. 예술문화는 다루기에 따라 속살이 다채롭다. 개인/집단, 갈래별, 또는 역내/역외 활동으로 나뉘며 펼쳐진 것이어서 범위 가르기조차 어렵다. 또한 긴 100년에 걸치는 기술이다. 거기다 이제껏 합천 근대 예술문화에 대한 본격 연구는 한 번도 기회를 얻지 못했다. 근대적인 첫 합천군지라 볼 수 있는 『합천군사』(1995)에서도 마찬가지였다. 군지 수준은 아니지만 합천 안밖에서 나온 문화지에서도 예술문화를 따로 다룬 적은 없다.[2] 그렇다고 과제를 밀쳐놓을 수는 없다. 기회가 주어지는

있었다. 지방 행정 구역 개편 획책으로 우리나라 면 단위의 70~100%가 변동을 겪었다. 이정은, 『3·1독립운동의 지방시위에 관한 연구』, 국학자료원, 2009, 340쪽.

2) 짧은 언론 보도나 인물지에 예술문화인 몇몇의 이름이 오내린 정도다. 그러니 합천 근대 예술문화에 대한 기술은 아직 걸음마 단계에도 이르지 못했다. 전통 사회의 합천지는 경술국치를 경계로 몇 차례 이루어졌다. 『합천군읍지』, 『합천군여지(陜川郡興誌)』, 『초계군읍지』, 『삼가현읍지』가 그들이다. 경술국치 이후에 나온 것으로는 『조선환여승람(朝鮮寰與勝覽): 합천편』(1928), 『영지요선(嶺誌要選): 삼가신구읍지』(1928), 『합천군지』(1936), 『교남지(嶠南誌)』(13권)(1940), 『삼가속수읍지(三嘉續修邑誌)』(1961)가 있다. 이들에는 근대 예술문화 영역이 다루어질 수 없었다. 근대적인 뜻에서 첫 합천군지는 합천문화원에서 낸 『합천군사』(1995)다. 여기서 예술문화 영역은 「문화예술단체」 소개로 간략하게 처리했다. 전통 합천지와 근대 합천지 사이에 『합천군지』(합천군사편찬위원회, 1981)가 놓인다. 경상남도 단위에서 이루어진 도지도 세 차례 나왔다. 『경상남도지』(1963), 『경상남도지』(1978), 『경상남도사』(1988)가 그들이다. 이들 속에서 합천군의 예술문화는 아예 다루어지지 않았거나, 주요 '문화활동(행사)'으로 대야문화제를 소개하는 데 그쳤다. 민간에서 나온 합천지에는 넷이 보인다. 이복룡·이영순, 『합천향토지』(국제신보출판부, 1959). 김한중 엮음, 『합천지』(고향문화사, 1994). 박문목, 『봉산향지(鳳山鄉誌)』(1982). 『대양면지』(대양면지편찬위원회, 2009). 이들 또한 예술문화 영역을 다룰 곳이 아니었다. 역내에서 낸 인물지 또는 인물사진첩에 『미함감록(美啣鑑錄)』(서울신문사합천지국, 1957), 『합천의 어제와 오늘』(한경렬 엮음, 1974)이 있으나 예술문화인을 따로 나누지는 않았다. 이즈음 이호석이 엮은 『합천이 낳은 인물』(홍익출판사, 2010) 속에 예술문화인을 소수 소개했다. 역외에서 나온 향인기나 지역지에서 합천을 부분적으로 다

대로 한 걸음 한 걸음 사료를 갈무리하고 생각을 키워 뼈대를 세울 일이다. 이번 『합천군지』 예술문화 영역에서 일의 무거움과 앞뒤를 돌아보지 않고 디딤돌을 놓기로 한 까닭이다.

그런데 합천군 개청 100주년을 맞아 예술문화 영역의 흐름을 잡아 나가고자 하나 기술 대상과 방법부터 간단치 않은 난제가 가로놓여 있다. 예술문화의 범위부터 난제다. 거기다 지역 출신 예술문화인의 지난 시기, 현재, 그리고 지역을 무대로 이루어진 활동을 죄 다루어 야 한다.3) 나아가 가까운 사회·경제·교육·언론·출판 부문의 활동과

룬 것에는 다음과 같은 것이 보인다. 『향인기(鄕人記)』(한양대학교출판부, 1973), 『고향』(부산일보사, 1995), 『고향과 인물』(국제신문, 1993), 『인물의 고향: 남한편』(중앙일보사, 1992), 『영남총록(嶺南總錄)』(영남아카데미, 1988), 『경상남도』(뿌리깊은 나무, 1983). 이들 속에서 합천의 예술문화인은 한 손에 꼽힐 정도로 다루어졌다. 문학 쪽에서는 『한국문학지도』(하)(계몽사, 1996)에 몇 사람 이름이 오른 정도다. 역내에서도 부분적인 시도가 있었으나 문화 일반에 대한 개괄에 그쳤다. 강용수, 「합천문화의 맥락과 합천의 얼」, 『합천문화』 8집, 합천문화원, 1989. 본격적인 시도는 한참 뒤인 2007년 8월 향파이주홍선생기념사업회에서 주최한 제1회 합천예술문화 세미나였다. 이들 행사를 통해 합천의 시와 소설에 대한 첫 사적 접근이 이루어졌다. 진창영, 「한국 소설과 합천」; 박태일, 「합천 지역시의 흐름」, 『합천 예술문화연구』 창간호, 향파이주홍선생기념사업회, 2007. 이들 성과는 2012년에 열린 이주홍어린이문학관 개관기념 학술발표대회의 성과물과 함께 아래 책에 갈무리되었다. 김재석과 여럿 지음, 『한국문학 속의 합천과 이주홍』, 국학자료원, 2012. 소지역, 곧 군을 대상으로 삼은 예술문화지의 본보기는 많지 않다. 고령군에서 『고령문화사대계』라는 이름으로 역사·사상·문학·예술·민속에 걸친 5개 분야에서 기획 출판하고 있는 일이 한 본보기다. 고령군 대가야박물관·경북대학교 퇴계학연구소 엮음, 『고령문화사대계 ③ 문학편』, 도서출판 역락, 2009. 경북의 소지역 문학지는 『근현대 경북지역 문학의 흐름과 특성』(청림사, 2005)에서 소박하게 이루어졌다. 『시인의 고향 해남시문학사』(문학들, 2010)도 한 본보기가 됨 직하다.

3) 지역 예술문화시 기술을 위한 구체적인 범위와 내용을 다룬 곳은 『가칭 『민국여지승람』 편찬을 위한 연구: 분류체계를 중심으로』가 처음이다. 거기서 '예술과 문화'는 「삶의 내용-(2): 교육/문화/체육」의 2장과 3장에 걸쳐 따로 줄거리를 엮은 바 있다. 2장 '문화'에서는 1절 문학/예술(문학/미술/음악/서예/무용/연극과 영화), 2절에서는 문화행사, 3절에서는 문화시설(극장/박물관/전시관), 4절에서는 여가시설(공원/드림랜드), 5절에서는 문화기관/단체에 걸친 자리를 제시했다. 방대한 범위다. 그리고 그 안쪽 세부는 더하다. 미술만 하더라도 한국화, 서양화, 조각, 공예(목각/금속등), 응용미술(산업/생활/장식미술 들)로 나누어 살필 수 있다. 음악 또한 국악과

도 묶어 봐야 할 데가 적지 않다. 그러니 지역 예술문화지를 마련하는 일은 오랜 시일을 두고 지속적이고 조직적으로 할 일이다. 합천군 백 년을 두고 볼 때 이렇듯 예술문화 각 영역의 활동을 볼 수 있는 1차 사료를 찾기란 어렵다. 이 글에서는 쏠리는 아쉬움이 있더라도 글쓴이가 가장 많이 사료를 갈무리하고 있는 문학을 중심축으로 삼는다. 그 곁에 음악이나 미술과 같은 다른 영역을 덧붙이는 편의적인 길을 따를 수밖에 없었다. 그런 과정에서 예술문화단체 활동도 녹아들 수 있을 것이다. 시대 구분은 크게 8매듭4)을 지어 기술한다.

양악, 성악(창), 악기별 기악 들로 나누어진다. 서예는 미술에 넣을 수 있겠는데 한자와 한글, 글씨체의 특성에 따른 활동 상황이 다 다루어져야 한다. 또한 연극은 전문연극과 교육 연극으로 나누거나 고전·현대·창극 들로 나누어야 한다고 보았다. 무용은 고전무용·민속무용·현대무용·발레·사교춤으로 나뉜다. 게다가 예술문화와 관련하여 지역사회 안의 문화재(인간문화재·유형문화재·무형문화재)가 있을 수 있으니 그 점도 유의해야 한다. 문화행사에는 정기적 축전 행사의 속살을 다루어야 하고, 지역 소단위, 곧 마을 단위의 전통 동제나 마을제의 시기·목적·규모·참여인의 특성을 기록해야 한다. 게다가 이런 것은 기록영화나 비디오로 비치, 갈무리해야 하고 그 사실도 기술해야 할 일이니 매우 품이 많이 드는 작업이다. 문화시설에서는 극장/박물관/전시관이 다 다루어져 위치와 규모, 건축양식, 수용인원과 이용자의 특성과 같은 것이 기술되어야 한다. 이 밖에도 지역별로 문화원·문화회관·문화센터·향토관과 같은 다양한 이름을 갖는 문화시설이 있을 수 있으니 그 점도 꼼꼼히 조사해야 할 것이다. 나아가 여가시설에서는 공원이나 자연농원·동물원·식물원·수영장과 같은 것을 조사, 파악하여 그 특성을 기술하는 작업이 필요하다. 문화기관/단체의 활동은, 앞의 활동을 하는 사람이나 여러 활동을 주관하거나 조직적 활동을 펴는 기관, 단체의 활동을 뜻한다. 그러므로 문화기관/단체에서는 이 기관의 특성과 역사 그리고 주요 활동상을 다룰 일이다. 정지웅·이용환, 「삶의 내용(2): 교육/문화/체육」, 『가칭『민국여지승람』편찬을 위한 연구: 분류체계를 중심으로』(이계학·유광호·박병련·박동준), 한국정신문화원, 1995, 306~315쪽.

4) 첫째 1910년 경술국치를 앞두로 하여 합천군 개청이 이루어진 1914년 무렵, 둘째 1919년 기미만세의거에서부터 1930년대 초반에 이르는 시기, 셋째 1935년을 기점으로 1945년 을유광복에 이르는 시기, 넷째 광복기, 다섯째 1950년대와 1960년 경 자시민의거에 이르는 시기, 여섯째 1960년대 제3공화국 수립부터 1970년대 말에 이르는 근대화 시기, 일곱째 1980년대에서 1990년대 중반에 이르는 시기, 여덟째 1995년도 지역자치제 실시 뒤부터 오늘에 이르는 시기가 그것이다.

1. 경술국치와 근대 문예의 출범

국권회복기 의병전쟁에서 합천은 적극 참여한 지역이 아니다. 1905년 을사늑약을 겪자 면암 최익현 아래서 싸우기 위해 유림들이 움직였다. 그러나 면암이 대마도로 잡혀가자 강학으로 눈을 돌렸다. 몸소 의병전쟁에 나서지 않으면서 국제사회에 호소하는 간접 방식을 택했다.[5] 그런 가운데서 합천 지역 의병의 직접 항쟁상을 엿볼 수 있는 기사가 하나 지면을 메웠다. 1908년 4월 19일 『해조신문』에 따르면 8일에 의병 50여 명이 우편국을 습격한 것이다. 그 결과 우편국장이 중상을 입었고, 가까이 살던 왜인들이 이웃 삼가로 달아나는 쾌거였다.

1908년 6월 합천읍에 사립 '흥명학교(興明學校)'가, 1909년 8월 초계에 '개진학교(開進學校)'[6]가 문을 열었다. 지역 지도층의 고심 어린 결단이 담긴 일이었다. 이름에서 엿볼 수 있는 바와 같이 국권회복을 염원하고 새로운 근대 질서에 발맞추어 나가야겠다는 지역민의 뜻이 담긴 근대 학교였다. 이들은 경술국치 이후 오늘날 합천초등학교와 초계초등학교로 이어지면서 역내 지역 제도 교육의 디딤돌이 되었다. 그런 가운데 1910년 4월 해인사 대장경 경판을 왜인과 비구가 작당해 출판 명목으로 섬나라로 유출하려다 그친 사건이 생겼다. 흉흉했던 지역 분위기를 보여 주는 변고였다.

국망의 급변 속에서도 합천 지역사회 주도층과 유림 지배층의 기본 뼈대에는 큰 변화가 없었다. 그런 가운데 나름의 길을 찾기 위한 고심이 이루어졌다. 1909년 합천 '요산정사(樂山精舍)'에서 펴낸 『열

---

5) 이정은, 앞의 책, 218쪽.
6) 『합천교육사』, 경상남도합천교육청, 1996, 71쪽.

부김씨종용록(烈婦金氏從容錄)』7)(3권 1책)은 그런 움직임이 고스란히 옹근 책이라 하겠다. 삼가 심재덕(沈載德)의 아내 서홍 김씨(1893~1904)의 열행을 기록한 이 책은 책머리에 1908년 3월에 쓴 김도화의 「서」와 정재규의 「서」를 얹었다. 당대 영남의 이름 있는 선비들이었다. 책 끝에는 심재덕의 시당숙 심학환이 쓴 발문이 붙었다. 본문에는 한글로 쓴 김 부인의 유서 「김부인유흔서(金婦人遺恨書)」와 「벽상서(壁上書)」, 「아바님전상사리(親堂告訣書)」 세 편이 실렸다. 열부 김씨가 1903년에 썼던 작품이다.

① 십칠 세 셩인ᄒᆞ야 륙 년이 되엿시되 하르ᄒᆞ시을 셰원코 쾌락 세월을 못 보오고 -(줄임)- 졍ᄒᆞ신 심 셔방님 구원을 가시나마 셥셥이 먹디 마오 이럴 쥴 아라시면 그다지 안할 거살 ᄂᆡ가 과이 미몰ᄒᆞ오 미몰코 무졍함을 인ᄌᆞ사 ᄭᆡ쳐오니 후회가 무궁ᄒᆞ고 텰텬지 포흔이오 원통할〻 졀통할〻 이고이고 원통히라 가쇼롭고 굿부도다 이곳애 뉘을 바릴쥴 업시미 이 안ᄌᆞ 간장이 지가 되고 오장이 녹ᄂᆞᆫ다 이다지 셕킈온고 산도 셜고 물도 셜고 듯도 보도 못ᄒᆞᆫ 고듸 의탁업시 어이살꼬 뉘을 바릐 산다 ᄒᆞ노 이가 이가 원통히라 ᄂᆡ 쇼회을 어나 뉘가 아라 쥬리 이고 이고 졀통히라 울울 심〻 잡디 못ᄒᆞᆫ 광인닌가 취인닌가 쳡쳡이 미친 흔을 엇디 다 긔록ᄒᆞ리
—「김부인유흔셔」 가운데서8)

② 심 셔방님 이별흔 후 흔달이 되엿셔라 불칙흔 이 신명은 어이 이리 지리ᄒᆞᆫ고

7) 『열부김씨종용록』, 요산정사, 1909. 발굴 보고 형식으로 이 책이 언론에 공개되기도 했다. 「열녀 김씨 유한서 발굴: 국어 변천사에 귀한 자료, 개화기 여성문학의 새 지평 열어」, 『경향신문』, 경향신문사, 1986.5.23.
8) 『열부김씨종용록』, 위의 책, 8~10쪽.

군즈님 가신 후 두 달이 되엿셔라 불칙흔 늬의 잔명 어이 이리 지리흐고
심 셔방님 영결흔 후 셕 달이 되엿셔라 모즐고 독흔 늬의 잔명 어이
이리 지리흐고 귀신도 무지하다

—「벽상셔」9)

열부 김씨는 현풍 출신으로 17세 때 13세 심재덕과 성혼하였다.
그러나 곧 앓기 시작했던 지아비가 6년 뒤 1903년에 죽었다. 그녀는
오래 병구완했던 남편이 죽자 석 달 뒤 1904년 2월에 스스로 날짜를
헤아려 운명했다. 1년을 한 달로 쳐 석 달이면 삼년상을 마친 것이니,
그 예를 따랐다. 그녀 나이 23살 때 일이었다. ①에서는 남편을 잘못
모셨다는 자책과 순절하기로 작정한 경위를 섧게 담았다. ② 또한 지
아비를 따라 죽겠다는 맹세를 담았다. 한 구절씩 써서 벽에 붙여 놓
고 죽을 각오를 다진 것으로 보인다. 사람들은 순절한 그녀를 남편과
한자리에 묻고, 정려각(旌閭閣)을 세웠다.

글맵시는 2음보 가사체를 갖추었다. 경상도 내방가사가 근대문학
으로 넘어오는 한 본보기10)를 보여 준다. 1894년 갑오억변 이후 개가
가 허용되었다. 그러나 김씨는 그러한 세상 변화를 따르지 않았다.
비록 허물어지고 있었지만 한결같이 살아 있는 삼종지도라는 법도를
실천하고자 했다. 합천 지역이 움직여 열부 김씨의 열행을 군이 기록
하고 세상에 내세운 밑자리를 짐작하기란 어렵지 않다. 다가오는 근
대와 허물어지고 있었던 전근대 사이에서 합천 유림이 겪었을 당혹
감과 분연함을 함께 드러낸 셈이다. 그런 점에서『종용록』은 현존하
는 합천 지역 근대 예능의 첫 출발점임과 아울러 그 고심을 속겉으로

9) 『열부김씨종용록』, 위의 책, 11쪽.
10) 강재철, 「『김부인 유서』에 대하여」, 『한국학보』 43집, 일지사, 1986, 232~234쪽.

품은 출판물이다.

1914년 피식민지 예속 기구로서 합천군이 개청되었다. 앞으로 피식민지 노예민으로 합천 사람들이 살아가야 할 험난한 앞날의 파고를 예고하는 일이었다. 그와 아울러 합천공립보통학교가 개설되었다. 근대의 학예와 제도를 지역에 선뵈고 뿌리내리게 하는 데 첨병노릇을 할 장치였다. 많은 집에서 "신학문을 왜놈들의 개글이라고 배척"[11]하면서 꺼렸다. 그러나 왜로(倭虜)는 경찰을 동원해 아이들을 보통학교에 다니게 할 것을 강권했다. 1918년 제6회 졸업생은 17명이었다. 그들 대부분은 이른바 조선총독부 획책 아래 펼쳐졌던 근대적인 산업과 일터에 자리를 차지해 나갔다.

2. 기미만세의거와 청년 합천의 모색

기미만세의거는 10여 년에 걸쳤던 이른바 조선총독부의 지배 획책이 우리 사회 곳곳에서 실패하였음을 증명하는 일이었다. 그들의 강압 수탈에 대한 겨레의 집단 저항과 투쟁이었다. 합천 지역은 앞서 있었던 두 차례의 의병전쟁에서 향촌 사회가 해체 당하는 피해를 입지 않았다. 따라서 전통 유림을 중심으로 한 지역 연고권과 종족 마을 질서가 온존하고 있었다.[12] 이러한 통합된 공동체적 힘을 바탕으

---

11) 이주홍의 경우도 아버지가 경찰에 끌려가 몰매를 맞는 고초를 겪은 뒤 '합천보통학교'에 입학하지 않을 수 없었다. 이주홍, 「이 세상 태어나서」, 『격랑을 타고』, 삼성출판사, 1976, 250쪽.

12) 합천에 왜인 지주의 진출은 1919년까지 거의 없었다. 그들 자본 침투가 많지 않았고 새로운 산업·철도와 같은 근대 교통이 트이지 않았던 점도 지역 주도층의 적극 참여를 이끈 배경이었다. 역외 출향 지식인과 역내 전통 유림, 지주와 소작인의 상하 관계 지역민이 종족 마을을 중심으로 수평적, 수직적 연대를 뚜렷하게 이끌 수 있었다. 이정은, 앞의 책, 218쪽.

로 합천의 기미만세의거는 시위가 조직적이었고 강렬했다. 경남 지역에서 가장 치열한 항쟁을 이끈 것이다.[13] 피해도 컸다.

게다가 황강과 낙동강을 낀 합천은 다른 곳과 달리 해마다 가뭄과 홍수를 달고 살았다. 극심하고도 빈번했던 그러한 자연재해는 1920년대 내내 합천을 더욱 곤궁하게 만들었다. 세궁민은 어쩔 수 없이 이향의 참혹 속으로 내몰렸다. 1922년 합천 농촌 사회는 소작농이 농업 인구의 70%를 차지할 정도였다. 1925년 무렵에는 자연재해에다 소작 현실에서 이기지 못해 달마다 500명 가까이 섬나라로 도항했다.[14]

그럼에도 기미만세의거의 승리로 확인한 합천 사회의 기백은 실천 활동에 물꼬를 텄다. 나라 안팎으로 드높았던 자신감과 다양한 항쟁 노선의 용틀임이 지역에도 불어 닥친 것이다. 겨레 모두에게 지나간 왕정시대와 다른 공화제 민족 국가 수립에 대한 전망을 굳힌 움직임이었다. 왜경을 피해 타지역이나 외국으로 망명하거나 유학길에 나서는 이도 잦아졌다. 역내의 뜻있는 젊은이들은 갖가지 청년 조직을 만들고 모임을 이끌며 지역 계몽과 발전을 위한 일에 앞장섰다. 합천청년회·합천노동회·합천기독청년회·형평사의 활동과 같은 것이 본보기다.

1920년에 3월에 출범한 합천청년회가 출발점이었다. 합천청년회는 지역 유지의 지원을 받으며 지역 계몽과 현안 타개, 발전 방향에 대한 모색을 위해 마련한 조직이었다. 이민우·강만달·강홍렬·정순종·박종로와 같은 이가 결성 처음부터 힘을 모았다. 삼가, 해인사 지역 청년회와 수평 연대 활동을 벌이기도 했다.[15] 아울러 여러 사회

---

13) 이정은, 위의 책, 238쪽.

14) 『동아일보』, 1925.5.8.

15) 1921년 5월에 '합천연합대강연회'를 해인사 구광루에서 연 일이 본보기다. 합천·초계·고령·대구·현풍·창녕·진주·곤양·해인사 10개 청년회 연합 강연회를 벌인 것이다. 합천에서는 초계와 해인사가 독립 지부로서 합천청년회와 활동했음을 알 수 있다. 이 행사에 합천청년회에서 강홍렬, 해인사청년회에서 김지현, 초계청년회에

문화 예능 활동을 마련하고 도왔다. 지역 연극 활동, 순회 강연회와 같은 것이다.16) 합천청년회는 1924년 6월 '전조선청년동맹'에 가입하고, 1925년에는 합천·삼가·초계 세 곳의 청년회가 모여 '합천청년연합회'로 확대, 재출범하여 역외 정세 변화와 발맞추고자 했다.17) 이러한 통합된 역량은 이어서 민족 단위로 이루어진 신간회 출범과 함께 지회로 자동 가입을 결의하기에 이른다.18) 합천 지역 청년 활동의 중심에 합천청년회(동맹)가 있었다.

서 남상수가 연사로 나섰다. 합천경찰서 고등계 형사가 눈을 부릅뜨고 현장을 지켰다. 연합 강연회 참석 인원은 800여 명에 이르렀다. 활발했던 열기를 볼 수 있다. 『동아일보』, 1921.5.9. 『동아일보』, 1921.5.23.

16) 1921년 6월에 합천청년회에서 야구 도구를 가져와 처음으로 야구를 시연하였다. 7월 26일에는 합천청년회관에서 제6차 임원회의를 열었다. 각지 순회 중인 학생대회 강연단과 갈돕회 연극단이 올 때를 대비해 환영 절차를 의논하고, 본회 회원으로 강연단을 조직하여 군내 순회 강연 계획을 세웠다. 이 일을 초계청년회와 함께 기획했다. 『동아일보』, 1925.4.8. 그리고 그런 계획에 따라 역내 하기순회강연대를 조직하여 순회강연을 했다. 강연대는 3대를 두었는데, 1대는 연사에 이면근·박남권·강원숙·강홍렬이 나섰다. 야로와 가야면을 맡았다. 2대는 연사로 정명원·김이태·조재식이 수고했고, 율곡과 용주 그리고 합천면을 맡았다. 3대는 임학찬·박윤표·정순종이 연사로 나섰다. 대양과 쌍백 그리고 삼가면을 맡았다. 강연 장소마다 왜경 서넛이 자리를 지키며 검열을 했다. 그리고 합천청년회에서는 웅변대회도 열었다. 순회 강연회의 달라진 모습이었다. 합천보통학교에서 실시한 1923년 9월 웅변대회에서는 참석자의 즉석 웅변회 형식을 갖추었다. 이석순·이면근·박윤표·정순종·이선애가 나서 강연했다. 『동아일보』, 1923.9.2.

17) 정순종·변영철이 집행위원으로 나섰다. 그들은 「강령」에서 "오등은 사회진화의 법칙 하에서 신사회의 건설을 기함. 청년문제, 노농문제, 사회문제, 특수문제를" 다룬다고 적고 있다. 이미 계급주의 사유가 지역 지식 청년층에 깊이 침투하여 노선상 변화가 있었다. 따라서 통합 합천청년회가 1926년 4월 정기총회에서 청년회를 해체하고, 합천청년동맹으로 만장일치로 재창설한 일에서는 더욱 강고해지는 지역 안밖의 정세에 맞추어 활동 노선과 역량을 가다듬어야 했을 고심을 엿볼 수 있다. 연합회 첫 회장은 정순종이 맡았다. 『동아일보』, 1925.4.8.

18) 1927년 10월과 11월에 이웃 거창·진주와 함께 지회 설립을 끝마쳤다. 지회설립준비위원: 전상규·정순종·김재중·이정호·정기성·박윤표. 그 아래 책임자는 아래와 같다. 서무·재무총간 정기성, 정치문화부 총간 강홍렬, 조사연구부 총간 이정호, 선전조직부 총간 박자훈. 『조선일보』 기사를 참조해 이균영이 갈무리한 바 있다. 이균영, 『신간회 연구』, 역사비평사, 1996, 597쪽.

합천청년회는 역내 다른 부문과도 연대 활동을 전개했다. '합천노동회'가 대표적이다. 이들은 합천청년회 설립과 함께 일반 노동자가 합천노동계를 만들고 규칙 처리와 사무 처리를 합천청년회에 맡기면서 시작하였다. 그러다 1922년 합천노동회로 발전했다.[19] 합천노동회는 합천청년회와 함께 지역 청년 활동의 장을 넓혔다. 합천기독청년회도 합천청년회와 마찬가지로 강연회를 열고, 지역 계몽 활동에 나섰다.[20] 1920년대 기독교계 활동은 이른바 조선총독부의 눈과 귀로부터 다소 벗어날 수 있었던 완충 역할을 했다. 신앙 유무에 관계없이 그 점을 살린 측면이 있다. 이들 또한 합천노동회와 마찬가지로 합천청년회와 묶여 있었다.[21] 1923년에는 조선형평사 합천지부가 마련되어 민권 활동에 나섰다.[22]

이러한 지역 청년회 활동에 더하여 1926에는 중요한 진전이 있었다. 『동아일보』 합천지국이 역내에 마련된 것이다.[23] 서울 본사와 지역 활동 사이 연결 고리를 만듦으로써 지역의 사상 투쟁과 역량 강화에 발 빠른 대응을 할 수 있게 된 셈이다. 1931년에는 초계분국까지 세워 소작쟁의가 뜨거웠던 초계 지역 농민조합 항쟁을 도와주고자 했다.[24] 『동아일보』 지국 마련은 맞물린 『조선중앙일보』나 『조선일

---

19) 1923년 8월 임시총회를 합천청년회관에서 열어 박남권 사회로, 경남노동단대회에 최금순·박남권의 참가를 결정했다. 그리고 합천노동회 주최 연합축구대회를 열기도 했다. 『동아일보』, 1926.9.29.

20) 『동아일보』, 1922.5.20. 『동아일보』, 1922.7.8.

21) 합천기독청년회 소속 이순석·박남권·정순종은 합천청년회 소속이기도 했다. 『동아일보』, 1931.8.16.

22) 『동아일보』, 1932.5.6.

23) 지부장 박운표를 중심으로 유사에 강원숙, 기자 강홍렬·박우상·이민좌·김재중이 이름을 얹었다. 『동아일보』, 1926.9.21.

24) 1927년 합천청년회가 후원하고, 동아일보 지국이 주최하는 동아일보 본사 낙성 기념 운동회와 음악회를 열었다. 『동아일보』, 1927.4.3.

보』지국 활동과 함께 지역 사회 활동장을 크게 키운 셈이다. 그들이 1931년 합천기자동맹을 만든25) 것은 급박했던 지역 안밖 정세에 따른 기민한 공동전선일 뿐 아니라, 지역 청년 조직 활동을 지켜 내기 위한 전술이었다.

이러한 합천 역내 청년 활동 조직은 거의 모두 중요 과업을 아래 세대에 대한 신교육에 두었다. 비록 왜인에 의한 조사 결과지만 1926년 현재 합천군26)에 공립보통학교는 6개교, 왜인 아이를 대상으로 삼은 공립소학교는 1개교, 사설강습소는 2개, 그리고 서당은 99개가 있었다. 모두 107개교다. 눈여겨볼 점은 서당이 99개로 압도적이라는 사실이다. 그 무렵 합천의 자연 마을이 97개 정도였다. 마을마다 거의 하나씩 서당이 있었다는 뜻이다. 1920년대 합천 지역 사회 분위기를 이해하는 주요 통계로 보인다. 따라서 극소수 아이만 근대 교육이 가능했던 공립보통학교에 입학하고 대다수 아이는 서당을 드나들거나 무학으로 학업 바깥에 놓여 있었다. 그렇다고 신교육과 근대 지식에 대한 욕구가 적었던 것은 아니다. 지역 사회에서 제도 교육인 공립보통학교 세례를 받은 어린이·청소년에 대한 기대와 밤배움에 대한 지원이 많았던 까닭이다.

공립보통학교는 지역 어린이·청소년에게 예속 근대의 감각을 심어 줌과 아울러 새로운 사회 편입을 위한 길을 배우게 하는 곳이기도

---

25) 1930년 12월 30일 중외지국에서 창립총회를 열었다. 위원장, 서무 겸 재정부 이주홍, 조사부 정원조·변찬규, 시사연구부 정순종. 1931.1.3. 중외일보·조선일보·동아일보 지국의 연합으로 합천기자동맹 결성을 완료하였다. 회의 안건은 "언론에 관한 건, 군내 조선인 경제상황 조사, 지주 대 소작인 문제, 군행정에 관한 건, 전매국원의 횡포에 관한 건, 교육문제에 관한 건, 경남기자대회 참가"와 같은 것이었다. 『동아일보』, 1931.4.5. 『동아일보』, 1931.4.14.

26) 126,659명이 살고 있다. 한국인이 24781호에 126,299명, 왜인 195호에 321명, 중국인 12호에 39명을 포함한 숫자다. 시장은 읍내를 비롯, 야로·초계·율지·고현·삼가·덕촌에서 열렸다. 해인사 승려는 238명이었다. 『군세일반』, 경상남도 합천군, 1926.

했다. 게다가 선택받은 소수자였던 그들 학생은 지역 사회 성인층의 마음자리와 기백을 아울러 내면화하고 있었다.[27] 그들 졸업생은 동창회 활동과 유학생 친목회 활동으로 이어 나가면서 연결망을 확대, 심화했다. '합천유학생친목회' 또는 '재경학생친목회'가 그것이다. 이러한 연결망은 해마다 벌였던 공립보통학교 학예회[28]와는 달리 더 세련된 근대 예능의 여러 면모를 지역민에게 내면화시키는 몫을 맡았다. 유학생 연대망은 방학이면 고향에서 모임을 갖고 지역 활동에 나섰다.[29] 1925년 5주년 창립 기념식과 함께 이루어졌던 소인극 공연[30]은 지역 근대 예능에 끼친 그들의 영향력을 짐작하게 하는 일이었다. 「인과의 보응」이라는 연극을 합천공립보고 2층에서 공연했다. 입장한 이가 500~600명에 이르렀으니 대성황이었다. 그리고 '재경학생친목회' 또한 방학을 맞아 돌아올 때마다 근대 예술문화의 싹을 퍼뜨리는 데 영향력을 끼쳤을 것이다.

그런데 다수 빈곤층 어린이·청소년은 이른바 조선총독부의 피식민지 노예 교육에도 끼이지 못했다. 그러한 소외는 그들이 근대 직업사회에 편입할 수 있는 기회가 가로막히는 것을 뜻한다. 따라서 이들을 위한 방향 모색이 합천 지역 사회의 중요한 의제였다. 그것이 사립학교 설립과 밤배움 강습소 활성화로 나타났다. 대병 은진송 씨의

---

27) 1920년대 후반 이후 늘어났던 전국 학교의 맹휴에 가담해 1927년 합천공립보통학교에서도 4학년 학생이 동맹 휴학을 일으켰다. 교사의 민족 차별적인 언사를 문제삼았다. 『동아일보』, 1927.11.22.

28) 1926년 합천공립보통학교 학예회를 언론이 보도했다. 『동아일보』, 1926.12.5.

29) 합천의 역외 유학생 흐름에 대해 알려진 바는 없다. 처음으로 언론 보도가 이루어진 것은 1923년 '합천유학생친목회' 제2회 정기총회 기사에서다. 이 총회는 1923년 8월 합천청년회관에서 박남권 사회로 이루어졌다. 거기서 임원을 뽑았다. 이동우를 집행위원으로 하는 임원진이었다. 『동아일보』, 1923.8.18.

30) 기념식에서는 유학생 가운데서 이경석·변정규의 졸업 축하와 합천청년회 정순종·이민좌의 축사가 있었고, 저녁에 공연을 했다. 『동아일보』, 1925.8.23.

재실 삼희재(三希齋)를 빌려 1921년 4월에 시작했던 삼일의숙과 가회의 구음의숙이 대표적인 사립학교였다. 그들이 1920년대 지역의 전근대와 근대 경계 사이에서 몸부림쳤던 흔적은 합동운동회로 엿볼 수 있다.31) 그러다 그것마저 1927년 폐쇄 당하고 말았다.32)

소규모 밤배움은 합천 권역 여러 곳에서 이루어졌다. 합천청년회에서 마련한 '합천여자야학'이 선 때가 1921년 4월이었다.33) 합천기독청년회에서도 밤배움을 열었다. 1923년 7월 합천군 기독청년회 여자야학회가 생기고, 수업식을 거행했다.34) 노동야학은 1921년 초계면 상부리에서 교사 14칸을 임시로 마련해 시작했다.35) 합천노동회에서도 노동야학을 합천청년회관에서 시작했다. 까막눈이었던 이들이 수업을 마치고 잡지를 읽는 수준까지 발전했다.36) 삼가에서도 여자야학이 마련되었다. 합천 군내 여러 밤배움은 한글과 왜어(이른바 국어) 습득에 중요 역할을 맡았다. 그리고 그를 기반으로 근대적 문화 활동을 익힐 수 있는 기틀을 닦아 준 것이다.37)

덧붙일 일은 합천유치원 설립이다. 1923년부터 준비가 이루어져 1927년에 설립되었다. 그러나 운영이 순탄치 않았다. 그러다 1935년 12월 합천유치원이 정식으로 인가를 마쳐 개원했다.38) 첫해 40명으

---

31) 『동아일보』, 1922.5.13.
32) 강석정, 「삼일의숙과 송필영 선생」, 『합천대야신문』, 대야신문사, 2013.4.9.
33) 갑반은 기독교예배당, 을반은 기독청년회관에서 수업을 했다. 합천청년회 한 마리아·이명갑·강만달·강홍렬·박운표가 교수로 일했다. 70명의 통학생이 배웠는데 갈수록 입학 지원자는 늘어났다. 『동아일보』, 1921.4.8.
34) 『동아일보』, 1923.7.12.
35) 『동아일보』, 1921.6.23.
36) 유해영이 강사로 활동했다. 『동아일보』, 1921.4.8.
37) 합천의 밤배움은 1920년대 초부터 1931년 초에 이르는 긴 기간에 걸쳐 섰다 사라졌다를 거듭했다. 학교가 없었던 묘산면 관기리에 세웠던 때는 1931년이었다. 남자 50명, 여자 20명이 수업을 받았고 장덕균이 애썼다. 『동아일보』, 1931.2.7.

로 천주교회당에서 열었다. 유치원 원생은 근대 유아 율동이나 양악과 같은 근대 예능을 몸으로 체득한 첫 세대이기도 했다. 피식민지 예속 근대인으로 자라는 교육의 첫자리에 그들이 놓인다.[39] 그마저도 합천에서는 설립이 한참 늦었다.

기미만세의거와 1920년대를 지나 1930년대 초에 이르는 시기 동안 합천 지역에서는 앞에서 살핀 바와 같은 다양한 청년 조직 활동과 신교육 바람이 불었다. 점증했던 지역 근대의 욕구와 방향 모색을 위한 젊은 기운이었다. 그에 힘입어 지역 근대 예술문화에 대한 감각과 이해도 아울러 높아졌다. 게다가 바깥에서 들어온 단체의 부정기 예술 공연도 역내 분위기를 드높이는 몫을 맡았다. 1922년 6월 고령 기독교회 순회극단이 합천을 찾아, 연극을 공연한 일도 그 가운데 하나다. 고학생 조직 갈돕회의 순회연극단이 여름 방학을 맞아 계몽극 공연을 벌였다. 1922년 8월 초계로부터 들어와 합천에서 공연을 하고 환대를 받았다. 그 일에 합천청년회·합천유학생친목회·동아일보 합천지국이 후원했다. 지역 근대 예능의 기운을 부추긴 주체가 누구였던가를 보여 주는 행사였던 셈이다.[40]

이러한 분위기 아래 자란 어린이·청소년은 근대 예능에 대한 포부와 역량을 보다 조직적으로 드러내기 시작했다. 합천청년회의 지도

38) 1923년 8월 합천공보에서 설립을 위한 모임이 특별 강연 형식으로 열렸다. 운동장에는 600여 명이 모였다 하니 성황을 이루었다. 그 자리에서 모금이 있었는데 북두결(北斗決)에서 6000원, 동아일보 지국 20원, 기독청년회 5원 외, 수십 명이 기부를 했다. 이듬해 8월 청년회관에서 발기인 총회를 열고 설립 임원회를 갖추었다. 그러나 개원이 되기까지 오랜 시일이 걸렸다. 1927년 유홍모·강세현에 의해 드디어 합천천주교회에 세워졌으나 운영이 순탄치 않았던 것으로 보인다.

39) 우리나라의 본격 첫 유치원은 서울 이화학당에 세운 이화유치원이었다. 1914년이었다. 매국노 자녀의 부왜인(附倭人) 양성을 위해 세운 사립경성유치원은 1913년에 섰다. 이상금, 『해방전 한국의 유치원』, 양서원, 1995, 20~21쪽; 312쪽.

40) 『동아일보』, 1922.8.22.

와 협조를 받으며 소년회를 조직한 것이 한 본보기다.[41] 그들은 기관지 『달빛』을 펴냈다. 원고가 압수되어 다시 임시호를 준비하는 고초를 겪은 끝에 1927년 2호를 냈다. 1928년 5월에는 4호 원고를 압수당하기도 했다.[42] 그리고 합천청년회가 합천청년동맹으로 조직을 개편한 1928년, 비슷한 시기에 합천소년동맹으로 바꾸어 활동을 계속했다.[43] 소년회 활동과 아울러 그 무렵 합천의 어린이문학 단체로는 김영신이 이끈 '합천토요회'도 있었다. 지역 소년회 활동이야말로 1920~1930년대 합천 어린이문학을 굳게 터 잡게 하였다.[44] 그 역량이 뚜렷하게 돋아 오른 모습이 이주홍과 이성홍 형제의 활동이다.

이성홍(1911~?)은 합천소년회를 이끌면서 1925년 무렵부터 당대 대표적인 어린이 잡지 『신소년』을 중심으로 활발한 활동을 벌였다. 그는 명고옥(나고야)으로 유학을 떠날 때까지 합천의 대표 청소년 문사로 이름을 알렸다.[45] 그리고 1930년 3월호부터 기성 대우를 받으며 청년 시인으로 자리를 분명히 했다. 이주홍이 왜나라 광도에서

---

41) 기미만세의거 기념일을 맞이하여 합천소년회에서 대운동회를 열고 20여 종의 경기를 했다. 이런 행사는 지역 유지와 청년 조직의 협조 없이는 어려운 일이다. 『동아일보』, 1923.3.21.

42) 『중외일보』, 1928.5.22.

43) 합천소년동맹 제6차 정기총회가 1931년 5월에 열렸다. 이성홍 임시의장 사회로 회원 연령을 8세 이상 20세 이하로 하여 위원 선거를 하였다. 위원장에는 김영옥, 서무부 최필규·이무공, 재무부 김영신·정판석·이정갑, 조직선전부 이선수·이옥갑·이종기, 체육부 이말출·최근수, 지도부 이순덕·조재원이 그들이다. 『동아일보』, 1931.5.23. 그리고 6월에 함벽루 임시총회에서 다시 각부 위원을 개선했다. 그들 명단은 아래와 같다. 위원장 최필규, 서무부 이선수·조재원, 재무부 김영신·이정갑·최근수, 조직선전부 이종기·오상기·이무공, 체육부 이위출·정판석, 지도부 이옥갑·이순덕. 『동아일보』, 1931.6.12.

44) 1925년 『신소년』 1월호 「독자통신」에 합천 정운돌의 방학 이야기가 실렸다. 그리고 1926년 2월호에는 합천 윤재현이 『신소년』 발전 광고 가운데 하나를 맡았다. 합천 역내에 어린이 잡지의 구독과 관심이 보통이 아니었다는 사실을 확인할 수 있다.

45) 『신소년』을 빌린 발표 작품만도 1925년에서 1931년 사이, 동요·산문·소년시에 걸쳐 30여 편이다.

돌아와 『신소년』 기자로 일하고 있을 때였다. 이성홍은 1931년에는 『신소년』 야로지사에 이름을 올렸다. 지사장 이덕조, 기타 임원 이재갑·이성홍이 그것이다. 명고옥에 유학을 떠나 있으면서도 고향의 소년회와 끈끈하게 연을 대고 있었던 셈이다.

이주홍(1906~1987)은 1920년대 중반부터 예순 해나 되는 세월 동안 창작 일선에 몸담았던 예능인이다. 1918년 합천공보를 나온 뒤, 서당에 드나들면서 자작 연극을 벌이고 문예문집·신문 편집 활동을 즐겼다. 1921년부터 서울의 통신 학습 과정을 거친 뒤 섬나라 광도로 건너간 때가 1924년이었다.[46] 외종형이자 장차 합천의 음악가로 자랄 강의범이 광도고등사범학교에 다니고 있었다. 이주홍은 1926년부터 고학을

---

46) 1920년대는 1910년대와 달리 섬나라 유학 분위기가 달라졌다. 앞선 시기의 국비유학생이나 부유한 지주, 관료 자식과 달리 향학열이 높은 도시 서민이나 농촌 자작농 자식도 유학을 떠나는 경우가 잦았다. 인원도 늘었다. 농촌 해체에 따른 노동 이민자도 부쩍 늘었다. 그들 '도항자'들이 맞닥뜨린 문제는 무엇보다 민족 차별, 계급 차별이었다. 거기다 지역 차별까지 있었다. 그러한 문제를 줄일 수 있는 길이 가족·친척과 같은 연고자를 찾아 건너가는 방법이었다. 특정 지역에 대한 집주화·정주화가 일어나게 된 까닭이다. 광도에 한국인이 들어가게 된 때는 1910년대다. 합천 사람의 광도에 대한 집주화·정주화도 그 무렵부터 이루어진 것으로 보인다. 이주 형태는 자유모집과 관 알선대에 의한 조직 동원 그리고 이른바 징용령에 의한 동원에 이르는 셋이었다. 합천 사람의 도항은 초기에 주로 가족, 친척과 동행하는 자유모집에 의한 것이 많았다. 귀환자에 대한 조사(丸山孝一·江鳥修作)에 따르면 합천 금양리 72세대 가운데서 30.6%가 이민 경험자였고, 그들 대부분은 광도 지역 이민자였다. 광도에는 합천민회가 따로 있을 정도였다. 광도의 합천 사람 집주화·정주화는 광도 한국인 원폭 피해자 가운데 많은 수가 합천 사람이라는 점에서 알 수 있다. 1972년 통계에 따르면 합천군 피폭자는 6,000명 정도였다. 그러나 그들은 생존자 가운데서, 그것도 피폭으로부터 27년이나 지난 뒤에 이루어진 조사 결과다. 실상과 크게 떨어진 통계다. 가족 모두가 몰살당한 경우나 환국 뒤 실종, 사망한 수까지 헤아리기란 불가능하다. 오늘날 남아 있는 한국 원폭 피해자의 거의 모두가 광도에 머물렀던 합천 출신이다. 2003년 현재 560명 합천군 출신 생존 피폭자 가운데서 557명이 광도에서 피폭당한 이들이었다. 심진태(62살, 사단법인 한국원폭피해자협회 합천지부 지부장), 2003.7.10 구술. 丸山孝一·江鳥修作, 「移民と社會構造: 金陽里의 場合」, 『移民と文化變容』, 일본학술진흥회, 1976, 201~203쪽. 박태일, 「이주홍론」, 『경남·부산 지역문학 연구 1』, 청동거울, 2004, 240쪽.

하면서 동경 '정칙영어학교'에 다녔다. 1928년부터 광도로 돌아와 '광도사립근영학원'에서 한국 이주민 아이를 가르쳤다. 이주홍이 귀국한 때는 1929년이었다. 지난 시기 열심히 투고했던 『신소년』 편집기자로 자리를 잡았다. 그때부터 그의 예술적 재능은 1930년대 후반까지 활발하게 꽃피기 시작했다. 잡지 편집자로, 출판 미술가로, 어린이문학가로, 소설가로, 극작가로 이어진 폭넓은 활동이 그것이다.

이주홍과 함께 1920년대 후반부터 활발하게 활동한 이가 손풍산 (1907~1973)이다. 초계 적중에서 태어나 초계보통학교와 대구공립보통학교를 거쳐 1927년 진주사범학교를 나왔다. 잠시 보통학교 교사로 일했으나, 계급문학을 따르고 있었던 사상 교사였던 그는 학교에 오래 몸담기 어려웠다. 1930년 초기 잠시 서울로 올라가 은평사립학교 강사로 일하기도 했다. 그러다 1932년 4월 다시 고향 초계로 내려와 『조선중앙일보』 초계지국 기자로 일하면서[47] 농민조합 활동을 열심히 벌였다. 그러나 카프 해체의 빌미가 된 신건설사검거폭거로 옥고를 치렀다.

흙벌이 첩첩으로 눌러 덮은
벼 한 톨도 없는 들길을
오늘도 나는 혼자
묵묵히 네 유족을 찾어간다.

가보면 가슴이 답답해도
안 가보면 궁금해서 견딜 수 없는
지금은 만 사람이 잊어버린 네 유족을

---

47) 『조선중앙일보』, 조선중앙일보사, 1932.4.14.

동무도 조직도 다 없어진 오늘
나는 하늘가에 울고 가는 외거리기
목에 잠긴 이 만 가지 생각을
어떻게 눌러 버리고 사라갈가

락동강을 '또니에벌'로 맨들려는
내 가슴 안에 꿈은 가득하나
너는 서울 서대문 성ㅅ집에 가 있고
내가 한없이 좋아하는
머리 위 높고 푸른 가을 하늘에는
방공 연습의 비행긔만 날고 있다.

개룽ㅅ벌 외버들숲을 지나면
가을바람이 설렁대는 갈밭!
오오 만주로 부산으로 다 떠나가도
나는 홀로 직히리라.
아 묵묵한 패배의 세월을

오늘도 네 어린 아들놈은
허리 굽은 할머니 따라
고개 넘어 콩밭으로 갔을까
오오 나래를 펴고 이러나는
내 가슴에 가득한 애정!

—「위문(慰問)」[48]

48) 임화 엮음, 『현대조선시인선집』, 학예사, 1939, 76~78쪽.

「위문」은 창작뿐 아니라 실천 활동에 깊숙이 몸담았던 그의 자전 경험을 담은 작품이다. 서대문형무소에 갇혀 고초를 겪고 있는 벗의 유족을 홀로 찾아가는 아픈 마음을 담았다. 세상에 들나지 않게 손풍산이 겪었을 고뇌와 고초를 짐작하게 하는 시다.

이렇듯 합천 어린이문학을 대표하는 활동을 폈던 이주홍과 손풍산이 함께 모습을 드러낸 데가 프롤레타리아 동요집 『불별』(중앙인서관, 1931)이었다. 『불별』에 동요를 실은 이는 모두 여덟 사람이다.49) 그 가운데 두 사람이 합천 사람이다. 이 작품집은 프롤레타리아 소년소설집 『소년소설육인집』(신소년사, 1932)과 함께 카프 어린이문학 분과의 성과를 결집한 것 가운데 하나다. 합법과 비합법 공간 사이에 어렵사리 놓여 있었던 그들이 매체 투쟁을 위해 악보와 포스터까지 붙여 내놓은 동요집이었다. 동맹 휴학이나 대중 쟁의 현장의 벽신문·벽시·소인극·전시회·합창대회와 같은 데서 손수 활용할 수 있도록 본보기로 만들어 엮은 책이다. 계급 학습과 투쟁 수단으로서 동요의 기능을 극대화하고자 한 짜임새였다.

이주홍은 여기에 겉표지 그림을 그리고 동요와 함께 자신의 악보와 속그림까지 올렸다. 『불별』 동요에 곡을 붙인 사람은 셋이다. 이주홍·이일권·맹오영이 그들이다. 세 사람 가운데서 이주홍·이일권 두 사람이 합천 사람이다. 이일권은 손풍산과 마찬가지로 진주사범학교 졸업생이었다.50) 이렇게 볼 때 프롤레타리아 동요집 『불별』은 경상남도 지역문학인, 그 가운데서 이주홍·손풍산·이일권과 같은 합천

---

49) 김병호·양우정·이구월·이주홍·박세영·손풍산·신고송·엄흥섭이 그들이다.

50) 1928년 진주사범학교를 나와 1928년부터 부산 부민보통학교에서 교사 생활을 시작했다. 1931년까지 네 해 동안 머물렀다. 그러다 1932년부터 고향 합천의 삼가보통학교로 옮겨갔다. 그가 부산에서 합천으로 자리를 옮기게 된 배경이 『불별』로 말미암은 사상 탄압과 연관됨을 짐작할 수 있다. 1937년부터 초계의 적중보통학교로 옮겼다.

사람이 중핵에 놓여 있음을 알 수 있다. 이러한 현실주의 경향은 뒷날까지 합천 문학의 중요 전통으로 자리를 잡는다.

3. 피식민지 궁민화와 해인사 예단(藝壇)

1931년 왜로는 만주침략을 저질렀다. 이어 이른바 관동군 아래 만주국을 세웠다. 중국에서 위만주국이라 부르는 괴뢰정부다. 1937년 중국대륙침략전쟁에 이어 1941년 태평양침략전쟁으로 나아가기 위한 앞 단계였다. 이른바 조선총독부는 그러한 거듭된 침략 전쟁 수행을 위한 병참기지로 우리를 발 빠르게 바꿔 나갔다. 사상 탄압과 노동 강제, 물자 수탈을 더 전면적으로 벌였다. 이른바 '국민정신총동원운동'(1938~1940)에서 '국민총력운동'(1939~1945)으로 이어진 책략이 그것이다. 이른바 '내선일체'와 '황민화'를 깃발처럼 마구 흔들었다. 예술문화 부문에서는 1934년 카프 맹원에 대한 검거에 이어 1935년 카프 해체가 큰 분수령이었다. 이른바 '반공'과 '친일'을 내건 조선총독부는 우리를 속결으로 죄 허물고자 했다.

합천에서는 이미 1930년대 초기부터 청년 조직 활동에 대한 탄압과 강제 연행이 잦아지기 시작했다. 1931년 젊은이들을 비밀결사, 독서회, 불온 통신 혐의로 검거한[51] 것이 조짐이었다. 합천형평지부에서도 집행위원회를 개최하지 못했다.[52] 1931년 5월 강홍렬·정순종들이 힘을 모아 세운 합천농업협동조합[53]은 간부가 거듭 검거 당했

---

51) 초계 적중면 상부리 김재복을 비롯한 청년 5명을 진해까지 가서 검거했다. 『동아일보』, 1931.6.30.
52) 이차술 위원장이 이른바 "취체 경관에 반항"한다는 평계였다. 『동아일보』, 1932.5.3.
53) 『동아일보』, 1931.5.6.

다. 1932년 소작쟁의로 검거하고,[54] 1933년 '불온언동'을 빌미 삼아 검거했다.[55] 합천경찰서 고등계에서 세 청년을 긴급 구속, 비밀결사를 조직한 혐의로 "엄중 취조"하다가 21일 만에 석방[56]한 일이 1934년에 벌어졌다. '소작쟁의'니 '불온언동', '취재 위반'과 같은 혐의야말로 지역 청년이나 조직에 대한 폭압적인 탄압과 억압을 숨긴 말이었다.[57]

이러한 폭거는 기미만세의거 뒤부터 자라 오던 합천 지역 안쪽의 근대열과 민족 항쟁에 대한 갖가지 움직임을 더욱 지하화하도록 만들었다. 아울러 제국 왜로의 영향력과 지배를 지역 안쪽에 공고하게 확대, 심화시키는 술책이기도 했다. 그런 간난 가운데서도 지역 근대와 통합을 향한 모색은 사그라지지 않았다. 합천투우대회가 동아일보 지국 지원으로 남정강 다리 밑에서 이루어져 성황을 이룬 때가 1932년이었다. 1934년 대양면에서는 정초 놀이로 줄다리기 대회를 동서 양편으로 나누어 열었다.[58] 같은 해 합천에 시내 전화가 가설되리라는 보도도 나왔다. 전통 유림 사회는 함벽루에서 합천시회를 열었다. 지역 청년 사회의 고심과는 벗어난 교양을 즐기기도 한 셈이다.[59]

---

54) 김무술(25세)·리덕출(23세)을 비롯한 합천농민조합 간부 6명이 검거 당했다. 『동아일보』, 1932.5.7.

55) 초계농민조합 변찬규와 다른 3명이 초계 관평리 밤배움에서 노동절 행사 때 불온언동을 했다는 혐의였다. 『동아일보』, 1933.5.6.

56) 『동아일보』, 1934.6.22.

57) 초계협동조합 정기총회를 합천경찰서에서 막아 열리지 못한 일도 있었다. 『동아일보』, 1933.4.5.

58) 『동아일보』, 1934.3.2.

59) 강양시사(詩社)는 4월 24일 함벽루 위에서 시회를 개최했다. 전국 유림 100여 명이 참석했다. 『동아일보』, 1933.5.6. 합천 지역 사회의 경향을 일정하게 보여 주는 행사임을 알 수 있다. 이러한 움직임은 이른바 조선총독부의 우리 유교 부왜화 과정 가운데 하나로 만들어진 '조선유교회'(1933) 출범 때 회원 명단에 경상남도에서는 다른 곳에 견주어 합천이 가장, 그것도 압도적으로 많았던 사실과 맞물린 점은 아닌

이런 가운데 합천을 덮친 자연재해는 더했다. 가뭄과 큰물에 따른 인명 피해와 땅 유실, 농작물 피해는 흉년의 악순환을 거듭했다. 춘궁기는 피할 수 없는 운명처럼 여겨졌다. 떠도는 걸식군이 속출했다. 1930년대 초반 합천은 전군 인구 11만의 7할인 8만이 생계가 막연한 궁민으로 떨어지고 말았다.60) 그리하여 이른바 조선총독부에서는 궁민화한 합천 사람을 나라 안밖 식민 제국 여러 곳의 노동력 수탈 현장으로 집단 재배치했다. 1920년대에 겪었던 농촌 해체에 따른 개별 유이민화와 달리 고향을 떠나는 슬픔과 고통을 군 단위로 겪기 시작한 것이다. 그 처음이 평북과 평남 광산 인부로 220명이 떠난 1934년 겨울이었다.

흙물에 시달리어 **빽빽** 말른 정든 고향산천을 뒤에 두고 차고 찬 눈바람을 가슴에 안고 북으로 흘러가는 그 신세야 참으로 눈물겨운 동정이 업지 안타 한다.61)

당시 광경에 대한 기사문이다. 언론 보도라 하기 어려운 슬픔을 담았다. 이러한 광경은 합천의 소작쟁의가 1935년 5월에는 한 달에

지 살필 일이다. '조선유교회'의 대표 '종도정(宗道正)'은 윤용구였다. 그리고 이 무렵 기록에 따르면 왜인 원구정(原口正)이 한글로 낸 월간 『합천월보(陜川月報)』가 보이나 실물은 얻을 수 없다. 계훈모 엮음, 『한국언론연표』(1881~1945), 관훈클럽 영신연구기금, 1979, 1933쪽.

60) 『동아일보』, 1932.4.4. 1894년 갑오억변 이후 꾸준히 왜인의 우리 농촌 자원에 대한 수탈, 그 가운데서 거듭한 삼림 수탈의 결과 해마다 거듭한 홍수는 다음해 농사 환경을 더욱 악화시키는 악순환을 불러왔다. 게다가 삼림 반출 이후 나타난 하천의 바닥 상승은 홍수의 피해를 더 키웠다. 합천 지역도 1920년대 내내 봄과 여름 되풀이하는 가뭄과 홍수로 고통을 받았다. 거듭하는 흉년으로 말미암은 춘궁기는 버릇처럼 자리 잡았다. 합천 농촌사회는 참상에 **빠져** 유리 걸식군이 속출했다.

61) 합천군이 나서서 평북 용등과 평남 안주 방면의 광산 인부로 재민 220명을 이송했다. 『동아일보』, 1934.11.22.

1백 건이 일어났다는 기록과 맞물리면서[62] 합천의 농촌 사회가 겪었던 고통의 심층을 반증한다. 이런 가운데서 1935년 합천유학생친목회는 동아일보 합천지국(지국장 정순종) 후원으로 '시민위안음악대회'(1935)[63]를 열었다. 1920년대 꾸준하게 자라 올랐던 근대 청년 예능의 마지막 모습이면서 더 가혹하게 닥쳐올 제국의 강제 동원과 수탈 책략에 꼼짝없이 편입[64]될 앞날을 예고하는 첫자리기도 했다.[65] 그리하여 1939년, 이른바 '전시체제기' 후방 동원기구 '합천방공단(陜

---

62) 모내기에 바쁜 가운데서도 지주들의 소작권 이동이 많아 불만을 품은 소작농이 군소작위원회에 소작쟁의 신청 건수가 1백여 건에 이른 것이다. 그 가운데서 너른 들을 지닌 초계 적중이 제일 많았다. 『동아일보』, 1935.5.28.

63) 합천상무사에서 열렸다. 수천 명이나 모여 관람했다. "60여 학생의 씩씩한 의기를 나타내는 멜로디에 관중의 열광적인 환호를 받으며 성황"을 이루는 두 시간 공연을 하였다. 『동아일보』, 1935.8.20.

64) 1937년 이른바 중일전쟁이라 일컫는 중국대륙침략전쟁 뒤 합천 사람의 집단 이주는 여러 차례 북만주로, 남양군도로, 섬나라로 이어졌다. 1938년에는 58호 335명 가운데 114명이 주가(周家) 마을로, 211명이 도안구(島安溝) 마을로 군직원의 인솔에 따라 출발하였다. 『동아일보』, 1938.3.24. 1939년에는 여러 차례 집단 이주가 이루어졌다. 3월에 161호가 떠났다. 두 차례에 나누어 2일에 100호 847명이 길림성 오가자(吾家子)로, 2회로 6일에 61호 300명이 길림성 고태자(高台子)로 가기 위해 군청 인솔을 받았다. 『동아일보』, 1939.3.11. 4월에는 평남 양덕 철도공사장에 강제 노동자로 200명이 군청 직원 인솔 아래 출발했다. 『동아일보』, 1939.4.20. 9월에는 북만주 "개척 이주민 선견대" 19명이 떠났다. 북만주 개척 이민단을 모집하면서 군직원 인솔 아래, 만주국 북안성(北安省)으로 떠난 것이다. 먼저 가서 다리와 길을 놓기 위해서였다. 『동아일보』, 1939.9.28. 마침내 10월에는 이른바 '정신대'라 불리는 수욕여성(受辱女性)을 포함한 사람들이 남양 개척과 정착이라는 허울 좋은 이름 아래 합천 고향을 떠났다. 『동아일보』, 1939.10.8. 1944년에는 이른바 '징용령'에 따라 합천에서 왜나라나 동남아시아로 끌려간 사람이 3360명에 이르렀다. 김기진·전갑생, 『원자폭탄, 1945년 히로시마…2013 합천』, 선인, 2012, 117쪽.

65) 그런 가운데서도 빈부, 사회계층에 따라 현실과 동떨어진 환락을 누리는 이들은 밤을 새우고 있었다. 가뭄으로 말미암아 일반 농가와 상가는 불황을 걱정하고 있는데, 화류계에서는 호경기를 누리며 요리점, 음식점, 판매 주점이 100호나 되고, 이 구석 저 구석에서 장고 소리, 노랫소리, 레코드 소리를 떠들어, 합천 사람들이 얼마나 낭비에 빠져 있는가 걱정스럽다고 비난하는 목소리가 기사로 실리기도 했다. 『동아일보』, 1937.11.9.

川防共團'결성66)은 합천이 겪었던 그러한 암울의 곁을 보여 주는 일이었다.

피식민지 시기 중반인 1935년 무렵부터 1945년 을유광복까지 기간은 제국주의 왜로의 침략 전쟁 시기이자 우리가 그 후방 병참 기지로 동원, 수탈의 핵심이 되었던 때다. 거듭한 자연재해와 제국의 수탈, 집단적 강제 인력 배치는 합천 사회를 더욱 숨막히게 만들었다. 그런 속에서 합천의 예술문화는 어려운 줄거리를 지켜왔다. 합천 역내의 예능 활동을 살피긴 힘들다. 진주 출신 황영두의 서화전이 열려 읍민이 성황을 이루었다는 기사가 보인다.67) 역내에서 이루어지고 있었을 예술 향유의 한 모습이다. 거기에 합천 해인사를 중심으로 한 예능 활동이 합천 예술문화의 기맥을 지켜 가고 있었다.

해인사가 합천 예술문화에 구체적인 모습을 드러낸 때는 1924년 유엽(1902~1975)이 해인사 강원에 머물며 활동을 시작했을 무렵부터다. 그러나 그 앞서부터 해인사는 합천 향촌사회와 달리 일찌감치 바깥 사회의 입김을 쐬고 있었다. 왜냐하면 이른바 조선총독부의 한국 불교 압제와 왜색 불교 침투의 중요한 거점 가운데 하나가 해인사였기 때문이다. 1908년부터 주지였던 이회광은 경술국치 이전부터 부왜 승려였다. 1911년 이른바 조선총독부의 사찰령에 따라 본사 가운데 하나가 된 제1세 주지로 인가를 받은 뒤 1923년 물러날 때까지 해인사의 승풍을 대표하는 이였다.68) 게다가 거대 토지 소유 지주로

---

66) 초계·삼가·야로에 설치되었다. 왜인 단장 아래 부단장부터 한국인이 맡았다. 『동아일보』, 1939.11.17.

67) 『동아일보』, 1939.5.13. 어린이문학 쪽에서 합천공립보통학교 학생들의 작품을 묶은 『백조』(제1권)가 1936년에 나왔다. 다른 지역에서 보기 힘든 차별화한 활동이다. 1920년대부터 활발했던 지역 소년 활동이 거꾸로 학교 제도 안쪽에 영향을 준 경우라 할 만하다.

68) 왜식 불교에 가까운 원종(圓宗) 종정을 거쳐 경술국치 뒤 1911년 해인사 주지로

서 해인사는 인근 소작농과 자주 소작쟁의를 일으키기도 했다.

합천 해인사 문학에 디딤돌을 놓았던 전주의 유엽이 해인사 강원에 내려와 학인을 가르치기 시작했던 때는 주지 이회광에서 김만응으로 바뀐 뒤인 1924년이었다. 유엽은 해인사에서 허민을 가르쳤을 뿐 아니라 문단 활동을 도왔다. 그러한 분위기에서 해인사 강원의 학인들은 사중 행사에 연극과 같은 근대 예능을 선뵈고, 창작의 기풍을 드높였다. 게다가 해인사는 근대 예술인이 자주 머문 곳이기도 했다. 나혜석을 비롯해 노자영·노천명·이기영·김동리와 같은 이가 해인사를 오가며 길게 짧게 머물렀다. 그들 분위기를 시인 허민과 거창 화가 정종여가 즐겼다.

허민(1914~1943)은 사천 곤양에서 태어났다. 곤양공립보통학교를 마치고 1929년 열다섯 살에 어머니를 따라 해인사로 들어왔다. 해인사 강원에서 유엽에게 배울 수 있는 기회가 열린 셈이었다. 총명했던 허민은 해인사 강원을 마치고 이어서 해인사 사설강습소 해명학원(海明學院) 교원으로 일했다. 그때 해명학원 학생이었던 소설가 최인욱과 인연이 거기서 비롯했다. 잠시 진주로 나가 동아일보 지국 일을 보다 지병으로 다시 해인사로 돌아왔다. 1943년 봄 암담한 시대의 포연을 맡으며 허민은 숨겼다. 안타까운 스물아홉 나이였다. 그러나 그는 짧은 이승에서 창작 열기만은 열정적으로 펴다 갔다. 오늘날 남아 있는 허민의 작품은 328편에 이른다.[69] 요절한 이의 것으로 많은 숫자다. 그러나 신문, 잡지를 이용한 매체 발표작은 그 가운데서

임명된 뒤부터 이회광은 자신의 종권 유지를 위해 우리 불교를 왜풍화하는 획책에 앞장섰다. 그러다 1923년 해인사 대중과 승려에 의해 거부당해 이른바 조선총독부에서는 그를 주지에서 물러나게 했다. 임혜봉, 『친일불교론』(하), 민족사, 1993, 459~472쪽.

69) 시가 297편이다. 거기다 소설 5편, 동화 5편, 산문·설문이 21편이다. 성인문학에서 어린이문학까지, 여러 갈래에 걸치는 창작 활동이었다.

40여 편에 지나지 않는다. 이름을 세상에 크게 알릴 기회를 갖지 못한 것이다.

산과 어둠이 가로막는 골에
도까비불인 듯 반딧불만 나서느냐

이 길은 북으로 큰 재를 넘어야
경부선 김천까지 사뭇 백여 리

우중충한 하늘이라 북극성도 안 보이고
그 계집애 생각마저 영영 따라오질 않어

이럴 땐 제발 듣기 싫던 육자백인들 알었더라면
소장수 내 팔자로 행70)이 좋았으리라만

호젓한 품으로 스머드는 밤바람에
엊그제 그 주막 돗자리방이 어른거린다

너도 못난 주인을 따라 울고 싶지 않더냐
방울 소리 죽이며 걸어가는 이 짐승아

산턱엔 청승궂은 소쩍새 울고
초롱불 쥔 손등에 비가 듣는다.

　　　　　　　　　　　　　　　　　　—「야산로(夜山路)」

---

70) 행(行).

1936년『매일신보』신춘문예에 소설「구룡산」이 당선한 뒤, 1940
년 11월『문장』에 다시 시로 추천 받은 작품이 위에 옮긴「야산로」다.
밤길을 걷는 소장수를 말할이로 내세워 산골 마을 풍속을 그려 담았
다. 작품 속에 깔려 있는 쓸쓸함과 고적함이야말로 서울 문단과 떨어
지고 근대 제도 교육으로부터 벗어났으나 뛰어난 자질만큼은 감출
수 없었던 허민의 분연한 느낌일 것이다. 시 추천에 이어 허민은
1941년 단편소설「어산금(魚山琴)」까지『문장』에 이태준의 추천을 받
는다. 시와 소설 두 곳에서『문장』추천을 다 받는 기염을 토했다.
그의 창작 열기와 역량이 어디까지 가닿을지 짐작하기 어려웠을 시
기다. 그러나 그는 지병 탓에 한 권의 작품집도 남기지 못하고 세상
을 떴다. 시대의 장맛비에 떠내려 가버린 한 송이 연꽃 같은 삶이었
다.[71] 그의 삶과 작품은 두만강 건너 만주의 삶을 꿰뚫은 윤동주의
자의식이나, 평북 지역의 토속 세계를 속속들이 되살려 낸 백석의
세계와 마찬가지로 경남 지역, 그것도 합천 산골 풍속에 터를 두고
있다.

　　해인사의 산중 예단(藝壇)에 터를 둔 허민과 달리 도시 감각을 담은
작품을 남겼던 출향 시인이 이강수(1915~?)다. 대병면 장단 출신으로
호를 춘인(春人)으로 쓴 그는 1941년『매일신보』신춘문예에 시나리
오「흘러간 수평선」이 2등으로 당선함으로써 문단에 얼굴을 선뵀다.

---

71) 허민의 작품은 1975년『문학사상』4월호에「한국현대문학재정리」에 시 18편이 실
　　려 알려지기 전까지는 묻혀 있었다. 그 공개로 여러 일간지에서 허민을 윤동주에
　　버금가는 민족시인으로 소개했다. 토착 농촌 사회에 뿌리내린 그의 풍토시와 현실
　　의식에 기꺼워했던 셈이다. 그 뒤 문학사상사는『허민육필시선』(1975)을 묶어 냈다.
　　이어 지식산업사에서『한국현대시문학대계 23』(1986)을 내면서 허민의 작품을 나
　　라잃은시대 마지막 빛나는 시로서 함형수·이한직·장서언·최재형의 것과 함께 묶었
　　다. 이렇듯 시를 중심으로 부분적으로 알려졌던 허민의 작품 전모는 지난 2008년
　　한국문화예술위원회의 '작고문인선집발간사업'의 하나로 전집이 나옴으로써 선뵐
　　수 있었다. 박태일,『허민 전집』, 현대문학, 2009.

27살 때는 서울 한성도서주식회사에서 시집 『남창집』(1943)을 냈다. 그 속에 도시 젊은이의 우울한 심사를 감각적으로 그려 담았다. 그러나 그는 이른바 제국 왜로의 '신체제' 수탈 책략에 동조하는 수필과 평론을 여러 편 발표하면서 문학을 접기에 이른다.[72]

이강수와 마찬가지로 대병 장단 사람 임호권(1916~?)은 1940년 일본대학 재학 중에 동경학생예술좌 사건으로 왜경에 체포당했다. 24살 때 일이었다.[73] 동경의 한국 유학생들이 모여 극예술 연구를 하고 여러 해 공연을 거듭했다. 그들에 대한 왜로의 마수가 거기까지 뻗친 것이다. 공연 내용을 꼬투리 잡아 회원을 검거하고 모임을 깨 버린 폭거였다. 나라잃은시대 우리 문화예술에 대한 마지막 싹을 꺾으려는 시도였다. 그때 뒷날 한국 연극계를 대표했던 적지 않은 이들이 함께 고초를 겪었다. 이해랑·주영섭·김영수·허남실이 그들이다. 임호권은 그 뒤 이름을 묻었다가 광복 뒤 다시 시인으로 이름을 들냈다.

이러한 문학 쪽 동향과 함께 1930년대 중반 이후 을유광복까지 합천 예술문화의 기맥을 키운 사람이 화가며 서예가였던 예전(藝田) 허민(許珉, 1911~1967)이다. 가회면 덕촌에서 천석지기 한학자 집안 아들로 태어나 일찍부터 한학을 배우고 김황에게서 유학을 닦은 이다. 1930년 19살에 진주 거부이자 고미술품 수집가였던 박재표를 따라 서울로 올라가 해강 김규진의 문하생으로 들어 배웠다. 문인화와 사군자를 익힌 것이다. 해강이 타계하자 김은호의 문하가 되었다. 1934년 23세에 조선미술전람회에 출품하여 첫 입선을 하였다. 이어서 해마다 작품을 내 입선했다. 호방한 화풍으로 오원 장승업을 닮았다는 풍문까지 얻었던 그다. 1941년부터 진주 비봉산 아래에 손수 집을

---

72) 박태일, 「합천 지역시의 흐름」, 『합천 예술문화 연구』 창간호, 향파이주홍선생기념사업회, 2007, 138~140쪽.

73) 『동아일보』, 1940.4.5.

짓고 화실을 마련해 독서와 작품 창작에 몰두하면서 그는 시대를 가파르게 타 넘었다.[74]

해인사 골짝에서 시인 허민이 거창의 화가 정종여와 어울려 젊은 꿈을 노래하다 피를 토한 채 운명하고, 최인욱이 숨어 살다시피 이른바 '국방복'을 입고 해인사 아랫동리를 지키고 있을 때였다. 예전 허민이 머물렀던 진주에서 손풍산 또한 문학을 접고 1937년부터 포목점을 꾸리며 살았다. 이주홍은 혼자 서울 배재학교에 적을 두고 출판사로 잡지사로 불려다니며 어려운 시대를 어렵사리 구르고 있었다.

4. 광복기 신구 세대의 명암

을유광복은 새로운 역사를 시작하는 기점이다. 온전히 나라말과 글로 나라 사람이 어울려 살 수 있는 축전 마당이었다. 35년에 걸친 이른바 조선총독부의 강제와 억압에서 벗어난 것이다. 곳곳에서 지난 시기의 질곡을 떨쳐 버리고 새 나라 건설을 위한 움직임이 일었다. 합천에서도 광복은 새 지역 건설을 위한 노력과 모색을 시작하는 계기였다. 합천인민위원회 설치도 그 가운데 하나였다. 변찬규가 인민위원장직을 맡았다. 1946년 전국인민위원회 대표자대회에는 허홍재와 변상규가 참석했다. 이들과 달리 1945년 10월 미군정에서는 합천군 군수로 박운표를 임명했다. 모두 1920~30년대 합천청년회에서 일했던 이들이다. 그들은 광복된 지역 현실 정치 전면에 노선을 달리

---

74) 허민은 광복 뒤 잠시 조선미술건설본부 회원으로 참가하였다. 1952년 전란을 겪으면서 『동의보감』 번역에 착수하여, 1962년에야 탈고하고 부산 국제인쇄주식회사에서 냈다. 1950년대를 거치면서 여러 차례 개인전을 부산에서 가졌다. 1967년 56살로 부산 산번지에서 지병으로 쓸쓸히 삶을 마감했다. 『예전 허민 서화집』, 국제신문, 1977.

하며 나선 것이다. 강홍렬은 반민특위 경남지부장을 맡아 광복 항쟁
에 몸 바친 합천 사람의 의기를 대신해 알렸다.

이런 속에서 다른 커다란 변화가 이어졌다. 나라잃은시대 자의로,
타의로 강제 노동과 징용 현장으로 내던져졌던 합천 사람이 고향으
로 돌아온 것이다. 만주로, 왜국으로, 남양으로 끌려갔던 이들이다.
돌아온 이보다 돌아오지 않은 못한 이가 많았던 현실 속에서 그들은
다행스러운 경우였다. 그 속에는 1945년 섬나라 광도의 원폭 속에서
요행히 살아남았던 이가 많았다. 그들은 병든 몸으로 고향을 밟았다.
허물어진 몸과 마음으로 삶을 누이리라 작정한 것이다. 우리 겨레가
겪었던 원폭 피해자 가운데 70% 가까이 합천 사람이었다는 사실은
합천이 겪었던 피폭 고통의 절대량을 보여 준다. 남아 있었던 합천
사람은 귀환한 그들이 대를 물리며 고통 속에 버려질 이웃이라는 사
실을 당장은 깨닫지 못했다. 자신의 앞길이 더 급박했던 까닭이다.
광복기 5년 동안 합천은 경남 다른 지역과 견줄 수 없을 정도의 격랑
과 비통을 품었던 셈이다.

그런 가운데 하루하루 지역 사회는 자리가 잡혀 갔다. 광복을 기뻐
하는 방법도 제 모습을 갖추어 나갔다. 광복 축하 한시백일장이 합천
초등학교에서 열린 것도 그런 뜻인지도 모른다. 남북 단독 정부가
들어설 때에는 '대한민국정부수립합천군민축하대회'(대회장 한찬석 군
수)를 커다랗게 열었다. 1949년 8월 15일의 일이었다. 콩쿠르를 비롯
한 여러 행사로 정부 수립을 축하했다. 역내의 이런 움직임과 달리
역외에서 이루어진 합천 사람의 예술문화 활동 또한 실증할 수 있는
사료가 드물다. 문학 쪽에서 몇 사람의 활동이 두드러져 보일 따름이
다. 이주홍·손풍산과 같이 지난 시기 구세대 문학인의 활동과 임호권·
박산운과 같은 신진 시인의 등장이 그것이다.

광복 초기부터 활발하게 활동한 이가 이주홍이다. 배재중학교 교

사로 일하면서 자신의 예술 역량을 새 마당에서 펼쳤다. 작품 발표, 조직, 출판 활동에 나섰다. '조선프로레타리아문학동맹'에서는 중앙 집행위원, '조선프로레타리아예술연맹'에서는 미술 분과 상임위원을 맡았다. 중요한 좌파계 작품집과 잡지 표지는 거의 그의 손길을 거쳤다. 정세가 어려워지자 1947년 9월 학기에 맞추어 부산으로 내려왔다. 1987년 부산에서 영면할 때까지 마흔 해에 걸치는 부산 시절을 시작한 것이다. 그가 몸담은 동래중학교(6년제)에는 집안 동생 김용기가 교감으로 일하고 있었다. 게다가 외척 강의범에다 강수범까지 부산에서 음악 교사로 일하고 있었다. 이주홍은 동래중학교에 두 해를 머문 뒤, 1949년부터 수산대학으로 자리를 옮겼다. 외국어를 빼면 유일한 어문학 교수였다. 광복기 부산 시절 내내 이주홍은 누구보다 열심히 학교 연극에 앞장서 부산 학생극의 기틀을 닦았다.

진주에 머물고 있었던 손풍산도 광복을 맞자 문학 활동을 재개했다. 문학동맹 진주지부에 몸담고 기관지『민우(民友)』와『문학신문』을 냈다. 1930년대 후반부터 경남 벽촌 교사로 숨어 살았던 동지 하동 김병호가 지부장으로서 뜻을 맞추었다. 그러나 좌파 문화인에 대한 탄압이 거세지자, 1949년 그는 부산으로 자리를 옮겼다. 처음에는 지나간 카프 시기 동료였던 함안의 양우정이 사장으로 일했던 우파지『연합신문』이사와 경남지사 지사장 자리를 맡았다. 이름도 중행으로 고쳤다.75) 이주홍과 마찬가지로 1920년대 후반부터 1930년대 초기까지 현실주의 경향을 온몸으로 받아들이며 활발하게 창작, 실천 활동 전면에 서 있었던 청년 손풍산의 전향이 부산에서 다시 이루어진 셈이다.

---

75) 손풍산에 대한 연구는 거의 이루어지지 않았다. 개별 논문에는 둘이 있다. 손영부, 「풍산 손중행 연구」, 동아대학교 석사논문, 1988. 정상희, 「풍산 손중행의 길」, 『지역문학연구』 7집, 경남지역문학회, 2001.

광복기 합천 예술문화에서 눈여겨볼 일은 신진 세대의 등장이다. 거창 김상훈과 함께 광복기 대표 신진 시인으로 이름이 드높았던 박산운과 임호권이 그들이다. 초계 적중에서 빈농의 아들로 태어난 박산운(1921~?)은 부산제2상업학교(오늘날 개성고교)를 거쳐 섬나라 중앙대학 예과를 졸업했다. 귀국한 뒤 을유광복 앞까지 광산 회계원으로 일했다. 광복을 맞자 1945년부터 서울 문단에 얼굴을 내밀었다. 『민중조선』을 내고 『민성』 기자로 일했다. 이주홍이 기꺼이 표지를 그린 합동시집 『전위시인집』(1946)에서 자신의 문재를 뚜렷이 했다. 합천 지역시의 주요 축 가운데 하나였던 현실주의 경향을 이어받아 한껏 밀고 나갔다. 그러나 박산운은 남북한이 분단으로 돌아섰던 1948년 후반 서울을 벗어나 북한으로 올라갔다. 이주홍과 손풍산이 부산으로 자리를 옮겨 앉은 것과 달리, 그는 먼 북녘 걸음을 택했다. 입북하여 그는 남한에서와 마찬가지로 출판 기관에서 일했다.

임호권은 『신시론』 1집(1948)과 『새로운 도시와 시민들의 합창』(1949)에 동인으로 활동하기 시작했다. 그리하여 자신을 후반기 모더니스트 가운데 한 사람으로 각인시켰다. 김수영·김종욱·양병식·김경린·김경희·박인환과 함께했던 자리다. 임호권은 박인환이나 양병식이 보여 주었던 모더니즘의 탈역사적 눈길과는 거리를 두었다. 나름의 폭넓은 공동체 의식을 포기하지 않음으로써 비판적 모더니즘의 싹을 키우려 했다.76) 그러다 박산운과 같이 월북하여 1990년대까지 문명을 이었다.

광복기는 짧은 시기다. 그럼에도 지역 안밖에서 이루어졌을 합천 예술문화의 속살은 간단치 않다. 그에 대한 조사 연구가 이루어진 바가 없어 몇몇 출향 문인의 동향을 살폈을 따름이다. 그렇지만 서울

---

76) 엄동섭, 『신시론 동인 연구』, 태영출판사, 2007, 92~100쪽.

에서 이루어졌지만 박산운과 임호권으로 대표되는 걸음이 지역 사회 이념 동향을 짐작하게 한다. 귀환동포를 다룬 적지 않은 작품 속에서도 합천 사람을 다룬 작품은 엿볼 수 없다. 광복기 현실 속에서 피폭 합천 사람의 생활상이 공적 의제로 드러나기에는 광복 자체의 물살이 너무나 거셌던 것인지 모른다. 그런 속에서도 합천 지역과 합천 사람은 1950년 경인년 전쟁의 참화 속으로 어김없이 빨려들었다.

5. 1950년대 예술문화의 분화

1950년 경인년 전쟁은 경술국치 이후 다시 겪어야 했던 민족 비극이다. 겨레가 맞서 총력전을 벌였던 어처구니없는 일은 그 뒤 남북한 사회 구성과 이행의 핵심 경험으로 작용했다. 남한에서는 반공이 다른 이념을 빨아들이는 지렛대로 몸집을 불렸다. 북한 또한 반미 구호 아래 김일성 유일 체제로 나아가는 디딤돌이 전쟁이었다. 분단과 대립은 두 체제의 존립을 위한 핵심 가치였던 셈이다. 합천 지역 또한 그러한 시대적, 민족적 격랑 속에서 가파르게 1950년대를 건너왔다. 그럼에도 예술문화 영역에서는 역동적인 성장을 거듭했다. 새로운 작가층을 배출하고, 다양한 창작 방법을 모색했다.

전쟁기 합천 사람의 활동 가운데 기억할 일은 전창근(全昌根) 감독이 만든 영화『낙동강』개봉이다. 전쟁 초기 적화에 떨어질 국가적 위기 앞에 놓였던 낙동강과 치열했던 전투는 자유 대한민국의 체제 보위를 위한 상징적 성소였다. 북한에게는 인천상륙작전으로 쫓겨가기에 앞서 승전을 눈앞에 둔 마지막 피 끓는 통한의 전선이었다. 우리 근대사 속에서 낙동강이 뚜렷한 이념적 자장을 띠고 떠오른 것이다. 전창근의『낙동강』이 '민족의 영화'라는 이름을 내걸 수 있는 까닭이 거기에 있었다. 제작은 무명영화연구소 김석호가 맡았다. 부산에서 전시 종군화가로 일했던 우신출에다 윤이상이 음악을 맡았다. '전통의 낙동강', '승리의 낙동강', '희망의 낙동강'이라는 틀거리로 승리와 진격의 반전을 이루었던 낙동강 전투의 뜻을 담았다. 전쟁기 후방 정훈영화로서 승전과 통일의 믿음을 심고자 하는 일에 합천 사람이 힘을 더한 것이다.

전쟁에 앞서 부산에 터 잡았던 손풍산은 국제신문사 업무국장을 맡았다. 1954년 부산일보사 편집국장을 거쳐 1967년 부산일보사 주필로 나아가기 앞선 때였다. 부산의 대표적인 강골 언론인으로 자리를 잡아 나갈 기백을 고르고 있었던 때다.[77] 그 아래 세대로 나라잃은시대 말기에 문단에 나섰던 최인욱(1920~1972)은 대구에 머물렀다. 종군 작가 활동에 참가하고 적극적으로 전쟁기 정훈문학 활동에 나섰다. 그러면서 첫 소설집 『저류(低流)』(1953)를 냈다. 그 뒤로 『세계명작 소설감상』(1953)을 엮고, 『벌레 먹은 장미』(1953)와 같은 대중소설도 내놓았다. 해인사 아래 쑥골 출신 최인욱이 전업 작가로 살아가기 위한 고심의 흔적을 미리 내보인 셈이다.[78]

최인욱에 이어 1950년대 합천 문학을 들낸 이가 호를 수평구로 쓴 삼가 덕진 출신 손동인(1924~1992)이다. 평생을 초·중·고·대학에 몸담고 교육자로 살다 갔다. 그러면서 광복기부터 문필 활동을 시작해 이주홍을 이어 합천을 대표하는 어린이문학가로 이름을 올렸다. 1946년 『선봉』 2월호가 작품 발표를 한 처음이었다. 이어서 1949년

---

77) 손풍산은 따로 작품집을 낸 적이 없다. 뒷날 언론계 산문을 묶은 단편집 한 권이 있을 따름이다. 『동남풍』, 부산일보사, 1967.

78) 이어서 1960년대 초기까지 최인욱은 『십오소년의 모험』(쥘 베르느 원작, 백인서림, 1961)의 번역, 역사소설 『사명당집』(을유문화사, 1962) 발간, 탐정소설 『죄의 고백』(광문사, 1961) 출판과 같은 여러 영역의 문필 활동을 활발하게 벌였다.

진주 『영문』과 1950년 『문예』 추천까지 거쳤다. 손동인이 본격 문학
활동을 시작한 때는 전쟁기다. 부산에서 안장현·장호와 함께 『시문』
동인 활동에, 어린이 잡지 『꽃수레』(1952)도 이 시기에 엮었다. 첫 동
화집 『병아리 삼형제』(1957)는 앞으로 소설·시·어린이문학·수필에
걸쳐 다채로운 영역에서 활동할[79] 그의 문재를 널리 알린 작품집이
었다.

초년 각씨 샘길에 물항아리 하나 끼고
수수밭에 울었다.
수수밭에 울었다.

달빛 휘청청 오솔길마다 부서지면
도망 봇짐 열두 번을 싼다.

서울 도방 하이칼라 운전수가 눈에 사물거려
옥비녀 닦아 놓고 밤을 울어 지새운다.

무명길삼 청춘에 눈허리 사뭇 다 무너져도
붕어소매 적삼 한 벌 걸지 못했다.

오유월 긴긴 허기 끝에 보리 주고

---

[79] 첫 동화집 뒤로 낸 개별 작품집만 들어 보이면 아래와 같다. 소설집 『인간 경품』
(1972), 『칭키스칸』(1975), 『진시황』(1975), 연구서 『한국 전래 동화 연구』(1984), 『새
로운 문장작법』(1975), 동화집 『병아리 삼형제』(1957), 『버들강아지』(1980), 『하늘
을 나는 코스모스』(1982), 『까치고동 목걸이』(1985), 『갸륵한 오해』(1989)가 그들이
다. 그 밖에 수필집 『뛰어라 젊은 갈대들이여』(1979), 『이 외나무다리 난 우얄꼬』
(1986), 『매화는 눈 속에서도 핀다』(1991) 들과 적지 않은 어린이 읽을거리를 엮었다.

외 사 먹고 손이 재려 발발 떨고 .

열 달 배실러 금싸래기 하나 낳고
낳자마자 비로소 들어 하늘을 보았다.

시할애비 시할망구 시애비 시어미 시누이 시동생
시퍼런 하늘아 벼락 딱딱 때려라.

양재물 서 근 휘휘 저어 놓고
아그그 내 팔자야,
아그그 내 팔자야.

—「촌색씨」80)

　서민의 애환에 눈길을 둔 초기시 경향을 잘 드러내는 작품이다. 단정한 맵시를 지녔으나 시집살이 민요에 견줄 만한 줄거리를 지녔다. 표현미보다 현실에 대한 공감을 앞세워 시인이 나아갈 방향을 짐작하게 하는 시다.

　손동인과 다른 자리에서 1950년대 문단에서 이채를 띤 시인이 심재언(1921~?)이다. 1940년 동경 준대상업학교를 나오고 1946년 귀국해 초등학교 교사로 일하기도 했다. 1954년 대구『소년세계』에 동시를 발표했고, 1958년『자유문학』에 시 추천을 받았다. 단편과 장편에 걸친 소설 창작에도 힘을 기울였다.81) 그러나 궁벽한 고을 합천 출신

---

80) 『문예』, 문예사, 1953, 18~19쪽.

81) 심재언의 작품집은 적지 않다. 엮은 책으로『영원한 한국의 명시』(1977), 『한국의 명시 해설』(1993), 『심어 놓고 온 봄』(1995)이 있다. 비평집을 1988년에 집중적으로 펴내 이채를 띤다. 『한국현대시인 시평론』(1988), 『이해인 시평론』(1988), 『김기림

이었던 그가 몸을 움직일 자리는 넓지 못했다. 한국 문단의 연고주의
와 문화권력의 장벽에 가로막혀 그는 작품보다 울부짖는 짐승처럼
1950년대 주류문단 바깥을 떠돌았다.

시조 시인 최재열(1913~1978) 또한 심재언과 비슷한 걸음걸이를 보
였다. 손풍산·박산운과 같이 초계 적중에서 태어난 그는 초등학교를
마치고 중학교부터 합천을 떠나 생활하며 고향을 드나들었다. 1950
년 전후부터 부산에 머물면서 신문에 시를 발표했다. 한때는 합천에
서 기자 생활도 거쳤다.[82] 심재언과 최재열은 1950년대 출발했으나
지역 안밖 어느 곳에서도 뿌리를 내리지 못했다. 그것이 그들 개인
삶의 굴곡 문제인가, 아니면 광복이 되자 비로소 한글을 제대로 배울
수밖에 없었던 세대의 운명이었던가는 알기 힘들다. 다만 1958년 부
산에서 당대 경남·부산을 대표하는 시인의 사화집 『경남시단』이 나
왔을 때, 손동인과 함께 최재열이 합천 사람으로서 이름을 올리고
있어 고투를 짐작하게 한다.

심재언이나 최재열과 한 연배 아래 합천 문인이 소설가 최남백(본
디이름 근덕. 1933~)이다. 1956년 대구매일신문에 장편 「지상의 성좌」
를 연재하면서 문단에 나섰던 그다. 1959년 『현대문학』 추천으로 문
단 활동을 본격화했다. 그의 작가적 역량은 뒷날인 1970년대에 이르
러 더욱 빛나기 시작했다.

광복기에 월북했던 박산운도 이 자리에 적어 둘 필요가 있다. 전쟁
기 종군 시인으로 활약한 뒤 그는 교통성 예술극장 창작부원을 거쳐
교통성출판사 정치도서 편집부에서 일했다. 전쟁기와 전후기 두 차
례나 이어진 종파주의 숙청의 바람을 용케 피했다. 그리하여 전후

시평론』(1988), 『정지용 시론』(1988), 『조병화 시평론』(1988), 『김남조 시평론』(1988),
『청록파 시평론』(1988)이 그들이다.

82) 이주홍, 「한 시인의 승천」, 『사향부』, 한국시조시인협회, 1979, 11쪽.

건설기에 두각을 드러내며 작품 발표와 시집 간행을 거듭했다. 벽시집『선동원의 목소리』(1956)를 시작으로『버드나무』(1959), 이인 서사시집『어머니의 아침, 임진란의 종소리』(1960)를 차례로 펴냈다. 거창의 김상훈과 함께 월북 문인으로는 숙청을 피하고 승승장구하는 희귀한 모습을 보인 셈이다.

그리고 1950년대 합천 예술문화에서 지역성이 구체적으로 담기기 시작했다. 대야성이 비로소 문학적 장소로 등장한 것이다. 청년 작가 양호증이 전창근의 서문을 앞세워 내놓은 학생극집『대야성의 최후』(1953)가 그것이다. 전쟁과 그 속에서 지녀야 할 나라 충성이라는 주제를 양호증은 눈여겨보았다. 이밖에 합천 역내 활동으로 지역 대표 교육기관으로 자리 잡았던 합천농업고등학교에서 전후부터 내기 시작한 교우지『백로』를 기억할 필요가 있다. 비록 작은 매체나 지역 앞날을 책임질 청소년에게 근대 예능에 대한 감각을 내면화하는 데 이바지한 몫은 적지 않았을 것이다. 그리고 음악에서는「합천군가」를 지은 강수범(1920~1997)이 부산에서 교육계에서 재능을 떨친 때도 1950년대였다.[83]

6. 1960년대 성장기와 예술문화의 확산

1962년 제3공화국이 출범했다. 그로부터 1979년까지는 일국주의 체제 아래서 근대화의 파고가 드높았던 시기다. 한국 사회는 이촌향도의 물결 속에 휩싸였다. 합천 또한 그러한 진원에 놓여 있었다. 1930년대 후반부터 강제 형태로 이루어졌던 피식민지 시기 노예 이주라는

---

[83] 강석정,「합천의 음악가 강수범 선생」,『합천대야신문』, 합천대야신문사, 2012.10.23.

지난 모습과 달리 새로운 이주 현상은 도시화·산업화의 인력 수급을 위한 희망의 출향이었다. 산업화 물결은 합천 지역 사회에도 불어 닥쳤다. 합천이 일찍부터 특산물로 지켜왔던 완초 공예품이 소규모 공장제 생산으로 나아가면서 활기를 띠기 시작했다. 게다가 1973년 그동안 정책 바깥에 있었던 피폭자를 위한 진료소가 1973년 12월에 문을 열었다. 지역 의료 복지의 중심 문제에 대한 공론이 실천적 바탕을 갖추게 된 셈이다.

예술문화 영역에서 볼 때 제3공화국 시기는 국가 공보부 주도 아래 1962년 한국예술문화단체총연합회(예총)를 사단법인으로 묶은 큰 변화가 있었다. 국악·무용·문학·미술·건축·사진·연극·연예·영화·음악에 걸친 10개 분야의 예술협회를 만들었다. 1964년에는 예총회관 건립을 지원했다. 나아가 1965년 「지방문화사업조성법」에 터무니를 두고 지방문화원을 사단법인화했다. 정부의 재정지원을 받는 관변 기구로 바꾸어 정부 시책을 홍보하도록 했다. 문화예술 분야에 대한 정치 동원과 활용 바탕을 단단하게 마련한 셈이다.[84] 합천에서도 1965년 합천문화원이 처음으로 이름을 내걸었다. 합천 예술문화를 대표할 기구로서 모습을 가다듬기 시작했다.[85]

이렇듯 1960년 경자시민의거와 1962년 제3공화국 출범으로 일게 된 지역 사회의 변화에 대한 낙관적 전망은 지역의 청년회 활동으로 분출되기도 했다.

---

84) 구광모, 『문화정책과 예술진흥』, 중앙대학교출판부, 2001, 159쪽.
85) 설립한 뒤 합천문화원은 오늘날까지 오랫동안 존속하고 있다. 그사이 일을 책임졌던 원장을 보이면 다음과 같다. 1대 문임성(1965~1973), 2대 김승일(1973~1984), 3대 이용수(1984~1989), 4대 진광호(1989~1993), 5대 변종철(1993~1994), 6대 김연(1994~1998), 7대 신성재(1998~1998), 8대 권병석(1998~2002), 9대 권병석(2002~2006), 10대 차판암(2006~2010), 11대 차판암(2010~2013년 현재).

오늘은 4월 19일 학생의거로, 독재 이 정권을 물리친 날, 뜻깊은 이날에) 문림청년협회가 창설되어, 오늘 첫돌을 맞이하였습니다. 우리는 4.19의 정신을 살려서, 부정을 배격하고 사회의 명랑을 기하여야 할 줄 압니다. 어떠한 사업을 막론하고 부녀들의 도움이 큰 것이메, 우리들의 뜻을 리해하시고 먼저 내 가정생활에 충실한 주부가 되고 넓은 리해와 아량으로 가정을 명랑화시켜야 될 줄로 압니다. 둘째로 우리는 서로 도와서 혼란한 이 사회를 헤쳐 나아가 우리들의 목적했던 바를 달성해야만 되겠습니다. 셋째로 이 자리에 뭉이신 여러 회원 가운데 가족들은, 남보다 모범적인 일을 많이 하여야만 될 줄로 압니다. 모든 행동에 겸손하고 나의 자랑을 하지 않고 남의 흉보지 않는 착실한 실천가가 될 것을 믿으며 이만 주리는바 끝으로 미비한 오늘의 대접이나마 달게 받으시고 우리 협회가 영구히 빛날 것을 믿으며 회원 가족 제위의 건투를 삼가 비나이다.

단기 4294년 4월 19일
문림청년협회 회장 주재식
회원 가족 귀하

1961년 시민의거 1년 뒤 만든 지역 청년회 창립총회의 축사 전문이다. 비록 작은 마을 단위 조직의 것이지만 새 시대 도래를 향한 적극적이고 낙관적인 전망이 담겼다. 이날 마을 사람은 '윷놀이', '노래의 밤'과 같은 행사를 벌이며 지역 통합의 의지를 새삼스럽게 확인했다. 이러한 분위기는 그 뒤 운명처럼 되풀이되었던 자연재해 속에서도 지역 안밖의 합천 사람을 부추겨 주는 힘이었다.

출향 예술인 가운데서 1960년대 이후까지 꾸준히 활동한 이는 이주홍이다. 그의 활동은 1970년대 끝까지 이어졌다. 1970년 부산 시민회관 착공 기념 종합무대에서 그의 창작극 「방자 부활하셨네」가 공연된 일은 본보기다. 1960년대 이주홍이 이바지한 중요한 일 가운데 하나가 문예지 『문학시대』 발간이다. 어려운 출판 환경으로 말미암아 지역에서 온나라를 상대로 삼은 종합문예지 발간은 어려운 때였다. 1966년 창간호를 시작으로 1967년 7집까지 이어졌다. 두 해 만에 그친 출판이었지만 거기에 든 노력은 컸다. 오랜 세월 한결같은 출판 편집자였던 그의 면모가 새삼스러웠던 무렵이다. 그러면서 이주홍은 다채로운 예능을 꽃피웠다. 경남·부산지역 근대문학지의 증언자 역할을 자임하며 지역문학지를 정리하는 일에도 나섰다.[86]

최재열은 1960년대 대구에 머물렀다. 대구에 터를 둔 『낙강』 시조 동인으로 활동하며 교육계와 언론계를 오갔다. 그러다 1970년대에는 강원도 속초로 건너가 거기서 영면했다. 기복이 심한 삶[87]이었다. 그는 속초에 머물면서 속초문인협회를 만들어 지회장을 맡았다. 『속초문예』와 『설악』이 그의 손을 빌려 나온 매체다. 이미 1950년대부터 작품 활동을 시작한 그였으나 1978년에 『시조문학』 추천 제도를 다시 거치는 구차스러운 단계를 겪기도 했다. 오늘날 그는 속초에서도 합천에서도 잊힌 존재가 되어 버렸다. 영면한 뒤 나온 유시집 『사향부』(1979) 한 권이 그의 무명을 달래 줄 따름이다.

최재열과 마찬가지로 1950년대에 문단에 나온 소설가 최남백이 자신의 중요 작품들을 쏟아 낸 때는 1970년대다. 벽두인 1970년, 『동아일보』 창간 50주년 기념 장편소설 공모에 『식민지』가 당선한 일이 시작이었다. 그는 단편집 『하늘의 소리』, 『여로(女虜)』, 『흙불』, 『식민지』, 『서동태자』 들을 잇달아 냈다.[88] 성균관대 유학과에서 교수로

---

86) 박태일, 「이주홍론」, 『경남·부산 지역문학 연구 1』, 청동거울, 2004, 258쪽.

87) 선정주, 「고 최재열 사백의 편모」, 『사향부』, 한국시조시인협회, 1979, 21쪽.

88) 1980년대 들어서도 『홍총각』(1981), 『반역』(1993)과 같은 작품들을 냈다. 특히 홍경래와 함께 농민봉기를 이끌었던 홍이팔, 곧 홍총각의 굵직한 삶을 그린 『홍총각』과

286

일하고 성균관 관장직을 수행하면서 문학을 접었다. 그럼에도 합천인으로서는 드물게 서사 정신을 곧게 좇아간 이력을 보여 준다. 1964년 『한국일보』 신춘문예로 문단에 나섰던 소설가 홍성원(1937~2008)은 외가인 합천에서 태어나 등단 초기엔 합천 사람으로 적히기도 했다. 박영한(1947~2006)은 1977년 「머나먼 쏭바강」이라는 장편으로 『세계의 문학』을 빌려 등단하면서 월남 참전 문학의 수준을 한 단계 끌어올렸다. 그리고 광복기 군수를 지냈던 한찬석이 늘그막에 대중 읽을거리 『애정오천년』(태고편·신라편)[89]을 펴내 일찍이 광복기 『해인사지』(1949)로 들냈던 문필 감각을 널리 알리고자 했다.

1960년대 이후 새로 등장한 문학인이 삼가 어전 출신 이수정(1927~1983)이다. 진주농림학교를 거쳐 교사로 일하면서 1965년 『새한신문』 신춘문예와 1966년 『한국일보』 신춘문예 동시에 잇따라 당선하면서 어린이문단에 선뵀다. 생전에 시집 『의식의 씨알』(1975)을 냈다. 그리고 사후 유고 동시집 『꽃그늘 내리고』(1995)가 나왔다. 스무 해 가까운 창작 기간 동안 과작이었음에도 그는 교단시라 할 만한 작품을 꾸준히 썼다. 교육 현장에서 겪는 교사의 자의식, 아이들에 대한 관심을 밀고 나갔다. 한결같이 단아한 시어와 간결하고도 편안한 가락이 그러한 주제를 뒷받침했다.[90]

언론 문인으로서는 손풍산의 뒤를 이어 가회 출신 1927년생 허 천 (본디이름 종두)이 있다. 국제신문 논설위원을 역임하며 시사평론가, 수필가로 활동했다. 낸 수필집에는 『교하촌삽화(橋下村揷話)』(1962), 『바람부는 거리』(1966) 들이 있다.[91] 권도현(1934~1975)은 비평가가 드문

그것을 넓혀 낸 『반역』(1993) 7권은 최남백의 서사 정신이 잘 담긴 작품이다.

89) 한찬석, 『애정오천년』(태고편·신라편), 예원사, 1965.

90) 박태일, 「합천 지역시의 흐름」, 『합천 예술문화 연구』 창간호, 2007, 160쪽.

91) 『동서남북』(허천선생 화갑 및 퇴직기념문집발간위원회), 예술시대, 1987.

합천 예술계에 귀한 문학평론가였다. 경북대학교 사범대 국어과를 졸업하고 마산교대 교수로 일했다. 1971년 『시문학』에 평론을 발표하면서 왕성한 활동을 이어 나갔다. 꼼꼼한 형식주의와 역사주의를 아우르는 폭넓은 비평 활동을 선뵀다. 그러나 급박하게 들이닥친 지병으로 마흔 초반에 삶을 접었다. 그의 아내 이경희가 유작 평론집 『권도현평론집』(1978)을 내 안타까움을 조금이나마 달랬다.

이 밖에 1960년대 이후 합천 예술문화에서 짚어 두어야 할 일은 초계 출신 대중가수 남일해(1938~)의 활약이다. 1960년대 중반부터 얼굴을 내어 널리 알려졌다. 「빨간 구두 아가씨」를 비롯해 450여 곡에 이르는 노래를 취입했다.[92] 아울러 문인 지식인 활동도 눈에 뜨인다. 윤갑식이 그다. 유림 전통이 강한 합천 사람답게 대구에 머물면서 고전의 현대화 작업에 꾸준히 공을 들였다. 그 결실이 부피 큰 몇 권의 저술로 남았다. 먼저 『조선명인전(朝鮮名人典)』을 1965년 초판에 이어 1971년 증보판을 문호사에서 냈다. 전통 인물지 기술 방법을 따른 저술이다. 이어서 『한국전고(韓國典考)』(1975)를 냈다.[93] 전통적인 문헌지를 현대화하는 공을 이룬 셈이다.

합천 역내에서는 문화지가 개인의 손을 거쳐 나오기도 했다. 박문목이 엮은 『합천 기우지』(방아메는 기우행사 발상지, 자가본, 1978)가 대표적이다. 그리고 합천중학교에서는 교지 『대야성』(창간호, 1963)을 내기 시작했다. 해인사 산중은 1960년대에 들어서도 경남을 대표하는 산중 관광지로서 꾸준히 사람을 불러들였다. 그에 따라 만들어진 해인사 사진첩은 『가야산 해인사』, 『해인사』, 『관광 해인사』와 같은 어슷비슷한 이름을 달고 여러 가지가 판매되었다. 이러한 사진첩은

---

92) 이호석, 『합천이 낳은 인물』, 홍익출판사, 2013, 62쪽.
93) 1990년대에 들어서는 『화봉잡고(華峰雜稿)』(1992)를 내기도 했다.

이미 1920년대부터 역외에 합천의 지역 머그림과 해인사의 장소 머그림을 재구성, 확산시키는 지속적인 표상[94]이었다.

7. 1980년대의 다채

1980년대에서 1990년대에 이르는 시기는 한국 사회가 산업화와 민주화의 갈등을 거듭 격하게 겪었던 시기다. 그런 가운데서 대중문화 산업이 본격적으로 자라났다. 예술문화 영역의 비중도 크게 넓혀졌다. 국가적으로는 1986년 아시안게임과 1988년 하계 올림픽의 유치와 개최로 이어진 기획과 국제화라는 경험을 관민이 아울러 겪었다. 이를 빌려 예술문화의 중요성에 대한 새로운 인식과 투자가 이루어진 셈이다.

이러한 바깥의 변화와 아울러 합천 지역 사회도 급변 속에 놓였다. 합천댐 건설에 따른 수몰과 이주민, 바깥 부재지주의 양산은 조용하던 고을을 들쑤시기 시작했다. 1984년 기공한 합천다목적댐은 만성적인 수해를 벗어나고 낙동강 지역 재개발을 위한 핵심 사업[95]가운데

---

94) 해인사 관련 홍보 사진첩이나 안내도는 나라잃은시대부터 만들어졌다. 1930년대에는 소략한 앞뒤 한 장짜리 안내 사진첩 형식이었다. 1950년대부터는 화려한 색칠판으로 나왔다. 『가야산 해인사 안내도』, 대한불교조계종해인사신도회, 1957. 본격적인 해인사지는 광복기 한찬석의 것이 가장 앞선다. 그 뒤로 꾸준히 이어졌다. 한찬석, 『합천해인사지』, 창인사, 1949. 김동렬·김보광, 『해인사사적』, 영남문학회, 1959. 한찬석·권영호, 『합천해인사지』, 백문사, 1963. 김현곤·하창호 엮음, 『가야산 해인사』, 원각사, 1970. 이운허 엮음, 『해인사안내기』, 해인사, 1975. 이지관 엮음, 『해인사지』, 가산문고, 1992. 남권희·전재동 엮어옮김, 『팔만대장경과 해인사』, 경북대학교출판부, 2010. 그밖에 사진첩은 1960년대에 해인사와 가야산 탐승 기념품으로 꾸준히 팔렸다. 『가야산해인사』(여행기념사진첩), 1963년대. 『해인사』, 1970년대. 『관광 해인사』, 1973.
95) 그 과정에서 산출한 공공 보고서와 지지는 아래와 같다. 『합천댐수몰지구지표조사

하나로 이루어졌다. 그리하여 1988년 12월에 댐을 완공했다. 그리고 비슷한 시기에 이루어진 88올림픽고속도로 건설과 개통으로 말미암아 합천 사람의 생활 조건은 밑바닥부터 바뀌기 시작했다. 거대 토목 사업과 그로 말미암은 지역 사회의 변화는 오늘날 합천의 중심 경험으로 지역성 변화와 재구성에 핵심 동기로 자리 잡았다. 예술문화 영역에서도 1980년대를 지나 1990년대를 가로지르면서 새로운 변화가 일어났다. 예술문화인이 양적으로 급격히 늘었고 활동 또한 활발했다. 특히 출향 작가가 눈에 뜨이게 늘어 다른 지역과 다른 합천의 특이 경험을 이루었다. 역내에서는 1982년 10월부터 해마다 대야문화 축전을 개최하여 합천의 지역성을 들내기 위한 노력을 시작했다.

많지 않은 합천의 소설가 가운데서 1980년대부터 활발한 활동을 시작한 이가 공애린(본디이름 순애, 1958~)이다. 1986년 『여성중앙』 중편소설 공모에 「아버지의 멍에」가 당선하여 작가로 나섰다. 그 뒤 꾸준한 전작 장편 소설집을 발간하며 대중적인 관심을 얻었다. 『멍에 목』(1988)을 시작으로 『순애』(1990), 『긴 하루 동안의 이별』(1990), 『여자는 추억 속에 집을 짓는다』(1992)와 같은 작품집을 잇달아 냈다. 그 뒤를 이은 작가가 정태규(1958~)다. 1990년 『부산일보』 신춘문예 소설 부문에 당선하여 소설가로 나섰다. 첫 소설집 『집이 있는 풍경』 (1994)을 내면서부터 합천에서 보낸 유년 경험에 눈을 돌린 작품을 선뵀다.96) 공애린과 정태규는 이주홍·최인욱·최남백·박영한으로 이어진 합천 소설문학의 맥을 지킨 셈이다.

시조와 시에서도 몇 사람이 새로 문단에 나섰다. 용주 고품 출신

보고서』, 경상남도, 1985. 『합천창리고분군』(본문)·(도판), 경상남도·동아대학교박물관, 1987. 『합천댐수몰지』, 경상남도, 1988. 『합천봉계리유적』, 동아대학교박물관, 1989.
96) 이즈음 산문집 『꿈을 굽다』(2012)를 내기도 했다.

김영상은 합천 역내 교육계에서 일하면서 장년에 이르러 시조 창작을 시작했다. 그 결실이 시조집 『용주곡』(1981)이었다. 역외에서는 박달수(1936~)가 새롭게 시조 창작에 나섰다. 해인사 아래 가야면 치인리에서 태어난 그는 허민과 최인욱을 이어 해인사 문학을 디디고 선 셈이다. 부산에서 교사로 일하면서 시조집 『수레 1』에 이어 『수레 2』(1985)를 잇달아 냈다. 삼가 출신 이창희(1956~)는 1985년 『월간문학』 시조 부문 신인상을 받아 시단에 얼굴을 선뵀다. 그 뒤 『다시 사람이 되려고』(1990), 『다시 별 그리기』(1996)와 같은 시집을 냈다.

역내에서는 김해석(1947~2009)이 늦깎이로 시조 창작에 나섰다. 1995년 『현대시조』 신인상이 그것이다.[97] 또한 이영성(1945~)이 합천으로 들어와 합천문인으로 자리를 잡았다. 합천과 지연을 맺은 때가 1994년 3월이었다. 합천고등학교 교사로 일하기 시작했다. 진주 출신인 그는 형인 이명길 시인을 뒤따라 일찍부터 시조 창작에 나서 『시조문학』에 1967년에 추천을 받았다. 그러한 노력이 첫 시조집 『이름 모를 꽃』(1979)으로 이어졌다.[98]

시에 새로 등장한 이에는 여럿이 있다. 김송배(1943~)는 뒤늦은 나이에 문단에 나섰다. 1983년 시전문지 『심상』을 빌려 얼굴을 선뵌 뒤 『안개여, 안개꽃이여』(1988)와 같은 시집을 잇달아 냈다. 사회 시 창작 교육에도 공을 들였다. 박태일(1954~)은 1980년 중앙일보 신춘문예 시부문에 당선하여 문단에 나섰다.[99] 조성래(1959~)와 이근대(1965~)는 다 같이 부산 지역에서 나왔던 무크지 『지평』을 빌려 시작

---

97) 첫 시조집 『남정강』을 1999년에 냈다. 그의 뒤는 이동배(1954~)가 1996년 『현대시조』 신인상으로 이었다.

98) 그 뒤에도 창작을 계속해 개인 시조집 『연습곡, 사랑』(2011)을 냈다.

99) 1990년대까지 시집 『그리운 주막』(1984), 『가을 악견산』(1989), 『약쑥 개쑥』(1995)을 냈다.

활동을 시작했다. 조성래가 1984년, 이근대는 1990년이었다. 그 뒤 조성래는 첫 시집 『시국에 대하여』(1989)를 내 시작의 열기가 식지 않았음을 알렸다. 이근대는 『지평』에 이어 1990년 『심상』 신인상에 도 이름을 올렸다. 그 뒤로도 꾸준히 시작 활동을 계속했다. 시집 『새들은 죽은 나무에 집을 짓지 않는다』(1993)와 같은 시집이 그 결실이었다. 역내 시인으로는 김숙희(1952~)가 1995년 『문학공간』을 빌려 시단에 얼굴을 선뵀다.[100]

어린이문학 쪽에서는 강길환(1954~)과 소민호(1952~)가 등장했다. 삼가 출신 강길환은 합천농고를 졸업한 뒤 출향했다. 처음에는 시를 썼다. 시집 『덕촌-고향시』(1990), 『똥매산 시초』(1992), 『회고록』(1994)을 잇달아 냈다. 그러다 1990년대 중반부터 어린이문학으로 걸음을 넓혔다. 그 결실이 동시집 『아파트 고추밭』(1997)이었다. 소민호(1952~)는 1994년 『동화문학』 신인상을 빌려 문단에 나섰다. 동화 창작의 결실을 꾸준히 작품집으로 묶어 냈다. 그리고 문학비평에서는 진창영이 『지평』을 통해 활동을 시작했다. 권도현에 이은 드문 모습이었다.

1980년대에서 1990년대 중반에 이르는 시기 합천 문학에서 보이는 한 변화는 문인의 증가와 함께 합천의 지역성과 장소성을 재발견하고 그것을 담아내려는 노력이 늘어났다는 점이다. 문인 대부분이 이촌향도의 체험에다 합천댐으로 말미암은 수몰의 경험을 직간접으로 겪은 탓일 수도 있다. 사향 문학이라는 특징과 맞물리는 일이었다. 이런 점은 월북하여 북한문학에서 성공적인 걸음을 거듭하였던 박산운의 경우에도 다르지 않다. 박산운은 1980년을 거치고 1990년대에 이르면서 역량이 으뜸에 이르렀다. 그리고 그러한 성공에는 고향을 남에 둔 사람이라는 사실이 오히려 장점으로 작용하였다. 그가 북한

---

100) 첫 시집으로 『살아있음으로 쓸쓸한』(2004)을 뒤늦게 냈다.

시에서도 구체적인 고향 회고의 정서를 품어 안은 사향시를 쓸 수 있었던 까닭이다. 그는 그것을 이른바 '남반부' 비판, '미 제국주의' 비판으로 전환시키는 데 즐겨 활용했다. 그가 북한에서 "최고의 통일 주제 전문시인"[101]으로 자랄 수 있었던 데는 합천을 향한 사향시가 큰 몫을 한 셈이다.

미태산 난바위틈 고사리 꺾으며 살은
할머니가 짠 베는 물을 부어도 새질 않았다
새내물 노래하는 봄이 오면
기울어진 초가지붕에
가죽나무 긴 잎새 드리운 쬐꼬만 집은
들판에 모색 빛갈 좋은 송아지 한 마리만 지나가도
소임자네 증조부 자(字)까지 들먹이는
마을에 있었느니

—「내 고향에 가다」 가운데서[102]

서사시 「내 고향에 가다」의 몇 줄이다. '미태산'이라는 구체적인 땅이름이 낯설지 않은 자리에 박산운의 시가 놓인다. 무엇보다 어릴 적 고향 합천에서 겪었던 삶의 기억이야말로 박산운 문학의 중요 원천임과 아울러 거듭하는 상상력의 물줄기라는 점을 다시 한번 일깨워 주고 있는 셈이다.

아울러 1980년대 이후 합천 예술문화 영역은 문학과 마찬가지로 다른 영역에서도 활발한 작가층을 선뵀다. 그 가운데 각별히 서예

---

101) 이명재, 『북한문학사전』, 국학자료원, 1995, 467쪽.
102) 박산운, 『내 고향을 가다』, 평양출판사, 1990, 8쪽.

부문이 두드러졌다. 김동출은 이미 1970년대부터 솜씨를 들내 학교 교과용 글씨본을 만들기도 했다. 1980년대에 들어서도 꾸준히 작품을 선뵀다. 율곡 본천 출신 이수희(1946~)는 1980년대부터 본격적인 작품 활동을 펼치며 향리에서 서실을 열었다. 김진희(1949~)는 부산에서 주로 터를 두고 작품 활동을 벌였다. 율곡 와리의 문영삼(1951~)은 대구에, 쌍백 평구의 정도준(1948~)은 서울에, 대양 도리의 정도영(1955~)은 울산에 각각 터를 두었다. 합천 서예의 역량과 기백을 전국 곳곳에서 들낸 셈이다. 그리고 서양화에는 최석규(1944~)에 이어 조경옥(1952~)이, 동양화에서는 이태근(1947~)의 활약이 두드러진다.[103]

8. 1990년대 관변 예술문화의 전개

우리의 근대는 외세에 의한 절름발이 근대라는 운명을 짊어지고 왔다. 우리 말글로 이루어진 민족 일국주의로 나아가지 못하고 이민족에 의한 중앙집권적, 수직적 억압 체제 일방의 피식민 시기 35년을 거쳤다. 광복 이후에도 다시 전쟁 현실 속에서 이념적 경직성이 더하면서 국가 중앙에 의한 중앙집권적 걸음걸이는 더했다. 게다가 단시간에 국가 체제 안정과 발전이라는 두 가지 목표에 이르러야 했다. 따라서 규모와 효율에 뿌리를 둔 압축적 근대화는 피할 수 없었다. 이러한 정치, 경제적 일방향성은 전통 사회의 지역이 가지고 있었던 자치 공동체의 미덕을 훼손하고, 지역이 지니고 있는 고유한 지역성을 파괴했다. 지역 차원에서 볼 때 우리의 근대는 거대 근대의 획일

---

103) 서예·미술 부문 인명에 대해서는 이호석의 조사에 힘입은 바 크다. 이호석 엮음, 『합천이 낳은 인물』, 홍익출판사, 2010.

화 앞에 자신의 동일성을 해체당하고 재이식되는 격동의 시기였다.

따라서 1995년 6월 곡절 끝에 전격적으로 실시된 지역자체제가 갖는 뜻은 예사롭지 않다. 1960년 경자시민의거로 촉발되었던 짧은 지역자치제와 달리 4대 선거 실시로 시작한 지역 자치의 이념은 지나간 근대의 틀과 방식에 대한 반성적 전망을 전제로 했다. 그리고 그것은 다른 부문에까지 큰 파급도를 예고하는 일이기도 했다. 비록 행정 부문부터 시작했으나 그것이 끼친 예술문화 부문에 대한 영향 또한 컸다. 2000년대도 10여 년을 넘긴 오늘날까지 지역 예술문화의 큰 틀거리는 이러한 지역자치의 틀 잡기와 방향 모색이라는 쪽에서 한길로 걸어왔다. 합천 지역 또한 마찬가지다.

1996부터 합천 역내 예술문화 단체 활동에 변화가 일어난 것이 그에 따른 일이었다.104) '문화예술단체협의회'(초대 회장 이영기) 구성이 그것이다. 그동안 개별로 활동하고 있었던 13개 단체가 참여하여 이미 관변 기구로 자리 잡은 합천문화원과 더불어 지역 예술문화 축전, 행사의 구심적 단일 주체로 나선 것이다. 군 자치행정으로부터 행정적, 재정적 지원을 받을 수 있는 포괄적인 기구였다. 이러한 관변화를 통해 민간의 예술문화 활동에 대한 행정 지원이라는 목표를 조직적으로 이루고, 민간에서는 예술문화 활동의 장기적 기획과 안정화라는 기반을 마련하게 된 것이다. 1997년부터 시작한 '황매산철쭉제',105) '대보름 달집놀이'와 같은 새로운 시도도 그러한 역량이 드러난 본보기다. 문화예술단체협의회는 나아가 2003년 10월에 전국 단

---

104) 1992년 김병화가 『황강신문』을, 1995년 박환태(1948~2009)가 『합천신문』을 열어 그 뒤로 『합천대야신문』과 함께 역내 소지역 신문의 물꼬를 튼 일도 이와 맞물린다.

105) 1997년 5월 황매산악회 주관으로 제1회 황매산철쭉제를 열었다. 제2회부터 '황매산철쭉제전위원회'를 구성해 2013년까지 17회에 걸쳐 축전을 진행해 오고 있다. 행사는 2주간에 걸쳐 제례행사와 철쭉심기, 농악놀이, 산상음악회, 소원성취연날리기, 사진촬영대회, 농특산물과 토속음식 판매와 같은 행사를 곁들여 이루어진다.

위 예총의 하부 지부로 재발족했다. 예총합천지부(초대 회장 이천환)가 그것이다. 창립총회를 거쳐 11월에 국악·문인·음악·미술 네 협회가 중심을 잡았다. 그리하여 예총합천지부는 총괄 행사와 각 지부 행사로 나누어 지역 안에서 해마다 정례적인 예술문화 재구성의 주체로 나섰다.

총괄 기획 행사로는 지부 안에 2005년부터 이주홍선생기념사업회를 마련해 이주홍어린이문학관 건립을 추진한 것이 한 본보기다. 그것은 2006년 시비 건립에 이어 2012년 이주홍어린이문학관 건립으로 결실을 보았다. 그리고 2005년부터 기존의 대야문화축전을 이어받아 제1회 합천예술축전을 시작으로 해마다 지역 축전을 이끌고 있다. 제1회 때부터 역내에서 활동하고 있었던 16개 예술문화 단체가 참가하였다. 그 일을 김해석·강기수로 이어진 회장단이 맡았다.[106] 이와 아울러 예총 아래 각 갈래 협회에서도 정기 행사와 부정기 행사를 번갈아 맡았다. 꾸준하게 지역 예술문화 역량을 키우고, 그것을 더불어 누리고자 하는 자리를 마련했다. 합천문협과 합천미협 그리고 합천음협 활동이 그것이다. 이러한 지역 예술문화의 총괄 기구화는 지역 예술문화 현장에서 개개인이 지닌 창의성이나 성취보다 집단적, 공공 향유의 됨됨이를 더욱 부추겼다. 지역 예술문화의 외형이

---

106) 1996년 문화예술단체협의회 구성(13개 단체 참여, 초대 회장 이영기). 2003년 10월 예총합천지부 창립총회, 11월 예총합천지부 설립 인준(국악·문인·음악·미술협회, 초대 이천환 회장). 2004년 제1회 찾아가는 문화활동 공연. 2005년 제1회 숲속의작은음악회, 향파이주홍선생기념사업추진위원회 발족, 제1회 합천예술축전(16개 단체 참여), 합천예술인상 제정. 2006년 제2회 합천예술축전 개최, 이주홍 시비와 전신상 건립. 2007년 합천댐 효나눔센터 어르신 노래자랑, 제3회 합천예술축전. 2008년 제3대 김해석 회장 취임, 제4회 합천예술축전. 2009년 제5회 합천예술축전, 4대 강기수 회장 취임. 2010년 제6회 숲속의작은음악회, 제6회 찾아가는 문화활동 공연, 제6회 합천예술축전. 2011년 2010년 경남도 최우수 지회 선정, 제7회 숲속의작은음악회, 제7회 찾아가는 문화활동 공연, 제7회 합천예술축전. 2013년 현재 하상도가 회장을 맡고 있다.

굳혀지는 문제도 아울러 지니게 된 셈이다.

합천문인협회의 전신은 1993년에 출범한 합천문학회다. 회원 11명 (초대회장 윤한무)으로 시작했다. 그 뒤 꾸준히 지역문학 유관 행사를 이끌고, 지역 연고 문인 챙기는 일을 거듭했다. 2002년 (사)한국문인 협회 합천지부로 재정비한 뒤 오늘에 이르렀다. 합천문협의 중심 활동107)은 무어니 해도 기관지『합천문학』발간에 있다. 발족 초기부터 꾸준했던 일이다. 1993년 창간호를 시작으로 2012년 11월 현재 20집에 이르렀다.108) 어느덧 지역 문예지의 전통을 말할 단계에 이른 셈

---

107) 합천문인협회의 내림을 간략하게 순서를 좇아 살피면 아래와 같다. 1992년 합천문학회 창립준비위원회 결성. 1993년 합천문학회 창립총회(회원 11명), 1993년『합천문학』창간호(600부) 발간, 1993년 제1회 합천문학의 밤. 1994년『합천문학』제2호 (1500부) 발간과 제2회 합천문학의 밤, 1994년 제1회 황강백일장, 제3회 합천문학의 밤. 1995년『합천문학』제3호 발간, 제2회 황강백일장, 제4회 합천문학의 밤. 1996년『합천문학』제4호 발간, 제1회 합천 청소년을 위한 열린문화마당. 1997년『합천문학』제5호 발간. 1998년『합천문학』제6호(2000부) 발간, 제3회 황강축제 백일장, 제7회 합천문학의 밤. 1999년『합천문학』제7호 발간, 제6회 황강백일장, 제8회 문학의 밤과 시화전. 2000년 제7회 황강백일장,『합천문학』제8호 발간, 제9회 문학의 밤. 2001년 제8회 황강백일장, 제10회 합천문학의 밤,『합천문학』제9호 발간. 2002년『합천문학 10년의 발자취』문학세미나, 제9회 황강백일장, 제11회 합천문학의 밤, (사)한국문인협회 합천지부로 재조직(지부장 김해석),『합천문학』제10호 발간. 2003년 제10회 황강백일장, 제12회 합천문학의 밤,『합천문학』제11호 발간. 2004년 제11회 황강백일장, 제13회 합천문학의 밤, 2004년『합천문학』제12호 발간. 2005년 제12회 황강백일장, 제14회 합천문학의 밤,『합천문학』제13호 발간. 2006년 제13회 황강백일장, 제15회 합천문학의 밤,『합천문학』제14호 발간. 2007년 제14회 황강백일장, 제1회 합천 예술문화 세미나, 제16회 합천문학의 밤,『합천문학』제15호 발간. 2008년 제2회 초청 문학특강과 명사 초청 애송시 낭송회, 제15회 황강백일장,『합천문학』제16호 출판과 제17회 문학의 밤. 2009년 제1회 향파 아동문학공모 입상자 가족시 낭송회, 합천 지역어 말하기 대회, 제2회 지역명사 초청 애송시 낭송회. 2009년『합천문학』제17호 발간과 제18회 문학의 밤. 2010년 제2회 향파 아동 가족시 낭송회, 제3회 지역명사초청 애송시 낭송회, 제16회 황강백일장,『합천문학』제18호 발간과 제19회 문학의 밤. 2011년 제3회 향파 아동가족시 낭송회, 제4회 지역명사초청 애송시 낭송회, 제17회 황강백일장,『합천문학』제19호 발간과 제20회 문학의 밤.

108) 10집까지 흐름에 대해서는 한 차례 짚은 바 있다. 박태일,「소지역 문예지와『합천문학』」,『한국 지역문학의 논리』, 청동거울, 2004, 101~115쪽.

이다. 그 일을 김해석과 손국복 그리고 김숙희로 이어진 임원진이 책임을 졌다. 2012년 현재 합천문협의 회원은 28명이다. 그리고 합천문협 조사에 따르면 출향문인으로 파악된 이는 그 배가 넘는다.

시에 김송배·김희영을 비롯한 29명, 시조에 박달수·이숙례를 비롯해 7명, 수필에 강중구·이자야를 비롯해 17명, 평론에 진창영, 소설 어린이문학에 걸쳐 모두 57명이 그들이다. 재향, 출향문인을 모으면 모두 85명에 이르는 숫자다.[109] 게다가 이름을 올리지 않은 이까지 넣으면 100명은 손쉽게 넘어설 만한 규모다. 지역 연고 문인으로는 매우 많다. 이러한 양적 증가가 바탕이 되어 출향 문인들은 다시 특정 연고지에서 조직을 갖추는 경우가 나타났다. 2000년에 마련하여 『황강문학』을 해마다 한 권씩 내다 그친 재부합천문인협회가 그 처음이다. 이어서 2012년에는 서울을 중심으로 한 출향문인이 재경합천문인회를 만들었다. 『재경합천문학』 창간호를 내서 역외 향인의 문학 활동을 격려하고 나누는 친교의 전통을 이은 셈이다. 다른 소지역에서 보기 힘든 모습이다. 문향 합천이 지닌 기맥을 엿보게 하는 움직임이라 하겠다.[110]

미술에는 여러 가지 하부 영역이 공존한다. 지역 활동에서는 그러한 면모를 다 갖추기는 힘들다. 한국미술협회 합천지부 또한 회원의 절대 수가 많지 않아 다채로운 미술 영역 향유에는 미치지 못하는 쪽이다. 특히 합천지부에서는 휘호 대회와 같은 서예 부문 활동이 두드러진다.[111]

---

109) 『합천문학』 20호, 한국문협합천지부, 2012, 340~345쪽.

110) 지연을 따른 이러한 분화는 전통이 오래다. 이미 1980년대 '재부합천군향우회'가 만들어졌고, 1990년에는 '재경합천군향우회'가 만들어졌다. 그들은 따로 『해인』(창간호, 1982. 2호, 1990)과 『대야』(창간호, 1991)를 냈다. 이러한 일반 영역의 향우 모임이 문학이라는 개별 영역으로 옮겨간 셈이다.

111) 2005년 제13회 군내 학생휘호대회(합천초등 강당), 한국미술협회합천군지부 회원

한국음악협회 합천지부 또한 합천문협과 마찬가지로 2002년 합천
예총 아래 기구로 재조직했다. 그 사이 지역을 위한, 찾아가는 음악
회나 해마다 해끝에 벌이는 송년음악회와 같은 정례 연주를 거듭했
다. 거기다 이웃 단체와 교류하는 모습까지 가꾸어 나가고 있다.112)

국악협회 합천지부는 일찌감치 1994년에 발족했다. 초대 지부장은
정태영이 맡았다. 여러 행사의 초대 공연에 응하며 합천 사람의 예능
솜씨를 알렸다. 전통적으로 농촌사회였던 합천은 아직까지 국악과
풍물에 대한 요구와 욕구가 줄지 않았다. 설립 목표의 한 가지였던
합천 국악 인구를 어떻게 늘리고 역량을 드높이느냐는 문제를 고심
하고 있는 형편이다.113) 국악협회는 그 아래 특별단체로 '합천군풍물

전(예인촌). 2006년 제14회 군내 학생휘호대회(합천초등 강당), 한국미술협회합천
군지부 회원전(예인촌). 2007년 제15회 군내 학생휘호대회(문화예술회관 전시실),
한국미술협회합천군지부 회원전(문화예술회관). 2008년 합천군민과 학생휘호대회
(문화예술회관), 한국미술협회합천지부 회원전(문화예술회관 전시실). 2009년 한국
미술협회합천지부 회원전(문화예술회관전시실). 2010년 예총축전 합천미협전(문화
예술회관 전시실), 찾아가는미술관(합천댐 물문화관 전시실). 2011년 예총제 합천
미협전(일해공원 야외전시), 합천군민과 학생휘호대회(문화예술회관), 한국미술협
회합천지부 회원전(대장경축전 전시실). 협회 회장 직은 강석정, 이수희, 송재광이
맡았다.

112) 2002년 한국음악협회 합천지부 창립. 2003년 (사)한국음악협회 합천지부 인준.
2004년 합천군가, 율곡면가(박석중 작사, 옥난숙 작곡) CD 음반 제작·배포, 기획
공연 찾아가는 음악회, 거창 군민을 위한 교류음악회 개최, 합천음협 기획 공연,
찾아가는 음악회. 2005년 합천음협 기획 공연, 찾아가는 음악회, 숲속의 작은 음악
회(매월), 합천군민을 위한 희망 음악회, 합천음협 기획 공연. 2006년 찾아가는 음악
회(야로고), 합천음협 기획 공연, 찾아가는 음악회, 숲속의 작은 음악회(매월 2회),
합천예술축전 음악의 밤(대구필오케스트라 초청), 송년 음악회. 2007년 합천예술축
전 음악의 밤, 합천음협 기획 공연, 찾아가는 음악회, 송년 음악회. 2008년 합천예술
축전 음악의 밤. 2009년 찾아가는 음악회, 열린 음악회 개최. 회장단 책임은 신석봉,
박찬, 윤용식이 차례로 맡았다.

113) 1994년 (사)한국국악협회 합천지부(초대 지부장 정태영)로 발족. 1995년 2~4대
지부장 이보현 취임(임기 2년). 1999년 제30회 경남민속예술경연대회-합천대평풍
물놀이단(농악) 출연. 2000년 제1회 정기공연(합천읍 교동회관)을 시작으로 2011년
까지 12회 공연. 2001년 제5대 지부장 하상열(임기 3년). 2002년 하상열 회장 유고

단체연합회'를 두었다. 음악이 포괄하고 있는 다양한 역내 국악에 대한 욕구에 부응하기 위한 자발적 결집이었다. 2000년도에 군내 읍면 자생적인 풍물단체가 서로 친목과 화합을 도모하고, 지역 풍물 발전을 위하여 결성한 것이다. 문형규·하상도와 같은 이들이 앞서 모임을 이끌면서 지역 합천예술축전과 같은 예술문화 축전과 행사에 공동 참여하고 있다.

예총 아래 이러한 여러 영역의 활동은 1990년대 중반 이후 오늘날까지 합천 지역 예술문화의 외형을 결정짓는 핵심 조건이며 토대다. 그리고 이들은 관과 민 사이에서 지역 예술문화 수요와 욕구를 만족시키면서 더 양질의 환경을 일구어 나갈 책임까지 맡고 있다. 거듭하는 지역 예술문화 축전이나 행사에 대한 지역행정부의 위임 기구로만 존속하기 위한 소극적 자세에서 벗어나기 위해 고심이 깊어지는 까닭이다. 게다가 안쪽으로는 어떻게 관료화하지 않으면서 공동의 예술 역량을 드높일 것인가라는 문제 앞에도 놓여 있다. 규모와 재정적 외형에만 그치지 않으면서 바람직한 합천 지역 예술문화 역량의 조직과 표출이라는 힘든 문제를 고심하고 있는 셈이다.

그리고 이러한 합천 예술문화 단체들의 개별 역량을 한곳으로 모아, 해마다 한 차례씩 여는 군 단위 대표 축전이 '대야문화축전'과 '합천예술축전'이다. 대야문화축전은 1982년 1회를 시작으로 한 해도 그르지 않고 가을마다 열렸으니 명실상부 합천의 예술을 온축한

로 유판돌 부회장 대행. 2004년 제6대 지부장 유판돌. 2008년 제7대 지부장 하상도 취임. 합천예술축전, 숲속의 작은 음악회, 찾아가는 문화공연, 합천수자원공사의 한 여름음악콘서트 출연, 기타 군민들과 함께하는 다양한 행사에 국악 공연 실시. 풍물 기초반, 민요 시조반, 모듬북 난타반 등을 빌려 일반 군민과 함께 즐기는 일상 속의 생활국악을 추구하며 여러 활동을 했다. 현재는 백종권 지부장 아래 3개 분과와 3개 특별단체를 두고 지부를 운영하고 있다. 풍물분과·시조분과·민요무용분과가 그것이다. 그리고 특별단체에는 합천시우회·합천전통음악연구회·합천풍물단체연합회가 있다.

대표 행사임에 틀림없다. 1회부터 24회(2007년)까지는 들머리 행사, 본 행사, 그리고 공연, 청소년 행사. 민속 경기와 같은 것들로 다채롭게 엮고자 애썼다. 공연, 전시 행사에다 세대별 예술문화 행사에까지 배려한 셈이다. 거기다 지역 동호회나 협회별 운동 경기까지 곁들였으니, 매우 동적인 축전이 되도록 이끌었다. 토착 농촌 사회인 합천이 발빠르게 진행하는 도시화 속에서도 가을걷이와 풍년을 고대하는 민심을 담아내는 그릇으로서 대야문화제의 몫이 더욱 커졌다 하겠다. 합천문화축전은 합천 예총에서 주관하는 여름행사다. 대야문화축전보다는 규모가 작지만, 하부 단체들의 역량을 모아 녹음이 아름답기로 이름 높은 합천의 여름 풍광과 예술문화 역량을 들내는 대표 행사로 자리잡고 있다.

이러한 합천 예술문화 단체들의 행사나 축전과 함께 일찌감치 합천 지역 예술문화 재구성에 앞자리를 지켰던 합천문화원도 1990년대 중반 지역자치제 이후 더욱 활동 역량을 강화했다. 대표적인 업적이 교양지『합천문화』를 1978년부터 해마다 1권을 원칙으로 펴낸 일이다. 2012년 현재 30집에 이르렀으니 적지 않은 연륜이다. 그사이 맵시를 바꾸기도 하고 쪽수의 들고 남이 잦았지만, 지역 연고 문화교양지로서 몫을 꾸준히 맡아 온 공이 크다. 게다가 비정기로 내놓은 문화원 출판물은 오랫동안 합천 역내에서 이루어져 온 지역의 역사·문화·전통에 대한 관심의 깊이와 수준을 대표하면서 거듭 나왔다.114)

---

114) 그들을 보이면 다음과 같다. 『합천의 독립운동사』(1990). 『대야의 문화』(1993). 『함벽루지』(1993). 『합천의 문화유적』(1993). 강용수, 『합천의 상공업사』(1994). 『합천군사』(1995). 『합천의 유맥』(1996). 『가야산 19명소』(1997). 『합천의 유맥』(2집)(1998). 『임란의병사』(1998). 『합천지명사』(1998). 『합천의 문화유적 Ⅱ』(2000). 계명대학교 한국연구원, 『합천지역의 역사와 문화』(2000). 『합천 누정록』(2002). 이영기, 『초계대광대 탈놀이』(2001). 『삼가 신구읍지』(2003). 『합천인물고』(2006). 정기철, 『임진왜란과 임·계 연간 경과 연표』(2006). 『일반동산문화재 다량 소장처 실태 조사 보고서』(2007). 『이순신장군 백의종군행로 지명고증 보고서』(2007). 『한국유림

이들은 몇 가지 특성을 지닌다. 첫째, 발간 빈도가 잦지는 않았다. 1990년『합천의 독립운동사』를 편 뒤부터 2012년까지 35권을 냈다. 초기 저술을 빼고는 거의 모두 2000년대에 나왔다. 해마다 한두 권 정도 빈도다. 소지역으로서는 그마저 쉬운 일이 아니었다. 둘째, 관심 방향이 근현대 시기보다 조선시대나 그 이전 전통 사회에 치우쳤다. 35권 가운데서 근현대지라 할 수 있는 것은『합천상공업사』,『한국유림독립운동 파리정서비 근수지』정도에 머문다. 그렇지 않으면 합천의 일반론에 눈길을 두었다. 사정이 이렇다 보니 임란이나 유림 활동의 비중이 높아지는 게 자연스러운 순서였다. 셋째, 1차 사료집 중심의 발간이 잦았다.『합천의 전설과 설화』,『합천지역 금석문 자료 목록집』,『합천 누정록』과 같은 경우다. 넷째, 개별 연구자의 학술 저서를 보기 힘들다. 집필 주체가 특정 조직이거나 아예 합천문화원 자체 기획이 대부분이다. 그러다 보니 개별 의제나 주제에 대한 깊은 접근보다『대야의 문화』와 같은 교양 도구서에 머문 저술이 잦았다. 이러한 몇 가지 특성은 물론 합천문화원만이 지니고 있는 출판 사업의 됨됨이는 아니다. 다른 소지역 문화원의 출판 관행 또한 이에서 멀지 않다. 그런데 2000년대에 들어선 이후 다른 소지역에서는 이를 벗어나고자 하는 여러 시도와 성과를 내고 있어 앞날을 새롭게 내다 보게 한다.[115]

독립운동 파리장서비 근수지』(2007).『합천향안지』(2008). 박환태,『합천의 전설과 설화』(2008).『합천지역 봉수와 성곽』(2008).『합천지역 금석문 자료목록집』(2008).『합천의 문화재 길잡이』(2009). 이호석,『내암 정인홍』(2010).『합천군 연혁과 문화 현황』(2010).『합천의 신도비』(2010).『조선 최고의 고승 무학대사』(2010).『합천의 유허비』(2010). 송인만,『합천 지방의 말』(2011).『문인록』(2011). 택민국학연구원,『합천의 구비문학』(2011).『합천의 입향조』(2013).

115) 1차 사료집에 머물지 말고, 그것을 오늘날 합천 현실과 묶어서 2차, 3차 담론화하여 심화, 확산시키는 연구로 나아가는 변화가 필수적이다. 게다가 오늘날 합천의 지역성 재구성에 결정적인 역할을 맡았던 근현대지에 대한 1차 사료 확보와 연구의

그리고 그러한 변화에 대한 요구는 지역자치제 아래서 지역 예술 문화 하부 영역을 맡고 있는 다른 기구에서도 다르지 않다. 2013년 3월 현재 합천군에서 파악하고 있는 예술문화 관련 기관 단체는 모두 18개다.[116] 군 단위로 볼 때 적지 않은 수다. 이들에 대한 공공 지원과 협조는 합천군 예술문화 행정의 뼈대라 할 수 있다. 이들 가운데는 예총 산하 모임도 있고, 그와 관계없는 모임도 있다. 역사의 오램과 짧음의 차이도 있다. 그럼에도 오늘날 합천 지역 예술문화 영역에 일정하고도 주요한 몫을 맡고 있는 기구임에 틀림없다. 오랫동안 합천 지역사회 예술문화 영역의 축을 맡으며 몫에 충실했다. 그들 사이 경계도 있었을 터이나 연합하고 교류하는 자리가 더 많았다. 지연과 학연 그리고 혈연적 연결망이 무엇보다 좁은 소지역 안에서 중층적이고 복합적인 연결고리가 작용한 까닭이다. 이들은 앞으로 더 나은 합천, 발전하는 합천의 예술문화를 위해 지나온 날을 살피고 앞날을 예비하는 새 들머리에 서 있다 하겠다.

이제껏 합천군 100년을 기념하기 위해 마련한 합천 지역 '예술문화'의 대강을 짚어 왔다. 긴 세월에 견주어 남은 바, 밝혀진 바가 적어 어려움이 큰 일거리였다. 그럼에도 글쓴이는 문학을 앞세워 줄거리를 잡아 보고자 애썼다. 상대적으로 빠진 데가 더 많음은 역량 탓이

비중을 크게 늘려야 한다. 구술 사료도 지속적으로 더할 일이다. 나아가 시각을 지역에 가두지 말고 국제적인 틀에서 합천 문제를 바라볼 필요가 있다. 지역성 창발에 충격을 주고, 지역 안밖으로 새로운 상상력을 일깨울 수 있는 담론 개발에 합천문화원이 이바지할 몫이 더욱 커지고 있다.

116) 합천군창의사(회장 윤태현), 합천군문화원(원장 차판암), 문화원부설 향토사학회(회장 허종만), 대야문화제운영위원회(위원장 김종철), 합천예총(지부장 하상도), 국악협회(회장 백종권), 문인협회(김숙희), 음악협회(윤용식), 미술협회(송재광), 전통음악연구회(회장 김종완), 오광대보존회(회장 성영기), 유림회(회장 심의조), 합천군합창단(단장 김옥수), 한음회(회장 김광인), 불교연합회(회장 종성), 기독교연합회(회장 권태진), 남명선생선양회(회장 조찬용), 향파이주홍기념사업회(회장 이장일).

다. 일을 위해 합천 근대 예술문화의 흐름을 성글게나마 모두 8매듭으로 나누는 길을 따랐다. 경술국치에 이어 합천군이 출범했던 1914년 앞뒤 시기부터 피식민 시기와 광복기를 거쳐 1990년대 중반 지역 자치제 실시와 더불어 오늘날에 이르는 변화가 그것이다. 이를 빌려 합천의 근대 예술문화는 알려진 것보다 알려지지 않은 것이 더 무겁고도 드높다는 사실을 새삼스럽게 깨닫는다. 마무리 자리에서 앞으로 다시 10년을 향한 단기 안목에서 생각을 맺고자 한다. 장차 마땅한 합천 예술문화지를 펴기 위한 출발이 됨 직한 까닭이다.

예술의 핵심은 누구나 쉽게 이를 수 없을 높이에 있다. 문화의 핵심은 누구나 쉽게 누릴 수 있는 넓이에 있다. 합천의 예술문화는 어떻게 높은 수준의 예술을 이룩하고 어떻게 행복하게 문화를 누릴 수 있을 것인가에 대한 고심 앞에 놓여 있다. 나라 안은 물론, 나라 바깥까지 뚜렷한 자기 세계를 갖춘 예술가가 나와야 함과 아울러 합천 사람으로서 누구나 문화역량을 갖추고 누릴 수 있는 방향과 길을 위해 지혜를 모아야 할 일이다. 예술문화가 나날살이 삶 속에서 살아 있는 합천을 만들기 위한 발상 전환이 크게 필요하다. 그런 점에서 앞으로 10년을 위해 단기적으로 바삐 할 일이 몇 보인다.

첫째, 기초 작업이다. 합천 지역사회의 전모를 파악하기 위한 본격적인 노력이 무엇보다 먼저 필요하다. 보기를 들어 근대 시기 100년 합천 관계 언론 기사집과 같은 기획이 그것이다. 그리고 어느 정도 기초 작업이 이루어진 쪽에서는 본격적인 각론이 이루어져야 한다. 합천 의병 항쟁이나 기미만세의거, 유이민과 귀환동포 문제, 원폭피해 문제에 대한 문헌, 구술에 걸친 사료 확보와 2차, 3차 연구가 필수적이다. 이들은 지역적이면서도 국제적인 의제다. 그런 무거운 고리와 책임을 아울러 지고 있는 곳이 합천이고 그것이 합천의 개별 지역성이다.

둘째, 해인사와 가야산 지구 문제다. 해인사의 예술문화를 발굴하고 그것을 합천의 자산으로 굳히기 위한 노력이 필요하다. 해인사 역사문화 연구 작업과 해인사 문화관/자연관 건립이 그 출발이 될 수 있다. 그러한 일들이 자연스럽게 가야산 구역에 대한 합천의 주도적 전망을 이끌어 내게 할 것이다. 비구/대처 싸움으로 무너진 한국 불교사의 영욕을 종교가 아니라 우리의 근대 생활사 측면에서 가까이 끌어다 놓고 다룰 수 있는 대표적인 곳이 합천이다. 그럼에도 오늘날 합천읍에서 해인사로 가는 차편보다 대구나 고령에서 합천으로 들어가는 차편이 월등하다. 모든 전자 안내에서 가야산을 성주 가야산으로 표기하고 있다. 이런 현실을 더 구체적으로 자각할 필요가 있다.

셋째, 이즈음 들어선 문화시설 가운데 하나인 이주홍어린이문학관 문제다. 이주홍이라는 개인 명성을 들어 올린 현양은 소극적인 한계가 뚜렷하다. 합천 지역의 예술문화 산업 육성을 위해, 건립 중간 과정에서 고심했던 바와 같이 이주홍어린이문학관을 한국어린이청소년문학관으로 확대, 개편할 필요가 있다. 지역 안밖으로 어린이·청소년의 취향 창발, 연구, 홍보를 위한 특화한 공간으로 변신하는 움직임이 그것이다. 전시와 운영 또한 전문인과 전문 조직에게 맡길 일이다. 그러한 점이 구체적인 모습을 띠게 된다면 오늘날 합천의 지역 머그림에 중대한 영향을 미치고 있는 합천호와 영상테마파크를 보다 거시적인 가족 단위 향유 예술문화 공간, 생태 관광 지구로 거듭나게 할 수 있을 것이다. 합천호 둘레를 오롯하게 예술비, 문학비로 다듬는 기획도 마찬가지다. 토목 기술로만 이루어질 수 없을 합천 지역 재구성의 전망이 새로울 것이다.

앞으로 합천의 역사, 합천의 삶과 기억을 갈무리하는 합천지 기술은 거듭해야 한다. 기회가 언제 닿을지 모르나 그때도 예술문화 영역이 지닌 중요성은 줄지 않을 것이다. 다만 그때는 전혀 새로운 세부와 속살로 채워진 본격적인 글로 발전할 수 있기를 바란다. 지금부터 엄정하고도 지속적인 준비가 필요하다. 합천 지역사회가 100년 이상 겪었던 근대의 진폭과 예술문화의 훈향이 날실과 올실로 잘 짜인 온당한 줄거리가 그것이다. 합천 지역을 예술문화라는 얼개로 재장소화하는 공간 실천뿐 아니라, 그것을 기록하고 헤아리는 2차 담론 또한 그에 못지않게 중요한 일이다. 국가·세계의 거대 담론 일방의 현실 아래서 소지역 합천을 이음매로 삼은 구체적인 미시 담론이 더 무겁고 중요할 수 있다. 지역을 새롭게 구성하고 창발할 과업에 소극적인 패배의식은 물리칠 일이다.

합천 지역시의 흐름

1. 합천과 지역문학

한국 지역문학 연구에서 소지역을 범위로 삼은 글은 아직까지 찾기 힘들다.[1] 문단 소개 수준에서 이루어진 것이 보이긴 하나 연구라할 만한 데에는 턱없이 못 미친다. 일이 이에 이른 가장 큰 까닭은 인식 부족이다. 그 다음은 일이 지니고 있는 어려움이 만만찮았던데 있다. 무엇보다 좁은 소지역 범위에서 오랜 기간 이루어진 문학적 사실이나 작가, 작품, 매체를 찾아내고 그것을 두루 연관 지을 수 있을 방법론 찾기가 힘들었던 탓이다

합천 지역문학은 경남·부산 중지역 가운데서도 그 역사가 다른 곳

---

[1] 소지역은 시·군을 뜻한다. 지역 문단 형성이나 전개와 관련한 소개 글과 달리 본격 시문학사라 할 만한 것은 경남 통영 지역을 다룬 본보기가 한 편 있을 따름이다. 박태일, 「근대 통영 지역 시문학의 전통」, 『통영·거제지역연구』, 경남대학교 경남지역문제연구원, 1999.

에 뒤지지 않을 전통을 쌓은 데다. 울산, 통영, 하동, 진주, 밀양, 마산
과 더불어 소지역 문학관이 하루바삐 마련되어야 할 만한 문학 자산
과 집단 기억을 갖추고 있다. 그런 점에서 합천 문학에 대한 관심은
단순히 향인의 애향심, 자긍심을 드높이기 위한 소극적인 자리에 머
물지 않는다. 그 일은 한국 문학사의 주요 맥을 파고 드는 뜻 깊은
경험을 예고한다.

이 글은 합천 지역시를 대상으로 삼아 형성과 전개 과정을 짚어보
고자 한 첫 시도물이다. 앞으로 제대로 이루어질 합천시문학지, 합천
문학지 기술을 위한 작은 디딤돌인 셈이다. 목표에 이르기 위해 시기
는 을유광복을 경계로 근대와 현대, 둘로 나눈 다음 통시적[2]으로 주
요 시인을 찾아 그들의 삶과 작품 됨됨이를 짧게 살펴보는 길을 따르
고자 했다. 이 일로 말미암아 합천 문학에 대한 관심이 지역 안밖으
로 더욱 깊어지고 넓어지기 바란다.

2. 근대 시기의 형성과 정착

1) 유엽과 해인사 문학

합천 근대문학의 발생 공간은 1920년대다. 이웃한 거창이나 창녕,
산청, 고령과 달리 이른 시기에 근대문학이라 일컬을 수 있을 마당이
마련된 셈이다. 그리고 그 첫 자리에 놓이는 이가 유엽(1902~1975, 본
명 춘섭)이다. 유엽은 전북 전주의 부호집 아들로 태어나 전주신흥학

---

2) 따라서 기술 시기의 종점은 1960년대까지에 이른다. 1970년대부터 이루어진 성과는
  다음 기회를 기다리고자 한다.

교를 거치고 일본 조도전대학에서 불문학을 공부하다 학업을 그만 두었다. 1920년 김우진·최승일·홍해성들과 함께 극예술협회를 만들 었고 대학 동창 양주동·손진태와는 동인지『금성』을 펴냈다.『금성』 은 1923년 11월에 첫 호를 내고 1924년 5월 3호로 그쳤지만 먼저 나왔던『폐허』나『백조』와 달리 본격 시동인지3)로서 근대문학 형성 에 이바지한 바가 컸다. 유엽은『금성』 2호에 우리 근대 첫 서사시 작품이라 평가되는「소녀의 죽음」을 실었다.

그러나 그는『금성』 3집을 내기 앞서 1924년 삭발, 해인사로 입산 한다. 그런 다음 해인사 강원에 머물렀던 경험이야말로 합천 근대문 학, 또는 근대시 발생에 한 중요 자장이었다. 시인 허민, 소설가 최인 욱은 해인사서 유엽이 손수 지도했던 문인이다. 그에 이어 합천 지역 시를 이끌었던 이주홍 또한 1930년대 잠시 해인사에 머물면서 그들 과 친교를 엮었다. 해인사야말로 합천 근대 이행의 큰 마당이었을 뿐 아니라, 합천 지역시 형성의 밑거름이었던 셈이다.

1923년
지각(地殼)이 얼기 시작하는 첫날,
내 집에 오는 길 전차에서 나는
매우 침착한 소녀를 만나서라.

초생달 갓흔 그의 두 눈섭은
가장 아름다워 그린 듯하고,
포도주빗 갓흔 그의 입술은
달콤하게도 붉엇섯다.

---

3) 김용직,『한국근대시사』(상), 학지사, 1996, 240쪽.

그러나 도럄직하고 귀여운 그 얼골에는
맛지 안는 근심빗이 써도라 잇고,
웬 셈인지 힘을 일코 써보는 두 눈가에는
도홍색(桃紅色)의 어린 빗이 써도라라.

―「소녀의 죽엄」 가운데서[4]

앞머리만 옮겼다. 전차 안에서 우연히 만난 소녀와 이별, 그리움, 재회, 그리고 그녀의 죽음으로 이어지는 이야기 짜임을 지녔다. 1920년대 초기시로서 드물게 현실과 상상을 오가는 진폭 넓은 작품이다. 그러나 그의 현실에 대한 이해는 비슷한 시기에 터를 넓히고 있었던 생활 문학이나 경향 문학이 지닌 관심과 거리를 둔다. 그가 뿌리 내린 낭만성에 원인이 있는 일이겠다. 그럼에도 유엽은 불가와 속가를 오가며 구체적인 여러 사회 변혁 활동에 깊이 관여하고자 했다. 1931년 김법린·김일엽과 함께 선불교총동맹 중앙집행위원으로서 고초를 겪었던 바도 한 본보기다. 이런 모습은 광복 뒤에까지 거듭된다.

이 과정에서 유엽은 문학사회와 맺은 연 또한 꾸준하게 가꾸었다. 1931년 자가본 시집 『님께서 나를 부르시니』를 펴낸 뒤, 소설·논설·수필과 같이 여러 갈래에 걸쳐 다채로운 문필 활동을 거듭했다. 자신의 문학적 포부를 들내고자 하는 일을 그치지 않았던 셈이다. 광복기 활발한 사회 활동에 이어[5] 그는 1960년대로 들어서면서부터 문학사회에서 잊혀지기 시작했다. 그런 속에서도 오랜 세월 해인사, 또는

---

4) 『금성』 2호, 금성사, 1924, 58~59쪽.

5) 유엽이 낸 대표 저술을 들어 보면 다음과 같다. 장편소설 『꿈은 아니언만』, 덕흥서림, 1929. 시집 『임께서 나를 부르시니』, 자가본, 1931. 『참선하는 방식』, 민족문화, 1959. 『참선과 예술』, 민족문화, 1960. 수필집 『화봉섬어(華峯譫語)』, 국제신보출판사, 1962. 회갑헌시선집 『무저선(無底船)』, 국제신보사, 1963. 『멋으로 가는 길』, 보림사, 1983.

합천 문인과 맺은 개인 연고는 소중하게 이어졌다. 그가 부산 고갈산 아래 머물며 국제신보 논설위원으로 회갑을 맞이했을 때 이주홍이 기념 수필집 『화봉섬어』 표지그림을 즐겁게 채우고, 기념 시선집 『무 저선』 간행을 앞서 이끌었던 일이 그 사정을 잘 보여 준다. 앞으로 합천 문학, 해인사 문학6)이 실체를 갖추어 우리 문학사 안으로 들어 서게 된다면 그 첫 자리에 놓인 유엽이 더욱 눈길을 끌게 될 것이다.

2) 이주홍과 이성홍 형제

1920년대 유엽에 뒤 이어 합천 지역시를 수놓은 이는 이주홍(1906 ~1987)과 이성홍(1911~?) 형제다. 이주홍 시에 대해서는 조사가 차근 차근 이루어지고 있다.7) 그러나 이성홍에 대한 일은 세상 사람들이 이제까지 모르고 있었다.8) 그런데 활동으로 볼 때 이성홍은 합천 문 학뿐 아니라 한국 근대 아동문학사에서도 빼어놓을 수 없는 이다.
이성홍은 작품 「잠자는 동생」으로 1924년 3월 『신소년』에 처음 이 름을 올린다. 그 뒤부터 1932년까지 꾸준하게 작품을 선보였다.9) 대

---

6) 김윤식은 김동리 문학의 역정을 두루 풀이하는 과정에 '해인사 문단'이라는 말을 처음으로 끌어들였다. 합천 문학의 중요 영역으로서 해인사 문학 속에 유엽을 비롯 해, 이주홍, 허민, 최인욱이 들 수 있다. 뒷날의 시조시인 박달수 또한 이 범주에 넣어 다룰 수 있을 것이다. 김윤식, 『김동리와 그의 시대』, 민음사, 1995, 80쪽.

7) 이주홍 시에 대한 연구는 김지은이 처음 시작했다. 그 뒤 박태일이 『신소년』 소재 동시만을 살핀 바 있고, 박경수가 모자란 점을 찾아 기웠다. 김지은, 「이주홍 시 연구」, 『지역문학연구』 7집, 경남·부산지역문학회, 2001. 박태일, 「이주홍의 초기 아동문학과 『신소년』」, 『현대문학이론연구』 18집, 현대문학이론연구학회, 2002. 박 경수, 「일제강점기 이주홍의 시 연구」, 『우리말글』 29집, 우리말글학회, 2003. 박경 수, 「해방기와 전후시기 이주홍의 시와 동시 연구」, 『우리문학연구』, 우리문학회, 2006. 박경수, 「향파 이주홍 시와 동시 연구의 현황과 과제」, 『이주홍문학저널』 4호, 세종출판사, 2006.

8) 글쓴이가 그를 들내 한 차례 다룬 바 있다. 「나라잃은시기 아동잡지로 본 경남·부산 지역 아동문학」, 『한국문학논총』 37집, 2004.

구를 거쳐 왜나라 명고옥으로 유학을 떠나기도 했던 그는 1920년대 후반부터 합천에서 '달빛사'라는 문학단체를 만들어 지역 소년 문사들을 이끌었을 뿐 아니라 전국 청년 문사들과 어울렸다. 그 무렵 합천의 소년 문학 단체로서는 김영신이 이끈 '합천토요회'가 있었고 정기주와 같은 이가 작품 활동을 할 때다. 이러한 자생적인 지역 소년단 활동이야말로 1920~1930년대 우리 어린이문학을 자리 잡게 하는 데 큰 텃밭이었다. 이성홍은 1920년대 소년 문사에서부터 시작하여 1930년대까지 청년 시인으로서 동시·소년시·소설·수필에 걸쳐 활동했다. 그러나 1930년대 중반부터 이루어졌던 극심한 사상 탄압과 전향의 분위기 아래서 그는 작품 활동을 멈추고 해주로, 평양으로, 다시 만주 간도를 떠돌며 생업인 금융업으로 문단과 거리를 두기 시작했다.

삼천 리 우리 땅은 동무 님 나라
하얀 옷 입은 동무 보고도 지고
그립고 새롭든 옛 동무 글월
울면서 새롭든 옛 동무 글월
울면서 받아 읽고나 보자

삼천 리 우리 땅은 동무 님 나라
천만 년 지나도 하얀 옷 그리워
떠나온 이 몸이 언제나 돌이가

---

9) 초기 이성홍의 작품 가운데 이 「잠자는 동생」을 비롯한 몇 편은 이주홍이 차명으로 발표한 작품일 가능성이 있다. 그러나 지금으로서는 그 하나하나를 바로 잡기 힘들다. 「잠자는 동생」 경우는 이주홍이 그 사실을 손수 밝혀 그렇게 고증할 수 있다. 이주홍, 『예술과 인생』, 세기문화사, 1957, 219쪽.

반가운 옛 동무와 인사해 볼가

—이성홍, 「동무 생각」10)

1927년 『신소년』에 실린 것으로 알려진 작품이다. 명고옥에 유학 차 머물렀던 시기 작품으로 짐작된다. 고국 글동무들을 향한 그리움을 담았다. 그러면서 "삼천 리"니 "하얀 옷"이니 해서 조국 땅을 애틋하게 드러내고자 하는 의도를 숨기지 않았다. 그러고 보니 "천만 년"이라는 시간 설정도 청년기의 허황된 수사에서 더 나아간 열정을 짐작하게 한다. 합천 지역시 형성에 이성홍이 끼친 자리를 제대로 찾아내어야 할 일이 과제로 남는다.

동생 성홍과 달리 형인 이주홍은 널리 알려진 바와 같이 예순 해나 되는 긴 세월 동안 문학사회에 몸담았던 이다. 각별히 『신소년』사에서 편집을 보면서 활동하기 시작했던 1929년부터 그는 중도 좌파 문학의 중심에서 문학 창작과 매체 편집, 그리고 출판미술과 같은 예능 영역에서 두루 재능을 떨치며 꾸준한 활동을 벌였다. 광복 뒤 다시 서울에서 좌파 문단에 몸담았던 그는 1947년 부산으로 내려온 뒤부터 새로운 활동을 시작했다.11) 그리고 이 무렵부터 이주홍이 문학인으로서, 예술인으로 이룬 바 또한 그 앞선 시기와 마찬가지로 두터운 뜻을 지닌다.

가난하다고 가자
나락 심는다고 나ㅅ자

---

10) 유희정 엮음, 『1920년대 아동문학선(1)』, 문학예술종합출판사, 1993, 327쪽(『신소년』, 1927년 8월호).

11) 앞뒤 사정은 아래 글에서 다루었다. 박태일, 「이주홍론: 교육자로서 걸어온 길」, 『경남·부산 지역문학 연구 1』, 청동거울, 2004.

다 쌔앗긴다고 다ㅅ자

라팔 불고 모한다고 라ㅅ자

마치를 울너멘다고 마ㅅ자

바수어 째린다고 바ㅅ자

사람 살니라 한다고 사ㅅ자

아이고 아이고 운다고 아ㅅ자

자동차 탓든 놈이라고 자ㅅ자

차서 나렷다고 차ㅅ자

칼을 쑥 낸다고 카ㅅ자

탁 걱거버린다고 타ㅅ자

파업단이 익엿다고 파ㅅ자

하하하 웃는다고 하ㅅ자

—이주홍, 「가나다노래-동생들이 언문 배울 째 이러케 긔억하도록」[12]

이주홍의 폭넓은 재능이 번뜩이는 동시다. 카프의 계급 어린이문
학에 몸담고 있으면서도 틀에 박힌 교훈주의에 빠지지 않으려는 모
습이 엿보인다. 전래 어린이 동요 가운데서 언어유희요를 끌어와서
그 틀 안에 현실에 대한 깨달음을 담아보고자 했다. 박학한 그의 속
내를 엿보기에 모자람 없는 신선한 작품이다. 시인으로서 이주홍은
이렇듯 현실주의 동시뿐 아니라 『풍림』, 『시학』과 같은 잡지를 엮는
틈틈이 성인시를 발표했다. 그러나 어린이문학이나 소설에 기울인
만큼 시에 열정을 쏟지는 못했다.[13]

---

12) 『별나라』 5월치, 별나라사, 1931, 9쪽.

13) 이주홍 생전에 동시나 시를 낱권 형태로 엮어 내놓은 것은 동시집 『해같이 달같이
만』(새로출판사, 1978), 『현이네집』(보리밭, 1983)과 시집 『풍경』(보리밭, 1984)이
있을 따름이다.

이주홍과 이성홍 형제가 지닌 재능은 1920년대부터 합천 지역시를 다지고 빛나게 했다. 그들이 벌인 이른 시기 활동은 합천뿐 아니라 경남·부산 지역문학, 나아가 한국 어린이문학에도 적지 않은 영향을 끼쳤다. 각별히 이주홍은 서울에 머물면서 『신소년』이나 『별나라』 합천지사를 지원하는 일에서부터 경남·부산 출신 문학인을 뒷받침 하는 남다른 역할까지 마다하지 않았다. 1930년대 초반 한국 현실주 의 어린이 문학사회가 뿌리를 다지고 터를 넓히는 걸음에 이 지역 문인들이 중심에 설 수 있었던 까닭이다.[14] 이구월, 손풍산, 김병호 뿐 아니라 합천 출신 작곡가 이일권과 같은 이가 그 곁에 머물렀다.

3) 계급시와 손풍산

손풍산(본명 在奉, 개명 重行, 1907~1973)은 초계 적중 상부리에서 태 어났다. 초계보통학교를 거쳐 대구공립보통학교를 졸업했다. 1927년 진주사범학교를 나온 뒤 거제로 옮겨가 보통학교 교사로 일했다. 그 런 사이 서울 투고 문단에 열심히 작품을 올리며 문재를 키웠다. 그 러나 계급문학을 좇고 있었던 그로서는 울산의 신고송과 마찬가지로 사상이 온당치 못한 교사였을 터이니, 학교에 오래 몸담기 어려웠을 것이다. 1930년 카프 기관지 『음악과시』 창간호에 작품을 올리고, 1931년 프롤레타리아동요집 『불별』을 낼 무렵에는 3년에 걸친 거제 생활을 접고 서울로 올라가 은평사립학교 강사로 일하는 한편 신소 년사 이주홍과 더욱 깊이 어울렸다.

다시 고향 초계로 내려온 그는 『조선중앙일보』 초계지국 기자를

---

14) 박태일, 「나라잃은시기 아동잡지로 본 경남·부산지역 아동문학」, 『한국문학논총』 37집, 한국문학회, 2004.

맡았다.[15] 그러면서 농업조합 활동을 하다가 왜경에 체포되어 옥고를 치렀다. 1937년부터는 진주에 머물러 포목점을 꾸리면서 문학 활동과 거리를 두었다. 광복을 맞이한 손풍산은 잡지 『민우』를 내며 다시 문학 활동을 벌였다. 문학동맹 진주지부장 김병호와 함께 진주 문학 사회를 광복기 한국 지역문학 가운데서도 활동이 활발했던 곳 가운데 하나로 끌어올리는 데 앞자리에 섰다. 그는 한국 계급시로서나 경남·부산 지역문학지로나 예사롭게 보아 넘길 시인이 아닌 셈이다.

　손풍산은 시국이 점점 어려워지고 있었던 1949년 진주에서 부산으로 자리를 옮겼다. 지난 시절 벗이었던 함안 양우정이 이끄는 『연합신문』이사와 경남지사 지사장을 시작으로 언론인으로서 새 삶을 시작한다. 이름도 중행으로 바꾸었다. 이후 국제신문사 업무국 국장, 1954년 부산일보사 편집국 국장, 1967년 부산일보사 주필과 편집국 장, 논설위원을 거치며 지역 언론 원로로서 자리를 틀었다. 그런 틈틈이 창작 활동을 접지는 않았으나, 생전에 작품집은 내지 못하고 영면했다. 다만 신문 단평집 『동남풍』(1967) 한 권이 남았을 따름이다.[16]

　　이미 시가란 것이 우리들의 생활과 독립 존재할 수 없는 물건인 이상, 시인의 감동은 다수 민중의 감동과 공통성이 잇서야 할 것입니다. 진실로 시인은 현실에 대한 비판안을 가져야 하며 다수 민중의 생활을 이해하야 야 하겟슴니다. 만약 시인으로써 그러지 못할진댄 차라리 작품 제작의

---

15) 『조선중앙일보』, 조선중앙일보사, 1932.4.14.

16) 손풍산에 대한 연구는 손영부와 정상희에서 부분적으로 이루어졌다. 정상희에서는 작품 죽보기를 처음으로 마련했다. 그의 작품은 북한에서 류희정이 소중하게 여겨 한 차례 세 편을 묶은 바 있다. 손영부, 『풍산 손중행 연구』, 동아대학교 석사논문, 1988. 정상희, 「풍산 손중행의 길」, 『지역문학연구』 7집, 경남지역문학회, 2001. 류희정, 『1929년대 시선(3)』, 문예출판사, 2000, 465~468쪽.

펜을 던지는 것이 조을 듯합니다.17)

1920년대 후반 시단을 이끌고 있었던 현실주의 경향을 온몸으로
받아들인 청년 시인의 믿음이 굳게 담긴 글이다. 이러한 믿음 아래
손풍산은 1930년대를 앞뒤로 한 시기 카프 맹원으로서 누구보다 활
발하게 계급문학을 이끌고자 했다.

부자 영감 논에서 놀고 먹는 거머리
거머리 배를 찔너라

모 심으는 아버지 피를 **빠**는 거머리
거머리 배를 찔너라

—「거머리」18)

흙벌이 첩첩으로 눌러 덮은
벼 한 톨도 없는 들길을
오늘도 나는 혼자
묵묵히 네 유족을 찾어간다.

가보면 가슴이 답답해도
안 가보면 궁금해서 견딜 수 없는
지금은 만 사람이 잊어버린 네 유족을

---

17) 손풍산, 「시단시감(詩壇時感)」, 『청년시인백인집』(황석우 엮음), 조선시단사, 1929,
    2~3쪽.
18) 권환과 여럿 지음, 『불별』, 중앙인서관, 1931, 17쪽.

동무도 조직도 다 없어진 오늘
나는 하늘 가에 울고 가는 외거리기
목에 잠긴 이 만 가지 생각을
어떻게 눌러 버리고 사라갈가

락동강을 '또니에벌'로 맨들려는
내 가슴 안에 꿈은 가득하나
너는 서울 서대문 성ㅅ집에 가 있고
내가 한없이 좋아하는
머리 위 높고 푸른 가을 하늘에는
방공 연습의 비행긔만 날고 있다.

개릉ㅅ벌 외버들숲을 지나면
가을바람이 설렁대는 갈밭!
오오 만주로 부산으로 다 떠나가도
나는 홀로 직히리라.
아 묵묵한 패배[19]의 세월을

오늘도 네 어린 아들놈은
허리 굽은 할머니 따라
고개 넘어 콩밭으로 갔을까
오오 나래를 펴고 이러나는
내 가슴에 가득한 애정!

—「위문」[20]

---

19) 원문에는 '패북'으로 적혀 있으나, '패배'로 바로 잡는다.

앞서 옮긴 「거머리」가 드러낸 바는 뚜렷하다. 빈/부, 소작농/지주로 대립되는 계급 현실에 대한 자각이다. 이러한 면모는 카프가 닫힐 때까지 『우리들』, 『별나라』와 같은 잡지에 내놓은 스무 편 남짓 되는 작품에서 한결같다. 뒤에 올린 「위문」은 창작뿐 아니라 농민조합 활동과 같은 실천 조직에 깊숙이 몸 담았던 경험을 보여 준다. 그 일을 속속들이 드러내지는 못했지만 왜경에 붙잡혀 서대문형무소에서 고초를 겪고 있는 벗의 유족을 찾아 가는 아픈 마음을 잘 담았다. 세상에 들나지 않게 남 몰래 손풍산이 겪었을 고뇌와 고초를 짐작하기에 모자람 없는 시다.

손풍산은 많은 작품을 남긴 시인은 아니다. 그러나 결기 넘치는 청년 시인에서 지역 대표 언론인으로 나아갔던 삶의 역정은 합천 지역시 연구에 있어 중요한 매듭이 될 전망이다. 문학과 삶에서 흠결이 많지 않은 이로서, 합천 지역 현실주의 시의 뿌리를 든든하게 가꾸어 뒷날에 이어준 시인으로서 손풍산은 제대로 된 이해를 기다리고 있는 셈이다.

4) '신체제'기의 허민과 이강수

1930년대 중반을 넘어서 왜로 제국주의 파시즘 체제에 의한 탄압이 극에 이르렀던, 이른바 '신체제' 현실로 나아가면서 합천 지역시도 새로운 도전 앞에 놓였다. 사상 통제와 감시가 전면적이고도 일상적으로 저질러졌던 시기, 이른바 '내선일체'와 '황민화'를 내세우며 태평양침략전쟁을 이기기 위해 수탈을 더욱 채찍질할 때다. 이 시기 합천 지역시는 독특한 두 사람을 갖는다. 서부 경남 합천 골짝에서

---

20) 임화 엮음, 『현대조선시인선집』, 학예사, 1939, 76~78쪽.

용담꽃처럼 피어올랐다 사그라진 허민과 서울 거리를 떠돌며 사향가를 불렀던 이강수가 그들이다.

허민(1914~1943)은 사천 곤양에서 태어났다. 곤양공립보통학교를 졸업한 1929년 해인사 강원에 입학하기 위해 합천으로 옮긴 뒤, 해인사 발치에 머물며 거기서 영면했다. 허민은 오래도록 잊혀 있다 1970년대 들어 『문학사상』에 작품 발굴 형식으로 한 차례 알려졌다. 그러나 그 뒤 문학사에서 다시 밀려나 버린 이다. 작품 전모가 알려져 있지 않을 뿐 아니라, 알려진 뒤에도 제대로 된 연구가 이루어지지 않았던 까닭이다.

허민은 유엽에서 시작한 해인사 문학을 고스란히 이어받은 시인이다. 1936년 소설 「구룡산」이 『매일신보』 신춘문예에 당선하여 이름을 떨쳤던 그다. 허민은 1930년대 중반 이후 우리시의 중요한 흐름이었던 풍속 탐구나 토속성 지향과 맞물린 작품을 보여 준다. 그런 점에서 백석과도 작풍이 이어진다. 그의 시에는 백석이 엮었던 평북 지역 토속성과 맞물리는 경남 지역 정서가 두텁게 묻어 있다. 한때 진주에서 동아일보 진주지국을 운영하며[21] 지역 문우들과 친교도 깊었던 그다. 그런데 그를 기다리고 있었던 것은 안타까운 요절이었다. 나라잃은시대 후기 경남 지역문학을 수놓았던 하동 시인 남대우와 함께 그 또한 무명 속으로 가라앉아 버렸다.

두메에 다시 태고의 풍속이 도라와
너구리 족속들의 영화가 비롯되고

오랜 세월을 두고 개척한 비탈목에는

---

21) 『동아일보』, 동아일보사, 1938.8.2.

아직도 구승진 노부(老夫)의 노래가 무치엿노라

천박한 무리들이 모여 지껄대는 이 하로가
하찬은 살림에 무슨 탐탁함이 잇을 것이냐

요순(堯舜)의 풍조를 부럽지 안혼 모중방에는
모리하여 잡은 맷돼지가 지글지글 주향(酒香)을 풍기고……

설령(雪嶺)! 휘날리는 눈보라 사이로
남바위 쓴 숫쟁이 첫길을 티운다

—허민, 「설후(雪後)」22)

"남바위 쓴 숫쟁이 첫길을" 티우는 '두메' 풍광을 아름답게 담아냈
다. "모리하여 잡은 맷돼지가 지글지글 향주를" 풍기는 산골 삶을 감
각적으로 드러낸 점에서 그가 닦은 창작 수련 과정이 남달랐음을 일
러 준다. 비록 자신의 재능을 다 펼치지 못했으나 허민의 작품이 있
어 합천시뿐 아니라 1940년대 우리시는 더욱 든든할 수 있었다. 북방
만주의 우울한 민족주의를 꿰뚫은 윤동주의 자의식이나, 평북 지역
의 토속 세계로 맞선 백석의 구체성과 또 다른 자리에서 1940년 제국
주의 '국체(國體)' 아래 웅크리고 있는 경남 지역, 그것도 합천 산골
풍속이 지닌 힘을 허민의 시는 보여 준다. 앞으로 그의 문학 전모가
세상에 드러나는 날, 어쩌면 합천 문학은 하늘에 떠 있는 우리시의
새 보석함 하나를 되찾을 수 있을지 모른다.
　지역 풍토에 뿌리를 내린 허민과 달리 이강수(李康洙, 1915~?)는 도

---

22) 『동아일보』, 동아일보사, 1940.3.1.

시 감각을 바탕으로 삼은 작품을 남겼다. 대병면 장단리에서 태어난 시인은 호를 춘인(春人)으로 썼다. 허민보다 늦은 1941년『매일신보』 신춘문예에 시나리오 「흘러간 수평선」이 2등 당선함으로써 이름을 들냈다. 그리고 그 힘을 몰아 나이 스물일곱 때인 1943년 한성도서주식회사에서 시집『남창집』을 냈다.

> 당황히 떠난 날은 유난히도 치워
> 손가방 하나 철로 길 천 리를 혼들려야 밤이 새니 무슨 꿈을 니어
> 별 무치는 골짝에 새 아츰을 마지하료
>
> 보내 주는 이 하나 업는 어둔 박골
> 부산이 차즈면 눈압히 헤살대고
>
> 입술을 깨물어도
> 차창은 얼룩진 거울 되어
>
> 어느 때 어데서 나릴 길인지
> 한 장의 차표를 만작이며
> 슬픈 나날이 멀리여 오고 가오.
>
> —「고향길」23)

춘인의 작품은 도시 공간에서 겪는 젊은이의 우수와 슬픈 자의식이 큰 흐름을 이룬다. 그런 가운데서 모더니즘의 세례를 받아 이룩한 구체적인 이미지 형성력도 엿보인다. 문재가 만만찮음을 짐작하게

---

23) 이강수, 『남창집』, 한성도서주식회사, 1943, 62~63쪽.

하는 일이다. 위에 옮긴 「고향길」 또한 그러한 장점을 잘 보여 준다. "별 무치는 골짝"으로 표현되고 있는 "어둔 박골" 고향에 대한 그리움이 예사롭지 않다. 도시에서도 시골에서도 마음 놓을 길 없어 헤매는 젊은이의 심사가 단출하다.

이러한 애상조 시에 이어 그의 문학은 왜로 제국주의의 이른바 '신체제' 수탈 책략에 동조하는 여러 편의 수필과 평론을 낳는다. 마침내 완연히 굴복하는 모습을 보인 셈이다. 그는 단평과 수필까지 발표하며[24] 그 점을 분명히 했다. 광복 뒤 이춘인이 벌인 활동은 잘 보이지 않는다. 한때 전향 작가를 포함해 범문학사회 차원에서 한국문학가협회를 결성하려 했을 때 그 추천회원으로 이름이 올랐다.[25] 그러나 실제 활동 여부는 알기 어렵다. 그는 1949년 『민성』 5월치에 시 「봄눈」을 싣는 일을 끝으로 문학사회에 이름을 묻어 버렸다.

허민과 이강수는 이른바 '신체제'기인 나라잃은시대 후기 합천 지역시를 대표하는 시인이다. 그 둘 모두 불행했던 시대의 시인으로 불행한 삶을 살다 간 점이 지역시로서 안타까운바다. 허민이 지닌

24) 「문화수감」(『매일신보』, 1942.10.2~6)으로 발표한 「전시와 문화」, 「도시와 문화」, 「농촌과 문화」와 같은 일련의 평론에서 자신의 문학 정신을 내세웠다. 「전시와 문화」에서 그는 '생활을 위한 문화'를 말하면서 전시의 문화가 소극적인 취체와 아울러 적극적인 지도 아래 건전한 생활력과 병행할 것을 논했고, 「도시와 문화」에서 도시의 불건강한 오락이 생활적으로 재검토되어야 한다고 말했으며, 「농촌과 문화」에서 '농촌문화'의 수립은 건전한 국민사상의 연성과 아울러 급박한 당면문제를 주장하였다." 임종국, 『친일문학론』, 평화출판사, 1978, 446~448쪽.
25) 『동아일보』, 동아일보사, 1949.12.13. "전향 작가를 포함한 한국문학가협회가 결성 예정─종래의 전국문필가협회 문학부와 한국청년문학가협회를 중심으로 그밖에 일반 무소속 작가 및 전향 문학인을 포함한 전 문단인 총결속하에 대한민국을 대표하는 유일한 문학단체로서 한국문학가협회를 오는 17일(토) 하오 1시 문총회관에서 결성하리라 하는데, 그 준비위원은 박종화·김진섭·염상섭·이헌구·김광섭·김영랑·백철·주요한·류치진 제씨이고 추천회원은(개별통지 생략) 다음과 같은바, 빠짐없이 참석을 바란다고 한다." 이때 명단에 든 이들 가운데서 합천 지역문인은 이춘인과 함께 최인욱이 이름을 올리고 있다.

재능을 크게 펼치지 못하고 일찍 병사했고, 이강수 또한 이른바 '신체제'에 몸을 던짐으로써 젊은 시절 고뇌에 마침표를 찍으려 했다. 합천 지역시는 이들이 간직하고 있는 불행과 아픔을 묻어둔 채 격동의 광복 공간으로 나아갔다. 그러니 아직까지 그들이 겪어온 삶과 문학의 밑바닥은 제 모습을 드러낸 적이 없다.

3. 현대 시기의 분화

1) 광복기 박산운의 열정

광복기 합천 지역 안쪽에서 이루어졌던 문학 흐름을 살필 만한 터무니는 아직 드러나 있지 않다. 그러나 합천에서도 가까이 다른 지역과 마찬가지로 새로운 걸음걸이가 사뭇 바삐 오갔음에 틀림없다. 출향 시인의 경우는 활발한 모습을 구체적으로 살필 수 있다. 이주홍이 서울에서 문학동맹 중앙위원으로서 시와 미술, 연극에 걸쳐 남다른 역할을 떠맡았다. 거듭하거니와 손풍산 또한 진주에서 문학동맹을 중심으로 지역 문풍을 떨치고 있었다.

그런데 이들과 함께 합천 지역시의 한 방향을 이끌 이가 새로 나타났으니 그가 바로 초계 출신 박산운(1921~?)이다. 그는 섬나라 중앙대학을 졸업하고 돌아와 1945년부터 서울 문단에 얼굴을 냈다. 『민중조선』을 펴내고, 『민성』 기자로 일하는 한편 거창 지역 김상훈과 함께 이른바 '전위시인'으로서 문명을 떨쳤다. 이주홍이 기꺼이 표지를 그린 『전위시인집』의 한 자리를 차지하며 자신의 재능을 뚜렷이 했다. 박산운 시는 합천 지역시의 주요 축 가운데 하나인 현실주의를 방법적으로 세련시키고, 그것을 한껏 밀고 나간 데 특장이 있다.

껍데기 무거운 강냉이 알과
의복에나 낯바닥에 함부로 묻어오는
은혜의 밀가루도 마저 먹고

내 배탈이 나 방바닥을 이리저리
우마와 같이 포복하며
잠 못 자고 생각하는 것은 무엇이뇨?

달밤에만 흐르는 미시시피
자유신(自由神) 훨훨 하눌에 아름다운
노래에 남은 나라 아메리카 -

한 번은 가구 싶던 아메리카에
굶주린 우리네 눈을 감기고
엄청나게 낸 빚도 빚이런만은

입천장 데이고 웃음이 나던
우리땅 백미가 하 그리워
우마와 같이도 포복하네

—「포복의 시」26)

　　광복 공간의 혼란 속에서 반미 의식을 가장 잘 담아낸 시가 옮겨
놓은 「포복의 시」다. 쏘련군 진주에 따른 반성적 작품을 북한에서
찾을 수 없는 점과 달리 남한에서는 미국에 대한 의구심과 실망감을

---

26) 박산운과 여럿, 『전위시인집』, 노농사, 1946, 50~51쪽.

표출한 것이 심심찮게 나타났다. 이 작품은 그들 가운데 한 편이다. 미국에서 보내준 구호물자인 "강냉이 알"에다 '밀가루'까지 먹다 배탈이 났다는 정황을 마련해 "우리땅 백미"를 먹지 못하는 안타까움을 풍자적인 목소리로 담았다. 강냉이죽을 먹고 "우마와 같이 포복"한다는 우스꽝스런 목소리에 언론인으로서 갈고 닦은 현실 비판 의식이 뚜렷하다. 박산운은 이러한 반미 정서를 빌려 좌파 지식인으로서 자리를 분명히 한 셈이다.

> 가물거리는 호롱불 밑에서
> 할머니가 짠 무명천에선
> 밤 깊도록 나즉나즉 부르던
> 시름겨운 물레노래와 함께
> 풀벌레 소리가 났다
>
> 아버지는 그것을 두르고
> 한 뉘 땅을 뚜졌고
> 나는 그것을 두르고
> 먼 려로에 올랐다
>
> 고향길이 막힌 지 40여 년 -
> 깊어가는 가을밤과 함께
> 지금도 내 몸에서 피줄에서
> 구슬픈 물레노래와 함께
> 풀벌레 소리가 나고 있다
>
> ―「할머니」27)

박산운은 남북한 분단 단독 국가가 성립된 1948년 서울을 떠나 북한으로 올라갔다.[28] 월북 직후부터 작품 활동은 꾸준했다. 뒤에 올린 「할머니」는 북에 머물면서 고향 그리움을 담아낸 시다. 박산운이 재북 시기 내놓은 작품에는 사향시가 유달리 많다. 고향 그리움을 동기로 삼아 남한 현실을 비판하고 투쟁을 부추기는 작품을 줄기차게 남겼다. 그를 북한시단에서 오래도록 "최고의 통일 주제 전문시인"으로까지 부르게[29] 된 일이 우연이 아니었던 셈이다. 합천 지역시로 볼 때 박산운이 북한에서 얻은 명성이 남녘 고향을 향한 각별한 관심과 무관하지 않을 것이라는 점에서 그가 겪었을 아픔이 새삼스럽다.

박산운은 1990년대까지 활동했다. 그는 월북한 문인 가운데서도 거창 시인 김상훈과 함께 북한에서 제거당하지 않고 삶을 마친 몇 되지 않는 본보기 가운데 한 사람이다. 김상훈이 창작 현장에서 한 발 물러서 고전 번역, 주석과 같은 문단 간접 활동에 머물러 있었다면, 그는 북한 청년 시인들에게 꾸준하게 영향을 주면서 시단 앞자리에서 끝까지 시인으로서 살다 간 셈이다. 그런 까닭에 박산운 시의 성과와 한계를 지켜보는 합천 지역 시인의 심회가 남다를 것이 분명하다.

2) 전후기 손동인의 현실안

손동인(1924~1992)은 합천 삼가 출신이다. 1949년 진주에서 나온 『영문』으로 작품 활동을 시작하고 1950년 6월 『문예』에서 모윤숙 추

---

27) 박산운, 『내가 사는 나라』, 문학예술종합출판사, 1992, 77쪽.

28) 현재 남한에 남아 있는 박산운의 작품은 1949년 1월치 『신시대』에 발표된 「역정-젊어서 돌아가신 아버지에게」가 마지막으로 보인다. 그는 1948년 후반기에 월북한 것으로 여겨진다.

29) 이명재, 『북한문학사전』, 국학자료원, 1995, 467쪽.

천을 거쳤으나, 본격 문학 활동을 벌인 때는 전후기였다. 그 가운데서 안장현·김태홍과 부산에서 교사로 일하면서 동인지 『시문』을 2집까지 낸 일이 특기할 만하다. 초기에 그는 시를 썼으나, 곧 소설로, 어린이문학으로 영역을 넓혔고 인천교육대학에서 일했던 중년 이후에는 어린이문학가로 이름을 남겼다.[30] 그의 시는 대체로 서민의 애환과 삶의 질곡에 대한 강한 공감을 배경으로 삼아 쓰였다.

초년 각씨 샘길에 물항아리 하나 끼고
수수밭에 울었다.
수수밭에 울었다.

달빛 휘청청 오솔길마다 부서지면
도망 봇짐 열두 번을 싼다.

서울 도방 하이칼라 운전수가 눈에 사물거려
옥비녀 닦아 놓고 밤을 울어 지새운다.

무명 길쌈 청춘에 눈허리 사뭇 다 무너져도
붕어 소매 적삼 한 벌 걸지 못했다.

오유월 긴긴 허기 끝에 보리 주고
외 사먹고 손이 재려 발발 떨고 .

---

30) 손동인이 시인으로서 낸 단행본은 없다. 그러나 어린이문학과 소설, 수필 쪽에 여러 권을 남겼다. 대표적인 작품집으로 소설집 『인간경품』(1972), 동화집 『병아리 삼형제』(1957), 『까치고동 목걸이』(19867), 『갸륵한 오해』(1989), 수필집에 『이 외나무다리 난 우얄고』(1968), 『뛰어라 젊은 갈대들이여』(1979) 들이 있다.

열 달 배실러 금싸래기 하나 낳고
낳자마자 비로소 들어 하늘을 보았다.

시할애비 시할망구 시애비 시어미 시누이 시동생
시퍼런 하늘아 벼락 딱딱 때려라.

양재물 서 근 휘휘 저어 놓고
아그그 내 팔자야,
아그그 내 팔자야.

ー「촌색씨」31)

에이 후레 개새끼 놈들.
에에 후레 개새끼 놈들.

날 미치광이라고ー.
생떼 같은 날 미치광이라고ー.

보아도 마냥 허물치사 없으리다.
내 눈썹 끝에 킥 쓰러지는 저 신의 무리들

내 다듬아진 혀 끝에는
너희 인간들도 휙 삼단처럼 쓰러진다.

ー「부활 Ⅲ-폐인의 인간 고발장」 가운데서32)

---

31) 『문예』, 문예사, 1953, 18~19쪽.
32) 『시문(詩門)』 1집, 시문동인, 1954, 34쪽.

합천 지역시의 흐름   329

단정한 목소리로 담아내긴 했으나, 시골 아낙이 겪었을 어려운 생활상을 시집살이 민요를 방불하게 하는 줄거리로 담아낸 작품이 「촌색씨」다. 독특한 내면이나 표현미보다는 서민 현실에 대한 공감을 앞세워, 시인이 앞으로 나아가고자 한 문학 세계가 어디인가를 짐작하게 한다. 이어진 「부활 Ⅲ-폐인의 인간 고발장」에 이르면 현실에 대한 눈매가 마냥 매섭고도 단호해졌다. 구체적인 묘사에 이르지 못했으나, '폐인'의 자조적인 목소리로 담아내고자 한 바 전후 부조리한 현실 상황을 겨냥한 걸음걸이를 짐작하기 어렵지 않다.

손동인 시에 나타나는 이러한 현실안은 초기시부터 산문 가락을 끌어들이게 했다. 나아가 소설과 동화로 갈래 확대를 부추겼는지 모른다. 손동인은 단아한 한 사람의 시인으로 머물기에는 세상을 향한 열정과 사랑이 넘쳤던 이다. 따라서 그의 열정적인 현실 시각은 1960년 경자시민의거가 일어났을 때 누구 못지않은 격렬한 목소리로 의거의 의의와 거기에 맞서는 시대 풍조에 대한 노여움을 드러낼 수 있게 했다.

아직도 향불 사르지 말라
우리 관머리 빛나게 꾸미지 말라
리트마스 시험지보다
오히려 확약(確約)은 구름 밖에 머물었다.

－(줄임)－

조국이 가까우면서도
조국이 가장 먼 곳에 있을 때
민주주의가 아쉬우면서도

민주주의가 쓰레기통에 이울어져 갈 때
우리 모두
배움도 젊음도 누더기처럼 던지고
출렁이는 깃발 대열 앞에 나섰다.

아 우리 모두 이대로 떠나갈 수야
민주주의 꽃밭에 독버섯이 성하다
큰 바람 가시어도
고추 앞에 잔풍은 여직도 음산하다.
　　　-합동위령제에 부쳐서
　　　　　　　　—손동인, 「여한-아직은 향불 사르지 말라」 가운데서[33]

　학생들이 겪은 허무한 죽음 앞에 서서 교사며, 어른으로서 지닌바 침통한 마음결을 잘 담은 시다. 손동인은 여러 문학 갈래를 넘나들면서 합천 지역문학의 내용을 크게 넓힌 작가다. 비록 인천으로 옮겨가 출향 문인으로 물러나 있었지만, 이주홍 가까이에 늘 머물면서 그와 마찬가지로 합천 문학에 대한 자긍심을 높인 점을 기억할 필요가 있다. 손동인 문학의 자리를 마련하려는 노력이야말로 전후기 합천 지역민이 겪은 고뇌와 고충을 읽는 한 방법이 될 것이다.

3) 심재언과 최재열의 문학열

　출향 문인 손동인과는 다른 자리에서 합천 지역 문학사회 바깥에 머물다 잊힌 두 사람이 있다. 심재언과 최재열이 그들이다. 심재언(沈

---

33) 3·15의거기념사업회 엮음, 『너는 보았는가 뿌린 핏방울을』, 불휘, 2001, 68~71쪽.

載彦, 1921~?)은 1940년 동경 준대상업학교를 나와, 1946년 귀국했다. 초등학교 교사로 일하다가 1954년 동시 「기차」를 월간 『소년세계』에 발표하면서 문단에 이름을 올렸다. 1958년 『자유문학』에 모윤숙 추천으로 등단을 마쳤다. 그 뒤 시보다는 단편과 장편에 걸쳐 소설 발표에 힘을 기울였다. 그 사이 여러 번역에 꾸준히 손을 대었다.[34]

한 개의 사과 속을 헤치고 들어간다. 사과는 바다와 같아 내가 꼭 잠기고 만다. 나는 살아 있는 것일까? 죽어버린 것일까? 봄이 되면 싹이 날 씨앗이 나의 어디쯤에 남아 있는 것일까?

햇볕 속에서, 어둠으로 가는 기차를 탔다. 어둠에서 햇볕을 맞이하는 기차를 갈아탔다. 죽은 꽃들이 히죽히죽 웃고 있다.

나의 일생은 몇 권의 책이 되는가를 알 길이 없다. 긴 이야기였다. 사과 속에서 사과를 따 낸다. 익은 것도 있고, 안 익은 것도 있다. 푸른 하늘도 있다. 해도 있다. 내가 나보담도 더 크다.

—「사과」[35]

1회 추천작이다. 1950년대 유행처럼 번졌던, 난삽한 관념과 현학이 배어나는 시다. 그러나 "사과 속을 헤치고" 들어가, "사과 속에서 사과를" 따낸다는 진술이 지니고 있는 상징적 자장이 이 작품을 단순

---

34) 심재언의 저작물은 꽤 많은 쪽이다. 그들을 죽 들면 아래와 같다. 『영원한 한국의 명시』, 경원각, 1977. 『한국의 명시 해설』, 두풍, 1993. 『심어놓고 온 봄』, 백두문화, 1995. 『공격과 방어』(大平修三 지음), 불이출판사, 1969. 『손자병법: 기업작전』(安藤亮 지음), 불이출판사, 1969. 『병법육도·삼략: 상략(商略)·상전(商戰)에 꼭 이기는 기업작전』(安藤亮 지음), 불이출판사, 1971. 『한국현대시인 시평론』, 민중서각, 1988. 『이해인 시평론』, 민중서각, 1988. 『김기림 시평론』, 남강, 1988. 『정지용 시론』, 민중서각, 1988. 『조병화 시평론』, 민중서각, 1988. 『김남조 시평론』, 민중서각, 1988. 『청록파 시평론』, 민중(연도 미상이나 1988년으로 짐작된다).

35) 『자유문학』 3월치, 한국자유문학가협회, 1958, 136~137쪽.

한 관념시로 떨어뜨리게 하는 일을 막고 있다. 이러한 상징 머그림 구현은 앞선 합천 지역시에서는 보기 힘들었던 풍경이다. 긴장된 표현미를 나름대로 갖추었던 셈이다.

그러나 심재언은 추천작에서 보이는 이러한 긴장미를 거듭 지키지도 키우지도 못했다. 물론 안정되지 못했을 생활이 문학의 발목을 잡은 경우일 터이지만, 그의 번역물이나 다소 산만한 문필 작업이 그를 왜 올곧게 시업에 머물지 못하게 했는가를 짐작하게 한다. 문학열은 그 자체로 중요한 일은 아니다. 그것을 잘 다스려 완성도 높은 작품으로 이끄는 남 다른 적공이 누구에게나 필수다. 그가 보여 주고 있는 산만함은 개인의 됨됨이에도 까닭이 있을 터이다. 그러나 궁벽한 서부 경남 합천 출신으로 일본 상고를 나왔던 그가 감내해야 했을 한국 문학사회의 연고주의나 문화 권력의 벽도 한 까닭이었음 직하다.36) 그들 바깥 자리에 있었던 심재언의 문학열은 그 모든 일에 대한 마지막 대거리인 양 1988년에 들어 일곱 권에 걸친 비주류 평론집 형태37)로 선정적인 모습을 띠며 타오르다 불꽃을 접었다.

심재언의 시가 무명으로 가라앉아버린 것과 비슷한 형국을 보여준 이가 최재열(1913~1978)이다. 그는 손풍산과 같이 초계 적중 상부 마을이 고향이다. 초등학교를 마치고 중학부터 합천을 떠나 생활했던 그는 방학을 맞이하면 합천을 드나들었던바 그 일을 이주홍은 기억하고 있다. 그러면서 1950년 경인전쟁 뒤에는 부산에 살면서 신문

---

36) 1950~1960년대 경남 지역 유명 문인 가운데 많은 수가 조연현·김동리·이원수·류치환·정태용·오영수와 같은 이가 지녔던, 광복기 우파문학과 문협으로 이어지는 문화자본력 속에 수렴되는 모습을 보인다. 심재언은 그들의 향방과 무관한 자리에서 문학을 시종했다.
37) 각주 31) 뒤쪽에 든 일곱 권을 뜻한다. 곧『한국현대시인 시평론』, 『이해인 시평론』, 『김기림 시평론』, 『정지용 시론』, 『조병화 시평론』, 『청록파 시평론』, 『김남조 시평론』이 그것이다.

에 가끔 시를 발표했다. 합천으로 돌아와 신문기자 일도 했다.[38] 1960
년대에는 대구에 머물며『낙강』시조 동인으로 교육계와 언론계를
오가다 1970년대는 멀리 강원도 속초에서 어구점을 꾸리다 영면했
다. 누구 못지않게 '기복이 심한 생애'[39]를 살다간 셈이다. 그 점은
1950년대부터 작품 활동을 시작했고, 1960년대에는 버젓이『시조문
학』에 작품을 발표했음에도—비록 초대 시인 형식이긴 했으나—1978
년에 그『시조문학』에 다시 정식 추천 제도를 거치고 있는 구차스러
운 격식을 빌린 데서 짐작할 수 있다. 속초에 머물면서 속초문인협회
를 만들어 지회장을 맡고,『속초문예』와『설악』지를 이끌었다 함에도
오늘날 속초나 강원도 지역에서 그의 흔적을 아는 이 드문 사정 또한
마찬가지다. 그리하여 최재열은 지인 선정주 시인이 유고시집 서문
에 쓴 바와 같이, 마침내 '시조시인 주소록'에 이름 석 자나마 올리고
영면하게 된 일을 다행으로 여겨야 할 자리에 놓인 사람이 되었던
것이다.

　그가 영면한 뒤 아들 인규에 의해 나온 유시집『사향부』에 적힌
간결한 해적이에서 엿볼 수 있는 사실 또한 어김없이 그의 삶과 문학
에 내려 앉아 있었을 기복이다. 굳이 14년이나 떨어진 두 문학 행사,
곧 1959년 부산에서 가졌던 시화전과 1973년 속초에서 가졌던 시화
전을 중요 문학 활동으로 내세우고 있는 구차함에서 암시 받을 수
있는 일이다. 최재열은 시인이고자 했으나 문학사회 가장자리에 놓
일 수밖에 없었고, 문학에 열중하고자 했으나 문학 바깥 일이 발목을
붙잡았다. 그러나 살피기에 따라서 그의 삶과 문학은 그렇듯 가볍게
마무리되지 않을지도 모른다. 그의 해적이를 찾아 늘리고 줄거리를

---

38) 이주홍, 「한 시인의 승천」,『사향부』, 한국시조시인협회, 1979, 11쪽.
39) 선정주, 「고 최재열 사백의 편모」,『사향부』, 한국시조시인협회, 1979, 21쪽.

잡아나가는 일이 남았다. 이런 점에서 그의 초기 작품 「상흔」은 시인 최재열의 삶과 문학을 읽는 한 들머리일 수 있겠다.

내 일찍 사악을 비호한 적도
정선(正善)을 모반한 적도 없었거니

지금에 함부로 험간 상흔이
한층 모질게도
쓰리고 따가웁다.

피를 뱉고
태양이 임종한 붉은 노을 –

내 굳건한 의지에
적국의 달빛을 물들여
또 하나
다른 하늘을 받든 일 없었거니

궂은 날 생뼈를 쑤시는
매운 자욱은
어느 흉한 풍속이 빚어 놓은
악의 씨앗이드뇨

이 악물며 악물며
그래도 내 고요히 견디는 아픔……

—「상흔」40)

1950년대 『민주신문』에 실렸던 것으로 짐작되는 이 작품은 시조로 넘어가기 앞선 열정적인 시열을 느끼게 한다. "이 악물며 악물며" "고요히 견디는 아픔"의 실체가 무엇인가 세상에 드러낼 만한 글을 그는 남기지 못했다. 얼마 되지 않은 작품 속에서도 그 내용을 짐작할 만한 구체적인 흔적은 볼 수 없다. 이미 1960년대 대구에 머물면서 이호우와 교유했던 최재열이다.

> 저물어 다한 정에
> 청산이 다가선다
>
> 다스려 꿈으로만
> 젖어드는 푸름인데
>
> 석양이 노을로 피어
> 밝혀 드는 고빗길.
>
> 가보면 낯선 고장
> 아니 가도 있는 것을
>
> 눈 뜨면 안 보이고
> 감으면 도로 선연해져
>
> 비바람 불고 간 일월
> 달무리를 빚는다.

―「사향부(思鄕賦)」[41]

---

40) 최재열, 앞서 든 시집, 91~92쪽.

최재열이 발표된 지면도 보지 못한 채 스스로 만장이나 묘비명처럼 써 놓고 간 듯하다고 이주홍이 말한 바 있지만, 이 작품은 일찌감치 『낙강』 1호에 실린 것이다. 뒤늦게 추천이라는 구차스러운 시인 인정 제도를 거치면서 고향 선배 이주홍에게 자신의 문학열을 알리기 위해 편지에 실어 보냈던 시조다. 그가 1971년 속초에서 문학 강연회를 열었을 때 일행으로 이주홍과 최인욱을 빠뜨리지 않았던 점이 문학 본향인 합천에 대한 사랑 탓이었을 것이라는 사실은 짐작하기 어렵지 않다. "가보면 낯선 고장/아니 가도 있는 것을"이라며 넋을 놓는 듯한 표현에 시조시인 최재열이 오래 지녔을 법한 뿌리 뽑힌 본심이 잘 담겼다.

> 먼먼 길
> 떠돌이 역정
> 인욕으로 얼룩져도
> 때로는 그런대로
> 눈도 뜨는 보람인데
> 안개 속 가뭇한 모습
> 그림자가 없어라.
>
> —「이력서」42) 가운데서43)

그가 "머먼 길/떠돌이 역정" 가운데서 '인욕'을 빌려 얻고자 했던

<hr>

41) 최재열, 앞서 든 시집, 32~33쪽.
42) 『낙강』 1호(영남시조문학회, 1967)에 실릴 때, 이 시는 앞 세 도막과 뒤 세 도막이 따로 「사양(斜陽)」과 「사향곡(思鄕曲)」으로 된 두 작품이었다. 이주홍이 착각으로 한 작품으로 묶은 것인지, 시인이 뒷날 「사향부(思鄕賦)」로 묶어 발표했는가는 더 조사할 필요가 있다. 최재열 시집에서는 「사향부(思鄕賦)」 한 작품으로 묶어 실렸다.
43) 최재열, 앞서 든 시집, 28쪽.

'보람'은 무엇이었을까. 그 '그림자'를 밝힐 일이 우리 앞에 남아 있다.

최재열과 심재언은 비록 연배는 다르지만 1950년부터 작품을 세상에 내보이기 시작한 사람이다. 그러나 그들은 오랜 문학 창작열에도 뛰어난 흔적을 남기지 못했다. 문단의 연고사회 안에서 발표 기회를 얻지 못했거나, 시에 집중하기 힘들었을 생활 환경만을 탓하고 말 일일까. 심재언과 최재열이 지녔던바, 만년까지 사그러들지 않은 열정과 그 좌절은 어쩌면 고스란히 합천 지역문학의 좌절과 고투를 암시하는 것은 아닌가. 그러한 의구심이 이 둘을 바라보는 아픔을 더하게 만든다.

4) 이수정의 교단시

이수정(1927~1983)은 삼가면 어전리 사람이다. 진주농림학교를 거쳐 교원자격 검정고시로 교사가 된 뒤, 경남에서 교사로 살다 갔다. 1965년 『새한신문』 신춘문예에 동시 「고무줄 놀이」가, 1966년에는 『한국일보』 신춘문예 동시 「꽈리」가 당선되어 시단에 이름을 올렸다. 생전에 시집 『의식의 씨알』이 나왔고, 사후 유고 동시집 『꽃그늘 내리고』44)를 유족들이 냈다. 뇌출혈로 쓰러지기 앞서 스무 해 가까운 시작 기간으로 보자면 과작이었던 셈이다. 그러나 고향 묘소에 시비가 서서 못다 한 창작에 대한 꿈을 반듯하게 받들어 놓고 있어 시인에게는 위안이 되었으리라.

그리 많지 않은 이수정의 작품은 한 마디로 교단시라 일컬을 만한 풍모로 한결같다. 경남으로 보더라도 많은 교육자 시인이 있는 터이지만 이수정과 같이 작풍의 핵심 주제나 글감으로 교단 생활상이나

---

44) 『의식의 씨알』, 유림문화사, 1975. 『꽃 그늘 내리고』, 신우기획, 1995.

교육 현장에서 겪는 교직자의 자의식, 또는 교육 대상인 아이들을 향한 관심을 뚜렷하게 밀고 나간 시인은 드물다. 그런 점에서 그에게 시는 교단 생활을 뒤돌아보고 다시 헤아리게 하는 연모로서 제 몫이 뚜렷해 보인다.

농부는 씨 뿌리고 거두기 위해
녹이 낀
연장을 닦고,

광부는
천 길 땅 속에서
무진장한 광맥을
찾아낸다.

슬기로운
사람은
지름길로 가고,

날개 달린 이는
하늘을
나는데

나의
호미날은
날카롭지 못해서
매양

약한 나무뿌리만
물고
흔든다.

—「연장」⁴⁵⁾

쪼르르
내려갔다 올라갔다
여기저지
기웃기웃

마알간 도랑물
송사리 떼들

햇빛 반짝
골목길에

철수야―
영희야―
불러 모아선

나란히
학교 가는
일 학년 학생

—「송사리 떼들」⁴⁶⁾

---

45) 이수정, 『의식의 씨알』, 유림문화사, 1975, 54~55쪽.

앞서 올린 「연장」은 한눈에 흔히 있을 법한 나날살이의 사색 흔적을 담은 시다. 그가 "날카롭지 못해" "매양/약한 나무뿌리만/물고/흔든다"고 말하는 '호미날'이 좋은 교육자로서 제대로 된 배움을 베풀지 못하는 자의식임을 짐작하기 어렵지 않다. 자신은 훌륭한 '광부'와 같이 "무진장한 광맥"을 찾지도 못하고, '지름길' 잘 아는 "슬기로운 사람"도 아니며, "하늘을 나는" "날개 달린 이"도 아니다. 하지만 교육이 지닌 본뜻이 어찌 잘난 사람 더 잘 날 길만 열어주는 일에 머무랴. 돌아볼 것 없어 보이는 "약한 나무뿌리"를 챙기고 그들을 아끼는 마음 씀씀이야 말로 교육자가 되는 마땅하고도 한결같은 길이 아닐 것인가. 시인이 담담하게 뱉어내고 있는바, 자신의 '연장'됨이 모자란다는 자탄 속에는 참 교사가 되어 보려는 노력과 함께 좋은 시인으로서 일어서겠다는 다짐까지 수북하다.

뒤에 올린 동시 「송사리 떼들」에서도 교단 시인 이수정의 면모는 잘 드러난다. "마알간 도랑물/송사리 떼"와 "햇빛 반짝/골목길"로 "나란히/학교 가는" '철수', '영희'와 같은 "일 학년 학생"들을 한자리에 불러 앉혔다. 어린이를 향한 사랑이 담백하고도 맑다. 그럼에도 그의 교단시는 문학과 교육이 만났을 때 지닐 수 있을 규범적인 상상력과 틀 안에 닫혀 있다는 지적을 받을 만하다. 한결같이 단아한 시어와 간결하고도 편안한 가락이 그 점을 뒷받침한다. 이수정의 교단시는 이룬 바보다 앞으로 거듭 쓰일 교단시에 한 본보기가 된다는 점에서 의의가 새롭다.

---

46) 이주정 유고 동시집, 『꽃 그늘 내리고』, 신우기획, 1995, 74쪽.

4. 합천 지역시의 특성

합천의 지역시 형성은 다른 소지역에 견주어 이른 시기에 이루어졌다. 1920년대 초반부터 해인사와 그 아래 야로, 합천읍을 중심으로 이루어졌던 문학, 조직 활동이 그 뿌리다. 그 가운데서 유엽을 머리로 하여 이루어졌던 해인사 문학과 이주홍, 이성홍을 중심으로 다듬어졌던 소년단 조직 활동은 합천 지역시 형성에 중요한 밑거름이었다. 이러한 앞선 시기 활동은 경남 안에서도 울산·마산·진주·밀양·통영·하동 정도에서만 볼 수 있을 따름이다. 서부 경남만 하더라도 광복 뒤부터 문학사회라 할 만한 움직임이 나타나는 고령·거창·창령·산청과 같은 곳과 뚜렷하게 나뉘는 합천 지역의 선도 역할을 엿볼 수 있다.

그리하여 합천 지역시는 을유광복으로 나아가며 문학과 조직 활동에서 명실을 같이 하고자 한 손풍산의 계급시, 어려운 '신체제' 전체주의 수탈 아래서 고난에 찬 작품을 잉태했던 허민과 이강수를 거치며 자리를 든든하게 가다듬었다. 을유광복 뒤 합천 지역시는 박산운이 보여 주었던 좌파적 열정으로 말미암아 다시 다채로움을 더했다. 그 뒤 경인년 전쟁의 참화를 딛고 이루어진 손동인의 폭넓은 현실 인식, 끝내 무명한 자리로 내려앉을 수밖에 없었던 심재언과 최재열의 기복 많은 문학열, 나아가 이수정의 단정한 교단시에 이르기까지 합천 지역시는 1950년대와 1960년대를 거치면서 다채로운 분화를 거듭했다.

이러한 흐름으로 볼 때, 합천 지역시가 지닌 특징은 세 가지로 묶어볼 수 있다. 첫째, 좌파 전통이 주요 축으로 꾸준하게 이어졌다. 근대 시기 카프 맹원 이주홍과 손풍산, 지역 소년 조직을 이끌었던 이성홍, 그리고 현대 시기 박산운의 비판 정신에다 손동인의 현실의식으로 이어지는 줄기가 그 점을 뚜렷하게 드러낸다. 특히 합천에서도 초계를 중심으로 터 잡은 이러한 전통이 지역 풍토나 지역 안쪽에서 활발했던 사회단체의 동태와 어떤 연관을 갖고 있는가는 앞으로 꼼꼼하게 밝힐 필요가 있다. 합천이 지역 안밖으로 지니고 있는 정치지리학적 층위나 계기를 밝히는 일과 나란히 이루어져야 할 과제인 셈이다.

둘째, 지역의 장소 체험이나 지역성을 다룬 시인이 많지 않다. 지역문학이 지닐 핵심 역할 가운데 하나는 근현대 국가주의가 일방적 기획 아래 획일화하고 비틀고 지워버린 지역 안쪽의 집단 기억이나 삶의 경험을 되살리고 그 안에서 널리 함께할 만한 진실을 찾는 일이다. 이런 쪽에서 볼 때 합천 지역시는 뚜렷한 성과를 이루었다고 보기 힘들다. 다만 나라잃은시대 후기 허민이 그 점을 앞세워 합천 지역시 자리를 불끈 다지고자 했다. 합천시가 앞으로 쌓아올려야 할 지역성과 지역 머그림 창발뿐 아니라, 근대 반성/극복의 한 본보기로서 그의 경험이 우리 시문학사로 흘러드는 물길을 지켜볼 일이다.

셋째, 시로서 업을 이룬 시인을 찾을 수 없다. 합천 지역문학은 80년 남짓한 세월에 걸쳐 드물지 않게 시인을 내놓았다. 그러나 아직까지 대가라 일컬을 만한 시인은 갖지 못했다. 이주홍도 소설가나 어린이문학가로서 이바지한 몫이 두드러진 문인이다. 손풍산 또한 언론인으로서 일찌감치 지난 시기 문학을 묻고 살 수밖에 없었다. 박산운이 북한에서 머물며 오랜 세월 일궈낸 업적이 우리 통일문학사 안에 어떠한 자장으로 놓일지도 미지수다. 1950년대 이후 합천시는 여러 길로 나뉘는 모습을 보였으나 큰 자리를 뚫은 이는 없었던 셈이다. 이런 점에서 합천 지역시의 성숙은 어느덧 뒷 세대의 몫으로 남겨진 바다.

합천은 산과 물이 모자람 없는 산수향(山水鄕)이다. 문화행정 쪽에서 본다면 이주홍 생가 곁에 합천 문학관이나 합천 유물관을 세워 지역민이 가꾼 오랜 집단 기억을 갈무리하고 뒷날로 이어줄 기획까지 가능한 유산을 지녔다. 게다가 합천호 둘레로 합천 문인의 문학비를 둥두렷이 세워, 그들의 고향 사랑과 삶의 곡절을 물낯에 띄우는 즐거움까지 겨냥해도 될 곳이다. 가야산 박물관은 또 어떤가. 성글게나마 합천 지역시의 흐름을 짚어본 이 글로 말미암아 그 한 쪽 켜는 들추어 본 셈이다. 합천 사람만을 위한 합천이 아니라, 고향을 갖지 못한 모든 사람들을 위한 산수향으로서 합천이 지닌 긍지와 꿈이 더욱 깊어지기 바란다.

슬픈 역광의 시대, 한 반딧불이 이끄는 길

: 허민의 삶과 문학

1. 요절시인 허민의 복귀

경남 합천은 아름다운 고을이다. 백두대간이 두류산으로 흘러내리다 펼쳐 놓은 골과 들은 우뚝한 부처님 가야산이 받쳤다. 거기다 오도산, 황매산, 대암산, 악견산과 같은 여러 봉우리가 더해 마을 마을이 깊고 자글자글하다. 그 들과 골을 싸안고 황강은 덕유산에서 비롯해 합천읍을 돌아내린 뒤 낙동강으로 몸을 던진다. 골 깊고 물 긴 곳인 셈이다. 그래서 그런지 합천이 우리 겨레 역사 속에서 들날 일은 많지 않았다. 오랜 세월 합천 사람들은 황강 물에 제 삶을 비추며 곤궁하게 살아왔다. 가까운 시기 나라잃은시대만 하더라도 일찌감치 물 건너 섬나라 광도시에 합천 이향민이 집단 정주촌을 마련할 정도였다. 그만큼 살림살이가 팍팍했다는 뜻이다. 그것이 원죄가 되었던가. 광도시에 떨어졌던 원자폭탄의 참상은 고스란히 합천 사람의 것인가 싶을 정도였다.

이러한 합천 고을에는 근대 시기 많은 문화·예술인이 나타났다 사라졌다. 그런 가운데 허민이라는 이름을 지닌 이가 둘이 있어 이채롭다. 한 사람은 예전(藝田)이라는 호를 쓴 서화가 허민이다. 1911년 합천 삼가면 덕촌에서 천석지기 한학자 집안의 아들로 태어났던 이다. 일찍부터 한학을 배우고 서화를 닦아 김규진, 김은호와 같은 이 밑에서 재능을 키웠다. 이른바 조선총독부가 마련한 선전에 몇 차례 입선까지 했으니 재질이 뛰어났다. 오원 장승업을 닮았다는 풍문까지 얻었다 했던가. 그의 기행과 호방한 화풍을 짐작할 만하다. 예전 허민은 역사의 격랑을 거치다 1967년 쉰여섯 나이로 부산 산 번지에서 쓸쓸히 삶을 마감했다.

또 한 사람 허민은 호를 민으로 쓰는 허창운이다. 그는 예전 허민보다 세 해 뒤인 1914년 사천 곤양에서 태어났다. 1929년 열다섯 살에 합천 해인사 그늘로 옮겨온 뒤 제국주의자들의 폭압이 극에 달했던 1943년 봄 암담한 시대의 포연 속에서 지병 폐결핵으로 세상을 떴다. 스물아홉 나이였다. 서화가 예전 허민은 그래도 세상에 재능을 보여 준 바가 적다고 할 수 없다. 그러나 허창호 허민은 신문 잡지에 실린 작품 얼마와 미발표 육필 시집만 남았다. 두 사람 다 합천이 낳은 우뚝한 재사였고 자신이 지닌 재능을 제대로 펼치지 못했으나, 요절한 시인 허민의 경우는 더욱 억울한 삶이었고 죽음이었다. 이제 시인 허민의 문학 전모를 뒤늦게나마 세상에 들낸다. 한여름 뻐꾸기 소리가 가야산 자락에 잦아들 듯 문득 사라져 간 그의 문학에 대한 열정과 재능, 그가 남긴 뛰어난 작품들이 되살아나게 된 셈이다. 허민이 세상에 쫓기듯 뜬 지 예순여섯 해만에 이루어진 일이다.

2. 허민의 삶

허민은 한 시에서 이렇게 적었다. "일찍 나는 들에서 자라 산중(山中)에 숨었고 숨어 있을수록 야지(野地)가 그리웠다"(「표정의 애수」)고. 그의 표현대로 허민이 아버지 허영과 어머니 윤복형 사이 삼대독자로 태어난 곳은 남해 가까운 들, 사천군 곤양이었다. 그러다 어머니를 따라 산골 합천 가야산 해인사 산중으로 삶터를 옮겼다. 온전히 소년기를 곤양에서 보낸 뒤 산골로 든 셈이다. 그 뒤 허민은 진주에서 두 해 남짓 머문 일 말고는 거의 모든 삶을 합천 고을 가야산 그늘에서만 누렸다. 그러다 끝내 세상 너른 들을 겪어보지 못했다.

본디 허민의 집안은 경남 산청군 단성에서 누대에 걸쳐 살았다. 아버지 허영은 하동, 사천 지역의 측량기사로 일하며 예능에 남달리 재능을 보인 이였다. 가계에 어려움이 겹쳐 처가가 있는 사천 곤양으로 옮겨와 살고 있었다. 그러다 허민이 세상에 태어난 것도 모른 채 여름 섬진강에서 스물넷 젊은 나이로 변을 당했다. 어머니는 태어난 지 사흘 되는 핏덩어리 허민을 안고 갑자기 열아홉 살 청상이 된 것이다. 허민이 곤양에서 태어나 소년기를 보내게 된 까닭이다. 그러나 친정 생활의 어려움에다 단명하리라는 아들 허민의 명을 빌기 위해 십여 년에 걸친 친정살이를 마치고 어머니는 어린 허민을 데리고 합천으로 굽이진 삶터를 옮겼다.

내 하래비는 아전이었다.
내 할머니는 이름보다 요괴(妖鬼)라는 별명이 유명했다.

내 애비는 점잖은 선비 그때의 개화꾼

측량을 하여 일본인 지주의 사무원이었다.

고모 셋이 차례로 죽고
영남서 첫째간다는 남사당패 아재비도 멋에 살다 죽었다.

아들을 앞에 보낸 어버이들의 슬픔이
늙고 가난한 그들의 얼굴에서 거두지 못한 채

단 하나 유복자 손주를 한껏 사랑해보지 못한 채
먼 곳에서 먼 곳에서 철나기를 기다리다 돌아가 버리여

형제도 없이 애비 얼굴도 모르며 자라난 위태로운 혈통!
얼굴을 붉히며 무덤을 보자니 어쩐 말이냐

어미가 아들을 앞세우고 숱한 의부를 갈아 살고
젊고 길거울 날을 구박에서 가난에서 쫓기어 살다가

며느리를 보고 손주놈을 보고서야
그 자주 쉬던 한숨이 덜해진 내 어머니

시가를 저주하면서도 호로자식 안 맨들기 위해
길구나 삼십 년을 거두신 거룩한 내 어머니

내 하나로 하여 첫정을 잊지 못해 들려주시던
젊은 날의 아버지의 덕성이 눈에 떠오른다.

하래비도 할머니도 고모도 애비도 아재비도
풀지 못한 원을 나에게만 맡겨 놓아

이 너른 하늘 아래 아아 이 하늘 아래
족보를 떠메고 살아가라니 숨이 차구나.

(1941. 10. 15. 단성의 내 아버지 성묘를 마치고 진주에 돌아와서)
—「성묘」

서정주의 「자화상」에서 촉발 받은 듯한 작품 「성묘」다. "이 너른
하늘 아래 아아 이 하늘 아래/족보를 떠메고 살아가라니 숨이 차구
나."는 자탄이 결코 부풀림이 아닌 굴곡진 내림이라는 것을 작품 속
에서 쉬 엿볼 수 있다. "위태로운 혈통." 그런데 일찍 요절한 아버지
의 재능이 허민에게 고스란히 전해졌던 것인가. 허민 또한 일찍부터
음악, 그림과 같은 여러 예능에 남다른 재주를 보였다. 곤양공립보
통학교 성적표에 음악이 특기라 적히게 된 일이 우연은 아니었던 셈
이다.
　허민이 문학 수업을 본격적으로 닦기 시작한 때는 1929년 열다섯
살, 해인사 강원에 입학하여 거기서 강사로 있었던 시인 유엽을 만나
서부터였다. 유엽은 허민 어머니의 부탁으로 그를 해인사 강원에 입
학시켰을 뿐 아니라, 자신이 지니고 있었던 문학책들을 기꺼이 빌려
주었다. 그리고 그 인연은 뒷날 허민의 시를 유엽이 『문장』지에 추천
하는 데까지 이어졌다. 그의 육필 시집 1권이 1931년 10월에 마련되
었고, 2집이 1932년 12월에 마련되었으니 해인강원에서 한껏 타올랐
던 소년기의 문학열이 고스란히 담긴 셈이다. 그리고 해인사 언저리
에서 허민은 그곳을 자주 드나들었던 동향 선배 향파 이주홍과도 만

날 수 있었다. 이 무렵 향파는 서울에서 아동잡지 『신소년』을 엮으면서 문학마당에 청년 문인으로 이름을 드날리고 있었다. 허민에게 향파와 그 둘레 벗들은 많은 격려가 되었을 것이다.

허민은 해인사 강원을 마치고 이어서 해인사의 사설강습소 해명학원(海明學院) 교원으로 일을 얻었다. 보다 책임 있는 자리에서 문학을 생각하고 고민할 수 있게 된 셈이다. 그의 작품 가운데 해인사강습소의 축구가나 교가, 운동가의 노랫말이 들어 있는 것은 교원 생활이 매우 의욕적이었을 뿐 아니라, 문학 재능이 산중에 널리 알려져 있었다는 사실을 말해 준다. 해명학원에서 학생으로 있었던 소설가 최인욱과 얽히게 된 인연도 거기서 비롯한다.

오늘날 찾을 수 있는 자료에 따르면 허민이 처음 지면에 발표한 작품은 스물두 살 때인 1936년, 『동아일보』에 실은 동요 「엿장수」다. 이어서 『매일신보』 현상문예에 소설 「구룡산(九龍山)」이 당선되어 문단에 얼굴을 알렸다. 한창 자라던 지역 청년문사로서 허민의 자긍심과 조숙했던 문학열이 마음껏 부풀어 올랐던바다. 이어서 그는 1937년 진주로 내려가 『동아일보』 진주지국 기자로 일하기 시작했다. 아마 제대로 된 문학 수업에다 생계를 위한 자연스럽고도 의욕에 찼던 도시 진입이었겠다. 세상에 대한 견문이 부쩍 늘고, 진주 역내 문인뿐 아니라 다른 지역문인과도 교분을 두텁게 쌓기 시작했다. 하동의 남대우나 진주의 장태현, 손풍산도 그들 가운데 한 사람이었다.

아울러 지역과 서울 매체에 작품 발표가 잦아졌다. 『문예가』나 진주 간행의 『경남평론』, 『남선공론』에서 나아가 이주홍이 편집을 맡았던 서울 『풍림』에도 작품을 내놓았다. 스물 초반의 재능 있는 문사 허민은 그 무렵 문단에서 신예로 눈길을 끌기에 모자람이 없었다. 『문예가』의 설문 「신예작가들의 문단 타개 신안」에 정비석들과 함께 설문 답변자로 나서고 있는 사실이 그 점을 일깨워 준다. 그러나 이미 이때부터 지병인 폐결핵이 병색을 드러내기 시작했다. 한 몸 가난에 더하여 청년 시인의 삶에 깊은 그늘이 드리워졌던 셈이다.

청년 문학가로서 허민은 자유시와 시조, 민요시, 소설, 수필, 동요, 동화에 이르기까지 여러 갈래에 걸쳐 창작을 열정적으로 이어갔다. 합천 벽촌에서 나와 맛본 도시 진주의 생활은 청년 허민의 상상력과 문학열을 북돋우는 데 좋은 기회가 되었다. 그러나 1938년 8월 지병이 깊어지면서 두 해에 걸쳤던 진주 생활을 마무리하지 않을 수 없었다. 허민은 다시 합천 해인사 기슭으로 몸을 돌려 돌아오게 된 것이다.

합천에 돌아와서도 문학에 대한 열정은 식을 줄 몰랐다. 그 무렵 해인사에 들렀거나 머물렀던 서울 문인들과도 교분이 깊어졌다. 허민을 아꼈던 소설가 이기영이 집필을 위해 멀리 합천 해인사로 내려왔던 일도 그런 교분이 빌미가 된 셈이다. 나아가 허민은 한국 문학 사회를 향한 보다 도전적인 창작 활동에 거듭 풀무질을 아끼지 않았다. 자신의 작품 수준을 끌어올릴 다양한 고심이 이어졌다. 게다가 작가에 대한 읽기도 보다 꼼꼼해지기 시작했다. 백석이나 정지용, 서정주의 시에서부터 이기영, 엄흥섭, 김동리의 작품은 허민의 독서열을 새삼스럽게 채워 주었을 것이다. 그런 점에서 1938년부터 1943년 임종 시까지, 해인사 그늘에 머물렀던 시기는 허민 문학이 일취월장할 수 있는 밑거름을 마련했다. 1940년 11월 『문장』에 시 「야산로(夜山路)」가 추천을 받게 된 일은 그러한 작가적 성숙 과정에서 자연스레 이른 넉넉한 자신감의 결과였다.

산과 어둠이 가로막는 골에
도까비불인 듯 반딧불만 나서느냐

이 길은 북으로 큰 재를 넘어야
경부선 김천까지 사뭇 백여 리

우중충한 하늘이라 북극성도 안 보이고
그 계집애 생각마저 영영 따라 오질 않어

이럴 땐 제발 듣기 싫던 육자백인들 알었더라면
소장수 내 팔자로 행이[1] 좋았으리라만

호젓한 품으로 스며드는 밤바람에
엊그제 그 주막 돗자리방이 어른거린다

너도 못난 주인을 따라 울고 싶지 않더냐
방울 소리 죽이며 걸어가는 이 짐승아

산턱엔 청승궂은 소쩍새 울고
초롱불 켠 손등에 비가 듣는다.

(7. 24.)

─「야산로(夜山路)」

　　이 시의 말할이는 소장수다. "산과 어둠이 가로막는 골"을 걸어 다
음 소시장으로 걸어가는 그는 떠돌이 장돌뱅이다. "방울 소리 죽이
며" 함께하고 있는 소가 유일한 벗일 따름이다. 서글픈 소장수의 캄
캄한 밤길에 "청승궂은 소쩍새 울고/초롱불 켠 손등에 비가 듣는다."

---

1) 行이.

352

쓸쓸하고 스산한 시골 풍광이 한 장 빛바랜 사진처럼 서린 작품이다. 이러한 쓸쓸함과 스산함이야말로 허민의 마음 언저리를 떠돌던 삶의 감각이 아니었을까. 한 젊은 청년 시인의 역량이 한껏 담겼으면서도 그의 깊은 마음자리가 숨길 수 없이 드러났다.

이 시에 이어서 1941년 허민은 단편 「어산금(魚山琴)」까지 다시 『문장』(3권 1호)에 이태준의 추천을 받아 실었다. 시와 소설에 걸쳐 『문장』 추천을 받게 됨으로써, 문학 지망생들로부터 큰 부러움을 사게 된 셈이다. 아울러 그의 마지막 절정작들이 실린 육필 시집 8권을 1942년 1월에 마련했다. 깊어가는 지병과는 거꾸로 한 작가로서 허민은 더욱 성숙한 모습을 보여 줄 수 있었다. 그러나 1943년 스물아홉의 봄, 허민은 가야산 푸름이 짙게 하늘과 자리를 바꾸는 아침에 이 세상을 떴다. 재능을 펼칠 수 있을 기회가 닫혀 버린 뛰어난 한 젊은 작가가 맞이한 슬픈 절명의 순간이었다. 그리고 허민은 한 권의 소설집도 시집도 없이 고스란히 세상에서 잊혀졌다. 왜로 제국주의의 폭압적인 민족 수탈과 억압이 더욱 강고해지던 시대의 한쪽, 산촌 구석에서 그의 주검은 소낙비에 쓸려가 버린 한 연꽃송이였던 게다.

허민의 작품이 뒤늦게 세상에 알려지게 된 것은 1975년 『문학사상』 4월호에 「한국현대문학재정리」로 시 열여덟 편이 실리게 된 일이 빌미였다. 허민의 맏이 허은이 지녔던 아버지에 대한 깊은 사랑과 포한이 그 일을 이끌었다. 여러 일간지가 그를 윤동주에 버금가는 민족시인으로서 소개하는 기사를 앞다투어 올렸다. 스물아홉, 이른 죽음이 주는 아쉬움이 크면 클수록 그에 대한 탄식의 목소리도 높았다. 한국의 문학사회는 농촌에 뿌리를 내린 그의 독특한 풍토시와 민족 현실에 기꺼워했다. 이어서 문학사상사에서 의욕을 가지고 시작했던 육필 시선 간행에 갑년을 맞이한 서정주의 것과 함께 허민의 시 마흔여섯 편을 『허민육필시선(許民肉筆詩選)』으로 갈무리한 것은 그 무렵 그의 시를 찾아낸 이들이 받았던 놀라움과 감동의 너비를 잘 보여 주는 일이다.

그리고 또 세월은 흘러 십 년, 1986년 지식산업사에서 『한국현대시문학대계 23』을 내면서 허민을 빠뜨리지 않고 나라잃은시대 마지막 빛나는 시로서 함형수·이한직·장서언·최재형과 함께 묶었다. 비록 육필 시선에 실렸던 작품 가운데서 24편을 가려 실었고 개인물로 내지는 못했지만 마땅한 대접이었다. 그 뒤 허민 문학의 전모를 세상에 알리는 일은 큰 과제로 남아 있었다. 다행히 지난 2008년 한국문화예술위원회의 '작고문인선집발간사업'에 『허민 전집』이 뽑히게 됨으로써, 오랜 숙원을 풀 수 있는 기회가 마련된 셈이다.

3. 허민 문학의 됨됨이

오늘날 남아 있는 허민의 작품은 모두 328편이다. 스물아홉으로 삶을 마감한 청년 시인의 작품으로서는 많은 쪽이다. 이 가운데 시가 297편으로 압도적이다. 소설이 5편, 동화가 5편, 그리고 산문·설문(시집 서문 격으로 쓴 율문 2편 포함)이 21편이다. 어른문학에서 어린이문학까지, 시에서 수필, 동화에까지 여러 갈래에 두루 관심을 가졌던 셈이다. 그 가운데 신문, 잡지를 이용한 매체 발표작은 모두 40편에 지나지 않는다. 시 12편에다 소설 5편, 동화 5편, 산문·설문 쪽 19편이 그것이다. 이들은 허민이 생시 손수 붙여둔 발표작 묶음으로 요행히 남았다. 그나마 수필 「푸른 해인도(海印圖)」는 거기서 떨어져 원문을 찾을 수 없다. 더 많은 작품이 발표되었으리라고 보지만 그들은 주로 지역, 주변 매체를 활용하였을 것으로 보여 지금으로서는 실재를 얻기 힘들다. 이들을 빼고 나면 거의 모든 작품이 미발표 육필

시집으로 남았다. 유족들이 어려운 살림 속에서도 오래도록 허민의
손때가 묻은 육필 시집과 발표작 묶음을 간직해 왔던 것은 천우신조
였다. 오늘날 볼 수 있는 허민의 작품을 갈래별로 나누어서 그 큰
틀을 짚어보고자 한다.

1) 시

허민 문학의 중심은 시다. 그는 무엇보다 시인이었다. 십 대 습작
기 소년에서부터 이십 대 한 작가로 우뚝 설 때까지 문학의 뼈대로
꾸준한 창작을 거듭했을 뿐 아니라, 양에서도 압도적이다. 허민의 시
가운데서 290편은 미발표 육필 시집 꼴로 남아 있다. 발표작은 12편
에 지나지 않는데, 그 가운데 7편이 육필 시집에 실려 있지 않은 작품
이다. 따라서 허민의 시는 현재 297편이 남아 있다. 그들은 자유시를
중심으로 시조, 소년시, 동요, 민요시, 노랫말까지 걸친다. 허민 시의
중심이 되는 육필 시집의 세부를 보이면 아래와 같다.

> 1권 『허창호(許昌瑚) 시집 제1권』 42편(첫말 1편 미포함)
>   (1930.5~1931.11)
> 2권 『두견(杜鵑)의 울음: 허창호 창작시집 제2권』 75편
>   (1931.11~1932.12)
> 5집 『제5시집 미명시집(未名詩集)』 39편
>   (1933.11~1934.2)
> 6권 『싹트는 잔디밭: 허창호 시집 제6권』 60편
>   (첫말 1편 미포함) (1934.2~1934.12)
> 7권 『낫과 괭이: 허창호 시집 제7권』 43편
>   (1935.3~1940.6)[2]

8권 『시집 NO 8』 31편
    (1940.7~1942.1)

   이들 가운데서 3권, 4권은 유족들이 간직해 오다 허망한 세월 속에
서 사라져 버렸다. 1권과 2권은 1930년에서 1932년 해인사 강원에서
유엽의 도움을 받아 가며 문학에 뜻을 둔 첫 시기 작품이다. 그 가운
데서도 1권에서는 허민 나이 열일곱 살, 작가적 자의식보다는 자연
발생적인 청소년기의 감정 노출이 두드러진다. 세상과 삶에 대한 여
러 관심을 다소 투박하게 드러낸 시다. 게다가 아직까지 시의 맵시에
대한 이해가 깊지 못해 굳어진 한자어를 남발하기도 했다. 작품에
쓰이는 부호도 쓰임새가 혼란스럽다. 원본 확정이 어려운 데도 적지
않다. 글의 표현보다 그에 앞선 내용의 문제를 안고 뒹굴었던 셈이다.
시 쓰기의 뜻과 길을 나름대로 찾아나가면서 열정적으로 삶에 대한
사색에 몰두하는 모습이 고스란하다.

   길을 가다 흰 종이 있어
   집어 들춰 보니
   곧 이 글이 님의 얼굴이러라.

   봄 들을 걷노라니
   꽃 피고 나비 있어
   곧 이것이 님의 의복일러라.

---

 2) 실제로는 1936년 2월에 이르는 작품들이다. 거기서부터 갑자기 1940년으로 건너뛰
    어 2월, 6월의 두 편으로 마감하였다.

물 따라 내려가니
물 밑에 고기의 아양 있어
곧 이것이 님의 춤일러라.

—「봄과 님이」 가운데서

바깥 세상이나 아니면 자신 안쪽 마음자리와 맞닥뜨리는 자리를 막연히 '님'이라는 대상을 빌려 담아내고 있다. 모든 세상 일에 마구 뛰어들고 싶지만 두려움 또한 나란했을 청소년기다. 타자에 대한 갖가지 느낌이 나름대로 차분하게 가락을 골라 앉았다. 흔히 청소년기 시에서 볼 수 있는 전형적인 감정 처리다. 그러나 이러한 가운데서 허민은 자신의 삶이 놓인 현실 조건에 대한 눈매를 날카롭게 가다듬기 시작한다.

동네는 말라서 다 죽어가는데
동네의 개들은 다 살아 뛰노네
　　아이고 요것이 개 세상이라.

주림에 낯빛은 말라만 가는데
세력(勢力)의 심줄은 불러만 가네
　　아이고 요것이 피박이랄까.

어느 때는 물이 많아 논 썰어 가더니
어느 때는 물이 없어 논만 말라 가네
　　아이고 요것이 하늘 작란이라.

없는 집 늙은이 나만 많아 가고

있는 집 젊은이 명 짧아 죽네
　　아이고 요것이 설움이라오.

방은 추워서 떨기만 하는데
동내 산 허가는 안 내어 주네
　　아이고 요것이 관청의 심사.

동내의 사랑에는 머슴의 근심
빈 집의 본채에는 거지의 웃음
　　아이고 요것이 눈물 웃음이라.

집, 논을 진기면 사는 줄 아니
도리어 집 없음이 부자보담 낫네
　　아이고 요것이 망측이랄까.

결북돈 곡수는 지주의 배짱
보리밥 된장은 우리의 배짱
　　아이고 요것이 애가 말라 가네.

　　-(줄임)-

삼천리 벌판엔 돈 없어 가고
우리네 살림살이 모두 없어 가네
　　아이고 요것을 파괴라 할까요.
　　　　　　　　　(1931. 10. 15.)

　　　　　　　　—「아이고 요것이」 가운데서

민요시 꼴을 띠면서 세걸음가락으로 정형화된 작품이다. 아직까지 구체적인 세부를 겨냥하고 있지는 않지만 열일곱 살 식민지 젊은이가 지녔던 바 자신이 놓인 궁핍한 현실과 고통의 조건에 대한 자각이 뚜렷하다. 가난과 수탈, 자연 재해와 사람이 사람대접 받지 못한 채 살아가고 있는 둘레, 비인간적인 환경을 휘둘러보는, 한 산골 젊은이의 마음속에 차오르는 붉은 결기를 짐작하게 한다. 이렇듯 육필 시집 1권에서는 청소년기의 내면 성찰로 부푼 사랑시와 현실에 대한 관심을 보여 주는 작품들이 뒤섞여 있다. 앞으로 좋은 시인으로 자라날 허민의 문학과 삶에 대한 열정이 고스란히 녹아든 모습이다. 이듬해 1932년에 나온 육필 시집 2권에서도 이러한 점은 더욱 세련되고 넓어진다. 열여덟 살, 좀 더 넓고 깊게 세상과 맞닥뜨리는 허민의 성숙 시간과 그 추억이 알차게 담긴 셈이다.

① 아침 여덟 시
　세수를 하고 나서 밥상을 받을 제
　어머니의 하시는 말씀!
　"겨울이 와서 밥 짓기 싫고나."
　숟갈을 들고 한참이나
　모랑모랑 오르는 밥짐을 보았다.
　　　　×　　　　×
　어머니의 무심히 하시는 말씀이지만
　자식 된 이 몸은 그 말이 얼마나 쓰라림을 주는가
　남들은 자식 두었으니 걱정 없다 하지만
　그러나 자식의 본체(本體)가 없는 내가
　어머니의 지은 밥을
　웃음으로 먹을까 울음으로 먹을까.

(1931. 12. 31.)

—「아침밥」

② 힘없는 다리가

짙어지는 황혼의 길에서

두벅두벅 참으로 애처롭다.

    ×   ×

북쪽의 하늘에는

검은 구름이 끼이고

바람은 쌀쌀히 냉대 비슷하다!

    ×   ×

까욱까욱 까마귀가

물찬 논 우으로

저녁밥 없다고 슬피 난다.

    ×   ×

마을의 집들은

흉년에 먹을 것 적다고

힘없고 적은 연기를 올리고 있다.

    ×   ×

갈 길은 백 리

다리는 평생 걷고 있을 것을

모르는 듯 우선 아픔을 참지 못한다.

    ×   ×

한 발자욱 두 발자욱

힘없는 다리 아픔으로 못 이기는 다리

사라지는 밝음! 얼어가는 길을 걷고 있다.

(1931. 12. 31.)

—「아픈 다리」

자신이 놓인 삶의 밑자리를 뚜렷하게 깨닫는 모습이다. ①은 어머니와 나, 가족이 놓인 가난한 현실 속에서 내세울 것 없는 자식으로서 시인이 지녔을 회한을 아낌없이 보여 준다. "어머니의 지은 밥을/ 웃음으로 먹을까 울음으로 먹을까"라는 자탄 속에 고심이 고스란하다. ②에서 "힘없는 다리 아픔으로 못 이기는 다리"는 단순히 한 사람 것은 아니다. 허민을 둘러싸고 있는 이웃 사람들의 것이며 둘러보아 모든 농촌민이 겪는 현실이기도 하다. 타자로 향해 열린 눈길 안에서 시인의 마음바닥은 켜켜로 두터워지기 시작한다.

이러한 작품에는 타자화된 자신이나 막연한 대상을 향해 불렀던 사랑시 계열과는 다른 성숙함이 보인다. 삶이란 무엇인가라는 물음 앞에 얻게 된 여러 깨달음이나 종교적 각성과는 다른 쪽에 놓인 날카로운 현실 인식이다. 위에서 보인 「아픈 다리」, 「아침밥」에서 나아가 「불쌍한 아이」, 「노부(老父)의 시」와 같은 곳곳에서 볼 수 있는 특징이다. 특히 「노부(老父)의 시」에서는 허민의 서정적 자아가 처음으로 탈을 썼다. 나름대로 현실에 대한 객관화에 이르고 있음을 작품으로 웅변하고 있는 셈이다. 그러한 객관화된 현실 인식은 농촌 지역에 깊게 깔린 소작 문제, 계급 갈등이나 빈부귀천에 대한 인식으로 뚜렷하게 모인다. 「배 굖 아이」, 「양복쟁이가 구부러졌소」는 바로 그러한 문제를 본격적으로 다룸으로써 1930년대 초반 우리 현실주의 동시의 흐름을 받아들이면서도 시인의 넉넉한 현실안이 잘 살아 있는 작품이다.

그런데 이렇듯 조숙했던 청소년기의 현실 이해를 허민은 여느 시인과 달리 어머니의 삶에 대한 깊은 공감과 연민을 고리로 삼아 드러

낸다. 시인이 존경해 마지않은 어머니라는 표상이 지니고 있는 중요
도가 여기에 있다. 계급과 빈부, 귀천으로 억압받는 민족의 현실 조
건을 넘어설 다른 세상에 대한 꿈을 시인은 어머니를 빌려 투사한다.
허민에게 어머니는 현실 곳곳에 계신 셈이다.

어머니
꿈을 깨소서
몇 십 년의 고된 꿈을
이때껏 깨지 못합나이까?

봄의 따스러운 온기가
어머니 몸에 대였고
가을의 싸늘한 바람이
어머니 품안에 든 지
몇 번을 거듭하였나이까?

오오 어머니
쓰고 쓴 그 꿈에서 깨어나
부드럽고 위엄 있는 목소리로
몇 십 년 꿈꾼 것을 부수어 보소서

오오 어머니
어린 자식을 생각하여서
다시 옛날의 길거움을 부어 보소서
오오 어머니 거치러운 파도에 실린 이 몸을 건져 주소서
그리고 최후까지 잊지 마소서

—「어머니에게-조선(朝鮮)」

　어머니에게로 향하는 아들의 지극한 마음씨를 틀로 삼았다. 그런
데 그 어머니에게 '조선'이라 이름을 붙여 어머니의 내포를 분명히
했다. 아연 읽는이가 긴장하지 않을 수 없다. 비록 육필 시집 속에서
만 갈무리되었던 작품이라 하더라도 자기 검열을 충분히 의식해야
할 시대에 들내기 어려운 민족적 주제가 뚜렷하다. 어머니인 조선이
이제까지 깨지 못하고 있었던 고된 꿈을 깨고, 몇 십 년 꾸던 잘못된,
꿈 같은 현실을 어서 깨라는 말은 뜻의 높이가 매우 높다. 의젓한
젊은이로 자란 허민의 속 깊은 고뇌와 바람이 잘 옹근 한 편의 민족
시가 불꽃처럼 그의 육필 시집 한 자리를 태우고 있는 형국이다.

　육필 시집 1, 2권에 이어 잃어버린 육필 시집 3권과 4권에는 짐작
컨대 1년을 넘는 기간에 걸쳤을 많은 작품이 실렸을 듯하다. 게다가
여러 시 유형에 대한 실험이 엿보이는 작품을 찾을 수 있었을 것이
다. 그 점은 3권과 4권을 건너 뛰어 이어진 육필 시집 5권, 6권에 나타
나는 여러 의미심장한 변화가 증명해 준다. 육필 시집 5권은 1933년
11월부터 1934년 1월까지, 6권은 1934년 2월부터 1934년 12월까지
두 해에 걸친 시기 작품을 실었다. 이들 둘에 나타나는 특징을 간추
려 보이면 아래와 같다.

　첫째, 가락의 정형성이 잦아지고 율조에 대한 자각이 깊어졌다. 말
하자면 초기 습작기와 달리 시의 형식성에 대한 이해가 깊어졌다는
뜻이다. 그런 만큼 1, 2집에 견주어 부호도 많이 통일되었다. 소리본
뜬말이나 짓본뜬말의 쓰임도 더욱 활성화한다. 시의 율격적 완성에
대한 섬세한 눈매가 자리 잡혔기 시작했다. 이러한 변화는 그가 어느
덧 한 시인으로서 우뚝 설 작가적 자의식을 굳세게 갖추었다는 사실

을 뜻한다. 자연발생적이라 할 청소년기의 열정이 가시지 않았던 1, 2집과는 많이 달라진 모습이다.

둘째, 시가 갈래에 대한 인식과 그에 대한 훈련이 깊어졌다. 시조와 동요, 소년시에서부터 성가, 민요시, 나아가 합창극(슈프리히 콜)(「운동가」)과 같은 여러 곳에 걸친 작품이 그것이다. 이 가운데 특히 민요시에 대한 관심이 한결같은 점을 눈여겨 볼 만하다. 허민의 시가 농촌 현실에 뿌리를 내리고 있는 점과 맞물린 형태적 관심의 한결같음이다. 또한 여러 계층에 걸친 사람의 목소리를 끌어온 탈시(mask lyric)도 앞에 견주어 훨씬 많아진다.

셋째, 앞선 시기와 마찬가지로 사랑시가 적지 않다. 그러나 그 다루는 방식은 사뭇 다르다. 청소년기의 세계 이해 욕구나 막연한 대상을 향한 열정과 달리 보다 구체적인 '그대', 또는 '님'으로 드러나는 내포 청자를 향한 마음자리가 뚜렷하다. 민중적인 삶과 관련한 상징적인 대상을 찾는다든가(「님의 초상을 그립니다」), 현실의 구체적인 연인을 내세운 시들이 잦아진다. '어머니'를 향한 사랑시 또한 줄지 않았다. 세상 곳곳으로 열리고자 했던 허민의 문학적 열정이 두드러지게 드러나는 본보기라 하겠다.

넷째, 타자의 삶에 대한 관심과 너비가 더욱 넓혀지고 사회적 불평등에 대한 깨달음이 강화된다. 이 점은 그 무렵 계급시의 유행과는 달리 허민 시 서정적 화자의 자발적인 성숙 과정에서 엿볼 수 있는 한결같은 흐름이다. 「소낙비가 와서」, 「허 참 억궂다?」, 「문에 비친 두 그림자」나 민요시 「아리롱 신세」 같은 작품에서 그 점은 쉽게 드러난다.

아버지 목은 가늘고
김부자 목은 툭툭하다

종짓불 깜박이는 방 안에서
문에 비친 그림자 두 그림자.

김부자 머리는 울뚝불뚝
아버지 머리는 솟을솟을
김부자 주먹이 들었다 놓았다
아버지 허리는 구버둥하다.

"여태 이자도 아니 줘?"
큰 말소리가 터져 나왔다
"조금만 더 참아 주십시오."
모기 소리 같은 말이 가늘게 들린다.

밖에서 그림자 모양을 보다가
김부자 머리 보고 주먹으로 밀었지
"이제 봐 이제 봐."
큰 소리 못하는 내 가슴도…….

(1934. 7. 9. 야로에서)

─「문에 비친 두 그림자」

소작농 '아버지'와 지주 '김부자'가 방 안에서 벌이고 있는 소작료 시비 현장의 "두 그림자"를 엿보는 아들의 마음이 담긴 동시다. 문밖으로 비친 김부자의 미운 머리를 주먹으로 밀어보는 말할이 아이의 마음은 분통터질 따름이다. 땅거미 깊어진 밤, 한 시골 마을 "문에 비친 두 그림자"로 말하고자 한 농촌 현실의 아픈 자리를 허민의 날카로운 눈매는 놓치지 않았다.

다섯째, 현실 조건뿐 아니라 삶의 본질에 대한 물음을 아우르는 포괄적인 인식이 드넓게 자리 잡기 시작한다. 땅, 살림, 환경, 이웃, 역사, 단결과 같이 다채로운 관심이 그것이다. 그러다 보니 자연히 삶이 뿌리 내리고 있는 시간성/공간성에 대한 표현이 두드러지게 되는 일이 자연스럽다. 그만큼 허민의 내면에 입체적인 깊이와 너비가 마련되었다는 뜻이다. 「진주교」, 「고적한 앞길」과 「못 믿을 지반」에서 볼 수 있는 상상력과 「농부 심중」과 「우리 마을」에 보이는 현실 체험으로 이어지는 깊고 너른 자리가 거기다.

허민의 육필 시집 7권은 스물세 살부터 스물일곱 살, 여섯 해에 걸친 작품을 모았다. 시기로 보면 1935년 3월부터 1940년 6월까지다. 허민이 진주에서 투병생활을 하면서 기자로 일하다 다시 해인사 골짝으로 돌아와 머물 때임과 아울러, 문단에 얼굴을 화려하게 내놓아 작품 활동을 가장 왕성하게 했을 때라는 특징을 지니는 시기다. 이미 시인으로서, 소설가로서, 또는 어린이문학가로서 여러 갈래에 걸쳐 여러 차례 지역과 서울 매체에 작품을 선뵈고 있었던 허민이다. 시의 양이 줄어들고 창작 시기도 길어졌으나, 완성도는 부쩍 드높아진 때다.

그런데 1936년 2월부터 갑자기 육필 시집의 창작 날짜가 1940년 2월과 6월의 두 작품으로 건너뛴다. 그 사이에는 작품이 죄 빈다. 중요한 시기의 작품이라는 점에서 아쉬움이 크다. 육필 시집에 낙장이 있었거나, 그 비는 시기만큼 시 쪽 창작이 주춤했던 까닭이다. 만약 낙장으로 말미암은 일이었다면 충분히 납득이 갈 만한 일이다. 이 시기는 허민 개인으로서도 시대의 압박을 가장 많이 받았을 시기다. 진주 지역 젊은 언론인이자 해인사의 주요 지식인층이었던 허민 또한 왜로 경찰의 가택 수색을 당할 때면 원고며 책들을 가족들이 이리저리 다른 곳으로 여러 차례 숨기기도 했다. 사뭇 검열로 말미암은 인위적인 낙장의 가능성이 높음을 짐작하게 하는 일이다. 이 점은 작품에서도 엿볼 수 있다. 「삼월의 눈바람」, 「다람쥐통」과 같은 데서는 두드러지게 겨레 구성원이 겪었던 시대의 아픔이 시인 허민의 가슴에 선연한 그늘을 드리우고 있다.

우두(牛頭)에 바람 이니 비봉(飛鳳)에 꿩이 운다
하진월(下辰月)3) 눈 나려서 초화(草花)를 시들키네4)
까마귀 울고 간 뒤라 마음 편타 하리오

동무여 굳이 다문 그 입술 높게 뵈네
바른 길 걷는 가슴 뉘 아니 없으리까
봄철이 겨울인 듯하여 그대 생각 묻노라

(1935. 5. 2. 15명 동무가 합천서로 간 뒤에)
―「삼월의 눈바람」

　엄혹한 사상 통제의 시대, 이른바 치안유지법으로 읍내 합천경찰서로 검거되어 갔을 동향 벗들을 지켜보는 아픈 심사를 담은 시조다. "바른 길 걷는 가슴 뉘 아니 없으리까"라는 안타까운 목소리 안에 제국주의 식민자들과 맞서 있었던 청년 허민의 모습이 처연하다. 어두운 겨레 현실 아래서 시인이 겪은 좌절 또한 더욱 클 수밖에 없었다. 우울과 실망의 그늘이 더욱 짙어진다.
　이러한 변화에 더하여 눈여겨 볼 점은 민요시나 노랫말 짓기에 한결같이 공을 들였다는 사실이다. 그러면서 그 속에 농업의 기쁨과 고통, 생활의 고달픔, 그 극복의지를 두루 담아냈다. 그만큼 더불어

---

3) 늦은 삼월.
4) 시들게 하네.

사는 농촌 구성원, 민족 구성원의 삶에 대한 인식이 더욱 깊어졌다는 뜻이다. 그들에 대한 격려와 용기를 부추기는 목소리가 부쩍 높아진다. 시대 상황 탓에 계급적 이해와 같은 날카로운 현실 인식은 누그러지는 대신 드러난 변화일까. 주변 자연 풍광을 다룬 시가 많아지는 점도 자연스러운 흐름인지 모른다, 현실성이 약화되는 대신 시대 억압으로 말미암은 자기 검열이 더욱 예민해졌음을 엿볼 수 있는 대목이다.

육필 시집 8권은 1940년과 1942년에 걸친 두해 남짓한 시기의 작품집이다. 그들 가운데서 적지 않은 작품이 이곳저곳 여러 매체에 발표되었을 것으로 보이나 시인이 오려둔 묶음에는 찾을 수가 없어 아쉽다. 이 시기 허민은 개인적인 투병의 아픔 속에서도 문학인으로서 자리를 다지고 키워나가기 위한 노력을 더욱 열정적으로 꾀한다. 8집에 실린 작품이 보여 주는 완연한 작품의 높이는 그가 한 사람의 개성 있는 시인으로 우뚝 섰음을 알리기에 모자람이 없다. 무엇보다 더욱 넉넉해진 농촌 체험에다 군더더기 없이 능숙한 언어 수행력, 거기다 섬세한 표현력이 자리가 잡혔다.

산밭 너머로 마을이 나려 앉고 나려 앉은 마을 건너 워어머 송아지는 흰 찔레에 묻혔다

맹맹이 제비인 듯 번대질 치고 못자리판 보리판 뒤섞인 들! 들 저편으로 사방(砂防)한 산! 산턱을 눌러 퍼져 나간 푸르른 하늘!

은어 떼 피둥거리는 시내로 구름 까라지고 구름을 밀어 자잔한 물결

담배 연기 구수한 두던 아래서 염소는 아른한 눈짓하고 수염 많은 상제

두건 우에 잠자리 앉았다 날아

  훈훈한 산기슭 밤꽃은 올해도 흠북 피어 벌들이 잉잉거려서 재 넘어
갈 사람 웃통 벗고 쳐다보다 먼 데 모내기 소리에 눈감아 버렸다

  장군(將軍) 소리 잦은 정자나무 아래 아재비 손주 사촌 동서 물꽹이 짚
고 삿갓 쓴 근사한 얼굴들이 새앗참 탁배기에 마음이 커졌다

  암탉이 앙차게 울고 나린 둥어리 달걀이 구을러 둘! 몇 번 싸움에 벼슬
이즈러진 장닭이 맞받아 나서면 이곳저곳에서 따라 울어 처마가 절리고
절리는 처마 아래 배배거리는 노오란 제비 주둥이

  아기 서는 듯 부인네 살구씨를 볼가 버리며 시금시금 눈 감고 울 밖을
돌아나가면 못난 아이놈들 올개미로 새새끼 나꾸려 용쓰는구나

  전설을 찾아 흙내 나는 골방을 들어서면 돋베기 쓴 옛 진사(進士) 관을
고쳐 쓰고 『충렬전(忠烈傳)』 보는 눈에 눈물 개진하여 숨 가빠 기침에 몇
번 허리가 굽고 옷고름에 달린 코수건은 손주를 대신하였다

  어린것 돌떡이 이웃으로 돌고 시집 갓 온 새악시 집 구경하려 꺼름한
속곳에 치마만 갈아입은 안늙은이 발엔 낡은 짚신이 따른다

  어둠 나리는 들로 보맥이 외는 소리 별들은 하나하나 헤아릴 수 있고
설은 인기척에 짖는 노구(老狗) 아직 저녁을 치루지 안 했나 보다

  정자나무 아래 담뱃불 나서고 예스러운 모기 소리 산들바람에 끼어 그

바람 속에는 머언 정든 사람 그림자인 듯 밤 밤나무꽃 향내마저 부채 들고 나선 사람에게로 흘러 나렸다

밤 밤나무꽃 아래서 나는야 기다린다 너 진정 소원이 무엇이냐 올해도 밤꽃은 흠북 피어 검은 하늘에서 나리는 별을 달고 강바람 푸짐한 옛 마음으로 돌아가면 너 고운 향내가 너 고운 향내가 살아나리라

(1941. 6. 27. 어 해인사)

—「율화촌(栗花村)」

허민 후기시의 활달한 언어 감각과 넉넉한 표현력이 출렁출렁 담긴 작품이다. '율화촌'으로 일컬은 시골 마을의 모습이 고스란히 허민의 눈길 아래 빼어난 한 편의 장소시를 이루었다. 토착 민속 체험에 기댄 백석의 장소시와 또 다른 현실 감각과 뛰어난 묘사력을 보여준다. 거기다 농촌 현실을 바라보는 꼼꼼한 눈길은 넉넉하고도 그윽하다. 1930년대 후반 전형기를 장식했던 막연한 고향회고적인 작품이나 그 무렵 사향시와는 격이 다른 농촌시 한 편을 마련했다. 그러나 이러한 활달한 시와 더불어 깊은 좌절의 목소리 또한 잦아진다. 바라는 현실과 거기에 이를 수 없이 피폐할 수밖에 없었던 삶으로 말미암아 겪는 깊은 절망의 목소리가 읽는이를 긴장시킨다.

두어 오래기5) 머리털 떨어진 벼개 우에
청춘을 부뜰려고6) 병과 싸우느니

---

5) '오라기'의 지역어.
6) '붙잡으려고'의 지역어.

삼 년이여 돌려다고 내 정열과 젊음을
사랑할 모든 것을 **빼**앗아 간 가증한 것아

아픈 가슴속에서 자라난 여러 희망이
순하잖은 맥박에 기운을 잃어버릴 때

죽음이여 오려거든 아아 서슴지 말라
내 살은 삼십에 뉘우침이란 없었거니

소란과 공포 속의 어둔 문을 열면서
언제 반갑게 불러 줄 소리가 들릴 것이냐!
(1941. 11. 17. 어 진주)

—「병상기(病床記)-기 1」

허민의 이십대 후반 고통스러웠던 개인사를 줄여서 보여 준다. 해
인사 기슭으로 돌아갔다 병이 깊어 진주 병원에 서둘러 입원한 시인
이다. 한껏 가꾸어왔던 문학열이 피는가 했는데 어느새 좌절의 그늘
이 덮이기 시작했다. "돌려다고 내 정열과 젊음을"이라는 부름은 절
규다. 스스로 "처진 건 병약(病弱)과 빠져날 수 없는 우울/캄캄한 밤을
즐겨버린 몸"(「고향으로 열린 길 우에서」)이라 했던 그는 끝내 "청춘을
부뜰지 못하고" 가증한 죽음 바로 앞에 섰다.

장맛비 검음한 어스름에
빈 마루에 두 무릎을 고우고 앉아

가꾸지 아니한 뜰 봉선화는 이슬을 달고

안개 사이로 걸린 무지개와 더불어 행복을 지녔건만

순하고 약한 양심을 버리지 못한 채
벌레 먹는 가슴을 어루만진 지 벌써 몇 해이더냐

산협에 여름이 짙어도 늘 내 맘은 음산하야
복새이는 하늘을 날러 갈 새에게 노래도 못 전했노라

영 위거나 산 모통 길에 행여 어느 소식을 그려
어머니가 찾어 주신[7] 축축한 신문을 뒤적어리며

문득 한없이 울고 싶기도 하고
다시 껄껄껄 웃고 싶기도 하고……

—「고정(孤情)」

앞서 든 「병상기(病床記)-기 1」의 목소리보다 가라앉았다. 혼자 산골에서 투병을 하면서 죽음 앞에 서 있었던 시인의 슬픈, 그러나 담담한 마음을 엿볼 수 있다. 진주 병실에서 "반가울 일 없는 이향(異鄕) 조용한 병실에서/가슴 위 사과만 만지며 해를 보내"거나 고향 산협의 곤궁한 집 안방에 누워 "어둠 속에서 어둠 속으로 손을" 저으며 "아아 푸른 하늘을 이고서 흙을 파리라"(「병상기-기 3」)고 울부짖었던 시인의 마지막 모습이 모자람 없이 담겼다.

허민의 시는 문학소년 습작기서부터 열정적인 청년 시인으로 다시 한 사람의 뛰어난 민족시인으로 자리 잡아 나가는 역동적인 모습을

---

7) 육필 시집에는 '찾어다 주신'으로 되어 있음.

담고 있다. 자유시뿐 아니라 시조, 민요시, 동요, 노랫말에다 성가, 합창극에까지 이르는 여러 관심은 그 도정의 모색 과정을 잘 보여 준다. 게다가 주제에서도 막연한 소년기 정서에서부터 농촌을 중심으로 겨레 현실에 대한 다채로운 깨달음은 조숙했던 시인의 모습을 잘 드러낸다. 허민을 빌려 우리는 1940년대 어두운 시대 끝까지 허물어지지 않았던 민족시의 든든한 얼을 짚을 수 있게 된 셈이다.

아쉬운 점은 1936년부터 1940년에 이르는 시기, 그가 가장 활발하게 발표 활동을 했던 때의 육필 시집이나 발표 작품 묶음이 상당 부분 사라졌다는 사실이다. 허민이 발표했던 시 12편 가운데서 육필 시집에 없는 것만 모두 6편이나 되니, 적지 않은 작품이 사라지고 잊혀진 것을 쉽게 짐작할 수 있다. 앞으로 허민 연구에서 이곳저곳 1차 자료들을 더 꼼꼼히 살펴야 하는 까닭이다.

2) 소설

오늘날 볼 수 있는 허민의 소설은 모두 5편이다. 『매일신보』현상 공모 당선작인 「구룡산(九龍山)」(1936)을 처음으로 「사장(射場)」(1937), 「석이(石茸)」(1938)에 이어 『문장』추천작 「어산금(魚山琴)」(1941)과 콩트 「엄마」(1937)에 이른다. 이 가운데서 「석이」는 원문이 부분만 남아 전모를 알 수 없다. 「구룡산」은 숯판이 있는 산촌 장자골이라는 마을을 중심으로 그 안에 모여 사는 이들이 겪는 애환과 비참을 역동적으로 담아낸 작품이다. 이야기 얼개를 자신이 살았던 가야산 골짝 마을로 삼은 것이다.

장자골은 구룡산(九龍山) 기슭에 벌려진 칠십 호나 되는 빈한한 산촌이 었다.

여기 사는 사람들은 하늘을 섬기고 산신(山神)을 떠받치고 그런 반면 거의 굶주려 가며 생활의 절망에서 내일의 실낱같은 희망을 가져 분(憤)도 내고 웃음도 웃었다.

허나 그들은 무지였다. 그들은 어둠에서만 살았다. 산과 같은 억셈과 물과 같은 맑은 정을 가졌어도 현실의 비참과 어깨를 겨누고 설움의 길을 걸어가지 않으면 안 되는 것이었다.

그는 곧 어느 세상에서나 마찬가지 세력(勢力)이란 얄보드레하고도 그 악스런 그물이 이런 곳까지도 파고들어 펼쳤기 때문이라 하겠다.

—「「구룡산(九龍山)」의 경개(梗槪)」 가운데서

허민이 손수 쓴 「구룡산」의 풀이글이다. 장자골에서 '세력'을 뽐내고 있는 사람은 '이 참봉'. 그는 마을에서 무소불위 하는 지주일 뿐아니라, 마을 모든 일에 끼어들어 '그물 역을 맡은 위인'이다. 마을사람들은 잣판, 숯판에다 논밭 소출로 먹고산다. 그러나 그들 대부분 세도꾼 이 참봉에게 빚을 지고 있어 해를 지날 때마다 빚이 늘어갈수밖에 없다. 소설의 주 인물인 '점팔'은 그러한 이 참봉에게 맞설깜냥이 없이 사는 모든 마을 사람들을 대표한다. 무력한 그는 집안에서도 가족들로부터 성화를 겪는다. 여덟 살 난 아들 성근이가 기르던고양이는 어느새 이 참봉댁을 드나들며 먹이를 훔치는 도둑고양이가되어 버렸고, 오래도록 굶은 어머니는 동제를 마치고 짐승들이 먹도록 흩어둔 제물을 훔쳐 와 먹다 체하여 크게 앓는다. 같은 날 밤 이참봉댁 송아지를 범이 물어가고, 이튿날 그 일이 당산의 제물을 어느마을 사람이 먹은 탓인 것을 알자 이 참봉은 산신령이 노한 결과라고노발대발한다. 성난 참봉에게 맞아 죽은 고양이를 묻어 주기 위해산으로 올라간 아들 성근이가 범을 잡기 위해 이 참봉의 맏아들이쏜 총에 놀라 달아나던 범에 쫓기어 언덕에서 떨어져 죽는 시각, 마

을 사람들의 한 해 소출이 들어 있었던 잣 고방에서는 불이 나 온
동네가 "생지옥의 전율할 화면"으로 바뀐다.

주 인물 전팔이 가족이 겪는 애환에는 지주와 소작인의 갈등이 켜
켜로 담겼다. 소설가로서 큰 그림을 그리고 있었을 허민의 야심작인
만큼 얼개가 크고 사건 구성을 다층적으로 이끌려 애썼다. 게다가
작품 곳곳에 토속과 민속 세계를 짙게 드리우면서 가난을 거듭 키울
수밖에 없었던 마을 사람들의 고통스런 삶을 생생하게 담았다. 당산
제를 모신 뒤 둘레 짐승들에게 남긴 공물을 남몰래 올라가 찾아 먹고
배가 아파 뒹구는 할머니의 비명과, 지주에게서 맞아 죽은 고양이를
묻으러 산에 갔던 손자가 오히려 지주 아들이 쏜 총에 놀라 날뛰던
범으로 말미암아 죽게 되는 어처구니없는 비극은 고스란히 당대 민
족 현실의 생생한 보고서이다. 앞으로 뛰어난 소설가로 나아갈 자질
을 잘 온축해 보여 준 작품이다. 게다가 곳곳에 배어 있는 경남 지역
어의 쓰임은 소설을 한껏 생동감 있게 이끈다.

허민의 현실 인식이 든든하게 뒷받침된 「구룡산」과 달리 「어산금
(魚山琴)」은 예술가 소설로 나아가고자 했다.

어느 해 겨울!

아마 동지를 지난, 눈이 며칠을 두고 나리어 짐승이나 사람이 행보하기
어려운 그런 날이었다. 홍류동(紅流洞) 정류소에서 차를 나린 한 여인이
열 살 남짓한 계집애를 앞세우고 눈에 빠지며 절을 향해 걸었다.

그들 두 사람은 가야산에 들어서 '도솔암(兜率庵)'이라는 곳에 몸을
뉘었다. 세상 사연을 뒤로 하고 향주는 깊은 골에서 "고전(古典)에 대
한 연구와 비판에 게으름이 없었고 조선의 풍류(風流)와 아악(雅樂)엔
가끔 침식을 잊고 몰두하여 갔다." 그녀의 꿈은 스승으로부터 받은

악률첩을 완성하여 가야금을 마련하는 것이다. "서릿발 머금은 달빛이 앞산 우에 올라 처마 그림자를 방 속 깊이 던지면 엄하듯 묶은 한을 거문고에 쏟으며, 선배들의 창조법(唱調法)과 탄률법(彈律法)을 따르고 지우고 모아" 가면서 자신의 음률을 완성하고자 했다. 그러다 그녀는 홍류동 골짝 물속에서 "나무 그늘이 투영된 물 아래 고기들이 한가로이" 울렁거리는 모습에서 영감을 받는다. "고기의 몸짓 따라" '창조(唱調)'를 깨닫고 고기의 형상에 따라 가야금을 완성할 수 있게 된 것이다.

> 향주는 침식을 잊고 어형 그린 종이에 정신을 쏟우었다.
> 벌써 그 우에는 악기로서 부분을 따서 이름과 해석을 기입하였나니
> 고기 머릴——'사공(司空)'(허공을 잡다.)
> 눈을——'신문(神門)'(신이 출입함)(주19)[8]
> 등을——'도천(走天)'(온갖 것이 뛰어 놈)
> 배를——'수지(受地)'(사랑을 다 받음)
> 꼬릴——'지정(指情)'(정을 버리지 못함)
> 이라 하였고 삼성(三性)을 가르는 줄은 희성선(喜性線) 비성선을 양편에 두고 묵성선을 화성(和性)이라고도 하여 가운데 두기로 하고 줄을 떠 괴는 괘를 운우(運宇)라 한 다음, 이 악기 이름을 지어 어산금(魚山琴)이라 하였다.

어산금은 높이가 반 뼘, 길이가 석 자쯤 되는 짜임이었다. 설계를 끝낸 향주는 오동나무를 반으로 짜개 "절(節)을 죽이기 위해 진흙에 묻고" 다음 해를 기약했다. 다음 해 향주는 어산금을 다 만든 뒤, 딸

---

8) 원문 주. "주19 이 신문은 구멍으로 하야 음향의 관문을 지음."

과 함께 도솔암을 떠나 속세로 돌아간다. 어머니/딸, 예술/일상, 성/속, 운명/탈운명 사이에 가로놓인 갈등과 고뇌를 잔잔하고 유려한 필치로 그렸다. 해인사에서 교분을 맺었던 김동리의 작품 수준쯤은 질러 앞서겠다는 의욕이 알게 모르게 배어나는 작품이다.

「사장(射場)」과 콩트 「엄마」는 둘 다 진주 지역성을 바탕에 깔고 있다. 「엄마」는 짧으나 소설가로서 허민의 날카로운 눈매와 재질이 아낌없이 드러난 작품으로 읽는이를 마음 저리게 만든다. 비오는 날 노을 녘 전신주에 기대어 아이를 업은 채 구걸하는 여자는 아이의 성가신 보챔에도 한곳만 응시하면서 사람들의 자비를 마냥 기다리고 있다. 그 여자가 "아들의 얼굴을 못 보는" 맹인이었다는 사실이 뒤늦게 밝혀진다.

허민은 비록 많은 소설을 남기지는 않았지만 소설가로서 자신의 존재를 널리 알리는 데에는 모자람이 없을 작품을 선뵈고 있다. 특히 산골의 암울한 현실을 그린 「구룡산」의 토속적인 세계와 예술가소설 「어산금」은 나라잃은시대 후기 우리 소설 자산을 더욱 풍요롭게 한 작품으로 기억되어야 할 것이다.

3) 동화

허민은 동요뿐 아니라 동화를 많이 지었다. 창작에 대한 여러 방향 모색이 동화에서도 한결같았던 셈이다. 그러나 오늘날 확인할 수 있는 동화는 모두 다섯에 지나지 않는다. 「박과 호박」(1937), 「귀뚜라미 산보」(1937), 「소와 닭」(1937), 「작은 새와 열매」(1938), 「숲의 향연」(1938)이 그들이다. 이 가운데서 「숲의 향연」은 원문을 잃어버려 부분만 볼 수 있다. 그리고 이들은 소설과 달리 진주에서 나온 지역 매체를 빌렸다. 주간신문 『중앙시보(中央時報)』가 그것이다. 신문의 짧은 지면에 담기에 짤막한 동화가 어울렸겠다.

허민의 동화는 귀뚜라미가 서술자가 되어 가난하고 병약한 한 아이에 대한 연민을 담아낸 「귀뚜라미 산보」를 젖히고 나면 나머지 모두 우화다. 「박과 호박」, 「소와 닭」은 맞서거나 나란한 두 대상 사이에 가로 놓인 서로 다른 직분과 쓰임새를 일깨우려는 속내를 담았다. 「작은 새와 열매」는 사랑과 헌신의 본질에 대한 허민의 일깨움을 실었다. 한 자리에 붙박여 사는 나무는 거의 모두 새들을 이용하여 씨를 퍼뜨리는 방법으로 번식을 하지 않을 수 없다. 그에 따라 주고받는 두 대상 사이에 아깝거나 고마운 감정이 얽히게 마련이다. 그런 과정에 따르는 마음의 움직임을 새와 나무의 관계를 빌려 담은 작품이 「작은 새와 열매」다.

허민은 여느 작가들과 마찬가지로 자라는 과정에 어린이문학에 깊은 관심을 기울이고 창작을 거듭했다. 그와 친교를 맺고 있었던 선배 이주홍이나 엄흥섭, 손풍산이나 남대우와 같은 동향 작가들과 비슷한 길을 밟은 셈이다. 유족 손에 남겨졌던 육필 동화집조차 어느새 사라진 아쉬운 마당이지만, 그가 더 오래 살았더라면 오늘날 우리가 볼 수 있는 근대 동화문학은 더욱 풍요로웠을 것이다. 지역에 있으면서도 좋은 작가로 자라고자 했던 순수한 열망은 문단 유행에 때 묻지 않은 허민의 맑은 몇 편의 동화가 증명해 주는 바다.

4) 산문·설문

허민은 왕성한 작품 발표 활동을 했던 진주 시절, 산문에서도 적지 않은 19편에 이르는 작품을 발표했다. 그들은 「나의 영록기(迎綠記)」, 「돌아온 실춘보(失春譜)」, 「육로 이천 리: 동룡굴(蝀龍窟), 묘향산 기행」과 같은 본격 수필에서부터 짧은 「설문」에까지 걸친다. 그의 산문에서 눈여겨 볼 점은 크게 두 가지다. 첫째, 그 무렵 문단에 대한 작가 허민의 눈길이다. 지역 작가로서 서울을 중심으로 이루어져 있는 문학사회에 대한 불만과 개인이 시골에서 겪는 문학적 난관들을 조심스럽게 드러내고 있는 솔직한 자리는 귀중하다. 새로운 세대 문학인으로 자라 나가면서 지녔을 문학사회에 대한 의구심과 불안감, 서울 문단에 대한 실망까지 두루 담았다.

첫째 작가의 노력이 적은 원인이겠으나 보담 문단이 가지는 고집적인 경향이다. 왜냐하면 현금(現今)의 문단은 삼 신문과 수 종의 잡지로써 생명을 이어가는 만큼 가위 저널리즘에게 칼자루를 쥐여졌다. 그러기 때문 매명적(賣名的)이고 이기적인 분위기에 쌓여 신진과 중견의 장벽, 평가(評家)와 작가의 대립이란 필연적인 현상을 보이고 있다.
　　　　　　　　　　　─「문단의 고집성(固執性): 독서촌감(讀書寸感)」 가운데서

지역 작가, 신진 작가로서 매체 진입의 어려움, 신구 세대 장벽, 거기다 문학평론 분야의 홀대에까지 마음에 의아스러웠거나 불만스러웠던 점은 한둘 아니었을 것이다. 이러한 허민의 생각은 고스란히 1930년대 중반 이후 젊은 신세대 문학인들이 갖게 된 것과 나란하다. 1940년대 초반까지 서울이 아닌 지역 이저곳에서 적지 않은 동인지나 소모임 매체가 나오게 되는데, 허민의 산문은 그 일을 가능하게 한 신세대들의 생각을 대변하는 지남침이기도 한 셈이다.

둘째, 진주 지역을 중심으로 겪은 도시문화에 대한 깨달음도 눈여겨 볼 일이다. 우리 근대문학 속에서 진주 지역에 대한 특징적인 장소문학적 시각이나 지역성 개발을 위한 단초를 남긴 작가는 많지 않다. 한참 시일이 지나 파성 설창수가 있을 따름이다. 그런 점에서 허민의 수필은 소중하다. 나라잃은시대 경상남도 중심지 가운데 하나

였던 진주의 도시 경관과 삶의 모습이 그의 수필 속에 고스란히 담겼다. 지역문학적 관점에서 중요한 자산인 셈이다.

> 나는 자주 남강(南江)으로 나간다. 그것은 나의 맘의 고향인 때문이다. 고운 정서에 혼곤하고 줄기찬 물의 뜻을 배우려는 의도에서다. 여기서 지난날의 나를 추억하고 논개(論介)를 상상하며 그 시절의 진양(晋陽)을 그리어 보는 것이다. 그럴라치면 문득 나의 가슴엔 진양에 대한 정이 부풀어 오르는 것이다. 아지 못하는 뭇 사람들에게 일일이 말을 하고 싶프고 또 아듬어 보고 싶었다. 참다운 기쁨이란 여기서 출발하는 것이 아닐까?
>
> —「표정(表情)의 애수(哀愁)」 가운데서

스스로 "맘의 고향"이라고 진주를 말하고 있다. 두 해에 걸쳐 머물렀고, 지병에 따른 입원을 하기 위해 오갔던 도시 진주에 대한 시인의 깨달음은 근대에 대한 지식인의 반응으로 넓혀서 생각할 필요가 있다. 아래 작품은 보다 속속들이 도시 진주의 장소성을 담아내고 있어 한 발 더 깊어진 허민의 눈매를 엿보게 한다.

> 약주회사(藥酒會社) '세멘' 벽 앞에 여자들이 들밀며 있다. 손에 소구리 바가지 멜통 사구 등을 가졌다. 낱낱 얼굴들은 한 빛으로 뵈이는 푸르고 누런 것이 섞인 축이다. 연기와 몬지에 시달렸다는 것보다 악착한 인간고를 넘기지 못하는 밑바닥인 생활면의 발악이다. 술찌거미의 숭배자가 또 하나 생겼다. 담(痰)이 있는 사람은 약으로 찌거미를 먹었고 지독한 술꾼은 물을 태워 먹었으나 저 사람들은 한 때 두 때가 아니오, 바로 상식(常食)이 된 것이다. 참으로 우마(牛馬)와 다름없다. 저렇게 숭배자가 많고 보니 도야지에게서 미움을 받을 것이요 또한 그보다 더 비참한 것은 자기

에게 한 목이 돌아오지 않는 때에는 빈 그릇을 아듬고 걸어갈 길이 눈물의 집적(集積)인 것이다.

○

진주교의 번인(番人)이나 사주쟁이나 약주회사 앞의 비극이나 저 태양은 살큼 눈감아 버리고 광휘와 희망과 또한 거기 숨은 각기 사람들의 온갖 감정을 북돋아 준다.

높은 유리창을 열고 축음기를 튼 사람에게도 택시에 몸을 실은 기생과 함께 앉은 이에게도 강둑에 움집을 지어 사는 거지들에게도 이 봄은 반갑지 않을 수 없다.

—「돌아온 실춘보(失春譜)」 가운데서

도시 진주에 대한 허민의 느낌과 반응을 잘 읽을 수 있다. 우마와 다름없이 일본인 약주회사의 담벼락에 붙어 서서 남은 술지게미를 밥으로 얻어먹기 위해 서 있는 이들의 줄을 빌려 도시민, 피식민자로서 겪어야 하는 겨레 구성원의 아픔을 간단명료하게 짚어준다. 가난과 비참은 자신이 살고 있는 산촌 합천뿐 아니라, 도시 진주에서도 다를 바가 없었다. 젊은 시인은 우리가 놓여 있는 삶의 잔혹한 조건에 대한 슬픔을 감추지 않은 셈이다.

4. 허민 문학의 문학사적 의의

허창호 허민은 십 년을 갓 넘긴 짧은 문학 활동 시기에 적지 않은 328편에 이르는 작품을 남겼다. 습작기 작품을 포함한 숫자지만 한 개인이 보여 줄 수 있는 왕성한 창작열과 문학 사랑을 담는 데는 모자람 없는 풍성함이다. 육필인 채로 사라진 것에다 지면을 찾아내지 못한 것까지 넣으면 놀라운 열정을 느낄 수 있다. 그가 오래 살았더라면 우리 근대문학은 얼마나 풍요로워졌을까. 아쉬움을 거듭 삼키지 않을 수 없다. 그러나 완연히 꽃피지 못하고 비록 일찌감치 스러져간 아름다움이었지만, 그는 자신이 지녔던 문학적 역량과 재능을 아낌없이 보여 주고 갔다. 그의 문학이 지니고 있는 뜻을 몇 가지로 나누어 짚어보고자 한다.

첫째, 허민 문학은 소년기에서 청년기까지 한결같이 이어지는 한 작가의 성장 기록을 보여 주는 희귀한 본보기다. 우리 근대문학에 숱한 작가들이 반짝이다 사라져 갔으나, 그들 대부분은 습작기 이후 작품 매체 발표를 중심으로 한 작품이 주종을 이룬다. 그런 점에서 문예창작학 쪽 관점에서 볼 때 작가의 성장이나 그 궤적을 꼼꼼하게 살필 수 있는 본보기를 찾기란 쉽지 않다. 허민의 경우는 온전치는 않지만 다행히 그의 습작기 육필 시집이 남아 우리의 기대와 관심을 채워주기에 모자람이 없다. 이러한 오롯한 성장 기록은 작가를 꿈꾸는 이들이나 문학사회뿐 아니라, 일반인들에게도 훌륭한 경험을 제공한다. 비록 작가 개인의 것이긴 하지만 한 사람의 성장과 성숙의 과정에 대한 다양한 사회학적, 심리학적 접근의 단초를 허민의 작품이 줄 수 있는 것이다. 허민의 작품을 문예창작론 쪽에서 통시적으로 더욱 섬세하게 문제화하고 들여다보아야 할 까닭이 여기에 있다.

둘째, 지역문학지 쪽 의의다. 허민의 문학은 경남 지역의 풍토와 토양에 뿌리를 굳게 내린 작품이다. 그의 시와 소설, 수필은 구체적인 지역을 바탕으로 장소감과 지역성을 담고 있다. 거의 모든 좋은 문학이 그렇듯 그의 작품은 태어나고 살아왔던 풍토학적 뿌리가 든든한 셈이다. 이 점은 다시 둘로 나누어 볼 수 있다. 먼저 그의 작품이 지니고 있는 경남 지역어의 쓰임새다. 허민의 작품 속에는 생생히 살아 있는 경남 지역어가 고스란하다. 우리 근대 일국주의 문학의 경험 가운데서 지역어주의자라 일컬을 수 있는 작가는 많지 않다. 이런 가운데 허민의 문학이 희귀한 본보기로 놓여 있다. 본인 스스로 작가로서 오히려 언어적 약점이라고까지 생각하기도 했던 이러한 생생한 경상도 지역어, 탯말의 세계를 허민 문학을 빌려 맛보는 기쁨은 크다. 근대 일국주의 표준언어가 정착하는 과정에서 빗겨 서서 오늘날 그의 문학은 오히려 지역어 활용의 보고가 된 셈이다.

셋째, 문학지리학 쪽 연구의 중요 대상으로서 지닌 뜻이다. 각별히 진주 지역문학과 해인사 문학을 중심으로 삼은 문학지리학적 자료와 지역성 생성의 몫이 크다. 허민에게 진주는 그의 고향 곤양이나 거주지 합천 해인사 골짝과는 다른 근대 도시였다. 그런 점에서 그의 작품에 다수 드러나는, 도시 삶에 맞닥뜨린 한 청년의 다채로운 마음의 울림은 고스란히 우리 근대를 향한 감각의 한 본보기를 보여 준다. 진주 지역에 대한 문학지리학 쪽 복원이나 상상뿐 아니라, 근대에 대한 작가의 대응까지 엿볼 수 있는 적극적 의의다. 또한 우리 근대 문학에서 사찰 공간의 문학지리학이 가능한 곳은 많지 않다. 영남 지역의 범어사, 통도사, 해인사, 그리고 금강산의 유점사와 건봉사들이 선뜻 떠오를 따름이다. 이 가운데 가야산 해인사는 유엽을 필두로 나혜석, 이주홍, 김범부, 김동리, 노천명, 서정주, 최인욱으로 이어지는 특유의 산중문학을 이루었다. 그리고 그들을 한 고리로 꿰고 있는 핵심이 허민 문학이다.

넷째, 민족문학사 쪽 의의다. 허민의 문학은 한 청년 작가의 자생적이면서도 열렬한 민족 현실 인식을 보여 준다. 그가 드러낸 한국 농촌 현실의 바탕과 삶의 조건에 대한 다채로운 이해와 묘사, 정서적 표출은 매우 값진 일깨움을 준다. 어머니에 대한 사랑에서부터 시작하여 삶의 전반에 대한 물음과 고뇌, 나아가 겨레 현실 밑자리에 대한 다양한 이해는 한 사람이 자라나면서 보여 줄 수 있는 열정적이고도 솔직한 삶의 기록이다. 피식민지 후기 암담한 시대의 역풍과 역광 속에서 그의 민족 현실에 대한 사랑과 폭넓은 관심은 다른 유명 작가들의 도식적인 겨레 현실 인식과 나뉘는 솔직한 경험적 값어치를 지닌다.

다섯째, 허민 문학은 우리 문학의 어두운 시기였던 나라잃은시대 후기의 문단 재구성과 문학을 기워 주는 중요한 뜻이 있다. 나라잃은시대 우리 문학사는 부끄러운 반민족적, 반민적, 공적 집단 문학사회만 돋보였고, 그것을 중심으로 다루어졌다. 그러면서 그 아래 든든하게 뿌리내리고 있었던 민족문학의 저력을 거듭 확인할 수 있는 좋은 본보기가 드물었다. 이러한 까닭에 허민의 작품이 아연 새로운 의의를 띤다. 피식민지 후기 윤동주와 남대우, 심련수와 같은 이들의 발굴이 우리 문학사를 보다 든든하게 기워주었다면, 이들과 나란히 또는 더 위쪽에 허민이 놓인다. 그의 문학은 식민지 후기를 밝히는 매우 든든하고도 치열한 한 불꽃의 실재를 우리에게 아낌없이 보여 주고 있다.

허민의 문학은 이제 알려지기 시작했다. 그에 대한 독자사회의 사랑과 학문 공동체의 관심이 하루바삐 깊고 넓게 이루어져야 하리라. 그런 과정에서 스물아홉 원통한 나이로 세상을 등진 한 불행한 작가의 문학은 온전하게 사랑받게 될 것이다. 그동안 우리 근대문학 연구는 명망가 중심의 학습과 명성 재생산에만 빠지는 인습을 거듭해 왔다. 같은 말만 거듭하면서 이어졌던 근대 문학 이해의 굳어진 인습은 우리 문학사의 폭과 너비를 마냥 좁게 만들었다. 우리 문학이 이원대립적 단순화나 일방적 신화화에 매몰될 수밖에 없었던 까닭이 거기에 있었다. 문학을 고리로 삼은 다채로운 세계 학습, 삶의 진실에 핍진하는 폭넓은 문학의 실상을 향해 눈길이 더욱 넓어지고 깊어져야 했다. 이제 나라잃은시대 후기 허민 문학의 전모가 세상에 들나는 일이 디딤돌이 되어 소수 작가나 주변 작가들에 대한 관심과 사랑이 거듭 깊어질 수 있어야 하리라.

허민, 나라잃은시대 막바지에 막막한 스물아홉 젊은 나이로 세상을 등질 수밖에 없었던 뛰어난 청년 시인. 모든 삶의 고통이 오로지 자신으로만 향하는 것인 양 아득하여 "어둠 속으로 어둠 속으로 손을"(「적야」) 저을 수밖에 없었던 원통한 객혈의 문학이 여기에 있다. 그는 경남 합천 가야산 해인사 골짜기의 반딧불처럼 맑게 살고 밝게 살고 싶었다. 그러나 근대 예속 도시의 피식민성과 피폐에 홀로 더렵혀진 듯이, 이곳저곳 이 마을 저 마을 민족 공동체의 붕괴와 비참을 온몸에 아로새긴 듯이, 허민은 가슴앓이를 하고 창백한 기침을 거푸 뱉었다. 그리고 훌쩍 이승을 떴다. 손이 귀한 집안 삼대독자의 명목이었고, 민족문학의 큰 대들보가 되었을 젊은 시인의 적멸.

허민은 열정적인 젊은이였으며, 재능 있는 지식인이었을 뿐 아니라, 나라잃은시대 막바지 골목에서 광복의 불빛을 향해 한없이 민족 현실을 안고 뒹굴었던 맹렬 문학인이었다. 겨레의 가슴 가슴에 밤낮 없이 좌절과 곤궁과 비참을 내려쏘던 슬픈 역광의 시대를 밝히는, 희귀한 한 반딧불의 길이었다. 우리와 우리의 지난날은 허민이 겪었던 개인적인 슬픔과 통한과는 달리 오래도록 그 반딧불이 이끄는 삶과 문학으로 말미암아 위로받고 행복할 수 있을 것이다. 허민 영가시어. 부디 명목하시라.

4부 거창 문학

전쟁기 김상훈의 미발굴 시

전기수 시와 봄의 변주

전쟁기 김상훈의 미발굴 시

1. 김상훈과 월북

삶터를 떠나 멀고도 낯선 곳으로 옮겨 새 삶을 시작하는 일은 쉽지
않다. 사람마다 삶에 대한 항상성을 지니는 까닭이다. 그럼에도 이저
런 까닭으로 제 터를 떠나 살게 된 개인이나 집단은 예부터 흔했다.
이런 점은 시공간 단축과 이동이 놀랄 만하게 빨라진 이즈음에 와서
도 마찬가지다. 게다가 그 까닭이 사적인 데서 말미암은 게 아니라
민족·이념 경계를 넘나드는 집단 생존 문제로 말미암은 경우라면 뜻
이 예사롭지 않다. 말 같고 생각 비슷한 이들과 어울러 살지 못하고
다른 자리, 높은 경계를 타넘어야 하는 일이니 어려움이 얼마만 하랴.
우리 근대사를 돌아보더라도 민족·이념 경계로 말미암은 이동은 잦
았다.

그 가운데 대표적인 경우가 1945년 을유광복 뒤부터 일어났던 겨레
재편성의 경험이다. 제국주의자에 의한 인력 수탈로 끌려가고 떠돌았

던 이들이 다시 되돌아왔다. 그리고 그들은 나라 안에서 다시 좌우로 갈라져 이념 경계의 벽을 넘어야 했다. 혼란과 폭력, 쟁투의 시간을 집단으로 겪으면서 3·8선은 남북은 발 빠르게 갈랐다. 그런데 그러한 월남과 월북의 혼돈은 당사자의 자의에 따른 것이 아니었다는 데 비극이 더한다. 광복기의 이념 죽 상태는 태극 무늬의 빨강과 파랑을 뚜렷한 배타적 경계로 굳히기 시작했다. 그에 따라 본인의 뜻에 관계없이 개인은 내집단으로 선택되거나 외집단으로 배제되었다.

이제 개인은 어떤 방식으로든 태도 표명을 강요당하지 않을 수 없을 자리로 나앉게 된 셈이다. 그러니 월북을 했든 월남을 했든 이미 그 일은 개인의 뜻과는 관계없는 외부 폭력과 억압에 따른 결과다. 각별히 경남·부산 지역 문학인 가운데서 월북한 이[1]는 거창 김상훈과 합천 박산운·임호권, 울산 신고송이 대표적이다. 그들 또한 그러한 격동의 파고 위를 떠돌다 쫓겨가지 않을 수 없었다. 이들은 월북 뒤, 북한 문학사회에서 1960년대 천리마 시기까지도 이름을 지켰다. 그런 속에서 박산운과 김상훈은 끝까지 살아남은 경우다. 박산운은 궁벽한 경남 합천 초계 들에서 자랐다. 광복기 신예시인으로 이름을 드날리다 1950년 전쟁기에 월북했다.

박산운보다 연배 높은 거창 가조 출신 김상훈도 비슷한 시기에 월북하여 북쪽 체제에 편입되기 위해 애썼다. 그런데 그는 박산운과는 달리 시인으로서보다 한 발 물러서 고전문학 전문가로, 번역가로 자신의 삶을 이끌었다. 두 사람 모두 자연적인 죽음을 맞이했으니 월북 뒤의 삶이 상대적으로 순조로웠다. 나는 일찌감치 거창이 낳은 근대 시기 첫 시인인 청년 김상훈의 광복기 시에 감응했던 바다. 그리하여

---

1) 월북하지 않고 목숨을 부지하거나, 전향해 편입에 성공한 이도 있다. 권환·손풍산·김용호·김병호·이주홍·김정한·정진업과 같은 이들이다. 어떤 이는 월북도 하지 못하고 피살당했다. 하동 남대우가 대표적이다.

시인의 생가에서 내려다뵈는 가조 온천 지구에 시비를 세운 때가 2003년 8월 15일이었다. 그리고 그 일을 준비하는 과정에 김종철 씨를 비롯한 유족의 도움을 받아 동학 한정호 교수와 『김상훈 시 전집』·『김상훈 시 연구』를 내서 건립식 현장에서 지역 사람과 나누는 뜻깊은 행사를 가졌다. 그런 다음 그 일을 한 편의 시로 얹었다.

비계산과 박유산 사이
우두산과 미녀봉 사이
장군봉과 오도산 사이
가조 들품에 일부리가 앉아서

2003년 8월 15일은
김상훈 시비가 일어선 날

함지박 안고 밥 빌러 나간
시인의 어머니가 이제사 돌아왔는지
구기자 빨간 사립이 휘청
박 넝쿨 낮은 담장이 출렁

이승 이쪽을 보고 계신다.

—「저녁달」2)

「저녁달」은 어머니 품을 떠나 양자로 갔던 김상훈이 지녔을 마음자리를 시로 살핀 결과다. 가난과 고통 위를 지렁이처럼 걸었을 어머

---

2) 박태일, 『옥비의 달』, 중앙북스, 2014, 43쪽.

니, 그 모습을 바라보면서 천석꾼의 아들이 된 김상훈은 가족주의 인습에 대한 자각과 새 세상에 대한 열망을 모질게 담금질했을 것이다. 왜 어머니가 광복기 김상훈의 시를 꿰뚫는 한결같은 주도 동기 가운데 하나였던가를 명백하게 알려 주는 일이다. 그런데 2015년, 이제 그가 청년의 꿈을 키웠던 서울 연세대학교 학창에서 문과대학 개설 100주년을 맞아 제대로 된 김상훈 전집을 마련한다고 한다. 자교 출신으로 이름을 얻은 문인이 한둘 아니건만 민족주의 좌파 시인 김상훈에 대한 관심과 현양 노력은 개량적인 연세대학교 학풍으로 볼 때 더 뜻있는 일이 아닐 수 없다.

글쓴이 또한 『김상훈 시 전집』을 성글게나마 엮었던 인연을 지닌 사람이다. 새로운 전집 일을 축하하고 거들 일을 궁리할 입장이다. 그리하여 이 글에서는 재북 시기 김상훈의 미발굴 시 두 편을 세상에 선뵈는 즐거움을 함께 나누고자 한다. 전쟁기 『조쏘친선』에 실은 「어머니 싸우옵소서」와 「경애하는 수령에게 전투적 맹서를 드리자」가 그것이다. 『조쏘친선』은 이제까지 실체가 알려지지 않았던 북한 초기 중요 매체 가운데 하나다. 광복과 전후로 이어지는 '사회주의 대고조' 시기, 북한이 '친선과 우의'를 내걸고 선진 소련을 중심으로 사회주의권과 국제주의 교류 활동을 떠맡은 곳이었다. 거기서 월간으로 낸 기관지가 『조쏘친선』이다. 그 안에는 문화 예술 부문 번역물을 중심으로 북한의 문인, 예술가의 조소 관련 정론이나 작품이 꾸준히 실렸다.3)

---

3) 1945년 12월에 만들어진 조쏘문화협회는 중국의 '중쏘우호협회'와 마찬가지로 '조쏘' 사이 민군관의 사회, 문화, 정책 교류를 맡기 위해 만든 핵심 기구였다. 김상훈이 작품 둘을 실었을 때 위원장은 이기영, 책임주필은 임화가 맡았다. 월북한 임화가 해주를 거쳐 북한 문학사회 권력장 안에서 화려하게 활동하고 있었을 때다. 『조쏘친선』의 얼개는 비슷하게 이어졌다. '론설', '쏘련군대에서 배웟다', '평화의 원수들', '쏘련의 문학예술', '쏘련 작가 소개', '시', '소설', '로어 교실' 들의 순서가 그것이다.

이제껏 김상훈의 전쟁기 작품은 모두 11편이 알려져 왔다. 아내 류희정이 냈던『흙』에 실린 것이다.4) 이 글에서 소개하는 작품으로 말미암아 그 수가 더한다. 여기에서는 새로 두 편을 더하면서, 이들이 지니고 있는 뜻을 가능하면 다양하게 읽도록 할 생각이다. 광복기에 뜨겁게 피어올랐으나 월북과 더불어 삶의 불길을 긴 세월 조용히 그러나 오래도록 뉘며 살다간 김상훈 시인이다. 아무쪼록 그에 대한

'위대한 친선의 기치 밑에서'라는 난을 마련해 기행시나 기행문(방문기), 친선 소설을 꾸준히 실었다. 정론과 소련 관련 번역물, 그리고 문화 소개와 같은 자리로 짜인 셈이다. 이제까지 학계에서 이름만 알려져 온 정도였던 이것에 대해 남원진이 국내외 소장처를 처음 갈무리했다. 글쓴이는『조쏘친선』에 실린 임화의 평론을 발굴, 소개해『조쏘친선』에 대한 본격적인 연구의 필요성을 널리 알렸다. 남원진, 「북조선 문학의 연구와 자료의 현황」,『이야기의 힘과 근대 미달의 형식』, 도서출판 경진, 2011, 63~70쪽. 박태일, 「전쟁기 임화와『조쏘친선』의 활동」,『국제언어문학』30호, 국제언어문학회, 2014, 253~292쪽. 박태일, 「전쟁기 임화의 미발굴 시 이본 두 편」,『근대서지』9호, 2014, 516~545쪽.

4) 김상훈의 전쟁기 시 작품은 시집『흙』에 실린 것으로 오늘날 확인이 가능하다. '전호에서 부르는 노래'라는 제목 아래 실었던 3부의 작품 11편이 그것이다. 곧「나의 노래여, 불길이 되라!」,「배낭의 노래」,「습격조의 노래」,「봄비」,「용사들」,「소녀 빨찌산」,「훈장」,「별」,「안해에게」,「가자, 총을 메고」,「남쪽 땅아」다. 김상훈,『흙』, 문예출판사, 1991. 허경진이 마련한 김상훈 작품집 죽보기(미공개)에 따르면 전쟁기에 '장편 수기'『인민 복수자들』(청년출판사, 1952)을 냈다고 한다. 그런데 당시 '청년출판사'는 없었다. 민주청년사를 잘못 적은 것으로 보인다. 전후 오래도록 김상훈의 작품 발표는 볼 수 없다가 1958년『조선문학』129호(1958년 8월 호)에 이름을 올렸다. '전원 시초' 시 3편,「물」,「불빛」,「집들이」가 그것이다. 그 뒤로도 작품 발표는 띄엄띄엄 이어졌다. 그들을 모아보면 아래와 같다.「두메 산골」,『조선문학』 140, 1959.4, 68쪽.「봄」,『조선문학』157, 1960.9, 85쪽.「안해의 기대 앞에서」,『조선문학』157, 1960.9, 85쪽.「황금의 산」,『조선문학』159, 1960.11, 101쪽.「당신이 주신 해'빛 아래」,『조선문학』162, 1961.2, 76쪽.「다함없는 영광을: 우리는 당대회에 드릴 선물로 대형 에야 함마를 설치하고 있다」(단조공의 노래),『조선문학』167, 1961.7, 74쪽.「회당기모임」(단조공의 노래),『조선문학』167, 1961.7, 74~75쪽.「가열공 아바이」(단조공의 노래),『조선문학』167, 1961.7, 75~76쪽.「작별」(단조공의 노래),『조선문학』167, 1961.7, 76쪽.「함마야 울려라」(단조공의 노래),『조선문학』179, 1962.7, 69쪽.「후야로」(단조공의 노래),『조선문학』179, 1962.7, 69~70쪽.「인계」(단조공의 노래),『조선문학』179, 1962.7, 70쪽.「멋진 총각」(단조공의 노래),『조선문학』179, 1962.7, 71쪽.

이해와 관심이 더하기를 바란다.

2. 「어머니 싸우옵소서」의 종군 체험과 어머니

김상훈의 「어머니 싸우옵소서」는 1951년 『조쏘친선』 9월 호에 실렸다. 김상오의 시에다 임화의 평론이 함께한 자리였다.[5] 먼저 전문을 아래 보인다. 시줄 앞의 원문자 번호는 글쓴이가 붙였다.

① 조국의 하늘에 격분이 차 있습니다
  정든 땅 위에 피가 흥근히 젖었습니다
  어머니 싸우고 게시옵니까
  이리 떼 같은 원쑤들 속에서도
  어머니는 싸우고 게시옵니까

② 떠러진 치마를 떨처 입고
  흰 머릿털을 휘날리고
  편지 읽듯이 혁명가를 외이며
  시위행렬에 뛰어 들던 어머니

  돌 팔매를 맞고
  젖가슴이 찢기우면서도

---

5) 번역물 말고, 북한 쪽 글쓴이가 쓴 글은 아래와 같다. 임화, 「쏘련은 세계평화와 인민들의 자유의 기수이다」(정론). 김순남, 「복수를 위한 싸움의 불길 속에서」(산문). 김상오, 「그대에게 알린다 나는 싸우고 있다」(시). 이 가운데서 임화의 글은 다른 그의 글과 함께 이미 소개했다. 박태일, 「전쟁기 임화와 『조쏘친선』의 활동」, 앞서 든 책, 253~292쪽.

나의 아들들은 바른 일을 했다고
끝까지 버티던 용감한 어머니

수색과 미행에 돌리운 동무들을
따뜻이 먹이고 지성으로 감춰주던
공화국 소중한 아들들이
혁명의 어머니라 부르던 어머니

어머니여
싸우고 계시옵니까
진정으로 당신은
누가 원쑤임을 알고 게시옴에
오직 심장보다 소중히 애끼고
사랑하던 이 아들을
말없이 조국 전선에로 보내시던 어머니

"부대 나가서 불칙한 놈들을 없애 치우고 조국이 통일되거든 지체 말고
돌아오너라 어미는 죽지 않고 기다리고 있겠다"

주름살 많은 얼골에
눈물은 흐르지 않아도
두 손이 와들와들 떨리며
나를 보내시던 어머니

③ 어머니도 싸워야 하겠습니다
살부치와 집과 재산을

남김없이 불태워 버리고
이 땅 슬기로운 아들딸들을
풍운 만들려는 흉악한 원쑤를
낫이면 낫, 갈퀴면 갈퀴
식도면 식도로 뭇찔러야 하겠습니다

짐승과 같은
짐승이라도 사람의 피만 먹는
독사나 승냥이 같은
미국 놈의 피 묻은 손목을 짤라버려야 하겠습니다
도야지 같은 기름진 배때기에
날카로운 칼날을 박아야겠습니다

어머니 저는 보고 있습니다
이가 빠지고 허리가 가늘어져
그래도 눈알에는 쌍심지를 켜고
원쑤를 향해 달겨드는 모습을
노한 노한 어머니의 모습을
저는 밤밤이 꿈꾸고 있습니다

어머니가 목마르게 그리울 때마다
가슴속 깊이 어머니를 불러
조국에의 충성심을 불러 이르킵니다

조국 그것은 나의 어머니외다
어머니 그대는 나의 조국이외다

조국의 땅을 밟아 가면
거기는 어머니의 젖가슴이외다
산과 들에서
바람과 빗발 속에서
나의 목숨을 건
어려운 싸움이 있을 때마다
어머니는 머얼리서 저를 불러 주셨습니다
그것은 조국의 목소리였습니다

④ 어머니
빨리 싸워 이기고
당신의 말씀대로
지체하지 않고 가겠습니다

저는 빨찌산의 대렬 속에서
버젓이 총을 메었습니다
낙동강 소양강의 거친 물결과
오대산 치악산의 세찬 바람에
얼굴은 거칠어지고
두 다리는 쇠같이 강해져서
이 세상에서
가장 용감한 사람들과 함께 갑니다

조국이 통일되는 날 어머니 앞에
원쑤를 쏘아 죽인 정든 총대와
생사를 같이 한 억센 동무들을

자랑스리 보여 드리겠습니다

⑤ 승리의 날도 머지않았습니다
  이 땅이 싱싱히 살아나는 날까지
  어머니여 용감히 싸우옵소서
  그것은 저에게로 오는 길이옵니다
  저도 용감히 싸우겠습니다
  그것은 어머니에게로 가는 길이옵니다

                    (빨찌산 시첩에서)

                              ―「어머니 싸우옵소서」6)

  당대 북한시의 흐름을 좇아 다소 긴 16토막 연시(聯詩)다. 내포 화
자(implied speaker)는 '나', '이 아들' 또는 '저'로 드러난 말할이다. 그러
한 1인칭 말할이가 말을 건네는 내포 청자(implied hearer)는 '어머니',
또는 '그대'다. 말하자면 아들인 내가 어머니에게 말을 건네는 들을
이 지향의 목소리를 갖춘 시다. 따라서 건네는 말의 속살에 따라 16
토막은 5개 단락으로 다시 묶을 수 있다. 그것을 보이면 아래와 같다.

  ① 단락(1토막): 싸우고 있을 남쪽 고향 어머니를 향한 안부
  ② 단락(2~7토막): 혁명의 시위 행렬을 이끄시고, 의연히 아들을 전선에
    보내신 과거 어머니의 투쟁상
  ③ 단락(8~12토막): 어머니와 조국의 동일성을 통한 어머니의 역할 강조
  ④ 단락(13~15토막): 빨지산으로 싸우고 있는 현재 나의 투쟁상
  ⑤ 단락(16토막): 승리의 날을 향한 어머니와 나의 공동 다짐

---

  6) 『조쏘친선』 9월 호, 조쏘문화협회, 1951, 50~51쪽.

①의 어머니에 대한 안부와 ⑤의 승리의 날까지 함께 싸우자는 다짐을 두 끝으로, 그 안쪽에 어머니의 과거 투쟁상, 현재 빨지산으로 싸우고 있는 나의 투쟁상을 ②와 ④에 보이고 있다. 그리고 그 가운데 어머니는 조국과 한몸이라는 어머니의 역할을 부각시키고 있는 ③이 놓인다. 그리하여 제목 그대로 전선에서 싸우고 있는 아들과 마찬가지로 승리의 날을 위해 고향의 어머니도 함께 싸우자고 시인은 역설한다.

그런데 발화 방식으로 볼 때 재미있는 점이 눈에 뜨인다. 말할이가 '저'와 '나' 어느 하나로 통일되지 않고, 들을이 또한 '어머니'와 '그대' 또는 '당신'으로 나뉜 점이 그것이다. 다시 말해 이 작품은 내포 시인(implied poet) 김상훈의 실제적인 내적 인격체인 '저'가 실제 '어머니'인 내포 독자(implied reader)를 향한 사적 발화 방식이 아니라는 뜻이다. 그 점이 내포 화자와 내포 청자 표기에 있어서 '저'와 '나'의 분리, '어머니'와 '그대/당신'의 분리를 가져오게 한 셈이다. '내'가 어머니를 '그대/당신'으로 부르는 평칭의 목소리에서 보는 바와 같은 공적인 관계도 아울러 존재한다. 이 작품의 말할이 '나'는 시인 김상훈 자신이면서도 숱한 빨지산 전우를 대표한다. 아울러 들을이 '어머니' 또한 김상훈 개인의 어머니면서도 전우 모두의 '어머니'라는 집단적 대표성을 지닌다. 이렇듯 발화 방식에서 오는 사/공, 개인/집단의 이중성이야말로 전쟁기 당대 시인 김상훈과 개인 김상훈 사이의 심리적 거리를 엿보게 하는 한 징표라 할 만하다.

이러한 밑그림을 깔고 「어머니 싸우옵소서」의 됨됨이를 몇 가지 짚어 보기로 한다. 첫째, 김상훈의 생애와 관련한 일이다. 그의 월북 초기 삶과 활동에 대해 알려진 것은 많지 않다. 그는 1949년 11월에 국민보도연맹에 가입하여 전향했다. 그러다 전쟁 발발 뒤인 1950년 8월에 의용군에 입대, 종군작가 신분으로 전선으로 나갔다. 1950년

9월 서울 수복 뒤 유엔군에 쫓겨 월북했다.[7] 그런데 이 시를 빌려 이제껏 알려져 왔던바 그의 종군 활동을 확증 지을 수 있게 되었다. 작품 맨 뒤에 '빨찌산 시첩에서'라 붙인 곁텍스트가 그 점을 일러 준다. 그런데 이에도 두 가지 반론 가능성이 있다. 먼저 '빨찌산 시첩'이 을유광복 이전 포천 발군산을 중심으로 했던 빨지산 투쟁 경력으로 말미암은 결과물일 수 있다는 생각이다. 그런데 이 점은 본문에 드러나 있는 것처럼 빨지산 투쟁 대상을 살피면 금방 참이 아님을 알 수 있다. 곧 "조국의 통일을 가로막는" "독사나 승냥이 같은/미국 놈"으로 밝히고 있는 까닭이다. 자신의 지난날 빨지산 체험을 시화한 작품에서 고른 것이 아님이 확실하다.

다음으로 시인이 전선의 인민군 병사들과 함께하고자 하는 소망적 사고를 담았을 가능성이다. 다시 말해 "저는 빨찌산의 대렬 속에서/버젓이 총을 메었습니다/낙동강 소양강의 거친 물결과/오대산 치악산의 세찬 바람에/얼굴은 거칠어지고/두 다리는 쇠같이 강해져서/이 세상에서/가장 용감한 사람들과 함께 갑니다"라는 진술에 나오는 "낙동강 소양강", "오대산 치악산"의 전투 장소를 김상훈이 손수 겪었을까라는 반문이 가능한 까닭이다. 왜냐하면 이 작품에서 '낙동강'이라는 장소 제시는 뒤에 나오는 '소양강'과 '오대산', '치악산'과 함께 전형적이고도 대표적인 북한 전쟁사의 요충지라는 뜻을 지닌 평칭으로 읽을 수 있기 때문이다. 그럼에도 큰 틀에서 낙동강 전선에서부터 퇴로였던 백두대간 빨지산 경로를 따라 이어졌을 김상훈의 종군 체험 사실 자체를 부정할 수 있을 정도는 아니다.

이미 이 작품이 발화 방식에서 사/공, 개인/집단의 이중적인 담화체를 만들고 있다는 점을 살폈다. 이 일은 작품 속에 나오는 경로의

---

7) 박태일, 『김상훈 시 전집』, 앞서 든 책, 326~327쪽.

종군 체험을 뒷받침해 주는 터무니일 수도 있다. 시 작품 발표는 시인 자신이 북한과 북한 문학사회에 편입해 있는 공개적인 체제 정위 선언일 수 있다. 게다가 목숨이 오가는 전쟁 체험이다. 그런 중요한 사실에 대해 문학적 과장이나 사실과 어긋난 진술을 펼쳤을 리는 없다. 따라서 작품 끝의 곁텍스트 '빨찌산 시첩에서'라 적은 바를 그대로 따르는 것이 옳다. 김상훈은 큰 틀에서 낙동강 전선과 3·8선을 넘나드는 백두대간 경로를 따라 종군했다는 사실이 명백하다. 그리고 그 일은 월북 뒤 「어머니 싸우옵소서」가 발표된 1951년 9월 이전까지 이어졌을 수도 있다. 그런 과정에서 짧은 기간이나마 정치학교에서 사상 재학습까지 받았을 것이라 보는 게 자연스럽다. '어머니 싸우옵소서」를 빌려 김상훈의 재북 초기의 삶을 재구성할 수 있는 빌미를 얻게 된 셈이다.

둘째, 작품의 내포 청자인 '어머니' 모티프 수용 문제다. 이 작품은 앞에서 말한 바와 같이 '어머니'를 목소리 높여 부르고, '어머니'를 향한 권고를 직설적으로 담은 들을이 지향의 시다. 그러므로 '어머니'의 정체가 무엇인지, 그것이 어떤 뜻을 지니는지를 살피는 일은 이 작품을 두텁게 읽는 눈이 됨 직하다. 그런 까닭에 장황하지만 '어머니' 모티프의 원천을 살필 필요가 있다. 이에는 세 가지를 생각할 수 있다. 첫 번째, 자전적인 어머니 상이다. 두 번째, 전대의 문학 관습으로서 어머니다. 세 번째, 전쟁기 당대 북한시의 주류 모티프로서 어머니의 수용이 그것이다.

첫 번째, 자전적인 어머니 상의 수용이다. 알려진 바와 같이 김상훈은 어린 나이에 백부 집 양자로 갔다. 후사가 없었던 천석지기의 고육지책이었다. 호의호식을 하면서 지냈으나, 행복할 수 없었던 그다. 그러한 자신과 달리 아들을 양자로 빼앗긴 어머니는 매우 빈한한 삶을 살았다. 김상훈으로서는 부자의 봉건적인 인습과 행태에 대해

깊은 저항심과 적개심을 키웠을 것이다. 게다가 백부는 뒤늦게 아들을 보아 양자인 김상훈의 처지가 순탄치 않았을 마당이다. 갖은 마음 고생 속에서 김상훈에게는 고난 받는 어머니, 봉건 인습에 희생당한 어머니 상이 각인되었을 수 있다. 그의 가족시 전반에 두텁게 드러나고 있는 모성에 대한 강조의 밑바탕에는 이러한 자전 체험이 깊이 도사리고 있는 셈이다. 그리고 이 점은 「어머니 싸우옵소서」의 발화 방식에서 본 바와 같이 '나'와 '저'의 이중적 쓰임에서 이미 엿본 바다. 김상훈 시의 서정 주체는 자전적인 어머니 상에 기울어질 때는 '저'를 쓰고, 보다 공적 객체로서 어머니를 끌어 올 때는 '나'라고 자신을 일컬었다. 따라서 「어머니 싸우옵소서」에서도 작품의 가장 밑자리에는 자전적인 어머니 상이 놓여 있다고 봄이 옳다.

두 번째, 전대의 문학 관습으로서 어머니 주도 동기의 수용이다. 이 점은 사회주의 현실주의 소설을 완성한 작가로 알려진 막심 고리끼의 작품 『어머니』의 독서 유행과 궤를 같이한다. 고리끼의 『어머니』는 이미 왜어 중역이었지만 우리 지식사회에 널리 읽혔다.[8] 그것은 1930~1940년대 우리 소설의 중요 원천으로 작용하기도 했다. 게다가 사회주의 현실주의에서 싸우는 어머니 모습은 1930년대 후반 왜로 제국주의에 의한 이른바 '국민총력운동' 시기에도 '신체제' 수립과 '성전' 승리를 위해 '후방보국'하는 어머니 상으로 탈바꿈했다. 사회주의 현실주의의 어머니는 비슷한 논리에서 전체주의 국가 동원의 도구로 채용되었다. 그리고 그것은 을유광복 뒤 다시 혁명하는 어머니 상으로 이어졌다.[9] 「어머니 싸우옵소서」의 ②단락 "떠러진 치마

---

8) 임화, 「조선문학 발전 위에 끼친 막씸 고리끼의 거대한 영향」, 『조쏘친선』 7월호, 1951, 37~40쪽.

9) 각별히 나라잃은시대 후기 이른바 조선총독부의 신체제 복무와 관련한 어머니 관련서는 아래와 같은 것이 있다. 송암, 『동서 현모열전』, 명문당, 1943. 김상덕 엮음,

를 떨쳐 입고/흰 머릿털을 휘날리고/편지 읽듯이 혁명가를 외이며/ 시위행렬에 뛰어 들던 어머니"의 모습이 그것이다. 사회주의의 어머 니이면서 김상훈의 가족시에 드러나는 중요 균형추였던 모습이다.

세 번째, 전쟁기 당대 북한시에 등장하는 어머니 모티프와 같은 가지로 볼 수 있다. 「어머니」의 수용이 체제 내적 표지일 수 있는 까닭이다. 고리끼의 『어머니』는 광복기 북한에서 활발하게 수용되었 다.10) 그 점은 전쟁기에도 마찬가지다. 당대 전쟁 수행을 위한 후방 지원의 중심 가운데 하나로서 어머니와 주부 역할을 강조하였다. 김 상훈의 「어머니 싸우옵소서」 또한 그러한 당대 시적 관습을 차용했 다고 볼 수 있다. 그리고 그 모습은 후방에서 조력하는 어머니 상과 맞물려 있다.11) 다만 다른 시인의 어머니와 차이가 뚜렷하다. 후방에

『안해의 결심』, 홍문서관, 1943. 김상덕, 『어머니 독본』, 남창서관, 1944. 김상덕, 『어머니의 힘』, 남창서관, 1944. 박영랑, 『산업전사의 안해』, 조선출판사, 1945. 장문 경, 『가정보건독본』, 성문당서점, 1943. 『軍神の母』, 경성일보사, 1942.

10) 사회주의 현실주의 소설을 완성했다고 일컬어지는 고리끼에 대한 관심은 북한문학 으로 볼 때 마땅한 길이었다. 광복을 맞자 남북한에서 고리끼 문학 소개가 봇물을 이루었지만 북한 쪽 정도가 훨씬 더했던 점은 자연스럽다. 그런 흐름은 전쟁기까지 거듭했다. 현재 확인할 수 있는 광복기와 전쟁기 고리끼 번역 작품집이나 관련서는 10종을 넘는다. 그 가운데서 소설 『어머니』의 경우는 꾸준히 되씹었다. 강정희 옮 김, 『어머니』, 조쏘문화협회, 1949. 강정희 옮김, 『어머니』(상), 조쏘문화협회, 1950. 강정희 옮김, 『어머니』(하), 조쏘문화협회중앙위원회, 1951. 박태일, 「전쟁기 임화와 『조쏘친선』의 활동」, 『국제언어문학』 30호, 국제언어문학회, 2014, 11쪽.

11) 전쟁기 북한시에 담겨 있는 어머니 상을 두루 따지는 일은 이 글을 벗어나는 다른 일거리다. 거칠게 훑어 보면 셋으로 나눌 수 있다. 조기천의 「조선의 어머니」와 같 은 작품에서 보는 바와 같이 전장에 아들을 보내고 후방에서 승리해 돌아오기를 염원하는, 후방에서 희생하는 전통적인 어머니 상이 그 하나다. 정문향의 「병사와 어머니」와 같은 작품에서 보는 바와 같이 전투 현장의 병사들을 내 아들 같이 감싸 안으며 후방 지원을 실천하고 있는 어머니 상이 두 번째다. 세 번째는 민병균의 「두 어머니」와 같은 데서 보이는 바, 국제주의 연대 아래서 북한을 지원하고 있는 사회주의 국가들의 지원군 어머니 상이다. 조기천, 「조선의 어머니」, 『평화의 노래』, 문화전선사, 1952, 160~163쪽. 정문향, 「병사와 어머니」, 『위대한 승리』, 문예총출 판사, 1953, 160~163쪽. 민병균, 「두 어머니」, 『평화의 노래』, 앞서 든 책, 84~93쪽.

서 전사를 돕거나, 희생을 감내하고 기다리는 수동적인 어머니가 아닌 까닭이다. 김상훈의 「어머니 싸우옵소서」에서는 아들과 마찬가지로 적극적으로 싸우는 어머니를 담았다. 그런 점에서 같은 월북 시인이면서 남쪽 고향의 어머니를 향한 들을이 지향의 목소리를 같이 내고 있는 박세영의 것과 견주어 보면 그 점이 잘 드러난다.

불길 속에 자란 아들은
인민군대의 영예를 지니고
미제 날강도에게
명중의 불을 뿜습니다.

-(줄임)-

어머니 지금은 어데서 떨고 계신지!
그러나 오래지 않아
아들은 돌아갈 겝니다
조국의 독립과 평화가 오는 날
저는 남쪽 바닷가 내 고향으로
어머니를 찾아 갈 겝니다.

그때는 보다 더 몰라보게 되드래도
어머니는 아들의 얼굴을
어릴 때처럼 쓰다듬어 주시리니
승리와 더불어 돌아갈 아들을
어머니시여 기다리시라.

—박세영, 「어머니시여」 가운데서12)

전선에서 남쪽 고향에 계실 어머니를 그리워하는 짜임새를 지닌 시다. "어머니 지금은 어데서 떨고 계신지"라며 시인이 궁금해 하고 있는 어머니는 승리하고 돌아갈 아들을 기다린다. 후방 고향에서 소극적으로 기다리는 모습인 셈이다. 김상훈의 싸우는 어머니 상과는 뚜렷하게 나뉜다.

앞에서 본 바와 같이 김상훈의 「어머니 싸우옵소서」에서 담겨 있는 '어머니' 모티프는 개인적 심층에서부터 전대의 문학 관습에다 전쟁기 당대의 정책적 고려라는 공적 층위에 이르는 여러 겹의 중첩적인 정체를 지닌다고 볼 수 있다. 그것들이 공시적으로 마련한 다채로움이야말로 「어머니 싸우옵소서」의 어머니 상이 지닌 울림을 크게 이끄는 힘이다. 그리고 그들의 궁극은 오래도록 거듭해 온 문학적 수사 가운데 하나였던 어머니와 조국의 동질성 확인에 있다.

> 조국 그것은 나의 어머니외다
> 어머니 그대는 나의 조국이외다
> 조국의 땅을 밟아 가면
> 거기는 어머니의 젖가슴이외다
> 산과 들에서
> 바람과 빗발 속에서
> 나의 목숨을 건
> 어려운 싸움이 있을 때마다
> 어머니는 머얼리서 저를 불러 주셨습니다
> 그것은 조국의 목소리였습니다

---

12) 『평화의 초소에서』, 문화전선사, 1952, 94~102쪽.

월북 시인 김상훈에게 있어 어머니에게로 가는 길은 사회주의의 승리로 통일된 남한으로 돌아가는 길이며, 어머니를 만나러 가는 귀향 길이다. 그 길은 지나간 자신의 정체성을 되찾는 걸음이기도 하다. 용감히 싸우는 자신과 용감히 싸우는 어머니, 그 둘의 뜨거운 만남의 자리야말로 이른바 사회주의의 승리, 조국 해방의 날인 셈이다. 그 날을 바라며 김상훈은 「어머니 싸우옵소서」에서 지나간 광복기 시에서 자주 썼던 짐승 알레고리를 한결같이 거듭하면서도, 그 무렵 시에서는 보기 힘들었던 드높은 적개심과 분노를 "미제 원쑤"를 향해 쏟아냈다. 총력 전쟁이라는 엄혹한 국가 동원의 옥죄인 현실 아래서 북한 사회에 안정적으로 체제 내화를 이루어야 했을 시인의 의지와 노력이 담긴 바리라. 그 일을 위해 「어머니 싸우옵소서」에 담긴 빨지산 종군 체험과 고향의 어머니를 향한 뜨거운 염원은 좋은 터무니가 된 셈이다.

3. 「경애하는 수령에게 전투적 맹세를 드리자」의 체제 헌신

「경애하는 수령에게 전투적 맹서를 드리자」 또한 이제껏 알려지지 않았던 김상훈의 작품이다. 이 시가 실린 1952년 『조쏘친선』 2월호에 북한 쪽 글쓴이는 김상훈 한 사람뿐이다. 먼저 전문을 아래에 보인다.

① 조국 산
　조국 산하가 남북으로 갈려
　신성한 강토에 피가 흐르고
　원쑤의 가슴팍을 겨눈

우리들의 총검이 아직도
도적을 뭇찔러 없이하지 못한 이 날
요란히 울부짖는 풍설과 함께
봄보다 먼저 2·8절이 왔다

전우들이여
살점 어이는 산맥에서나
더운 피 뿜긴 전호에서나
모다 일제히 총창을 세우라
경애하는 우리 수령 앞에
조국의 이름으로 맹세를 드리자

② 두 가을과 또 두 겨울
목숨을 건 원쑤와의 싸움에서
우리의 대렬은 피로 다져지고
우리의 투지는 철벽으로 굳어졌다

경기도 경상도 천 리 진격과
락동강안의 장렬한 싸움과
흰 눈 길에 넘치는
태백산 가리산 어려운 방어에서
장병들의 얼골은 포연에 끄실렸고
총신은 이미 불같이 달았다

아들을 부르는 어머니의 목소리와
남편을 기다리는 안해의 마음과

강도의 발밑에서 몸부림치는
어린 아이들의 자지러진 우름 속에
우리의 심장은 아프게 뛰였고
우리의 분노는 솟구쳐 올랐거니

미국 놈을 찌르는 우리의 날창이
한 친들 어찌 어긋남이 있으며
포화 겹겹 앞을 막아도
고지를 넘는 우리의 발길이
시각을 어찌 지체할 것이냐

산산이 허무러진 그리운 집들과
낟가리 어지러히 깔려 있는 마을
전우를 묻고 온 이름 모를 언덕과
피로 지켜내던 수많은 고지
비록 한때일망정
원쑤의 발밑에 깔린
우리의 산하가 목마르게 부르고
피젖은 강토가 몸부림치며
원쑤를 갚아 달라 우리에게 소리친다

③ 포야 울어라
   미국 도적들의 가슴팍을 밀어
   땅크여 달려라
   령해 바다 거센 파랑을 차고
   함대여 불을 뿜어라

불굴한 인민의 위력 자랑하는
하늘에 가득찬 자랑스런 매들아
고향 산하에 승리의 기억을 뻗치라
대지와 같이 굳센
우리의 힘을 무엇으로 헤아릴 것이며
태양과 같이 뚜렷한
우리의 승리를 누구가 의심할 것이냐

장백산 봉우리마다를 피로 적시며
10년 하로같이 왜적을 뭇찔르고
조국의 자유를 기빨처럼 지킨
김일성 장군의 찬란한 전통이
우리의 혈관으로 도도히 흐르고

신선한 조국의 부름 앞에
죽엄이 즐거운 조선 청년의
자랑스런 심장이 독아니로 끓으며
3천만 인민의 피맺힌 사랑이
우리를 도와 목숨을 애끼지 않는다

우리의 뒤엔 저 위대한 벗
쏘련 인민이 철옹성으로 서 있고
우리의 곁에는 용감한 전우
중국 형제들이 앞으로 나아가고

자유와 정의를 사랑하는

세계 모든 선진 인류의
불 같은 정권과 태양 같은 원조가 있다

④ 전우들이여
무엇이 우리를 두렵게 할 것이며
무엇이 우리를 멈추게 할 것이며
어떠한 원쑤가 감히 죽엄없이
우리의 앞을 막을 것이냐

우리의 싸우는 이날이
자손만대 영광의 ○13)원이 되고
우리들이 피 흘린 이 땅이
세계 인류의 평화의 보루가 되고
우레로 비낀 개가와 함께
조국을 불러 승리를 고하는 날
죽은 이도 산 이도 없이
우리들 모두 영웅이 되고
우리들 자랑이 불멸하기 위하여

산악과 평야와
하늘과 바다에서
장병들이여 수풀과 같이
우리의 자랑스런 총창을 들어라
경애하는 우리의 수령 앞에

---

13) 원문 확인이 어렵다.

전투적 맹서를 드리자

―「경애하는 수령에게 전투적 맹서를 드리자」14)

모두 15토막의 연시다. 앞의 「어머니 싸우옵소서」와 마찬가지로 긴 진술로 이루어졌다. 재미있는 사실은 발화 형식에서 「어머니 싸우옵소서」와 차이가 난다는 점이다. 내포 화자는 1인칭 '나'가 아니라 '우리', 또는 '우리들'이다. 집단 주체인 셈이다. 거기다 내포 청자 또한 '전우들'이다. 따라서 담화 형식은 인민군 용사인 '우리'가 '우리' 인민군 용사에게 말을 건네는 모습이다. 그리고 속살은 첫 토막에서 드러난 바와 같이 2·8절,15) 곧 인민군 창군 기념일을 맞이하여 김일성 "수령에게 전투적 맹세를 드리자"는 권고로 이루어졌다. 「어머니 싸우옵소서」와 같은 들을이 지향의 목소리다. 작품의 속살은 다시 몇 단락으로 묶을 수 있다.

①단락(1~2토막): 2·8절을 맞아 수령에 대한 충성 맹서의 권유

②단락(3~7토탁): 단련된 전투력으로 적을 향한 돌진의 급박함

③단락(8~12토막): 김일성 수령의 전통과 인민, 사회주의 동맹국의 지원으로 이루어질 전쟁 승리의 필연성

④단락(13~15토막): 승리를 위해 수령을 향한 충성 맹세의 권유

①단락과 ④단락은 주제를 거듭 드러낸 자리다. 인민군 창군 기념

14) 『조쏘친선』 2월 호, 조쏘문화협회, 1952, 38~39쪽.

15) 북한의 인민군 창설 기념일은 1948년 2월 28일이다. 그러다 1956년 종파 사건 이후 일성 체제로 전환하면서 그 앞 시기부터 인민군의 모태가 있었다는 생각으로 바뀌었다. 일성이 안도유격대를 만들었다고 일컬어지는 1932년 4월 25일이 그것이다. 그리하여 1978년부터 인민군 창설 기념일로 확정, 갖가지 기념행사를 벌이고 있다.

일을 맞이하여 전쟁 승리를 위해 전우들에게 전투를 독려하고, 인민군을 이끄는 김일성 수령에게 충성을 다짐하자는 권유가 그것이다. 따라서 전쟁기에 거듭 쓰였던 김일성 송가 양식을 따르고 있다. 다만 찬송의 명분으로 2·8절을 내세웠을 따름이다. 이 작품을 빌려 김상훈의 개인지를 알 만한 정보는 얻기 힘들다. 집단 주체라는 양상이 그 점을 가로막고 있다. 따라서 시 속에 표현되어 있는 중요 전투 장소 나열이 김상훈의 개인지와 어떻게 얽혀 있는지를 짐작하기도 쉽지 않다. 그들은 북한의 전쟁사 전개에서 중요한 공공적 장소인 까닭이다.16)

게다가 전쟁기 북한의 지원 세력이었던 소련, 중국을 비롯한 사회주의 맹방들과 국제주의 친선을 강조한 ③단락과 같은 데서도, 공공적인 담론으로서 됨됨이를 더욱 뚜렷이 한다. "우리의 뒤엔 저 위대한 벗/쏘련 인민이 철옹성으로 서있고/우리의 곁에는 용감한 전우/중국 형제들이 앞으로 나아가고//자유와 정의를 사랑하는/세계 모든 선진 인류의/불같은 정권과 태양같은 원조가 있다"라는 확언이 그것이다. 김상훈 개인의 발언이 아니라, 이미 국가 전쟁 수행기구의 정책적 발언을 되풀이하고 있다.

그런 점에서 이 작품의 됨됨이와 관련하여 한 가지 더 짚을 필요가 있다. 「경애하는 수령에게 전투적 맹서를 드리자」가 취하고 있는 2·8절 기념시 형식의 문제다. 전쟁기에도 북한은 국가 기념일이나 중요 사건, 정책 변화에 따라 시인 동원과 종합 시집 출판이 한 관습이었다.

---

16) 4토막의 "경기도 경상도 천리 진격과/락동강안의 장렬한 싸움" 그리고 "태백산 가리산 어려운 방어", 거기다 8토막의 "령해 바다"의 "거센 파랑을 차고" 벌인 해전과 같은 것이 그들이다. 이들은 김상훈의 개인적인 종군 경험과 맞물려 있는 곳이기보다는 인민군의 전쟁 경과와 관련한 중요 전적지 나열에 그칠 일로 보인다. 이 점은 김상훈과 마찬가지로 종군 체험을 박산운의 참전시에서 구체적인 장소의 사건화가 이루어지고 있는 모습과는 견줄 만한 모습이다.

공화국 창건 기념 시집, 을유광복 기념 시집, 스탈린 사망을 추념하는 시집과 같은 것이 본보기다. 그런데 「경애하는 수령에게 전투적 맹서를 드리자」는 2·8절 기념시 형식을 취하고 있음에도 그 핵심은 김일성에 대한 송가다. 전쟁기에 쓰인 김일성 송가들은 휴전 협정 직후인 1953년 7월 30일 발행한 『수령은 부른다』(문예총출판사)에 온축했다. 이 시집에는 광복기 조기천의 「백두산」 발췌시를 처음으로 1953년 휴전까지 이루어져 온 김일성 송가 가운데 중요 작품을 망라했다. 그런데 그 속에 김상훈의 「경애하는 수령에게 전투적 맹서를 드리자」는 실려 있지 않다. 작품의 수준이 떨어지거나 송가 자격에 이르지 못한 것이라는 판단에 따른 배제라기보다는 이 작품이 본격적인 김일성 송가가 아니라 간접적인 형태라는 점 탓이었을 것이다. 아래 본격적인 김일성 송가를 한 편 들어 견주어 볼 필요가 있겠다.

김일성 장군이시여
우리 조선 인민군
전사 하사 군관들을 낳아 길렀고
오늘 친히
조국 보위의 전투를 지휘하시는
우리의 영예로운 최고 사령관이시여

산 넘어 물 건너
먼 제일선에까지
가까이 선명히 들려오는
당신의 친근한 음성
인민군은 오늘도 적진을 뚫고
남으로 남으로 전진합니다

빨찌산은 오늘도 험산 준령을 넘어
적의 후방에 뛰여듭니다

-(줄임)-

아 영명한 인민의 장군이시여
우리의 최고 사령관이시여
어느 후방 어느 해방구
어느 전선 어느 격전장에도
당신은 항상 우리와 함께 계시니
당신의 친근한 음성
불붙는 애국의 호소를
피 더운 생명의 맹세로
우리는 오늘도
원쑤를 무찔러 영광 가까워오는
싸움의 길 승리의 길을 남진합니다

—민병균, 「우리의 최고 사령관이시여」 가운데서[17]

김상훈의 「경애하는 수령에게 전투적 맹서를 드리자」와 같이 전사의 목소리로, 승리의 길로 남진하는 병사의 외침이 우렁차다. 시의 처음부터 끝까지 '영명한' 김일성 장군 개인에 대한 찬양과 찬사로 한결같다. 이러한 전면적인 모습과 김상훈의 2·8절에 의탁한 찬송과는 미묘한 거리가 있는 셈이다. 민병균의 직접적이고도 전면적인 김일성 수령 송가에 견준다면 김상훈의 것은 간접화한 것이다. 그리고

---

17) 『수령은 부른다』, 문예총출판사, 1953, 215~219쪽.

이러한 방식은 1930년대부터 평양의 지식사회에서 문인으로 꾸준히 자라 북한 수립 이후 중심 작가로 떠올랐던 토박이 시인 민병균과 월북 시인 김상훈의 문화심리적 거리를 암시하는 것일 수도 있다. 김상훈의 북한 사회 편입은 그만큼 조심스러웠던 셈이다.

그리고 표현법에서도 「경애하는 수령에게 전투적 맹서를 드리자」에 담긴 '드리자'는 말씨를 눈여겨 볼 일이다. 제목에서부터 드러나는 이러한 '드리자' 형의 말씨는 월북 이전, 앞선 광복기 시에서는 볼 수 없었던 터다. 어느덧 북한과 북한 문학에 성공적으로 편입하고자 고심했을 공인으로서 시인 김상훈을 일깨워 주는 한 모습이라 하겠다.

월북한 시인 김상훈에게는 두 가지 커다란 난제가 있었을 것이다. 하나는 고향으로 돌아가는 귀향의 욕구며, 다른 하나는 새로운 북한 사회에 안정적으로 편입하는 일이다. 앞에서 본 「어머니 싸우옵소서」가 사적인 목소리를 담아 첫번째 난제에 대한 고심을 자연스럽게 보여 준 모습이라면, 「경애하는 수령에게 전투적 맹서를 드리자」는 후자의 고심을 공개적으로 드러낸 모습이라 할 수 있다. 전쟁기 많지 않은 김상훈의 시 가운데서 새로 찾아 널리 알리는 이 두 편으로 말미암아 그가 지나간 자신의 과거와 현재에 어떻게 정위하고자 했던가를 일깨워 주는 한 실마리를 얻을 수 있었다.

곧 「어머니 싸우옵소서」에 담긴 자전적인 빨지산 체험과 어머니 주도 동기야말로 그의 사적 과거에 맞물려 있는 남한 지향성을 넌지시 보여 준다. 아울러 「경애하는 수령에게 전투적 맹서를 드리자」에 드러나는 간곡한 헌신을 빌려 북한 '김일성주의'에 대한 공개적인 복무를 아낌없이 드러냈다. 그의 앞날은 이 두 정향 가운데서 앞의 것을 발전적으로 이어 받고, 뒤의 것을 더욱 확대해 가는 혁신적인 자기 갱신 속에서 이루어졌을 것이 틀림없다. 김상훈이 북한 문학사회 창작 현장 전면에서 물러설 수밖에 없었음에도 과거 지주층 아들로서 일구었던 한문학과 한시 교양을 새롭게 가다듬은 채 오래도록 자신만의 문학 전통을 힘껏 펼칠 수 있었던 사실이 고스란히 그 터무니다.

4. 김상훈 전집을 기다리며

경남 거창군 가조 일부리, 시인 김상훈의 고향집 아래 온천 지구에다 2003년 시비를 세운 것은 다음을 내다본 일이었다. 그 일을 처음으로 거창군 문학비 공원을 온천 지구에 만들고, 관련 행사를 해마다 마련했으면 하는 뜻이었다. 김상훈은 거창이 낳은 근대 첫 문인이다. 일찌감치 1910년대나 1920년대부터 근대 문인을 키운 경남·부산 다른 곳과 달리 거창이 지닌 지역 특성이다. 그만큼 근대의 물살에 휩쓸린 속도나 강도가 늦었던 셈이다. 그런데 시비 건립 뒤 일 처리는 뜻같지 않았다. 세상 인심이란 마냥 무심한 것이다. 당장 내 이익이 아니면 걸음을 아낄 따름이다. 이제 김상훈 전집이 연세대학교 문원에서 나온다 한다. 새삼스레 이 일을 디딤돌로 김상훈 문학 전반에 대한 폭넓은 이해와 연구가 제대로 길을 잡을 수 있기를 바란다.

이 글은 이제까지 알려지지 않았던 김상훈의 전쟁기 시 두 편을 찾아 됨됨이를 알리고자 하는 뜻으로 마련했다. 이를 빌려 월북 초기의 삶과 문학에 대한 확증을 더했다. 먼저 1951년 월간 『조쏘친선』 9월 호에 실린 「어머니 싸우옵소서」는 김상훈의 종군 활동을 적시했다. 구체적인 종군 경로와 정황을 구체적으로 알기는 힘들지만 백두대간을 축으로 이루어진 인민군의 진격과 후퇴의 소용돌이 속에 그가 휩쓸려 들었던 것은 틀림없다. 아울러 작품에 담긴 어머니 모티프는 시인의 과거적 정체인, 남쪽 고향에서 싸우는 어머니라는 자전적인 심층에서부터 당대 북한시의 문학 관습이라는 표층에 이르기까지 사적/공적, 개인적/집단적 울림을 통해 그가 맞닥뜨리고 있었던 자기 정향의 한 모습을 암시해 준다.

한 해 뒤인 1952년 『조쏘친선』 2월 호에 실은 「경애하는 수령에게 전투적 맹서를 드리자」는 앞선 「어머니 싸우옵소서」와 달리 공적, 집단적 서정 주체의 공공적 발언으로 한결같은 됨됨이를 지닌 작품이다. 인민군 창군 기념일인 2·8절 기념시라는 형식을 지녔음에도 속살은 당대의 중심 유형 가운데 하나였던 김일성 송가로서 손색없는 찬양과 체제 헌신을 담고 있다. 전면적이고 직접적인 여느 김일성 송가와는 달리 간접화한 모습이다. 그곳에다 시인은 앞의 「어머니 싸우옵소서」와는 달리 당대 북한 체제에 대한 공개적인 헌신을 곡진하게 공표하고 있다.

이 글로 알려지는 「어머니 싸우옵소서」와 「경애하는 수령에게 전투적 맹서를 드리자」 둘은 김상훈이 북한 사회에서 맞닥뜨린 두 가지 문제, 곧 과거 귀향의 욕구와 당대 북한 사회에 안정적 편입 욕구라는 마음자리를 일깨워 주는 작품이다. 국가 전쟁 수행의 하부 구성원으로서 월북민이자 종군 시인인 그의 모습이 고향의 어머니와 김일성 수령을 향한 드높은 목소리 속에 담겼다. 그는 임화나 이원조와 같이 제거를 당하지 않고 비록 창작의 앞자리는 아니었을지라도 오래도록 문학적 삶을 가꿀 수 있었다. 그 힘 가운데 하나는 위의 두 작품에서 본 바와 같은 조심스러운 균형 감각이 아니었을까. 자신의 과거적 정체에 대한 믿음과 현재와 미래를 향한 자기 갱신이 그것이다. 그런 점에서 김상훈의 재북 시기 삶과 문학은 그나마 성공한 드문 경우라 할 수 있다.

전기수 시와 봄의 변주

1. 시인 전기수

전기수 시인은 시력만으로도 어느덧 마흔 해를 넘었다. 흔하지 않은 일이다. 1956년에 시작해서 1959년『현대문학』에서 미당 서정주의 추천을 마치고 시단에 나섰으니, 흔한 말로 강산이 바뀌어도 네 번은 바뀐 셈이다. 그는 이 기간을 줄곧 향리인 경남 지역 여러 곳에서 교사로 머물며 활발하게 시작 활동을 이어왔다.[1]

---

1) 시인 전기수는 1928년 9월 15일 경남 거창군 거창읍 송정리 964번지에서 나서, 그 곳에서 어린 시절을 보냈다. 1847년부터 교육계에 들어가, 1994년 2월 정년할 때까지 46년 6월 동안 마산고, 남해수산고, 김해여상고와 같은 경남 지역 초, 중, 고의 여러 학교에서 교사로 일했고, 지금은 김해시에 거주하고 있다.『부산시보』,『희망』,『교육부산』,『교육주보』와 같은 데에다 습작품을 발표하다가, 1956년 12월부터 1959년 9월까지『현대문학』추천 과정을 거치며, 문학 활동을 꾸준하게 벌였다. 1962년부터 1963년까지『시단』에서 동인 활동을 하기도 했다. 1981년에 제4회 한국현대시인상을, 1983년에는 22회 경상남도문화상 문학부문상을, 1989년에는 제1회 경남문학상을 받았다.

그가 우리 지역뿐 아니라, 현대시사에 남긴 발자취는 모두 일곱 권의 시집²⁾에 묶여진 독특하고도 한결같은 됨됨이의 작품들이 잘 말해 준다. 그런데 그의 작품은 활동과 연조에 견주어 세간에 온전하게 알려진 적이 드물었다. 이룬 바에 대해 제대로 평가받은 적이 거의 없었다고 해야 할 정도다. 일이 이렇게 된 까닭은 무엇보다 그의 시가 일구어온 독특한 경지가 한 몫을 했음 직하다.

① 전 씨의 이번 작품은 재래종 서정시의 한계를 벗어나지 못한 것이다. 나는 반드시 이와 같은 정감의 시풍을 부정하는 사람은 아니다. -(줄임)- 재래종, 서정에 대한 반항이나 부정은 여태껏 많은 시인들이 기도했고 그 결과 현대 한국시에 있어서의 자연의 이미지는 단순한 산천초목이나 영풍영월의 경지에서 지양된 지 오래인 지금에 와서 자연 일변도적 시작을 한다는 것은 신진시인의 태도가 아닐 것이다. -(줄임)- 우리는 자연의 재구성이라는 훌륭한 의도를 취할 수가 있다. 여기에는 우리말의 배합이나 조직에 대한 배려가 깃들여져 있고 언어 감각의 섬세와 예민한 감수성이 시현되어 있다. 그러나 그 내용이 비전달의 밀폐성을 나타내고 있는 것은 아무래도 그 언어들이 '오늘의 언어'가 아닌 까닭이 아닐까.³⁾

② 그러나 이러한 것을 일러, 전통적 혹은 고전적이라면 우리는 슬퍼할 것이다. 차라리 그것은 애니미즘인 것이다. 그것은 고전적도 전통적도 아

---

2) 그가 낸 시집은 모두 여덟 권이다. 창작시집 일곱 권과 선집 한 권이 그것이다. 그리고 수필집으로 두 권을 냈다. 그것을 모두 들어 보이면 아래와 같다. 『기원』, 문학사, 1963. 『잔설』, 청운출판사, 1966. 『봄편지』, 현대문학사, 1971. 『남해도』, 현대문학사, 1981. 『밤바람에게』, 월간문학사, 1983. 『사절(四節)의 노래』, 월간문학출판부, 1989. 『속(續) 사절의 노래』, 문협출판부, 1993. 『전기수(全基洙) 시선』, 시로, 1985. 『산골의 봄』, 친학사, 1975. 『2인 수상집』(문신수와 함께 냄), 시문학사, 1987.

3) 천상병, 「비전달의 밀폐성」, 『시문학』 1월호, 청운출판사, 1966, 57쪽.

닌 인습의 하늘이고 그 들일 따름이다. 이 애니미즘의 세계 속에 나타나는 언어는 의인법, 그 활유의 의상을 걸치게 된다. 이것은 메타휘의 생명인 차이성과 유사성의 몸둘 곳이 없다. -(줄임)- 그것은 옵티미즘도 페시미즘의 세계도 아닌 것이며, 직서적 기교도 용납되지 않는 청각의 세계이다. 도처에서 이 청각적 활유가 파충류 그것처럼 꿈틀거리고 있다. 그 징그러움을 느끼게 한다. 그리하여 그것은 밝은 듯하나 결국은 맹인의 서정이다.4)

전기수 시인이 시단에 처음 얼굴을 내밀고 난 뒤 활발하게 시작 활동을 할 무렵에 이루어진 시평 둘을 들었다. 앞선 ①은 신작시 특집에 대한 월평 형식으로 된 글이고, 뒤선 ②는 첫 시집 『기원』에 대한 신간평 형식의 글이다. 두 글을 읽으면 초기 전기수 시에 대한 당대 비평계의 가혹한 반응을 엿볼 수 있다. 앞서 든 글이 말하고자 한 바는 간단하게 요약된다. 첫째, 전기수 시의 특성은 "자연 일변도"의 "재래종 서정시"에 뿌리를 두고 있어 시대에 걸맞지 않은 진부한 서정이라는 사실이다. 둘째, 언어 감각과 감수성에서 살 점이 있다는 점이다. 그러나 두 번째 글의 평가는 아주 냉정하다. 전기수 시의 '고전적', '전통적'으로 보이는 부분조차도 인습에 불과한 '애니미즘'의 세계로 '반현대적'이라는 지적이다. 아예 "징그러움을 느끼게 한다" 하는 표현은 힐난에 가깝다.

이러한 평들은 이른바 후기 모더니스트라고 부르는 이들의 표피적인 말장난을 더욱 확대, 세련시키면서 몽매한 내면 서정과 다듬어진 언어 감각으로 녹이고자 했던 그 무렵 주류적인 시단의 흐름을 보여준다. 그에 따르면 전기수 시는 분명 시대착오적인 것으로 보일 수도

---

4) 김윤식, 「객설 몇 마디」, 『시단』 5집(시단동인회), 청운출판사, 295쪽.

있었다. 그러나 우리시가 이룩해 온 밑바닥을 든든하게 지탱해 온, 그러므로 '전달'의 '개방성'이 너무 커서 예사롭게 자동화된 시적 재고 지식 안에 전기수 시가 놓여 있다는 사실을 이들은 애써 보지 않으려 했다.

왜냐하면 전기수 시의 '징그러울' 정도로 집착하는 애니미즘적인 자연 인식의 세계야말로 현대 사회의 기하학적 자연관과 합리주의 도구적 이성에 대응하는 근원 심성을 가장 잘 드러내 주는 것인 때문이다. 청각이 예각적으로 세계를 펼쳐 보지 못하는 '맹인'적 감각일지는 모르나 그것은 세상과 온전하게 전체로 만나는 현존 감각임을 놓칠 수는 없는 일이다. 그리고 그는 앞서와 같은 비난을 가로지르며 꾸준하게 한길로 자신의 시세계를 파왔다.

전기수는 마흔 해 세월을 건너서는 동안 고집스럽게도 자연 서정시의 세계를 벗어나지 않았다. 자연 서정은 흔하고도 낯익은 세계다. 서정시의 기반 영역인 탓에 순간순간 시류적 신기로움과 문단의 화제를 좇는 당대의 저널적 감각과 새로움만을 좇는 시단의 풍토 속에서 제대로 대접받을 기회를 갖기 힘들다. 그러나 너무 정통적이고 너무 흔한 양상인 까닭에 그의 시는 현대시 평균 독자들의 기대지평에 가장 가까운 거리에 있었다고 볼 수 있다. 그럼에도 문단의 주류에서 한 발 물러선 채 오래도록 시업의 보람을 엮어온 셈이다.

발 빠른 현대시 흐름 속에서 그의 시는 오히려 예외적인 소수의 자리로 밀려나 있었던 형국이다. 그러나 그 자신은 아랑곳하지 않고 자연 서정의 외길에 한결같은 공력을 쏟았다. 그의 시에서 자연 서정시 전형의 계절 감각과 보편 정서, 자연과 일체감 아래 이루어내는 다양하고도 섬세한 상상력이 예나 지금이나 이채로움을 더하는 것은 지극히 당연하다. 그런데 전기수 시에서 예사롭지 않은 점은 그러한 자연 서정시의 세계가 일관된 방법적 긴장의 결과라는 데 있다. 그의 시를 흔히 보는 소박한 자연 서정시와 뚜렷이 갈라서게 하는 중요한 요소가 이것이다.

이 글은 전기수의 자연 서정시가 지니고 있는 특성을 살펴, 그의 시에 대한 전반적인 이해를 가다듬어 보고자 하는 일을 목표로 삼아 쓴다. 전기수 시를 두고 처음으로 마련되는 이 일5)을 빌미로 삼아 앞으로 그의 시에 대한 관심이 지역사회뿐 아니라, 우리 시문학사 안쪽에서도 드높아지기를 바란다.

2. 자연 서정과 봄노래

전기수 시인의 자연에 대한 집착은 무엇보다 그가 낸 창작 시집의 배열을 빌려서 엿볼 수 있다. 시집 속의 작품 배열은 흔히 시인의 의도를 이해하는 데 중요한 빌미가 된다. 거의 모든 시인이 시집을 묶을 때 작품 배열에 깊은 관심을 기울이는 까닭이 여기에 있다. 잘 갈무리된 한 권의 시집이란 더 상위 단위에서 마련한 또 다른 한 편의 시라 해서 지나치지 않을 것이다.6) 전기수 시의 경우도 예외는

---

5) 이제껏 전기수 시 모두를 연구 대상으로 삼아 이루어진 글은 없다. 오랜 시작업 가운데서 서평이나, 월평 형식 속에서 부분적으로 이루어진 언급은 있었으나, 이름 그대로 전기수론이라 일컬을 만한 글에는 썩 못 미친다. 그런 가운데서 서석준이 가장 이즈음에 낸 그의 시집 『속 사절(四節)의 노래』를 대상으로 그 속에 나타나는 자연 친화적인 성격을 짚은 짧은 평문을 냈다. 그의 시를 대상으로 거의 유일하게 독립적으로 씌어진 글이라 할 만하다. 그러나 이 글도 전기수론이라는 이름에는 모자람이 크다. 서석준, 「영원한 귀거래사 혹은 자연과 화해에의 욕망: 전기수론」, 『김해문학』 11집, 김해문인협회, 1998.

6) 시집 속의 시 배열과 편성은 매우 중요한 뜻이 있다. 그것은 시인 자신에 의한 것이든, 시인 사후 시집 엮은이에 의한 것이든 그것이 보여 주는 질서와 규칙은 시인의 시적 의도 적극적인 표현이라는 측면뿐 아니라, 읽은이들의 연속되는 독서 경험을 결정적으로 구속한다. 그 배열이 연대기적인 것이든, 주제별로 된 것이든, 아니면

아니다. 오히려 한 단계 더 나아가고 있다.

전기수 시집들은 한결같이 봄에서 겨울로 이어지는 계절 주기를 좇아 작품을 배열하고 있다. 시집 안에서 작품을 몇 개의 더 작은 단위로 나누어 실을 때에도 이 원칙은 적용된다. 이럴 경우 그는 각 단위 맨 앞에 봄 시편을 싣고 이어서 여름, 가을, 겨울로 이어지는 작품을 실어 계절 추이를 충실히 따르고 있다. 첫째, 둘째, 셋째 시집의 작품 배열이 여기에 해당된다.

넷째와 다섯째 시집에 와서 잠시 그러한 감각이 뒤섞였다가, 여섯 번째와 일곱 번째 시집에 이르러서는 아예 시집의 작품을 봄, 여름, 가을, 겨울 단위로 나누어, 철 따라 한 묶음으로 묶고 그것을 시 배열의 틀로 삼는다. 게다가 뒤 두 시집은 그 이름을 『사절의 노래』와 『속 사절의 노래』라 달고 있어 전기수 시가 보여 준 집요한 관심의 절정을 드러낸다. 일곱 권 시집 가운데서 적어도 다섯 권에 이르는 시들을 봄의 시부터 앞세우는 시 배열을 하고 있다.

나날살이 뒤쪽을 다함 없이 떠받쳐 주는 원천으로서 계절의 추이를 상상력의 주요 틀거리로 받아들임으로써, 전기수의 자연 서정시는 다른 시인의 시와 구분되는 다양한 정서 환기력을 갖출 바탕을 든든하게 마련한 셈이다. 굳이 원형 이론을 끌어들이지 않더라도 계절의 흐름과 그에 대한 다채로운 감각이야말로 무엇보다 중요한 상징이 되는 까닭이다. 그런데 그 가운데서 가장 집요한 지향 배경이 바로 봄이다. 봄, 여름, 가을, 겨울 가운데서 전기수는 어느 철보다 봄에 대한 유별난 집착을 거두지 않았다. 우리 현대시사에서 그 질로나

의미의 비중에 따른 것이든 읽는이들은 독서 과정의 마지막에 이르러서는 한 권의 시집이나, 한 시인의 모든 작품을 하나의 연속된 서사 맥락으로 단순화하려는 경향이 강하다. 작품 배열의 변화에 따른 작품과 작품 사이의 간섭과 상호텍스트성에 의해 시집 안의 맥락은 늘 새로워지고 낯설어질 가능성이 큰 셈이다. Neil Fraistat ed., *Poems in Their Place*, The Univ. of North Caroline Press, 1986, pp. 2~4 참조.

양으로나 그는 유래가 없는 봄의 시인이라 일컬음을 받을 만하다.[7]

이렇듯 전기수 시에서 봄의 비중이 드높아진 까닭은 그의 시가 배역시나 대화시와 같이 극적인 부분을 삼가며, 줄곧 체험 서정시의 영역에 충실한 쪽이었던 점과 무관하지 않을 듯 싶다. 그는 설익은 사변을 낯설게 늘어 놓거나 현실과 동떨어진 경귀로 빠져 나가지 않고, 구체적인 자연 체험을 소중하게 여겨온 시인이다. 따라서 시의 정황을 알리는 시공간에 대한 정보를 속속들이 담아내는 일이 자연스럽다. 이때 가장 주요한 표지가 계절 감각인데, 그 가운데서도 많은 부분이 봄의 감각과 그 변주에 바쳐지고 있는 셈이다.

시집 맨 첫머리에 한결같이 올려 놓았듯이,[8] 봄이란 전기수 시의 원뿌리와 같고, 봄의 다양한 화음과 변주야말로 시인이 보여 준 오롯한 자연 서정시의 요체라 할 만하다. 봄은 그의 시에서 주요한 개인 상징이다. "불꽃을 우러러 푸른 돌담에 봄새가 머무는 동안 얼굴은 지미(至美)로운 미소로 찰나(刹那)만인들 나에게 영원에의 느낌을 물결치게 해 주십시오"[9]라며 절절히 기도하는 봄의 시인, 전기수 시가 마련해 주는 봄과 그 상상 세계로 들어서는 일이 그의 시를 멀리 뒤좇아가는 한 방식이 됨 직하다.

---

7) 작품 수로 보아서도 이 점은 뚜렷하게 드러난다. 그가 일곱 권 시집에 발표하고 있는 작품은 모두 276편 남짓된다. 그 가운데서 100편이 봄의 표지를 겉으로 드러내고 있는 봄의 시이니, 40%에 가깝다. 봄 시인이라는 일컬음에 모자람이 없는 셈이다.

8) 일곱 시집 가운데서 봄, 여름, 가을, 겨울로 각 부 배열에 이른 다섯 권 시집은 거의 모두 봄의 시부터 앞에 올리고 있다.

9) 『기원』, 73쪽.

3. 생명과 찬탄의 봄

봄은 살아 있는 모든 물상이 제 목숨을 되살려내는 탄생과 소생의 철이다. 축복의 계절이며, 우주 갱신의 커다란 드라마를 펼치는 자리다. 모든 것이 새로 비롯하는 봄은 희망의 상징이며, 난분하게 살아오르는 젊음의 자리다.10) 전기수 시가 무엇보다 그러한 봄에 감동하고 찬탄을 아끼지 않는 것은 당연한 일이다.

어두운 벌판의 길목에 서서
지나가는 바람 소리에 귀 기울임은
현란한 불빛에서 바람이 묻쳐 오는
세상의 저 숨가쁜 움직임도 아니요
세상의 저 속없는 아우성도 아니요
세상의 저 헝클어진 웃음 소리도 아니다.

별빛보다 날카로운 바람의 촉수 앞에
나는 늘 한갓 어리고 여린 나뭇가지여서
내 몸 속에 진한 피가 도는 날을 기다리며
내 몸 속에 새 잎이 피어나는 날을 기다리며
내 몸 속에 꿈의 뿌리가 뻗는 날을 기다리느니

바람이여, 더욱 깊이 불어오는 바람이여
어두운 벌판의 길목에 서서

---

10) 우리쪽에서 봄만을 따로 떼어 계절 감각을 다룬 글은 보이지 않는다. 영문학에 나타나고 있는 봄의 계절감과 느낌에 대해서는 아래에서 간략하게 엿볼 수 있다. 荒木源薄, 『英文學が語十二か月』, 연구사, 27~28쪽.

지나가는 밤마다 귀를 기울임은

내 몸 속 그 언제 진한 피의 도는 날과

내 몸 속 그 언제 새 잎의 피어나는 날과

내 몸 속 그 언제 꿈의 뿌리가 뻗는 날과를 기다림이다.

—「밤 바람 속에」11)

아, 향그럽고 그지없는 이 바람 품에 안기어

속마음 풀고 두 주먹을 녹이고 싶다.

둘러보아 산정의 잔설을 흔적 없고

흰 지붕들은 빛 부신데,

나는 미지의 꿈 같은 속삭임이 아쉽고

나는 신비로운 봄날 같은 한 세계가 그립다.

—「남풍이여」12) 가운데서

봄날 밤바람을 맞아들이는 마음을 드높은 목소리로 노래하고 있다. 그런 목소리가 드러내 보이고자 하는 뜻은 한 가지다. 봄이 마련해 주는 가뭇없는 탄생과 성숙의 활기가 그것이다. 시인이 자신을 봄에 피어나는 "한갓 어리고 여린 나무가지"와 동일시하는 모습이 자연스럽다. 그리하여 그 자신 "진한 피가 도는 날"을 기다리고, "꿈의 뿌리가" 가뭇없이 벋어 오르는 날을 기다린다.

찬란한 탄생과 생명들이 "미지의 꿈 같은 속삭임"을 거듭하는 그 속에서도 "신비로운 봄날"에 대한 그리움은 간단없이 이어지고 있는

---

11) 『봄편지』, 59~60쪽.

12) 『봄편지』, 30쪽.

셈이다. 두 시에서 모두 봄바람은 시인에게 설레이는 생명의 약동을 온몸으로 체득하게 해주는 계기를 마련한다. 이제 시인의 상상은 봄 나무와 한가지로 맑은 서정의 샘물을 품어 올리는 일에 아낌이 없다. 시인이 뒤쫓는 신비로운 생명의 봄은 아래 시에 이르러 더 깊고 너른 마당을 열어 보인다.

이슬비 속에서 불이 붙듯 백자색(白紫色)으로 피어오른 자두꽃 앞에서 너에게로의 내 분신의 의식은 깊이 깨어났다. 처음에 나는 봄 하늘을 날으는 크나큰 날개의 새이었다가 아득한 바다의 출렁이는 물결 조각이었다가 강렬할 햇빛을 받는 모닥불의 불기운이었다가 마침낸 비 속에 피어오르는 이처럼의 자두꽃이었다

단감나무의 자욱히 돋아나는 연초록 잎사귀에서 또렷또렷 반짝이는 지혜로움은 오로지 너의 것이었다 그것은 내가 보는 곳에서 기쁨을 찾았을 때의 너의 눈빛, 아름다움에 놀랐을 때의 너의 눈빛 그대로이었던 것을.

소나무 다문다문 서어 있는 나직한 산에서 나는 영원의 빛을 보았다. 흙이며 바위며 초목들이 깨어 있는 채 졸고 있는 그 부드러운 가수상태에서 그늘진 듯 밝음의, 얇은 듯 그윽함의, 고즈녁한 듯 은성함의, 가볍게 꿈 꾸는 남기(嵐氣)어린 따스한 산 – 그 봄산에, 너와 내가 찾아갈 먼 날의 한 세상이 있었다.

—「봄편지」13)

---

13) 『봄편지』, 47~48쪽.

앞선 시와 마찬가지로 봄은 표현 그대로 시인의 '분신'이다. 시인은 봄날 그 신비로운 자연 속에서 활달한 변용을 시도한다. 처음엔 "크나큰 날개의 새"였다가, "아득한 바다의 출렁이는 물결"이었다가, "모닥불의 불기운"이었다가 이제는 '자두꽃'이기도 하다고 숨가쁘게 말하고 있다. 하늘과 바다, 그리고 산과 들이 이어지는 활달한 상상력이 봄날에 지니게 되는 화려한 찬탄과 감동의 깊이를 짐작하게 한다. 자연이 마냥 되풀이하는 놀라운 생명의 드라마임을 확대 은유를 빌어 잘 보여 주고 있다.

이어서 시인은 그 봄의 자연을 '지혜로움'이며, 나아가 "영원의 빛"이라 해 찬탄의 강도를 사뭇 높인다. 그런 다음 시인이 궁극에 머물 곳, 곧 "너와 내가 찾아갈 먼 날의 한 세상"은 다름 아니라 "남기 어린 따스한" 봄산이라 말한다. 시인에게 있어 신비롭고 찬탄 어린 "봄산"의 생명 현상은 그 자체 현실 속에서 거듭거듭 깨닫게 되는바 '영원'의 보상물인 셈이다.

이 갱구에선
금 녹아 흐르는 물.
저 갱구에선
은 녹아 흐르는 물.
해 지는 산속에서
금 녹고
은 녹은
샘물을 마시거든
금실 같은 새 날이 오라.
은실 같은 새 날이 오라.

—「소곡(小曲)」14)

이 짧은 시에서도 봄은 끊임없이 솟구치는 생명력의 상징이다. "금 녹고", "은 녹아" 흐르는 샘물이야말로 생명의 "새 날"을 보증해 주는 매개물이다. 시인이 봄날에 느끼는 힘찬 생명력과 자연에 대한 기원을 빌어 봄의 경이로움을 잘 되살리고 있다. "아, 기껍고도 두려워라.//한밤에 비가 내려/늣날 같은 비가 바다에 내리치어"(「밤비」15))라 찬탄해 마지않았던 힘찬 봄의 생명력이 광물적 상상의 도움을 받으며 단아하면서도 힘있게 구체화되고 있는 셈이다.

　그 황금의 제품 같은 새노란 개나리꽃이 빛을 걷운 다음에도 오히려 둘레는 난만한 햇빛 속에서 꽃가지에는 뒤늦게 찾아드는 벌이 있어 남은 꽃잎을 연신 헤치고 있었다. 꽃잎은 기다렸던 듯이 떨어져서 어느 잎은 물가의 다른 흰 꽃잎과 겹쳐지기도 하고 어느 잎은 고인 물에 가만히 떠 있기도 하였다. 나는 꽃나무 아래 앉아서 구름과 거루를 번갈아 보다가 시들어 말라버린 개나리꽃잎을 줏어서 손가락으로 부비어 황금 가루를 만들어선 실바람에 날리기도 하고 또 부비어 황금 가루를 만들어선 무릎에 뿌리기도 하고 다시 부벼선 고인 물에 띄우기도 하였다.

—「마음」16)

봄의 경이로움과 그 속에서 찬탄을 거듭하고 있는 시인은 이제 봄의 기기묘묘한 생명의 소리를 은밀히 듣고 보면서, 곳곳에서 걸림없는 상상을 펼친다. 이 시에서 시인은 봄이야말로 영원의 조각을 일삼는 신의 '제품'이라는 생각을 빼어난 조형력으로 확인하고 있다. 봄, 여름, 가을, 겨울의 운행은 세간의 사람살이를 뛰어넘는 더 커다

---

14)『기원』, 56쪽.

15)『기원』, 34쪽.

16)『기원』, 39쪽.

란 섭리와 질서의 세계이며, 시인은 그 세계에 몸 담아 영원을 좇는 한 마리 벌처럼 자족하며 봄볕 속을 노닌다.

따스한 햇살이 녹아내리는 무진장한 봄날의 푸르름 속에서 현실 세계의 온갖 오욕과 쟁투의 냄새는 사라지고 없다. 시인은 그러한 봄에 대한 기꺼움을 '개나리꽃'을 "황금가루로 만들어선" '말리고' '띄운다'는 구체적인 행위로 표출한다. 섬세한 시인의 눈과 손이 빚어내는 아름다운 봄 '개나리꽃'의 변주 안에서 영원을 조각하는 "신의 제작품", 봄에 대한 찬탄이 고스란히 녹아 있다. 봄에 대한 인공의 감각을 앞세워 자연과 속세 사이의 서열을 바꿈으로써, 「소곡」과 마찬가지로 소박한 자연시들과 나뉘는 전기수 시의 개성적이고도 명료한 표현성과 조형 감각이 잘 드러난다.

이러한 자연에 대한 기능적인 인식과 표현이야말로 소박한 전원시나 자연시와 달리 전기수 시인이 터잡고 있는 정통성이며, 든든한 개성이다. 이것을 바탕으로 시인은 유한한 피조물로서 이승에서 겪는 삶자리란 거듭되는 자연의 이법을 체현하는 것임을 뚜렷이 하며, 전통적 체관을 실천한다. "날이 새어 펼쳐질 이승의 내 삶이란 한 손에 신을 벗어 들고 옷을 걷고 봄날의 한나절 잔잔한 물살에 감기며 맑고 싸늘한 냇물을 건너가는 그 일의 끊임없는 연속인 것을…"(「새벽에」17))이라 뚜렷하게 일깨워 주는 바 참뜻이 그것이다. 봄은 자연 이법과 하나 되는 첫 경험의 눈부신 자리인 셈이다.

---

17) 『잔설』, 53쪽.

4. 허무와 슬픔의 전장

앞에서 살핀 바와 같이 봄은 생명력과 젊음, 그리고 온갖 세상살이의 경이로움이 발현하고 살아 오르는 활달한 상상력의 원천이다. 이에 머물지 않고 전기수 시에서 봄은 거듭 다양한 변용을 거듭한다. 때때로 봄은 한없이 솟구치던 젊음과 환희의 끝자리마냥 거꾸로 허무를 깨닫게 하는 시간이며, 슬픔이 잔잔하게 배어나는 삶의 뒷자리이기도 하다. 생명력이 솟구치면 솟구칠수록 더해 오는 삶에 대한 간절한 애증도 그의 시는 고스란히 품어 안는다. 봄은 또한 빈궁의 경험이 속속들이 들어앉은 자리이다. 그럼에도 그의 시는 한사코 그러한 삶의 그늘을 누그러뜨리거나 낙천적으로 어루만져 주기 일쑤다.

진종일 비 내리는 날
산에는 새 울음 한 가락 메아리 없고
마을에는 오가는 발걸음도 묻히고
바다에는 거룻배 하나 떠 가지 않는다.

진종일 비가 내리면
나뭇가지에 돋아나는 움을 매만지다가
나뭇가지에 피어나는 꽃을 바라보다가
마음 가득 빗소리 채우곤 돌아와

내 삶의 지도를 조용히 펼쳐 놓고
어느 곳은 초록빛으로 칠을 하며
어느 곳은 하얗게 공백으로 금을 그을 때
빗물 따라 스며 가는 아스란 오수.

저무는 해안 길을
향기로운 유자주에 취하여 걸어가면
꿈 깊은 조개를 캐어서 이고
비 맞으며 돌아가는 여인 두 사람.

—「우일(雨日)」18)

다리 난간에 기대어
굽어 보면 아련히 불빛 어리는 강물
물살 하나 없는 강물
강물에 보이는 것은 젊은 꿈이다.
젊은 꿈은 어디서 이처럼 잇대어 흐르는가?
젊은 꿈은 하냥 전장(戰場)에서 흘러오는 것.
나는 밤도와 꿈을 길어서 마시고 싶다.
꿈을 길어서 마시어
나는 내 생애의 서러움을 잊어 버려
나는 내 생애의 어지럼을 잊어 버려
나는 내 생애의 핏자국을 잊어 버려
드디어 나는 내 마음을 잊어 버려
밤도와 강물을 마시고 싶다.

—「밤 강물」19)

봄은 아름답고 충일한 즐거움으로 말미암아 쉬 지난 삶을 되돌아
보게 하는 자리다. 어찌 그 돌아보는 뒷자리, 곧 "삶의 지도"가 아름

---

18) 『남해도』, 36~37쪽.
19) 『속 사절(續 四節)의 노래』, 143~144쪽.

답기만 할 것인가? 앞선 시에서 시인이 그 나날을 "마음 가득 빗소리 채우곤" 조용히 즐기는 "아스란 오수"라는 표현에다 얹은 바가 그것이다. 한 차례 '오수'란 그 뜻과 달리 거칠게 지나쳐 온 삶의 역정이며, 온갖 젊은 욕망이 뒤섞여 날뛰는 강물처럼 회한 가득했을 기억의 시간이다. 그러나 그러한 흔적은 이내 가라앉아 부드럽게 "마음 가득 채우는 빗소리" 마냥 아련한 풍경으로 바뀐다. 마지막 토막 "저무는 해안 길을" "조개를 캐어서 이고/비 맞으며 돌아가는 여인 두 사람"을 잔잔하게 건너다 보는 시인의 눈길이 풀어내는바다.

두 번째 시에서 시인이 새삼스럽게 그리워하는 "젊은 꿈"이란 봄이 주는 그러한 아련한 슬픔에서 그리 멀지 않을 것이다. "생의 서러움"과 "생애의 어지럼", "생애의 핏자국"을 잊고, 이제는 아예 "내 마음"조차 잊어버리고 싶다고 말하는 마음자리 저 밑에는 봄이 일깨워 주는 황홀한 옛일에 대한 그리움으로 가득하다. 따라서 "밤도와 강물을 마시고" 싶은 마음은 다름 아니라, 젊음을 되새기는 마음이며, 오히려 '전장처럼' 지나쳐 온 삶의 스산함에 대한 그리움이 새로 움트는 마음인 셈이다. 전기수 시에서는 이렇듯 고통과 슬픔을 쓰다듬는 위로와 회억의 목소리가 봄날의 잔잔한 물살 마냥 부드럽게 우리를 이끌어 준다.

오늘날 주류적인 서정시가 자연에 대하여 맞서고, 자연을 비틀며, 자연과 걸릴 데 없는 불협화음을 즐기는 모습에 견주어 보면 전기수 시의 이러한 자연 서정은 이채롭다. 이미 비틀리고 변형된 자연, 낯설게 떨어져 나앉아버린 자연 앞에서 선하고도 지혜로운 시인의 꿈은 지칠 줄도 쉴 줄도 모른다. 그것은 아이들 동화 속의 세계가 우리에게 일깨우는 것과 같다. 사람은 자연과 하나 된 신비 안에서 비로소 그 자신을 망가뜨리는 현실의 고통과 허무에서 벗어날 수 있다. 생활 속에서 겪는 부조리와 숱하게 맞닥뜨리는 불안정한 도전 속에서 자연은 변함없을 순환 질서를 마련해 준다. 전기수 시에서 봄은 그러한 소박한 자연의 마법이 생생히 살아 있는 시간이기도 하다.

봄날 오후에 조개를 캐어 닦아
한 알씩 한 알씩
맑은 물에 씻어 보면
어릴 적 고향의
숲 속에서 자라던 내 그리움들
여울물에 띄워 보낸 내 그리움들
물줄기를 따라 흘러
몇 천 리를 흘러 흘러
바다에 들어 떠돌다가
억만 물결 떠돌다가
물 속을 헤집고서
조개껍질에 옮겨 붙어
이처럼의 무늬로 되었음을 알겠읍네.
이처럼의 무늬로 살았음을 알겠읍네.

—「봄날 오후에」[20]

시인은 "몇 천 리를 흘러 흘러" 떠돌다 "조개껍질에 옮겨 붙어" 이룬 "억만 물결"의 무늬 앞에서 봄날에 떠올리는 고향 그리움이 얼마나 절절한 것인가를 일깨워 준다. 봄날은 고향을 떠올리게 하는 아름다운 마법의 공간이면서, 그것은 이승과 저승을 걸림없이 오가며 이루는 재생의 꿈으로 발전한다. 유년에 대한 그리움을 이음매로

---

20) 『남해도』, 64~65쪽.

삼아 아름다운 상상력이 단아하게 옹근 시다. 전기수의 자연시가 꼼꼼한 사실 묘사에 크게 마음을 쓰는 쪽이 아니라 하더라도 그의 시는 섣불리 자연을 내리누르며 고양된 느낌을 줄줄이 풀어 놓는 낭만적인 자연시는 더욱 아닌 셈이다.

전기수 시는 자연 위에서 자연을 내리누르며 자신의 뜻을 투사시키려 하지 않는다. 다만 자연 속에서 위로 받고 회상하며, 자연의 이법을 더욱 알고 싶어하는 경외심과 착한 호기심으로 가득하다. 게다가 전기수 시의 주체는 자연을 지적으로 추구하고 관찰하는 자아와는 거리가 멀다. 느끼는 자아로 제 몫에 충실하고자 하는 데서 전기수 시의 고전적인 풍모가 여실하다. 그리고 그런 풍모 속에서 현실 사회와 역사 감각은 더 큰 자연의 한 부분으로 수렴되어 하나로 녹아든다. 그의 시에서는 사회 역사적 현실도 자연과 한가지로 신화의 회로를 즐거이 따르는 것이다.

봄 들판에
냉이 먼저 돋으니

여든 나이 할머니
냉이를 캐네.

아들 셋 잃고서
홀로 사는 몸

세 아들의 숨소리
이젠 잊어 버리고

죽음보다 앞서 오는
봄 소식 들으며

여든 나이 할머니
냉이를 캐네.

—「냉이」21)

"여든 나이 할머니"가 들판에서 '냉이를' 캔다. 그 할머니가 짊어지
고 왔을 삶의 신산함이란 이루 말할 수 없었으리라. 시인은 그것을
"아들 셋 잃고서/홀로 사는 몸"이라는 표현에 간명하게 담아보고자
했다. 그와는 아랑곳없이 이어지고 있는 "죽음보다 앞서 오는/봄 소
식"이라는 시줄은 차라리 통곡에 가깝다. 그럼에도 그런 기미는 나타
나지 않는다. 정작 작품에서는 봄날의 자연과 역사가, 공적 세계와
사적 경험이 한 울타리로 묶여 이루는 잔잔한 목소리만을 들을 수
있을 뿐이다. 전기수 시의 장점은 이러한 해조에 있다. 고통과 아픔
도 더 큰 순리, 생명의 질서에 통합시켜 나가는 단정한 상상의 변주
는 너그럽고도 넉넉하다. 그리고 그 끝자리에 영원을 오가는 힘있는
상상의 경지가 놓인다.

백동백나무의 새 잎이 돋아나고
상수리나무의 새 잎이 돋아나고
팽나무의 새 잎이 돋아나서
에머랄드빛 입김이 봄 하늘로 용솟음칠 때
산 속에서 밭 갈며 산을 사랑하는 사람들아

---

21) 『사절(四節)의 노래』, 40~41쪽.

그대들 그 한 몸이 죽어
환생하는 일을랑 생각해 보시는가?

—「신록」22) 가운데서

　물 나간 모래밭이 아득히 넓어지고, 봄 햇살 일렁이며 온 바다 가득한
한낮. 맨몸의 한 아이가 눈부신 모래밭을 거닐어 물 가에 이르더니 발목
을 물에 적신 채 서서 밀려드는 파도를 오래도록 바라보다가 파도에 밀리
어 잠겨져 가는 조가비를 찾아서 매만져 보곤 수평선 너머로 던져 버렸다.
또 한 개를 찾아서 매만져 보곤 수평선 너머로 던져 버렸다. 이윽고 아이
는 돌아서서 모래밭에 발자취를 남기며 걸어가다가 한곳에 주저앉아 은
빛 빛나는 모래알을 걷어쥐어 그 무엇인가 빚어 내기 시작하였다. 아무도
없는 봄 모래밭, 아이는 혼자서 골똘히 짐승인지 사람인지 빚어 내어 나
갔다.

　- 바닷가에 나오면
　나는 내 전생의 어느 한때를 볼 수가 있는가.

—「그 세상」23)

　전기수에게서 봄은 이제 신화적 회귀의 질서, 무시간의 시간이다.
이성으로는 더 가 닿을 수 없는 거대한 형이상학의 교실이 봄이다.
그것은 이승의 마지막 도착지이며, 저승에서 새로이 환생하는 첫 자
리이기도 하다. 그리하여 시인에게 있어 나물 캐고, 복사꽃을 그리며,
"물나간 모래밭"에서 아득히 '거닐어' "골똘히 짐승인지 사람인지 빚

---

22) 『남해도』, 107쪽.
23) 『밤바람에게』, 82~83쪽.

어" 나가는 놀이란 마침내 전생과 후생으로 걸쳐 거듭해 온 무욕의 인연법에서 그리 멀지 않다.

이승살이는 모름지기 모래밭에서 골똘히 즐기는 한낮의 아이들 모래집 짓기며 모래 장난에 지나지 않는다는, 전생과 이승, 그리고 후생을 이어 안은 윤회, 환생의 고리라는 잔잔한 깨달음이 우리의 헛된 삶자리를 위무해 준다. 말하자면 숱한 봄꽃이며, 하찮은 벌레며, 사물, 자연물이 제 목숨을 아름답게 뽐내는 봄이란 거듭하는 재생과 신생의 꿈이 비롯되는 첫 자리인 셈이다.

5. 전기수 시의 뜻

전기수 시는 철 따라 자연이 엮어내는 갖가지 정황과 조건, 그리고 그 속의 사람살이에 대한 관심을 곳곳에서 펼쳐 보인다. 사람도 자연의 한 부분으로서 제 모습을 즐겨 드러낸다. 시인은 참여자로서 자연과 맞서지 않고 한가지로 어울린다. 그의 자연시는 정통 서정시의 길을 잘 따르고 있는 셈이다. 산성비를 머금은 구름과 거리를 뒤덮은 독한 꽃가루, 그리고 까맣게 무겁게 옷깃을 적시는 삶의 먼지 속에서, 더 이상 사랑스럽지 않고 목가적이지도 않은 자연 안에서 그는 여전히 경외감을 잃지 않는다.

그의 시에서 자연은 매우 친밀하고 온화하며 우호적이다. 곳곳에서 전지전능하고 지혜로운 모습을 숨기려 들지 않는다. 우리를 둘러싸고 있는 자연이 더 이상 신적인 힘을 지닌 초월적 존재가 아닌 오늘날에도 그는 한결같이 자연이 베풀어 주는 본원적인 삶에 대한 꿈과 동경을 버리지 않는다. 그에게 자연은 영혼 깊은 곳을 물질해 올려 주는 암호와 같다. 자연이 마냥 낯설고 사람살이와 의미 연관이

끊겨 버린 것은 이미 어제 오늘의 현실이 아니다.

황폐해질 대로 황폐해진 그러한 현실 속에서도 전기수 시의 자연은 마냥 생명 의지로 충만한 모습을 기꺼이 펼쳐 보인다. 시업 마흔 해를 훌쩍 넘어서는 동안 전기수 시인은 한결같은 고집과 사랑으로 자연 서정의 세계를 지키고 다듬어 왔다. 어찌 보면 그의 시는 우리 현대시가 자신의 등 뒤로 손을 돌려 조용하게 가꾸어 온 소담스런 섬과 같은 존재다. 그리고 그 섬의 푸르른 중심은 무량한 봄의 드라마로 무르익을대로 무르익는다.

> 무르익은 봄 내음 가득 찬 산 속
> 타오르는 불길인 양 철쭉꽃이 피어서
> 덤불에선 장끼가 제바람에 놀아서 울고
> 소나무 숲 속에선
> 더없이 즐거움에 겨워 지절대는 산새 소리.
> 더없이 서러움에 겨워 우지지는 산새 소리.
>
> ─「철쭉꽃 시절」24) 가운데서

전기수 시에서 봄은 자연의 총체다. 생명을 죽이며 억누르며 제 존재 근거를 마련해 온 현실세계에 맞서는 지렛대다. 그 속에서 시인의 상상은 자연의 힘과 위력을 온몸으로 체현한다. 그는 자연의 일부로서, 자연을 이끄는 더 커다란 우주 질서의 한 부분으로서 아낌없이 자신을 열어 놓았다. 그가 마련한 자연은 근대 산업화를 거치면서 사람과 문명에 의해 지배당하고 망가져버린, 이름 그대로 주변화한 환경이 아니다. 단순히 실재하는 묘사 대상 또한 아니다. 초월적 의

---

24) 『속 사절(四節)의 노래』, 27쪽.

미로 가득 찬, 이해되지 않으면서 낯익은 것이 그의 자연이다. 그의 시는 부드럽고도 조화로운 가락으로 이 점을 일깨워 준다.

> 철 따라 피고 지는 꽃의 자리에
> 길짐승의 무거운 발자취가 있고
> 날짐승의 가벼운 깃털이 있는
> 이 황량한 대자연의 무대에서
> 모두가 제 일을 끝내고 돌아간 다음
> 너는 홀로서
> 지는 햇살을 받으며
> 마지막 생존의 장면을 연기하는
> 오직 최후의 외로운 출연자!
>
> —「벌 한 마리」25) 가운데서

한 마리 벌을 두고 자연의 질서와 섭리의 위대함을 노래하고 있는 시다. 전기수는 "대자연의 무대" 위에서 아름답고 부드러운 목소리로 "철 따라 피고 지는 꽃의 자리"를 아낌없이 사랑하고 그리워하며, 다함 없이 "제 일을" 이루었다. 아마 "지는 햇살을 받으며/마지막 생존의 장면을 연기하는" "외로운 출연자"는 다름 아니라 그 자신의 모습에 대한 역설적 표현인지 모른다. 그가 겪은 외로움은 오래도록 시사의 주류에서 벗어나 있었던 데서 말미암은 것이 아니다. 그것은 자연의 힘과 값어치를 진정으로 아는 이가 그 자연 속에서 넉넉하게 감당해 온 자신에 대해 느끼는 만족감의 또 다른 이름일 따름이다.

전기수 시는 봄의 변주를 빌려 찬탄과 갱신의 기쁨을 노래하고,

---

25) 『사절의 노래』, 106~107쪽.

봄날에 겪는 허무와 슬픔 사이의 긴장을 보여 준다. 그러나 그 둘의 거리는 썩 가깝게 다가서 있어 해조를 마련한다. 따라서 그의 자연 서정시가 보여 주는 것은 과도한 낭만주의자의 반어나 비탄이 스며들 여지가 없다. 근원적인 자연시, 전원시적 감각과도 그의 시는 거리를 둔다.

부드러움과 통상적 감각에 맞게 그의 시는 소박한 이상주의자의 전원시도, 거친 농민시도 아닌, 순연한 농촌 생활시로 나아갔다. 그의 순연함이야말로 숱한 그의 떠돎과 인간적 질곡, 고통에 맞서는 내면적 슬픔의 흔적이었다. 그는 그러한 흔적을 거꾸로 시 속에서 봄에 대한 해조와 잔잔한 사랑을 빌려 삭이고자 했다. 삶의 간난과 고통 속에서 마흔 해 긴 세월 동안 시가 아니면 맛볼 수 없었을 삶에 대한 고집스러운 심지와 자긍심이 그의 부드러운 해조로 감싸인 자연 서정시 밑바닥에 흥건히 녹아 난다.

신생을 꿈꾸는 마음, 생명을 섬기는 마음, 더 큰 자연 질서에 하나 되어 현실 삶의 조건을 올곧게 감당하려는 꾸준한 긴장감이 그의 자연 서정시가 지니고 있는 다양하고도 섬세한 조형의 세계를 이루었다. 그 세계는 한결같은 만큼 든든하고, 부드러운 만큼 그 울림이 오랠 것이다. "마지막 생존의 자리를 연출하는" 우리들에게 던지는 낮으나 단호한 경고와 신생의 메시지를 그는 일찌감치 우리 가까이에서 우리를 향해 가득 보내준 셈이다. 여기에서부터 전기수 시의 의의가 돌연 새롭고 돌연 새삼스럽다.

5^부 창원 문학

한국 근대 지역문학의 발견과 파성 설창수

권환의 절명 평론 두 편

한국 근대 지역문학의 발견과 파성 설창수

1. 파성과 지역

이즈음 들어 지역문학 연구 환경이 많이 나아졌다. 십 년 남짓 앞선 시기만 하더라도 그것이 될성부른 것이냐고 의심하거나 연구 활동을 백안시하는 경우가 적지 않았다. 이제는 지역문학 연구를 의구심어린 눈으로 보았던 이들조차 앞서 지역학을 말하고 지역문학 연구의 당위성을 힘주어 이야기한다. 새삼 격세지감을 느끼지 않을 수 없다. 그런데 지역문학 연구는 뜻과 용기만 앞세운다고 마땅한 성과를 얻을 수 있는 자리는 아니다. 오랜 정보 축적에다 주변 사료의 확보, 새로운 이해가 앞서야 하는 까닭이다. 그런 점에서 이즈음에 이루어지고 있는 지역문학 연구의 성과들이 마냥 바람직스럽다고만 보기 어렵다.[1]

---

1) 그런 가운데서 뜻있는 성과들은 지역문학의 통사 기술에서부터 세부 연구에까지

가장 큰 문제는 지역문학 연구가 지녀야 할 모험심과 적극성을 살린 연구 업적을 쉬 만나기 어렵다는 사실이다. 광복 이후 국가주의 시각 아래 이루어져 온 성과나 통념을 가로지를 수 있는 담론 창발에 소극적이다. 이른바 명망 작가의 평판을 거듭 확인하는 인습에 머물거나 혁신적인 연구 영역 개발에 무기력하다. 그렇지 않으면 지역문학 연구의 당위성이나 위상을 따지며 거시 담론을 되풀이하는 틀에서 벗어나지 못하고 있다. 지역문학 연구의 학문적 정합성과 사회 공헌도가 높은 새롭고 예각적인 미시 담론 생산에 힘을 기울어야겠다. 지역문학 연구는 시도적인 관심이 지니기 쉬운 위험을 받아들이더라도 이론을 위한 이론에 머물지 말아야 할 일이다.

이 글에서 문제 삼을 파성(巴城) 설창수(薛昌洙, 1916~1998)는 한국 지역문학에서 볼 때 새 담론 창발을 위한 중요 디딤돌이 될 이다. 거칠게 보아 그는 한국 근대문학사에서 지역문학의 첫 발견자며, 그 담론 생산과 실천의 실질 주도자였다. 이 점은 영남 지역문학에만 걸릴 일이 아니다. 진주에 뿌리를 둔 채 곡절 많았던 그의 경험이야말로 한국 지역문학의 명암을 고스란히 보여 준다. 이 글에서는 파성의 초기 문학인 광복기2)를 중심으로 지역문학을 구성해 가는 모습을 짚어보고자 한다. 논의 전개는 조직이나 매체에 걸리는 문학 실천 활동과 비평글을 중심으로 한 이론 활동, 그 두 쪽3)으로 나누어 이루

넓게 이어지고 있다. 김병택, 『제주문학론』, 제주대학교출판부, 2005. 김동윤, 『제주문학론』, 제주대학교출판부, 2008. 최명표, 『전북 지역 시문학 연구』, 청동거울, 2007. 남기택과 여럿 지음, 『경계와 소통, 지역문학의 현장』, 국학자료원, 2007.

2) 이 글에서 광복기는 1945년 8월 15일 을유광복에서부터 1950년 6월 24일까지 기간을 일컫기로 한다. 이 시기야말로 한국 근대 지역문학지 속에서 파성이 독보적인 의의를 띠는 자리다.

3) 파성의 작품 안쪽에 담긴 지역성이나 지역문학적 특성에 대한 구명은 이 글에서 다루지 않았다. 그것만을 따로 떼어서 다룰 기회가 있을 것이다.

어질 것이다.

2. 광복기 진주 문학사회와 파성의 실천 활동

1916년 경남 창원 태생인 파성 설창수는 문학인으로서는 특이한 역정을 보여 준다. 그는 일본대학에 다니다 1941년 12월 사상범으로 왜경에게 붙잡혀 부산형무소에서 2년에 걸친 투옥을 겪었다. 광복을 앞둔 1944년 3월에 출옥한 그는 진주로 들어섰다. 진주는 1930년부터 1935년까지 5년에 걸쳐 진주농업학교에서 배운 인연이 있는 곳이다. 거기서 을유광복을 맞이한 파성은 분연히 일어나 지역문화 계몽, 실천 활동을 시작했다. 그 뒤 언론인으로서, 문학인으로서 진주 지역 형성과 지역성 창발에 남다른 몫을 맡으며 오래도록 지역 문화사회의 앞자리를 이끌었다.

흔히 4·19의거라 일컫는 1960년 경자시민의거는 우리 사회뿐 아니라 파성에게도 삶의 역정을 크게 바꾸는 계기였다. 문인으로서 드물게 현실 제도 정치로 나아가 참의원으로서 의정 활동을 하게 된 것이다. 그러나 그 일도 잠깐, 1961년 군부 정변으로 말미암아 그와 그의 아내는 모든 공직에서 물러서야 했다. 비민주 인사라는 어울리지 않은 오명을 뒤집어쓴 결과였다. 그의 무엇이 '혁명정부'나 시세(時勢)의 미움을 받았던 것일까. 파성은 쉰에 이르지도 않은 나이임에도 남은 삶을 한결같이 집권 위정자들과 각을 세우는 고초를 겪었다. 개인으로서 매우 고난스러웠을 일이다. 그 뒤 경남 소지역을 중심으로 1980년 중반까지 생계 유지와 군사 행정에 대한 저항의 뜻4)으로

---

4) 「시인 파성 설창수(상): 예술인 예술혼(40)」, 『경남신문』, 경남신문사, 1993.12.15.

225회에 걸치는 시화전을 되풀이하는 각별한 역정을 보였다. 문인으로서 그가 할 수 있었던 최선이었던 셈이다.

파성은 문학인인가 하면 사회 활동가다. 언론인인가 하면 문화 기획가다. 그래서 그가 벌였던 다채롭고도 굵은 활동은 여느 문인과 견주기 힘들다. 그럼에도 파성에 대한 마땅한 이해나 평가는 거의 평생을 몸 바친 제2의 고향 진주에서조차 인색하기 짝이 없다. 파성은 자신이 따르는 문학적 정의에 열정적이었으며 헌신적이었다. 사회 보상이나 개인 이익을 탐하지 않았다. 그런 점에서 그의 문학적 순수성과 결백은 남다르다. 아래에서는 먼저 파성의 문학 실천에 첫 자리이자 가장 투쟁적이었던 광복기 활동을 살펴보고자 한다. 조직과 매체 두 쪽으로 나누었다.

1) 계몽 조직과 지역 대표성

여느 문학인과 다른 설창수의 문학 실천 활동을 살피기 위해서는 파성 스스로 광복기 진주 '문화운동'의 흐름을 네 단계로 나누어 되새기고 있는 곳5)을 눈여겨 볼 필요가 있다. '계몽기', '투쟁기', '발양기', 그리고 '부흥기'가 그것이다. 이러한 단계론에는 들어왔던 인민군이 물러가고 되찾은 폐허 진주에서 새로 지역문화 '부흥'이라는 눈앞의 목표에 맞닥뜨린 파성의 시각이 담겼다. 그런데 이 틀은 파성 자신의 광복기 지역문화 투쟁 활동의 역정에 맞물린 자의식의 결과이기도 하다. 그의 개인 활동을 살피는 단계로 걸맞은 틀이라는 뜻이다. 끌어다 쓰지 못할 까닭이 없다.

---

5) 설창수, 「향토와 문화운동: 해방 진주를 중심으로」, 『경남공보』 2호, 경상남도, 1952.2, 19~21쪽.

첫째, 계몽기. 1945년 을유광복에서부터 1946년 초엽까지 걸친 시기다. 광복이 되자 파성은 머물던 진주 칠암동을 중심으로 칠암청년대를 만들어 대장 일을 했다. 왜인들이 빠르게 빠져 나간 뒤의 지역 치안과 남은 적산에 대한 조직적 대응뿐 아니라, 한글 교육과 같은 계몽 활동이 필요했던 때다. 아울러 파성은 진주문화건설대6)에서 문예부장을 맡았다. 그는 조직의 손발로 거의 모든 일에 걸려 있었을 것으로 보인다. 이 단체의 연극 공연을 위해 희곡을 손수 쓰고 여러 차례 무대에 올리는 궂은일에 열성을 다했다. 스물아홉 파성의 실질적인 문학 초기 활동이 여기서 비롯된 셈이다.

파성은 진주문화건설대를 이끌며 좌파 예술동맹 계열의 단체 활동이 드높았던 하동, 삼천포, 진교에서까지 가서 공연을 벌였다. 그러나 이러한 활동 초기에는 진주 안밖에서 좌우 노선 투쟁 양상이 거세지는 않았던 것으로 여겨진다. 진주 지역에 남달리 무거운 연고를 지녔다고 보기 어려운 애국 청년 파성 또한 도덕적 우월성과 열정만으로도 광복의 기쁨과 혼란 속에서 계몽 활동에 앞장서 몸 바칠 수 있었을 것이다. 비록 짧은 기간이지만 이 시기는 파성의 젊음과 의욕, 그리고 남다른 재능이 자리를 잡아 나가는, 파성 자신에게도 뜻있는 계몽 시기였던 셈이다.

두 번째는 투쟁기로 1946년 3월 1일 경남일보사 설립부터 1949년 7월에 이른다. 파성이 『경남일보』 기자 생활을 시작으로 주필에 이르며 반공 논설을 맹렬하게 휘둘렀던 때다. 아울러 파성은 진주문화건설대의 이어진 역할뿐 아니라, 1947년 2월 진주시인협회를 엮어 대표 일을 맡았다. 이 단체는 1948년 6월부터 영남문학회로 이름을 바

---

6) 미술, 문학, 연극, 무용, 계몽, 후생에 걸쳐 부서를 두어 계몽 활동을 벌였던 범진주 지역문화 단체였다. 1950년 전쟁 앞 시기까지 활동이 이어졌던 것으로 보이는데, 정확한 실체는 현재로서 알기 힘들다.

꾸면서 가까운 소지역 연대뿐 아니라 그 조직 연고를 나라 규모로 넓혔다.[7] 문학 쪽 활동도 희곡, 연극에서 시와 비평, 실천 행정까지 아울렀다. 반공 언론인으로서, 현장 문화인으로서, 그리고 지역문학 핵심 인물로서 자신의 외부화뿐 아니라, 진주를 중심으로 한 영남의 지역 형성에 일정한 이바지가 이루어진 셈이다.

이 무렵 진주에는 좌파의 조선문학가동맹 진주지부[8]에다 진주극 문학연구회까지 활동하고 있었다.[9] 진주의 연극 진영은 두 갈래, 문화건설대를 주도하던 설창수의 우파와 이병주, 박두석이 대표하는 좌파로 나뉘어 있었던 셈이다. 그러나 정세 변동에 따라 좌파 다수는

---

7) 진주시인협회의 강령은 아래의 셋이다. 1. 우리는 민족문학 건설운동에 협력 매진하며 시의 연구와 습득 대성을 기함. 2. 우리는 조국문학 개척과 아울러 문학 완성을 기함. 영남문학회로 확대 개편하면서 강령이 새로 다듬어졌다. 1. 우리는 힘을 합쳐서 민족문학 건설에 협조함. 2. 건전한 향토문학을 축성하고 후진에 기여하며 광복에 공헌함. 3. 문학예술의 최고 완성을 기함. 이러한 이름의 변모에서 영남을 내세웠다는 점을 눈여겨 볼 필요가 있다.

8) 조선문학가동맹 진주지부는 1945년 12월 20일 창립하였다. 1946년 현재 위원장 김병호, 서기장 손풍산, 회원 이일·정태·이석우·남대우·권병탁·김성봉·허광·장일영·심규섭·김오산이었다. 그들은 조선문학가동맹 중앙과 비슷하게 '일본 제국주의 잔재의 소탕', '봉건주의 잔재의 청산', '국수주의의 배격', '민족문학의 건설'을 강령으로 내세웠으며 기관지『문학신문』에 이어 『문학』을 발간하였다. 김용호 엮음, 『1947년 예술연감』, 예술신문사, 1947, 119~120쪽.

9) 진주극문학연구회는 해외 유학파들인 박두석·신예균·이경순·이병주 들이 주축이 되어 1946년에 조직된 단체로, 기념 공연으로 송영 작품 이병주 연출로 「황혼」을 진주극장 무대에 올렸다. 그러나 "이들은 서로 지향하는 바가 달랐기 때문에 언제나 대립되는 위치에 있었으나 매사에 비협조적이었을 뿐 큰 마찰은 없었던 것"으로 보인다. 이 무렵의 파성의 편모를 알 수 있는 자리가 있다. "일본대학 예술학원(전문부) 창작과 재학 중 히바찌(화로의 일본어)라는 별명이 붙을 정도로 다혈질적인 설창수는 학생들을 선동한 전력이 문제가 되어 겨울방학 때 불온사상범으로 검거되어 부산형무소에서 2년간의 옥고를 치르고 만기 출소한 후, 해방이 되자 스스로 칠암청년대를 조직하여 치안 유지에 솔선하였는가 하면, 경남일보 주필로써 연일 반공 사설을 써서 공산당을 성토하던 그로서는 극문학연구회의 존재가 심히 못마땅했을 것이 틀림이 없고, 그의 성품으로 보아 이들의 존재 자체를 아예 무시했을는지도 모른다." 조웅대, 『진주연극사』, 한국연극협회 진주지부, 2002, 124~125쪽; 198쪽; 225쪽.

진주 역내에서 우파 진영으로 돌아서든가, 부산과 같은 다른 지역으로 옮겨 전향함으로써[10] 진주 지역은 설창수가 이끈 우파 조직이 지역 주도권을 확실하게 잡아 나갔다. 게다가 이들은 최계락과 같은 학생 문사를 중심으로 청년문학회를 이끌면서 지역 차세대 문학까지 영향력을 굳혔다. 이런 가운데서 파성은 명실공히 진주 지역 우파문학의 핵심 인물로 올라섰다.

세 번째 단계는 발양기다. 1949년 7월 22일 전국문화단체총연합회 진주특별지부(문총진주지부) 결성에서부터 1950년 7월 30일 진주시가 인민군 손에 들어가게 된 때[11]까지다. 문총의 결성과 더불어 진주지부는 뚜렷하게 대한민국 일국주의 중앙 조직 속에 놓이게 된다. 그런데 이때 경남 행정 소재지 부산에서 결성한 문총 경남지부 아래로 들어가지 않고 진주특별지부로 따로 둔 모습을 눈여겨 볼 필요가 있다.[12] 얼핏 경남에서 진주가 지닌 문화적 독자성을 표현하는 일일 터이다. 그러나 그 바닥에는 파성이 지녔던 대표성의 인증이라는 모습이 아울러 겹친다. 파성이 스스로 문총진주지부 탄생에서부터 진주문화의 '발양기'라 일컬었던 사실은 중심에 있었던 이로서 지닌바

---

10) 진주 역내에서 우파로 편입된 이는 이석우, 부산으로 옮겨가 전향했던 이들은 신예균·이병주·박두석·손풍산 들이다.

11) 문총진주지부는 진주를 중심으로 1시 3읍 11개군을 지구로 한 전국 단체의 하위 조직이다. 진주시, 삼천포읍, 고성읍, 거창읍, 진양군, 거창군, 함양군, 산청군, 합천군, 의령군, 고성군, 함안군, 남해군, 사천군, 하동군이 이에 들었다. 이들은 부산에 뿌리를 둔 문총경남지부와 이중성을 갖게 하기 위해 진주특별지부라 하였다. 지부 속엔 문화건설대, 경남일보, 영문, 진주신문인협회, 진주음악협회, 무대예술연구협회, 문학청년회, 인문과학회 들의 소단체들이 연합하여 있었고, 그 중심에 파성이 놓인다. 문총진주지구 특별지부의 결성의 경과와 내용에 대해서는 상세한 기록이 남아 있다. 설창수, 「문총진주지구 특별지부 결성기」, 『영문』 8호, 영남문학회, 1949, 115~119쪽.

12) 류치환이 지부장이었던 경남지부에는 설창수가 부위원장으로 이름을 올렸고 진주지부에 류치환이 고문으로 이름을 올렸던 사실이 흥미롭다. 이러한 문총진주지부 조직을 바탕으로 설창수의 역내 문화적 주도권을 인증 받는 꼴이다.

자긍심의 표현이었던 셈이다.

그리하여 문총진주지부는 1949년 11월 17일 구력 개천절을 맞이하여 건국 1주년 기념 제1회 영남예술제를 열었다.13) 이 행사는 건국 뒤 나라의 처음 종합예술축전이면서, 진주 역내 좌우의 상징적 대립에서 우파의 마지막 승리와 동일체, 곧 설창수를 구심점으로 이루어진 『경남일보』, 진주문화건설대, 그리고 『영문』이라는 3대 축의 승리를 공식으로 알리는 행사였다. 이러한 진주 지역의 분위기는 12월 3일, 4일에 걸쳐 서울에서 열렸던 제1회 민족정신앙양 종합예술축전으로 이어졌다. 우파 문인, 월남 문인, 전향 문인을 포함한 대표 문인들이 자리한 국가 기획 자리였다. 2부 사회를 정지용이 맡았던 이 행사에 경남에서 파성이 주빈으로 참석했다. 그리고 잇달아 1950년 1월 10일 서울의 문교부 예술과장으로 임명을 받아 파성은 아예 서울서 눌러 살아야 할 입장으로 바뀌었다. 이러한 신분 변동과 서울 이주는 자신이 내세우고 실천해 왔던 예술문화에 대한 의지를 정책적으로 점검할 수 있는 주요 기회일 수도 있었다. 그러나 그 일도 잠시 인민군의 침략으로 피난길에 오르게 됨으로써 파성은 서울 생활을 서둘러 접을 수밖에 없었다.14)

이제까지 짧게 설창수의 광복기 문학 실천 가운데서 조직 활동을

---

13) 문교부 예술과와 경남 교육국을 비롯한 각 기관의 도움을 받으며 한글시백일장, 미술전, 학생들의 연극 경연, 각과 음악경연, 변론대회, 무용발표 들을 빌려 눈길을 모았다. 관객 2만여 출연자 400으로 개천예술상, 경남지사상을 비롯한 각부 종합수상식까지 하면서 6일에 걸친 행사를 마쳤다.

14) 그리하여 피난을 겪고 임시수도가 있는 부산에서 공직을 다시 시작했다 이내 자리를 그만두고 진주로 돌아갔다. 그는 인민군이 물러간 진주 역내에서 새로운 지역문화 조직, 실천 활동을 시작한 것이다. 따라서 그에게 전쟁의 참화 뒤에 돌아온 진주는 부흥해야 할 장소였다. 그러나 정부의 서울 환도와 어수선한 날들이 지나고 서울 중앙 문총 안의 알력과 세대교체 바람 속에서 그는 오래도록 제도 문단을 끌었던 김동리·서정주·조연현 들과 달리 자유문협 쪽에 섰다.

살펴보았다. 계몽기에서 투쟁기와 발양기로 나아가면서 그는 지역 안쪽의 문화적 영향력을 넓히고 진주의 지역문학 형성을 이끌었다. 칠암청년대에서 진주문화건설대, 경상일보, 진주시인협회, 문총진주 지부와 같은 조직 단체가 디딤돌이 되었고 중심에 파성이 있었다. 파성은 이러한 광복기 조직 활동을 빌려 진주 인근 소지역, 대구·부산과 같은 영남 지역에 걸쳐 수평 연결망을 이루고, 마침내 서울에까지 발을 내딛는 변화를 겪었다. 진주의 열혈 청년 계몽 문학인에서 서른세 살에 국가 중앙 예술문화 책임자 가운데 한 자리로 나아가는 바쁜 과정이 그것이다.

2) 매체의 지역 구성력과 영남의 발견

문학 실천가로서 파성이 지닌 특징은 지역을 바탕으로, 한 시기 역량 있는 매체 편집자로서 몫을 다했다는 사실이다. 이 점은 앞서 본 조직 활동과 굳게 맞물린 일이다. 그러나 따로 떼어내 살펴야 할 정도로 뜻이 무겁다. 매체는 지역 안밖으로 지역을 생산하고 지역 담론을 마련해 나갈 뿐 아니라 지역을 역외로 홍보, 재생산할 수 있는 중요한 제도 기반 가운데 하나다. 조직 투쟁과 나란히 그의 매체 투쟁의 내력을 짚어볼 일이다.

매체 편집자로서 설창수는 조직 활동의 투쟁기 단계에서 시작하여 한결같은 모습을 이어 나간다. 그 처음은 『경남일보』 기자와 주필 생활에 자리가 잡힌 1947년 봄, 진주시인협회 회장 자격으로 낸 시전문지 『등불』[15] 편집에서부터 시작하여 6월에 창간호가 나온 『낙동

---

15) 현재 1집은 찾을 수 없다. 1946년 봄에 나왔던 것으로 보인다. 그 무렵 중심 인물은 진주농림학교 교사를 하고 있었던 백상현이었다. 진주시인협회가 만들어지기 앞선 때다. 1947년 2월 진주시인협회가 마련되고 뒤이어 2집을 5월에 냈다. 이때부터

문화』로 이어진다. 진주문화건설대의 문학부 기관지 『낙동문화』는 비록 석달에 걸쳐 3호를 내는데 그쳤지만, 창간사를 파성이 쓸 정도였다. 파성은 거기서 진주문화건설대의 전선(戰線)을 분명히 한다. 계급주의 유물 문화를 배격하고 그에 맞서 "창조적인 문화운동과 계몽적인 민중운동"[16]으로 나아갈 것임을 밝힌 것이다. 그런데 '낙동'이라는 매체의 이름에서 알 수 있는 것처럼 파성의 지역 인식은 진주 역내 단위에 머문 것이 아니라 낙동강 유역에 넓게 걸치고 있음이 돋보인다. 이것은 다음 해 『등불』을 바꾼 『영남문학』과 『영문』에서 '영남'을 이름으로 내세운 생각과 나란하다.

그런데 무어니 해도 파성의 투쟁기 핵심 매체는 1946년 3월에 창간한 『경남일보』다. 『경남일보』는 광복 뒤 진주에서 나온 여러 신문[17] 가운데서도 "진주문화 운동의 심장이며 대동맥"이었다. 그리하여 "해방된 조국의 자유독립 전취(戰取)에 공산주의를 분쇄하는 민족

파성이 깊이 손길을 들이기 시작했다. 3집은 9월, 4집은 1948년 1월에 나왔다. 그리고 6월과 10월 진주시인협회를 확대 개편한 영남문학회 회장 자격으로 파성이 『영남문학』으로 이름을 바꾸어 5집과 6집을 엮었다. 1949년 4월에 다시 이름을 『영문』으로 줄인 뒤 7집을 내고 11월에 8집을 내었다. 9집은 1950년 경인년 전쟁으로 내지 못했다. 진주에서 인민군이 물러간 1951년 11월 전중기에 9집을 냈다. 그리하여 거의 매년 개천예술제와 함께 나와 1961년, 이른바 군사정변 정부에 의해 공직에서 물러나기 앞까지 모두 18집을 냈다. 『영문』에 대한 매체론은 다른 자리에서 따질 일이다. 송창우에서 됨됨이에 대한 두루풀이가 처음으로 이루어졌다. 송창우, 「경남지역 문예지 연구」, 경남대학교 석사논문, 1995.

16) 설창수, 「창간사」, 『낙동문화』 창간호, 진주문화건설대, 1947.

17) 여러 신문이 나타나게 된 바탕은 진주가 오랜 전통 도시였을 뿐 아니라 근대 이후 1923년 부산으로 옮겨가기 앞까지 경남의 행정 수도였고 나라잃은시대에도 민간지가 많았던 까닭이다. 게다가 서울 민간지 지국이 거의 다 있었다. 광복 뒤 진주에는 일간지 『경남일보』를 비롯, 주간 『진주시보』, 순간 『영남민보』, 『민중신보』, 『봉화』와 『진주경제시보』들이 있었다. 이들 가운데 일간지 『경남일보』만 유일하게 그 뒤까지 남았다. 창간 무렵 제작진은 주필 조유제, 편집국장 이병묵, 논설위원 설창수, 정경부장 박세제 들이었고, 타블로이드판 2쪽으로 나왔다. 김대상, 『부산경남 언론사 연구』, 대왕문화사, 1981, 188~189쪽.

진영의 반공 투쟁과 아울러 민심 계도의 선봉지로서 첨단"[18]을 걸었다. 파성은『경남일보』의 초기부터 핵심 구성원이었고, 그 몫은 해를 따라 더해갔다. 파성은 이러한『경남일보』와 진주문화건설대의 연고망을 알맞게 활용하면서 자신의 실천 계몽과 문학 활동의 중요 디딤돌로 삼았던 셈이다.

진주시인협회 결성과 함께 나온『등불(영문)』은 바로 그 앞자리 매체였다. 유력 필진은 아내 김보성을 비롯해 진주문화건설대 문학부 조직원과『경남일보』기자, 그리고 역내 동조자였다. 백상현·이경순·정엽·김동렬·조진대와 같은 이가 그들이다. 설창수는『등불』로 작품활동 공간을 마련함과 아울러 좌파 문학 매체와 대결 구도를 분명히했다. 기관신문『문학신문』을 처음으로 기관지『문학』을 3권까지 냈던 조선문학가동맹 진주지부와 남로당 진주시당 기관지격인『민우(民友)』를 넘어설 매체로 설창수는『경남일보』와『등불』을 바짝 앞세웠던 것이다. 그들은 역내의 조직 투쟁, 이념 투쟁을 빌린 진주 지역 문화사회 구성의 핵심 장소였다.

그런데『등불』발간은 달리 중요한 뜻을 지닌다. 지역 뒷세대들과 세대 통합을 드높이는 이음매 구실이 그것이다.『영문』아래에 지역 학생문사 매체인『문학청년』을 1950년 전쟁 발발 앞까지 6집을 낼 수 있도록 밀어주고, 그들의 문학사회 진입을 도왔다. 이러한 지역 문학 세대의 수직 통합 노력뿐 아니라, 아울러 영남 지역 다른 매체와 수평 통합 노력을 빌려 이념 노선과 투쟁을 뚜렷이 했다. 진주 출신 탁창덕이 부산에서 이끌었던 종합지『중성(衆聲)』(뒤에 김석호로 바뀜)이나 조향이 이끌었던 마산의 시동인지『낭만파』, 나아가 대구 이윤수의『죽순』까지 연대를 이루고자 했다. 필진 교환은 그 소박한

---

18) 편찬위원회 엮음,『1956 대한신문연감』, 대한신문연감사, 1955, 248쪽.

본보기였다.

나아가 파성은 『영문』을 영남과 서울 사이 문학사회 연결의 거멀 못으로 삼고자 했다. 그와 인맥을 나누거나 연고를 가진 이들은 『영문』 필진으로 기꺼이 참가했다. 그러므로 그가 진주 역내에서 우파문학 자리가 결정적이었던 1948년 5월부터 『등불』 5집을 『영남문학』으로 바꾸어 냈던 사실이 알려주는 바가 적지 않다. 『낙동문화』와 마찬가지로 진주 지역문학에서 시작한 반공 민족문화 건설 투쟁이 진주를 거쳐 '영남' 지역 모두에 완결되었다는 자긍심이 담긴 것으로 읽히는 까닭이다. 그리하여 『영문』과 함께 1949년 열린 제1회 '영남예술제'는 진주를 중심으로 파성이 겪어온 지역 조직 투쟁과 매체 투쟁이 상승적으로 맞물려 완연히 승리했음을 영남 지역 안쪽은 물론, 지역 바깥 서울로까지 널리 알리는 상징적인 제의가 된 셈이다. 아울러 그것은 영남의 발견과 영남 지역문학 구성이라는 뜻까지 아울러 담은 행사였다.

앞에서 살핀 바와 같이 파성 설창수는 문학 실천 활동에 남다른 열성과 능력을 보여 준 문인이다. 조직 활동과 매체 투쟁을 빌려 젊은 계몽 지식인으로서, 맹렬 반공 언론인으로서, 실천 문학인으로서, 또 유능한 매체 편집자로서 그는 광복 초기에서부터 건국으로 나아가는 과정에 다른 사람들이 결코 넘보기 힘든 문학의 너비를 일궈낸 사람이다. 개인의 역량에서 나아가 한결같은 열정과 대의를 존중한 결과다. 마침내 지역에서 서울 관료의 자리까지 나아갔던 그다.

그러한 투쟁 과정에서 성공을 확신하면 할수록 자신의 노선 바깥에 대한 비판과 대결 의지는 더 분명했을 것이다. 무엇보다 소순수문학에 매달려 있었던 문학지상적 문인들을 향해서는 더욱 그랬다. 따라서 노선 바깥에 있는 이들의 반발과 비판 또한 커졌을 것이 뻔하다. 말하자면 진주 지역문학인 파성의 성공과 그 내용은 고스란히 실패의 증거가 될 수도 있었다는 뜻이다. 그리고 파성은 그러한 상호 악순환 속에서 의기소침하기보다는 오히려 지역 문학인으로서 자의식을 더욱 담금질하는 계기로 일을 이끌어 갔다. 광복기 다른 여느 비평가의 글과는 나뉘는 가혹하고도 직정적인 파성의 글맵시가 그 점을 잘 일깨워준다.

3. 광복기 파성의 이론 활동과 지역문학론

설창수는 광복기, 활발했던 지역문화 실천가였을 뿐 아니라 거침없이 평필을 휘두른 이론가였다. 그의 평문은 자신의 활발했던 문학 실천 활동의 경험과 신념에 바탕을 둔 것이었기에 좌고우면하지 않는 당당함을 지녔다. 게다가 평문 거의 모두가 지역문학을 다루거나, 지역문학에 이어져 있다. 흔히 광복기 평론가나 이론가로 알려진 이들이 서울에 바탕을 두고 평필을 휘둘렀는데 파성 경우는 지역에, 그것도 활발한 실천 활동에 뿌리를 둔 선 굵은 목소리여서 그의 특이성이 새삼스럽다.[19]

---

19) 설창수의 지역문학, 또는 지역문화 담론은 단편적이었다 하더라도 문학 활동 초창기인 광복기부터 만년까지 꾸준하게 이어졌다. 다른 어떤 이에 견줄 수 없을 지역문학 담론 주창자였던 셈이다. 이 글에서는 파성의 지역문학론을 총괄적으로 다루는 것이 목표가 아닌 까닭에 그들을 죄 살피는 일은 다음 기회로 미루었다. 파성을 빌려 지역문학, 특히 진주 문학과 영남 문학을 어떻게 발견하고 구성하였는가를 살피기 위해 광복기 활동으로 묶었다. 이 시기 평문 가운데서 지역문학과 관련한 것만을 보이면 아래와 같다. 「문화건설의 경향적(京鄕的) 개성」, 『낙동문화』 2집, 진주문화건설대, 1947.9.10. 「신민족문학 운동론: 청문(靑文) 진영에서의 제창」, 『영남문학』 5집, 영남문학회, 1948.6. 「영남문학 탄생기」, 『영남문학』 5집, 영남문학회, 1948.6. 「지방문화 정세(情勢)」, 『연합신문』, 연합신문사, 1949.1.25. 「지방문단의 현상(現相)」, 『평화일보』 5집, 평화일보사, 1949.1.28. 「문총(文總) 재건에의 구상-일체 오원칙(一體五原則)을 상론하여」, 『연합신문』, 연합신문사, 1949.3.10~3.12. 「전국문화인총궐기대회 참가기」, 『영문』 7집, 영남문학회, 1949. 「전인문학(全人文學)의 신

그런데 파성은 지역문학에 대한 논의를 한 자리로 뭉뚱거려 담은 적은 없다. 또 지역문학[20] 관련 논의가 한두 평문으로 이루어진 것도 아니다. 광복기부터 1950년 전쟁기까지 꾸준하게 짧은 평문이거나 이저런 글 자리를 빌려 통합, 세련시켜 나가면서 목소리를 높였다. 각별히 그 가운데서 요체를 담고 있는 글이 「신민족문학 운동론: 청문(靑文) 진영에서의 제창」, 「지역문화 정세」와 「문총(文總) 재건에의 구상: 일체오원칙(一體五原則)을 상론하여」, 그리고 「전인문학(全人文學)의 신운동단계: 경향일체와 최면기의 서울지반주의」의 넷이다.

맨 앞의 글은 부제가 말해주듯이 진주시인협회가 '조선청년문학가협회'의 회원 지부로 가입함으로써, '청문'의 전국 단일 활동에 대한 기대를 갖고 당대 조선문학의 문제를 짚으면서 '청문' 회원의 분발을 바라는 글이다. 「전인문학의 신운동단계: 경향일체와 최면기의 서울지반주의」 또한 이와 비슷하게 1948년 대한민국 건립과 아울러 한국 우파 문학이 한국문화단체총연합회(문총) 체제로 발전적인 일원 조직으로 규합되어 있는 마당에, 다시 한번 우파 문학인의 각성을 다그치는 글이다. 둘 다 그 무렵 문학단체의 조직 중앙과 회원들에 관련한 꼴을 띠나, 속은 한국 문학사회 전체가 지닌 문제를 짚고 해결을 모색하자는 뜻을 담고 있다. 그런데 결과적으로 이 두 글은 지역문학인의 활동을 들내고 부추기는 글이 되었다. 아울러 그 방법론까지

운동단계: 경향일체와 최면기의 서울지반주의」, 『영문』 8집, 영남문학회, 1949.11. 「문총진주지구 특별지부 결성기」, 『영문』 8집, 영남문학회, 1949.11. 「황무(荒蕪)에의 사색: 특히 영남문학 동지에게」, 『자유민보』, 자유민보사, 1949.11.8. 「예술 정책의 기초」(상)·(하), 『연합신문』, 연합신문사, 1950.1.11~1.13. 「예술 각 부문과 문교 정책」(상)·(중)·(하), 『서울신문』, 서울신문사, 1950.3.3~3.5. 이들 거의 모두는 파성 생전에 나왔던 『설창수전집』에 실려 있지 않다.

20) '지역'이라는 일컬음을 파성의 평문에서는 '향토', '지방'으로 뒤섞어 쓴다. 이 글에서는 파성의 원문을 옮겨올 때는 그대로 따르되, 그렇지 않을 경우는 모두 '지역'으로 통일한다.

제시했다. 「지역문화 정세」와 「문총(文總) 재건에의 구상: 일체오원칙(一體五原則)을 상론하여」가 그것이다.

1) 민족문학 비판과 신민족문학

파성의 지역문학론을 읽기 위해서는 먼저 그가 광복기 우리 문학의 문제를 어떻게 파악하고 있었는가를 살펴야 한다. 파성에게 당면 문제는 계급문학과 대결이었다. 그는 당대 한국문학을 민족문학의 '시련기'로 본다. "민족문학과 계급문학의 갈등"으로 말미암은 시련이다. "계급문학은 당의 정치적 외래문학"으로, 민족을 배격한다. 인민에 복무한다는 미명 아래 당에 복무한다. "당은 철의 장막으로 강력한 획일 세포를 만연시켜 일체 개인의 특이성과 존엄을 잠식"[21]한다. 그가 볼 때 눈앞에 맞닥뜨린 문화민족 국가 건설에 가장 큰 해악이 바로 계급문학, 공산주의 문학이다.

현재 표면으로야 있건 없건 내용적으로는 뿌리 쉽사리 빠졌다고 속단할 수 없는 문동(조선문학가동맹: 글쓴이) 계열에 대립하는 청문(조선청년문학가협회: 글쓴이) 계열의 투쟁 정신은 공산주의 문학 정신에 대립하는 민족주의 문학 정신만에 그치지 않고 공산주의적 연방원으로서의 사대이념에 대립하는 민족주의적 독립국가 수립을 위한 엄연 불상용한 대립을 의미하지 않으면 아니 된다.[22]

'문동' 계열 문인은 코민테른 "사대당에 복무하여" "전통과 민족의

---

21) 설창수, 「신민족문학 운동론: 청문(靑文) 진영에서의 제창」, 『영남문학』 5집, 영남문학회, 1948.6, 42쪽.
22) 위의 글, 48쪽.

단위를 아낌없이 유린하는 자칭 혁명적 로맨티스트의 일군"일 따름이다. 그들은 당에 복역하는 '적색여노(赤色女奴)'며 '매춘분자'다. 그러나 그는 계급문학과 민족문학의 대립으로 말미암은 시련은 곧 지나가고 "신조선 문학의 태동"은 기필코 이루어지리라 본다. 그러기위해서 현재 우파 조직체 '청문'이 그 몫을 제대로 맡아야 한다. '문동'의 "내외 정치시위적 문단 독점세력에 항의를 표명하기 위한 대립적 시위체"[23]로서 '문맹'의 허구를 격멸하려는 '청문' 구성원의 믿음과 실천 역량만이 오로지 이 '적진소탕(敵塵掃蕩)'을 앞당기거나 늦출수 있다. 그러므로 바깥의 적인 계급문학과 대결에서 완전히 승리하고, 새 민족문학 건설을 위해서는 국가적, 민족적 대응과 "전선(全線)참획(參劃)"이 필요하다. 왜냐하면 민족문학 건설이란 "정리(情理)의수지(收支) 문제가 아니라, 역사 생명의 사활 문제"[24]일 정도로 막중한 것인 때문이다. 그럼에도 이러한 중대 시기에 민족문학 안쪽은매우 심각한 '내환적(內患的) 사태'에 놓여 있다. 그것을 파성은 크게두 쪽으로 본다. 첫째 문학 자체에 대한 문제로 민족문학인들의 문학에 대한 인식 오류, 둘째 제도 문제로서 서울지방주의가 그것이다.

첫째, 문학에 대한 인식 오류를 살피기 위해서는 파성의 인간관을볼 필요가 있다. 그는 사람을 전인적(全人的) 존재로 이해한다. 개인,민족, 인류, 신의 동시 전일적 존재가 그것이다.[25] 문학인도 사람인다음에야 민족국가 건설에 대한 헌신[26]은 극히 당연한 일이다. 그런

---

23) 위의 글, 45쪽.
24) 설창수, 「전인문학(全人文學)의 신운동단계: 경향일체와 최면기의 서울지반주의」,『영문』 8집, 영남문학회, 1949.11, 97쪽. '전인'이 지닌 구체적인 속내와 그 터무니는파성의 문학관을 다루는 다른 글에서 따로 밝혀져야 할 일이다.
25) 설창수, 위의 글, 126쪽.
26) 당에 복속하는 계급문학을 비판하는 민족문학 진영에도 굳이 그 일을 하기 위해비록 당은 아니라 하나 '청문'과 같은 일국 일원 조직이 필요한 것일까. 그 점을

데 지금 민족문학은 전동적(全動的) 문학이 되지 못하고 내동적(內動的) 문학에 빠졌다. 전동적 문학이란 "개자(個自)의 문학적 내용을 최대한으로 발양키 위한 개인 해방의 문학"일 뿐 아니라 "전 문학인에게 기회균등화하는 문학운동"27)이다. 문학인은 '전인'으로서 '전인문학'에 크게 나서야 할 일이다. 그럼에도 현 민족문단에서는 '본령정계론(本領正系論)'(김동리)이니 무어니 하며 개자의 종단적(種壇的) 이익만 앞세우는 '문학지상적 처신',28) 곧 내동적 문학이 민족문학을 흐리게 한다.

민족문학이란 인간성 예술성의 수호만으로 실현될 수 없으니 시대를 파악하는 정명한 비판력과 불의를 증오하는 분격의 혼이 아울러 ×동하지 않으면 여하한 순수도 종내 한갓 상아탑적 명상에 불과할 것이오 왕성한 시대정신에서 위대한 예술이 창조되었다는 사실적 결론은 오늘날 신

두고 '문동' 계열과 달리 조직 의사의 자발성에 뿌리를 두어 다르다고 그는 풀이하고 있다. "문화인이 조직을 갖게 되고 그 조직이 다시금 조직되어 연합체를 갖는다는 사실은 자칫하면 세칭 좌익문화적 당행위같이 속단되기 쉬우나 여기에는 매우 상식적인 역설을 적용할 수 있으니 그는 곧 당문화인이 아니기 때문에 작당하기에 이른 것이다. 다만 좌익문화인들의 작당 동기와 달라서 지령 받지 않고 자의식에서 집결되었다는 점을 판이하는 것이다." 설창수, 「문총진주지구 특별지부 결성기」, 『영문』 8집, 영남문학회, 1949.11, 116쪽. 이해에 자의성이 보이나, 사람을 '전인적(全人的)' 존재로 보는 파성의 입장에서는 민족해방에 이바지하는 국가 일원 조직에 대한 헌신은 지극히 자연스러운 일이다.

27) 설창수, 「전인문학(全人文學)의 신운동단계: 경향일체와 최면기의 서울지반주의」, 앞의 책, 126쪽.

28) 파성의 문학지상주의에 대한 비판적 자세는 아래 대목에서도 잘 나타난다. "예술적 예술 시적 시 이러한 태도에서 자기를 포기할 수 있는 감연성이 먼저 필요하다. 그것 없다면 문학은 도리어 천재의 요술만으로 멸망하고 말 것이다. 가장 치열한 인간적 시련을 체험하지 않은 천재의 집단들은 화물열차의 승객으로 아낌없이 보내련다. 속중(俗衆)의 생활 이유에 절연한 귀족적 천재보담 지평세상선(地平世常線) 이하에서 최고의 수난을 체험한 단 하나 천재를 우리들은 포옹한다." 설창수, 「문화 건설의 경향적(京鄕的) 개성」, 『낙동문화』 2집, 진주문화건설대, 1947.9.10.

조선문학의 태동기에 그대로 해당할 것이다.29)

'내동적 소순수문학'에 대한 냉철한 꾸짖음이다. 그가 볼 때 그들의 '처신'은 필시 문학의 파행을 초래한다. 아니 무기력한 빈혈성이 생겨나고 자기 유지에만 급급하여 동지의 등덜미를 디디고 "무모한 승천을 꿈꾼"30)다. 그런 '소아적 문학'으로써 계급주의와 맞서 궁극 승리에 이를 수 없으며, 민족문학의 태동을 볼 수 없다. "문학 영위의 사회적 연관을 민족국가에 두었다면 그 개성적 연관성을 문학사적으로 규정할 것이니" "순수문학의(본령정계론 김동리) 지상문학적(至上文學的) 안착에서 궐기하여 문학존위(문화존위)와 통의(通意)의 최고 확보를 위주한 전선(全線) 참획(參劃)"을 이루어야 하는 것이다.

문학자가 부문적으로 정치 경제 군사 등에 예속되지 않고 그 본래의 창조자적 존위성을 확보하기 위해선 당당한 전선(全線) 참획(參劃)을 보지 않으면 아니 된다. 관리의 수업에 응하고 유산자와 출판업자에 기생하고 군행동의 선무보도반으로서 수동(受動)하는 동안 우리의 문학정신이란 척주 만곡 내지 곱추적 고질을 난면하는 것이다. 우리는 문맹 계열의 매춘분자를 본받아 당복역(黨服役)의 보수로서 고액의 원고료를 예산하는 것이 아니라 문학 영위의 기반을 건전한 대지 위에 설정하기 위해서는 순수문학의 내동적(內動的) 본령정계에만 안착할 수 없기에 전동적(全動的) 건설사업으로서의 출사를 요구하는 것이다.31)

---

29) 설창수, 「신민족문학 운동론: 청문(靑文) 진영에서의 제창」, 앞의 책, 48쪽.

30) 위의 글, 47쪽.

31) 설창수, 「전인문학(全人文學)의 신운동단계: 경향일체와 최면기의 서울지반주의」, 앞의 책, 124~125쪽.

'전동적 전인문학'이 요구하는 '전선 참획'의 속살과 됨됨이가 잘 드러난다. "진정한 본격적 문학이란" 인간성의 '전인적 기반' 위에서 "가장 자유를 애중하는 문학자가 개자(個自)와 동지의 자유보장에 대한" "실천적 작전"이어야 한다. 그렇지 못한 곳에 무슨 허울 좋은 순수문학이며 '본령정계의 문학'인가라며 파성은 김동리류의 순수문학론을 직격한다. 그가 보기로 당대 민족국가, 민족문학의 "운동적 현실 앞에서" 김동리와 같이 소순수주의자는 기껏 "지상(紙上) 산야(山野)"의 "논리적 조림(造林)에서" 되풀이하는 "향수의 탁목조"에 지나지 않는다. 그러한 "본질충동적 냉혈"은 공토(公討) 당해야 마땅하다. "만약에 소순수주의 현황대로 무반성하게 우리 문단을 방임하는 날이면 북한이란 정치적 공간과 남한의 지하에 분열세포적으로 만연하고 있는 공산주의 문학의 호이(好餌)가 되지 않으리라고 단언할 수 없"[32]다.

문학에 대한 인식 오류에 이어 민족문학 진영의 두 번째 문제는 '서울지방주의'[33]다. 서울지방주의는 서울의 제도와 인적 기반 안에서 이루어지는 서울 독점 현상이다. 이는 소수 소순수문학 "기성층 문단인"을 지반으로 삼는다. 그들은 오늘날 "국가적 문학적 주변을 에워싼 미묘한 마기(魔氣) 속에서 서울의 문학 화단"에 어울려 "근시적 최면기에" 빠져 있다. 그들에게 "적은 척후대의 초병적 경종을 난타"한다. 그럼에도 그들은 '무기력', '무당파'로 한결같다. 자칫 민족문학의 '화단'이 짓밟힐 수 있다. 계급문학과 싸움에서 질 수밖에 없는 꼴이다.

그런데 "세칭 중견 작가급 이상의 안락의자들"인 이들 종단적인

---

32) 위의 글, 125~126쪽.
33) 파성은 '서울지방주의'와 '서울지반주의'라는 둘을 섞어썼다. 이 글에서는 '서울지반주의'를 포괄하는 상위 개념으로서 '서울지방주의'라는 일컬음을 쓴다.

기성문인층은 독점적 매체 편집권으로 문학 발표의 기회마저 가로막고 있을 뿐 아니라, 뒷 세대를 이끌어 올리는 데도 등한히 한다. 발표 장벽, 문단 진입 장벽뿐 아니라 작품에 대한 공정한 평가까지 나 몰라라 하는 평가 장벽까지 쳐놓고 '개아'의 문학에 탐닉한다. "문학적 건설정신 곧 반역문학에" 대한 "투지 결핍과 문학 해방기의 시대의식이 희박 내지 보수적인데 기인하는" 이러한 서울지방주의란 "서울 지방 안에 구축된 문학적 자기 지반에 의하여 발흥하는 문학세대에 냉담한 출판 사교계의 기사 취미를 총칭하는 것"[34]이다. 그들에 의한 폐해는 문학사회를 더욱 어지럽힌다.

① 의연히 행세하고 있는 문명(文名) 본위의 상업주의, 소써컬주의, 편집인 원고 사교, 자기 존대, 배타성, 문단 매혹증, 기성 시기증, 폭론, 괴평, 기회주의, 청고병(清高病) 등등 만신창이의 쓰라림[35]

② 허다 무식한 출판업자 서적상과 근시 혹은 자기류의 색안경을 쓴 종파적 잡지 편집자와 무지조 농명적(弄名的)인 신문사의 문화부 관계자들의 거의 태반이 아무런 문화에의 경륜조차 없이 갖은 편집 사교에 농락되어 있고 인기적인 대다수 현역 작가들이 신진을 두고 노방인시하는 의식 무의식의 자기 오만을 품은 통에 유위한 신맹아들이 지표면에 대두되지 않고 문학 계절은 아직도 서울 온실에서 온전히 전 민족적 회춘을 보지 못하고 있는 것이다. 이것은 서울지방주의와 문단의 기성지반주의가 공모한 문화적 죄악에 부류될 것임을 공언한다.[36]

---

34) 설창수, 「전인문학(全人文學)의 신운동단계: 경향일체와 최면기의 서울지반주의」, 앞의 책, 127쪽.
35) 설창수, 「신민족문학 운동론: 청문(靑文) 진영에서의 제창」, 앞의 책, 48쪽.
36) 설창수, 「전인문학(全人文學)의 신운동단계: 경향일체와 최면기의 서울지반주의」,

③젊은 문학 민족의 해방이란 발표의 해방을 요구하는데 써번트로서
가 아닌 특권 편집인, 문학운동 동지로서가 아닌 저널리스트로서의 편집
인, 개척적 선진자로서가 아닌 자기지반주의적 집필자, 대민족문학 화단
의 백화난만을 설토하지 않는 졸장부적 분재사들이 우리 수도문단의 문
직적(門直的) 포지션을 장악하는 동안 대한의 문단이란 서울지방주의와
협량한 소수의 우선자들로써 구축되어진 지반주의에서 선뜻 해방되지 못
할 것이니 이 사태야말로 문학민족의 해방운동적 정면 과제로서 파악되
어야 할 것이다.37)

①은 문학사회 안에 나도는 부끄러운 병폐를 여러 가지로 들었다.
그것이 민족문학을 '만신창이'로 만들고 있다. ②는 그 가운데서 문학
출판과 편집 쪽으로 목소리를 줍혔다. "종파적 잡지 편집자"에다 "무
지조 농명적인"인 "편집 사교"를 "문화적 죄악"이라 꾸짖는 파성의
목소리에서는 ①보다 공분(公憤)이 드높다. "무지식 천박한 편집 사무
원들의 손목"에 맡겨진 문학, "생쥐 같은 문학 모리배나 삼린사보적
(三隣四保的) 정실 관계며 싸구려 잘 팔리는 필명 본위"38)의 문학이
그들이다. ③은 바람직한 문학 편집의 방향까지 맞세우며 서울지방
주의의 병폐를 짚고 있다. "문학민족의 해방운동적 정면 과제"야말
로 그러한 병폐를 깨끗하게 치우는 일이다. 문학 제도의 연고망과
상징 권력이 작동하는 역장에 대해 파성이 지나친 염결성을 드러내
고 있는 게 아닌가 의심스럽다. 그러나 지역의 실천 투쟁 현실에 뿌
리 내리고 있는 신흥 문인 파성으로서는 기성 서울 문학과는 분명하
고도 당당한 차별화며 경계 지우기를 보여 준다.

앞의 책, 127쪽.
37) 위의 글, 127쪽.
38) 위의 글, 128쪽.

파성의 말마따나 "민족 해방이 소수의 간악한 정치적 경제적 모리배들의 것이 아님과 같이 문학 해방 또한 서울 한지적(限地的)인 것"이 될 수 없다. 그렇다면 "민족문학의 해방운동적 정면 과제"인 서울 지방주의를 벗어날 수는 없는 것인가. 당장 편집인들의 '직업적 근시안'을 벗어날 방법조차 간단치 않다. "전국적 문학 시야에서 일 페이지의 잡지와 일단의 신문 지면이 편집 방침을 개편"하기조차 될성부른 일이 아니다. 파성으로서도 "서울이 아니면 문학할 수 없다는 중앙집권적 문학면의 봉건의식을 폐기시킴과 동시에 모든 계공적(界空的) 기상을 총종합하여" "경향(京鄕)의 건강한 일체적 기류를 구성함으로써 앞날의 백화난만을 기약"39)하자는 선언적인 글발을 보여 주고 있다. 그렇다면 민족문학에 참으로 "건강한 기상"을 불러 오는 길은 없는 것인가. 이 일은 무엇보다 민족문학 건설의 주체 교체에서부터 이룩될 일이다.

신흥 전인문학 세대들은 이제야 실천적으로 궐기 작진하여 대한 민족 문단의 해방운동을 촉성하는 중심세력을 구성하지 않으면 아니 된다. 전인문학의 신운동단계는 마침내 박두하였다. -(줄임)- 신운동단계란 그러한 민족 전인적 자부에서 출발한 웅혼한 문학 블록 운동에서 선봉화되어야 할 것이다. 유명무위한 보수적 기성문인들에 기대함을 단념한 야심적 신흥문학 세력의 핵심체 구성을 요청한다.40)

"신흥 전인문학 세대"는 현재 민족문학이 겪고 있는 서울지방주의 "만신창이의 쓰라림을 민족 생명의 강건한 의욕으로 물리치고 당당

---

39) 위의 글, 128~129쪽.
40) 설창수, 「전인문학(全人文學)의 신운동단계: 경향일체와 최면기의 서울지반주의」, 앞의 책, 122~128쪽.

한 정신부대 정열부대"로 "궐기 작전하여" '진군'41)할 이들이다. 그들은 이제껏 광복 뒤부터 낱낱의 제 지역, 제 자리 제 기반 위에서 투쟁해 왔다. "민족 전인적 자부에서 출발한 웅혼한" 민족문학 해방의 '선봉'에 설 자격이 넉넉하다. 민족 전인적 믿음이 없는 서울지방주의 기성층 문인은 어차피 오랜 지반 세력이 될 수 없을 것이다. 새로운 지반 세력이 될 그 "신흥 전인문학 세대"의 핵심에 파성 자신과 같은 지역문학인이 있다. 그들 "지방문단의 현역들은 인간으로서 가장 강인한 향토애를 가졌고 정치적으로 기왕의 중앙집권적 문화예속에 암암리에 반항적 정열을 포회(抱懷)한 것이며 사회적으로 일선 현지에 직접 운동하고 계몽을 작용하며 신흥세력을 발현(發現)하려는 건설적 문화의욕의 파악자"42)가 아닌가.

들뜬 문학적 공명심으로 중앙만에 현혹되던 어젯날 문학 자세의 곱새병이 재발치 말도록 서로 삼갔으며 삼가려 한다. 물론 중앙경원주의일 수는 없다. 소지방주의도 못쓴다. 중앙과 지방의 건전한 유기적 생존을 뜻하는 것이다. 문학운동으로서의 중앙집권적 폐단도 아름답지는 못했다. 동시에 지방문학 운동이 지상 의의를 부여하리라는 에고도 얄미울 따름이다.43)

이제껏 지역문학인이 지니기 쉬웠던 인습을 짚고 바람직한 지역문학의 방향을 들내고 있다. '중앙경원주의'나 '소지방주의' 둘 다 잘못이다. '중앙집권'이나 '지방문학' 지상에 빠진 '에고'도 아름답지 못하다. "중앙과 지방의 건전한 유기적 생존"이 필요하다. 혹 지역문학에

---

41) 설창수, 「신민족문학 운동론: 청문(靑文) 진영에서의 제창」, 앞의 책, 48쪽.
42) 설창수, 「지방문단의 현상(現相)」, 『평화일보』, 평화일보사, 1949.1.28.
43) 설창수, 「영남문학 탄생기」, 『영문』 5집, 영남문학회, 1948.6, 7쪽.

"보편성이 결여"되거나 작품 수준에 문제가 있으리라는 예단은 "문화적 교양의 문제"에 들 기우에 지나지 않는다. 지역문학의 "향토적 개성, 곧 지방색이 중앙의 개성, 즉 종단색에 반드시 선입주관으로 우열을 결정 받아서는 아니 된다". "창조하는 정력의 천품은 불가결" 하므로 개인차가 있기 마련이지만, "진정한 향토 문건은 향토혼의 고동을 촉진하여 전대도(全大道)로 향도함에 있다". "조예(造詣)와 계략(計略)으로서 성취되지"44) 않는다. 다시 말해 작품의 개인차 작가의 역량 차는 있을지언정 나아갈 민족문학의 목표에서는 다를 수 없다는 뜻이다.

서울지방주의 문학의 종단색과 맞서는 지역문학의 지방색, 서울지방주의 문학지상적 기성층의 무기력에 맞서는 신흥 전인 세대의 노력만이 시련의 시기 민족문학의 해방을 가져올 수 있다. 이를 위해 "전인문학을 뜻하는 신세대들의 시대적 역사적 동지적 맹약이 요청" 된다. 그것이야말로 오랜 겨레의 "예술적 전통과 암흑 40년 동안의 모든 성스러운 민족적 희생 앞에 속죄할 수 있는 유일 노선"45)이라 파성은 목청을 드높인다. 그리고 그 가운데서 특히 신세대 영남 지역 문학은 "우직한 영남 기질의 전통을 묵시하는 위연한 산악이 있고 유유히 물굽이 치는 낙동 하류 칠백 리와 연안의 옥야를"46) 지녀 새 민족문학 건설에 남다른 이바지를 할 수 있어야 할 것이라 파성은 믿는다.

---

44) 설창수, 「문화건설의 경향적(京鄉的) 개성」, 『낙동문화』 2집, 진주문화건설대, 1947.
9.10.

45) 설창수, 「전인문학(全人文學)의 신운동단계: 경향일체와 최면기의 서울지반주의」, 앞의 책, 123쪽.

46) 설창수, 「황무(荒蕪)에의 사색: 특히 영남문학 동지에게」, 『자유민보』, 자유민보사, 1949.11.8.

2) 지역문학 방법론으로서 일체오원칙

계급문학과 민족문학의 투쟁 전선에서 민족문학의 궁극 승리는 파성이 보기로 반세기를 내다보아야 할 일인지 모른다. 이미 많은 좌파 문인이 월북, 전향 또는 지하화한 상태다. 완전한 민족국가 건설, 민족 해방의 신민족문학은 신흥 지역문학 전인 세대에 의한 전인문학으로 꽃필 것이다. '청문'에 이어 '문총'과 같은 '전선'의 일원화는 필수적이다. 그 또한 '청문'에 이어 '문총' 일국 조직에 흔쾌히 자리 잡았다. 그러나 그들은 구체적인 방법론을 지니고 있지 못하다. 파성이 이론 투쟁 전선에서 이바지할 몫이 분명했다. 지역문학과 국가문학을 하나로 묶은 구체적인 실천 방법론이 그것이다. 이에 이미 몸과 마음으로 지역 투쟁 현장에서 겪은 경험을 뼈대로 파성이 다듬어 내놓은 것이 바로 일체오원칙이다.

파성은 일체오원칙을 시기와 지면을 달리하면서 몇 편의 단편적인 글 속에 다루었다. 전인문학론과 신민족문학론은 그 디딤돌 가운데 하나였다. 그리고 그것은 문학 방법론에 머물지 않고 예술문화 방법론이라는 옷을 걸치고 있었다. 파성은 문학과 예술을 넘나들면서 자신의 생각을 풀어낸 셈이다. 비록 짧으나 가볍지 않은 두 평문 『지역문화 정세』와 「문총(文總) 재건에의 구상: 일체오원칙(一體五原則)을 상론하여」에 그것을 제대로 담았다. 일체오원칙의 하나하나 항은 '경향일체(京鄉一體)', '문관일체(文官一體)', '문민일체(文民一體)', '문학일체(文學一體)', '문건일체(文建一體)'다. 이제 아래에서는 파성의 논의에 따라 그 속살을 짚어보기로 한다.[47]

---

47) 「지방문화 정세(情勢)」, 『연합신문』, 연합신문사, 1949.1.25. 「문총(文總) 재건에의 구상: 일체오원칙(一體五原則)을 상론하여」, 『연합신문』, 연합신문사, 1949.3.10~3. 12. 이하 일체오원칙에 관련된 내용은 거의 이 둘에서 가려 뽑아 간추린 만큼 따로

첫째, 경향일체다. 일체오원칙의 핵심이라 할 만한 일이다. 서울지방주의를 타파하고, 문화민족 건설을 위한 서울과 지역 사이 유기적 연결을 뜻하다. 아울러 기성세대와 미성세대의 유기적 연결도 마찬가지다. 이 일을 효과적으로 이루기 위해 중앙, 도, 시군[48]의 '민족문화인'을 재편하며, 도 단위를 중심으로 행정 연결망의 재확립과 '계열선'을 확정하는 것이 중요하다. 그리고 경향 사이 문화적 연결을 맡을 '분과 위원회'와 '상설 중앙'을 마련하는 것이 긴요하다. 재정문제에서도 '합동 관리'가 가능한 체계가 마땅히 뒤따라야 할 일이다. 이러한 방법을 빌려 서울지방주의, 종파주의, 그리고 보수적 매명(賣名)주의에 짓눌린 기존 문화인을 성찰케 하고 "새롭고 긍정적인 미발현 세대를 앙양"시킬 수 있다.

둘째, 문관일체다. 문학이 관에 휘둘리며 "정당의 문화자본에 손대"[49]거나 "대관(大官)의 재정 보조에 매춘문학 자세"가 되어서는 곤란하다. "긴급 문화 무장을 촉성"시키기 위해서 효과적인 대민 대정부 문화 행정망을 마련해야 한다. 또한 출판문화 공연과 예술에 "반민족 세력을 배제하고 애국적 세력을 배양"하며, "신흥 민족문화 세력"을 "적극 발양"키 위한 지원을 부추길 일이다. "일선 관계(官界) 관리"까지 유의하고, '인적 재검토'는 필수적이다. "애국 재무장 최전선을 시군에 둔 도 단위의 하위 조직 구성"이 필요한데, 이를 위해 "기성 문총 위원의 상근과 시 공보계 군 내무계와 연결"이 이루어져야 한다. '국립출판사'를 마련하고 문화인의 권익을 보호하기 위한 '문화인옹호법' 제정도 이룰 일이다. 그리고 "항구적인 대한 문화 왕

따온 자리마다 각주 처리를 하지 않았다. 원문 훼손이 심해 알아보기 어려운 곳이 적지 않아 아쉽다.

48) 원문에는 부군(府郡)으로 되어 있으나, 이즈음 말인 시군(市郡)으로 고친다.

49) 설창수, 「신민족문학 운동론: 청문(靑文) 진영에서의 제창」, 앞의 책, 48쪽.

국의 기본 국시"가 될 일들을 "일개 문교부 문화국이나 일개 공보처 공보국 따위"에 맡길 수 없다. 국회에서는 하루바삐 '문화부'를 창설하여야 한다고 파성은 힘주어 말한다.

셋째, 문학일체다. 다채로운 여러 예술 문학 영역이 서로 종합, 지속해 나가면서 활발하고도 역동적인 창작과 향유의 자리가 사회 곳곳, 각급 학교 곳곳에서 이루어지도록 하기 위한 원칙이다. 이를 위해 관의 적극 지원은 필수적이다. "각급 학교의 과외 문화 교재 보급 활동"을 돕는 일은 그 하나다. 또한 문학일체를 빌려 반문화적, 반민족적 문화에 대한 통제까지 이루어져야 한다고 파성은 생각한다. "무통제한 영화, 연극 출장의 재고"가 그것이다. 나아가 "애국적 학생 조직의 강화와 문화적 지도 세력의 정예화"도 중요한 임무다. "음악 연극 등 경연 행사의 강화와 지역별 학생 미전와 같은 작품 발표" 행사를 자주 열어야 한다. 일정한 기간에 마련하는 종합예술축전 같은 것이다. 먼저 도마다 종합예술축전을 알맞은 시기에 한 번씩 여는 일은 쉽게 이룰 수 있을 일이다.

넷째, 문민일체다. 문화가 '도농' 구석구석까지 미칠 수 있도록 하자는 원칙이다. 이를 위해서 도시에서 '촌'으로 "계몽적 출판물 보급, 민중적 예술의 일선 전진"을 돕고, "농촌 문화공작대의 국립적 상설과 순회", "한글 전용과 성인 교육 운동의 재추진"과 같은 여러 방법을 따라야 할 것이다. 경향일체 원칙이 지역과 중앙의 유기적 연결을 뜻한다면, 문민일체는 지역 안쪽에서 중심지와 변두리 사이의 유기적 연결을 찾기 위한 방법인 셈이다. "민중을 위한 예술", "민중 모두가 예술을 향수하게 마련하는 것이 예술을 팔아 국록을 먹는 이 나라 공무원의 막다른 비원"[50]이라는 파성의 말에서 문학과 민중을 향한

---

50) 설창수, 「예술 각 부문과 문교 정책」(하), 『서울신문』, 서울신문사, 1950.3.5.

그의 몸에 배인 사랑을 느끼게 한다.

다섯째, 문건일체다. "민족국가 건설과 민족문학 건설"이 하나로 맞물려 돌아가야 한다는 뜻이다. 이 일이 성공하기 위해서는 "민족적 역사적 애정과 조직적, 동지적 정신을 재확립함으로써 소중앙주의적 과오를 청산하고 문화 건설과 민족 재건을 일체화"[51]해야 한다. 파성이 민족문학 안쪽의 소아병적 문학지상주의자들을 꾸짖을 때 한결같이 뒷심이 되어 준 생각이 이것이다. 그들은 중차대한 민족국가 건설의 현단계에서 힘도 뜻도 없이 '개아'에만 웅크리고 있을 따름이다. 파성이 문교부 예술국장 자리에 올라 이내 내놓았던 글에 썼던 바, 예술정책의 '2대 강령'을 "민족 부흥과 민족 영예"[52]라 밝힌 것도 바로 이러한 문건일체 원칙에서 말미암은 바다.

파성의 생각을 따라 살펴본 일체오원칙 다섯 가지 원리는 민족국가 건설과 민족 문화 예술 부흥이 무엇보다 유기적으로 늘 맞물려 함께 돌아가는 일이라는 깨달음을 담고 있다. 서울지방주의를 타파하고 중앙과 지역의 바람직한 연결을 시도하려는 경향일체, 지역문학 안밖으로 관과 민, 문화인의 바른 관계와 문화 행정의 효율적 시행 방안을 담고 있는 문관일체, 주변 소외 지역에 대한 실천 계몽 활동을 적극 권장하는 문민일체, 그리고 문학 활동의 개방적인 향유를 부추기기 위한 문학일체, 문학 해방과 국가 발전을 하나로 묶어서 보는 문건일체가 그것이다. 이들의 긴밀하고도 효과적인 실천이야말로 민족문화 태동기에 가장 주요한 원리라 파성은 목소리를 높인 것이다.

파성의 일체오원칙론은 작품 바깥의 제도적, 행정적 차원의 세부

---

51) 설창수, 「지방문화 정세(情勢)」, 『연합신문』, 연합신문사, 1949.1.25.
52) 설창수, 「예술 정책의 기초」(상)·(하), 『연합신문』, 연합신문사, 1950.1.11~1.13.

방법론이다. 작품과 작가, 이론 진술로 한결같았던 광복기 '내동적'
비평 현장에서 그의 일체오원칙론은 건국 뒤 처음으로 드러난 구체
적인 문화예술 정책의 '전동적' 실천안이다. 아울러 우리 근대문학사
에서 처음으로 마련한 구체적인 지역문학 방법론이기도 하다. 밑뿌
리부터 문학을 생활세계 현상으로 바라보는 개방적, 실천적 관점을
넓은 터로 삼았다. 그 위에 열렬한 문화 민주화 의식에다 문화 민주
주의 의식53)까지 담았다. 이른 시기에 그 둘을 한꺼번에 끌어안은
파성의 두터운 눈길이 예사롭지 않다. 파성의 생각대로 한 나라 안에
서 서울과 지역, 도시와 농촌, 관과 민, 문화 주체와 비문화 주체, 국
가와 문화가 수평적, 수직적으로 '일체'가 될 수 있다면 신생 '대한민
국'은 드디어 '적진(敵塵)'을 완전히 씻어내고, '문화 왕국'이 될 수 있
을지 모른다. 파성의 일체오원칙론은 그러한 열망에 대한 거시적이
고도 꼼꼼한 방법론이었다.

민중의 절대 다수는 대한민국에 혜택 받은 바 예술아(藝術兒)의 그림자
는 아직 접하지 못했다는 사실을 말한다. 거개의 예술운동은 서울 계외
(界畏)에서 아직 울타리를 넘었다고 볼 수 없기 때문이다. 수도 서울에
반도(叛徒)의 발호가 없으면서 지리산에 그 잔당이 출몰하는 꼭 같이 서
울의 예술 수용층이 미의 의표 앞에 도취하는 동안에 제일선의 민심들은
상기 황무(荒蕪)한 양 살벌한 총화(銃火)의 소리나 저속한 흥행물에 야유
(揶揄)되고 있는 것이다. 궁정(宮廷) 중심의 예술이 도시 중심의 예술이

---

53) 예술문화 행정의 정책 방향은 크게 둘로 나누어 볼 수 있다. 보다 많은 사람에게
   양질의 예술문화를 누리도록 하기 위한 수직 하향식 문화정책 방안이 문화 민주화
   다. 이와 달리 보다 많은 사람들에 의한 예술문화의 향유를 위한 수평 확산식 문화
   정책 방안이 문화 민주주의다. 파성의 '일체오원칙'의 뿌리와 됨됨이에 대해서는
   앞으로 꼼꼼한 조사가 이루어져야 할 것이다. 당장 1940년대 왜로(倭虜) 제국주의자
   들의 전체주의 수탈 체제 안쪽의 방법론과 비교, 대조 작업이 필요하다.

된 곳에 일일지장(一日之長)이 없지 않으나 이것이 그대로 대한민국의 자각 있는 예술 정책일 리는 없다는 것이다. 세련된 아름다운 목숨들이 황무한 짓밟힌 목숨들 앞에 진전되어야 하겠다. 각 시군마다 전국 문총은 조직망을 펼쳐서 먼저 민간군 협동의 문화 세포를 문총 지부의 이름 아래 방방곡곡으로 결성하고 수용 태반으로서의 향토 예술운동이 자연발생적 향토 예술인의 주동(主動)으로 환기(換氣) 되어야 하겠다.54)

비록 '예술' 쪽으로 넓혀져 있지만, 일체오원칙론의 뜻이 녹아든 글이다. '비원'에 가까운 파성의 속내가 잘 담겼다. 그러나 이러한 파성의 생각도 경인년 전란이 끝나고 사람과 돈, 그리고 정보와 행정권력 중앙이 다시 서울로 돌아가 버린 뒤 묻혀 버렸다. 문단 또한 '문총' 일원 조직에서 문협과 자유문협으로 갈라졌다. 파성이 서울지방주의에 터 잡은 개아적 내동문학이라 크게 꾸짖었던 조연현, 김동리의 소순수 문협 종단파들만 의기양양 광복기 문학 투쟁의 결실에 무임승차했다. 게다가 영남 지역에서 교분이 깊었던 류치환마저 슬며시 세상 인심에 따라 그들 종단파로 자리를 굳힌 뒤다. 파성만 어느덧 다시 진주 문인의 한 사람으로 돌아와 앉는 것이 뒷 세월의 밑그림이다.
이상으로 광복기 파성 설창수의 문학 실천 활동 가운데서 이론 투쟁을 살폈다. 그는 계급문학과 대립하는 시련기, 당대 우파 민족문학 진영 안쪽에 놓인 문제를 둘로 보았다. 개아의 내동적인 소순수문학의 발호와 문학 제도 환경의 서울지방주의다. 민족국가 민족문학 건설에 전선 참획 투쟁을 벌어야 할 중대 시기다. 이러한 우려스런 '내환(內患)'을 극복할 방법으로 내놓은 것이 일체오원칙론이다. 파성은 각별히 문학 민주화와 문학 민주주의 의식까지 담아 개방적이고 실

---

54) 설창수, 「예술 정책의 기초」(상)·(하), 앞의 신문, 1950.1.11~1.13.

천적인 담론을 마련했던 것이다.

그리고 평필을 세우는 과정에서 파성 스스로 맞선 이들과 차갑게 이론적 티내기를 분명히 했다. 보수적인 문학사회 안쪽으로 파성 개인에 대한 기대와 비판이 알게 모르게 이어질 수밖에 없을 형국이다. 파성 또한 그들과 대타적 경계를 더욱 뚜렷이 하며 신흥 지역문학 세대로서 행동과 의식을 담금질했을 것이다. 오늘날 우리가 알고 있는 영남의 진주, 또는 영남문학이라는 문화적 지역 경계는 이러한 상승적 차별화와 동질화 과정에서 발견, 구성된 바가 적지 않다. 그 것은 행정적, 풍토적, 역사적 지역 경계와 묶여 들면서 더욱 강력한 담론화 과정을 예고하는 일이었다. 따라서 중요한 점은 파성의 사람 됨이나 그의 담론에 대한 호불호, 정부당의 평가가 아니다. 색향 진주가 문화 예향, 충절 도시로 지역성을 틀고 대한민국 일국 체제 아래서 영남과 영남 문학사회가 민족 우파적 됨됨이를 굳히는 일에 그가 결정적인 이바지를 했다[55]는 사실 그 자체는 달라짐이 없다.

4. 광복기 민족문학론과 파성의 자리

지역은 주어져 있는 게 아니다. 발견, 경계 지워지며 구성되는 동적 역사적 실체다. 우리 근대문학사에서 지역을 자신의 문학 태반으로 삼아 본격적으로 실천한 이를 들라면 파성 설창수가 맨 앞에 놓인다. 그는 을유광복을 맞아 스물아홉 나이로 경남 진주에서 일어선

---

55) 물론 파성의 지역 형성, 창발 노력과 맞물려 그 명암을 나란히 짚어볼 수 있어야 한다. 진주 안밖으로 파성의 문화 자본력이 변화하는 과정과 그에 따른 지역 억압 또는 역기능이 그것이다. 그러나 그러한 특수한 사안에까지 꼼꼼하게 다가서기 위해서는 무엇보다 파성의 문학 활동 전반에 대한 조사, 복원과 이해가 먼저 폭넓게 이루어질 일이다. 이 글은 그런 일을 위한 작은 디딤돌 하나를 놓는 품세일 따름이다.

뒤 민족국가 건설의 과제 앞에서 지역문학 실천가며 담론 주창자로서 선 굵은 문학 활동을 펼쳤다. 이 글에서는 파성의 광복기 활동에 초점을 두어 지역과 지역의 문학사회를 구성해 가는 속살을 실천 투쟁과 이론 투쟁의 둘로 나누어 살폈다. 논의를 줄인다.

첫째, 광복기 파성의 문학 실천은 지역 계몽과 좌우 투쟁 그리고 지역문화 발양의 단계를 거치면서 진주를 중심으로 영남 지역 안밖으로 활발하게 이루어졌다. 칠암청년대에서부터 진주문화건설대,『경남일보』, 진주시인협회, 그리고 조선청년문학가협회 진주지부, 한국문화단체총연합회 진주특별지부와 같은 국가 일원 조직이 그 디딤돌이었다.『낙동문화』와『경남일보』,『영문』(『등불』,『영남문학』)이 활동의 이음매였다. 이들을 빌려 파성의 문학 실천 활동은 광복기 민족문학 건설의 여망 속에서 이채로운 모습을 일구었다. 그리고 그런 사실을 지역 안밖으로 널리 알리는 상징적 제의가 건국 이후 전국 처음으로 마련된 1949년 11월의 제1회 영남예술축전이었다.

둘째, 파성은 민족국가 건설과 민족문학 태동을 위한 전선 참획이 필요한 시련의 시기, 계급문학과 대립 투쟁의 승리를 겨냥한 실천적인 이론을 펼쳤다. 이를 위해 민족문학 안쪽의 두 가지 문제, 곧 개아적 소순수주의 내동적 문학 인식과 서울 지반 기성 문인층에 의한 서울지방주의 제도 환경이란 두 '내환'을 벗어나는 일을 당면 과제로 삼았다. 그리하여 종단적인 개아적 내동문학의 무기력에 맞서 지역 신흥 전인 세대의 전동문학만이 민족 해방, 문학 해방을 가져올 것이라 믿으며 내세운 구체적인 방법이 일체오원칙론이다. '경향일체', '문관일체', '문민일체', '문학일체', '문건일체'의 원칙을 빌려 파성은 지역문학과 국가문학을 아우르는 개방적이고 실질적인 담론을 펼친 것이다.

셋째, 설창수는 광복기 활동을 빌려 진주를 중심으로 영남 지역과 영남 지역문학의 경계를 획정하고 그 됨됨이를 마련하는 데 데 중요한 몫을 맡았다. 일국주의 중앙 제도 안에서 지역의 외부화와 내부화에 아울러 고심하였다. 그리고 그 과정에서 그가 보여 준 실천적인 문학 활동과 직핍하는 지역 담론은 광복기 문학사에서 이채로운 모습을 띤다. 각별히 파성의 지역문학론은 광복기 민족문학사의 밑그림을 계급문학과 순수문학의 이원 대립적 틀로 맞세우는 기존 담론 지형을 되살펴 보게 하는 중요한 빌미를 마련한다. 그리고 그것을 살피는 과정에서 광복기 서울 주류 문학과 다른 자리에서 이루어졌던 한국 민족문학의 전체상을 새롭게 볼 수 있으리라는 전망을 갖게 한다. 그가 일구었던 지역문학 실천 행위의 속내 또한 새삼스러울 것이다.

한국문학 일반을 입에 올릴 것도 없이 적어도 진주 문학이나 영남 문학사회는 그에게 빚진 바가 크다. 그럼에도 파성 사후 10년을 넘긴 오늘날까지 그에 대한 마땅한 이해 노력이나 관심은 자신의 문학 실천의 고향인 진주, 태생지 창원에서마저도 보이지 않는다. 사람을 개인, 민족, 국가, 신의 동시 전인적 존재로 파악하고 굵은 전인문학을 펼치고자 했던 그다. 한결같은 열정과 대의를 존중한 결과다. 그런 점에서 지역에서 실천하고 그 지역에서조차 까맣게 잊히는 일이야말로 차라리 가장 그다운 모습이 아닐 것인가. 파성의 사람됨을 엿볼 수 있는 묵은 일기 한 토막을 끝자리에 올린다.

밤엔 우당, 영암, 김재문, 백 군과 함께 김소운 집에서 술을 마시고 나올 때 하꼬방에서도 술을 마셨다. 김소운은 남에 둔감하리만치 다변한 사람이다.

그가 남하 피난하던 혹한의 밤 열차 화물칸에서는 바로 곁에서 어린 아이가 추위에 떨어서 울다가 울다가 얼어 굳고 말더란 말을 듣고 나는 내가 자식을 가진 사람인 탓인지 이 땅 사람의 구차한 설움에서인지 몹시 북받쳐 오르는 오열을 참지 못하여 한동안 그 자리에서 울고 있는 것이었다. 돌아올 땐 비가 잦아서 김재문 씨와 비자운 택시로 돌아오다.[56]

'비자운'이란 '비좁은'의 경상도 탯말이다.

---

56) 1952.2.27. 설창수 일기(미발간).

권환의 절명 평론 두 편

1. 권환문학축전과 절명작

이 글에서 원문을 소개할 권환의 절명 평론 두 편은 2005년에 모두 갈무리했다. 2000년도 들어 거듭했던, 경남·부산 지역 어린이문학지를 정리하는 과정에서 이루어진 일이다. 권환이 초기 필명으로 '권원소'를 썼음과 아울러, 그의 어린이문학 활동을 처음으로 확인했던 때다. 휘문고보 기록부 종교란에 '대종교'라 적어 둔 것을 읽고 얼마나 놀라고 가슴 벅찼던가. 그때 모두 세 편을 갈무리했는데, 그 문헌 사항은 아래와 같다.

① 권암(權岩), 「병중독서잡감(病中讀書雜感): 우리 고전문학(古典文學)을 중심으로」(1)·(2), 『경남공보』 8호·9호, 경상남도, 1952.9, 26~31쪽· 1952.10, 12~13쪽.

② 권하석(河石), 「병상독서수상록(病床讀書隨想錄): 고전을 주로」(1)·(2)·

(3),『경남공론』통권 25호(송년호)·26호(신춘호)·통권 27호, 경상남도, 1954.12, 66~74쪽·1955.2, 31~40쪽·1955.4, 34~39쪽.

③ 고(故) 하석(河石), 「선창 뒷골목」, 『경남공론』통권 28호, 경상남도, 1955.6, 75쪽.

권환의 오랜 벗 향파 이주홍이 병고와 가난에 시달리고 있는 그를 위해 자신의 편집권이 미치는 부산 지역 매체에 게재를 주선하거나, 권환의 임종 직후 수습해 세상에 남긴 것이다.[1] 나는 이들을 두고 발표할 기회를 기다리고 있었다. 그러다 그것을 처음 일반에 공개할 자리가 생겼다. 절명작 세 편 가운데서 시 「선창 뒷골목」만을 따로 떼내 지역사회에 제공할 참이었다. 2008년도 봄 마산 오서리에서 이루어질 예정이었던 권환문학축전 정담 자리다. 마땅한 발표자를 찾지 못하고 있어 그렇다면 내가 발표하마고 결정을 본 것이다. 그런데 행사 준비를 하는 과정에서 내 발표에 대해 이저런 말이 오갔다는 사실을 알게 되었다. 권환문학축전에 특정인의 입김이 너무 들어간다는. 그런 풍문을, 그것도 내 제자의 입으로 듣고서 굳이 내가 행사에 나설 까닭이 없었다. 글을 진행하고 있었으나 거기서 뚝 닫아 버렸다. 그래서 절명시 「선창 뒷골목」이라도 먼저 지역사회에 알려 권환에 대한 관심을 드높이고 싶었던 내 뜻은 사라졌다.

그때 발표하고자 했던 권환의 절명시 「선창 뒷골목」 전문은 아래와 같다.

이켠엔 머리 하아얀 할머니 팥죽 항아리

---

[1] 글의 앞뒤 사정은 아래 글을 참조 바란다. 박태일, 「권환의 절명작 연구」, 『현대문학이론연구』 56집, 현대문학이론학회, 2014, 299~346쪽.

앞에 낡은 십 원짜리 지화 닷 장을 세고 또 세고

저켠엔 다박머리 종일 재깔거리는
애꾸눈이 계집아이와 썩은 고구마 바구니

그 옆엔 일 전짜리 빠나나빵 굽는
다 헤진 군복에 연신 된기침을 쿨룩거리는 수염털보 영감

고급차 찌프 추럭이 지날 때마다
시껌은 진흙물이 사정없이 뛰어 오른다.

생선 비린내 풍기는 선창 뒷골목에
날이 벌써 저물어

고양이처럼 웅그리고 콧물을 흘리는 할머니 등 위에
눈 섞인 구진 빗방울 떨어진다.

—「선창 뒷골목」

　2002년부터 문학사회 바깥 일에는 가능하면 마음을 지우고 지냈던
나다. 그나마 하나 남아 있었던 권환문학축전마저도 2008년부터 발
길을 끊을 빌미가 생긴 셈이다. 권환의 고향 오서리나 유택이 있는
보광산에 갈 일도 없어졌다. 내가 썼던 권환 유택 표지석 글귀를 되
읽어 볼 기회마저 사라졌다. 쉰두 살에 가버린 그와 그를 둘러싼 문
학에 대한 사랑이 더욱 깊어지기만을 바라면서.
　그 뒤로도 절명작 세 편에 대한 소개는 내게 한 짐으로 남아 있었
다. 2014년 2월에 이르러서야 『권환의 절명작 연구』라는 글로 마무리

해 학계에 보고했다.[2) 봄에 낼 예정이었던 『마산 근대문학의 탄생』에서 권환의 절명작 소개는 빠뜨릴 수 없는 속살이었던 까닭이다. 병상 평론 두 편에 대한 속살을 간추리고, 시 「선창 뒷골목」의 빼어남을 내 식으로 강변한 평면적인 글이었다. 그럼에도 오래 묵은 빚을 갚은 느낌이었다. 그 글에서 한 자리를 차지했던, 절명시 「선창 뒷골목」에 대한 풀이 초고는 이미 2008년에 밑그림이 그려진 상태였다. 7년에 걸쳐 마무리한 셈이다. 원고 교정을 맡아 주었던 유경아 씨가 교정지에다 권환에 대한 진혼사와 같은 글이군요라 짧게 말을 붙여 왔다. 사실이었다.

이제 권환이 임종을 앞두고 가난과 병고에 갇혀 쓴 절명 평론 두 편의 원문을 공개하면서 2008년에 썼던 초고를 끄집어 내본다. 한 시절 내가 지역 문학사회 풍경 안에 자리잡고 있었던 모습이 잘 드러나 웃음을 머금게 한다. 그래서 이 자리에 그때 써 두었던 첫머리 부분을 올린다. 「권환의 절명시 「선창 뒷골목」이 머문 자리」라 제목을 붙였던 글의 앞머리다.

1

기어이 일을 내고 말았다. 풍치라고 하더니. 며칠 지나도 붓기가 빠지지 않아 다시 치과를 찾았다. 그예 아픈 어금니가 갈라진 것 같다지 않는가. 사진을 찍어 보더니 다른 처치는 어렵고 빼는 수밖에 없다 한다. 어쩔 수 없는 일. 살다 보면 뜻밖에 생각 못한 길로 나가는 일들이 한둘인가. 어금니를 빼고 앞으로 치료 계획을 말하는 치과 의사는 덤덤한 낯빛이다. 그리고 2주 뒤, 이 뺀 자리에 임플란트를 심었다. 내 몸 속에 빛나는 금속 잇몸이 새로 들어섰다. 잘만하면 이승을 뜰 때까지 잇몸과 붙어 있을 것

---

2) 박태일, 앞서 든 글, 299~346쪽.

이다. 빛나는 금속성 이물질. 수술은 예상과 달리 참을 만했다. 앞으로 2주일이 가장 중요하니 술 담배를 금하라, 뛰기 같은 운동을 하지 마라 들들. 여러 주의 사항이 이어진다. 뛰기를 못하다니. 적어도 한 달은 달리기를 하지 않으리라 생각하니 갑자기 허전했다.

잇몸 붓기가 채 가라앉지도 않은 얼굴로 제5회 권환문학축전 계획 수립을 겸한 경남지역문학회 모임에 나갔다. 목요일 저녁 6시. 추산동 마산시립박물관 가까운 10층 건물 7층에 있다는 '하늘정원'이 모임 자리였다. 박물관 쪽으로 오르다 보니 금방 광고판이 눈에 뜨였다. 만든 지 대여섯 해나 되었다는 건물인데 낯설다. 마산시립박물관에는 몇 차례 드나든 적이 있는데, 그 턱 밑에 붙어 있는 높다란 건물은 놓치고 있었던 셈이다. 어두운 마산항 풍경을 내다보면서 높은 전망을 즐겼다. 마산, 높은 데서 바라보는 밤 그림이 다시 낯설다.

조금 있으려니 경남지역문학회 회원들이 다 모였다. 원은희 회장, 문옥영·한정호·송창우 시인. 낯낯이 오래 익은 이들이다. 그러고 보니 내 삼사십 대에 만난 사람들이다. 십 년을 더 넘겼다. 문옥영 시인이 내 머리카락 빠지는 데 대해 걱정을 보탠다. 집안 부군이 비슷한 경우인데, 레몬즙으로 처치를 했더니 효과가 좋았다는 이야기였다. 진지했다. 어느새 잡담도 건강 문제가 빠지지 않는 나이가 된 셈이다. 그녀는 아직 내 입 안에 꽂혀 있는 임플란트, 그 따뜻한 은빛 쇠막대를 알지 못하리라. 그리고 권환. 권환문학축전을 어떻게 할 것인가. 권환문학기념사업회와 관계를 어떻게 할 것인가. 논의를 하는 회원들 얼굴은 그래도 밝다. 아무도 내 입 속에 금속이 박혀 있는 줄 모른다. 어둑한 실내 탓은 아닐 것이다. 나는 혀로 임플란트 치료 뒤 두터워진 입 근처를 간질간질거리면서 회의 진행을 함께했다.

권환, 그는 그렇게 마산에서 잊힌 불꽃이었다. 그리고 마산은 무엇인가. 더듬더듬 벙어리처럼 다가왔다 지워지는 길거리 차들 불빛. 회의가 어느 정도 정리가 되자 다시 사람들 낯빛이 차분해졌다. 농담도 잦아졌다. 일어서서 마산항을 내려다 보았다. 버끔버끔 거품 속의 붕어입 같이 불빛이 돋아 오른다. 저 불빛 언저리로 어시장이 누워 있을 것이다. 그리고 1950년 경인전쟁기나 그 직후 권환이 그 어느 곳에 서 있었을 것이다. 나는 하늘정원에서 마산의 어느 「선창 뒷골목」, 슬픈 그림을 떠올렸다. 지금부터 마흔 해도 더 앞선 때 권환은 저기 어디에선가에 서서 차가운 빗속 그림을 자꾸 보곤했으리라.

정담이라는 자리에서 발표하기로 했던 글이라 처음부터 감각적으로 쓴 모습이다. 벌써 옛날 이야기다. 이제 아래에 권환의 병상 절명 평론 두 편을 옮긴다. 시는 「권환의 절명작 연구」에서 밝혔고, 이 자리에서도 위에 올려 두었다. 굳이 논문을 찾아 읽는 수고를 덜어 주기 위한 일.

두 편을 옮기면서 몇 가지 주의했다. 첫째, 원문을 그대로 살리되, 출판교정이나 저자의 잘못으로 보이는 자리는 바로 잡았다. 둘째, 권환의 병상 평론은 심한 한글한자섞어쓰기로 이루어졌다. 이즈음 읽은이의 눈길을 도우기 위해 쉬운 한자는 한글로만 적고, 한자가 필요한 자리는 괄호로 적어 올리는 길을 따랐다. 지역어 쓰임은 권환의 말 감각과 글맛을 살리기 위해 그대로 두었다. 몇몇 사항에 대해서는 각주를 달아 쉬운 읽기를 거들었다. 그리고 본문 부호는 오늘날 방식으로 고쳤다. 곧 직접인용에는 큰따옴표, 강조한 용어나 사항에는 작은따옴표, 작품에는 낫표, 저서에는 겹낫표를 붙였다. 그리고 한 가지 더. 권환은 '조선', '조선시대'를 '이조', 또는 '이조시대'로 썼다. 그것은 한꺼번에 내가 바로 잡았다.

2. 병중독서잡감: 우리 고전문학을 중심으로

俗情險涉千層浪　세속 인정 천 겹 물결 건너듯 험하고
時事危登百尺竿　세상 일 백 척 장대에 오르듯 위태롭다
賴有西窓書一架　다행이라 서쪽 창가 책 시렁 하나 있으니
暖風晴日閉門看　따스한 바람 맑은 날에 문 닫고 읽는다3)

1) 단서(斷書)의 고통

글을 읽고 씀으로써 일생을 보내던 자가 한동안 글을 끊는다는 것은 정말 밥 먹고 살던 자가 단식하는 이상의 고통이 있다. 글의 갈증과 허기가 견디기 어려웠다. 더구나 재미있을 듯한 신문이나 잡지를 옆에서 읽는 것을 보고도 꾹 참는 그때의 고통이야말로 경험이 없으니 모르면 모르거니와 병을 위하여 여러날 단식한 사람이 하-얀 쌀밥이나 고기 반찬을 보고 침을 삼키며 참을 그때와 대수술 직후의 환자가 선선한 사이다나 레몬 물을 보고도 꾸-ㄱ 참을 그때의 고통을 이 우에 더하지 못할 것이다.

이런 때엔 나는 몇 십 년 전 일제시대 잠시 동안 부자유한 몸이 되어 글에 굶주려 뒤지용으로 주는 헌 신문지 쪼각을 종일 들고 삼독(三讀) 사독(四讀)하던 그때의 고통을 연상 안 할 수 없다. 그러나 그때의 굶주림은 외부적 강제로써 생긴 것임에 반하여 이때의 굶주림은 자주적 금제(禁制)로 된 것임으로 전자엔 강한한 단념이 필요하였고 후자엔 비상한 인내가 필요하였다.

장구한 동안 글과 절연하고 있다가 약 일 년 반 후 병세가 조곰

---

3) 원문에는 번역시가 없다. 글쓴이가 옮겨 붙였다.

호전함을 따라 처음 몇 달은 신문만을 그다음 몇 달은 잡지까지만 읽다가 약 일 년 후에야 비로소 일반 단행본의 서적까지 읽었다. 그 것도 처음엔 부드러운 소설 수필류부터 차차 점진적인 학술 논문까지 읽게 되었다.

그러는 과정에서 나는 우리 고전문학에의 향수를 느꼈다. 우리 고전이라면 우리는 어떠한 문학을 하고 있드래도 응당 상식적이나마 알아야 할 그것을 나는 건강할 때엔 대단치도 않은 이유로 한 권도 읽지 못하여 그 윤곽마저 모르고 있다. 그래서 나는 이 기회에 우리 고전을 좀 읽어 보랴고 계획하였다. 그러나 나의 건강을 위해서 심오한 연구 같은 건 도저히 생각도 해 볼 수 없고 다만 손에 들어오는 대로 이것저것 섭렵할 뿐이었다. 그래서 병상에 누어 고전 몇 권을 읽는 그동안에 나는 마치 원시적인 유장한 고시대(古時代)에 이상한 머리를 들고 길다란 행의(行衣) 자락을 끄으는 우리 예전 조상네의 무릎 앞에서 영가(詠歌) 무답(舞踏)하고 있는 듯한 환상 속에 잠시 잠겨 있기도 하였다. 그럼 나는 그 반면에도 조고만한 긍지를 가질 수 있다. "우리에게도 고전이 있고 우리 조상도 이러한 유산이 있어서 누가 묻는다면 즉석에서 고려의 장가(長歌) 송강 가무(歌舞) 윤고산 황진 등의 시조 「춘향전」 「구운몽」 등을 내놓을 것이다. 소위 '하꼬방' 같은 유산집이라도 집은 집이며 또 내 집이니까.

2) 고전의 운문과 산문

고전을 읽을 때에 내가 또 한 가지 느껴진 것은 우리 고전 중에서 운문의 상상 외로 우수함과 산문의 너무도 치졸한 것이다. 여기서 운문이라 함은 운(韻)이 있건 없건 일반적인 시가를 통칭함이며 산문이란 소설 희곡을 운문 중에 특히 고려시가 중의 「가시리」 「청산별곡」

등과 송강 노계 등의 가사와 윤고산 황진 등의 시조 기외 유명 무명 작의 단편적인 시조 기편(幾篇)[예 정몽주의 「단심가」 성삼문의 「이몸이 죽어 무엇이 될고 하니」 김인후의 「청산도 절로절로」 무명씨 작의 「나비야 청산 가자」] 등은 동시대의 서구의 우수한 고전 작품에 비하여도 예술적인 조곰도 손색이 없으며 현대에 있어서도 그 예술적 광채는 조곰도 쇠하지 않었다.

예

어느 가을 이른 바람에 이곳에 저곳에 떨어지는 잎 같이 한가지에 나가 지고 가는 곳 모르는가

—신라 월명사 작 「위망매영제가(爲亡妹營齊歌)」의 일절 음역(音譯)

바삭바삭한 가는 모래벌에다가 구은 밤 닷 되를 심읍시다.[4)]

그 밤이 움이 돋는 싹이 나거들랑 그제야 유덕(有德)하신 임이 떠나가소서

옥으로써 연꽃을 새겨 보세

그 꽃이 삼동에 피어 나거든 그제야 유덕하신 임이 떠나가소서.

무쇠로 계의(戎衣)를 말아 내어 철사(鐵絲)로 주름을 박아 보세

그 옷이 다해지게 되거들랑 그제야 유덕하신 임이 떠나가소서

—고려시대의 가요 「정석가」의 일절 의역(意譯)

일천 근 이백 년 전의 혹은 오육백 년 전의 작으로 그 표현이 소박

---

4) 원문에는 '신읍시다'로 적혔다. 문선자의 잘못으로 보인다.

한 중에도 이만치 심각하며 치밀하며 또 절절한 작품으로 현대의 시
가 작품 가운데서 얼마나 볼 수 있는가.

　　동창(東窓)이 밝앗느냐 노고지리 우지진다.
　　소치는 아희들은 상긔 아니 이럿느냐
　　재 너머 사래진 바틀 언제 갈려 하느니

　　　　　　　　　　　　　　　　　　　　　　　　　　　—남구만

　　나비야 청산 가자 범나비 너도 가자
　　가다가 저무러든 꼬테 드러 자고 가자
　　꼬테서 푸대접하거든 이페서나 자고 가자

　　　　　　　　　　　　　　　　　　　　　　　　　　—작자 미상

　　전원시인의 생활 정서와 자연을 사랑하는 심정을 여실하게 아름답
게 표현한 것은 서양의 고전이나 현대 시가 중에도 비견할 작품이
드물 것이다.
　　고전 시가 중에서 소위 남녀상열지사(男女相悅之詞), 즉 상연(想戀)
의 시의 우수한 작품도 상당히 많은데 그중에 고려가요의 「가시리」
「청산별곡」 황진이의

　　동지달 기나긴 밤에 한 허리에들 둘헤내여
　　춘풍 이불 아래 서리서리 너헛다가
　　어른님 오신 밤이어드란 굽이굽이 펴리라

　　작자 미상의

사랑이 긔 엇더터냐 둥구더냐 모나더냐
기더냐 저르더냐 밤고나마 자일너냐
하 그리 긴 줄은 모르되 끗간 데를 모래라

사랑을 사자하니 사랑 팔리 뉘 잇스며
이별을 파자하니 이별 사리 뉘 잇시리
사랑 이별을 팔고 사리 업스니 장(長)사랑 장이별(長離別)인가 하노라

　서양문학엔 고전 근대를 물론하고 연애시가 많다. 그것을 모방한
우리나라의 신시(新詩)에도 그것이 많았다. 걸핏하면 '임이여' '사랑'
이여 하여 유가(有家) 무가(無家)의 사랑을 노래하였다. 그러나 그 수
많은 사랑의 시 중에서 어느 작가의 어느 작품이 전기(前記)한 우리
고전의 사랑의 시가보다 우수하다고 지적할 만한 것이 몇몇이나 되
겠는가.

　우리 고전의 운문은 이와 같이 우수하다. 그러나 그 반면에 산문은
어떠한가. 양적으로도 풍부하지 못하지마는 질적으로 「춘향전」 「구
운몽」 이외에는 예술적 문학적 작품이라 할 만한 것이 없다 하여도
과언이 아니라 그 치졸한 구상과 원시적인 표현은 엄밀한 의미로의
거리가 멀다.

　거진 동시대의 서양문학과 비교해 보드래도 임제의 「화사(花史)」
허균의 「홍길동전」 등은 셀반테스의 「동기호-데」 섹스피어의 「하물
렛트」 등보다 「숙향전」 「장화홍련전」 등은 괴-테와 실러 등의 제 작
품보다 그 차이가 너무도 현격하다. 솔직하게 말하자면 우리 고전의
소설 희곡들은 고전을 연구하기 위한 문학사적 가치는 있을지언정
그 자체의 예술적 문학적 가치는 태무라 하여도 과언이 아닐 것이다.

　우리 고전에서 소설문학의 그렇게도 빈약 참담하게 된 이유는 물

론 당시의 우리 조상의 소설문학과 우리글에 대한 지극한 무이해와 이중의 압박에 있는 만치 나는 우리 고전의 소설들을 읽을 때마다. 우리 조상들에 대한 원망이 복바처오름을 금하지 못하겠으니 이 점에 있어서는 우리 조상의 죄과가 적다 할 수 없다.

그러나 그런 시대의 그런 중우(衆愚) 속에 살면서 더구나 당시의 명문(名門) 유학가(儒學家)의 출신으로 감히 소설을 더구나 우리글로 쓴 허균[?] 김만중은 그들의 진보적인 인식과 대담한 태도에 대하여 크다란 경의를 표하지 않을 수 없다. 더구나 김만중은 그의 「서포만필」 가운데서 우리 글의 가치를 높이 찬양하여 우리 언문을 우리 글로 써야 하지 다른 나라 말[즉 한문]로 쓴다는 것은 마치 앵무(鸚鵡)가 사람의 말을 흉내 내는 것 같다고 한 것은 말인 즉 쉬운 말이나 당시의 인사로서 그만치 선각적이고 진보적인 말을 한 데 대해선 참으로 높이 평가하여야 한다. 나는 그 만필을 읽을 때 그가 이러한 선각적이며 진보적인 말을 다만 만필적으로 쓴 데 그치지 말고 완미(頑迷)한 유학자와 민가(民家)들에게 그러한 인식을 좀 더 고조시키며 천양시키는 일대 계몽 운동을 이르켜 주었드라면 하는 생각이 절절하였다.

동시에 또 박연암 같은 이는 그들보다 뒷 시대에 나서 당시엔 가장 진보적인 서양의 과학적 지식과 사상을 수입시킨 실학자이며 문호로서 「허생전」 「호질」 문5) 「양반전」 등 제 걸작을 하나도 우리 글로 쓰지 않았다는 것은 그를 위하여 이해하기 어려운 일이며 유감된 일이었다. 그의 진보성에 한계가 있는 듯하다. 만일 서상(叙上)의 모든 작품들이 우리 글로 쓰였드라면 그 문학적 광채가 얼마나 더 찬란하였을가를 생각하면 참으로 가석(可惜)하다 아니할 수 없다.

---

5) 권환은 「호질(虎叱)」을 적을 때, 「호질문(虎叱文)」이라 적고 있다. 여기서는 바로 잡았다.

그리고 또 한편으로 그러한 우리 문자가 없는 시대—또—발명되였으면서도 한문의 압박으로 서얼적인 푸대접을 받아온 시대에도 우리의 시문학은 부절(不絕)히 창작되어 왔으며 또 그만치라도 우수한 작품들이 나온 이유는 어데 있을가! 그것은 첫째 그 형이 짧아 이두 같은 것으로 기록하기도 비교적 용이하며 문자없이 음영(吟咏)하면서 창작하기에도 가능하고 구비로 유전(流傳)되기에도 편리하다. 또 우리 문자가 발명된 후에도 우리 시가도 마찬가지로 한문자의 압박을 받았지마는 그러나 압박을 받는 한편으로 그 형이 짧아 제작이 간이(簡易)하므로 부지중(不知中) 미약하나마 그들의 생활에 결부되었다. 즉 그들은 어떠한 감흥이 있을 때와 동기엔 시를 잘 창작하였다. 어느 면으로는 현대의 시문학보다 더 밀접하게 생활과 관련을 가졌었다. 즉 현대의 시인은 대개 시를 쓰기 위해 쓰지마는 그때의 시인들은 대개 어떤 친우와 작별하려 할 때에나 술 마시며 유쾌히 노는 자리에 아름다운 자연의 경색(景色)을 대할 때라든가 또 생활에 중대한 변화가 생길 때에 곧 짓고 읊은 것이니 비교적 간단하였다. 여기는 시가 오히려 생활의 한 여기로 취급 받는 의의도 있지마는 어째든 그들의 시가는 생활의 일면과 결부되어 있으므로써 한문학의 압박을 받아오면서도 잘 발전하여 왔다. 가장 단형인 시조가 가장 발달된 것도 이 때문이다.

3) 한문학의 운명

여기 말한 한문학이란 우리 고전문학에 있어서의 한문학에 국한한 말이다. 장구한 동안 우리의 고유 문자가 발명하기 전에는 한문자가 유일한 의사 표현의 도구였으며 한문학이 우리 조상들의 유일한 문학이었다. 우리 조상들은 한문학을 진정한 우리 국문학으로 인식하였으며 그 문학 외에는 다른 문학이 없는 줄까지 알고 있었다. 그래서 이 땅의 한문학은 아무런 장애없이 독보적으로 발달해 왔었다.

그 후 다행히 우리 문자가 발명되고 우리 문학이 제작됨에도 불구하고 한문학은 의연히 주체적인 적형적(嫡兄的)인 본업적(本業的)인 지위에 군림해 있고 우리 글로 쓰인 우리 문학은 종속적인 서얼적인 여기적(餘技的)인 압박과 푸대접을 받아 '진(眞)'과 '언(諺)'의 차별이 엄연하였다. 이러한 주객전도의 우습고도 부정당한 차별은 사대사상과 운명을 같이하여 계속해 왔다. 응당 그때의 우리 한문학가들은 그들의 작품만이 만대까지 그 문학 생명이 유전(流轉)되며 문학적 가치를 발휘할 줄로 알았던 것이다.

이러한 관념은 우리 글로 쓴 그때의 시인 소설가들에게도 있었을 것이다.

그러나 천리(天理)는 전환 무상하여 어느새에 상전(桑田)이 벽해(碧海) 되고 주객(主客)과 주종(主從)이 다시 바꾸어졌다. 그래서 이때까지 문학의 주인과 상전이 되어 우리 문학의 가장 웃자리를 점령하고 있던 한문학의 시 부(賦) 율(律) 등은 우리 문학사에서 한 방계적 서자적인 존재로서 말석의 일우(一隅)를 겨우 얻어 그림자마저 희미해 있고 그 대신 소일거리로 여기로 혹은 어느 천민 계급의 작인지 작자마저 모든 작품으로 가진 푸대접을 받아 초라하고 허잘 것 없는 존재가 되어 있던 '언문(諺文)' 소설 나부랭이가 도로혀 우리 문학사의 웃자리를 점령하여 주인과 상전 노릇을 하게 되었다. 가치와 지위가 아주 번복되었다. 이렇게 될 것은 우 아랫 놈이 서로 다 몽상도 못하였을 것이다.

같은 한문학 중에도 역시 소일 여기로 지어진 학대와 천시를 받아 오던 설화 패관소설 야담 수필 잡지(雜誌) 등이 우리 문학사엔 시 부 율보다 오히려 웃자리에서 존대를 받고 있다. 문학의 운명은 무상

번복되었다.

그런데 우리 고전의 한문학은 양적으로 상당히 풍부하거니와 질적으로도 원산지인 중국 고전 중의 걸작보다 손색이 없을 만치 우수한 작품도 불소(不小)하다.

그러나 우리 문학사에선 너무도 미미하게 된 그 지위를 생각할 때 우리 조상들이 그 작품들을 짓기 위하여 허실(虛實)한 노력, 정력, 시간이 너무도 애석하다.

그렇다고 그것을 우리 말로 번역해 봤자 그 내용까지 너무도 중국적이며 또 필요없이 까다로운 구속 제한 밑에서 된 그 형식적 기술은 일분(一分)의 가치도 업게 된다. 시 율의 자수(字數) 고저(高低) 운(韻) 등은 너무도 필요 없는 기술이다.

그렇다고 또 그것을 중국에 가져가 봤자 우수한 외국 고전으로서 대우 받을 만한 가치도 없다. 결국 그 작품들은 우리 문학사에서 한 방계적 서자적 문학으로서 초초(草草)한 일우(一隅)의 말석을 차지하고 있을 따름일 것이다. 장래에 한자가 완전 철폐되고 난 그때엔 그 작품들의 독자는 더욱더욱 그 수가 축소될 것이다.

4) 직업적 공인(功人)과 비직업적 시인

문학에 있어 직업적 작가의 작품보다, 비직업적 작가의 작품 중에서 오히려 우수하고 생명이 긴 것이 있는 것을 흔히 볼 수 있다. 특히 시조문학이 그러하다.

예하면 정포은의 「단심가」 성삼문의 「이 몸이 죽어 무엇이 될고 하니」 김종서의 「삭풍은 나모 끄테 불고」 이순신의 「한산섬 달 발근 밤에」 김상헌의 「가노라 삼각산아」 등이 윤고산, 박노계의 제 작품보다 더 우수하며 일반 대중에게 더 많이 애독 회자되고 있다. 그 이유는 어데 있을까. 생각건대 전자의 작품들은 실천적 생활의 열정에서 지어진 것이고 후자의 작품들은 시조를 짓기 위해 지어진 것인 때문은 아닐까 한다. 물론 수식적인 세련된 기술은 후일의 작품이 전자의 그것보다 우수한 것이다. 그러나 일반에게 공명과 감동을 줄 만한 예술적 내용은 전자의 작품이 후자의 그것보다 더 우월한 때문일 것이다. 제갈량의 「출사표」가 한유 유종원 등의 제 작보다 후세에 더 애독 회자되고 있는 이유도 동일하게 말할 수 있을 것이다.

물론 이것은 일률적으로 말할 수 없는 것이다. 전체적으로 보아서는 아무래도 직업적인 작가의 작품이 양적으로 뿐만 아니라 질적으로도 더 우수한 것이 많은 것은 말할 여지가 없다. 그러나 그와 반대인 것도 특작(特作)가 아니고[6] 적지 아니하니 작가 시인 들은 이 점에 대하여 깊이 고려할 필요가 있다.

5) 문학 주제로서의 연애

이때까지의 문학은 고전과 현대 소설과 시가를 막론하고 전체적으로 보아 남녀 간의 연애에 대한 주제가 가장 많다. 그러나 동양에 있어 첫째 중국문학은 유교의 이념이 깊이 침투되어 있으므로 연애에 대한 주제가 오래 동안 의식적으로 기피되어 있었다. 중국 최고의 시가집이며 유교의 경전 중의 하나인 『시경』에는 연애의 노래가 상당히 많은 편수를 점령하고 있다. 그러나 이후의 많은 시인들의 작품에는 그러한 노래를 볼 수 없다. 간혹 특히 당나라 시인들의 작품에는 표면적으로는 제법 열정적으로 사랑을 노래한 시가 적지 않다. 그러나 실제적 내용으로는 이성 간의 연애에 비유하여 군주를 연모

---

6) 말줄기가 흔들려 있으나 그대로 둔다. 아마 출판 시 식자공의 잘못일 것이다.

하는 것 혹은 군주의 음란을 풍자한 것도 혹은 전란 시 출정 군인 부처(夫妻) 간의 상사(相思) 등을 노래한 것임에 불과하였다

그러다가 송원(宋元) 이후의 소설 희곡 등에는 양성(兩性) 간 애욕 생활이 많이 묘사되었다. 예하면 「서상기」 「금병매」 등은 중국 고전 중 연문학의 대표적 작품이다.

우리 문학의 발전 과정은 늘 중국문학의 영향을 받아 대동소이하였다. 유교의 세력이 강성하기 전까지 즉 고려시대까지는 연애의 주제가 비교적 자유롭게 노래되었다. 그러다가 조선 때 와서 유교적 이념이 강력하게 침투되자 연애 주제의 문학은 소위 남녀상열지사(男女相悅之辭)니 음사(淫辭) 왜담(猥談)이니 하여 기피되었는데 그것은 시가가 소설 희곡 등보다 더 엄격하였다. 그것은 중국문학과 동일하였다. 물론 시가 중에도 중국의 그것과 같이 간혹 연애를 노래한 것이 있다. 그러나 역시 중국의 그것과 마찬가지로 대개는 군주를 연인으로 가상하여 노래한 것이다. 그러한 시가 중 가장 대표적이며 전형적이며 또 우수한 작품은 정송강의 「사미인곡」 양편이 있다.

이 몸 살기실 제 님을 조차 삼기시니 한생 연분이며 하날 모랄 일이런가 나 하나 점어 잇고 님 하나 날피시니 이 마암 이 사랑 견졸 대 노여업다……

홍상(紅裳)을 니믜하고 취수(翠袖)를 반만거더 일모(日暮) 슈죽의 헴가림도 하도할샤

댜란 해 수이 디여 긴밤을 고초안자 청등(靑燈) 거든 겻태 세공후(鈿空篌) 노하두고

꿈이나 님을 보려 택밧고 비겨시니 원앙금(鴛鴦衾)도 차도찰샤 이 밤은 언제샐고

절절한 사랑의 노래이다. 틀림없는 애인을 사모하는 노래이다. 군주를 지존(至尊) 지상(至上)으로 아는 당시의 신민(臣民)으로서 군주를 한 애인과 같이 노래한 것은 좀 기이하였다. 아마 그들에게는 지존과 지애가 서로 통한 듯 하였다. 그러나 그러한 연애를 주제로 한 노래는 실제에 있어선 연애의 시가가 아니고 열렬한 유교적인 충군(忠君) 애주(愛主)의 시가이다.

그러나 소설 희곡 등은 송원의 연문학(軟文學)의 영향을 받아 연애 장면을 상당히 대담 솔직하게 묘사하였다. 그것의 대표적 작품이 「구운몽」 「춘향전」 등이다.

그러나 양 작품의 궁극 목적에 있어선 전자는 불교적 인생관인 인생무상을 표현한 것이고 후자는 유교적인 여자의 봉건적 정조 관념을 고조한 것이다.

이상과 같은 연애의 주제도 산문이건 운문이건 대중적인 우리 글로 된 문학에서만 볼 수 있었지 그나마 순한문으로 된 문학 작품에 있어선 엄준(嚴峻)하게 영자(影子)도 볼 수 없었다.

그리다가 갑오경장(甲午更張) 이후 근대적인 신문학(新文學)이 수입된 이후 이 땅의 문학도 모든 부면(部面)에 있어 비약적 변화를 하였는데 데-마에 있어서도 연애적 요소가 극히 자유롭게 활발하게 취급되었다. 시가 소설 희곡 등 모든 부문에서 그러하였다. 자유로울 뿐 아니라 일부의 문학은 연애의 요소 없이는 시나 소설이 되지 않은 것 같이 오인한 듯한 감이 있었다. 철없는 문학 청년은 '임이여' '임이여' 하면 시가 되고 소설의 제재는 연애 뿐인 줄로 알았다. 그래서 유치하고도 변태성욕적인 연애를 일부러 체험까지하려 하며 그리한 체험이 있어야 문학을 창작할 수 있고 시인 소설가가 되는 줄도 알았다.

애련(愛戀)이 인간 생활의 전부이며 문학의 최중요(最重要) 데-마인 줄로 알았다. 그래서 문학의 모든 부면에서 연애 데-마가 범람하여

염증이 날 만치 포화되었다. 이것은 이때까지의 본능생활에 대한 과도한 구속과 너무도 청교도적이었던 과거의 문학에 대한 반발인 이유도 있지마는 그것보다도 당시 신문학의 한 중요한 경향이었다.

어느 시대 어느 지방을 막론하고 부부 생활이 인간 생활의 한 중요 부분임은 틀림없다. 그러나 난잡한 애욕 생활이 인간 생활의 가장 중요한 혹은 대부분인 때는 없었다. 이성 생활이 가장 난잡한 자본주의 시대도 애련이 인간 생활의 대부분은 아니다. 그럼에도 불구하고 과거의 문학에 있어선 어느 시대 어느 지방을 막론하고 애련의 제재가 가장 많음은 무슨 이유일까. [그것은 유교의 문학은 예외로 하고 또 자본주의 시대의 문학에 더욱 많았다.]

그 이유는 생각건대 애련이란 일반 대중이 공통적으로 흥미를 가진 데-마이며 또 작가가 대중 심리에 영합하기 위하여 그러한 작품을 일부러 많이 창작한 때문이 아닐까. 많이 창작하니 후세까지 남을 우수한 작품도 수적으로 비교적 많이 남는 것이 아닐까.

6) 시의 형식적 구속과 용어 등

시의 형식은 모르면 모르거니와 세계에서 한시만치 까다로운 것은 없을 것이다. 자수(字數) 구수(句數) 고저(高低) 운(韻) 등 실로 복잡 난삽하다. 그중에 그래도 고시(古詩)는 고저도 없고 구수도 제한이 없고 자수도 칠언 오언을 병용하여도 되며 운도 중간에 몇 번이나 갈아도 무방하다. 그럼 율(律)은 자수 구수 운 등은 물론이고 고저 한 자가 틀려도 파격이 되는 엄격한 형식이다. 그러한 가혹한 구속과 제한으로 작자는 본의 아닌 글자를 얼마든지 쓰지 아니하면 안되며 때로는 본 의도와는 전연 관계가 없는 말도 할 수가 있다.

그중에도 제목과 운을 자의(自意)로 정한 것은 오히려 구속이 덜하지마는 많은 경우엔 남이 정해 준 제목과 운으로 짓는 수가 있는데 그러한 때는 구속도 너무 심하다 할 수 있다. 더구나 우리나라 사람은 같은 한문을 써도 중국 사람들과는 발음이 전연 다른데 동일하게 운의 구속을 받는다는 것은 실로 우스운 일이다.

시조는 한시보다도 구속이 훨씬 덜하며 신축성이 비교적 많으나 그래도 작자가 하고 싶은 말을 못하는 때도 많으며 본의 아닌 말을 하기도 하는 때가 많다.

이상과 같은 봉건시대적 시 형식에 비하면 우리가 쓰는 현대시는 참으로 자유적이며 개방적이다. 자수 구수 운 등에 털끝 만한 제한 구속도 없다. 그런데 모든 점에 있어 우리보다 선진적인 구미(歐美) 시는 아직도 운을 쓰고 있으니 무슨 이유일까? 이 점에 한해선 우리보다 뒤떠러졌다 할 수 있으며 봉건적 잔재가 아직도 남아 있다 할 수 있다.

다음은 시의 용어이다. 시단에는 한동안씩 한동안씩 유행하는 시의 유행 용어가 있다. 우리 시단의 초기에는 "……도다" "……하누나"가 유행하였고 최근에는 '항시', '상기', "……하는 것" "……기에" "……거니" "……이니" "……인 양" "숱한" 등이 많이 쓰이고 있다. 이러한 유행 용어는 어떤 시인이 처음으로 써서 많은 다른 시인이 마력을 느끼면 그 말이 한참 동안 유행한다. 시 쓰는 사람들 중에는 그러한 유행어를 민감하게 또 관심 깊게 잘 쓰는 이도 있고 비교적 둔감하고 무관심하여 잘 쓰지 않는 사람도 있다.

이 시적 유행어를 많이 쓴다고 걸작시가 되는 것도 아니고 아니 쓴다고 졸작시가 되는 것도 아니니 시적 유행어를 많이 쓰며 아니 쓰는 것을 문제 삼을 것은 없다. 다만 일부 문학청년은 이 시적 유행어만 주어 모아 놓으면 곧 시가 되는 줄로 오인하는 이가 많은 듯하다. 마치 예전 한시 짓는 소위 '율객(律客)'이 명작 시구 몇 개를 암송

하여 그것만으로 그럴 듯한 한시를 척척 짓는 것과 같다. 그러한 율객들의 시는 처음 얼는 보기에는 유창하게 번듯하게 보이나 구안자(具眼者)가 조금 자세히 보면 대개는 내용이 극히 빈약하고 하자가 찬 보잘것없는 것이다. 그들은 겨우 남에게 보일 만한 정도의 시를 짓기까지 되기는 속성(速成) 용이하다. 그러나 그 이상 진보하여 대가가 되기는 극히 어렵다.

현대시에 있어서도 시적 유행용어 몇 마디로 시를 지으려는 자도 결국 그와 동궤가 아닌가.

7) 두보의 시

한시는 그 형식이 지극히 봉건적이며 비자유적이어서 현대의 우리로서는 쓰기를 배울 필요는 없지마는 남이 지어둔 시들은 읽어 보면 짧고 압축된 형식 안에 깊고 많은 의미가 함축되어 있어 한시대로의 독특한 묘미가 있다. 그래서 나는 최근 병상에 누어 한시 그중에도 당시(唐詩)를 읽어 보았다.

한시도 우리나라의 시조와 대동소이하게 특수한 동기로 지은 것 이외엔 대개 그 주제가 은일(隱逸) 예찬 회고감상(懷古感傷) 자연풍경 취흥영상(醉興詠觴) 등에 몇 가지에 불외(不外)하며 사회적 현실 생활은 하나도 표현되지 않았다. 그 중에도 시성(詩聖)의 한 사람이라고 하는 이백의 시가 가장 더하였다. 그들은 대개 유교인이면서 시문엔 불선(佛仙)의 사상이 더 많이 표현되어 있었다.

그러나 그중에도 두보의 시만은 예외이었다. 그 시도 대개가 사회적 현실 생활을 심각하게 표현하였다. 전쟁으로 비저진 민중의 참담한 정황 자신의 폐병과 빈궁과 싸우는 생활 피난 중의 비참한 정경 처자와 형제를 생각하는 심정 등을 모두 현실적으로 '리알리스틱'하게 노래하였다.

다음에 그의 대표적인 전쟁시 일 편을 읽어 보면

兵車行⁷⁾

車轔轔 馬蕭蕭	수레는 덜컹덜컹 말은 히잉히잉
行人弓箭各在腰	병사들은 활과 화살을 각자 허리에 찼네.
耶孃妻子走相送	부모와 처자들이 달려가며 전송하느라
塵埃不見咸陽橋	먼지 자욱하여 함양교⁸⁾를 볼 수 없네.
牽衣頓足闌道哭	옷자락 당기고 발 구르며 길을 막고 통곡하니
哭聲直上干雲宵	곡성소리 곧장 하늘까지 퍼져가네.
道傍過者問行人	길 가던 사람이 병사에게 물으니
行人但云點行頻	병사는 다만 점행⁹⁾이 빈번하다고만 하네.
或從十五北防河	어떤 이는 열다섯에 북쪽 황하를 지켰는데
便至四十西營田	곧 사십이 되어 서쪽 둔전을 일구고 있다네.
去時里正與裹頭	떠날 때 이정이 머리를 묶어주었는데
歸來頭白還戍邊	백발로 돌아와 다시 변경을 수비하네.
邊庭流血成海水	변경엔 흐르는 피 바닷물을 이루었는데
武皇開邊意未已	무황¹⁰⁾은 국경 개척의 뜻을 그만두지 않네.
君不聞	그대는 듣지 못했는가?
漢家山東二百州	한나라 산동 이백주의

---

7) 원문에는 '兵軍行'이라 적혔다. 문선공의 잘못으로 보인다. 이 시의 배경에 대해서는 의견이 분분하다. 남조(南朝)를 칠 때라는 설도 있고, 토번(吐藩)과 전쟁 때라고도 한다. 이는 모두 안사(安史)의 난 이전이다.
8) 위하(渭河)에 있던 다리. 장안(長安)에서 서북이나 서남으로 통하는 서위교(西渭橋)다.
9) 호적을 살펴 징집해 대오(隊伍)로 편성하는 일.
10) 한무제(漢武帝). 여기서는 당나라 현종(玄宗)을 비유했다.

千村萬落生荊杞	천만 촌락이 가시나무로 뒤덮였음을
縱有健婦把鋤犁	설령 건장한 부녀자가 있어 농사를 지었어도
禾生隴畝無東西	논에 자란 벼는 동서 없이 어지럽기만 한데
況復秦兵耐苦戰	하물며 다시 진땅의 병사들은 고전하며
被驅不異犬與鷄	내몰림 당한 것이 개와 닭과 다르지 않음에랴!
長者雖有問	장자가 비록 물어보지만
役夫取申恨	역부가 감히 원한을 말할 수 있겠는가?
且如今年冬	게다가 금년 겨울에는
未休關西卒	관서의 징병이 그치지 않았는데
縣官急索租	현관은 다급하게 조세를 거두니
租稅從何出	조세가 어디에서 나올 수 있겠는가?
信知生男惡	참으로 알겠다! 아들 낳는 것은 나쁘고
反是生女好	도리어 딸을 낳는 것이 좋은 것임을
生女猶得稼比鄰	딸을 낳으면 이웃에 시집보낼 수 있지만
生男埋沒隨百草	아들을 낳으면 잡초 속에 매몰시킨다네.
君不見靑海頭	그대는 청해[11] 가를 보지 않았는가?
古來白骨無人收	옛날부터 백골을 거둘 사람이 없어서
新鬼煩冤舊鬼哭	새 귀신들 원망하고 옛 귀신들 통곡하니
天陰雨濕聲啾啾	날 흐리고 비 축축하면 아우성소리 울려나네.[12]

---

11) 지금의 청해성(靑海省) 서녕(西寧) 서쪽에 있는 호수. 수십 년간 당나라와 토번군이 이곳에서 전투를 하였다.

12) 재북 시기 김상훈이 옮긴 것을 보이면 아래와 같다. "수레는 덜컹덜컹/말도 소리치는데/출정하는 병사들/허리마다 활과 화살//부모와 처자들도/따라 가며 바래우니/길 먼지 하도 일어/다리도 안 보이네//소매 잡고 발 구르며/길을 막아 통곡하니/울음 소리 하늘에도/사무칠듯 하여라//출정하는 병사들께/왜 이리 슬퍼하나 물어 봤더니/징병이 잦아서/괴롭다는 대답일세//열다섯에 북방에서/하서를 지켰고/마흔에도 서쪽 땅에/둔전을 팠다네//떠날 때 리정이/상투 틀어 주었는데/백발 되어 돌아 와서/다시 끌려 간다네//변방은 초소마다/피에 젖었건만/임금은 땅 넓히기/단념

아무런 허식(虛飾)과 과장 없이 너무도 솔직하게 '리얼리스틱'하게 읊은 시다.

다만 두보의 시의 결점은 이백과 백낙천 등의 그것에 비하여 난삽한 것이다. 백낙천은 그의 시작품을 식모에게 읽혀 보여 식모가 이해한 작품이라야 발표하였단 말이 있는데 두보의 시는 보통 쓰는 쉬운 자(字)를 택해 쓴 것 같이 보인 것이 많으며 문귀(文句)는 대개 유래가 있는 것이여서 주석이 없으면 이해하기 어려운 것이 많다.

이러한 폐해는 한문의 다른 작가 작품에 더 우심한 것도 많지마는 두보와 같이 읽고 이해하고 싶은 자가 많은 걸작으로는 좀 더 쉬웠으면 하는 느낌을 더 많이 독자에 준다.

8) 시조문학

장단형(長短型) 시조 294수와 장가(長歌), 가사(歌辭) 등 11편을 포함 수록한 『고금가곡』은 가곡집(歌曲集) 중 본서의 특색으로 다음과 같이 분류 편찬하였다. 즉 인륜(人倫) 권계(勸戒) 송축(頌祝) 정조(貞操) 연군(戀君) 개세(慨世) 우풍(寓風) 회고(懷古) 탄로(歎老) 절서(節序) 심방(尋訪) 은일(隱逸) 한적(閑適) 청음(淸飮) 취흥(醉興) 감물(感物) 염정(艶

을 하지 않아//그대는 들었는가/관동 땅 2백 고을/마을마다 거리마다/쑥대밭이 되었다네//녀자들이 보습 잡아/농사를 짓는다니/거칠은 들판에서/그 무엇을 거두겠나//관중의 군사들은/전쟁에 시달려/개나 닭처럼/쫓기고 몰렸으니//늙은이들 간혹/이 사정 물어 보나/병사의 맺힌 설음/말로야 어이하랴//더구나 올 겨울도/관서에 싸움 일어/성화 같은 세금 독촉/무엇으로 문단 말가?//사내아이 낳았다고/부질없이 좋아했지/실상은 딸 낳는 게/마음 편안하다네//딸이사 이웃집에/시집이나 보내렸만/사내아이 자라면/풀밭에 묻힐 뿐······//그대도 보았으리/청해 땅 언덕마다/예로부터 백골이/흩어져 있었음을//새 귀신 옛 귀신의/원망과 울음 소리/궂은비 내릴 때면/가슴을 저민다네" 「병사의 노래」, 『두보시선』(김상훈·리유선 옮김), 조선문학예술총동맹출판사, 1964, 25~28쪽.

情) 규원(閨怨) 이별(離別) 별한(別恨).

이상과 같이 20항으로 분류되어 있으나 우리 고전 시가를 실제로 [더구나 시조를] 대별하여 보면 '양적으로' 수백 편 작품의 내용은 대략 고대 한시와 비슷하게 은일예찬 회고감상(懷古感傷) 백조풍경(白照風景) 취흥영상(醉興詠觴) 등의 너덧 가지에 지내지 아니한다. 가위 천편일률적이라 대동한 주제로 또 짓고 또 짓고 하여 수다의 작품이 있다. 그래서 같은 주제 중의 가장 우수한 작품은 읽고 나면 다른 같은 주제의 작품은 읽기 싫게 된다.

이와 같이 시조문학이 한일(閑逸)의 세계에서 답보하고 있었던 이유는 대략 다음과 같이 들 수 있다.

1) 중국 한시의 영향을 많이 받은 것.
2) 시조 작가도 역시 대개가 유교인이면서 그들의 머리에는 불선사상(佛仙思想)이 많이 침투되어 있는 것.
3) 작자 대개가 양반 계급으로 사관(仕官) 생활을 하다가 산수(山水) 간에 은퇴하여 음풍영월(吟風詠月)을 하며 한일한 생활 하는 자가 아니면 혹은 평민 계급으로 금주(琴酒)로 일생을 보내는 풍류객인 때문이다.

요컨대 시조는 봉건 시의 유한 계급 문학이다. 그러나 시조를 순전히 한일문학(閑逸文學)이라고만 할 수 없는 것은 정치적 투쟁적 작품이 약간 있는 때문이다. 예를 들면 정포은 등의 여말 충신 성삼문 등의 사육신 이충무공 등의 임란 시 충장(忠將) 김상헌 등의 병란 시 척화(斥和) 의사(義士)들의 제 작품과 또 슬실(漆室) 이덕일의 상붕당가(傷朋黨歌) 등이다.

이러한 작품들은 양적으로도 많지 못해서 기술적으로도 특히 우수한 것도 아니며 또 작자들은 하나도 전문적 작가는 아니다. 그러나 그러한 작품들이 다른 많은 작품보다 일반 독자에게 더 깊은 감명을 주며 더 많이 회자되며 예술적 생명이 더 긴 이유는 어데 있는가. 그것은 두말할 것 없이 다른 많은 한일적(閑逸的) 작품은 퇴영적인 소극적 생활에서 나온 작품임에 반하여 이들 작품은 진취적이고 열정적인 적극적 생활에서 나온 작품인 때문이다.

9) 「파우스트」와 「부활」

괴-테의 「파우스트」를 읽고 또 톨스토이의 「부활」을 읽어 보니 몇 가지 점으로 「부활」이 「파우스트」에서 '힌트'를 얻어 지은 것 같다.

1) 양(兩) 작품이 모두 부활제(復活祭)를 계기로 한 것이다. 즉 전자는 부활제로 막을 열고 후자는 부활제로 막을 닫았다.
2) 양 작품의 여주인공이 모두 간음 당하고 영아(嬰兒)를 죽였다.
3) 그래서 그 죄를 짓고 고형(苦刑)을 받고 있는 애인을 구출하려 하나 그것을 거절하였다.
4) 양 작품이 모두 선악의 투쟁의 기록이었다.
5) 양 작품이 모두 원죄를 지고 있는 인간이 기독으로부터 구원 받는다는 기독정신(基督精神)에 귀일한 것 등이다.

그런데 일반은 「파우스트」는 너무도 고답적 문학으로 오인하고 있으며 「부활」은 너무도 대중적 작품으로 오인하고 있는 것 같다. 그러나 실상 상세히 따져 보면 전자가 그렇게 고답적인 것도 아니며 후자가 그렇게 대중적도 아닌 상기(上記)와 같은 여러 가지 점이 서로 통하는 작품이다.

3. 병상독서수상록: 고전을 주로

　지난여름 작고한 외우(畏友) 하석(河石) 형은 일직이 독문학을 전공하
는 분이면서 해방 후 요양소에 입소하고 난 다음부터는 일방 투병을 하면
서 일방 국문학연구에 여념이 없이 수차로 귀중한 연구를 발표한 바 있었
다. 여기에 연재하는 논고는 임종 즉전(卽前)까지 써 나가던 것으로서 광
저(筐底)에 있는 것을 발견하여 여기에 발표한다. 고전문학의 이해와 천
착에 있어서 일직이 아무도 손대어 보지 않았던 깊이가 있는 것으로서
이 방면에 유의하는 전문가들에게는 적지 않은 도움이 있으리라고 믿는
다. 이날 발표된 것을 못 보고 명목한 형이 또 한번 애석해짐을 금하기
어렵다. - 향파(向破) -

1) 독서변(讀書辯)

　나는 요양생활에 들어간 후부터 근 십 년 간 인생의 낙(樂)이란 전
연 모르고 지내왔다. 부귀, 공명, 강령(康寧) 등등 모든 낙이 나에겐
하나도 없을 뿐 아니라 그와 반대인 병, 빈(貧), 고독, 우배(憂盃), 고통
이 있을 뿐이다. 청춘시절에만 가질 수 있는 행복과 쾌락은 더구나
있을 수 없다. 한잔 술 한 목음 담배의 일시적 낙은 원래부터 나에게
없다. 그래서 근 십 년 간 찰나 동안이라도 낙과 기쁨은 느껴본 적이
없으며 단 한번이라도 간담(肝膽) 속에 울어나온 유쾌한 웃음을 웃어
본 일이 없다. 말하자면 풀 하나 꽃 한 포귀도 오아시쓰 하나도 없는
황량하고 긴 사막의 길을 걸어왔으며 앞으로도 이러한 길이 언제 끝
날지 예상할 수 없는 것이다.

　그러나 나에게도 담담한 특수적 낙이 있을 때가 있다. 그것은 읽고
싶은 책을 읽을 때이다. 낮이나 밤이나 읽고 싶은 책을 읽을 그 동안

에는 모든 우수와 고통을 잊어버린다. 읽고 싶은 책을 여기저기 구하다가 필경 손에 들어올 그때엔 참으로 나로서는 가장 큰 낙과 기쁨을 느낀다. 그러나 나는 먹고 입는 것도 못하는 형편이니 돈으로 책 사 보는 건 생각할 수도 없다. 또 건강관계로 책 가진 친구들을 찾아다니거나 고책점(古冊店)을 돌아다닐 수도 없다.

그러나 또 이렇게 모처럼 얻은 책은 대개 단기일 내 반환할 책이니 충분히 열독(熱讀) 완미할 수도 없고 비망(備忘)하고 싶은 곳을 기억할 수도 없고 더구나 어떤 필요할 때에 참고자료로 쓸 수 없을 때엔 다시금 내 것 없는 우배(憂盃)와 비애를 안 느낄 수 없다. 또 혹 열이 있어 삼, 사 일 혹은 몇 주일 동안 아주 독서를 못하게 되면 그때야말로 참으로 우배 초조감을 견딜 수 없다. 이런 때에는 강한 자제력과 인내력이 필요하였다. 이와 같이 독서는 나에겐 유일한 생활이며 의식 다음엔 가장 중요한 생활이며 수유라도 중단시킬 수 없는 생활이다.

그렇게 하여 내가 최근 읽은 것이 괴-테, 트르게네프, 유-고, 체홉프, 고-고리, 지-드의 장편, 조선사회사, 고대민족사, 문예사조사, 서양사, 일본 시집 우리 신인들의 최근 시집 몇 권 우리 고전문학 작품 등의 초독(初讀) 재독(再讀)이며 기외 내외국 잡지와 또 문예작품이면 신문의 학생 투고란까지 입수된 것은 빼지 않고 읽었다.

원래 어떠한 연구나 저술의 참고자료로 읽는 것이 아니니 체계나 질서가 있을 리 없다. 그러나 나는 또 닥치는 대로 덮어놓고 읽지는 아니한다. 그것은 '에네르기'와 시간의 낭비인 때문이다. 내 딴은 어떠한 필요와 흥미로 유익하다고 생각되는 것만 읽는다. 그중에서 얻은 몇 가지를 차례 없이 적은 것이 이 수상록이다.

2) 고시대(古時代)의 예술 취급

어느 시대 사회의 예술은 그 시대 사회의 상층계급에 봉사하는 예술이고 그들 자신의 예술로서 지은 것은 극히 드문 것은 누구나 다 아는 바이지마는 우리 민족의 고전예술은 그 예에 벗어나지는 않았다. 삼국시대, 고려시대, 조선시대의 건축, 조각, 회화, 음악, 문학이 다 그러하였다.

그런데 우리가 주의할 점은 고시대의 문학과 기타 예술과의 취급 방법이 다른 점이다. 즉 건축, 조각, 회화, 음악 등 예술은 당시 상층계급의 예술이면서 상층 계급 자신은 그것을 제작하지 않고 하층계급 예술가들로 하여금 제작케 하여 그들은 다만 향유 이용하였다. 그러나 문학만은 그들이 향유 이용만 할 뿐 아니라 제작은 그들 자신이 담당하였으며 하층 계급에겐 문학의 습득과 제작할 기회를 될 수 있는 대로 주지 않았다.

구체적 예를 들면 유명한 대화가(大畵家) 솔거도 대서도가(大書道家) 김생도 미천 계급 출신이었으며 불국사 석굴암의 대건축가(大建築家)도 출자자(出資者) 김대성은 귀족계급이지마는 실제로 그것을 설계, 건축, 조각한 예술가는 성명도 세상에 알려지지 않았으니 상류 계급 출신 아닌 것은 틀림없을 것이다. 황룡사 거종(巨鐘)의 작자는 다만 귀족 리상택(里上宅)의 하전(下典) 모라 하였으니 하전이란 역시 대개는 하천 계급의 명칭임은 추지(推知)할 수 있다. 그 외 당시 당나라의 궁중 악부(樂部)에까지 채용된 고구려의 우수한 음악도 연주하는 음악가는 모두 무명한 예술가들이었다.

이러한 경향은 조선에 와서는 더욱 극심하여[13] 문학 이외의 모든

---

13) 원문에는 '극심(劇甚)'으로 적혔다. 문선공의 잘못일 것이다.

예술가들은 나라의 제도로서 하천 계급에 몰입시킨 것은 누구나 다 아는 바이다. 이 문학 이외의 예술가 천대 경향은 고대 중국에도 그러하였고 애급(埃及)에도 그러하였다. 즉 고대 애급의 왕 영주들의 조각은 거개가 농노 기타 하층 계급의 제작이라 한다.

그러나 문학에 있어서 어떠하였는가? 문학은 위선 그 습득부터 상층계급 자신들만이 하고 하층 계급은 가급적 그 기회를 주지 아니하였을 뿐 아니라 빈곤한 하층 계급은 사실상 습득할 생활적 여유가 없었다. 첫째 신라만 하드래도 한문화 교육을 귀족계급을 중심으로 실시 장려하여 문신들에겐 매월 시 삼 편 부(賦) 일 편 식(式)을 의무적으로 지어 올리게 하는 월부법(月賦法)까지 시행하는 적극 장려책을 썼으나 상민(常民)들은 시부송(詩賦頌)으로 인재를 선발하는 과거[국가시험]에 응시 자격을 주지 아니하였다. 이리하여 문학만은 상층 계급만이 습득하여 제작까지도 상층 계급 자신이 담당하고 하층계급에겐 맡기지 아니하였다.

그 후 조선시대에 와서는 계급제도가 더욱 엄격화하여 상층 계급에 대하여는 정치적으론 물론 문화적으로도 그들의 향유 진출을 극도로 억압 저지하였다. 그러나 숙종 이후 양반 계급은 그들 자신도 모르게 차차 쇠퇴 몰락의 과정을 밟게 되고 평민-중간 계급이 정치적으로 경제적으로 차차 대두하게 되자 문학 방면에도 훨씬 대중적인 국문학은 더 말할 것 없고 양반 계급의 독점 문학인 한문학에 있어서도 고시언, 천경수, 이덕무,[14] 박제가 등 위항(委巷) 출신의 우수한 학자 시인이 배출하였다. 그래서 소위 평민문학이라는 것이 대두 발전하였다. 그러나 우리가 여기서 주의할 것은 서리(書吏) 중인 등 평민이란 사회적 지위로나 경제적으로나 당시의 한 중간 계급, 지금

---

14) 원문에는 '李德窝'로 적혔다. 문선공의 잘못일 것이다.

으로 말하면 일종의 소시민층일 뿐 아니라 때로는 상민(常民) 계급을 착취 학대하는 결코 참다운 하층 계급은 아니었다. 따라서 그들의 문학도 그들을 억압하는 그 사회에 대한 불평불만을 토로한 작품을 찾기 어려울 뿐 아니라 그들의 특수적인 생활감정을 표현한 것도 극히 드물고 그저 양반 계급의 문학을 효빈(效嚬)15) 추종하는 데 급급한 흔적만 보일 뿐이다. 그래서 그들 평민 계급의 문학도 결국 양반 계급문학의 일부이며 혹은 양반 계급에 봉사하는 문학이었다. 그래서 평민문학으로서의 특징을 찾아보기 곤란한 문학이었다.

한편으로 국문학은 어떠하였는가. 향가문학이 비록 그 표기가 극히 무리하여도 우리말로 된 것인 만치 당시의 한문학보다는 물론 훨씬 대중적이었지마는 그러한 표기도 상당한 한문의 능력이 필요하였으니 향가문학은 당시 중류층 이상의 문학이다. 작자 중에 사비(寺婢), 촌녀(村女)가 있지마는 그것을 그들이 직접 향가식으로 지어낸 것이 아니고 그들이 입으로만 부른 노래를 향가식 표기 능력 있는 자가 표기해 준 것이 틀림없다.

또 향가의 내용을 보드래도 대개가 당시 상층 계급의 작이다. 상층 계급에 봉사하는 작품, 혹은 불교적인 노래뿐이고 하층 계급 그들의 생활 감정을 표현한 작품은 가사 현존분 중에도 전무이고 유래만 아는 작품 중에는 「대악(碓樂)」, 「목주가(木洲歌)」, 「방등산곡(方登山曲)」 등 수 편에 불과하다. 백제의 가요 중에는 우리가 알 수 있는 극소수의 작품 중에 그러한 작품이 비교적 많다 할 수 있다. 즉 가사 현존분 중의 「정읍사」, 유래만 아는 것 중에 「지리산가」, 「선운산가」 등인데 특히 「지리산가」는 산촌의 한 빈한가(貧寒家) 여자가 횡포한 군주(君

---

15) 함부로 남 흉내를 내는 일을 일컫는 말. 중국 월(越)나라 미녀 서시(西施)가 속병이 있어 눈을 찡그렸다. 이를 본 여자들이 눈을 찡그리면 아름답게 여겨질 줄 알고 따라서 눈을 찡그리고 다닌 못날 짓에서 유래한다.

主)에게 최후까지 저항하는 노래이다.

다음 고려시대에 와서 귀족 계급의 한문학이 더욱 발달되어 그들은 향가식(鄕歌式) 표기도 필요없게 되어 필연적으로 구비전송(口碑傳頌)의 우리말 가요는 하층 계급의 작품이 많게 된다. 가사(歌詞) 현존분(現存分), 부전분(不傳分), 한역해시분(漢譯解詩分)이 모두 그러하였다. 그중에는 그들의 생활 감정을 노래한 작품이 상당히 많은데 단순히 소박한 애련만을 노래한 것도 있지마는 또 당시의 상층 계급과 사회에 대한 차원(嗟怨), 풍자의 작품도 적지 아니하였다. 원사(原詞) 작자 급 연대 불명의 역시(譯詩)이지마는

　　황작하방래거비(黃雀何方來去飛)
　　일년농사부증지(一年農事不曾知)
　　환옹독자경운료(鰥翁獨自耕耘了)
　　모진전중화서위(耗盡16)田中禾黍爲)17)

　　　　　　　　　　　　　　　　　　—「사리화(沙里花)」

두시(杜詩)를 방불케 하는 솔직하고 사실적인 노래가 아닌가. 그 외에 보현찰(普賢刹), 호목(瓠木),18) 묵책(墨冊), 아야가(阿也歌), 우대후(牛大吼) 같은 것도 한역(漢譯)의 단편만 있지마는 상당히 대담하고 노골적인 풍자이다.

그러나 이상 기편(幾篇)과 같은 하층 계급의 차원(嗟怨) 풍자의 가요는 고려말기 혹은 그 이전이라도 상층 계급의 지배력이 아주 약화해

---

16) 원문에는 '주(晝)'로 적혀 있다. 문선공의 잘못으로 보인다.
17) 이재현의 한역시를 적었다. 『고려사』 권71, 악고 17. 황패강·윤원식, 『한국고대가요』, 새문사, 1997, 180쪽.
18) 『증보문헌비고』 권11, 상위고(象緯考) 12, 수이(獸異). 황패강·윤원식, 위의 책, 173쪽.

있을 때만의 작인 것은 다시 더 말할 것도 없다. 완전한 한문학도 아니고 완전한 국문학은 더구나 아닌 극히 기형적인 별곡체가(別曲體歌)[경기하여가는 최초]의 발생부터 최후의 그 형식이 존속할 때까지 상층 계급 자체만이 제작한 그들 자신의 전유(專有) 문학이었으니 다시 말할 나위도 없고 시조문학도 역시 상층 계급에서 발생하여 한참 동안까지 그들만이 제작 향유하였지마는 조선초부터 황진이 등 유기(有妓) 수 명의 작이 있었고 숙종시대 이후부터는 소위 평민 계급에서 김천택, 김수장, 박효관, 안민영, 김성기, 주의식 등 우수한 작가가 배출하여 양반 계급의 작가들을 압도하게 되었다.

그러나 그들 역시 평민 한문학자들과 마찬가지로 신분으로나 경제적으로나 참다운 하층 계급이 아니고 한 중간 계급의 출신이므로 그들의 작품을 볼 때에 물론 양반 계급의 작품에 비하면 훨씬 대중적이고 우리 민족의 고유한 사상 감정이 좀 더 많이 발로되어 있고 고루한 유교적인 한취(漢臭)가 좀 적다 할 수 있지마는 그러나 역시 평민 한문학과 같이 양반계급의 시조문학과 엄연히 구별할 수 있는 그들만이 가지고 있는 특징이 없고 도로혀 향락주의적 퇴폐적 희학적(戲謔的) 경향만 일층 더 농후하고 노골화하여 양반 계급의 향락 예술로 알맞게 되어 있을 뿐이다.

가사문학도 조선초에 양반 계급에서 발생하여 한동안까지 그들만이 제작하였다가 역시 숙종시대 이후부터는 평민 계급의 작품 무명씨의 작품이 많이 나왔는데 무명씨의 작품은 대개 평민 계급 혹은 그 이하의 작이 많음을 추측할 수 있으나 그러한 작품 역시 대개 일반 유한 계급의 대중적 향락예술에 불과하다.

한편으로 산문학은 어떠하였는가. 그것은 고대의 설화문학부터 조선의 소설문학까지 한문으로 쓰인 것은 거의 다 상층 계급의 작이고 그 후 우리글로 쓰인 「홍길동전」, 「구운몽」 같은 걸작을 양반 계급에서 지어내었다. 그러나 "소설은 음란하여 풍기를 문란케 하고 허구한 사실이 정사(正史)를 혼란케 한다"는 이유로 유학자들은 이를 질시 천대하였다. 그래서 양반 계급에서는 차차 짓기를 꺼리며 간혹 짓드래도 서명을 하지 않았다. 그 대신 무명 서민층에서 많이 지어내게 되었다. 허다한 작자 불명의 우리 고대소설은 대부분 그들의 작이라 할 수 있다.

그러나 어느 계급의 작이든지 대개는 당시 지배층의 사상인 충, 효, 열의 유교적 이념과 권선징악의 교훈적 태도가 작품마다 침투 발로 되어 있다. 모두 그때 사회에 적응한 작품들이었다. 도리어 사대 계급 작가가 홍길동전 같은 서얼(庶孽) 압박에 반대하고 지방의 사호거벌(土豪巨閥)과 탐관오리를 질시하여 빈민 계급을 옹호하는 사상의 당시로서는 실로 사회 혁명적인 작품을 쓴 것은 경탄할 가치가 있다. 그리고 유가 양반 계급인 박연암이 부유(腐儒)의 비루한 이중인 격과 양반 계급의 몰락을 폭로 풍자한 걸작 「호질」문 「양반전」 등을 쓴 것은 불란서 발작크가 귀족 계급이면서도 귀족 계급의 몰락을 여실히 묘사한 그러한 우수한 사실주의적인 관찰력을 가진 작가임과 같다 할 수 있다.

이상 기술한 바와 같이 귀족사회, 봉건사회 시대의 상층 계급은 같은 예술이면서 문학은 언제든지 자신들이 제작하지마는 건축, 조각, 회화, 음악, 연극 등 다른 예술은 하층 계급으로 하여금 제작 연출 케 하고 자신들은 향유 이용만 하는 이유는 어데 있을까. 나는 그것을 다음 몇 가지로 생각한다. 즉 첫째는 문학은 두뇌를 주로 하여 짓는 데 반하여, 다른 예술은 손, 입, 눈들을 주로 하여 지음으로 그들은 문학은 가장 존귀하고 다른 예술은 일종의 노동으로 생각한 때문인 것[그때엔 노동을 지금보다 더 천시하였으니까], 둘째는 문학은 자기자신을 위하여 쓴다고 생각하고[남이 읽기는 하지마는 그것이 목적이 아니라고 생각한 것], 다른 예술은 자기 자신보다도 남을 위하여 남에게 봉사하기 위하여[비록 군주를 위하여도], 만들고 움지긴 줄 아는 것, 따라서 문학은 남의 의사로부터 구속을 받지 않고 자유스럽게 쓸 수 있는 것이지마는 다른 예술은 다른 사람의 의사로부터 구속 받고 자유롭지 못한 것인 줄로 안 때문이 아닌가 생각한다. 그래서 그런지 같은 회화라는, 사군자, 송(松), 포도 등 묵화를 방 안에서 혼자 취미적으로 그리는 것은 천시를 하지 않고 주로 양반 계급이 많이 그리며, 음악도 방 안에서 혼자 거문고[금(琴)] 같은 것을 타는 것을 양반계급에서도 많이 하였다. 즉 그러한 회화와 술락(術樂)은 남의 요구에 응하여 남을 위하여 남에게 봉사하려고 또 남의 앞에서 노래하거나 연주하는 것이 아니고 순전히 자기를 위여 남의 의사로부터 조금도 구속 받지 않고 극히 자유스럽게 하는 것이므로 그러한 회화와 음악은 역시 양반계급 자신도 하는 것이 아니었던가 생각한다.

또 한 가지는 문학은 향유자를 교화 지도할 능력을 가진 줄 알고, 다른 예술은 정서 교육과 향유자의 사상 감정을 교화 침투시킬 수 있는 능력을 가진 줄을 모르고 다만 오락, 위안용으로만 안 때문인 듯하다. 이러한 관념은 양반의 근대적 예술사조가 들어오기 전까지는 오랫동안 이 땅에 깊이 잔존해 있다.

3) 시조문학의 은일사상(隱逸思想)

시조의 발생과정과 최초의 작품, 작가 등에 대하여는 우리가 아직 확실히 모르니 더 말할 것 없고 우리가 아는 범위 내의 최초기(最初期)의 작품이라 할 수 있는 고려말, 조선초의 제 작 즉 정포은의 「단심가」를 위시하여 길재, 원천석, 성여완, 이지란, 이색, 김종서, 성삼문 등 사육[19]신의 제 작품은 대개 정치적인 사상적인 작품이다. 특히 정포은, 성삼문의 두 작품은 군주에 대한 열렬한 충성이 발로 되어 있는 유명한 작품이다. 그러나 이여(爾餘)의 조선시대의 많은 작품 중 지명자(知名者)만 약 이백 명 실명 작자의 것과 함께 근 이천 수의 작품이 극소수를 제외하고는 거개 은일사상이 주조류가 되어 있다.

물론 그중에는 회고, 자연미의 음영(吟咏) 취흥(醉興)은 그러한 테-마도 실은 모두 은일의 테-마와 상통하는 은일과 상호관계 있는 테-마들이다. 이 은일사상의 혈맥이 전연 통하지 않은 작품은 그 많은 작품 중에도 몇 편을 골라내기 어려울 것이다.

우리 고전문학 중에도 산문학은 그렇지 않다. 설화문학, 패관문학 등은 그만두고라도 조선의 소설문학도 그렇지 아니하였다.

조선의 소설문학은 대개 유교적인 충, 효, 열의 사상과 권선징악이 주조류가 되어 있다. 단순한 소극적 문학은 아니었다. 가사문학은 일종의 운문학(韻文學)인 동시에 또 일종의 산문학(散文學)임으로 시조와 비슷한 경향이 있지마는 시조보다는 훨씬 희박하다.

국문학자들이 우리 고전문학의 특징을 말할 때 흔히 일률적으로 은일사상과 향락사상 이대 조류를 말하지마는 그것은 시조문학만 머리에 두고 한 말이 아닌가 싶다. 시조문학에는 향락주의란 대개 조선 말기 퇴폐 시대의 경향이다.

그러면 시조문학의 은일사상이 주조가 된 원인은 어데 있는가. 그것은 유(儒), 불교의 적극적인 것보다 소극적인 사상과 노장(老莊)의 허무적 사상이 침투되어 있는 까닭에 다음 몇 가지 원인을 들 수가 있다.

첫째는 시조문학의 형식이 간이(簡易) 단촉(短促)하여 한인(閑人)의 음영(吟詠)에 적의(適宜)하며 발생의 초기를 지나 차차 능숙 발달해짐

---

19) 원문에서는 '은'으로 되어 있다. 문선의 잘못으로 보인다.

을 따라 그것은 주로 양반 계급의 불우은일자(不遇隱逸者), 사대부들의 한참 동안 고관대작의 영화를 누리다가 노년치사(老年致仕)나 혹은 당쟁 기타는 퇴관(退官) 귀향하여 산수가려(山水佳麗)한 전원 속에서 유유자적하며 한아(閑雅)한 은일 생활을 하는 자들이 소요를 위하여 혹은 취후 즉흥적으로 음영한 것이 대부분이다. 그러한 환경 속에 그러한 기분으로 지은 시니 필연적으로 은일적 정조가 발로되지 않을 수 없다.

그러나 실제로 말하면 그러한 시조의 작자가 모두 반드시 은사(隱士)인 것도 아니며 진정으로 속세 영화를 염기(厭忌)하고 은일을 즐거워한 것도 아니며 그중에는 그러한 생활을 하고 그러한 시를 쓰면서도 심중에는 늘 영달의 꿈을 꾸고 군주의 '부르심'을 고대하고 있는 자도 적지 않았다. 그들이 가끔 군주를 연모하고 군주를 턱없이 앙송(仰頌)하는 시를 쓴 것은 그 '부르심'을 은연히 바래는 아유의 발로이다. 그리고 그들의 시조 가운데 자주 그들 자신이 농부나 초부(樵夫)가 된 것처럼 어초(漁樵)를 노래한다. 그러나 실제에 있어 그들은 대개 광이 자루 한번도 잡아보지 못하고 다만 하층 계급의 노력과 실납(實納)에만 의존하여 사는 자들이다. 또 그들은 시시로 청빈을 즐겨 노래한다. 그러나 그들은 대개 그와 반대의 생활을 하는 사람들이다. 그들은 다만 이상과 같은 모든 청담 생활을 동양적 또는 유, 불, 도교적 취미로 예찬하며 노래한 것이다.

시조의 대중화에 따라 평민 계급 중에서도 많은 작가가 나왔지마는 그들 역시 대개는 안일(安逸) 청유(淸遊)할 경제적 여유가 있는 사람들이었다. 다만 그들은 유교적 교양이 보다 부족하고 또 시기가 퇴폐시대인 만치 은일사상보다도 향락주의가 더욱 농후할 뿐이었다.

시조의 은일사상이 주조가 된 또 한 가지 원인은 그 형식이 너무도 단촉(短促)하여 복잡한 정치적, 현실적인 사상 감정을 표현하기에는 부적당하고 간단, 안이한 감정을 즉흥적으로 음미하기에만 적의(適宜)하다. 시조는 형식의 단촉(短促)과 내용의 소극적이고 일률적인 것이 일본의 화가(和歌), 배구(俳句)와 한시의 사율(四律), 절구(絶句)와 비슷한데 한시 중에는 장편인 고시(古詩)는 제법 사회적, 현실적 정서를 혹은 서사적(敍事的)으로 노래한 것이 상당히 많으나 사율과 절구는 그렇지 못한데 시조는 말하자면 한시 중의 사율, 절구의 영향을 많이 받은 문학이라 할 수 있다.

시조는 이러한 소극적 문학임으로 임진왜란 시에 산문학(散文學)으로는 수다(數多)한 군담이 나왔지마는 시조문학은 당시의 현실적 감정을 노래한 것이 이순신의 일 수 이항복의 삼 수 등 수편뿐이다. 노계 박인로는 직접 전쟁에 참가한 무사시인(武士詩人)으로 가사(歌詞)엔 전란, 전후의 현실을 노래한 것이 「선상탄」, 「태평가」의 이 편이 있지마는 시조엔 그 수다한 작품 중에 일 수를 볼 수 없다. 모두 소극적이며 은일적인 작품뿐이다.

병자호란 시에는 산문으론 역시 많은 군운(軍韻)이 나왔으며 시조는 김상헌, 홍서봉, 이정환, 홍익한 등 작품 십여 수 임란 시보다는 비교적 많지마는 역시 시대로 보아 매우 적은 편이며 더구나 고산 윤선도 애국애군(愛國愛君)의 정성이 열렬하였다는 대시조작가로서 그 많은 작품 중에서 군주 개인을 연모하는 것 수 편 외에 국난국욕(國難國辱)을 비분하는 작품은 일 수도 없었다.

원래 고산은 국난 시에도 그다지 적극적 활동은 없었지마는 국난 후에도 금후의 국사(國事)를 위하여 또 장래의 설욕을 위하여 활동하지 않고 치욕의 보(報)를 듣자 곧 고도(孤島) 중 산수 속에 은둔한 그것부터 그의 소극적 태도를 보인 것이지마는 비록 도중(島中)에서 은일 생활을 하였드래도 그 은둔은 한일(閑逸)을 위한 은둔이 아니고 비분(悲憤)에 못 이겨 한 은둔인 이상 또 그는 본시 당당한 우국지사로서 어떻게 국난을 읊은 시가 일 편도 없었을까?

어떻게 얼마 전에 겪은 현실을 그렇게 망각하고 거게[20] 대한 감흥이 그다지 냉각하여졌을까? 대체로 임진, 병자 양란은 실로 우리 민족으로서 미증유의 수난과 시련이었음에도 불구하고 당시의 우리 시조작가들은 그러한 현실에 대하여 한칠(閑七)이 그다지도 적었으며 비분한 감정의 발로가 그다지도 빈약하였을까 한 물음에 대하여는, 전술(前述)한 몇 가지 이유로서는 설명이 너무나 불충분하다. 그리고 또 그러한 당시의 현실과 관련없는 작품에 대하여 당시의 민중-서민 계급은 더 말할 것 없고 상층 계급의 독자들은 과연 흥미를 느끼며 애독하였을까.

하긴 괴-테도 나폴레온이 독일을 여지없이 유린 정복하고 또 그 후 독일이 나폴레온에게 복수적(復讐的) 반격을 한 두 큰 현실을 겪고도 그러한 현실을 노래하고 묘사한 뚜렷한 작품이 없는 것은 좀 이상한 일이다.

여기서 혹 그 두 시인의 현실에 대한 무관심이 도리여 그들을 위대하게 만든 것은 아닌가 하고 생각하는 이가 있다면, 그것은 심한 오해이다. 그들이 만일 현실에 대한 정열이 더 많았다면 그 두 시인은 더 위대한 작품을 남겼을 것이며 더 위대한 시인이 되었을 것을 알아야 하지 않을까?

4) 우리나라 근대사회의 특수성

우리나라에 있어서 근대주의의 기형성은 그것이 봉건사회 내부에서 자주적으로 발전한 것이 아니고 외부의 압력과 침입에 의하여 피동

---

20) '거기에'의 경남 지역어.

적으로 발전한 데 있는 것은 누구나 다 아는 바이지마는 근대주의가 자주적으로 발전 못한 원인에 대해서는 흔히들 우리나라의 봉건사회가 아직 성숙하지 못한 때문이라 한다. 그것을 비유하여 자녀를 생산할 만한 육체를 갖추지 못한 부인, 말하자면 아직 어머니라 할 수 없을 만치 나이 어리고 성적으로 발달되지 못한 여자와 같다 하였다.

그러나 나는 그렇지 않다고 생각한다. 외래 근대주의가 침입할 그때의 우리나라는 봉건사회가 미성숙한 것이 아니라 여자로 말하면 과년한 노양(老孃)처럼 어머니 되기에는 오히려 넘을 만치 성숙하였다. 그러나 그는 불행히 병적인 불임증을 가진 일종의 석녀(石女)이었다. 그 불임증은 무엇인가, 그것은 누구나 아는 바와 같이 고대사회로부터 가지고 내려온 특수적인 동양적 아세아적 정체성이다.

과실은 물론 다 익은 뒤에야 그 종자에 새싹이 터올라 오는 것이다. 다 익지 못한 과실의 종자는 싹이 날 수 없다. 그러나 과실이 다 익었다고 반다시 새싹이 올라오는 것은 아니다. 어떤 과실은 보통 종자가 있는 과실이면서 그중에 특수적으로 종자 없는 것도 있으며 또 어떤 과실은 그 종자에 특수한 인공을 가하지 아니하면 발아 못한 것도 얼마든지 있다. 즉 원칙적으로는 과실이 성숙하면 그다음 새싹이 나는 것이 순서이지마는 특수적으로 성숙해도 발아 못한 것이 간혹 있다. 그래서 과실의 성숙과 발아는 관계없는 것은 아니지마는 동일한 말은 아니다.

그와 마찬가지로 원칙적으로 봉건사회가 성숙하면 자본주의가 발생하는 것이 순서이다. 그러나 봉건사회가 성숙하고도 특수적으로 자본주의가 발생 못한 경우가 있다. 그래서 봉건사회의 성숙과 자본주의의 발생이 관계없는 것은 아니지마는 역시 동일한 말은 아니다. 다시 말하면 자본주의 발생 제 조건의 성숙이 곧 봉건사회의 성숙은 아니다. 그것은 밀접한 관계가 있는 것이지마는 동일한 것은 아니다.

그래서 우리나라 자본주의 발생의 특수성, 기형성의 원인은 미숙한 봉건사회의 조임(早熟)에 있는 것이 아니고 이미 노쇠했음에도 불구하고 아세아적 정체성으로 자본주의가 자주적으로 발달하지 못하고 있는 동안에 외래 자본주의의 침입으로 피동적으로 발달된 데 있는 것이다. 근대사상이 실학이란 이름으로 우리나라에 처음 들어오기는 십팔 세기 중 경, 즉 외부에서의 침입으로 피동적으로 근대화하기 된 때로부터 약 일세기 반 전이니 그때는 더 말할 것도 없었다. 몇몇 학자 문인의 수입한 학설과 견문록으로 정치적 사회적으로 변혁시키기에는 너무도 완고한 정체성이며 그런 결과를 기대한다는 것이 사실상 무리였다. 실제로 말하면 실학이 처음 수입되는 그 당시에는 근대사상의 본적지인 서구에서도 그다지 발달되지 못하였다. 실학의 원조인 유형원 때는 더 말할 것도 없고 그 후 이익이 실학의 사상을 수입할 때도 아직 불란서혁명이 일어나기 전이며 증기기관, 와사(瓦斯) 등도 발명되기 전 최초의 일간신문도 발간되기 전이며 자연과학에 있어서도 천문학, 물리학, 화학 등은 상당히 발달되었지만 생물학 같은 것은 아직 발달되지 못한 때문이었다. 그러나 그들의 근대문화는 일취월장의 급속도로 발달하였지마는 우리나라에선 한때의 학설과 이론의 수입으로서 그치고 결실도 못 한 채 꽃이 시들어지고 만 것이다. 즉 완고한 정체성 때문에 정체되고 만 것이다.

그런데 근대사상이란 누구나 아는 바와 같이 정치적으로 민주주의 경제적으로는 자본주의 학문적으로는 과학적 사상인데 그것이 서양서는 점진적으로 계급적으로 발달해 왔고 동양서는 자주적이건 피동적이건 극히 단시일 내에 인공 속성적으로 발달하였다. 말하자면 서양서는 발전적이고 동양서는 비약적이었다.

그러나 서구에서 수입한 이 근대적 문화에는 순근대적인 요소 외에 서양적인 요소도 들어 있다. 예하면 우리 본래의 가옥과 전연 다른 근대식 건물은 근대적일 뿐 아니라 서양인은 고래부터 살아오던 가옥의 발달된 건물이며, 우리가 집에 오면 벗고 나가면 입는 양복도 서양인은 고래부터 입고 오던 의복의 개량된 것이다. 또 우리가 쓰는 '펜'은 서양인의 고대에 쓰던 우축(羽軸)의 개량된 것이며 포도주도 서양엔 상고에부터 있던 것이다. 또 동양서는 근대사회 이전에는 많은 군중을 향해 서서 선전 선동적으로 말하는 연설을 할 줄 몰랐다. 그러나 서양서는 고대 희랍시대부터 당당히 상당한 내용의 연설을 할 줄 알았다. 이러한 예는 매거할 수 없을 만치 많다. 그래서 서구식 근대문화가 아직도 가끔 우리에게 주는 신기감, 불친밀감, 불편감 등이 완전 소거하기는 앞으로도 많은 시일을 요할 것이다.

5) 예술 잡론

나는 예술의 제작이 음식의 조리와 근사하다고 생각한다. 즉 예술의 소재, 사상, 기술은 음식의 재료, 영양분, 조리와 같이 말할 수 있다. 그런데 어떤 음식이 아무리 영양가 있는 재료를 사용하였드래도 그 조리가 졸렬하여 사람의 구미에 맞지 아니하면 그 음식은 좋은 음식이라 할 수 없다. 더구나 그 조리가 미각을 아주 불쾌하게 하여 구역증(嘔逆症)을 내게 하면 그 조리는 도리여 유해한 조리가 될 것이며 그 음식은 무가치한 것이 되고 말 것이다.

그와 반대로 아무리 미각에 맞도록 조리하여도 그 재료가 흙이나 짚[고(藁)] 같은 아무런 영양가 없는 것이라면 그 음식물은 사람의 일시적인 기호물이나 될지언정 상시적으로 먹을 정상적인 음식물은 되지 못할 것이다. 더구나 영양가가 없을 뿐 아니라 도리여 해가 되고 약이 있는 것이라면 그 기술적인 조리는 기술이 훌륭하면 훌륭할수록 그만치 더 많은 해독을 줄 것이다. 왜 그러냐면 그 조리의 기술이 더 많은 사람을 유혹하기 때문이다.

세상에는 흔히 사람에게 무익 또는 다소의 해된 것도 기호물로서 돈을 주고 사 먹는 음식물이 더러 있다. 예술도 그러한 무익 유해한 기호물 오락물로서 만족시한다면 말할 것도 없거니와 만일 예술을 적어도 인생에 유익한 한 고귀한 존재물로서 인정한다면 그러한 무익 혹은 유해한 내용을 가진 예술에 가치를 주지 않을 것이다.

문화가 높은 나라일쑤록 기호물도 영양을 많이 고려한다. 서양 사람의 요리나 과자는 동양 후진국의 그것보다 대개 영양분이 많다.

요컨데 요리나 예술은 영양과 조리, 사상과 기교의 양자를 구비하여야 그 가치를 가질 수 있고 그중의 하나만으로는 가질 수 없는 것이다. 단 그 양자는 시기와 작품에 따라 그 비율이 반다시 일률적인 것을 요하지 않을 경우가 있다. 예하면 요리는 환자나 허약자가 먹을 것은 조미보다는 영양에 치중하며 일시적 향략으로 먹는 요리는 영양보다 조미에 치중하는 때가 있다. 예술도 어떤 특수 시기에는 교화(敎化)와 계몽을 위하여 기교보다 내용을 중시하는 때가 있으며 또 어떤 작품 예하면 습작적인 정물회화[과물(果物) 등 특히 간단한 것]는 사실적 기술만을 위한 작품이다.

그런데 반다시 그런 것은 아니지마는 영양 가치 많은 음식이 대개 미각에도 좋다. 예하면, 어(魚), 육(肉), 계란이 다른 것보다 또 어육 중에도 도미[조(鯛)] 뱀장어[만(鰻)] 우육 같은 것이, 또 소채, 어육, 과실도 신선한 것이 부패한 것보다 맛이 좋다. 이것은 아마 생리의 공리적 욕구일 것이다. 예술도 그 내용이 사회의 향상과 발달을 위한 진보적 사상일수록 보다 많은 대중이 욕구하는 예술품이 될 것이다. 물론 요리나 예술에 다 특수적인 예도 있지마는.

그리고 예술에 있어 나쁜 내용은 없는 것보다 도리여 못하다. 일제 시대 특히 태평양전쟁시기 나쁜 내용을 우리들에게 강요할 때는 오히려 내용이 아무 것도 없는 소위 순수예술이 민중에게 해독은 끼치지 않는 좋은 예술이었다. 나쁜 내용은 음식물의 유독성과 마찬가지인 것이다.

근대 영남의 한문학가 조심재(曺深齋)21)가 어느 대척적인 두 한문학 문사의 작품에 대한 평언(評言)이 퍽 재미스러웠다. 한 사람의 것은 '고루거각폐창파벽(高樓巨閣弊窓破壁)' 다른 한 사람의 것은 '일간초당분벽사창(一間草堂粉壁紗窓)'이라 하였다. 즉 한 사람의 작품은 굉장한 집에 다 떨어진 창과 허물어진 벽인 것과 마찬가지로 내용과 구성은 풍부하고 웅건하나 형식-기교가 조잡하다는 것이요 다른 한 사람의 작품은 극히 조고만한 집에 아름답게 꾸미여진 창과 벽인 것과 같이 형식-기술은 능숙하고 세련되어 있으나 내용이 빈약하다는 것이다.

이것은 현대 작가 시인들의 많은 작품에도 해당되는 평언이다. 두 가지 중 어느 한 가지에든지 해당되는 작품이 많이 보인다. 즉 상당히 좋은 내용을 가지고 기술이 너무 졸렬하고 유치하여 예술품이라 하기 어려울 정도의 작품, 또는 보잘 것 없이 빈약하고 허공한 내용에다 분장과 수식만 잔뜩한 작품들은 다 그러한 평언을 받을 수 있는 것이다.

예술은 또 주지한 바와 같이 특수성과 보편성을 구비하여야 한다. 기벽(奇癖)하고 승상(乘常)하여 자기 이외엔 누구나 이해 공명할 수

---

21) 심재(深齋) 조긍섭(曺兢燮). 1873~1933. 본관 창녕(昌寧). 1889년 열일곱에 곽종석을 찾아가 태극·성리에 관해 토론을 벌였다. 1901년 열아홉 때 대구에서 향시를 치렀다. 1905년 스물세 살 때 『남명집(南冥集)』 중간 사업에 참가해 여러 문인과 사귀었다. 1910년 경술국치를 당하자 두문불출하였다. 대구 가창 정산(鼎山)으로 은둔해 학문을 닦다, 1929년 문인들의 요청으로 비슬산 서쪽 쌍계(雙溪)로 옮겨 구계서당(龜溪書堂)을 짓고 후학을 길렀다. 낸 책으로는 『암서집(巖西集)』·『심재집(深齋集)』들이 있다. 허선도, 「曺深齋 詠史詩와 金重齋의 小批」, 『한국학논총』 13집, 국민대학교 한국학연구소, 1991, 209~245쪽.

없는 작품은 후자를 무시한 작품이며 범속적이어서 예술품이라 할 수 없는 작품은 전자를 망각한 작품이다. 전자만 중시한 경향은 흔히 예술지상주의자에 많고 후자만 중시한 경향은 통속 작가에 만이 볼 수 있다.

이상 두 가지 중에 한 가지만 중시하고 다른 한 가지는 망각한 예술품은 양극단의 경향이지마는 예술과 독자를 다 같이 무시한 너무도 안일적인 예술인 것은 양자가 동일하다.

왜 그러냐면 하나는 예술을 위한 선택과 탁마의 노력이 필요 없으며 다른 하나는 현실에 대한 객관적인 관찰과 이해의 노력이 필요 없는 때문이다.

그러면 특수성과 보편성을 다 같이 가진 예술은 어떤 것인가. 그것은 말할 것도 없이 전형적 현실의 진실한 묘사이다. 전형적 현실이란 아무렇게 보이는 잡연(雜然)한 현실도 아닌 동시에 작자 개인 이외에는 아무도 보이지 않는 신비한 현실도 아니다. 특수적인 동시에 보편적인 현실이다.

6) 문학의 제 조류

서구에 근대문학 발생 이후로 여러 가지 사조가 교체 혹은 혼류하였는데 우리나라에서도 근대문학 유입 이래 불과 삼십여 년의 짧은 동안 낭만주의 자연주의 신감각파 이메지즘 사실주의 등이 혼류 혹은 교체하였다. 그런데 그 조류가 서구에서 발생하여 혹은 세계적으로 어떤 것은 다만 어느 국내에서만 또 혹은 오랜 기간 어떤 것은 극히 짧은 동안 유행하였고 우리나라에서도 어떤 것은 상당히 오래동안 어떤 것은 일, 이 인의 작가로부터 일, 이 년 동안 유행하다 잠적(潛迹)된 것도 있다. 그러나 낭만주의와 사실주의[자연주의는 초기의 소박한 사실주의]만은 커다란 두 주 조류로 가장 생명이 길었다. 그중에도 특히 사실주의는 우리나라에 근대문학이 처음 수입될 때부터 들어와서 그동안 사회 정세의 변동에 따라 몇 번의 기복은 있었지마는 지금까지도 한 조류로서 흐르고 있다. 그것은 우리나라뿐 아니라 세계 문학사조를 보드래도 그러하며 명일의 문학은 사실문학이라고 예측할 수 있다. 그러면 그 이유는 어데 있는가. 표현파, 구성파(構成派), 신감각파 이메지즘 등은 혹은 사회의 격변에 인한 소시민 예술가들의 일시적 흥분과 혹은 예술지상주의자들의 예술을 위한 호기벽(好奇癖)과 유행심에서 생긴 것이므로 그것들은 대개 극히 미약하고 단촉(短促)한 생명을 조현모몰(朝顯暮沒)하고 만 것이다. 그러나 이 두 조류는 그러한 일시적 천수(天水)로 생긴 흐름이 아니고 깊은 근원을 가진 줄기 찬 조류이며 기중에도 사실주의는 문학을 구성하는 근본 요소이다. 주지하는 바와 같이 낭만주의는 시민계급의 신흥과 더부러 발생한 감정적 주관적 이상주의적인 사조이고 사실주의는 시민계급 사회의 성숙, 과학의 장족적(長足的) 발달과 더부러 발생한 과학적 객관적 현실주의적인 사조이다.

예술은 반다시 현실의 거짓 없는 표현이어야 하며 또 거게는 인간의 이상이 부여되지 않을 수 없다. 그러나 그 이상이란 언제든지 현실의 기초 위에 발화되어야 한다. 그래서 문학에 있어 사실주의는 근본적 요소이며 주체적인 조류인 것이다.

그러므로 문학에 있어 걸작이란 작품은 어떠한 경향의 작가 작품 중에도 이 사실주의적 요소가 들어 있지 않은 것이 별로 없다. 예하면 쎅쓰피어의 「하믈레트」 유-고의 「레, 미제라불」 톨스토이의 「부활」 등은 읽으면 처처(處處)에 보이는 사실적 묘사는 군소 사실주의 작가도 따르지 못할 만치 섬세 심각하다. 우리나라에서도 근대문학 초기의 대표작이라 할 수 있는 이광수의 「무정」도 그의 종국적 테-

마는 이상주의적이다[형식, 영채, 병욱, 신우선, 대척적인 두 중학생 등 인물의 성격 묘사 등].「레, 미제라불」이나 「부활」에서 그 사실적 요소를 땐다면 그만한 걸작이 되지 못할 것이며, 「무정」도 그만치 당시의 많은 소시민층으로부터 애독되지 못하였을 것이다. 또 같은 이광수의 이상주의 작품이라도 그 후의 「개척자」「혁명가의 안해」 등은 그러한 사실주의적 요소가 결여되고 순관념적인 이상주의적 요소만으로 된 것이므로 「무정」과는 동열할 수 없는 작품이 되고 말았다.

어쨌든 사실주의는 우리나라에서도 소박한 자연주의로서 끊임없이 흘러내려 오던 중 천구백이십년 경에 낭만주의 문학이 황금시대를 이루었다가 쇠퇴한 후 천구백이십사오년 경엔 자연주의가 특히 소설 문단에서 전성시대를 이루었다.

그러나 그때의 낭만주의란 그 사조의 정열적 진취적 이상주의적인 건강적 요소는 버리고 염세적 절망적 공상적인 병적 요소만 가진 조류이다. 말하자면 낙오 도피한 식민지 소시민층의 자포자기적 규호(叫號)와 오열이었다.

그러다가 현실을 다소라도 이해해 보고 접촉해 보려는 소시민층의 일군(一群)[자연주의자]이 보기에도 안따깝게 빈손으로 공중을 휘졌다가 쓸어진 그들 낭만주의자를 대신하여 일어나기는 하였으나 그들은 눈앞에 보이는 쪼각 쪼각의 현실을 전체적인 현실 유동하는 현실과 절연시켜 보았다. 그래서 진실한 현실을 묘사하지 못하였다. 그리고 또 이론적으로는 자연주의는 개인주의 본능주의적인 문학사조로 이해하였다. 자연주의란 사실 그러한 것이다. 그것이 즉 진정한 사실주의는 되지 못한 이유이다.

그때에 이 두 조류가 그렇게밖에 발전 못한 원인을 당시 사회적 환경과 그들 작가 시인들의 의식의 한계에 있는 것은 물론이다. 그러나 앞으로는 그 두 조류가 정열적 희망적 건설적인 낭만주의와 현실을 진실하게 묘사하는 진정한 사실주의로 발전할 것은 틀림없다. 그러한 문학이야말로 명일(明日)의 문학 민족이 요구하는 문학일 것이다.

7) 문학가의 지위

〈결락〉

8) 단편적 잡감(雜感)

(1) 고적(古籍)의 진실성 정도

중국과 우리나라의 고사(古史)엔 숫자의 대개 과장이 많다. 예하면 출정 병원(兵員) 수가 백만이라든지 신라의 수도[경주] 인구가 백여만이라든지 혹은 궁녀가 삼천 명 혹은 순사자(殉死者)가 천여 인이라 하는 등 숫자는 상식으로 생각해도 틀림없는 과장이다.

즉 백발 삼천 척 같은 동양적 과장이다. 그러나 우리나라 역사가들은 흔히 그 숫자를 그냥 신용하고 그대로 인용한다. 또 어떤 역사가는 중국과, 일본 역사에서 동양적 자존적(自尊的) 사필(史筆)로 어느 나라에서 무엇을 공납(貢納)하였다는 허조문구(虛造文句)를 그냥 그대로 신용하는 이가 있다. 그중에는 공납도 있지마는 예의적(禮意的) 상호 교환이라든지 무역으로서 물물 교환도 많이 있는 것이다.

그리고 고대 중국인이 저술한 『위지』 '동이전' 중에 기록된 고대 조선인의 풍속 습속 등 사회생활을 그냥 그대로 신용하는 건 위험한 일이다. 왜냐하면 아무리 해박한 학식의 소유자라 할지라도 그때와 같이 교통이 불편하고 과학이 발달되지 못한 시대의 학자로서 어떻게 만여 리 외에 원격해 있는 외국인의 생활을 구체적으로 상세하게 또 정확하게 알 수 있느냐 말이다.

(2) 문학 애호의 한계성

임란 병자 양란 이후로 이 땅에는 많은 군담소설이 번역되었다. 그중는 「설인귀전」 사십이 회가 「백포소장설인귀전(白袍小將薛仁貴傳)」 이란 이름으로 번역되었는데 당시엔 상당히 애독된 것 같다. 주지하는 바와 같이 「설인귀전」은 고구려를 침략한 당나라 장수인 설인귀의 개인적 역사소설로 그 중 제삼십육 회의 '설인귀파관위장개소문시비력진(薛仁貴破關圍將蓋蘇文矢飛力陣)'과 제삼십구 회에 '소문오입용문진(蘇文誤入龍門陣) 인귀지멸고려수(仁貴智滅高麗帥)' 등 수 장은 인귀의 지용을 과장 영웅화하고 개소문을 허구적으로 모욕한 것이다.

이러한 내용의 소설을 일부러 번역하고 또 애독한 우리 선인들의 심리를 우리는 참으로 이해하기 곤란하다. 이것은 그 책의 내용으로 보아 결코 어떤 역사적 참고와 이해를 위해 번역한 것은 아니었다. 군담의 흥미와 명장의 지용의 찬모(讚慕)를 위해서는 내 민족을 침략하고 내 민족의 명장을 모욕한 것도 생각치 않았다. 분노를 느끼기는 커녕 도리어 재미있게 읽었다. 그들[우리 선인들]은 개소문보다 설인귀를 더 사랑하고 더 찬모하였을지 모른다. 사대사상(事大思想)도 너무 과한 것이다. 우리는 고대 중국인들의 과도한 자존심과 과장성을 비난하기보다도 우리 선인들의 과도한 자비심(自卑心)과 사대 근성에 놀라지 아니할 수 없다.

(3) 산문학(散文學)의 발생 기초

흔이들 산문은 근대사회에서 발생한 시민계급의 특유한 문학 형식이라 한다. 그러나 이것은 서양문학에 한해서 할 수 있는 말이 아닐까? 사실 서양에선 중세기 귀족사회까지는 운문학(韻文學)뿐이고 산문학의 발달은 십칠 세기 경 시민계급 발생 이후부터이였다. 그러나 동양에서는 일즉부터 산문학이 운문학과 같이 발생하였다. 중국에선 이미 삼, 사 세기부터 소설은 아니지마는 공명[출사표] 도연명[도원기] 한퇴지 유종원 구양수 삼소(三蘇) 등의 우수한 작가와 「서상기」「금병매」「수호지」「삼국지」「홍루몽」 등의 걸작 소설이 있고 일본서도 서구(西鳩)22) 근송(近松)23) 등의 제 작품이 있었다.

우리나라에선 삼국시대로부터 고려시대까지는 우리 민족의 고유문자가 없었으니 장형(長型)의 산문학은 발달할래야 할 수 없었으나 한문으로는 설화문학 패관소설의 많은 작품과 조선의 「금오신화」「화사」 기타 군담소설 등이 있으며 국문으로는 「홍길동전」「구운몽」「심청전」「춘향전」 등 많은 걸작이 있었는데 그것은 모두 전술(前述)한 중국, 일본의 산문학과 함께 각기 그 나라의 근대사회 이전의 문학들이었다. 근대사회와는 아직도 요원한 시대의 작품들이었다. 그러므로 동양문학에선 산문학을 반다시 근대사회에 발달된 문학이라 할 수 없다.

또 같은 이론으로 산문학은 자연주의 문학들의 손에서 발달되었다고 하는 이가 있다. 그러나 그것도 낭만주의 시대 이전부터 이미 산문학이 발달하여 셀반테쓰(「동, 기호테」) 쎅스피어 괴-테 쉴러 유-고 등의 걸작 산문작품이 많이 있었으니 서구서도 산문학이 반다시 자연주의 작가들 손에서 발달되었다 할 수 없으며 더구나 동양에선 자

---

22) 불명.

23) 근송문좌위문(近松門左衛門). 1653~1725. 일본 강호시대(江戶時代) 가무기(歌舞技) 작가. 본명은 삼삼신성(杉森信盛). 100여 편에 이르는 작품을 남겼는데, 거의 모두 인형극인 문락(文樂)의 대본으로 썼다.

연주의 문학이 발달한 근대사회와는 아주 요원한 시대에 산문학이
발달되었으니 다시 더 말할 것도 없다.

(4) 노동과 음악

우리 민족은 예전부터 비교적 음악을 좋아하는 때문인지 집단적인
노동에는 대개 노래를 같이 하며 일을 하였다. 예하면 농부들이 모[秧]
심을 때에 부녀들이 길쌈할 때[이것은 신라 때에도 「회소곡」이란 노래가
있었다] 부르는 노래는 가장 유명하지마는 심지어 행상할 때에도 상여
앞에서 애절한 노래를 부르며 상여군의 보조를 맞추게 한다.[주로 영남
지방에] 그와 같이 노동과 함께 노래를 부르는 것은 그 목적이 대개
두 가지에 있다. 한 가지는 노동자 자신의 흥취와 기분을 도우기 위함
이요 다른 한 가지는 군중의 보조를 마추기 위함이다. 그래서 그들은
노동고(勞動苦)를 잊[忘]고 노동의 능률을 올리는 것이다.

그러나 근대사회의 근대적 노동장(勞動場) 내에는 그러한 광경을
볼 수 없다. 기계의 소음으로 노래를 들을 수 없는 공장 같은 덴 말할
것도 없거니와 노동의 성질에 따라 소음이 없는 노동장에도 그러한
노래소리를 들을 수 없는 것은 무슨 이유일까? 그것은 근대의 노동
이란 대개 자본주와 감독의 감시와 억압 밑에서 하고 자유로운 분위
기 속에서 하는 것이 못되므로 자유롭게 노래를 부를래야 부를 수
없는 때문이다.

근대적 사업장에도 노동자들이 훨신 자유로운 분위기 속에서 마음
껏 노래 부르며 일할 수 있으면 노동자 자신으로도 노동고를 잊[忘]
고 유쾌하게 노동할 수 있을 뿐 아니라 그러함으로서 노동의 능률이
올라가 경영자 국가 사회가 다 이익이 될 것이다.

예전 우리 조상들은 사람의 마음이란 것이 머리속에 있는 줄 모르

고 많이들 가슴 속에 있는 줄 알았다. 그래서 지금 우리들도 반성하라 할 때엔 가슴에 손을 대여 보라 하고 마음이 우울할 때엔 가슴이 답답하다 하고 마음속이 열릴 때엔 흉금이 열린다 한다. 혹은 또 마음이 배 안에 있는 줄 안다. 그래서 마음이 결백하지 못할 때엔 배속이 검[黑]다 하고 마음을 잘못 쓸 때엔 복장(腹腸)을 잘 쓰라 한다. 혹은 또 어느 장기(臟器) 안에 있는 줄 아는데 그 중에도 많이들 염통 안에 있는 줄 안다. 그래서 염통을 한문으로 심장이라고 한다. 마음이 심장 속에 있다고 생각한 관념은 서양 사람이 동양 사람보다 더 강하였다. 그들은 심장이란 말이 가슴 마음 심정(心情) 용기 혹은 애정이란 말과 같이 통하였다. 그래서 사랑을 상징적으로 표시할 때엔 심장을 그리며 또 '나의 애인이여!' 이란 말을 '나의 심장이여!'라고 도 한다. 그 외에 심장을 마음과 같이 표현한 말이 얼마든지 있다.

또 혹 마음을 위 안에 있는 줄 안다. 그래서 마음에 틀리면 비위(脾胃)에 안 맞는다고 한다. 또 혹은 쓸개[膽] 안에 있는 줄 안다. 그래서 모욕을 의식하지 못한 사람은 쓸개가 없는 자라고 하며 무서워하지 안는 것을 담(膽)이 크다고 한다. 또 혹은 허파[부아-肺]에 있는 줄 안다. 그래서 오래 잊지 않고 기억하는 것을 폐부(肺腑)에 삭인다 하고 화가 나는 것을 부아가 난다고 한다. 또 혹은 창자에 있는 줄 안다. 그래서 정신이 달라진 것을 창자가 바꿔졌다고 한다.

이와 같이 우리 조상들은 마음을 오장육부의 어느 한 가지 속에 있는 줄 알고 그때에 생긴 말을 지금도 우리가 쓰고 있다. 그런데 마음이 가슴이나 염통 속에 있는 줄로 안 원인은 아마 혈액 관계로 우리가 흥분할 때엔 심장이 고동한다든지 가슴이 답답하다든지 한 때문인 듯하다. 그러나 마음이 비위나 허파나 쓸개나 창자 속에 있는 줄로 안 원인은 어데 있을까?

(5) 잡감(雜感)의 잡감(雜感)

트르게네프의 소설 「엽인일기(獵人日記)」를 읽어보면 그 시대에 자동차, 기차, 전기 등은 물론 성냥도 완전히 발달 이용되지 못하였으나 피스톨, 소총 등은 이미 완전 발달되어 보편적으로 사용하고 있다. 현대에도 암, 리(痢), 결핵, 정신병의 완전 치료법은 아직 발명되지 못하면서 한꺼번에 수십만의 생명을 몰살시킬 수 있는 원자탄, 수소탄 등은 벌서 당당히 발명되었으며 또 더욱 발전시킬려고 사력을 다하여 경쟁적으로 연구하고 있다. 언제든지 사람 죽이는 무기과학이 사람 살리는 후생과학보다 앞서 발달하는 것은 무슨 이유일까? 순자(荀子)의 철학에 인성(人性)은 원래 악하단 말이 정당한 말일까.

또 화약과 대포의 발명자는 십사세기초 독일인 '슈봐르츠'란 승려인 것은 한 개의 '아이로닉'한 사실이다. 또 유-고 작인 「레, 미제라불」을 읽어보면 이 소설의 내용에 서기 천팔백오십오년 경 지(支)-미리엘 사교(司敎)의 설교 가운데 모모 지방의 빈농부(貧農夫)들은 수차(水車)가 없어서 사람의 등[背]으로 비료를 운반한다고 한탄하였는데 이 땅의 백성들은 그때보다 백사십 년 후인 오늘에도 또 빈농 아닌 중류 농민이라도 비료를 등에 지고 운반한다. 수차(水車)로 운반하는 농부는 별로 볼 수 없다.

대체로 서양서는 동양보다 훨신 일즉 수차나 마차가 많이 이용되었는데 그것의 원인은 또 교통 도로가 일즉 발달 된 데 있는 것이다. 도로의 발달은 실로 문화 발달의 주요 원동력의 하나인데 이 도로의 발달은 반드시 물리적 조건에 있다고 생각할 수 없다. 웨 그러냐 하면 우리나라도 산악이 많고 평야가 적어 도로 발달의 조건이 나쁘다고 할 수 있지마는 중국 기타 동양의 평야 많은 지역에도 도로가 일즉 발달되지 못한 것으로 볼 때에 알 수 있다.

4. 권환의 앞길

권환의 절명 평론 두 편의 원문을 앞뒤 사정을 밝히면서 소개했다. 이들 둘 속에는 「권환의 절명작 연구」에서 내가 폈던 생각보다 훨씬 깊고 많은 속살이 얽혀 있다. 나는 그들을 현실주의 원칙이라는 간명한 한 마디로 쓸어담으려 했다. 그것을 죄 챙길 수 있는 힘이 내게는 없다. 우리 고전 문학사나 동양 문화사에 공부가 깊은 누군가가 나서서 그들의 방위와 뜻을 보다 깊고 마땅하게 밝혀 주기 바란다. 글을 맺으면서 2008년 「권환의 절명시 「선창 뒷골목」이 머문 자리」로 내놓고자 했을 때 썼던 마무리의 한 부분을 아래 보인다.

아마 올해도 권환문학축전은 조용하니 소규모로 이루어질 것이다. 오가는 이들은 몇 해 보던 얼굴들, 그리고 그 속에서 부지런히 오가는 일꾼들. 삼사십 대에 만나 어느덧 마흔 쉰 대에 이른 그들에게 권환은, 권환문학축전은 무엇일까.

권환이 가버린 세월, 마산은 어떻게 변한 것인가. 대표적인 부왜 어린이문학가 이원수의 「고향의 봄」에 볼모로 잡힌 지역민은 그 명성에 대한 어떠한 변화도 받아들이려 하지 않는다. 해마다 마산 물이 더럽혀져도 커다란 토목공사는 이저곳에서 열심히 벌어지고 있다. 덩치 큰 토목공사일수록 고물이 많아서 그런 것인가. 어렵사리 만들어 놓은 마산문학관의 한 해 예산은 일 억이 채 되려나. 권환이 피우다 식어버린 불꽃은 어디에서 얼어붙었더란 말인가.

어느 해에는 권환 시비가 서게 되리라. 어느 해부터는 권환문학상도 줄 수 있을 것이다. 그리고 문학관과 도서관. 오서리 무성한 보리 이삭처럼 튼튼한 이들과 그 아이들이 오서리 들녘을 찾는 일이 잦아지리라. 장대한 가지를 벋고 서 있는 오서리의 갖가지 나무들은 모두 푸른 불꽃이다.

지열을 받고 한없이 타오르는 푸르름. 권환의 한결같고도 단호한 현실주의자의 행보에 나는 머리가 어지어질하다. 우리는 어떻게 살아야 하는가.

2008년에 썼던 글이지만 글 속의 마산 사정이나 권환 현양 문제는 오늘날, 사정이 더 나빠졌다. 그럼에도 그때 해 넣었던 임플란트는 아직까지 건재하다. 이닦기를 조심하고 살아온 세월이니 더 오래 버텨 주면 좋겠다. 처음 심었을 때부터 평생 가리라고는 생각하지 않았다. 아마 어느 때 다시 해 넣어야 하리라. 모자라면 깁고 넘어지면 일으켜 세우며 사는 게 삶 아닌가. 그도 저도 어려울 때는……. 그때도 길은 있을 터.

참고문헌

1. 1차 문헌

『조선일보』·『동아일보』·『중외일보』·『매일신보』·『별건곤』·『장미촌』·『금성』·『아등』·『종』·『생리』·『평범』·『신흥시단』·『신소년』·『별나라』·『민우』·『집단』·『새싹』·『신시대』·『민중조선』·『등불』·『영문』·「문학신문」·『비봉신문』·『백민』·『경남공보』·『경남일보』·『경남신문』·『현대문학』·『자유문학』·『파랑새』·『낙강』·『문예』·『시문』·『군봉』·『경남여고』·『청구문학』·『변방』·『문학경부선』·『울산문학』·『향토』·『울산문화』·『경남공론』·『신천지』·『문예』·『문예신문』·『중성』·『주간 중성』·『조쏘친선』·『조선문학』

「시인 파성 설창수(상): 예술인 예술혼(40)」, 『경남신문』, 경남신문사, 1993. 12.15.

3·15의거기념사업회 엮음, 『너는 보았는가 뿌린 핏방울을』, 불휘, 2001.

강세화, 『수상한 낌새』, 전망, 1995.

경남시사랑문화인협의회 엮음, 『합평문집』 1집, 2004.

권환과 여럿 지음, 『불별』, 중앙인서관, 1931.

금수현, 『금수현 나의 시대 70』, 월간음악출판부, 1989.

김대봉, 『무심』, 맥사, 1938.

김동렬·김보광, 『해인사사적』, 영남문학회, 1959.

김동명, 『파초』, 신성각, 1938.

김상훈 외, 『전위시인집』, 노농사, 1946.

김상훈, 『대열』, 백우서림, 1947.

김상훈, 『가족』, 백우사, 1948.

김성춘, 『그러나 그것은 나의 삶』, 문학세계사, 1990.

김성춘, 『겨울 극락 앞에서』, 도서출판 전망, 1995.

김용호, 『향연』, 자가본, 1941.

김용호, 「오늘을: 김대봉 형의 삼 주기를 맞이하여」, 『중외일보』, 중외일보
　　　사, 1946.3.19.

김용호 엮음, 『1947년 예술연감』, 예술신문사, 1947.

김용호, 「무심에 핀 꽃 김대봉」, 『현대문학』 12월 호, 현대문학사, 1962.

김정기 엮음, 『우리 집 어른들 추억』, 세종출판사, 2001.

김지웅, 『토기의 환상』, 처용출판사, 1987.

문　영, 『그리운 화도(花島)』, 심상, 1991.

문옥영, 「『영문』 1집~18집 목록」, 한정호 외 지음, 『파성 설창수 문학의 이
　　　해』, 도서출판 경진, 2011.

박노정 엮음, 『향토의 정기』, 진주신문사, 1989.

박문하, 「누님 박차정」, 『낙서인생』, 아성출판사, 1972.

박영식, 『우편실의 아침』, 처용출판사, 1987.

박종우·박병규, 『조국의 노래』, 청구출판사, 1952.

박종우, 『습지』, 공화출판사, 1961.

박종우, 『양지』, 삼성사, 1967.

박종우, 『한 알의 씨앗을 위하여』, 공화출판사, 1971.

박종해, 『산정에서』, 처용기획, 1985.

박종해, 『고독한 시의 사냥꾼』, 도서출판 그루, 2004.

박철석, 『새 발굴 청마 유치환의 시와 산문』, 열음사, 1997.

박철석, 『유치환』, 문학세계사, 1999.

박태일 엮음, 『김상훈 시 전집』, 세종출판사, 2003.

서덕출, 『봄편지』, 자유문화사, 1952.

서상연, 『계절의 여적』, 영일문화사, 1979.

서상연, 『떠나는 봄』, 지평, 1988.

서상연, 『까치소리』, 월간 울산저널, 1992.

설창수, 「문화건설의 경향적(京鄕的) 개성」, 『낙동문화』 2집, 진주문화건설
　　　대, 1947.

설창수, 「신민족문학 운동론: 청문(靑文) 진영에서의 제창」, 『영남문학』 5집,
　　　영남문학회, 1948.

설창수, 「영남문학 탄생기」, 『영남문학』 5집, 영남문학회, 1948.

설창수, 「지방문단의 현상(現相)」, 『평화일보』, 평화일보사, 1949.1.28.

설창수, 「지방문화 정세(情勢)」, 『연합신문』, 연합신문사, 1949.1.25.

설창수, 「문총(文總) 재건에의 구상: 일체오원칙(一體五原則)을 상론하여」,
　　　『연합신문』, 연합신문사, 1949.3.10~3.12.

설창수, 「전국문화인총궐기대회 참가기」, 『영문』 7집, 영남문학회, 1949.

설창수, 「문총진주지구 특별지부 결성기」, 『영문』 8집, 영남문학회, 1949.

설창수, 「전인문학(全人文學)의 신운동단계: 경향일체와 최면기의 서울지반
　　　주의」, 『영문』 8집, 영남문학회, 1949.

설창수, 「황무(荒蕪)에의 사색: 특히 영남문학 동지에게」, 『자유민보』, 자유
　　　민보사, 1949.11.8.

설창수, 「예술 정책의 기초」(상)·(하), 『연합신문』, 연합신문사, 1950.1.11~
　　　1.13.

설창수, 「예술 각 부문과 문교 정책」(상)·(중)·(하), 『서울신문』, 서울신문사,
　　　1950.3.3~3.5.

설창수, 「향토와 문화운동」, 『경남공보』 2호, 경상남도, 1952.

설창수, 「자유세계의 문화 이념」, 『청년신문』, 청년신문사, 1952.2.10.

설창수, 「향토와 문화운동」, 『경남공보』 2호, 경상남도, 1952.2.

설창수, 「문정(文政) 혁신론(革新論)」 ①·②, 『국제신문』, 국제신문사, 1952.5. 27~5.30.

설창수, 「해방 진주문화사」, 『경남일보』, 경남일보사, 1952.8.15.

설창수, 「문단 협동체의 분열」, 『영문』 13집, 영남문학회, 1955.11.

설창수, 『설창수전집(1~6)』, 시문학사, 1986.

설창수, 『강물 저 혼자 푸르러』(예술가의 삶 19), 혜화당, 1996.

손동인, 『까치고동 목걸이』, 웅진출판주식회사, 1985.

손풍산, 『동남풍』, 부산일보사, 1967.

심재언 엮음, 『영원한 한국의 명시』, 경원각, 1977.

심재언, 『김남조 시평론』, 민중서각, 1988.

심재언, 『김기림 시평론』, 남강, 1988.

심재언, 『이해인 시평론』, 민중서각, 1988.

심재언, 『정지용 시론』, 민중서각, 1988.

심재언, 『조병화 시평론』, 민중서각, 1988.

심재언, 『청록파 시평론』, 민중(연도 미상이나 1988년으로 짐작).

심재언, 『한국현대시인 시평론』, 민중서각, 1988.

심재언, 『한국현대시평론』, 민중서각, 1988.

오영수, 「회상」, 『경여고30년지』, 경남여자고등학교, 1957.

오영수, 『오영수대표작선집』, 동림출판사, 1974.

오영식·유성호 엮음, 『김광균 문학전집』, 소명출판, 2014.

유 엽, 『화봉섬어』, 국제신보사출판국, 1962.

유 엽 엮음, 『무저선』, 국제신보사출판국, 1963.

유 엽, 『멋으로 가는 길』, 보림사, 1983.

이강수, 『남창집』, 한성도서주식회사, 1943.

이상숙, 『하오의 허(噓)』, 제일문화사, 1979.

이수정,『의식의 씨알』, 유림문화사, 1975.

이수정,『꽃 그늘 내리고』, 신우기획, 1995.

이주홍,『예술과 인생』, 세기문화사, 1957.

이주홍,『해같이 달같이만』, 새로출판사, 1978.

이주홍,『현이네집』, 보리밭, 1983.

이주홍,『풍경』, 보리밭, 1984.

임　화 엮음,『현대조선시인선집』, 학예사, 1939.

조순규,『계륵집』(육필 시조집), 자가본.

조순규,『무궁화』(육필 민요집), 근포서사 자가본, 1931.

조순규,『잡초록』(육필 산문집), 자가본.

최용학,『홍산시집(弘山詩集)』, 신조선사, 1946.

최재열,『사향부』, 한국시조시인협회, 1979.

최종두,『정유공장』, 홍문사, 1968.

한정호 엮음,『포백 김대봉 전집』, 세종출판사, 2005.

한찬석,『합천해인사지』, 창인사, 1949.

허　민,『허민육필시선』, 문학사상사출판부, 1975.

허　천,『바람 부는 거리』, 태화출판사, 1966.

홍수진,『오늘밤 내 노래는 잠들지 않는다』, 빛남, 1994.

황석우 엮음,『청년시인백인집』 조선시단사, 1929.

황패강·윤원식,『한국고대가요』, 새문사, 1997.

『고등과 수료증서대장』, 사립동래동명학교, 1909.

『교우회지』 7~11집, 동래공립고등보통학교교우회, 1929~1934.

『금련(金蓮)』 18집, 부산제이공립상업학교교우회, 1934.

『날개』, 조선청년문학가협회경남본부, 1946.

『동래고등여학교동창회회원명부』, 1942.

『동창명부』, 동래고등학교동창회, 1968.

『동창회원명부』, 동래공립중학교, 1939.

『명부(名簿)』, 동래공립고등보통학교, 1932.

『시조연구』 창간호, 시조연구회, 1953.

『영문』 2~18집, 영남문학회, 1946~1960.

『일신』 2~9호, 동래일신여학교교우회, 1928~1937.

『조선제학교일람』, 조선총독부학무국, 1934.

『초등과 졸업증서대장』, 사립동래동명학교, 1909.

『취만(翠巒)』 15~22호, 동래공립중학교, 1938~1941.

『태화강 사람들』 1, 경상일보사, 1991.

『학교소식』 1호~23호, 경남공립고등여학교 교우회, 1946~1949.

『회원명부』, 동래고등여학교동창회, 1940.

『회지』 1집 부산공립여자고등보통학교, 1932.

『만성집(晩惺集)』, 자가본, 1966.

김상훈·리유선 옮김, 『두보시선』, 조선문학예술총동맹출판사, 1964.

김상훈, 『흙』, 문예출판사, 1991.

김정숙 엮음, 『조선문학작품선집 16』, 교육도서출판사, 1982.

류희정 엮음, 『1920년대 아동문학선(1)』, 문예출판사, 1992.

류희정 엮음, 『1929년대 시선(3)』, 문예출판사, 2000.

박산운, 『내 고향을 가다』, 평양출판사, 1990.

박산운, 『두더지 고개』, 평양출판사, 1990.

박산운, 『내가 사는 나라』, 문학예술종합출판사, 1992.

『수령은 부른다』, 문예총출판사, 1953.

『위대한 승리』, 문예총출판사, 1953.

『평화의 노래』, 문화전선사, 1952.

『평화의 초소에서』, 문화전선사, 1952.

黑川洋一 注, 『두보(杜甫)』(下), 岩波書店, 1992.

2. 2차 문헌

「동래출신항일투사재발굴」 ①~③, 『동래신문』, 동래신문사, 1993.

「문학」, 『부산시사』, 부산직할시, 1991.

「불허가 출판물 및 삭제기사 개요 역문: 종(鐘)』 제2호, 발송일 1927.9.2(국
　　　사편찬위원회 한국사데이터베이스).

강대민, 「박차정의 생애와 민족해방운동」, 『문화전통논집』 4집, 경성대학교
　　　향토문화연구소, 1996.

강대민, 『부산지역학생운동사』, 국학자료원, 2003.

강영심, 「항일운동가 박차정의 생애와 투쟁」, 『여/성이론』 통권 제8호, 도서
　　　출판 이연, 2003.

경남여고50년지 편찬실, 『경남여자고등학교50년지』, 경남여자고등학교 동
　　　창회, 1977.

경여고30년지발간위원회 엮음, 『경여고30년지』, 경남여자고등학교, 1957.

김권구, 「울주 대곡리 반구대 암각화의 이해와 연구방향에 대하여」, 『울산
　　　연구 I 』, 울산대학교박물관, 1999.

김대상, 『부산경남 언론사 연구』, 대왕문화사, 1981.

김동윤, 「지역문학 연구의 현황과 과제」, 『현대문학이론연구』 33집, 현대문
　　　학이론학회, 2008.

김동윤, 『제주문학론』, 제주대학교출판부, 2008.

김병택, 『제주 현대문학사』, 제주대학교출판부, 2005.

김삼근 엮음, 『부산출신독립투사집』, 박재혁의사비건립동지회, 1982.

김승구, 「일제 말기 권환의 문학적 모색」, 『국제어문』 45집, 국제어문학회,
　　　2009.

김승환, 「지역 현대문학 연구의 새로운 방법」, 『어문론총』 49호, 한국문학언
　　　어학회, 2008.

김용직, 『한국근대시사(상)』, 학지사, 1996.

김윤식, 『김동리와 그의 시대』, 민음사, 1995.

김은진, 「오영수 소설 「화산댁이」의 텍스트 분석과 방언」, 경성대학교 석사 논문, 2009.

김의환, 「박차정 열사」, 『나라사랑』 17집(별쇄), 외솔회, 1974.

김일영, 「지방분권 시대와 현대문학 연구의 과제」, 『한민족어문학』 45집, 한민족어문학회, 2004.

김재승, 「부산출신 의열단원 박문희(朴文嬉)의 항일 활동」, 『항도부산』 25집, 부산광역시 시사편찬위원회, 2009.

김정희, 「일제하 동래지역 여성독립운동에 관한 소고: 근우회 동래지회를 중심으로」, 『문화전통논집』 4집, 경성대학교 향토문화연구소, 1996.

김종경, 「봄편지의 서덕출」, 『울산문화』 창간호, 울산문화원, 1983.

김지은, 「이주홍의 시 연구」, 『지역문학연구』 제7호, 경남지역문학회, 2001.

김형묵, 『교육운동』, 독립기념관 한국독립운동사연구소, 2009.

김호일, 『한국근대학생운동사』, 선인, 2005.

남원진, 「북조선 문학의 연구와 자료의 현황」, 『이야기의 힘과 근대 미달의 형식』, 도서출판 경진, 2011.

노고수, 「부산 최초의 근대시 동인지 『신흥시단』에 대하여」, 『지역문학연구』 제3호, 경남지역문학회, 1998.

문덕수, 『청마유치환평전』, 시문학사, 2004.

박경수, 「해방기와 전후시기 이주홍의 시와 동시 연구」, 『우리문학연구』, 우리문학회, 2006.

박경수, 「향파 이주홍 시와 동시 연구의 현황과 과제」, 『이주홍문학저널』 4호, 세종출판사, 2006.

박선경, 「의열단에 가담했던 기독교인들의 신앙관 연구」, 계명대학교 박사 논문, 2004.

박옥현,『동래의 역사와 문학』(자가본), 1998.

박정상,「부산 경남의 신문잡지 출판고」,『문학과 삶의 지평을 위하여』, 부
　　　산문예사, 1984.

박정선,「시대의 반서정성과 서정시의 반시대성: 일제 말기 권환 서정시의
　　　경우」,『어문학』108호, 한국어문학회, 2010.

박철규,「여성 독립운동가 박차정」,『문화전통논집』14집, 경성대학교 한국
　　　학연구소, 2007.

박철석,「청마가 이끈 두 개의 동인지:『소제부 제1시집』과『생리』지의 모
　　　습」,『지역문학 연구』2호, 경남지역문학회, 1998.

박태일,「광복열사 박차정의 삶과 문학」,『지역문학연구』창간호, 경남지역
　　　문학회, 1997.

박태일,「낙동강과 우리시」,『한국 근대시의 공간과 장소』, 소명출판, 1997.

박태일,「근대 통영 지역 시문학의 전통」,『통영·거제지역연구』, 경남대학교
　　　경남지역문제연구원, 1999.

박태일,「나라잃은시대 아동잡지로 본 경남·부산지역 아동문학」,『한국문학
　　　논총』37집, 한국문학회, 2004.

박태일,「소지역 문예지와 합천 문학」,『한국 지역문학의 논리』, 청동거울,
　　　2004.

박태일,「짜깁기 연구와 학문적 자폐: 고현철의 김대봉론」,『한국 지역문학
　　　의 논리』, 청동거울, 2004.

박태일,『경남·부산 지역문학 연구 1』, 청동거울, 2004.

박태일,「장소시의 발견과 창작」, 김수복 엮음,『한국문학 공간과 문화콘텐
　　　츠』, 청동거울, 2005.

박태일,「지역문학 연구의 환경과 과제」,『현대문학의 연구』27집, 한국문학
　　　연구학회, 2005.

박태일,「지역 인문학이 나아갈 데」,『인문연구』53호, 영남대학교 인문과학

연구소, 2007.

박태일, 「『만선일보』와 경남·부산 지역문학」, 『현대문학의 연구』 36호, 한국
　　　문학연구학회, 2008.

박태일, 「슬픈 역광의 시대, 한 반딧불이 이끄는 길: 허민의 삶과 문학」, 『허
　　　민 전집』, 현대문학, 2009.

박태일, 「현 단계 현대문학 연구의 새 방향」, 『현대문학이론연구』 42집, 현
　　　대문학이론학회, 2010.

박태일, 「무궁화 시인 조순규의 삶과 시조」, 『근대서지』 4집, 근대서지학회,
　　　2011.

박태일, 「근대 개성 지역문학의 전개: 북한 지역문학사 연구 1」, 『국제어문
　　　학』 25집, 국제어문학회, 2012.

박태일, 「포석 조명희와 부산문학」, 『국제신문』, 국제신문사, 2012.3.21.

박태일, 「권환의 절명작 연구」, 『현대문학이론연구』 56집, 현대문학이론학
　　　회, 2014.

박태일, 「전쟁기 임화와 『조쏘친선』의 활동」, 『국제언어문학』 30호, 국제언
　　　어문학회, 2014.

박태일, 「전쟁기 임화의 미발굴 시 이본 두 편」, 『근대서지』 9호, 2014.

박태일, 「북한문학 연구와 중국 번인본」, 『외국문학』 57집, 한국외국어대학
　　　교 외국문학연구소, 2015.

부산상업고등학교칠십년사편찬위원회 엮음, 『부상의 칠십 년』, 부산상업고
　　　등학교, 1965.

부산일보사 사업부 엮음, 『경남명감(慶南名鑑)』, 부산일보사, 1936.

선우기성, 『한국청년운동사』, 금문사, 1973.

선주원, 『청소년문학교육론』, 도서출판 역락, 2008.

손영부, 「풍산(楓山) 손중행(孫重行) 연구」, 동아대학교 석사논문, 1988.

송승철 외, 『강: 문학적 형상과 기억들』, 소화, 2004.

송창우, 「경남지역 문예지 연구」, 경남대학교 석사논문, 1995.

신춘희 엮음, 『울산문학사』, 울산광역시문인협회, 2004.

오홍진, 「지역문학 담론의 현황과 과제」, 『경계와 소통, 지역문학의 현장』, 국학자료원, 2007.

이규정, 「태화강을 살리자」, 『향토』 창간호, 울산울주향토문화연구회, 1981.

이명재, 『북한문학사전』, 국학자료원, 1995.

이송희, 「박차정 여사의 삶과 투쟁: 민족의 해방과 여성의 해방을 위해 투쟁한 한 여성의 이야기」, 『지역과 역사』 1호, 부경역사연구소, 1996.

이순욱, 「습작기 요산 김정한의 시 연구」, 『지역문학연구』 9호, 경남·부산지역문학회, 2004.

이순욱, 「권환의 삶과 문학 활동」, 『어문학』 95집, 한국어문학회, 2007.

이순욱, 「광복기 경남·부산 시인들의 문단 재편 욕망과 해방 1주년 기념시집 『날개』」, 『비평문학』 43호, 한국비평문학회, 2012.

이숭원, 「한강의 시적 변용과 그 의미」, 『시안』 여름호, 시안사, 1999.

이윤미, 『한국의 근대와 교육』, 문음사, 2006.

이재근, 「오영수 소설 연구」, 목원대학교 박사논문, 2011.

이주홍, 「현대문학」, 『경상남도지』(중), 경상남도지편찬위원회, 1963.

이지은, 「박산운 서사시집 『내 고향을 가다』에 대하여」, 『지역문학연구』 제7호, 경남지역문학회, 2001.

이철웅, 「우리나라 포경소고(捕鯨小考)」, 『울산문화』 2집, 울산문화원, 1985.

이형권, 「지역문학의 탈식민성과 글로컬리즘」, 『어문연구』 52집, 어문연구학회, 2006.

임재해, 「한국 민속신앙과 '물'의 제의적 의미」, 『안동문화연구』 10집, 안동문화연구소, 1996.

임종국, 『친일문학론』, 평화출판사, 1978.

장규식, 『1920년대 학생운동』, 한국독립운동사편찬위원회·독립기념관 한국

독립운동사연구소, 2009.

정근식, 「지역 정체성과 도시상징 연구를 위하여」, 『지역사회 연구방법의 모색』, 전남대학교출판부, 1997.

정상희, 「풍산 손중행의 길」, 『지역문학연구』 제7호, 경남지역문학회, 2001.

정재철, 『일제의 대한국식민지교육정책사』, 일지사, 1985.

조영복, 「『장미촌』의 비전문 문인들의 성격과 시 사상」, 『1920년대 초기시의 이념과 미학』, 소명출판, 203~247쪽.

조웅대, 『진주연극사』, 한국연극협회 진주지부, 2002.

채 백, 『부산 언론사 연구』, 산지니, 2012.

최명표, 『전북 지역 시문학 연구』, 청동거울, 2008.

최영준, 「한강의 지리적 이미지와 수운」, 『시안』 여름호, 시안사, 1999.

최이락, 「울산팔경고(蔚山八景攷)」, 『향토사보(鄕土史報)』 창간호, 울산향토사연구회, 1988.

최이락, 「울산문단의 고전 『백양(白楊)』 창간호」, 『울산문학』 24집, 울산문인협회, 1997.

편찬위원회 엮음, 『1956 대한신문연감』, 대한신문연감사, 1955.

편찬위원회 엮음, 『동래고등학교백년사』, 동래고등학교동창회, 2002.

편찬위원회 엮음, 『동래학원 100년사』, 학교법인 동래학원, 1995.

편찬위원회 엮음, 『울산·울주 향토지』, 울산문화원, 1978.

한국청소년개발원 엮음, 『청소년문화론』, 도서출판 서원, 1998.

한기상, 『독일 청소년 문학의 이해』, 서울대학교출판부, 2009.

한정호 엮음, 『김상훈 시 연구』, 세종출판사, 2003.

한정호, 「김대봉의 문학살이와 의료 체험」, 『지역문학연구』 제10호, 경남·부산지역문학회, 2004.

한정호, 「권환의 문학행보와 마산살이」, 『지역문학연구』 제11호, 경남부산지역문학회, 2005.

한정호, 『지역문학의 이랑과 고랑』, 도서출판 경진, 2011.

허선도, 「조심재(曺深齋) 영사시(詠史詩)와 김중재(金重齋)의 소비(小批)」, 『한국학논총』 13집, 국민대학교 한국학연구소, 1991.

『경남여자고등학교80년사』, 경남여자고등학교총동창회, 2007.

『부산독립운동사』, 부산지방보훈처, 1996.

『부산문학사』, 부산문인협회, 1997.

『울산광역시사 ① 역사편』, 울산광역시사편찬위원회 엮음, 2002.

『울산광역시사 ② 전통문화편』, 울산광역시사편찬위원회 엮음, 2002.

『울산문학사』, 울산문인협회, 2004.

『울산문화재』, 울산문화원, 1979.

『울산읍지』(하), 미상, 1904.

『웅촌면지』, 웅촌면지편찬위원회, 2002.

국제문제연구소, 『력사가 본 조선전쟁』, 사회과학출판사, 1993.

김명수, 『문학 리론의 기초』, 국립출판사, 1956.

김일민, 『낡은 사상 잔재란 무엇이며 그와 어떻게 투쟁할 것인가』, 민주청년사, 1952.

김일성, 『자유와 독립을 위한 조선 인민의 정의의 조국 해방 전쟁』, 조선로동당출판사, 1954.

안함광 외, 『문학의 지향』, 조선작가동맹출판사, 1954.

안함광, 『조선문학사』, 연변교육출판사, 1957.

윤세평, 『생활과 문학』, 조선작가동맹출판사, 1961.

이근영, 『낡은 것과의 투쟁 속에서』, 평양: 국립출판사, 1958.

임 화, 「조선문학 발전 위에 끼친 막씸 고리끼의 거대한 영향」, 『조쏘친선』 7월호, 1951.

함덕일, 『조국해방전쟁시기 음악예술』, 사회과학출판사, 1987.

『전진하는 조선문학』(8·15 해방 15주년 기념 평론집), 조선작가동맹출판사,

1960.

『조선문학사 11』(해방후편: 조국해방전쟁시기), 사회과학출판사, 1994.

므 크 도브릐닌, 『문학의 사회적 의의』, 조선로동당출판사, 1954.

이 보쓰뜨릐세브, 리원주 옮김, 『문학을 선동사업에서 어떻게 리용할 것인 가』, 조선로동당출판사, 1955.

Aleida Assmann, 변학수·백설자·채연숙 옮김, 『기억의 공간』 경북대학교출 판부, 2003.

C. Norberg-Schulz, 김광현 옮김, 『실존·공간·건축』, 태림문화사, 1985.

C. Norberg-Schulz, 정영수·윤재희 옮김, 『서양건축의 본질적 의미』, 세진사, 1985.

E. Relph, 김덕현·김현주·심승희 옮김, 『장소와 장소상실』, 논형, 2005.

K. C. Bloomer·C. W. Moore, 이호진·김선수 옮김, 『신체·지각 그리고 건축』, 기문당, 1981.

Kevin Lynch, 김의원·황성수 옮김, 『도시의 상(像)』, 녹원문화사, 1988.

Otto Friedrich Bollnow, 池山健司 외 옮김, 『人間과 空間』, せいか書房, 1985.

Yi-Fu Tuan, 구동회·심승희 옮김, 『공간과 장소』, 대윤, 1995.

Yi-Fu Tuan, "Literature and Geography", *Humanistic Geography*(by David Lay and Marwyn S. Samuels Eds., Maaroufa Press), Inc., 1978.

조경달, 『植民地期朝鮮の知識人と民衆』, 有志舍, 2008.

조선급만주사 엮음, 『최신 조선지지(地誌)』(중편), 조선급만주사, 1919.

『경상남도도세개관(慶尙南道道勢槪觀)』, 경상남도, 1937.

『부산교육오십년사』, 부산교육회, 1927.

찾아보기

발표지면

1부 부산 문학

「1920년대 부산 지역 청소년문학과 항왜의 경험」, 『영주어문』 25호, 영주어
　　문학회, 2013.

「부산 지역 근대 첫 문예지 『종』」, 『근대서지』 제5집, 근대서지학회, 2012.

「김수영과 부산 거제리 포로수용소」, 『근대서지』 제2집, 근대서지학회, 2010.

2부 울산 문학

「무궁화 시인 조순규의 삶과 시조」, 『근대서지』 제4집, 근대서지학회, 2011.

「오영수의 광복기 미발굴 시 연구」, 『가라문화』 26집, 경남대학교 가라문화
　　연구소, 2014.

「울산 근대시에 나타난 태화강의 장소 머그림」, 『시와 상상』 겨울호, 푸른사
　　상, 2007(축약본 실음).

3부 합천 문학

「합천 근대 예술문화 백 년」, 『합천군사』(제3권), 합천문화원, 2014.

「합천 지역시의 흐름」, 『합천예술문화연구』 창간호, 향파이주홍선생기념사
　　업회, 2007.

「슬픈 역광의 시대, 한 반딧불이 이끄는 길: 허민의 삶과 문학」, 『허민 전집』,
　　현대문학, 2009.

4부 거창 문학

「전쟁기 김상훈의 미발굴 시」, 『인문과학』 103호, 연세대학교 인문과학원,
    2015.

「전기수 시와 봄의 변주」, 『인문논총』 제12집, 경남대학교 인문과학연구소,
    1999.

5부 창원 문학

「한국 근대 지역문학의 발견과 파성 설창수」, 『로컬리티와 인문학』 제1집,
    부산대학교 민족문화연구소, 2009.

「권환의 절명 평론 두 편」, 『근대서지』 제10집, 근대서지학회, 2014.